SIMO HILTUNEN

DIE STUNDE DES WOLFS

rütten & loening

SIMO HILTUNEN

DIE STUNDE DES WOLFS

KRIMINALROMAN

Aus dem Finnischen
von Peter Uhlmann

rütten & loening

Die Originalausgabe unter dem Titel
Lampaan vaatteissa
erschien 2015 bei Werner Söderström Ltd.

FSC
www.fsc.org
MIX
Papier aus verantwortungsvollen Quellen
FSC® C083411

ISBN 978-3-352-00904-4

Rütten & Loening ist eine Marke der Aufbau Verlag GmbH & Co. KG

1. Auflage 2017

Published by arrangement with Bonnier Rights Finland, Helsinki.
Gesetzt aus der Whitman durch Greiner & Reichel, Köln
Druck und Binden CPI books GmbH, Leck, Germany
Printed in Germany

www.aufbau-verlag.de

Das Böse fasziniert dich,
weil du dich verstehen willst.

Der Wolf wühlte in dem Elch und knurrte. Er riss große dampfende Stücke Fleisch heraus und raste vor Gier. Der Junge stand dreißig Meter entfernt und hatte Angst. Das Natürliche war unwirklich geworden.

Der Junge war dreizehn. Eine halbe Stunde zuvor war er bei minus zwanzig Grad in den Ödwald geflohen, weil seine Mutter wieder vom Vater geschlagen worden war. Seine Ohren brannten, und der Atem dampfte, aber er wollte nicht zurück. Allein war ihm wärmer.

Schwankend stand er bis zu den Knien im Schnee und schaute unverwandt zu dem graubraunen Ungeheuer hin. Er starrte es voller Entsetzen an und wusste nicht, was er tun sollte. Zum Glück kümmerte sich der Wolf nur um seinen Hunger und nicht im Geringsten um ihn. Vorläufig.

Eben noch hatte der Junge die leichengrün flackernden Nordlichter betrachtet und sich nach einem richtigen Zuhause gesehnt. Er hatte die Mondkrater bewundert und sich auf seinem Weg vom Sirius leiten lassen. Er war in die Wildnis gewandert und hatte die vollkommene Stille genossen, doch die zerbrach, als plötzlich der ganze Wald über ihn herfiel. So kam es ihm zumindest vor. Die Bäume schwankten und knarrten, animalische Geräusche ließen ihm die Haare zu Berge stehen, Schnee wurde aufgewirbelt.

Als etwas in panischer Angst vorbeigestürmt war, hatte sich der Junge an den Stamm einer Kiefer geworfen. Das Etwas war ein Elch gewesen, völlig außer sich. Beim Anblick des riesigen Tieres mit dem gewaltigen Geweih fühlte sich der Junge klein und unbedeutend. Aber als dem Elch auch noch ein blutrünstiger Wolf gefolgt war, erstarrte er und sah sein Ende nahen.

Das Raubtier jagte den Elch. Es tanzte von einer Seite auf die andere und lauerte. Der Elch brüllte vor Schmerz und Entsetzen, vielleicht auch vor Trauer. Er wusste, dass er sterben würde, doch er sträubte sich bis zum Letzten.

Der Wolf sprang hinter seiner Beute im hohen Schnee hin und her und wartete auf den geeigneten Augenblick. Er wich dem Geweih aus, das der Elch wie wahnsinnig hin und her schwang. Schließlich täuschte das Raubtier einen Seitenwechsel an. Der Elch schwenkte sein Geweih in die falsche Richtung und entblößte auf der anderen Seite seinen Hals. Die Bestie machte einen Satz. Mit einem Biss zerfetzte sie ihrer Beute die Kehle. Blut spritzte auf den Schnee. Der Elch toste, bereits sterbend, noch ein paar Meter weiter und sackte schließlich zwischen den Vorderläufen zu Boden.

Der magere Wolf war halbtot vor Hunger. Er vergeudete keine Zeit, sondern stürzte sich auf das Blut, das Fleisch, die Sehnen und Knochen.

Der Junge machte sich keine Hoffnungen und deswegen in die Hose. Er stand da, steif vor Frost, starr vor Entsetzen, und schaute zu, wie das frische Fleisch die gelben Augen des Wolfes glühen ließ.

Wölfe hatten den Jungen immer fasziniert, aber so nahe wollte er ihnen nicht kommen. Er wusste, dass sie seit hundert Jahren keinen Finnen getötet hatten. Er wusste, dass ein Wolf, der seinen Hunger gestillt hat, nahezu ungefährlich war. Er wusste, dass er für das Raubtier keinen Konkurrenten, keine Bedrohung, kein natürliches Ziel darstellte. Er war kein Fuchs oder Vielfraß, der im Revier des größeren

Raubtiers auf die gleiche Nahrung aus war. Aber das Wissen wird vom Gefühl überwältigt; was bleibt, ist Todesangst. Der Junge wünschte sich weit fort, vermochte aber nicht zu rennen. Zum Glück, denn eine Flucht hätte selbst in einem gesättigten Wolf die Beutegier geweckt.

Schließlich hielt auch der Wolf inne. Vielleicht hatte er den Jungen neben der Kiefer gesehen. Oder bei drehendem Wind gewittert. Vielleicht hatte das Raubtier ein ersticktes Schluchzen gehört. Der Wolf hob den Kopf, fixierte das kleinere Wesen und unterwarf sich mit seinem starren Blick das Menschenkind, das sein Haupt senkte. Verstohlen schaute der Junge zu dem Wolf, der seine Lefzen hochzog und knurrte.

Als sich der Junge nicht rührte, hob der Wolf den Kopf noch höher. Langsam beugte er den Nacken, dann begann er zu heulen. Er zeigte an, dass der Elch und dieses Revier ihm gehörten.

Das Heulen hallte in der Wildnis wider. Der Junge machte sich ganz klein. Er war der Gefangene des Wolfes.

Als er sich in den Schnee duckte, berührte er mit der Hand sein Finnenmesser, der Griff wirkte beruhigend. Der Junge zog das Mora-Messer bedächtig aus der Scheide. Drei Jahre zuvor hatte sein Vater es ihm gegeben, damals strahlte es Macht und Stärke aus. Jetzt kam es ihm vor wie eine Häkelnadel.

Das Raubtier kam langsam auf ihn zu, und der Junge spürte ein unbezwingbares Entsetzen und den Drang zu fliehen. Er zuckte, aber der Wolf knurrte sofort: Er war der Herr. Der Junge erschlaffte.

Er schaute voller Angst auf den Wolf und gleichsam auf sein Leben, das als Film vor ihm ablief. Der Streifen war traurig, eintönig und voller Gewalt, aber die Hauptperson war noch nicht bereit zu sterben. Ihm kamen die Tränen.

Der Wolf näherte sich ihm bis auf zwei Meter und blieb stehen. Er blickte gleichgültig nach rechts und gähnte. Hier in der Einöde des Waldes war er der Herr. Er schüttelte den Kopf so heftig, dass seine Backen schlackerten und roter Schneematsch aus seinem Maul spritzte. Der Junge musste wieder Wasser lassen, aber seine Blase war leer, und so spürte er lediglich ein heftiges Brennen.

Der Junge gehorchte dem Tier in ihm. Er drehte sich auf den Rücken, hob die Beine mit angewinkelten Knien und winselte. Der Wolf stieß den Kopf über den von Angst erfüllten Menschen und stank nach Tod. Die blutige Schnauze schob sich an sein Gesicht heran, ein paar Tropfen vom Blut des Elchbullen fielen auf seine Jacke. Die blutigen Perlen prasselten auf den gefrorenen Stoff. Sein Brustkorb kam ihm klein vor. Die Angst war so groß, dass es weh tat.

Der Junge hielt sein Messer krampfhaft fest, schloss die Augen und nahm all seine Kraft zusammen.

Jetzt.

Der Junge stieß zu. Er legte sein ganzes Gewicht in den Stoß, genau so, wie Vater ihn gelehrt hatte, Vesala, dem gottlosen Kommunistensohn, in sein Milchgesicht zu schlagen. Der Junge rammte dem Wolf die Klinge bis zur Faust in die Kehle und drehte das Messer in der Wunde.

Der junge Wolf war so sehr Alphamännchen, dass er den Angriff überhaupt nicht erwartet hatte. Er konnte nichts mehr tun, nur sterben. Sein Körper zuckte, eine Hinterpfote stampfte auf. Bevor er aufgab, wimmerte er leise, die Stimme klang nach Nesthäkchen. Der Junge stand auf und schaute dem Tier zum ersten Mal direkt in die Augen.

»Du gehörst jetzt mir. Du bist mein Abel«, brummte er.

Als das Raubtier mit Sicherheit tot war, beugte der Junge den Kopf langsam nach hinten, sog die kalte Luft so tief ein wie noch nie und begann zu heulen.

Das Gefühl der Befreiung war enorm. Der Junge wusste, dass er sagenhaftes Glück gehabt hatte. Er spürte, dass er etwas Besonderes war. Er fühlte sich wie der Nächste nach Gott. Der Wolf war ein ebenbürtiger Gegner gewesen, die Katzen und Heiskanens Nerze, die der Junge früher getötet hatte, waren nur Trainingsobjekte gewesen. Jetzt wusste er, warum er die Katze Jolle des Nachbarn umgebracht und dabei Genuss empfunden hatte.

Er war ein Wolf, schon von Geburt an. Einer, der tötet, von eigenen Gnaden.

»O verdammt«, fluchte er. Das tat gut. Der Junge durfte nicht fluchen und hielt sich daran, selbst wenn er allein war. Einmal hatte er aus Trotz »Der Teufel soll ihn holen« gemurmelt. Der Vater hatte es gehört und ihn blutig geschlagen. Mit Dämonen und christlicher Marter hatte er ihm gedroht, wenn auch nur ein weiterer Fluch über seine Lippen käme.

Der Junge gehorchte, natürlich. Das war Selbstschutz. Das war sein Leben. Denn, Vater, dein ist das Reich und die Kraft und die Herrlichkeit, in Ewigkeit, zum Teufel. Man widersetzte sich nicht. Wenn der Junge nicht gehorchte, pflegte der Vater ihm Holzspäne unter die Zehennägel zu treiben. Es kam vor, dass er das auch ohne Grund tat, aber Auflehnung wurde in jedem Falle mit spitzen Splittern bestraft.

Doch nun machte ihm das alles keine Angst mehr.

Der Junge war mit einem Schlag erwachsen geworden und zugleich über sich hinausgewachsen.

Er wusste, was zu tun war.

Und wie.

Einer Eingebung folgend brach er dem Raubtier einen Zahn aus und steckte ihn ein. Der schwere Fangzahn fühlte sich gut an. Schließlich wischte er das Finnenmesser am Fell seiner Beute ab. Er schaute den Wolf noch eine Weile an, streichelte ihn und stieß das Messer erneut in das Fleisch. Es glitt hinein wie in warme Butter. Er zog es heraus, ließ das Blut die Klinge entlanglaufen, drehte sich um und kehrte in seinen eigenen Fußspuren nach Hause zurück.

Endlich war er bereit.

Zu Hause würde sich herausstellen, wer ein Mann war.

Dann gäbe es nur den Vater, den Sohn und das Leben eines der beiden.

TEIL I

Die Vergangenheit holt dich immer ein …

Die Stunde des Wolfes (*ethnogr.*): Zeitpunkt in den frühen Morgenstunden, zu dem der Wolf jagt und der Mensch schläft. Liegt etwa zwischen drei und fünf Uhr, eine genaue Zeit kann jedoch nicht angegeben werden. Die Stunde des Wolfes wird auch als die kälteste Phase der Nacht angesehen, in der die Lebensfunktionen des Menschen besonders ruhig verlaufen, der Schlaf am tiefsten ist und wir am schwächsten sind.

Den Begriff kennt man in der finnischen Überlieferung nicht, bekannt geworden ist er durch Ingmar Bergmans Film Vargtimmen aus dem Jahre 1968.

Lauri Kivi hatte Böses in sich – und schlechte Laune.

Er sah nichts, hörte nichts und berührte niemand. Er wusste, dass er zu spät kam. Zur Arbeit und im Leben. Dennoch lag er im Bett seiner Zweizimmerwohnung. Er hatte es nicht eilig. Lauri war ein einsamer Mann, der sich von einem Tag zum anderen schleppte.

Lauri betrachtete die Decke. Sie war voller scharfer Kanten und öde. Wie alles andere auch, denn man hatte Lauri beigebracht, seine Gefühle abzutöten. Der Alte hatte ihn mit harter Hand dazu abgerichtet. Heute ahmte Lauri die Gefühle anderer nach, um nicht aufzufallen.

Er schraubte sich aus dem Bett und setzte sein Hörgerät ein. Mit Daumen und Zeigefinger das Gerät nehmen, eine schnelle Bewegung, und schon saß es hinter dem Ohr. Es hielt problemlos. Das Gerät war ein Teil von Lauri, er brauchte genauso wenig daran zu denken wie andere an ihre Brille.

Lauri erledigte den Gang zur Toilette und das Anziehen im Eiltempo. Es blieb keine Zeit, etwas zu essen, aber das war ohnehin seine schwache Seite. Er schaute sich kurz in seiner Wohnung um: die Kugelschreiber genau im rechten Winkel auf dem Schreibtisch, der Fernseher exakt in der Mitte der TV-Bank und alle Flächen sauber. Lauri hatte seine Bude genauso im Griff wie sein Gemüt.

Er stieg die Treppen hinunter und ging zum fast leeren Parkplatz. Der Nachbar Ihanainen kam aus dem halbverfallenen Müllschuppen, und Lauri grüßte ihn hastig. Ihanainen war um die fünfzig, Bibliothekar und eine absolute graue Maus. Er liebte das Schmetterlingssammeln und die Grammatik. Ihanainen behauptete, er lebe aus freien Stücken allein, Lauri vermutete aber, die Frauen wollten nicht. Er war sicher, dass sich Ihanainen an Wochentagen abends in seine Wohnung zurückzog, um wissenschaftliche Illustrierten und zu Studienzwecken auch den *Playboy* zu lesen, denn er interessierte sich ja für die Geheimnisse des menschlichen Körpers. Freunde besaß Ihanainen nicht, denn er beanstandete schon beim Händeschütteln das Benehmen und die Grammatik selbst von Leuten, die er nicht kannte.

Vor ein paar Jahren hatte Ihanainen einmal eine Frau gehabt, die ihm aber schnell davongelaufen war. Lauri nahm an, dass sein Nachbar ihr Sex vorgeschlagen hatte. Das erwies sich als Fehler, denn vor der Welt gab der Bibliothekar den keuschen und sündenfreien Mann, bei dem Bildung und Verstand über Begierden und Gelüste siegten. So etwas erwärmte eine sexuell unerfahrene und kalte Museumsmaus, die als Mann einen Jungen gewollt hatte, den sie nie bekommen würde. In seinen vier Wänden hatte sich Ihanainen jedoch als Lüstling entpuppt, der nur so weit dachte, wie der Pimmel wuchs.

Lauri wohnte schon zwölf Jahre in einem der hohen Häuser der Vanhanlinnankuja im Helsinkier Wohngebiet Puotila. Ihanainen war kurz nach Lauri in das Haus mit Eigentumswohnungen gezogen. Von Anfang an hatte er Lauris Nähe gesucht und sich nach seinen Angelegenheiten erkundigt. Und er schien auch überraschend viel zu wissen.

Lauri setzte sich rasch in sein Auto, um nicht in ein Gespräch verwickelt zu werden. Er startete den Golf, verließ rückwärts seinen Stellplatz und fuhr auf die Straße und dann in den Kreisverkehr. Lauri fand jeden Kreisverkehr schön.

Nicht wegen der Bepflanzung, sondern wegen der Symmetrie. Es war beruhigend, zu wissen, dass man bei einer verpassten Ausfahrt mit einer zusätzlichen Runde zurück an die richtige Stelle gelangte. Im Kreisverkehr war die Vergebung ewig, im Leben leider selten.

Bei Rot an der Ampel vom Itäkeskus schaute Lauri auf den Strom von Autos, der nach Westen flutete. Er wartete darauf, selbst zum Treibholz zu werden. Eine Ameise unter all den anderen Ameisen. Wenn Lauri Kivi irgendwo ein Zusammengehörigkeitsgefühl empfand, dann auf dem Ostring. Dort fühlte er sich wohl, und deswegen fuhr er mit dem Auto zur Arbeit. Mit der Metro käme er auch nicht direkt nach Pasila.

Die Redaktionskonferenz begann um neun Uhr. Bis dahin würde es Lauri nicht schaffen, aber das brauchte er auch nicht. Er wusste, was dort passierte. Olli Ohra, der Chefredakteur von *Suomen Sanomat*, würde sich über die Zeitungen vom Wochenende auskotzen. Er würde wegen Druckfehlern, problematischer Schlagzeilen und schlechter Interviewpartner herumnörgeln. Anttis Artikel über den Kinderschutz würde Ohra als brauchbar loben, sich aber auch hier noch stärker einen Ansatz wünschen, der den Leser ansprach: »Denkt daran, dass ihr für die Leser schreibt, nicht für Wissenschaftler. Von den Fakten her ist das eine hervorragende Story, aber so trocken wie eine Vorlesungsreihe über die Geschichte des Klosterbaus im Europa der Renaissancezeit.« Wie sollte man einen Artikel auflockern, in dem berichtet wurde, dass siebzehntausend Kinder außerhalb ihres Zuhauses untergebracht waren. Was wollte man da eigentlich reinhaben: vielsagende Metaphern und eine detaillierte Beschreibung, wie die Kinder vernachlässigt wurden? Man hätte sich für den Artikel höchstens ein bei Pflegeeltern untergebrachtes Kind suchen und befragen können.

Für die Berichterstattung auf der Doppelseite am Sonntag über die Pannen im Bergwerk von Talvivaara würde Ohra einen Bericht mit mehr Aussagekraft verlangen. Das Interview mit Außenhandelsminister Käki würde er madig machen, weil Puhakka, der Verfasser des Artikels, es am Freitag gewagt hatte, den Chefredakteur wegen der journalistischen Linie der Zeitung herauszufordern. Das früher allseits geschätzte Blatt, so Puhakka, sei dabei, in Richtung reine Unterhaltung abzurutschen.

An ihren Ausgaben vom Wochenende würde Ohra kein gutes Haar lassen. »Wir sind die zweitgrößte Tageszeitung dieses Landes. Wir können den anderen nicht mit Quantität Konkurrenz machen, wir schlagen sie mit Qualität. Das, was wir tun, machen wir besser als die anderen. Das ist unser Ausgangspunkt, wenn wir es auch dieses Wochenende nicht ganz erreicht haben. Aber he, es ist ein Diamant, der hier geschliffen wird«, würde Ohra seinen verdrossenen Untergebenen sagen. »Außerdem hat ja wenigstens der Leitartikel vom Sonntag den Nagel auf den Kopf getroffen«, würde er hinzufügen und zustimmendes Lachen erwarten. Viele würden auch loswiehern, weil sie Angst hatten, nach den nächsten Verhandlungen zwischen der Leitung und Mitarbeitervertretern über Entlassungen gehen zu müssen, wenn sie dem Chefredakteur nicht schmeichelten. Wirklich amüsant würden den Scherz nur die neuen Urlaubsvertretungen und Volontäre finden, denen man diesen abgenagten Knochen nicht schon einmal vorgeworfen hatte.

Auf der Brücke zwischen Kulosaari und dem Fischhafen reihte sich Lauri in die Autoschlange ein, die sich hier immer bildete. Bei den Straßenbauarbeiten im letzten Jahr war es zu langen Staus gekommen. Jetzt gab es sie kaum noch. Eine Schlange von nur reichlich hundert Metern war eine Erleichterung.

Ein Audi in Metallic Grün raste auf der Spur, die ins Zentrum führte, am Stau vorbei. In der Kurve drängelte sich der Fahrer jedoch dreist nach links in die Schlange Richtung Pasila. Anscheinend war die Zeit mancher Menschen wichtiger als die der anderen. Stellt ihr euch ruhig an, damit ich, also ICH, es nicht tun muss. Im Autoradio erklang ein Titel der Rockband Neljä Ruusua. Das unverschämte Verhalten des Scheißyuppiehippies in seinem Audi brachte Lauri in Wut, und das Geläster in dem Song regte ihn nur noch mehr auf. Die Schlange kam schnell voran, und Lauri gab Gas. Zu viel. Kurz danach leuchtete es im Rückspiegel auf. Hinter ihm war ein Polizeiauto, das in Richtung Straßenrand blinkte. Lauri fluchte. Er war mit reichlich überhöhter Geschwindigkeit unterwegs gewesen.

Er fuhr in die für die Versorgung belassene Lücke zwischen der Baustelle und der Kreuzung Mäkelänkatu, in der auch andere Autos standen.

Im Rückspiegel sah Lauri, wie jemand in Zivil auf ihn zugestiefelt kam. Es war eine Frau. Kräftig und durchtrainiert. Die Polizistin klopfte ans Fenster. Lauri ließ die Scheibe herunter.

Es war Jatta, die Pressesprecherin der Helsinkier Polizei, mit der Lauri fast jede Woche zu tun hatte. Vor zwei Jahren waren sie sich auch im Zivilleben nähergekommen, aber das hatte nicht recht geklappt. Jatta reagierte sich von ihrer Arbeit ab, indem sie offen und extrovertiert war. Sie wollte unterwegs sein und auch die guten Seiten der Welt sehen. Lauri wusste, dass es die nicht gab. Daher fühlte er sich in seiner Zweizimmerwohnung am wohlsten.

Die Trennung war schnell und vermeintlich schmerzlos vollzogen worden. Lauri tat es jedoch immer noch weh; nur wenige hatten es mit ihm ausgehalten. Mittlerweile wohnte Jatta mit einem fünf Jahre jüngeren Fußballprofi zusammen am Meeresufer in der Sonnenbucht in Vuosaari. Der Typ spielte beim Rekordmeister HJK Helsinki, in der Nationalmannschaft und in der letzten Saison sogar bei Tottenham Hotspurs in der Premier League. »Du bist zu schnell gefahren«, stellte Jatta fest.

»Das stimmt«, erwiderte Lauri ehrlich.

»Na dann, gute Weiterfahrt, das war's«, sagte Jatta und lächelte.

Lauri fragte nicht, warum Jatta hier auf der Straße im Einsatz war. Hauptkommissare fuhren ja selten herum und jagten Raser. Jatta verstieß gegen die Dienstvorschriften, als sie ihn weiterfahren ließ.

Hinterher machte sich Lauri Vorwürfe, weil er nicht kapiert hatte, dass etwas im Gange war. Es hätte ihm aber klar sein müssen. Das kam dabei heraus, wenn man Polizisten am Parfüm erkannte und die Erinnerung an vergangene Freuden in der Leistengegend spürte.

Lauri hielt sich an die Geschwindigkeitsbegrenzung und fuhr bis zur Brücke Pasilansilta, am Bahnhof vorbei und direkt am Esterinportti unter dem gelben Geschäftshaus hindurch auf den kleinen Parkplatz.

Suomen Sanomat besaß eine Auflage von einer Viertelmillion, und in der Redaktion arbeiteten hundertsechzig Angestellte. Obwohl das Personal im Laufe der letzten sechs Jahre um annähernd ein Drittel reduziert worden war, stand der Parkplatz voll. Der größte Teil der Journalisten musste auch weiterhin sein Auto gegen Gebühr im Parkhaus von Pasila abstellen.

Zum Glück war Lauri der Parkplatz des Polizeireporters geblieben, als Akseli Autio sich hatte berenten lassen. Mit dem Erbe seines Vaters konnte er es sich leisten, mit fünfzig nur noch unbeschwerte Urlaubstage zu verbringen. Allerdings machte Lauri Akseli keinen Vorwurf. Der Job des Polizeireporters war aufreibend. Nichts als traurige Nachrichten und immer nur die Kehrseite des Lebens. Die Schlagzeile *Ende der Kriminalität in Finnland – überall herrscht Ruhe* würde auch Lauri nicht schreiben können. Vielmehr verdiente er sich mit Morden, Vergewaltigungen, Kindesmissbrauch, Raub und anderen Vergehen sein Brot und auch noch ein paar Scheiben Wurst dazu.

Lauri trottete zu seinem Platz. Die Morgenkonferenz war schon zu Ende, und ein fröhliches Stimmengewirr flutete bis auf den Flur. Die Nachrichtenredakteure wurden von Wochenende zu Wochenende immer jünger.

Lauri drehte sein Hörgerät leiser. Während des Einstellungsgesprächs hatte Chefredakteur Ohra gefragt, ob das Gerät beim Arbeiten störe.

Im Gegenteil, hatte Lauri geantwortet. Er könne entscheiden, wann er etwas hören wollte und wann nicht. Er würde die Vorteile des Großraumbüros maximieren und die Nachteile minimieren.

Die Antwort hatte dem Chefredakteur gefallen. Wie die Wahrheit aussah, hatte Lauri nicht gesagt: Wenn er das Gerät abstellte, konnte er dem endlosen und unerfreulichen Stimmenuniversum der verbitterten Kollegen mittleren Alters entfliehen und sich auf das Wesentliche konzentrieren. Auf die Verbrechen und die Berichterstattung darüber. Das war ein echter Vorteil. Für die Arbeit und vor allem für Lauri selbst.

Der Chefredakteur hatte auch nach der Ursache der Beeinträchtigung gefragt, worauf Lauri ihm etwas von missgebildeten Gehörgängen vorgelogen hatte. Über seine Kindheit würde er nur mit einem Messer an der Kehle reden.

Und als der Redaktionsleiter, der wie die meisten aus Lappland ein wenig kurz geraten war, etwas über seine Familie wissen wollte, hatte er nur gesagt, dass er allein lebte. Eine

Tochter hatte Lauri, aber davon brauchten andere nichts zu wissen. Nicht einmal die Tochter selbst.

»Kivi«, knurrte Pokka, der Chef der Nachrichtenredaktion, als er Lauri erblickte.

»Ja?«

»Du warst also nicht bei der Konferenz.«

»Nein.«

»Du hättest aber da sein müssen«, entgegnete Pokka. »Was soll ich mit dir machen?«

»An die Arbeit schicken.«

Pokka schmunzelte. »Stimmt. Na, dann an die Arbeit.«

»Liegt was an?«

»Du könntest in den Hafen fahren und eine Reportage machen. Die lassen schon die Boote zu Wasser. Man müsste ein paar Kahnschrubber befragen und den Hafenmeister anrufen, wie die Wasserhöhe ist, ob die größeren Boote schon von der Anlegestelle aufs Meer auslaufen können.«

Lauri schüttelte den Kopf. »Wie wäre es, wenn ich stattdessen für dich eine echte Neuigkeit ausgrabe. So was interessiert die Leute vermutlich noch.«

»Eine halbe Stunde«, erwiderte Pokka. »Wenn du bis dahin kein Thema hast, fährst du in den Hafen.«

Lauri hätte ihm sagen können, dass er schon etwas hatte. Im Material aus der unerschöpflichen Truhe des Statistischen Zentralamts war am Freitag zutage gekommen, dass sich die schweren Gewaltverbrechen der knapp unter zwanzigjährigen Männer in den letzten dreißig Jahren verdoppelt hatten, während die Anzahl in den anderen Altersgruppen annähernd unverändert geblieben, teilweise sogar gesunken war.

Den jungen Männern, die in ihrem Zuhause mit den Hufen scharrten oder gerade dort weggezogen waren, ging es schlecht, erbärmlich schlecht. Man musste lediglich an die Amokläufe von Jokela, Kauhajoki und Hyvinkää denken. Zu den Ursachen der Situation müsste noch ein Experte befragt werden, der auch einen Kommentar dazu abgeben könnte. Vielleicht ein Wissenschaftler vom Rechtspolitischen Forschungsinstitut oder beispielsweise der Direktor der Psychiatrischen Klinik für Gefangene. Otso Hirvonen war ein glasklarer und genauer Analytiker. Ein ausgezeichneter Interviewpartner. Und unschlagbar, wenn es darum ging, äußerst trockenen Weißwein zu schlürfen, der auch als Wodka bekannt war.

Die einfachste Erklärung war, dass sich die Einsparungen während der Krise in den neunziger Jahren nun rächten und bezahlt werden mussten. Sollte er Viinanen, den damaligen Finanzminister, befragen? Wohl kaum, die Entscheidungsträger sahen nur das System, nicht den Menschen.

Doch Lauri wollte dem Nachrichtenchef noch nichts von dem Stoff sagen, um ihm nicht die Freude zu verderben. Pokka genoss es, wenn er Gelegenheit bekam, erfahrenen und spezialisierten Redakteuren mit Aufträgen zu banalen aktuellen Themen zu drohen. Lauri würde warten, bis Pokka auf seine Uhr klopfte und zum Bootssport passende Gesten machte. Er würde den Nachrichtenchef auf seinem Stuhl zu sich herüberrudern lassen und erst dann von seinem Thema berichten. Lauri verspürte eine etwas verquere Genugtuung. Die Theaterinszenierung war jedoch überflüssig. Lauri hatte noch nicht lange gesessen, da stand Pokka schon hinter ihm. Der Nachrichtenchef hatte gelernt, die Hand auf Lauris Tisch zu legen und nicht auf seine Schulter, wenn er kam, um mit ihm zu reden. Anfangs hatte er den nahezu tauben Lauri absichtlich erschreckt, das aber gelassen, als der mit erhobener Faust aufgesprungen war und lautstark geflucht hatte. »Na, was ist? Die halbe Stunde ist noch nicht um.«

»Stimmt«, entgegnete Pokka. »Aber es gibt einen Familienmord in Toivola. Mach dich auf den Weg. Du kümmerst dich um die Fakten, für die Interviews mit den Nachbarn schicke ich später jemand hinterher.«

Lauri hatte es plötzlich eilig.

Das Taxi kurvte auf den Innenhof von *Suomen Sanomat*, und Lauri stieg hinten ein. Der Fotograf würde direkt von einem anderen Job kommen. Mit ihm könnte er dann zurückfahren. Zum Glück war es Karhu, der beste Fotograf im Hause, wenn nicht im ganzen Land. Er versuchte immer bis zuletzt alles und war zu kreativen Lösungen fähig. Das erleichterte dem Redakteur die Arbeit, da er seine Zeit und seine Nerven nicht für Streitereien mit dem Mann am Fotoapparat vergeuden musste. Karhu machte sich wenigstens die Mühe, am Ort der Aufnahmen auszusteigen, im Gegensatz zu Pytty. Der Fast-Rentner hatte, als er Fotos auf einer Mülldeponie machen sollte, die Scheibe seines Wagens heruntergelassen, ein nichtssagendes Panoramabild geknipst und geknurrt, ein Scheißhaufen bleibe ein Scheißhaufen, egal, von wo man ihn fotografiere.

Lauri rief Jatta an. Sie war wegen des Familienmords unterwegs gewesen. Warum hatte sie nichts gesagt? Oder wenigstens eine Andeutung gemacht?

»Was gibt's, Lauri?«

»Konntest du denn nicht etwas sagen.«

»Sorry. Du weißt, dass es nicht geht. Ich wollte nur wissen, ob eure Firma schon von der Sache Wind bekommen hat. Wenn nicht, dann wussten die anderen auch noch nichts. Außerdem bist du gerast. Ich habe dir und der Menschheit einen Gefallen getan. Du bist nicht dazu gekommen, jemanden zu überfahren, obwohl du dir große Mühe gegeben hast.«

»Na, was ist da passiert?«

»Du weißt, dass die Sache zu hoch angebunden ist und ich nichts mehr damit zu tun habe. Der Chef der Ermittlungsgruppe für Gewaltverbrechen informiert die Medien selbst. Er leitet die Ermittlungen.«

»Vesitaival. Na danke. Aus dem kriegt man nichts raus, höchstens schlechte Laune.«

»Eh, Lauri, das ist sein Job. Und du hast deinen.«

»Wenigstens inoffiziell.«

Schweigen. Es dauerte einen Augenblick. »Aber das hast du nicht von mir.«

Das verstand sich von selbst.

Jatta räusperte sich. »Eine vierköpfige Familie wurde am frühen Morgen in ihrem Zuhause tot aufgefunden. Offensichtlich hat der Vater seine Frau und seine zwei Kinder, beides Mädchen, umgebracht. Was sich ereignet hat, ist noch unklar.«

»Wie habt ihr es geschafft, das so lange geheim zu halten? Meistens erfahren wir es, spätestens eine halbe Stunde nachdem ihr vor Ort seid.«

»Es liegt am Ende der Straße, hinter einer Kurve, und Polizeiwagen sind in dieser Straße ein vertrauter Anblick.«

»Wieso? War das irgendein alter Bekannter der Polizei?«

»Ja.«

»Wie gut bekannt?«

Jatta machte eine Pause. »Ein Kollege«, sagte sie mühsam und seufzte.

»O verdammt. Kanntest du ihn?«

Schweigen. Diesmal dauerte es länger. »Ja. Ich begreife das nicht. Kössi ist ein von allen geschätzter Polizist. Vor zwei Jahren hat man ihn in Helsinki sogar zum ›Schutzmann des Jahres‹ gewählt. Klar war er manchmal etwas barsch, aber das alles gibt keinen Sinn.«

Das war der siebte Familienmord innerhalb eines reichlichen Jahres. Die Toten von Weihnachten im nordkarelischen Kontiolahti gingen Lauri immer noch nicht aus dem

Kopf. Von allen Fällen war das der unsinnigste. Ein Vater hatte am Heiligabend seine Frau an einen Stuhl gefesselt, ihr die Pulsadern aufgeschnitten und das Blut fließen lassen. Dann war er ins Kinderzimmer gegangen und hatte zwei kleine Leben erstickt. Seinen Töchtern hatte Petri Huovinen die Hände wie bei einem Engel auf die Brust gelegt. Anschließend war der Mann zu seiner Frau gegangen, hatte ihr mit viel Mühe die Kehle durchgeschnitten und sich mit einer nicht zugelassenen Pistole erschossen.

Es hatten sich keinerlei Gründe für das Geschehen gefunden. Zeichen einer bevorstehenden Scheidung gab es nicht, und beruflich war alles gut gelaufen. Mit Petri Huovinens Karriere ging es nach Ansicht seines Chefs aufwärts. Der Mann hatte immer mehr Verantwortung übertragen bekommen und eine glänzende Zukunft vor sich. Auch deswegen glaubten seine Eltern nicht, dass ihr Sohn schuldig war.

Die Nachbarn hatten ihn für einen liebevollen Ehemann und Vater gehalten, der sich intensiv um seine Kinder gekümmert hatte. Die Geschwister der ermordeten Frau hatten berichtet, sie habe ihren Mann und ihr Leben in den höchsten Tönen gelobt. Der Bruder der Frau hatte Lauri fast erotische E-Mails gezeigt, die seine Schwester von ihrem Mann an ganz normalen Arbeitstagen bekommen hatte. Für Neujahr war eine Flugreise nach China gebucht gewesen. Die Kinder hatten schon die ganze Zeit viel Wirbel gemacht und auch Unbekannten gegenüber von der Reise geschwärmt. Nach Ansicht der Angehörigen und Nachbarn waren die Mädchen die reizendsten und lebhaftesten Kleinen, die man sich vorstellen konnte. Alles hatte gestimmt.

Bis alles rundum schwarz wurde. Für immer.

Lauri beendete das Gespräch, als Jatta nichts mehr zu entlocken war. Die Kinder des Polizisten waren angeblich vier und neun Jahre alte temperamentvolle Mädchen. Die Ehefrau arbeitete im Studentensekretariat der Universität Helsinki. Sie war zurückhaltend, aber freundlich gewesen, als Jatta sie einmal getroffen hatte.

Der Täter war der neunundvierzigjährige Hauptwachtmeister Kyösti Virtanen, ein Mann, der aus Österbotten stammte. Ein geschätzter Polizist, der wortkarg war, aber leicht in Situationen geriet, in denen man auch mal handgreiflich werden musste, um die Tagediebe, wie er die Kriminellen genannt hatte, zu beruhigen. Und so wie stets in diesen Fällen würde jeder, der mit Kyösti zu tun gehabt hatte, sagen, er hätte nie und nimmer geglaubt, dass so etwas passieren könnte. Viele hatten es sicher wirklich nicht geglaubt, aber falls irgendjemand etwas geahnt hatte, würde er es nun nicht laut sagen, denn wenn er jetzt schwieg, befreite er auch sich selbst von der Verantwortung. »Ich konnte nichts tun, weil ich ja nichts bemerkt habe.« Lauri glaubte nicht, dass es immer unbedingt einen Rami oder eine Seija gab, die etwas verdächtig gefunden hatten, aber der Selbstschutz führte zu nichtssagenden Aussagen. Auf jeden Fall würden alle angesichts dessen, was geschehen war, fassungslos sein.

Das war eine schwerwiegende Nachricht. Ein aktiver Polizeibeamter hatte seine Familie abgeschlachtet.

Lauri verfügte nun über die grundlegenden Informationen. Jetzt musste sie nur jemand bestätigen.

Karhu stand am Absperrband der Polizei und fotografierte den Ort des Geschehens, als Lauri eintraf. Andere Medienvertreter waren noch nicht zu sehen. Sie würden jedoch innerhalb der nächsten halben Stunde auftauchen. Lauri nickte dem Wachtmeister neben der Absperrung zu. Er hatte keine Lust, den Polizisten zu befragen. Hier gibt es nichts zu sehen, würde der nur sagen und weiter keinen Kommentar abgeben.

»Die haben alles ziemlich weiträumig abgesperrt«, ärgerte sich Karhu über das gelbe Band.

Lauri nannte ihm den Beruf des Verdächtigen.

»Okay, dann ist das kein Wunder. Jetzt erfährt man von denen allerdings gar nichts. Andererseits kann man das ja verstehen. Dieser Kleiderschrank hat mich auch nur aufgefordert zu verschwinden«, sagte Karhu und zeigte auf den Wachtmeister.

Lauri nickte. Er hatte gelernt, dass nichts dabei herauskam, wenn man die Leute löcherte und übermäßigen Eifer zeigte. Man musste die Polizei in Ruhe arbeiten lassen. Es war für niemanden von Vorteil, wenn Außenstehende die Ermittlungen durcheinanderbrachten.

»Von hier aus kriegt man ja nicht mal das ganze Haus richtig drauf«, murmelte Karhu und hantierte an seiner Kamera herum. Er hatte meist ein langes Objektiv – und sehr viel Geduld.

Karhu beschwerte sich selten über schlechte Bedingungen. Er meisterte sie. Auch ihm waren jedoch solche Aufträge zuwider. Man kam sich schmutzig vor, wenn man in der Nähe des Tatortes lauerte, an dem Morde begangen worden waren. Wenn man Kommentare und Bilder einfing. Und in der Trauer und der Erschütterung von Menschen herumstocherte.

»Klettere dort auf die Kiefer, dann kriegst du es drauf«, sagte Lauri. Das war als Scherz gedacht, aber Karhu bedankte sich und lief auf der Straße wieder zurück.

Lauri versuchte, den Chef der Mordkommission Markku Vesitaival anzurufen. Ihn zu erreichen würde schwierig sein. Der Mann war im Stress. Lauri wusste, dass Vesitaival, als er von der Mordnachricht geweckt worden war, als Erstes die Leute der Ermittlungsgruppe für Gewaltverbrechen angerufen und zum Dienst beordert hatte. Vesitaival hatte auch die Verantwortung für die Ermittlungen übernommen. Später würde er für die Morduntersuchung offiziell eine Gruppe von weniger als zehn Polizisten bilden. Er würde auf eigene Verantwortung eine Hausdurchsuchung anordnen. Richter brauchte man zur Überraschung der Freunde amerikanischer Krimiserien dafür nicht. Auch mit den Telefongesprächen der Familie, den E-Mails und den Nachrichten in den sozialen Medien würden sie sich nun befassen.

Vesitaival hatte auch die Absperrung der Wohnung angeordnet, und zwar gleich in der Nacht, als die Streife der Zentrale gemeldet hatte, was geschehen war.

Die Spurensicherung begann, sobald die aus dem Bett geholten Kriminaltechniker vor Ort eintrafen. Sie machten Fotos, nahmen Proben. Ein Teil von ihnen hatte schon zu viel gesehen, so viel, dass sie nur eine Dusche brauchten, um sich von dem Anblick zu erholen. Aber die anderen konnten zwei Nächte nicht schlafen, sie überlegten immer wieder, warum, warum, warum zum Teufel. Wenn einer lebensmüde war, warum musste er dann die Frau und die Kinder mit in den Tod reißen. Das konnte ein normaler Mensch nicht begreifen.

Lauri konnte sich vorstellen, in was für einer mentalen Landschaft sich der Täter vor den Morden bewegt hatte. Er war selbst in Sackgassen gerannt und tat es immer noch. Das hieß jedoch nicht, dass er die Taten akzeptierte oder völlig verstand, aber er hatte eine Ahnung.

Er vermutete, dass der Täter in vielen Fällen in einen psychischen Zustand geraten war, in dem er keine anderen Alternativen mehr sah. Auslöser konnte beispielsweise ein unüberwindliches finanzielles Problem sein. Der Mörder glaubte nicht daran, dass die Familie damit fertig werden würde. Er hielt es für gerechter, auch die Kinder umzubringen, damit sie nicht leiden mussten. In Finnland erschien das unbegreiflich. Hier verhungerte niemand. Andererseits litt der Täter in diesen Fällen tatsächlich oft unter psychischen Problemen. Bei einer Psychose bestimmte der Verstand kaum noch, was wo, wann oder weshalb zu tun war.

In einem anderen typischen Fall brachte der Mörder seine Familie aus Eifersucht um. Der Täter tötete zuerst im Affekt seine Ehefrau und ermordete danach seine Kinder aus Scham oder damit sie nicht weiter leiden und die Bürde des Mordes tragen mussten. Die eine Tat führte zu einer zweiten und schließlich zur letzten.

Der dritte Fall trug in sich schon das pure Böse. Der Mörder benutzte die Kinder als Mittel, er tötete sie, weil er seiner Ehefrau oder seinem Umfeld Leid zufügen wollte. Wenn ich meine Kinder nicht bekomme, dann kriegst du sie auch nicht.

Der Mord an einem Kind machte es zu einem wertlosen Gegenstand. Ein Elternteil mordete, weil er sich einbildete, daraus einen Nutzen zu ziehen und dazu berechtigt zu sein. Ich habe mein Kind in diese Welt gesetzt, ich bin berechtigt, auch über seinen Abgang zu entscheiden. Für dieses Ungeheuer war das Kind nie ein Mensch gewesen.

Auf Lauri wirkten diese Fälle lähmend. Zuweilen, glücklicherweise nur äußerst selten, war ein Elternteil seinem Kind gegenüber ein großer, böser Wolf.

Alle diese Fälle hatten jedoch eines gemeinsam – die Angst. Die Angst, nicht durchzuhalten, die Angst vor der Einsamkeit, die Angst zu verlieren. Das Böse wuchs aus Ängsten.

Vesitaival hatte sich in seinen Panzer zurückgezogen und meldete sich nicht am Telefon. Lauri verstand den Mann, schließlich war der Mörder ein Kollege. Der Chef der Mordkommission wollte jedoch nicht verstehen, dass die Medien falsche Auffassungen und die Verbreitung von Gerüchten eindämmten. Es war klar, dass auch die anderen Reporter noch vor dem Abend Virtanens Beruf in Erfahrung bringen würden, obwohl die Informationen der Polizei nicht im Telefonbuch standen. Es reichte, sich bei einem Nachbarn zu erkundigen.

Lauri steckte sein Telefon ein. Hinter ihm stieg Antti aus einem Taxi. Er sollte Nachbarn befragen. Einen Fotografen hatte er nicht mit dabei. Er wollte ihm Karhu wegnehmen. Lauri war das egal, er brauchte Karhu nicht. Außerdem war der Fotograf offenbar noch beschäftigt.

Karhu erschien nämlich mit einer Leiter, die er sich vermutlich in einem Nachbarhaus ausgeliehen hatte. Der Fotograf wollte tatsächlich auf diese Kiefer klettern.

Lauri war jedoch so weit, dass er wieder gehen konnte. Er war fast umsonst hierhergekommen. Das hatte er geahnt, aber man wusste ja nie, was sich vor Ort ergeben könnte. Erst recht, wenn bis zum Redaktionsschluss noch zwölf Stunden Zeit blieben. So viel Spielraum hatte man selten. Da lohnte es sich, jeden Stein umzudrehen.

Er überlegte, was aus dem Fall bis zum Redaktionsschluss herauszuholen wäre. Die Polizei ließ so wenige Informationen durchsickern, dass die Hauptnachricht kurz und prägnant sein würde. Er musste nur abwägen, wie viele der von Jatta weitergegebenen Informationsbröckchen er verwenden könnte, falls oder da Vesitaival sie nicht alle bestätigen würde.

In das Paket über die Morde kämen natürlich die Kommentare der Nachbarn, die Antti interviewte. Irgendein Experte und der für Polizeiangelegenheiten zuständige Innenminister müssten befragt werden. Auch zu diesem Fall könnte man den Exfinanzminister Viinanen interviewen und herausfordern, den Preis für die Kürzungen der neunziger Jahre zu schätzen. Die Interviews würde Lauri selbst führen, weil er sich in dieses Thema vertieft hatte. Im Laufe der letzten anderthalb Jahre hatte er über sechs Familienmorde geschrieben. Er war in

Tyrnävä, Varkaus, Oulu, Kontiolahti, Kaavi und Pomarkku vor Ort gewesen. Er könnte die richtigen Fragen stellen.

Obwohl der Täter diesmal ein Polizist und das somit ein Sonderfall war, ging es doch bei alldem um ein größeres Ganzes. Das müsste man den Lesern verständlich machen. Darüber dürften dann die Vertreter der Behörden reden, aber auch ein Reporter, der sich mit dem Thema auskannte. Lauri würde über dieses unfassbare Phänomen eine genaue Analyse schreiben, zumindest einen Kommentar.

Er stieg in das von Antti Seppänen verlassene Taxi.

Im Foyer der Redaktion zwängte sich der ständig jammernde Kollege von der Wirtschaft mit in den Aufzug. Der Mann benahm sich jeden Tag so, als würde er eine Story schreiben, die den Journalisten-Preis des Bonnier-Konzerns gewann. »Ein harter Tag, was?«

Lauri stimmte ihm zu.

Als das Gerede über irgendeine wichtige italienisch-französische Tischlerwerkstatt anfing, nahm Lauri das Hörgerät vom Ohr. »Hier ist was kaputt. Man hört nur ein unangenehmes Pfeifen«, sagte er.

Der Mann begriff und drehte ihm beleidigt den Rücken zu. Der Aufzug hielt an, und der Journalist in seiner Cordhose schoss hinaus und in die Redaktion.

Lauri schlurfte ihm hinterher. Er grüßte Pokka, der ihm zuwinkte. Der Nachrichtenchef telefonierte sichtlich verärgert. Bestimmt irgendein Opa, der sich beschwerte, dass die Zeitung nicht gekommen war. Am Ende würde sich herausstellen, dass der Bucklige, wie Pokka diese Kunden nannte, Mittagsschlaf gehalten und nach dem Aufwachen noch etwas verdreht geglaubt hatte, es sei schon früh am Morgen.

Lauri ließ man nicht mehr an das Telefon des Nachrichtenchefs gehen. Er war gerade dabei gewesen, einen Buckligen schon mal vorsorglich zum Bestattungsunternehmen weiterzuleiten, als Redaktionsleiter Kettunen ihm den Hörer aus der Hand gerissen, dem Kunden gegenüber den Vorfall bedauert und dann Lauri eine Predigt über die Bedeutung jedes einzelnen Abokunden gehalten hatte. Vor allem in diesen bedauerlichen Zeiten des Niedergangs der Zivilisation, wo zu unserem Leidwesen auch die Auflage der Qualitätszeitungen immer weiter sank. Kettunen wurde allgemein das »Kleine Leidwesen« genannt. Nicht ohne Grund.

Vor einem halben Jahr war das Kleine Leidwesen in Lauris Kabuff gekommen und hatte gefragt, ob Lauri Obama mochte.

Lauri hatte angefangen, den Einfluss des dunkelhäutigen Präsidenten der Demokraten zu preisen.

Es reichte schon, dass man ihn gewählt hatte. Das waren ein Schritt und ein Zeichen. Die Taten waren sogar zweitrangig, so dachte auch das Nobelkomitee.

»Nein, nein. Ich bin nicht hierhergekommen, um über Politik zu palavern. Ich habe nur festgestellt, dass du deinen Präsidenten* am liebsten schwarz genießt.«

Lauri brachte keines der Worte heraus, die ihm durch den Kopf schossen. Ku-Klux-Klan wollte er sagen, war aber nicht dazu imstande.

Er starrte nur mit offenem Mund seinen Chef an.

»Also, hat Kivi seinen Negerkaffee schwarz genossen?«

Trotz seiner Verblüffung bejahte Lauri die Frage. »Ja, ja, natürlich. Wieso?«

»Ich bin deinen Spuren von der Kantine bis hierher gefolgt. Du hast nämlich auf der ganzen Strecke im Flur und auf der Treppe gekleckert. Jetzt müssen wir mitten am Tag eine Reinemachefrau bestellen. Das kostet, Kivi, und es sieht auch außerordentlich schmutzig aus. Reiß dich zusam-

* Presidentti – beliebte finnische Kaffeesorte

men, sonst muss mit Zwangsmaßnahmen nachgeholfen werden.«

Nach außen äußerte Lauri sein Bedauern, innerlich war er auf 180. Spionierte der Kerl wirklich nach, wie er seinen Kaffee beförderte? Bald würde man nicht mal mehr pinkeln können, ohne dass jemand herumschnüffelte, wohin der letzte Tropfen fiel. Spätestens bei der E-Mail an die ganze Redaktion, in der aus Gründen der allgemeinen Hygiene und des Wohlbefindens der Mitarbeiter verboten wurde, Getränke aus der Kantine zum Arbeitsplatz zu tragen, hatte es Lauri die Sprache verschlagen. In der Nachricht hieß es, man solle sich bei Polizeireporter Kivi bedanken, er habe aus eigener Initiative demonstriert, wie eklig es war, überall zu kleckern. Deswegen musste von dem Tag an die Plörre im Café oder im Pausenraum nahe an der Kaffeemaschine geschlürft werden.

Mit dem Kleinen Leidwesen kam man aus, wenn man mit ihm nichts zu tun hatte. Wenn man nicht wegen ein paar freier Tage herumdiskutierte, wenn man mit den vorgegebenen Urlaubszeiten einverstanden war und kein Büromaterial vergeudete.

Lauri hatte sich nie mit Kettunen angelegt. Dass sich das nicht lohnte, war ihm sofort klar geworden. Dem Kulturredakteur Hakkarainen und Grafiker Jokinen nicht, sie konnten sich jetzt auf dem Arbeitsamt herumstreiten. Das Kleine Leidwesen besaß Macht. Er kannte den Vorstandsvorsitzenden des Konzerns, das hieß, seinen Vater Veikko, und den Geschäftsführer des Zeitungsunternehmens, seinen Bruder Timo. Lauri war überzeugt, dass man mit den Fähigkeiten des Kleinen Leidwesens ohne Nepotismus nicht zum Redaktionsleiter bei der zweitgrößten Zeitung des Landes aufgestiegen wäre.

Er ging zu seinem Platz, schaltete den Computer ein und öffnete die Pressemitteilungen der Polizei, die er direkt auf den Desktop seines PCs bekam. Da war schon etwas über Toivola.

Vier Tote in Toivola

Pressemitteilung der Helsinkier Polizei vom 08. 06. 2013

Die Polizei fand am Montag, dem 8. 6. 2013, 3.34 Uhr in Toivola in Helsinki vier Tote vor. Der Ort des Geschehens ist ein Eigenheim, das sich in der Vislauskuja befindet. Der 49-jährige Familienvater, die 38-jährige Ehefrau sowie die 4- und 9-jährigen Töchter sind infolge äußerer Gewaltanwendung gestorben. Die Polizei schließt in dieser Phase keine Richtung der Ermittlungen aus. Aus ermittlungstaktischen Gründen werden derzeit keine Angaben zur Ausführung der Taten gemacht. Die nächste Pressemitteilung der Polizei zu dem Fall erscheint morgen am Dienstag spätestens 13 Uhr.

Lauri beschloss, Vesitaival wieder anzurufen. Er müsste ihn fragen, ob es sich bei dem Täter um einen Polizisten handelte, wer als Erster gestorben war, ob der Mörder möglicherweise ein Außenstehender war und wie es kam, dass die Polizei so früh am Morgen in der Wohnung erschien.

Aber das wäre sowieso für die Katz. Vesitaivals einziger Kommentar würde lauten, dass er keine Kommentare gab. Höchstens auf die Frage nach dem Beruf des Familienvaters könnte er gezwungen sein zu antworten. Das würde auf jeden Fall öffentlich bekannt werden.

Lauri wählte Vesitaivals Nummer und wartete. Endlich wurde abgehoben. »Markku Vesitaival, Chef der Ermittlungsgruppe für Gewaltverbrechen der Ständigen Abteilung für kriminalpolizeiliche Ermittlungen bei der Helsinkier Polizei.«

Vesitaival war schon das dritte Jahr im Amt. Sagte er immer noch seinen in die Länge gezogenen Titel vor dem Spiegel auf, mit geschwollener Brust?

»Hallo, hier Lauri Kivi von Suomen Sanomat. Ich habe die Mitteilung der Polizei zu den Mordfällen in Toivola gelesen, ich hätte dazu ein paar ergänzende Fragen. Einverstanden?«

»Ja.«

»Hat die Polizei einen Verdächtigen?«

»Wie in der Mitteilung zu lesen ist, schließt die Polizei derzeit keine Richtung der Ermittlungen aus.«

»Ist es also möglich, dass der Mörder ein Außenstehender ist?«

»Wie in der Mitteilung zu lesen ist, schließt die Polizei derzeit keine Richtung der Ermittlungen aus.«

»Ist der Familienvater von Beruf Polizist?«

»Wie in der Mitteilung … wo zum Teufel hast du so was gehört?«, fragte Vesitaival streng. Seine Stimme klang so, als käme sie direkt aus der Gefriertruhe.

»Da leidet doch der Berufsstolz, wenn der Reporter nicht vor der Feuerwehr am Brandort ist.«

»Ja.«

»Was ja?«

»Der Familienvater ist, ich korrigiere, war von Beruf Polizist.«

»Wie lautet sein Name?«

»Aus ermittlungstaktischen Gründen kann ich das nicht kommentieren.«

»War es Hauptwachtmeister Kyösti Virtanen?«

»Aus ermittlungstaktischen Gründen kann ich das nicht kommentieren.«

»Worin bestand seine Aufgabe?«

»Die Gewährleistung der Rechts- und der Gesellschaftsordnung, die Aufrechterhaltung der öffentlichen Ordnung und Sicherheit sowie die Vorbeugung und Aufklärung von Verbrechen und die Überführung der Ermittlungsergebnisse an die Staatsanwaltschaft.«

»Ich meinte damit: Wie lautete sein Titel? Kommissar, Wachtmeister oder was?«

»Aus ermittlungstaktischen Gründen kann ich das nicht kommentieren.«

»In welcher Abteilung hat er gearbeitet?«

»Aus ermittlungstaktischen Gründen kann ich das nicht kommentieren.«

»Ist er der Hauptverdächtige der Polizei? Handelt es sich um einen Familienmord?«

»Wie in der Mitteilung zu lesen ist, schließt die Polizei derzeit keine Richtung der Ermittlungen aus.«

»Wie kam es, dass die Polizeistreife am frühen Morgen um halb vier in der Wohnung eines Kollegen erschien?«

»Aus ermittlungstaktischen Gründen kann ich das nicht kommentieren.«

»Gibt es in dem Fall Augenzeugen, oder befanden sich in dem Haus zum Zeitpunkt des Mordes weitere Personen?«

»Aus ermittlungstaktischen Gründen kann ich das nicht kommentieren.«

»Hatte die Familie finanzielle Schwierigkeiten oder Beziehungsprobleme?«

»Es ist zu früh, über solche Dinge zu spekulieren. Die Ermittlungen stehen erst am Anfang.«

Schließlich musste Lauri selbst offen reden. »Wenn die Polizei nichts über den möglichen Täter mitteilt und nicht erklärt, wie es sein kann, dass die Streife um halb vier in der Frühe am Tatort auftaucht, dann verstehst du doch, dass damit ein fruchtbarer Boden für wüste Gerüchte bereitet wird. Der erste Gedanke des Lesers ist, dass ein verdienstvoller Polizist so etwas doch nicht tun kann. Ein Mann, der sein ganzes Leben dem Gesetz und der Aufrechterhaltung von Ordnung und Sicherheit gewidmet hat, ermordet ja nicht seine Ehefrau, seine Kinder und danach sich selbst. Ist der Täter also jemand anders? Handelt es sich um irgendeinen unzufriedenen Kunden? Ein Fixer, dem der Hauptwachtmeister die letzte Ladung weggenommen hat, oder ein gewalttätiger Familienvater, der wegen Virtanens Bericht sein Kind verloren hat. Aus derart dürftigen und unklaren Informationen wie euren wird man auch nicht viel schlauer. Glaub mir! Das ist keine Neugier, wenn ich frage, das ist Dienst an der Gesellschaft. Uns bleiben unnötige Ängste und Sorgen erspart, wenn wir die grundlegenden Informationen sofort und richtig vermitteln.

Deswegen gebt ihr doch die Pressemitteilungen heraus. Ich will auch keine Blutorgien in der Presse ausmalen oder Blutspritzer an Toilettenspiegeln beschreiben. Das hieße, sich an Gewalttaten zu berauschen. Das wäre falsch.«

Vesitaival schwieg. Offensichtlich überlegte er.

Lauri glaubte, der richtige Augenblick sei gekommen. »Hält es die Polizei für wahrscheinlich, dass es sich um einen Familienmord handelt?«

Vesitaival räusperte sich. Einmal, noch einmal. »Wie in der Mitteilung zu lesen ist, schließt die Polizei derzeit keine Richtung der Ermittlungen aus.«

Lauri erwiderte, Vesitaival mache einen Fehler.

Er begriff noch nicht, dass er selbst etliche gemacht hatte.

Aus Vesitaival war genau so viel herauszuholen gewesen, wie Lauri vermutet hatte. So gut wie nichts. Er ging zum Tisch des Nachrichtenchefs und berichtete, was er am Vormittag zustande gebracht hatte. Da gab es wenig zu erzählen. Pokka fragte vor allem, was Kivi in die aktuelle Ausgabe bringen wollte. Der Nachrichtenchef redete ihm nicht in den Inhalt der Artikel hinein, er wusste, dass sein erfahrener Mitarbeiter die Situation besser im Griff hatte als er.

Ein Interview mit Viinanen hielt Pokka jedoch momentan für unnötig. Vor allem, weil der Täter diesmal kein in den neunziger Jahren geborener Jugendlicher war. Viinanen ließe sich noch als Fortsetzung des heutigen Artikels für die Zeitung in zwei Tagen interviewen, man könnte nachhaken zu den Auswirkungen der Haushaltsführung in der Vergangenheit auf die jetzige Gewalt, und zwar in allgemeinerem Sinne. In demselben Komplex könnte man generell erörtern, wie die Lage sei, warum sich die Gewalt so ausgebreitet habe, brutaler und öffentlicher geworden sei. Ist sie das überhaupt? War es die Schuld der Medien, auch der sozialen, dass man über Dinge und Ereignisse einfach mehr als früher wusste? Wenn tatsächlich eine Veränderung eingetreten war – wo lagen die Ursachen? Wer war schuld, wer müsste die Sache korrigieren und wie? Konnte man überhaupt etwas dagegen tun?

Zusätzlich könnte jemand einen Kommentar über das Böse und die Gesellschaft schreiben, geradeheraus und geistreich. Nach Pokkas Ansicht könnte das für die Zeitung vom Mittwoch als Einstieg tragfähig sein. Es würde den Bedürfnissen und Fragen des Lesers gerecht. Das wäre eine Dienstleistung, die wichtigste Aufgabe der Zeitung. Vorausgesetzt, es gingen keine neuen Sensationsmeldungen zu diesem oder einem anderen Thema ein.

Diese Orientierung war Lauri recht. Zusätzlich zur grundlegenden Nachricht eine Nachrichtenanalyse und ein Experteninterview zu schreiben wäre völlig ausreichend. Es war jedoch gut, Pokkas Pläne zu kennen, damit die Analyse nicht zu viel vom Thema der Artikel in der Zeitung des übernächsten Tages vorwegnahm.

Lauri hämmerte auf seine Tastatur ein. Erst tippte er eine kurze Nachricht zu Vesitaivals Kommentaren, die im Netz veröffentlicht werden würde. Er berichtete in kompakter

Form, was geschehen war, und beschloss, dem Kleinen Leidwesen und Ohra vorzuschlagen, unverzüglich den Beruf des Familienvaters zu nennen. Vesitaival hatte das bestätigt, und die anderen Medien würden noch vor dem Abend Wind davon bekommen. Es war besser, diese Entdeckung auf der Website als Erster zu veröffentlichen, als das Risiko einzugehen, die Information für die Zeitung am nächsten Morgen aufzuheben. Die Nachricht half den Konkurrenten möglicherweise, der Sache etwas eher als angenommen auf die Spur zu kommen, aber das war der Kompromissjournalismus in der Zeit des Internets. Man konnte nicht alles kostenlos veröffentlichen, aber man musste trotzdem der Erste sein. Und gleichzeitig musste es gelingen, für die Printausgabe der Zeitung einen eigenen speziellen und gewichtigen Inhalt zu produzieren, für den schließlich noch bezahlt wurde.

Lauri schickte die Nachricht an den Chefredakteur und den Redaktionsleiter. Er berichtete von seinem Fund und nannte die Gründe, warum man das sofort veröffentlichen sollte. Die Antwort vom Kleinen Leidwesen kam postwendend: *Wir folgen deinem Vorschlag.* Der Kassenwart der Redaktion war auch bei seinen Worten sparsam.

Lauri öffnete das Hauptmenü des Redaktionssystems und schickte die Nachricht in den Korb der Redakteure der Onlineausgabe. Danach begann er den Artikel für die Zeitung.

Fünf Minuten später klingelte Lauris Telefon. Unbekannter Teilnehmer, die Nummer war unterdrückt. Lauri meldete sich.

»Auf eurer Internetseite ist ein Fehler. Ihr redet von Familienmord, obwohl ihr nicht wisst, wer die Morde begangen hat. Es ist gar nicht sicher, dass der Täter der Familienvater ist. Der Mann war doch Polizist.«

Lauri erklärte dem alten Mann am Telefon, dass es nichts zu sagen hatte, wer der Täter war. Man hatte die Familie ermordet, also war es ein Familienmord.

»Aber Kyösti könnte so etwas nicht tun.«

Oho. Lauri wusste, dass Polizisten der Presse gegenüber garantiert keinerlei Kommentare zum Charakter oder zu den Taten ihres Kollegen abgeben würden. Zumindest nicht aus eigenem Antrieb. Selbst die pensionierten Beamten hielten sich strikt an diese ungeschriebene Dienstvorschrift. Aber jetzt war jemand in der Leitung, der den wahrscheinlichen Täter besser kannte als die Nachbarn. Hatte irgendein Angehöriger die Kraft, Redaktionen anzurufen?

Lauri schaltete den Rekorder an. Nun musste er genau aufpassen. Es war besser, bei dem Thema zu bleiben, das der Befragte selbst gewählt hatte. Ansonsten würde der Mann erschrecken und auflegen. »Wieso?«

»Kyösti war kein Mörder. Er liebte seine Familie, oder nein, eigentlich betete er sie an. Kyösti hat Frau und Kinder erst bekommen, als er schon älter war. Nach all den Bemühungen würde er doch seine Familie nie umbringen. Vor allem, weil auch Liisa Kyösti geliebt hat, und Iina und Eerika waren für Köpi das Wichtigste auf der Welt. Glaub mir, wenn ich dir sage: Kyösti Virtanen hat niemanden umgebracht. Das ist die Tat eines Verrückten.«

In der Leitung hörte man ein Schluchzen. Der alte Mann weinte. Lauri wusste nicht, wie er darauf reagieren sollte. »Entschuldigung, sind Sie noch da?«, fragte er.

»Ja«, sagte die alte, zitternde Stimme.

»Könnten Sie sagen, wer Sie sind?«

Der alte Mann ächzte, stammelte etwas, legte dann aber auf. Aus dem Hörer dröhnte das Besetztzeichen.

Lauri machte sich Vorwürfe. Er hatte den Mann zu sehr gedrängt, weil das Weinen ihn unter Druck gesetzt hatte. Es hatte ihn unruhig werden lassen, so dass er einen Fehler begangen hatte. Lauri mochte Männer nicht, die ihre Gefühle zeigten. Er versteckte seine eigenen – warum konnten das die anderen nicht?

Er hatte auch als Kind nicht weinen dürfen. Nie, sosehr ihn der Alte auch verprügelt hatte. »Große Jungs flennen nicht, verflucht. Nicht einmal solche kleinen Schwuchteln wie du, hörst du!«

Lauri spulte das Band zurück und hörte es sich noch einmal an. Allem Anschein nach war der Mann Kyösti Virtanens Vater, aber ihn aufzuspüren wäre unnötig und würde viel Zeit kosten. Es lohnte sich zumindest zu diesem Zeitpunkt nicht, tiefer in die Sache einzutauchen. Vielleicht später, wenn sich Lauri in einer größeren Story für die Monatsbeilage eingehend mit den Familienmorden beschäftigen würde. Zumindest wollte er das Thema dort anbieten.

Bis zum Abend sickerte in dem Fall nichts Neues durch. Vesitaival blieb schweigsam. Er hatte sich zwar nachmittags am Telefon gemeldet, aber ausweichend geantwortet. Preisgegeben hatte er immerhin, dass Virtanens Dienstwaffe nachts im Waffenschrank der Polizeiwache gelegen hatte. Sie war für die Morde nicht verwendet worden.

Vesitaival zeigte sich nicht bereit, zu sagen, wie die Morde begangen worden waren, und meinte, dass er das vermutlich niemals verraten würde. Seine Aufgabe sei es nicht, die Neugier des Publikums zu befriedigen, wenn die Informationen keine gesellschaftliche Bedeutung hätten. Lauri gab sich damit zufrieden. Er wusste, dass die Kinder in der Regel entweder erschossen oder erstickt wurden. Das empfand der Täter als barmherziger. Die Ehefrauen hingegen starben auf eine einfallsreichere Art und Weise, allerdings war hier ebenso Erschießen die häufigste Methode. Auch ein Messer kam häufig zum Einsatz.

Lauri setzte im Hauptartikel den letzten Punkt und warf noch einen Blick auf die Internetseiten der Konkurrenz. Die Schlagzeilen der Provinzzeitungen und der Boulevardblätter dominierte reißerisch der Beruf des Mörders: *Der Familienmörder von Toivola ist Polizist! Polizist tötet seine Familie!* Und: *Polizist im Verdacht, seine Frau und seine zwei Kinder ermordet zu haben.*

Die Schlagzeilen beruhigten Lauri. Niemand anders hatte etwas Neues in Erfahrung gebracht. Viele Zeitungen erwähnten, dass *Suomen Sanomat* als erstes Blatt den Beruf des Täters genannt hatte. Nur Yleisradio, die öffentlich-rechtliche Rundfunk- und Fernsehanstalt, berichtete davon, als hätten sie es selbst herausgefunden. Im Schutz seiner auf ewig gesicherten Finanzierung fühlte sich Yleisradio so überlegen, dass es glaubte, sich nicht einmal an die guten Sitten halten zu müssen.

Jemand schwenkte in Lauris Gesichtsfeld ein Blatt Papier. Lauri drehte sich um und schaltete sein Hörgerät ein. Es war Antti, der anhand der Interviews mit den Nachbarn einen Artikel getippt hatte.

»Eine ganz normale Runde durch die Nachbarschaft. Nichts Besonderes. Niemand hat in der Tatnacht etwas gesehen oder gehört, und auch vorher hat keiner etwas von Streitereien oder finanziellen Schwierigkeiten mitbekommen. Ein richtiger Polizist, und der macht so was – darüber haben sie sich am meisten gewundert.«

Antti war ein schon einigermaßen erfahrener etwa dreißigjähriger Nachrichtenredakteur, der seinerzeit auch eine Weile Jura studiert hatte. Er war ein nützlicher Partner, wenn auch die Verantwortung bei Lauri lag. Lauri mochte Antti, er plapperte kein überflüssiges Zeug und versuchte sich nicht mit ihm anzufreunden. Antti war fleißig, aber nicht wie ein Beamter. Und auch extrem ehrgeizig.

Lauri seufzte und machte sich wieder an die Arbeit. Die eigentliche Story über die Ereignisse selbst war eine simple Aufzählung von Fakten. Und der Experte hatte das alte Lied gesungen von der Sackgasse, in die jemand geriet, und vom epidemischen Charakter der Familienmorde. Sein Vorschlag lautete, es müsse eine Abkürzung geben, einen direkten Weg zur Behandlung, vorbei an den langen Schlangen derjenigen, die auf einen Termin warteten, aber leider wirkte diese geniale Idee genauso oberflächlich. Wie sollte man potentielle Mörder auf die Überholspur dirigieren? Wenn sie schon zu dem Zeitpunkt erkannt wurden, dann tat man vermutlich etwas dagegen. Im Fall von Varkaus allerdings hatte der Täter um Hilfe gebettelt, doch sie war ihm verweigert worden. Schon ein Familienmord weniger wäre wirklich sehr viel weniger gewesen.

Der Begriff Hilfe brachte Lauri auf eine Idee. Er würde das seine tun. Statt einer Analyse würde er einen offenen Brief an potentielle Familienmörder schreiben. Die Experten würden schimpfen, Kivi stachele Menschen zum Selbstmord an, aber lieber eine Selbstmordwelle als eine Flut von Familienmorden.

Fangt um Himmels willen mit euch selbst an

Offener Brief an Familienmörder

lauri.kivi@suomensanomat.fi

Sechs hübsche Kinder spielen in einem karg ausgestatteten Zimmer. Da ist es nicht dunkel, aber die Wände bestehen aus hartem und rauem Beton. Helmuts Ball springt prima von der Wand zurück, aber jeder Aufprall hallt in dem

kahlen Raum wider. Helga, Hilde, Helmut, Hedda, Holde und Heide sind mit Vater und Mutter in das Zuhause des freundlichen Onkels Adolf gezogen. Mitnehmen durfte jeder nur ein Spielzeug. Alles andere ist zurückgeblieben, endgültig. Die Kinder sehen ihr Zuhause nie wieder. Allerdings wissen sie das noch nicht. Sie glauben etwas anderes. Es ist April 1945. Draußen kracht und klirrt es, obwohl kein Frost herrscht. Drinnen ist alles trostlos. Mit ihrem Vater könnte man zwar auch spielen, aber wirklich Sehnsucht haben sie nach der Mutter. Die Jüngste, die fünfjährige Heide, schluchzt im Schoß ihrer ältesten Schwester Helga. Der Zwölfjährigen hat man die Verantwortung übertragen, die Eltern zu ersetzen, weil die Mutter zu betrunken und zu weinerlich ist. Die Mutter will seit zwei Tagen ihre Kinder nicht sehen. Der Führerbunker ist ihr Grab. Sie sind die Goebbelskinder, die durch Zyanid starben. Vergiftet haben sie ihre Eltern Joseph und Magda, Familienmörder, die sich schließlich auch selbst umbrachten.
Du denkst jetzt, dass dieser Fall nichts mit den finnischen Familienmorden zu tun hat. Die Täter sind keine Nazis, sie haben nicht einmal eine Eintragung im Strafregister, und alles sollte gut sein. Ein finnischer Familienmörder trägt nicht die Last, der geschickteste Manipulierer der Welt mit riesigem Einfluss und enormer Vorbildwirkung zu sein, auch nicht die Bürde der Mitschuld an der Ermordung von Millionen Menschen, und an der Tür klopft auch nicht die Armee der Alliierten: Erledigen wir das rasch mit dem Sturmgewehr oder andächtig mit dem Strick am Galgen. Da denkst du falsch.
Magda Goebbels hatte aus ihrer ersten Ehe einen Sohn, Harald, der damals Kriegsgefangener war. Magda schrieb Harald im Führerbunker einen Brief, in dem sie berichtete, dass sie ihre Kinder und sich umbringen wolle, weil »die

Welt nach dem Zusammenbruch des Nationalsozialismus nicht mehr lebenswert« sei.
In der gleichen verzerrten Stimmung läuft auch ein finnischer Familienmörder herum. Auch ihm geht es nicht gut, und die Welt ist es nach einem schweren Verlust nicht mehr wert, dass man weiteratmet. Vermeintlich. Das Leben ist über ihn hereingebrochen, hat ihm alles weggenommen, und künftige Heimsuchungen kann er nicht mehr überstehen. Alternativen gibt es wenig, und auch die sind auf der Strecke geblieben. Das Geld ist weg, die Ehefrau hat sich einem Fremden hingegeben, oder der Alltag ist einfach so mühselig, dass es seine Kräfte übersteigt. Die Bilder im Kopf eines finnischen Familienmörders ähneln denen von Joseph und Magda Goebbels. Sie haben sich selbst in eine Sackgasse getrieben, aus der es keinen Ausweg gibt. Zumindest bilden sie sich ein, dass keine anderen Lösungen existieren. Sich selbst wegzuwerfen ist selten das einzige Mittel, geschweige denn eine unabdingbare Notwendigkeit, aber die Abkömmlinge des Täters haben dieses Problem garantiert nicht. Sie sind Kinder. Nahezu leere, unbeschriebene Tafeln, die noch auf das Leben warten. Sie sind fröhlich und glücklich. Jedenfalls zuversichtlich. Sie sind auch anpassungsfähig. Wenn einer von beiden Elternteilen sich umbringt, dann überstehen sie das. Aber nicht, wenn sie mit ermordet werden. Und welche Bedeutung hat es, ob die Kinder oder die Ehefrau zuerst sterben, wenn der Mörder sich in jedem Fall auch selbst umbringen will? Die Kinder haben ihren Eltern kaum etwas Böses angetan oder etwas, das sich nicht rückgängig machen ließe. Sich die Kinder angeschafft zu haben könnte vom Standpunkt der Kontrolle des Mörders über sein Leben ein entscheidender Fehler gewesen sein, aber es fällt schwer, das den unschuldigen Kinderchen vorzuwerfen, und erst recht, sie dafür zu bestrafen.

Deshalb denkt jeder von uns nur über eine Frage nach.
Warum?
Und niemand vermag eine Antwort darauf zu geben. Deshalb hofft jeder von uns, dass man rechtzeitig etwas getan hätte.
Das ist nicht geschehen.
Deshalb schlage ich vor, dass jeder potentielle Familienmörder mit sich selbst beginnt.
Etwas anderes kann ich nicht tun. Leider.

Am nächsten Morgen kam Lauri zur Besprechung. Zu spät, aber immerhin.

Pokka, der Nachrichtenchef, verteilte schon die Aufträge. Die neuen Urlaubsvertretungen, die sogenannten Sommerredakteure, übernahmen die undankbarsten; sie hatten genug Eifer und den Wunsch, einen guten Eindruck zu machen. Es genügte ihnen, dass sie ihren Namen in der Zeitung und ein Lächeln auf dem müden Gesicht des Nachrichtenchefs sahen.

»Und dann wäre da noch die Geschichte von dem Mann mittleren Alters, der letzte Nacht im Leichenschauhaus von den Toten auferstanden ist. Das kommt als Hauptstory auf die dritte Doppelseite«, sagte Pokka. Er wollte das letzte Thema auf seiner Liste an den Mann bringen. Freiwillige gab es kaum.

»Na los, nun übernehmt das mal. Man hat selten Gelegenheit, so eine Geschichte zu schreiben. Der letzte Fall liegt schon etwa zweitausend Jahre zurück.«

Ein paar Leute lachten gutgelaunt, manche fanden, das Thema sei nicht für Humor geeignet. Diejenigen, die an dem Scherz Anstoß nahmen, hielt Lauri für Scheinheilige der schlimmsten Sorte. Sie lachten freudig über den Schaden, den andere hatten, sie wünschten ihn herbei und verursachten ihn auch, aber der Glaube war ihnen heilig. So etwas begriff Lauri nicht. Und er wollte es auch nicht verstehen. Die Religion war eine Form menschlicher Kultur, und der Mensch musste über sich selbst lachen können. Zu lachen reinigte.

Schließlich nahm es der Lokalreporter Pehkonen auf sich, den Artikel zu schreiben. Gerade als der Chefredakteur mit dem Feedback zur letzten Ausgabe begann, kam die Leiterin des Kulturressorts mit federndem Schritt in den Beratungsraum geeilt. Es fiel leicht, Saara Ylhäinen zu betrachten, ihr zuzuhören schon weniger. Normalerweise redete sie träge und müde, aber jetzt hatte sie ein Anliegen und klang deswegen energisch. »Könnte jemand von den Nachrichten das Interview mit Aava Kelo heute Nachmittag machen. Sonja ist krank geworden, und von den anderen hat keiner Zeit. Ich selbst kriege Gäste, Kollegen von Savon Sanomat. Die Story muss in die Ausgabe von morgen, weil es die Releaseparty für ihr neues Album ist, und darüber schreiben auch alle anderen. Das Mädchen hat seit einem halben Jahr keine Interviews gegeben und ist drauf und dran, der erste finnische Star zu werden, der seinen Durchbruch in der ganzen Welt schafft. Das macht echt einen schlechten Eindruck, wenn wir nichts darüber schreiben. Helsingin Sanomat bringt das als große Nummer auf zwei Doppelseiten. Und Aava Kelo steht auch nicht ständig für Interviews zur Verfügung. Sie gehört nicht zu den besonders pflegeleichten Menschen.«

Lauri dachte über Aava Kelo nach. Eine kleine, scharfzüngige Popsängerin, die man im ganzen Land kannte. Letztes Jahr hatte sie ihre erste Platte herausgebracht, und jetzt wurde ihre Musik schon europaweit verkauft. Vor allem in Deutschland war sie sehr erfolgreich. Das neunzehnjährige Mädchen machte einen zielstrebigen und selbstbewussten Eindruck. Die Musik war weichgespülter Pop, Lauri schätzte Aavo Kelo trotzdem.

Auf einer Gala im Winter hatte Kelo dem Finanzminister Koivu an den Kopf geworfen, mit seinen Fähigkeiten könnte er nicht einmal eine Würstchenbude betreiben, aber zum Glück immerhin Däumchen drehen; da komme er wenigstens nicht dazu, allzu viel Schaden anzurichten. Und wenn er sich mit seinem Faltengesicht jetzt verpisste, dahin, wo er herstammte, das heißt ins Nirgendwo, dann würde er nicht ganz Turku und sein ganzes Geschlecht blamieren. In den Boulevardzeitungen wurde am nächsten Tag berichtet, dass vor dem in aller Öffentlichkeit ausgetragenen Konflikt Minister Koivu der Sängerin Sex-SMS vorgeschlagen und sich für intime Geschenke nach ihrer Körbchengröße erkundigt hatte. Stinksauer hatte der Popstar beschlossen, dass auf einen groben Klotz ein grober Keil gehörte, und in der Livesendung eine passende Antwort gegeben. Zum Glück gab es für die Ereignisse vorher im Hinterzimmer ein paar Zeugen, sonst hätte die junge Frau im Amtsgericht weiterdebattieren können. Koivu war nach dem Vorfall einen Monat krankgeschrieben und nicht bereit gewesen, den Medien gegenüber irgendwelche Kommentare abzugeben.

Pokka fragte die Nachrichtenredakteure, ob jemand für diesen Auftrag Zeit habe, es sei doch eine einmalige Chance. Niemand zeigte sich sonderlich begeistert. Kelo war gefürchtet.

Lauri überlegte einen Augenblick und hob dann die Hand. »Ich kann das machen.«

In dem Raum wurde es vollkommen still. Alle schauten Lauri an. Jemand lachte. Was sollte denn das für ein Scherz sein? Lauri schrieb doch nicht freiwillig über etwas anderes als Verbrechen. Und über Kultur schon mal gar nicht.

Amüsiert betrachtete Lauri seine verblüfften Kollegen. Schließlich zuckte er die Achseln. »Hieß es nicht immer, dass die starren Ressortgrenzen überwunden werden sollten? Dass alle, sogar solche Polizeireporter mit ihren schmutzigen Fingern, fähig sein müssen, für alle Seiten der Zeitung zu schreiben?«

Pokka starrte Lauri lange an. Dann nickte der Nachrichtenchef langsam. »Genau so ist es. Hast du auch Zeit dafür? Du musst doch für heute die Fortsetzung zu dem Familienmord in Toivola schreiben.«

»Vesitaival rückt jetzt nichts mehr raus. Trotz der Umstände ist das eine Routinesache, und Antti kann ja den Überblick über Gewalt in Finnland, über Familienmorde und deren Ursachen schreiben. Ich helfe mit, so gut ich kann. Wir kriegen das schon auf die Reihe«, sagte Lauri und verließ den Raum mit der Begründung, er müsse sich beeilen.

Ylhäinen folgte Lauri in dessen Kabuff. Die Sätze der Leiterin des Kulturressorts zogen sich nun wieder in die Länge wie Kaugummi. Lauri zwang sich, ihr zuzuhören, allerdings ohne sich zu konzentrieren. Das brauchte er nicht. Er hatte so gut wie alles verschlungen, was jemals über Aava Kelo veröffentlicht worden war.

In der Presse, im Internet, im Rundfunk und Fernsehen. Auf dem Hamburger Flughafen hatte Lauri einmal sogar den Spiegel gekauft, weil das Sternchen auf dem Titel abgebildet war. Er konnte kein Deutsch, aber mit einem Wörterbuch hatte er sich durch die dreiseitige Story gequält.

Aava Kelo war für ihn fast wie eine Obsession.

Und jetzt war Lauri aufgeregt. Er hatte regelrecht Angst.

Das erste Mal seit fast achtzehn Jahren würde er seine Tochter treffen.

Aava würde nun sieben werden. Lauri hatte sich von der ganzen Kindheit seiner Tochter ferngehalten, obwohl er sie liebte. Deshalb hatte er seinerzeit seine Familie auch verlassen. Um zu retten, was zu retten war.

Der August neigte sich dem Ende zu, und im Radio redete man von Ranzen, Duftradiergummis und den Gefahren auf dem Schulweg. Das erste Mal packte ihn die Sehnsucht so sehr, dass sie unerträglich wurde.

Eine Medizin dagegen war für Lauri das Joggen. Er suchte den Trancezustand, in dem er vergessen konnte. Dann gab es nur das Keuchen, das gleichmäßige Pochen und den Schweiß zwischen den Beinen.

Lauri lief immer dieselbe Strecke. Er rannte unter dem Ostring hindurch, am Minigolfplatz von Puotila vorbei durch den Park in den Wald. Und auf schmalen Pfaden bis in das Kleingartengelände am Ufer. Dort hatte alles seine Ordnung, und für jeden, der gern in der Erde wühlte, fand sich eine eigene Parzelle, auf der er sich austoben konnte. Das erschien Lauri tröstlich. Den dröhnenden Lärm der Autos nebenan auf der Brücke von Vuosaari schaltete Lauri mit seinem Hörgerät aus, das die tiefen Töne hervorhob. Außerdem störten die Geräusche die Ruhe und die Harmonie der Gartenanlage. Zwischen den Parzellen machte ihm das Laufen Spaß. Nach einer halben Stunde am Ufer entlang kehrte er immer neben der Kapelle von Puotila in die Stadt aus Stein zurück.

Diesmal wurde in der Kapelle eine Hochzeit gefeiert. Davor stand eine lange Autoschlange. Lauri lief auf der Stelle und wartete darauf, die Straße überqueren zu können. Dabei warf er einen Blick auf die Anzeigetafel der Gemeinde. Dort war zu lesen, dass die Schulanfänger der Gemeinde Vartiokylä am Samstag um vierzehn Uhr für ihren Schulweg eingesegnet wurden. Lauri sehnte sich nach Kontakt zu seiner Tochter, obwohl er ihn nicht suchen konnte. Doch das hier war eine Lösung. Er dürfte dabei sein, wenn auch nicht direkt.

Am nächsten Tag ging Lauri ohne Begleitung eines Schulanfängers in die Kapelle. Er stieg auf die obere Empore und bemühte sich, möglichst unauffällig zu sein, aber eine Mutter Mitte zwanzig richtete energisch ihre ganze Aufmerksamkeit auf den einsamen Mann. In ihrem Kopf hatte es eindeutig klick gemacht. Sie holte ihr Telefon heraus und bereitete sich darauf vor, die Polizei anzurufen und zu melden, dass in der Kapelle von Puotila ein widerlicher Pädophiler herumschlich.

Lauri erahnte die Gedanken der Frau und senkte den Blick. Als die Frau seinen bedrückten Gesichtsausdruck sah, nahm sie all ihren Mut zusammen und fragte, ob er kein Kind habe, das eingesegnet werde.

Er antwortete ausweichend, Elviira wohne mit ihrer Mutter am Pähkinärinne in Vantaa, und im Frühsommer sei irgendein Finnlandschwede, ein Vänster, als Stiefvater des Mädchens aufgetaucht. Mit Zuckerbrot sorge er für Disziplin und auch mit Gewalt dafür, dass Lauri sich fernhalten müsse. Mit geschniegelten Haaren und der Axt in der Hand habe er gedroht, als Lauri an der Haustür davon träumte, seine Tochter in den Arm zu nehmen. Die Faust und den Kopf habe der Kerl geschüttelt, nichts da, Korhonens Sohn habe hier nichts mehr zu suchen. Schlimm genug, dass du vor acht Jahren eine Gastrolle in meiner Freundin gegeben hast. Also scher dich zum Teufel, Elvi wird dann am Vatertag anrufen. Lauri war nichts anderes übriggeblieben, als sich zurückzuziehen. Es würde auch dem Mädchen nicht guttun, wenn der Vaterersatz den echten in zwei Hälften spaltete. Deshalb war Lauri in die Kapelle gekommen, um Trost zu finden. So könne er wenigstens auf diese Weise am Schulanfang seiner einzigen Tochter teilnehmen.

Der Argwohn verflüchtigte sich auf dem Gesicht der Frau und verwandelte sich in Mitgefühl. Es tat ihr sehr leid, und sie ermunterte ihn durchzuhalten. Zum Glück habe er ja Jesus, seufzte Lauri. Der gebe ihm Kraft wie das Bankdrücken.

Die Frau schaute Lauri scharf an. Sie runzelte die Augenbrauen, kam aber zum Glück auf andere Gedanken, als der Gemeindepfarrer verkündete, sie sollten ihre Handys abstellen.

Die Kapelle war proppenvoll. Die begeisterten kleinen Schüler rutschten auf ihren Bänken hin und her. Sie winkten immer wieder ihren Freunden zu und wirkten ungeheuer lebendig. Und sie waren sichtlich aufgeregt. Als Lauri ihnen zusah, musste er lächeln, obwohl in ihm selbst keine Freude war. Der Pfarrer begrüßte die Menschen, sprach vom Wunder des Schulwegs und davon, dass nun eine neue Zeit begann. Er sprach von den Gefahren im Straßenverkehr, von der Vermeidung der Schulmüdigkeit und von der Verantwortung der Eltern.

Und davon, wie die Großmütter und Großväter, die kleinen Brüder und die Nachbarn die Schulanfänger bei ihren ersten selbständigen Schritten hinaus in die weite Welt unterstützen sollten. Lauri wurde klar, dass er seiner Tochter hier nicht näherkommen würde. Aava saß etwa zwanzig Kilometer entfernt in irgendeiner anderen Kirche, auf dem Klo oder in einem Auto. Lauri wusste nicht, wo. Zwischen ihnen war keine göttliche Bindung entstanden.

Lauri hätte am liebsten gerufen, dass es jetzt reiche, aber der Kantor kam ihm zuvor. Er ließ die ersten Akkorde in der Kirche ertönen, die alles andere zum Stillstand brachten. Der pathetische Rhythmus des Chorals und das tief in die Seele eintauchende Heulen der Orgel berührten Lauri. Er begriff selbst nicht, was die Töne in ihm zum Schwingen brachten, aber er konnte nichts dagegen tun. Lauri wurde von dem Kirchenlied mitgerissen.

Trotz seines Gehörschadens oder vielleicht gerade deswegen hatte Lauri Musik immer geliebt. Und gehasst. Manchmal durchdrangen die Melodien sogar jene Mauer, über die er nicht einmal sich selbst steigen ließ. Die kraftvolle Musik glitt in seine Höhlen hinein und brachte dort etwas zum Klingen. Seine einzigen mit Sicherheit echten Gefühle schöpfte Lauri aus Brahms, Haydn und Springsteen. Er vermochte seine Erfahrungen nicht zu benennen, aber sie waren zu spüren. Manchmal fühlten sie sich gut an, manchmal schlecht. Oft wie ein Zwang.

Bei der dritten Strophe bemerkte Lauri, dass sein Kinn zitterte und sich ein feuchter Schleier über seine Netzhaut legte. Er wollte nicht ohne Aava sein. *Hilf, dass in der Schule niemand einen anderen quält*, lautete das Ende der dritten Strophe. Das erinnerte Lauri an die Schrecken in seiner eigenen Kindheit. An die Schläge, die Ablehnung und die Beschimpfungen. Er hoffte von ganzem Herzen, dass Aava nicht in dieselbe Mühle geraten würde, und er hoffte, dass Aava nicht die Einzige in der Klasse sein würde, die nicht zu Viivis Geburtstagsfeier oder zum Spiel Räuber und Gendarm eingeladen wurde. Er flehte seinen Gott an, dass Aava nicht diejenige sein würde, die niemand leiden konnte. Höchstens diejenige, die niemand leiden sehen konnte. Lauri schaute an die Wand. Er steckte die Hand in die Hosentasche und kniff sich in die Hoden. Das war ein alter Trick, damit der Alte nicht sah, wie Lauri vor Wut kochte und zischte. In seiner Kindheit hatte der Trick funktioniert, aber jetzt half auch das nicht.

Als die letzte Strophe begann, trübten Tränen seinen Blick.

Auch Kleines ist wichtig, du fühlst dich bei ihm geborgen.
Auch Kleines bringt Wärme und kann für gute Laune sorgen.

Lauri stellte sich Aava auf seinem Schoß vor, in seinem Garten, in seinem Leben. Er träumte, dass er sich in jener schrecklichen Nacht, als er weggehen musste, beherrscht hätte. Er redete sich ein, er sei in seiner Familie geblieben. Er fantasierte, dass er ein Risiko so groß wie das Leben eingegangen war und dabei Erfolg gehabt hatte. Er sehnte sich herbei, seine kleine Schulanfängerin, sein eigen Fleisch und Blut im Arm zu halten. Obwohl seine damalige Entscheidung garantiert richtig gewesen war, konnte Lauri nicht anders, als sie zu bedauern. Er hatte das Wichtigste verloren, das er besaß. Niemand sorgte für gute Laune in seinem Leben. Die kleine Aava war fort.

Die misstrauische Frau hatte Lauris Gefühle bemerkt. Sie reichte ihm verstohlen ein Taschentuch und klopfte ihm auf die Schenkel.

Doch die Geste spendete keinen Trost. Sie ließ Kivi innehalten und die Tränen versiegen. Er starrte die Frau grimmig an, stieß die Hand beiseite und stand auf. Der Druck in ihm wuchs. Und damit der Drang, etwas zu tun. Schlagen, schreien, egal was, aber sich abreagieren.

Als Kivi zum Ausgang lief, sah er, wie an der Tür eine dunkelhaarige Mutter den gelockten Kopf ihres Kindes streichelte. Er hätte am liebsten zugeschlagen. Das war kein Neid, auch kein Schmerz, sondern Hilflosigkeit.

Auf der anderen Seite fauchte ein Vater seine sich windende Tochter an, was aber keine Wirkung zeigte. Der Mann packte sein Kind schmerzhaft am Arm. Das Mädchen heulte auf. Der Vater wusste seine Rolle eindeutig nicht zu schätzen.

Vermutlich hatte er Sehnsucht nach dem Golfplatz oder seiner Geliebten. Egal, Hauptsache weg von seiner Familie. Es sei denn, er war dem Alten so ähnlich, dass er an nichts anderes dachte, als zurück in seine vier Wände zu kommen, um dort seine Leute zu quälen.

In diesem Augenblick hasste Kivi Familien. Er schaute dem Mann in die Augen. Sein eisiger Blick ließ den Vater erschrecken, so dass der aufhörte, das Mädchen zu malträtieren. Er streichelte nun sogar den Kopf seiner Tochter: Hier wird im Guten erzogen.

Verdammt.

Kivi wollte draußen auf den Mann warten, zwang sich aber, nach Hause zu gehen, um sich zu beruhigen. Die christliche Litanei mit ihren Chorälen war eindeutig ein ähnliches No-Go wie Schnaps. Sie öffnete den Spalt in seinem Panzer.

Kivi gierte nach Gewalt. Dabei würde es sich abreagieren, das Böse, das in Lauri wohnte.

Nach dem Vorfall hatte Lauri seine Tochter für Jahre aus seinem Kopf verbannt.

Das musste sein.

Am Nachmittag nahm Lauri die Taxicard vom Tisch des Nachrichtenchefs, schaute Pokka, der ihn merkwürdig anblickte, in die Augen und rief die Taxizentrale an. Er wolle zur Releaseparty von Aava Kelo und komme schon fast zu spät. Die Frau versprach, schnell ein Taxi zu schicken.

Lauri musste allein fahren, weil Fotoaufnahmen bei dem Pressemeeting ausdrücklich verboten waren. Die Medien sollten die neuen Promofotos von Kelo verwenden.

Als Lauri das Telefonat beendete, stand Pokka immer noch hinter ihm. Er war Lauri ans andere Ende der Redaktion gefolgt wie ein Hai einem Schwimmer.

»Kivi«, sagte Pokka. »Bist du okay? Brauchst du eine Krankschreibung?«

Lauri wusste nicht, ob der Nachrichtenchef Witze machte. Er warf einen Blick auf seinen Vorgesetzten, nein, es war nicht als Scherz gemeint. »Nein. Ich will diese Sache machen. Diese Kindermorde gehen einem manchmal an die Nieren. Ich habe mir gedacht, wenn man mal was ganz anderes auf den Teller kriegt, dann würde einem das guttun.«

»Das hört man gern.«

»Was meinst du damit?«

»Dass auch du ein Mensch bist. Okay. Geh jetzt, damit du

nicht zu spät kommst, aber denke daran, dass du dir das selbst zuzuschreiben hast.«

Das Taxi kam rechtzeitig. Der Fahrer saß auf seinem Platz, ohne den Kopf zu bewegen, und knurrte etwas, als Lauri einstieg. Er nahm an, der Mann habe ihn nach der Adresse gefragt, und nannte sie. »Grand Casino, bitte.«

Lauri war nicht überrascht gewesen, als er gehört hatte, wo die Promotionsveranstaltung stattfand. Aava hatte in einem Interview für die Abendzeitung Iltalehti vor einem halben Jahr von ihrer Pokerleidenschaft erzählt. Dem Vernehmen nach gefiel ihr an dem Spiel, dass es so vielschichtig und anspruchsvoll war. Sie hatte es sogar an den Finaltisch irgendeiner großen European Poker Tour geschafft. Diese Leistung an sich sagte Lauri gar nichts, aber die Gewinnsumme von einer Viertelmillion bot eine gewisse Vorstellung. Anscheinend setzte sich das Mädchen bei allem durch, was es in Angriff nahm. Aava kam nicht nach ihrem Vater.

Der Fahrer schwenkte die Hand, und das Auto setzte sich in Bewegung.

»Bist du auf dem Weg zu der Album-Release-Veranstaltung von der Kelo?«, fragte der Mann mit leicht verwaschener Stimme.

Lauri bejahte die Frage.

»Kennst du sie?«

»Nein.«

Der Mann schnaufte und sagte kein Wort mehr. Lauri störte das nicht. Er fühlte sich so wohl. Stille hatte er nie als bedrückend empfunden. Egal, ob neben ihm eine neue Partnerin in einer Beziehung, ein Kollege, der Präsident oder ein Interviewter saß. Für Lauri war die Stille ein natürlicher Zustand.

Er schaute sich die Umgebung an. Auf der Mannerheimintie warf er einen Blick nach oben und sah, dass über der Straße zahllose Kabel verliefen. Auf jemand, der in einer Kleinstadt aufgewachsen war, wirkte ihre Menge beklemmend. An ihnen hingen Lampen und Verkehrszeichen, und auch für die Straßenbahn war ein eigenes Kabel gezogen worden. Die ganze Stadt wurde wie von einem Spinnennetz eingekreist.

Am Kunstmuseum Kiasma kurz vor dem Sokos fluchte der Fahrer und trat heftig auf die Bremse.

»Verdammt, überall stellen sie diese Ampeln hin.«

Plötzlich wurde Lauri klar, warum der Mann so undeutlich sprach und beinahe bei Rot über die Kreuzung gefahren wäre. Er war betrunken. Mit Säufern kannte sich Lauri aus. Erstaunlich, dass er das nicht sofort bemerkt hatte. Auch wenn der Alte besoffen war, ließen sich die ersten Warnzeichen daran erkennen, wie er redete. Lauri schaute suchend nach der Taxinummer und fand sie am Armaturenbrett oberhalb des Radios. Rasch tippte er die Nummer in sein Handy ein.

Der Taxichauffeur fuhr nach der Ampel geradeaus weiter, obwohl es der kürzeste Weg gewesen wäre abzubiegen. An der Ecke balancierte wieder der dunkelhäutige Seiltänzer. Mit dem Mann, der ständig Gefahr lief, abzustürzen, hatte Lauri sich stets identifiziert. Am Forum kümmerte sich der Fahrer nicht um das Abbiegeverbot, sondern steuerte nach links. Er fuhr mit Vollgas in Richtung Bahnhof, passierte ihn, raste am Ateneum vorbei und bog am Bahnhofsplatz ab zum Casino. Die verblichene Folie der Eisbahn lag immer noch da, obwohl schon Juni war. Als der Wagen vor dem Casino anhielt, reichte Lauri die Taxicard noch vorn.

»Wie ist es so, betrunken Taxi zu fahren?«

Der Fahrer starrte Lauri mit glasigen Augen an. Dann zuckte er die Achseln und antwortete: »Auch nicht anders als mit dem Krankenwagen. Da war ich acht Jahre, bis sie mich rausgeschmissen haben. Und es ist kein einziger Patient gestorben, weil ich mal einen Schluck genommen habe. Oder na ja, einer, aber der war schon so gut wie tot.«

Lauri lief es kalt über den Rücken. »Ich steige so lange nicht aus diesem Auto aus, bis ich die Polizei angerufen habe. Und dann warten wir, bis sie eingetroffen ist.«

Der Fahrer lachte. »Einen Scheißdreck machen wir! Du hebst jetzt deinen Arsch hier raus. Ich bin vielleicht betrunken, aber verdammt viel größer als du. Glaubst du etwa, es macht mir was aus, einem verpennten Zeitungsfritzen die Fresse zu polieren, wenn es mir nichts ausmacht, im Suff zu fahren? Und denk dran, falls du es den Bullen erzählst, dass ich genau weiß, wo du arbeitest.«

Lauri wusste, wann es besser war, den Rückzug anzutreten. Er stieg aus, während der Mann ihm hinterherrief, er könne ihn kreuzweise am Arsch lecken.

Der Taxifahrer gab Gas, dass die Reifen quietschten.

Lauri rief die 10 022 an und machte eine Anzeige.

»Das ist ein Blindtaxi«, erklärte der Polizist. »Am Armaturenbrett ist eine erfundene Taxinummer zu sehen, damit Kunden, die bemerkt haben, dass der Fahrer betrunken ist, sie aufschreiben und nicht die Autonummer. Anscheinend ist auch der werte Herr Polizeireporter darauf reingefallen. Weißt du wenigstens die Marke und Farbe des Taxis?«

»Ein grauer Mercedes, das Baujahr kann ich nicht sagen, neu war er jedenfalls.«

»Danke sehr und auf Wiedersehen.«

Lauri ärgerte sich nicht weiter über das, was passiert war, sondern eilte durch die Tür des Grand Casino hinein. Er war sicher, dass auch das Nummernschild des Mercedes geklaut war. In Helsinki und Umgebung verschwanden fast jeden Tag die Schilder geparkter Autos.

Schilder der Plattenfirma mit Glitzerglanz leiteten Lauri in den Salon Fennia des Casinos, dessen Atmosphäre der Zwanzigerjahre gut zum pompösen Charakter der Veranstaltung passte. Mit Dekorationen und Lampen hatte man den Raum in die Gegenwart geholt. Das Ganze wirkte widersprüchlich, aber gerade deshalb spannend. Empfangen wurde er von einem hyperenthusiastischen gekünstelten Lächeln in einem enganliegenden Abendkleid. »Guten Tag. Ich bin Katriina Kiuas«, sagte die Frau mit klingender Stimme und reichte Lauri die Hand.

Lauri stellte sich und die Zeitung vor, die er vertrat.

»Genau. Die Zeitung hat angerufen, dass die Kulturredakteurin Saarinen wegen Erkrankung nicht kommen kann und Sie das Interview übernehmen. Wie man hört, sind Sie einer der härtesten Polizeireporter Finnlands.«

»Was die Härte angeht, kann ich nichts sagen. Ich mache nur meine Arbeit, und über Verbrechen kann man nicht mit einem Teddy im Arm und Himbeereis im Mund schreiben.«

Die Dame platzte fast vor Lachen. »Zum Glück steht uns eine kriminell gute Show bevor.«

Sie hatte eindeutig den ganzen Tag darauf gewartet, diese witzige Bemerkung loszuwerden.

Lauri hätte lachen wollen, blieb aber an einem Wort hängen.

»Eine Show?«

Das künstliche Lächeln erstarrte. »Ich habe zu viel verraten. Aber das läuft im Stil der großen Welt. Wir beginnen die Veranstaltung mit der ersten Singleauskopplung der Platte. Und die ist sooooo gut!«

Dieser Modeausdruck, der ein endlos langes O enthielt, aber kein Wort, das wirklich etwas näher erklärte, ging Lauri auf die Nerven. Er hasste die Art und Weise, in der die jungen Leute seine geliebte finnische Muttersprache misshandelten. Außerdem führte die zusammengepresste und total verstümmelte Sprache der SMS und der sozialen Medien dazu, dass die Texte junger Journalisten nur so von Rechtschreibfehlern und falsch zusammengesetzten Wörtern wimmelten. Auch die Vergleiche hinkten zumeist, und wenn man diese Anfänger dann korrigierte, entgegneten die auch noch hochnasig und frech: »Der Leser versteht den Inhalt schon, ist das nicht das Wichtigste … Alter?«

Lauri sah auf dem Tisch Gläser mit Mineralwasser und nahm sich eins. Am liebsten hätte er Katriina Kiuas* ein paar Ladungen Wasser übergeschüttet, damit sie etwas abkühlte. Allerdings hatte er den Verdacht, sie könnte von einem Aufguss nur noch mehr in Fahrt geraten und mit einer Rose zwischen den Zähnen Trepak tanzen.

Zum Glück erschien nun eine junge arrogante Zicke mit gepflegter Figur, die Lauri aus den Klauen von Kiuas erlöste. Das Fräulein hatte sich mit dem Farbroller geschminkt und bestellte ein Perrier oder Evian, »denn Badoit habt ihr ja sowieso nicht«. Die Redakteurin kam von einem der beiden Schmierblätter, die nachmittags erschienen.

Lauri bemerkte, dass er begierig auf den Beginn der Veranstaltung wartete. Er fühlte sich immer älter, je mehr Journalistenanfängerinnen hereingestöckelt kamen. Noch fünf Jahre zuvor hatte Lauri gedacht, er gehöre zur Jugend seiner Zunft, aber zumindest bei einem solchen Auftrag war er mit seiner leicht anwachsenden Körperfülle um die Hüften ein Tyrannosaurus. Gleich würde ihn jemand mit Onkel anreden.

Endlich nahm sein Leiden ein Ende, als die Lichter ausgingen. Die Nebelmaschine zischte graue Dunstschwaden auf die Bühne des Salons Fennia. Der Vorhang wurde aufgezogen, und ein einziger Spot wanderte langsam zum hinteren Teil der Bühne.

Aus dem Lautsprecher ertönte ein Rauschen und dann:

* fi. kiuas – dt. Saunaofen

»Ladies and Gentlemen. We. Proudly. Present. The World Class Star: OCEAN.«

Die Stimme des Ansagers klang nicht finnisch. Sie war kräftig, maskulin und kam aus einer anderen Welt.

Die Musik begann pianissimo. Die Melodie lullte den Zuhörer ein und führte ihn in eine andere Dimension. Eine starke und gelungene Illusion. Der Gesang begann zart hinter dem Rauchvorhang. Aava, jetzt Ocean, konnte singen. Der klangvolle Mezzosopran erzählte auf Englisch die Geschichte von einem Vogel, der sich nach Hause sehnte, in die Obhut der Geschwister. Und die junge Frau sang die Geschichte nicht nur – sondern interpretierte sie so, dass man Gänsehaut bekam.

Während die Geschichte weiterging, erschien auf der Bühne in einem blauschwarzen Umhang eine kleine Gestalt, die ganz von ihrer Kleidung und einer Kapuze verhüllt wurde. Über die Kutte liefen silberne Fäden, die Federn darstellten. Die Musik beschleunigte sich zum Forte. Der Backgroundrhythmus wurde härter und resoluter als der Softpop auf dem ersten Album. Es war immer noch keine richtige Musik, aber die gab es seiner Meinung nach seit den längst vergangenen goldenen Zeiten von Ray Davies, den Beatles und Springsteen sowieso nicht mehr. Dann flog der Umhang von Lauris Tochter weg. Die Musik explodierte und wurde zum Fortissimo. Auf der Bühne stand nun in einem grellorangenen Federkleid ein bildschöner finnischer Popstar, der die Welt erobern würde, vom Vater bis zum Sohn, vom Geschäftsmann bis zum Trucker. Die kleinen Mädchen würden kreischen, und die älteren Frauen würden sehnsüchtig und voller Neid von ähnlichen Kurven träumen. Die ganze Welt würde um Atem ringen. Lauri jedoch rutschte nervös auf seinem Stuhl hin und her. Er war schockiert, obwohl er nicht das Recht dazu hatte, obwohl er es nicht wollte und auch gar nicht die Fähigkeit besaß, mit so einer Situation umzugehen. Seine Tochter brauchte keinen Termin beim Gynäkologen, sie konnte ihm die Aufzeichnung ihres Auftritts schicken.

Er wollte den Auftritt unterbrechen und rufen, dass Striptease eine Disziplin für sich war, dass er gekommen war, um ein Interview zu führen. Nur ein einziger Gedanke schwirrte in seinem Kopf hin und her, und besser konnte er ihn nicht beschreiben: Seine Tochter war auf der Bühne sooooooooo nackt – dass es peinlich war.

Bei der Pressekonferenz nach dem Auftritt konzentrierte sich Lauri darauf zuzuhören. Er wusste, dass er sein eigenes, persönliches Interview bekommen würde, also sparte er sich seine Fragen auf.

Gedanken wogten durch seinen Kopf. Wie konnte es sein, dass er so auf das reagierte, was er sah? War in ihm doch noch etwas vom Vatersein übrig? Wenn, dann war das keine gute Sache.

Lauri hatte hart an sich gearbeitet, um die Zuneigung zu seinem Kind zu unterdrücken. Das war unumgänglich gewesen. Er musste leben, als gäbe es das Mädchen nicht. Paula, Lauris Exfrau, hatte verkündet, das Mädchen werde niemals von der Existenz seines Vaters erfahren, wenn Lauri seine Familie verließ. Sogar der Name sei gelogen. Aava sollte so lange wie möglich, hoffentlich für alle Ewigkeit, glauben, ihr Vater sei bei einem Autounfall gestorben, als das Mädchen noch ein Säugling gewesen war. Die Entscheidung war die schmerzhafteste, die Lauri je getroffen hatte und treffen würde. Aber sie war unumgänglich. Er war weggegangen und hatte seine Tochter und sich selbst gerettet. Lauri war nicht fähig, seine Rechte als Vater einzufordern. Er selbst war sein strengster Ankläger und Richter. Er hatte auf seine Identität in Aavas Leben verzichtet. Freiwillig und doch auch gezwungenermaßen.

Erst zwanzig Jahre später und elf Jahre nach dem Abenteuer in der Kapelle hatte sich Lauri eingebildet, nun darüber hinweg zu sein, und deshalb, als Aava in der Öffentlichkeit auftauchte, die glänzende Karriere seiner Tochter verfolgt. Er hatte natürlich Stolz empfunden, sich aber erfolgreich vorgelogen, dass er sich genau wie ein ehemaliger Lehrer oder Nachbar für das Mädchen interessierte.

Offensichtlich sah man Lauri seine Verwirrung an. »War das für jemanden in deinem Alter ein bisschen zu viel heiße Haut?«, sagte die Frau mit dem Markenwasser Lauri lachend ins Ohr, als die Pressekonferenz zu Ende war und er immer noch auf seinem Platz saß. Das Einzige, woran er sich nach der Veranstaltung erinnern konnte, war die Mitteilung, dass Aava Kelo zusammen mit der Plattenfirma EMI beschlossen hatte, für die internationale Karriere ihren Namen in Ocean zu ändern.

Lauri schüttelte den Kopf und stand auf. Katriina Kiuas winkte ihn schon zu sich. Lauri musste sich sammeln. Er würde gleich seine Tochter interviewen.

Aava saß im luxuriösen Hinterzimmer des Salons Fennia. Sie hatte zum Glück wieder ihren Mantel angezogen und fühlte sich anscheinend wie zu Hause. Die Beine lagen auf dem Tisch, und die rabenschwarzen Haare ihres Bubikopfs sahen absichtlich zerzaust aus. In der Hand hatte sie ein Glas, wahrscheinlich mit Mineralwasser.

Lauri setzte sich seiner Tochter gegenüber. Seinen Notizblock musste er auf den Tisch legen, damit nicht auffiel, wie seine Hände zitterten. Das Mädchen scannte ihn. Sie wollte Beobachtungen anstellen und Interessantes erkennen, dann lächelte sie, dabei saß ihr der Teufel auf der Zunge.

»Du bist alt.«

Lauri hatte im Fernsehen und Radio genügend Interviews

seiner Tochter verfolgt und wusste deshalb, dass sie versuchte, die Journalisten aus dem Gleichgewicht zu bringen, wenn ihr danach war. Und jetzt war ihr anscheinend danach. Schade, Lauri hatte sich ein geruhsames Plauderstündchen erhofft.

Er seufzte. »Ich bin neunzehn Jahre und zwei Monate älter als der geschätzte Popstar.«

»He, Girls, der hat seine Hausaufgaben gemacht. Plus, er ist alt.«

Lauri lachte. Zumindest versuchte er es. Es klang wie ein Röcheln.

»Okay. Du bist schon ganz in Ordnung. Du warst nur so nervös, dass ich's ein bisschen versuchen musste. Bist du mir böse?« Aava zog einen Schmollmund.

Lauri schüttelte den Kopf. »Fangen wir an?«

Aava nickte. Doch sie starrte ihrem Vater unablässig in die Augen. Das sollte ihn verwirren, und es gelang. Lauri brach der Schweiß aus.

»On the Air ist deine zweite Platte …«

»He, hab ich dir erlaubt, mich zu duzen«, unterbrach ihn Aava.

»He, come on, ich bin doch alt«, schlug Lauri zurück.

»Touché. Du bist wirklich in Ordnung. Meist rasten die älteren Herren Redakteure in dieser Phase aus, fangen an, unanständig zu werden, oder knallen die Türen zu, wenn sie gehen«, sagte Aava und beugte sich vor. Ihre Augen funkelten.

Lauri hatte das Gefühl, einen Fehler begangen zu haben, ein Pferd zum Spielen herausgefordert zu haben. »Also. On the Air ist *deine* zweite Platte. Würdest du ganz einfach erzählen, wie sie entstanden ist und was du darüber denkst? Hast du bestimmte Lieblingstitel und so weiter?«

Aava Kelo musterte Lauri einen Augenblick. Sie überlegte, ob sie in der von ihr eingeschlagenen Richtung weitermachen oder wie gewünscht antworten sollte. Schließlich traf sie ihre Entscheidung und erzählte von der Vorgeschichte des Albums und davon, wie es im berühmten EMI-Studio in der Londoner Abbey Road entstanden war.

Sie sagte auch, dass sie den eben gehörten Titelsong On the Air liebte, der so etwas wie ihre eigene Geschichte sei. Darin werde erzählt, wie ein Individuum Sehnsucht nach seiner geistigen Familie empfinden könne, ohne genau zu wissen, wo sie ist oder ob sie überhaupt existiere. Es genügte schon, eine Ahnung von etwas Besserem zu haben und darauf zu hoffen. »Damit meine ich jetzt aber nicht, dass ich meine Mutter nicht schätzen würde. Sie ist alleinerziehend und hat verdammt hart gearbeitet, um mir eine Chance zu geben. Und dafür danke ich ihr. Letztens habe ich mich damit bedankt, dass ich ihr eine eigene Wohnung habe bauen lassen. Ich habe einfach immer gewusst, dass ich ein bisschen anders bin und nicht richtig dorthin gehöre, wo ich herkomme. In der Schule hat man mich gemobbt, weil ich merkwürdig war. Nichts Ernsthaftes, aber man hat mich einfach bei nichts mitmachen lassen. Zumindest nicht bevor ich die Musik für mich entdeckt hatte. Dann war's schon leichter. Die Musik ist mein Zuhause, mein Nest und meine Rettung.«

Lauri wusste schon während der Bühnenshow, dass es ein Fehler gewesen war, den Auftrag zu übernehmen, aber jetzt wurde es unerträglich. Da saß seine Tochter das erste Mal seit Babyzeiten vor ihm und erzählte, dass sie in der Schule gemobbt worden war. Und was hatte der starke und intelligente Lauri Kivi getan? Alles, um sich aus dem Leben seines Kindes herauszuhalten.

Böses gab es, weil Menschen sich entschieden, Böses zu tun. Doch zeigte sich das Böse auch in einer falschen, aber in guter Absicht getroffenen Entscheidung?

Lauri wurde übel. Er fand jedoch, dass er das verdient hatte.

Deswegen fuhr er fort: »Du hast also ohne deinen Vater gelebt. Wo ist er?«

Aava Kelo schaute ihn an. »Du bist genauso alt, wie mein Vater jetzt wäre …«

Lauri blieb fast das Herz stehen.

»… also, wenn er noch leben würde. Er ist in einem Laster gestorben, als ich noch ein Baby gewesen bin. Die Straße war glatt, der Trucker hatte zu viel Speed, auf dem Tacho und im Blut … Mein Vater war zur falschen Zeit am falschen Ort. Die alte traurige Geschichte.«

Lauri räusperte sich. Er hatte einen Frosch im Hals und merkte, dass seine Stimme dadurch schrill klang. Er übertünchte das mit einem kurzen Husten. »Wie war es, ohne Vater aufzuwachsen?«

Aava zuckte die Achseln. »Wenn man's nicht besser kennt.«

Sie wollte dem Thema ausweichen. Es war also ein wunder Punkt, obwohl Aava so tat, als würde sie das nicht weiter berühren. Das war Lauri recht. Er hatte sich schon genug gequält.

»Hast du Vorbilder?«

»Na, Amanda natürlich, die wäre ganz nach oben gekommen, wenn sie nicht auf diese Art verschwunden wär. Die hatte schon ihren eigenen Style und wusste, was sie wollte. Bei EMI haben sie mir gewissermaßen das fertige Erfolgskonzept von Amanda in die Hand gedrückt und gesagt: ›Mach da weiter.‹ Ich habe mich natürlich nicht darauf eingelassen, sondern die Dinge auf meine eigene Weise gemacht, aber es gibt einem Sicherheit, wenn man weiß, dass der Durchbruch eines Finnen im Weltmaßstab möglich ist.«

Lauri erinnerte sich an Amanda, weil die temperamentvolle Sängerin in den Schlagzeilen gewesen war und er eine kurze Story über ihr Verschwinden geschrieben hatte. Ihr Titel On My Own war drei Jahre zuvor Nummer zwei auf der englischen Singleliste gewesen. Es gab einen gewaltigen Hype, und die Debütsingle verkaufte sich in Finnland gleich am ersten Tag so gut, dass sie eine Goldene Schallplatte bekam.

Dann hatte Amanda am ersten Abend ihrer Europatournee ein Superkonzert in Helsinki gegeben und war von der Feier danach verschwunden. Man suchte sie wochenlang, fand sie aber nirgendwo. Es gab den Verdacht, dass sie in die Ostsee gegangen war, aber die Leiche wurde niemals gefunden. Das Verschwinden von Amanda Pääsky war eines der größten und traurigsten Mysterien der finnischen Musikgeschichte.

»Und von den anderen Einheimischen ist natürlich Chisu in gewisser Weise mein Idol gewesen.«

»Gewesen? Hast du sie schon überflügelt?«

Lauri meinte damit, ob Aava schon aus der Rolle des Fans von Chisu in die ihrer Kollegin geschlüpft war, aber Aava verstand ihn anders.

»Das werde ich nie. Chisu macht ihre Musik selbst, ich werde nie imstande sein, so zu spielen, dass es für eine Plattenaufnahme reicht. Eine Rohfassung von einem Stück kann ich machen, aber nicht mehr. Und Chisu ist auch als Songwriter eine Klasse für sich. Die lässt sich von niemand sagen, du machst das so oder so. Sie macht nicht, was sie kann, sondern was sie will, und ich schätze sie mehr als jede andere. Dagegen bin ich als Interpret und Performer schon besser als sie. In dem Sinne hab ich sie überholt. Aber sonst werde ich sie nie auch nur einholen.«

Lauri wusste so eine Aussage zu schätzen. Seine Tochter gab nicht groß an, sondern redete über die Dinge, so wie sie waren. Daran erkannte man auch einen Profi, der sein Handwerk verstand. Der musste seinen Platz nicht erst suchen, weil er ihn schon kannte.

»Ich hoffe aber natürlich, dass du in Suomen Sanomat nicht gerade eine Schlagzeile bringst, in der ich verkünde, eine bessere Interpretin und Performerin zu sein als Chisu. Das ist zwar wahr, würde aber soooooo schlimm aussehn.«

»Versprechen kann ich nichts. Man könnte in gewisser Weise auch sagen: Das geschieht dir recht. Überheblichkeit schmückt niemanden. Warum bist du Journalisten oder überhaupt Menschen gegenüber so schwierig? Wenn du dich so verhältst wie zu mir am Anfang, dann verfasst mit Sicherheit irgendjemand genau so eine Überschrift. Ich glaube, ich wäre nicht der Erste gewesen, der mitten im Interview rausgegangen ist, oder?«

»Ich bin so, weil ich es kann. Und weil ich niemals am Gängelband der Medien gehen will. Genau genommen hat mir niemand zu sagen, wie ich mich verhalten, kleiden oder überhaupt wie ich sein soll. Mich kommandiert keiner herum. Ich muss gut genug sein, so wie ich bin. Unabhängigkeit ist für mich wichtig. Vielleicht weil ich gewöhnt bin, auf mich selbst aufzupassen. Es ist auch niemand anders da gewesen, der nach mir schaut. Also nachschauen schon, aber vor allem auf den Hintern. Die geifern vor Gier. An denen hat man keine Freude, die machen einem eher Kummer. Und zusätzlich zu alldem bin ich eben einfach ein unangenehmer Mensch.«

»Und ehrlich.«

»Und verdammt demütig.«

Sie lachten zusammen. Lauri konnte nicht anders, er genoss den Augenblick. Er durfte mit seiner Tochter lachen.

Lauri wusste, dass seine Wunden später weh tun würden, aber jetzt war alles gut. Nach dem Gelächter wurde die Stimmung noch lockerer, und das Interview kam zügig voran. Sie redeten weiter über Musik, über die internationale Karriere, über die Nebenerscheinungen, die der Erfolg mit sich brachte, wie Schleimer und Liebediener und allzu enthusiastische Fans und schließlich über Künftiges und Vergangenes.

Auch aufs Pokern kamen sie zu sprechen. Aava wollte im

nächsten Sommer trotz des Widerstands der Plattenfirma an einem Weltmeisterschaftsturnier in Las Vegas teilnehmen, das zehntausend Dollar kostete. EMI befürchtete nicht etwa einen Imageverlust, denn das sündige Spiel passte zum Bild von Ocean, die jedem gefährlich werden konnte. Aber das Turnier kürzte den Konzertkalender um zwei Wochen, wenn man die Reisen und Vorbereitungen mitrechnete. Die Angelegenheit hatte einen heftigen Streit ausgelöst, und es ließ sich unschwer erahnen, dass Aava daraus als Sieger hervorgegangen war. Dem Vernehmen nach hatte es gereicht, zu erwähnen, dass ihr noch ein paar Wochen Genesungsurlaub zustanden.

Das Mädchen war offensichtlich vom Pokern begeistert. »Hast du es jemals gespielt?«

»Nein. Irgendwann als Kind um Pfennige mit meinem Bruder und dessen Kumpels, aber Poker ist anscheinend auch als Spiel heutzutage anders. Wir haben Karten getauscht, jetzt liegen da welche offen für alle als gemeinsame.«

»Du solltest es lernen. Das ist entspannend, man wird den ganzen Stress los und alles, was einem durch den Kopf geht. Poker stellt alles andere auf null, und es ist ungeheuer intensiv. Die ganze Zeit musst du beobachten, was am Tisch passiert.«

»Wie sagtest du doch, ich bin alt, und so einer lernt keine neuen Saltos mehr.«

Aava lachte. »Point taken. Hattest du noch eine andere Frage?«

Klar hatte Lauri noch Fragen, und am Ende stellte Aava ihm sogar selbst einige. Sie glaubte nicht, dass Lauri Redakteur für Kultur oder Unterhaltung war. Lauri erzählte ihr wahrheitsgemäß, worin seine Arbeit bestand.

»Na, das passt schon eher zu dir«, sagte Aava. »Du bist intelligent, aber ernst. Irgendwie todernst. So, als müsstest du zu viel mit dir herumtragen.«

Lauri verschlug es die Sprache. Seine Tochter besaß die Fähigkeit, Menschen zu deuten. Sie kannte auch ihn schon, obwohl sie nicht wusste, wer er war. Vielleicht erklärte das ihren Erfolg beim Poker.

Nachdem Aava ihn schon dreimal gebeten hatte, noch eine Frage zu stellen, obwohl die Zeit abgelaufen war, bewegte sich die Assistentin des Popstars in der Ecke nervös hin und her und klopfte auf ihr Handgelenk. Als sie von Aava nicht beachtet wurde, zischte sie schließlich, man müsse allmählich den nächsten Journalisten hereinlassen.

»Danke«, sagte Aava, als Lauri vom Sofa aufstand.

»Ich habe zu danken. Das war ein ungewöhnlich angenehmes Plauderstündchen.«

»Und ich fand's ungewöhnlich angenehm, dass du nicht nach meinem Busen geschielt und mich nicht im Geiste ausgezogen hast. Das erste Mal seit langer Zeit hatte ich das Gefühl, dass sich jemand für mich als Menschen interessiert hat und nicht als Rammelobjekt oder als Maschine, die Geld macht. Das war wohltuend.«

Obwohl Aava seine Tochter war, verstand Lauri, warum es für Männer in ihrer Nähe schwierig sein konnte. Vor allem, wenn die Schöne auf der Bühne alles vorführte, was angerichtet war.

Dennoch empfand Lauri Stolz auf seine Tochter.

Aus Aava war eine bemerkenswerte Frau geworden.

Zurück in der Redaktion ging Lauri sogleich zu Pokka.

»Als Nächstes rufe ich Vesitaival wegen der Morde von Toivola an. Ich habe im Taxi kurz auf die Internetseite der Polizei geschaut. Sie bringen nur eine vage Mitteilung. Mal sehen, ob ich aus ihm am Telefon irgendetwas Neues herauskriege.«

Pokka nickte. »Na, wie war das Mädchen?«

»Sie wurde gleich richtig aggressiv. Hat provoziert und ausgetestet. Ich habe dafür gesorgt, dass sie mir aus der Hand frisst. Am Ende hat sie sich bedankt.«

»Kriegst du es hin, dass daraus ein Artikel wird?«

»Kriegst du abends eine fertige warme Mahlzeit, wenn du nach Hause kommst?«

»Kriege ich wohl nicht. Tarja ist stinkig. Ich habe auf eigene Faust bei Ikea Armaturen gekauft, weil es sie günstig gab. Die haben ihr aber nicht gepasst. Angeblich dürfte ich zu Hause nichts einrichten, weil ich allein schon ein ausreichend hässliches Detail in ihrer schönen Wohnung bin.«

»Na ja, okay. Klar schreibe ich daraus einen Artikel zusammen. Keine Sorge. Dieses Mädchen hat übrigens ihre Platte im Studio in der Abbey Road aufgenommen. Ich wäre schon froh, wenn ich so ein Heiligtum wenigstens einmal besuchen könnte.«

Pokka pfiff. »Genau. So ist eben die globale Welt, die immer kleiner wird. Du kommst dann morgen später, weil das heute Überstunden werden. Wir rufen dich an, wenn etwas Wichtiges passiert.«

Lauri nickte und lief zu seinem Platz. Er suchte sofort die Nummer von Vesitaival heraus und rief ihn an.

Vesitaival meldete sich mit derselben Litanei wie beim letzten Mal.

Lauri nannte seinen Namen.

»Kann ich ein paar ergänzende Fragen zu der von euch veröffentlichten Mitteilung stellen?«

»Bitte, Kivi, frag ruhig. Ich habe bereits darauf gewartet, dass du anrufst. Die anderen waren schon schneller.«

»Ihr habt mitgeteilt, die Hauptrichtung der polizeilichen Ermittlungen sei es, dass der Familienvater die Mutter und die zwei Mädchen und danach sich selbst getötet hat. Wie fest glaubt ihr daran, dass Ermittlungen in diese Richtung Erfolg haben werden?«

»Eine interessante Frage. Wenn es sich um die Hauptrichtung der Ermittlungen handelt, sollte man annehmen, auch dem Herrn Redakteur wäre klar, dass dieser Glaube dann sehr fest ist.«

»Ist es möglich, dass der Täter eine Person außerhalb der Familie ist?«

»Möglich ist alles.«

Lauri seufzte. »Na, wie untersucht die Polizei diese Möglichkeit?«

Vesitaival wollte wissen, was für eine Möglichkeit genau.

»Die Möglichkeit eines außenstehenden Mörders.«

»Wir prüfen unter anderem mit DNA-Tests, ob sich irgendwelche Beweise für oder zumindest Hinweise auf einen außenstehenden Täter finden. Du bist übrigens der einzige Journalist, der dazu so heftig nachbohrt, die anderen halten es für einen klaren Fall. Hast du irgendeine Theorie, oder hast du etwas von deinen Deep Throats gehört?«

Lauri überlegte einen Augenblick. Vesitaival öffnete das Gespräch nicht oft in diese Richtung, aber vielleicht war er verzweifelt. Oder eigentlich hoffnungsvoll. Für das Image der Polizei wäre es wie ein Lottogewinn, wenn der Mörder wirklich ein Außenstehender war. »Nein. Ich habe nur gehört, dass der Verdächtige ein Mensch war, der seine Familie sehr liebte, und auch du musst doch wohl zugeben, dass so eine Tat, wenn sie von einem Polizisten begangen wird, mehr Fragen aufwirft als sonst. Außerdem gehört es zu guter journalistischer Arbeit, auch dieser Möglichkeit nachzugehen.«

»Es gehört auch zu guter Polizeiarbeit. Ich verspreche, dass wir unser Bestes tun, um die Geschehnisse aufzuklären, und wenn der Täter ein Außenstehender ist, wird er uns auch in die Falle gehen. Dann schauen wir mal, ob der werte Herr Redakteur mit dem Ergebnis zufrieden ist.«

»Hat die Polizei schon eine Vorstellung davon, in welcher Reihenfolge die Morde begangen wurden?«

»Wir untersuchen die Sache momentan. Es ist noch verfrüht, über diese Ereignisse zu spekulieren. Wie in der Pressemitteilung zu lesen ist, kommentiert die Polizei derzeit weder die Ausführung und Reihenfolge der Morde noch die Todesursache der Opfer.«

Genau, alles klar. »Gibt es Informationen zum Motiv?«

»Wir können unserer Ansicht nach einen wirtschaftlichen Grund ausschließen. Weiter werde ich das nicht kommentieren.«

Lauri bedankte sich und beendete das Gespräch. Die Ausbeute war mager. Der einzige konkrete Fakt bestand darin, dass es kein finanzielles Motiv gab. Diese Information hatten die anderen noch nicht, aber bis zum Abend würde es irgendein Internetredakteur in Erfahrung bringen. Das Motiv gehörte zu den grundlegenden Fragen, und Vesitaival begünstigte Lauri oder *Suomen Sanomat* garantiert nicht. Der Mann war so kooperativ wie ein Reibeisen, aber das immerhin allen gegenüber.

Lauri musste Überstunden machen. Er schrieb eine kurze Story über die Familienmorde von Toivola und verbesserte anderthalb Stunden lang Anttis gesellschaftliche Analyse der Hintergründe, Ursachen und Folgen von Familienmorden. Antti würden seine Korrekturen nicht gefallen. Als Profi erkannte er zwar deren Notwendigkeit, dennoch regte er sich auf, wenn man an seinen Texten herumfummelte. Da half es auch nicht, dass sie das schon im Voraus so abgesprochen hatten. Lauri würde jedoch nichts Mittelmäßiges in die Welt hinauslassen, wenn man Erstklassiges liefern konnte.

Die Story über Aava hingegen ging ihm nicht recht von der Hand. Lauri presste seinen uralten Stressball und überlegte andauernd, ob nicht dieser oder jener Satz oder seine Struktur verriet, dass der Autor der Vater der Interviewten war. Als ihm die Absurdität dieser Gedanken klarwurde, war der Artikel eine Stunde später fertig.

Erst beim Nachdenken über die Schlagzeile fiel Lauri ein, dass ein Interview mit der eigenen Tochter nicht gerade den Regeln des Journalismus entsprach.

Einen Artikel über jemand anders hätte Lauri, wenn er gemein gewesen wäre, garantiert mit dem Chisu-Vergleich überschrieben, aber nicht an diesem Tag.

Lauri landete schließlich bei einer Schlagzeile, in der auf die Karriere und die Ziele der Tochter verwiesen wurde. Die Überschrift »OCEAN – das weite Meer offen bis zum Himmel« hörte sich lyrisch an.

In der fertigen Zeitung war die Überschrift jedoch alles andere als Poesie.

Die Schlagzeile sah schlecht aus. Lauri fühlte sich ebenfalls schlecht. Der Layouter hatte als Illustration für die Story die neuen Promotionfotos von Ocean verwendet. Auch auf ihnen bot Aavas Outfit tiefe Einblicke, und da sich die Überschrift zwischen den Beinen des Popstars befand, der beinahe nackt dalag und sich verlockend wand, bekam das »weit ... offen« eine neue Bedeutung.

Über Lauri wurde spöttisch gelacht, als er morgens zur Arbeit kam. Der Onkel machte auf gewagt, hieß es. Auf seinem Schreibtisch lag ein Männermagazin, mit aufgeschlagener Doppelseite, auf der neue Mitarbeiter gesucht wurden. Lauri geriet so in Rage, dass er zum Vorgesetzten des Layouters ging und ihm ein unfreundliches Feedback verpasste. Er knallte die Zeitung Pakarinen, dem Layoutchef, auf den chaotischen Schreibtisch. »Ihr habt eine Pornoseite in die Zeitung eingebaut, ihr Affen.«

Lauri blieb nicht stehen, um sich Pakarinens Flüche anzuhören, die dann auch kein Ende nahmen. Der Mann verteidigte seine Leute immer bis zum Letzten und gestand nie Fehler ein.

Die Layout-Leute glaubten, sie würden eine künstlerische Arbeit machen. Nach Lauris Ansicht musste man visuelle Gestaltungselemente, die ins Auge fallen sollten, mit der Kamera einfangen, unnötige Tricks mit Fonts von Überschriften und mit Grafiken waren nichts anderes als der Versuch, eine dürftige Story aufzubessern. Wenn die Fakten brutal und zutreffend waren, brauchte es keine Dekoration. Fast die ganze Redaktion einschließlich des Chefredakteurs war da anderer Meinung, aber das störte Lauri nicht.

Pokka kam angetrottet. Lauri ärgerte sich, dass er nicht rechtzeitig sein Hörgerät ausgeschaltet hatte. Dann wäre es ihm erspart geblieben, zu hören, wie der Nachrichtenchef den allseits bekannten Tango Satumaa pfiff, in dem es hieß »Jenseits des weiten Meeres« und so weiter. Lauri verstand den Witz, aber auch, dass Pokka taktvoll war. Es erschien schwierig, anders als direkt darauf zu reagieren. Denn wenn er die Spitze überging, musste Pokka die Person, die er im Visier hatte, für ungebildet halten.

»Muss ich jetzt jedes Mal, wenn du bei einer Besprechung den Mund aufmachst, vor mich hin summen ›Geschmack, wooo bist du geblieben‹?«, knurrte Lauri.

Pokka grinste zufrieden. Sein Spott war bemerkt worden. »Ich habe doch gesagt, dass du dir das dann selber zuzuschreiben hast.«

»Ja, aber ich konnte doch wohl nicht ahnen, dass hier jemand ganze Storys für Pornozeitschriften zusammenschustert. Es hat bloß noch gefehlt, dass er spitzovale Symbole und Pimmel auf die Seite zeichnet. Wer war da abends bei der Kultur für das Layout zuständig?«

»Na, du als Polizeireporter musst natürlich bei jeder Sache

einen Schuldigen finden, aber der wird jetzt nicht gesucht. Das war wirklich nicht die eleganteste Lösung der Weltgeschichte, allerdings auch keine Katastrophe. Was haben sie auch solche Bilder in die Welt gesetzt. Das ist aber ein ganz süßer Anblick, das muss man sagen.«

Lauri hätte Pokka am liebsten ein paar Fausthiebe verpasst. Deshalb zählte er bis drei und legte sein Hörgerät auf den Tisch. Danach stand er auf und ging taub zur Toilette.

Lauri liebte die Momente, wenn er sich in die Stille, in sich selbst zurückziehen konnte. Gleichzeitig hatte er das Gefühl, durch die Redaktion zu schweben, sich von ihr zu lösen. Die anderen kamen ihm vor wie in einem lebendigen Gemälde. Die Eiligen stürzten wegen ihrer Artikel hin und her, und ihr Mund plapperte ins Telefon oder vor sich hin. Doch es war nichts zu hören. Das beruhigte ihn immer. Zugleich machte Lauri bei seinen Kollegen auch merkwürdige Beobachtungen. Er bemerkte, dass Pakarinen schon den zweiten Tag hintereinander dasselbe ungebügelte Hemd trug. Offensichtlich hatte seine Frau Urlaub oder endlich begriffen, dass es besser war, sich von so einem muffigen Kerl zu trennen. Er sah, dass auf dem Tisch der Wirtschaftsredakteurin Holappa ein Blumenstrauß aufgetaucht war, also wollte offenbar jemand auch die bezirzen. Kein Wunder, dass sie in der letzten Zeit bei den Besprechungen so sanftmütig war und die Sommerredakteure dieses Jahres noch kein einziges Mal zum Heulen gebracht hatte. Lauri bemerkte auch, dass auf der Hand der Foodredakteurin Rehunen blutige Kratzer erschienen waren. Also hatte man sich endlich eine junge Katze angeschafft. Die Hände des Sportredakteurs Karkkula blühten von der Schuppenflechte. Der machte sich in der Regel keinen Stress, also war offensichtlich wieder die Mutter oder der Vater schwer krank.

Als Lauri an seinen Platz zurückkehrte, war Pokka klug genug gewesen zu verschwinden. Lauri steckte das Gerät wieder an sein rechtes Ohr. Das linke brauchte keine Hilfe, es war vollkommen taub.

Er warf einen Blick auf die Internetseiten der Polizei, dort fand sich aber kein Wort über die Morde von Toivola. Vesitaival verzichtete auf alles Mögliche. Wahrscheinlich auch bei seiner Frau, denn die Denkarbeit konnte man ja nicht durch Sex stören. Lauri hatte sich von Anfang an ein wenig Sorgen gemacht um die Arbeitsmoral des Chefs der Ermittlungsgruppe für Gewaltverbrechen. Hoffentlich trank er ab und zu mal ein Bier. Oder einen Whisky. Sonst schaffte er es wohl kaum, auch mal zu entspannen. Beim Angeln brüllte er bestimmt die Fische an, sie sollten endlich anbeißen.

Lauri ging zu einem Gespräch mit dem Verantwortlichen für die Monatsbeilage. Pekka Haverinen war ein altgedienter Redakteur, der Fakten und berufliches Können schätzte. Von seiner Ausbildung her Geograf war er nach eigenen Worten einst für einen Ferienjob zu *Suomen Sanomat* gekommen und geblieben, und nun wartete er darauf, dass die Anstellung zu Ende ging. Als Rentner könnte er sich dann wieder mit Geografie beschäftigen.

Bei Haverinen stellte Lauri gleich sein Thema vor: »Würde euch eine komplexe Geschichte über drei Doppelseiten zu den Familienmorden interessieren? Ich könnte versuchen, ein paar alte Fälle zu durchforsten, Angehörige von Opfern zu befragen und Tatorte zu besuchen. In den Hintergründen dieser Taten würde ich einen etwas menschlicheren Blickwinkel einnehmen. Ein Bestandteil des Ganzen könnte sogar der komprimierte Lebenslauf eines der Mörder oder die Anatomie einer dieser Ereignisserien sein. Alles natürlich, ohne in den Bluttaten zu schwelgen. Ein Versuch, zu erreichen, dass die Menschen das verstehen. Nicht akzeptieren, aber verstehen. Das ist es doch, was wir alle hier möchten«, erklärte Lauri seine Vorstellungen.

Haverinen war begeistert. »Ich wollte sowieso schon zu dir kommen und mit dir reden, ob man nicht zu dem Thema etwas mit mehr Tiefgang machen könnte, ohne dass es geschmacklos wird. Etwas Ähnliches wie über dieses Gangmitglied vor einem Jahr. Und du kriegst das hin. Nur zu! Die nächste Monatsbeilage erscheint in drei Wochen. Bis dahin schaffst du das sicher, wenn du die Sache gleich morgen anpacken kannst.«

Lauri versprach es.

»Kann jemand anders die Reste der Toivola-Geschichte übernehmen?«

»Ich denke schon. Antti war von Anfang an beteiligt, und in der Sache dürfte sich eigentlich nichts Umwerfendes mehr ergeben. Die Informationen, die Vesitaival herausrückt, sind so spärlich, dass man für das Thema nicht zwei Leute braucht. Außerdem tut es Antti gut, wenn er Verantwortung übertragen bekommt.«

»Gut«, sagte Haverinen. »Ich sage Ohra, dem Kleinen Leidwesen und den Nachrichtenchefs Bescheid. Das kriegen wir sicher durch. Ich schicke Kejonen zu den Nachrichten, solange du das Paket für die Beilage schnürst.«

Die Sache war abgemacht, und Lauri kehrte an seinen Platz zurück. Sein Blick blieb an dem Plakat an einer Wand seiner Box hängen. Lauri hatte vor einem Jahr im Wettbewerb »Beste Story des Jahres« des Finnischen Zeitungsverbandes den zweiten Platz belegt. Der Preis war ihm für seine vorherige Reportage in der Monatsbeilage verliehen worden. Darin wurde über den wahren Chef des Bikerklubs MC Guns & Blazes berichtet, der sich im Hintergrund hielt. Man kannte ihn unter dem Namen Keule.

Den Tipp zu dem geheimen Chef der Bikergang hatte Lauri von einem Bekannten aus der Unterwelt bekommen, der wegen einer Krebserkrankung nicht mehr um sein Leben fürchtete. Beim Schreiben der Geschichte hatte es jedoch Probleme gegeben. Ein anonym geführtes Interview war immer etwas kompliziert. Der Leser könnte den Wahrheitsgehalt der Geschichte bezweifeln oder sie zumindest für tendenziös halten. Außerdem erweckte die Story womöglich den Eindruck, dass der Kriminelle geschützt werden sollte.

Nach langem Abwägen hatte sich Lauri entschlossen, das Thema anzugehen und war direkt zu Keule in das ruhige Wohnviertel von Kilo gefahren, um mit ihm zu reden.

Als Lauri an der Haustür sein Anliegen vortrug, wurde Keule wütend und drohte ihm, dass er sich im finsteren Wald sein eigenes Grab schaufeln müsste, dass auf ihn der Genickschuss und die Kälte des schleichenden Todes warteten. Angeblich würde Lauri nun lernen, was es für ein Gefühl war, wenn einem das Leben wie Pisse in die Hosenbeine floss. Lauri schaute dem Mann in die Augen und sagte, er habe keine Angst. Er wusste, wie Keule vorging, obwohl selbst die Polizei davon keine Ahnung hatte. Außerdem erzählte Lauri, er habe eine E-Mail mit der Beschreibung hinterlassen, bei wem er sich befand und warum, sie werde an drei Menschen abgeschickt. Das nur, falls ihm irgendetwas zustoßen sollte.

Keule schaute den einen Kopf kleineren Lauri eine Weile an und brach dann in ein dröhnendes Gelächter aus. Angeblich schätzte er unerschrockene Leute. Seine Lust, ihn umzubringen, legte sich endgültig, als Lauri erklärte, wie er den Artikel schreiben würde. Anonym und ohne Bilder. Keule dürfte die Vorstellungen des großen Publikums von dem neuen Bikerklub und seinen Aktivitäten zurechtrücken. Am Ende zeigte Keule sogar ein bisschen Begeisterung. Die Reaktion auf den Artikel war widersprüchlich gewesen. Es erwies sich als unmöglich, über heikle Themen Storys zu schreiben, die allen gefielen. Das Gleiche würde auch für die Reportage über die Familienmorde zutreffen.

Während Lauri noch mit seinen Erinnerungen beschäftigt war, kam Pokka zu ihm geschlurft. »Okay, ich verstehe. Das Thema ist gut, aber warum hast du es mir nicht zuerst gesagt, dann hätte ich dafür sorgen können, dass wir in der Nachrichtenredaktion jemand anders als Kejonen kriegen?«

Das tat Lauri leid. Er hätte tatsächlich erst mit seinem Nachrichtenchef reden müssen. Kejonen war nicht nur langsam und faul, sondern lachte immer herzhaft über seine eigenen Geschichten – als Einziger.

Lauris Telefon unterbrach die Beschwerde des Nachrichtenchefs. Pokka stürzte davon. Die Nummer war unbekannt, also meldete sich Lauri nichtsahnend.

»Verdammte Scheiße, was hast du da angestellt?«

Lauri erkannte die Anruferin. Es war Paula, die Mutter seiner Tochter.

TEIL II

… denn sie lauert in dir

47 Prozent der Finnen haben Angst vor dem Wolf.

Untersuchung zur Angst der Finnen vor dem Wolf, 2013.
(In Auftrag gegeben von der Nationalen Forstverwaltung
und dem Finnischen Wildzentrum)

Der Bauch des Mädchens war groß. Auch der Nabel ragte heraus. Die werdende Mutter schleppte sich durch den dichten, feuchten Wald. Das Leben war eben so, wie es war. Versaut jedenfalls. Ihre Mutter hatte sie als Minderjährige zur Ehe gezwungen, erzählte aber jetzt aufgeregt in der ganzen Stadt, die Tochter habe es ja so eilig gehabt zu heiraten. Sie konnte nicht mal erst ihr Studium machen. Zu Hause redete die Mutter besänftigend auf sie ein, der werdende Vater sei doch ein ganz tüchtiger Mann.

Ein völlig hoffnungsloser Fall war er auch nicht, halt nur ein wenig verschlossen. Aber er wollte eben kein Kind, weil er selbst noch eines war.

Jetzt floh das Mädchen vor einem Mann, der Whisky und Kognak im Akkord gekippt hatte. Betrunken war er ihr zuwider. Seine Augen glänzten dann so. Er hatte erzählt, bei seinem Vater sei das kurz vor einer Tracht Prügel auch immer so gewesen. Ihr Mann war zwar nicht gewalttätig, aber wenn er getrunken hatte, sah man ihm an, dass er es sein wollte. Das machte ihr Angst.

Das Mädchen glaubte, dass es für sie keinen Ausweg gab. Weder aus dem Wald noch aus ihrer Ehe, aus dem Leben überhaupt. Das Dickicht bestimmte ihren Weg. Durch die Blätter konnte man kaum hindurchsehen, aber in der Ferne erhob sich über den Bäumen der Schachtturm des Ortes. Das war ein Leuchtturm, nach dem sie sich nicht orientieren wollte. Sie sehnte sich weg aus Nordkarelien, aber es wimmelte nicht gerade von Alternativen. Das Kind würde sie außer Gefecht setzen und hier in der Stadt des Kupferbergbaus festnageln, und deren endlose Grubenstollen würden all ihre Träume verschlingen: eine Karriere als Model, Geld und Ruhm.

Sie bemühte sich, mit großen Schritten von einem Mooshöcker zum nächsten zu gelangen, um auf dem Trockenen zu bleiben. Das misslang. Ihre Schuhe waren nass, und ihr Gemüt war tränenfeucht und schwer. Es war alles zu spät. Sie hätte rechtzeitig von ihrer Schwangerschaft erzählen müssen. Dann wäre Zeit gewesen, die ganze Geschichte und das in ihrem Schoß pulsierende Leben gleich am Anfang zu beenden. Die Fortpflanzung aufzugeben und selbst zu leben. Wenn sie wenigstens ihrem Freund rechtzeitig von der Sache erzählt hätte, dann wäre sie schon erledigt.

Das Mädchen fuhr zusammen, als sie hinter sich Lärm hörte. Wenn sie Glück hatte, wäre das die Vatanen Liisa oder der Bauer Tolppanen, die erste Moosbeeren pflückten. Sie würden sich frohgelaunt nach dem Baby erkundigen, und ihnen könnte sie nicht sagen, dass es jeden Atemzug erschwerte und die Zukunft zu einer großen Unbekannten machte. Sie wollte keinen übermäßig frohgelaunten Mitmenschen treffen und lief schnell in den Schatten der Bäume. Eine Weile irrte sie durch den Wald und drang dann zerkratzt auf eine Lichtung vor, auf der ein Ahorn stand. Sie erkannte ihn, es war der Baum, unter dem ihr damals künftiger Mann seinen Willen durchgesetzt und ihr eingeredet hatte, dass man beim ersten Mal nicht schwanger werden könne.

Sie schleppte sich bis zu dem Ahorn, ließ sich mit dem Rücken an den Baumstamm fallen und sank auf eine vergessene Apfelkiste. Sie versuchte, es zurückzuhalten, aber das Wasser kam auf einmal geschossen, sowohl aus den Augen als auch in die Hosen. Ihr war nicht sofort klar, was da passierte. Dann musste sie weiter. Sie lief schwankend mit langsamen Schritten los. Im Bauch rumpelte es, und ihr war übel. Sie musste stehen bleiben und rief mit schwacher Stimme um Hilfe. Vielleicht hörte es derjenige, der hinter ihr solchen Krach machte. Dann hätte auch die Alte von Vatanen wieder Gesprächsstoff für die nächsten Jahre: Stellt euch vor, die Tochter vom Pennanen lag da im Wald unter den Kiefern, alles war voll Blut und das Baby halb draußen. Und ohnmächtig war sie.

Zwischen den Bäumen tauchte nicht Vatanens Alte auf oder eine Hilfe, aber immerhin der Ehemann des Mädchens.

»Ich wusste, dass du hierhergehen würdest«, sagte der Mann.

Das Mädchen selbst hatte es nicht gewusst. Und sich an die Stelle überhaupt erst wieder erinnert, als sie sich hierherverirrt hatte. »Das Fruchtwasser ist gekommen«, schnaufte sie.

Der Mann hielt inne. Er war völlig ruhig und für einen Betrunkenen unglaublich zielstrebig. »Und wenn das Kind nun tot geboren wurde?«

Das Mädchen verstand ihn nicht. Sie wollte ins Krankenhaus.

Der junge Mann wiederholte: »Und wenn das Kind nun tot geboren wurde.«

Das war keine Frage mehr. Das war ein Vorschlag. Er hatte über die Sache nachgedacht und war dabei zu weit gekommen.

Das Mädchen hatte zwar mit dem Gedanken an den Tod des Kindes gespielt, aber jetzt war das nur noch Träumerei. Sie wusste, dass dieser Fehltritt geboren werden würde, weil er schon ein lebendiger Mensch war. Er reagierte auf Musik und Sprache, auf Essen und Streicheln. Er hatte schon Gedanken und Gefühle.

Der Mann wartete auf die Antwort und meinte es so ernst, dass er zitterte. Er wollte tatsächlich sein Kind tot sehen. Das Mädchen wagte es nicht, ihren Mann schroff zurückzuweisen, und schaffte es nur zu sagen: »Wenn es aber nun bei der Geburt zu Komplikationen kommt.«

»Es wird alles gut«, erwiderte der junge Mann ausweichend. »Dann können wir noch leben, so wie wir es wollen. Und wir machen ein richtiges Kind, wenn wir dazu bereit sind.«

Das Einzige, was sie dann machen würden, wäre es nach Ansicht des Mädchens, sich scheiden zu lassen. Dann wären sie aus dem Schneider und sich los. Niemand würde sich über ein Zerwürfnis des jungen Paares nach dem Tod seines Erstgeborenen wundern. Der Mann wollte seine Freiheit, und das Mädchen wollte studieren oder sein Gesicht auf dem Laufsteg zeigen. Aber musste man deswegen sein eigenes Kind umbringen? Ein kleines, hilfloses Wesen?

Der Mann las die Gedanken seiner jungen Frau von ihrem Gesicht ab. »Das ist auch nichts anderes als ein Abort. Wir kümmern uns um uns selbst und verpfuschen nicht auf einen Schlag drei Leben.«

Er sah die Apfelkiste hinter ihr und klopfte darauf.

»Das nehmen wir als Sarg.«

Der junge Mann begriff, dass es falsch war, was er tat, doch er hatte sich in einen Zustand hineingesteigert, in dem alles möglich war.

Das Mädchen hatte Schmerzen und war nicht imstande, an etwas zu denken, das noch mehr weh tat. Egal, was passierte, sie würde es zulassen. Die Gewissensbisse schwanden, als die Schmerzen im Becken stärker wurden. Es schüttelte sie. »Das Kind kommt jetzt. Zu früh, verdammt.«

Sie sank auf das feuchte Gras. Sie drückte und schrie. Presste und erschlaffte. Es tat weh und schmerzte. Sie verfluchte ihre Mutter, die Welt und vor allem ihren Mann, weil der damals auch unbedingt in sie eindringen musste. »Ohne dein Gebettel wären wir jetzt nicht hier, sondern würden bei Oma Kuchen essen und dann hinterm Stall eine rauchen, und es würden nicht solche Schweine wie du grunzen: La le lu, nur wir zwei sehn zu, lass es raus geschwind, dieses kleine Kind. Hoch und heilig hast du mit dem Mittelfinger auf der Klitoris geschworen, dass du rechtzeitig rausziehst, aber nein, wo gehobelt wird, da … wird auch gespritzt, und so wurde eben ein Gör angesetzt.«

Mitten in dem Gebrüll und dem Redeschwall wurde das Kleine herausgespült. Es war ein Mädchen und hatte eine höllische Eile, auf die Welt zu kommen.

»Das kam ja herausgerutscht wie aus der Dachrinne«, knurrte der frischgebackene Vater. Der vierzig Zentimeter kleine Winzling strampelte in seinen Händen und schrie lauthals. Der Mann kappte die Nabelschnur mit einem verrosteten Taschenmesser der Schweizer Armee und legte seinen Sprössling in die Apfelkiste. Dann schloss er den Deckel, der den Lärm etwas dämpfte. Als er sich umdrehte, war seine Frau schon fast ohnmächtig.

Das Mädchen interessierte es nicht, wo sie war, was sie machte und was in ihren Ohren klang. Sie hatte Durst und fror. Der Mann hob seine Frau hoch und lief mit langen Sätzen durch den Wald.

»Mein Baby«, sagte die Mutter, die gerade entbunden hatte, leise.

Unser Baby, dachte der junge Mann und war verblüfft. Das erste Mal war das Kind für ihn ein Mensch und nicht eine Belastung. Er hatte sich dazu gezwungen, den Embryo als ein Tier zu sehen, damit er nicht aus einem anderen Blickwinkel als seinem eigenen über die Situation nachdenken musste. Der Gedanke an einen Abort nach der Geburt erschien jetzt nicht mehr möglich. Er widerte ihn sogar an. *Aber ich kann doch nicht beide …*

Das Baby blieb im Wald zurück.

Auf den Armen ihres Mannes erstickten die Gefühle der Mutter. Ermattete ihr Denken.

Der Mann fuhr auf dem Fahrradweg bis zum Eingang und versetzte die Krankenschwester in Panik, weil er schon auf der Schwelle brüllte: »Es blutet, überall ist Blut, Hilfe, verdammt!«

Schwester Myöhänen hatte erst vor einer Woche ihre Ausbildung abgeschlossen. Sie war jedoch noch nicht bereit für Situationen, in denen es ernst wurde. Vor allem, wenn sie allein war. Der diensthabende Arzt hatte die Instrumente und seine Kehle zwei Stunden zuvor mit Spiritus gereinigt. Die Schwester hatte den ärztlichen Direktor angerufen, aber der hatte Schweine und schließlich auch sich selbst mit den Mittelchen aus der Apotheke verarztet. Zum Glück hatte Doktor Petäjävaara auf den Anruf der Schwester und ihren lauten Hilferuf reagiert und versprochen, in einer halben Stunde da zu sein.

Sie rannte zurück ins Foyer. »Kommt in einer Stunde wieder, dann ist der Doktor da«, hörte die Schwester sich sagen und sah die bestürzten Gesichter der anderen Patienten, als sie sich umdrehte, um die Flucht zu ergreifen.

Der junge Mann vermochte in dieser widersinnigen Situation nichts Vernünftiges zu entgegnen. Er konnte nur brüllen. Die Schwester begriff und blieb stehen. Mittlerweile brachte der Mann zumindest ein paar klare Sätze heraus. »Sei du jetzt still und hol den Arzt. Meine Frau verblutet. Sie hat im Wald entbunden.«

Schwester Myöhänen begriff trotz ihrer Verwirrung, dass etwas fehlte. »Ich kann deine Frau nicht zur Entbindung annehmen, wenn sie kein Baby hat. Wo ist das Baby? Du hast gesagt, dass sie schon entbunden hat, also ist das Baby auch nicht mehr im Bauch. Und außerdem befindet sich die Entbindungsstation in Joensuu. Wir machen hier keine Entbindungen. Es tut mir leid.«

Die Schwester nickte dazu. So musste es sein. Sie hatte alles im Griff. Was konnte sie dafür, wenn festgelegt wurde, dass für Entbindungen Joensuu zuständig war?

Der junge Mann verstand kein Wort von dem, was die Schwester sagte. Die Frau zitterte wie eine Drogensüchtige. Aber es war auch niemand anders da. »Hilf jetzt, gute Frau.«

Zum Glück marschierte genau in dem Moment Petäjävaara durch die Tür. »Was ist denn hier für ein Theater?«

Niemand antwortete. Petäjävaara sah schließlich selbst, was los war. Er nahm die junge Mutter an den Schultern. Der Mann griff nach ihren Beinen, und die Frau, die eben entbunden hatte, wurde ins Bett gelegt.

»Sie hat das Kind im Wald entbunden. Das ist alles unfassbar schnell passiert, und obwohl das Baby gekommen ist, läuft das Blut immer noch«, erklärte der Mann.

Petäjävaara erkundigte sich nach dem Aufenthaltsort des Kindes.

Der junge Mann hielt inne. Petäjävaara sah, dass der Betrunkene überlegte. Und nachdachte. Schließlich seufzte er. »Es ist im Wald geblieben. Ich habe es nicht geschafft, beide zu tragen, und meine Frau wäre dort sicherlich gestorben.«

Petäjävaara nickte. »Findest du dahin zurück?«

»Ich habe das Kind an derselben Stelle gezeugt.«

Der Doktor wollte wissen, ob das eine bejahende Antwort sei.

Der junge Mann nickte und ging. Petäjävaara rief ihm hinterher, er solle auf die Schwester warten. Die schien sich fast zu übergeben, als sie den Befehl hörte.

Der junge Mann blieb an der Tür stehen. Er sah, wie seine Frau langsam die Augen öffnete. Sie starrten ihn an. »Lauri, hol Aava und bring sie in Sicherheit.«

Lauri holte sie.

Als Paula anrief, kehrte das alles wie eine Flutwelle in seinen Kopf zurück. Die Geburt Aavas im Wald und die Scham. Und die andere Nacht anderthalb Jahre später, in der sich der Spalt bei Lauri wieder geöffnet hatte.

Es fiel ihm schwer zu atmen.

Lauri drückte den Anruf der einzigen Frau weg, die er jemals wirklich geliebt hatte. Und vielleicht immer noch liebte.

Lauri hatte sich für das Interview mit seiner Tochter gemeldet, die Sache aber nicht bis zu Ende durchdacht. Beruflich war das bedenklich, aber auch privat verwerflich. Ihm war nicht klar gewesen, dass Paula seinen Namen in der Zeitung lesen und garantiert an die Decke gehen würde.

Sein altes Nokia klingelte wieder. Lauri drückte auf den roten Hörer. Er war nicht fähig, den Angriff entgegenzunehmen, solange er nicht überlegt hatte, wie er die ganze Sache begründen sollte. Eine gute Erklärung gab es natürlich gar nicht, aber irgendetwas musste er Paula sagen.

»Wir sind aber heute blass«, sagte Antti hinter Lauri.

»Fang du nicht auch noch an.«

»Ich hätte hier …«

»Jetzt nicht.«

»Aber ich habe das kurz vor der Besprechung bekommen und …«

»Antti«, schnauzte Lauri und wandte sich um. »Nicht jetzt und nicht heute. Ist das klar!«

Antti hob die Hände hoch und ging mit einem Kopfschütteln weg. Dabei murmelte er, anscheinend könne auch ein erwachsener Mann seine Tage haben. Er hatte aber einen Zettel auf Lauris Schreibtisch gelegt.

Als Lauri eine halbe Stunde später seine Schlüssel wegnahm, sah er die Bitte um einen Rückruf auf Anttis Zettel. Sie stammte nicht von Paula, sondern von Lauris Großmutter.

Ruf an. Terho wird bald von uns gehen. Er ist trotz allem dein Vater. Ich bitte dich.

In Lauris Kopf geriet alles durcheinander. Das war einfach zu viel: die Tochter, die misslungene Story, der Familienmord, Vesitaival und Paula. Es gab allerdings auch gute Nachrichten. Der Alte lag im Sterben, aber Lauri hatte sich geschworen, an seinen Vater nicht einmal mehr zu denken. Der Alte war der Anfang allen Übels und wie eine Mauer, unerschütterlich in seiner puren Bosheit. Die weiße Wut, die Lauri in sich trug, war vom Alten entzündet und von den Mitschülern, die ihn schikaniert hatten, geschürt worden. Diese Wut würde Lauri sein ganzes Leben lang immer wieder zügeln müssen.

Lauri hatte große Lust, etwas zu trinken und sich richtig zu besaufen. Das konnte er jedoch nicht tun. Und das wusste er nur zu gut. Er war zweimal abgerutscht, und ein drittes Mal würde es nicht geben.

Er musste sich also einfach zusammenreißen. Wenn er etwas gelernt hatte, dann, dass es die Dinge nur erschwerte, wenn man vor ihnen davonlief. Deswegen rief er als Erstes seine Großmutter an. Das wäre ein leichtes Gespräch. Er würde nur sagen, dass er von diesem Psychopathen nichts hören wollte, sollte er doch sterben. Aber wie ginge es ihr, liebe Großmutter.

So hatte sich Lauri das Telefongespräch vorgestellt.

Am nächsten Tag war er auf dem Weg nach Nordkarelien.

Um überlebende Opfer von Familienmorden zu interviewen und seinen Vater zu treffen.

Auf dem Schild an der Kreuzung der Einfallstraße nach Outokumpu war zu lesen: Outokumpu 4 und Koli 77. An der Abfahrt zum Friedhof von Ruuttu lief eine Grauhaarige mit schleppendem Schritt und einem Blumenstrauß in der Hand. Die Frau hatte die paar Kilometer vom Zentrum bis hierher geschafft.

Lauri spürte eine nostalgische Beklemmung. Er wäre am liebsten umgekehrt, wusste aber, dass ihm die Feigheit zu schaffen machen würde. Man musste der Vergangenheit ins Auge sehen, wenn man verstehen wollte.

Als der Friedhof zurückblieb, lugte zwischen den Bäumen der alte Schachtturm der Stadt hervor. Ein letzter, einsamer Zahn in einem zahnlosen Mund, der um mehr Brot bat, das er den Menschen seiner Stadt nicht mehr geben konnte. In Outokumpu war es still geworden, nachdem der Bergbau in den achtziger Jahren eingestellt worden war. Jetzt schlängelten sich unter der Stadt kalte, dunkle Gänge. Die Stollen hatte man mit Sand und Wasser verfüllt, aber sie waren immer noch da, stets bereit einzustürzen und Oberflächliches zu zerstören.

Lauri fuhr durch das Zentrum, das aus einer Straße am Hang des Hügels bestand. Kaum etwas hatte sich in den letzten dreißig Jahren verändert. Sokos war zum S-Market geworden, das Sportgeschäft war abgerissen worden und die Post umgezogen, aber die Atmosphäre des Ortes war immer noch dieselbe. Man hatte sich aufgegeben. An der Hauptstraße standen alte Häuser. Die Gebäude aus Holz benötigten dringend Farbe.

Lauri sah seinen alten Klassenkameraden Sami, Harju, wenn er sich recht erinnerte. Sami war kein Freund des Lernens und des Sports, sondern eher ein alter Bekannter der Polizei. Er gehörte zu denen, die schon mit zehn Jahren gern die Nase in die Leimtüte hielten. Zu Hause bekam er Verachtung, Einsamkeit und einen Zehner im Monat. Mit seinem Kumpel Kake spielte er in den Pausen »Schlappschwanz«, dabei wurden dem Feigling, der einem Schlag auswich, zur Strafe mit dem eisernen Kamm die Knöchel traktiert. Bei einem anderen Spiel ließen sie das Taschenmesser so fallen, dass es neben dem Fuß des anderen im Boden stecken blieb. Sami ärgerte Lauri dann und wann wegen des Hörgeräts, ließ ihn aber zumeist in Ruhe. Er zählte nicht zu den Schlimmsten.

In der Schule beteiligte Sami sich am Unterricht, indem er ihn störte. Versetzt worden war der Junge, weil er abschrieb und die Lehrer ihn nicht Jahr für Jahr wiedersehen wollten. Sami hatte sich so gut wie nie freiwillig gemeldet, Lauri erinnerte sich nur an ein einziges Mal. Der Biologielehrer Bartflechte – seinen richtigen Namen wusste Lauri nicht mehr – hatte gefragt, wo das Blut des Menschen fließt. In der Schlange an der Würstchenbude, hatte Sami gesagt. Die anderen lachten, aber Sami starrte düster vor sich hin. Er scherzte nicht, er wusste es.

Heutzutage verdiente sich Lauri mit Leuten wie Sami sein Brot. Sami war der Held kurzer Meldungen von achthundert Zeichen, der im Suff seinen einzigen Kumpel erstach, einen Kiosk ausraubte oder betrunken am Steuer erwischt wurde. Außerhalb der Zeitungsmeldungen gab er auf Partys mit einer Pistole an, steckte Autos in Brand und versetzte die Senioren des Ortes in Angst und Schrecken.

Seine Frau oder Freundin bedachte er mit der flachen Hand und seinen von Wodka umnebelten Zukunftsutopien. Kinder hatte er hoffentlich nicht. Falls doch, würde ihnen jeden Sonntagmorgen versprechen, dass er ihre Mutter niemals mehr schlagen und sie nicht mehr anbrüllen würde. Und das zerbrochene Spielzeug würde er natürlich ersetzen. Leider war Samis Gedächtnis kurz und seine Selbstdisziplin nicht vorhanden.

Sami schaute Lauri in die Augen, als er vorbeifuhr. Er nickte leicht. Lauri nickte zurück. Aus irgendeinem Grund lief es ihm kalt über den Rücken. Sami stand in seinen befleckten Jeans und mit einem Plastikbeutel in der Hand an der Straße, als wartete er auf etwas. Auf das Leben, vielleicht. Darauf, hier wegzukommen. Doch keiner würde ihn mitnehmen.

Nur auf den eigenen Beinen kam man hier weg. Dazu müsste man nur erst auf die Beine kommen.

Lauri fuhr auf den Hof seines alten Zuhauses. Das dunkelrote Kriegsveteranenhaus verströmte den Geruch von Spanplatten. Erinnerungen stellten sich ein. Nach den Worten der Großmutter hatte der Alte noch im letzten Jahr hier gewohnt. Nur der verwilderte Garten verriet, dass das Haus leer stand.

Er stieg aus seinem VW und warf einen Blick auf die vertrauten Ahorne. In ihrem Schatten waren vom Rasen nur die langen Halme der Binsen übriggeblieben. Die einzige Eiche im Ort war von den Ahornbäumen umgeben. In Lauris Kindheit musste man sich unter ihr bücken, aber jetzt hatte der stattliche Stamm seine untersten Äste abgeworfen und strebte in die Höhe. Die Zeit wuchs in den Bäumen.

Lauri ging durch den Garten. Die Bergkiefer war noch da, schief und nahezu unverändert. Dann erkannte er die unterste Astgabel des größten Ahorns. Um da hinaufzukommen, hatte er sich als Kind unten abstoßen und hochziehen müssen, bis er oben auf dem Bauch lag. Jetzt brauchte man sich nur hinzusetzen.

Bei einem Blick nach oben sah Lauri, was sein Bruder Tuomas in ein paar Metern Höhe eingeritzt hatte. Es war eine Geheimschrift, die erklärte, dass der Alte das größte Arschloch auf der Welt war und kleine Kinder misshandelte. Noch etwas weiter oben hatte ein unter Lauris Gewicht abgebrochener Ast eine lange Furche in der Rinde hinterlassen. Die Wunde des Baums war vernarbt, Lauris Wunden jedoch eiterten immer noch. Heimlich.

Wenn er fliehen musste, war der große Ahornbaum von allen Zufluchtsorten der sicherste gewesen. Lauri war mit seinem Bruder so weit hinaufgeklettert, wie er sich traute. Oben waren die Äste dünn, so hoch kam der Alte nicht. Die Jungs wussten, dass sie in Sicherheit waren, wenigstens für den Augenblick.

»Na, das fehlte noch, gottverdammt, in diesem Haus werden keine Herren aufwachsen«, hatte der Alte wütend gebrüllt, als Lauri mit fünf Jahren auf eigene Faust lesen gelernt hatte. Statt Lob, Dank und Glückwünsche zu empfangen, musste der Junge vor seinem Erzieher die Flucht ergreifen. Das war das erste Mal. Lauri war es gewöhnt, einzelne Schläge und Ohrfeigen auszuhalten, aber da nun hatte er schon am Gesichtsausdruck des Alten gesehen, dass ihm eine richtige Tracht Prügel bevorstand. Lauri war stolz auf sich und nicht auf Gewalt gefasst gewesen.

Der Alte hätte ihn übel verprügelt, wenn seine Mutter nicht dazwischengegangen wäre und stellvertretend für ihn gelitten hätte.

Lauri war auf den Baum geflüchtet. Heruntergekommen war er erst, als ihm klargeworden war, dass er sonst erfrieren würde. Er war hinuntergeklettert und über die Feuerleiter ins Obergeschoss hinaufgestiegen und hatte sicherheitshalber unter dem unverschlossenen Fenster geschlafen. Nur so hätte er rechtzeitig fliehen können, wenn der Alte heraufgekommen wäre, um ihn zu verprügeln.

Am nächsten Tag hatte seine Mutter auf ihrer Arbeitsstelle mitgeteilt, sie müsse sich krankschreiben lassen, sie sei auf der Kellertreppe gestolpert. Man hatte ihr freigegeben. Bereitwillig und ohne weiterzufragen. Natürlich wussten die in der Küche Bescheid, es interessierte sie aber nicht. Als seine Mutti am Telefon sagte, ihre Zähne seien auch in Mitleidenschaft gezogen worden, erwiderte man nichts darauf.

Sie hatten Angst, darüber zu reden. Sie hatten Angst davor, was Hilkka anzudeuten versuchte, und davor, sich einmischen zu müssen. Also: Gute Besserung – und tut, tut …

Äußerte sich das Böse in Taten? Oder genügte es, dass man nichts tat? Lauri wusste darauf keine Antwort. Eines aber wusste er, es war mangelnde Selbstbeherrschung und Gleichgültigkeit, Unvermögen und Gefühllosigkeit. Für den Lauri seiner Kindheit war das Böse die unheilige Dreifaltigkeit von Faust, Flasche und Samstagabend. Der Alte hatte als Kind aufs Maul bekommen und war zu blockiert, um aus den Fehlern seines Vaters zu lernen. Er war ein grausamer Scheißkerl gewesen, hatte aber sein Schicksal wohl kaum genossen.

Mit fünfzehn Jahren hatte Lauri das letzte Mal versucht, auf den Baum zu klettern. Der Alte war ihm hinterhergerannt und hatte gebrüllt, er werde ihn totschlagen. Lauri war zwar rechtzeitig hinaufgekommen, aber auch die Äste hatten ihn im Stich gelassen. Schon während er hinunterstürzte, hatte ihm der Alte den ersten Schlag versetzt.

Als der von Mutter heimlich gerufene Krankenwagen auf den Hof kurvte, war Lauri in Ohnmacht gefallen. Das war eine Kunst, die er gelernt hatte, wenn er vom Alten verprügelt worden war. Das sicherste Signal der Hilflosigkeit.

Am nächsten Tag war er aufgewacht, als ihm eine Krankenschwester Fragen stellte. Nach ihrem Namensschild hieß sie Sanna. Der blonde Traum hatte sich erkundigt, ob Lauri seinen Namen wusste. Lauri hatte genickt. Angeblich reichte das aber nicht, sondern er musste ihn auch laut sagen. Das ganze Gesicht schmerzte, überall tat es weh. Auf die Frage, ob er wisse, was es für ein Tag sei, hatte Lauri geantwortet, das müsse die Schwester ja wohl besser wissen, sie sei schließlich nicht vom Baum gefallen. Das hatte ihr genügt. Sie hatte sogar gelächelt. Auch noch als Erwachsener hegte Lauri diese faszinierende Erinnerung. Die Krankenschwester war ein Lichtschimmer im Dunkeln gewesen.

Der Arzt hatte Lauri für einen Glückspilz gehalten. Angeblich hätte es auch schlimmer kommen können. Möglichkeiten gab es bis hin zum Rollstuhl oder sogar ins Grab. Aber so hatte Lauri es mit zahlreichen Prellungen, einem gebrochenen Schlüsselbein, gebrochenen Rippen und einer kräftigen Dosis Schmerzmittel überstanden. Das Schienbein war laut Arzt beim Aufprall auf dem Erdboden gebrochen. Lauri erinnerte sich, dass er mit einem dumpfen Geräusch auf dem Rücken gelandet war.

»So sanft und weich ist Mutter Erde«, witzelte der Arzt. Vom Vater sagte er nichts. Auch Lauri hielt den Mund. Das erschien ihm sicherer. Er war nach Ansicht des Arztes äußerst glimpflich davongekommen. Der Alte hatte auch gelogen, Lauri sei von einem Ast auf den anderen gefallen.

Als Lauri sich im Krankenhaus verabschiedete, verkündete ihm der Arzt, die Kindheit sei jetzt zu Ende, und verbot ihm, auf Ästen herumzuklettern. Er solle jetzt statt auf Bäumen eher auf Mädchen herumturnen. Lauri versprach das bereitwillig und erkundigte sich, ob der Doktor dafür auch ein Rezept ausschreiben könnte. Der Arzt empfahl ihm, sich gute Manieren zuzulegen sowie Rosensträuße und Sixpacks.

Nach dem Krankenhausaufenthalt war Lauri zu seiner Tante Hannele nach Joensuu gezogen und dort im Herbst auf das Gymnasium gegangen. Erschüttert hatte er festgestellt, wie anders das Leben sein konnte, wenn man nicht ständig auf der Hut sein und Angst haben musste.

Zuweilen war Lauri überzeugt gewesen, dass noch etwas

Schlimmeres kommen werde. Ein Vergewaltiger, ein Mörder, Krebs, verdammt. Irgendetwas werde ihn noch erwischen. Auch der Alte könnte an der Tür auftauchen. So leicht konnte das Leben doch nicht sein, niemand schlug ihn, und er bekam auch jeden Tag etwas zu essen.

Lauri bemerkte, dass er lernte zu lächeln, aber er glaubte nicht, dass er sich jemals wieder auf Menschen verlassen würde. Außer darauf, dass sie ihn mit Sicherheit im Stich ließen. Auch bei seiner Tante quengelte er anfangs wie ein kleiner Junge. Einfach nur, um sich zu vergewissern, dass man ihn nicht sofort wieder abweisen würde. Zum Glück war Hannele reif genug, um das zu verstehen. Sie wurde nicht nervös und schrie ihn nicht an. Die Tante verließ sich auf Lauri, obwohl der Junge niemandem vertraute. Vor allem nicht sich selbst.

Seine Mutter sah Lauri einmal im Monat. Verletzungen hatte sie nicht, so dass Lauri sich allmählich beruhigte.

Während der Besuche wurde vom Alten oder von Tuomas nicht gesprochen. Der Alte hatte verboten, über den Bruder zu reden, und die Mutter befolgte den Befehl wie ein Rekrut. Vermutlich dachte sie nicht einmal an ihren Sohn. Zumindest befürchtete Lauri das.

Nach dem Abschluss am Gymnasium glaubte Lauri, endgültig von seinem Vater losgekommen zu sein.

Der Gedanke an Rache hatte jedoch lange in Lauri geschwelt. Bis er am Vortag seine Großmutter zurückgerufen und erfahren hatte, dass der Alzheimer schon weit fortgeschritten war. In seinen klaren Momenten hatte der Alte, so die Großmutter, mehrmals darum gebeten, dass sein Sohn ihn besuchte. Angeblich wolle er sich entschuldigen und alles erklären. Und auch erzählen, wie Tuomas weggegangen war. Die Großmutter glaubte, dass Lauri sich das anhören sollte. Ihr zuliebe hatte Lauri eingewilligt. Er konnte auch nicht bestreiten, dass er den Alten gern hilflos und völlig gebrochen sehen wollte. Irgendwie hätte er dann das Gefühl, dass er ihm etwas heimzahlte.

Trotz seines Schwures war Lauri also zurückgekehrt. Er würde am nächsten Tag ins Pflegeheim gehen, zuerst aber wollte er Frau Huovinen in Kontiolahti besuchen. Die Mutter eines Familienmörders hatte zugesagt, als Lauri sie angerufen und um ein Interview für die Story in der Monatsbeilage gebeten hatte.

»Mein Junge hat seine Familie nicht umgebracht. Das war jemand anders«, hatte Frau Huovinen ihm am Telefon erklärt. Man hörte ihr an, dass sie davon überzeugt war.

Frau Huovinen wohnte in Kontiolahti, etwa fünfundfünfzig Kilometer von Outokumpu und ungefähr zehn Kilometer vom Zentrum Joensuus entfernt. Das hellbraune Eigenheim war alt, aber in gutem Zustand. Dem Gebäude sah man an, dass die Bewohner gut verdienten oder zumindest, während sie noch gearbeitet hatten, gut verdient hatten.

Der Garten wurde gehegt und gepflegt. Lauri kannte sich mit allen möglichen Tulpen und Veilchen nicht aus, aber schön waren sie jetzt schon im Frühsommer. Auch die Sträucher waren schnurgerade beschnitten.

Sein Telefon schrillte. Lauri nahm das Gespräch nicht an. Er wusste immer noch nicht, was er Paula sagen sollte.

Er drückte auf die Klingel an der Tür, über der »Friedman« zu lesen war. Hertta Huovinen hatte ihn am Telefon gewarnt. »An unsrer Türklingel steht der Firmenname von dem Ding, nicht dass du einen Schreck kriegst. Jorma kennt sich mit so einer neumodischen Klingel nicht aus, deswegen konnten wir den Namen nicht in Huovinen umändern. Nun sind wir eben die Friedmans.«

Die Frau strahlte viel Freude aus, wenn man bedachte, dass

ihr Sohn letztes Weihnachten seine Familie ermordet hatte. Es war vermutlich ein Mittel, all das zu überstehen.

Die Tür ging auf. Im Türrahmen erschien ein fast zwei Meter großer Mann, der krumm dastand. Seine Augen waren auf der gleichen Höhe wie die Lauris, der nicht größer als einssiebzig war. Der Mann war vom Leben gezeichnet. Im schlaffen Gesicht hingen unter den Augen große Tränensäcke, die fettigen Haare fielen ihm in die Stirn. Er sah aus wie ein Schlafwandler. Offensichtlich bildete der sprudelnde Frohsinn der Frau das Gegengewicht zu seinem düsteren Gemüt.

»Willkommen«, sagte der Mann. Man hörte ihm jedoch an, dass er sich wünschte, er möge gehen, der Gast und auch er selbst.

Lauri reichte ihm die Hand, aber der Mann drehte sich nur um und ging hinein.

»Der Journalist ist jetzt da«, sagte er in die Küche hinein und stieg hinauf ins Obergeschoss. Oben blieb er stehen. »Ich habe den Redakteur nicht zu mir eingeladen, und mich braucht man in den Zeitungsartikeln nicht zu erwähnen.«

Lauri nickte. Über Verbrechen zu schreiben war ein Balanceakt. Man musste direkt berichten, und man musste die Dinge beim Namen nennen. Es gab jedoch vieles, was man nicht offen aussprechen durfte. Zum Beispiel wurde der Name eines Täters, der ein Kind aus der Verwandtschaft missbraucht hatte, so gut wie nie in der Öffentlichkeit genannt. Auch nicht, wenn das Urteil zwei Jahre ohne Bewährung überschritt, die Grenze für eine Veröffentlichung. So könnte man keine Rückschlüsse auf das Opfer ziehen, und sie mussten immer geschützt werden. Das Gleiche betraf die Situation bei Interviews. Lauri hatte sich eingeladen in ein Haus voller Trauer und Entsetzen. Also musste er möglichst behutsam auf dem Seil tanzen.

Die Berichterstattung über Familienmorde war besonders

kompliziert, weil mit ihnen ein eindeutiges Verhaltensmuster verbunden war. Irgendwo in den Schluchten von Kainuu oder Helsinki könnte ein in seiner Psyche erschütterter Mensch tief in seinem Innersten aus Lauris Story den notwendigen Zündfunken gewinnen und seine letzte irrsinnige Tat in Angriff nehmen. Und wenn das alles nicht in eine öffentliche Diskussion eingebracht wurde, würde sich nie etwas ändern.

Lauri glaubte jedoch zu wissen, was er tat. Sicher wäre er jedoch nie. Auf jeden Fall war es besser, dass die Entscheidungen ein erfahrener Redakteur traf, der etwas von seiner Sache verstand, und nicht irgendein Grünschnabel in einem Internetforum.

An dem Tag, an dem Lauri bemerken würde, dass er nicht mehr überlegte, warum die Dinge so behandelt wurden, wie man sie behandelte, würde er um seine Versetzung in die Sportredaktion bitten. Dort durfte man ganz großkotzig eine Meinung haben. Einem Sportredakteur rechnete man es als Verdienst an, wenn er parteiisch war. Und das Beste war, die Gegner und die Opfer von Niederlagen brauchte man nicht zu schonen, man durfte vielmehr noch eins draufhauen. Finnland besiegte Schweden mit 4 : 1, juchhu, aber schreib mal mit derselben Einstellung eine spöttische Story darüber, dass sich ein Parlamentsabgeordneter mit einem großen A beim Kauf von Sex erwischen ließ, hurra. Dann würdest du gleich vom Chefredakteur hören: Na, so ein Zufall, ausgerechnet an deinem letzten Arbeitstag.

Aus der Küche kam eine etwa fünfundfünfzigjährige Frau herein. Sie war recht korpulent und üppig geformt. Auf ihrem Gesicht lag ein breites Lächeln. Sie reichte Lauri die Hand.

»Na, du bist ja viel jünger, als ich am Telefon gedacht hab. Und noch rank und schlank, du bringst was zustande, und auch der Händedruck ist so selbstbewusst wie sonst was«, erklärte die Frau. Hertta Huovinen war so präsent, dass es einen fast erdrückte. Sie redete im nordkarelischen Dialekt und benutzte ihre Muttersprache, als würde sie Brot brechen.

»In dem jugendlichen Alter muss man ja noch was zustande bringen«, antwortete Lauri mit gedämpfter Stimme.

»Ich biete dir natürlich noch Kaffee und Kuchen an, keine Sorge, aber ich habe gedacht, wir gehen erst mal in Petris Haus. Du könntest dich ein bisschen umsehen. Danach lässt sich's leichter reden. Wir haben dort in dem Haus nach alldem nichts angerührt. Die Polizei hat das Haus natürlich gründlich untersucht, aber weil wir ja wissen, dass Petri Kaisa und die Kinder nicht ermordet hat, haben wir gedacht, dass sich dort vielleicht nachträglich irgendwelche Beweise finden könnten. Damit was zu untersuchen da ist, wenn die Polizei dann zur Vernunft gekommen ist. Die haben damals gleich die Reinigung organisiert, aber wir wollten das nicht. Als der Mann mit seinem Besen aufgetaucht ist, haben wir ihn für sein Schweigen bezahlt und gesagt, dass wir uns selber darum kümmern. Wir wollten, dass es so bleibt, wie es war.« Frau Huovinen überschwemmte ihn mit einem Wortschwall. Zugleich führte sie Lauri zurück zum Auto.

Das war eine Überraschung. Und keine angenehme. Lauri wurde also sofort in das Haus des Mordes geführt. Nur die Leichen waren weg. Lauri kannte den Fall gut. Er war im Dezember in der Straße der ermordeten Familie gewesen und hatte die entsetzten Nachbarn befragt.

Als sie im Auto saßen, ergriff die Frau Lauris Handgelenk und schaute ihm in die Augen. »Glaubst du mir, wenn ich sage, dass unser Petri kein Mörder ist? Er war schon als Kind ein braver Junge, hat keiner Fliege was zuleide getan. Einmal hat er eine Meise reingebracht, als die gegen die Fensterscheibe geflogen war, und ach, wie hat der Junge geweint, als der arme Vogel dann schließlich gestorben ist. Und seine Kinder hat er so geliebt. Gestreichelt hat er sie immer und Küsschen gegeben, so dass Jorma ihn schon manchmal gebremst hat, er sollte nicht anfangen seine Kleinen so zu verhätscheln, dann würden die noch schwierig werden und irgendwelchen Unsinn treiben, wenn keiner richtig für Disziplin sorgt. Die Gören müssen ein bisschen Angst vor ihren Eltern haben, damit sie gehorchen. Ja, und dann halten dich die Leute im Ort noch für einen Weichling, hat Jorma gesagt, wenn du die so drückst. Aber Petri hat nur gelacht. Er war immer so fröhlich.«

Darauf war Lauri eingestellt. »Ich schreibe über diese Morde einen Hintergrundbericht und suche nicht nach neuen Erkenntnissen, was die Ermittlungen der Polizei betrifft. Aber Sie können natürlich in dem Artikel ganz offen Ihre Ansichten und Empfindungen zu dem Geschehenen darstellen. Das kann ich versprechen.«

Die Frau ließ Lauris Hand los. Die Lippen hatte sie fest zusammengepresst. Sie war enttäuscht, nickte aber. »Natürlich sage ich meine Meinung, auf jeden Fall, aber erst gehen wir in Petris Haus.«

Lauri verstand die Frau. Es fiel ihr gewiss schwer, das, was geschehen war, zu akzeptieren. Vor allem, wenn man überhaupt nicht begreifen konnte, warum. Da war es doch viel leichter, irgendeinen anderen Täter zu beschuldigen als den eigenen Sohn. Die Frau war psychisch in einem erstaunlich guten Zustand.

»Mit uns redet niemand mehr. Kaum dass sie guten Tag sagen. Die Freunde und auch die Nachbarn murmeln nur irgendwas und heben die Hände. Niemand kommt mehr zum Kaffee. Ein Teil hält uns irgendwie für schuldig, und die anderen können eben mit uns einfach nicht mehr. Wir haben überlegt, ob wir umziehen, aber wohin soll man denn in dem Alter noch gehen? Das hier werden wir erst verlassen, wenn man uns zur letzten Ruhe bringt.«

»Hat man Ihnen gegenüber offene Feindseligkeit gezeigt?«

»Na, eigentlich nicht. Am Anfang hat im Laden von Tiiainen eine Verkäuferin immer ein Gesicht gemacht und ist von der Kasse weggegangen, wenn sie mich in der Schlange gesehen hat. Aber das macht sie nicht mehr. Ich habe dem Kaufmann gesagt, dass es schlimm ist, wenn die so wegrennt. In die Augen schaut mir die Verkäuferin immer noch nicht, aber das kann die heutige Jugend ja sowieso nicht mehr.«

Lauri hatte Bedenken, sie nach der Trauer zu fragen, aber zumindest schien die Frau noch gern zu reden. Das könnte sich ändern, wenn sie in dem Haus gewesen waren.

»Wie haben Sie die Trauer überwunden?«

Die Frau wandte sich mit einer heftigen Kopfbewegung Lauri zu. »Hör mal, mein Junge. Wir werden nie darüber hinwegkommen. Jorma ist nur noch ein Schatten von dem Mann, mit dem ich mein ganzes Leben verbracht habe. Der ist so kaputt wie eine zerbrochene Scheibe. Dem geht's nicht gut. Er wird vor Trauer noch sterben. Leicht fällt mir's auch nicht, aber einer muss ja den Kopf oben behalten. Da würde im Haus das absolute Chaos ausbrechen, wenn ich auch noch auf den Weltuntergang warten würde. Also glaube mal nicht, dass man das irgendwie vergessen könnte. Petri lebt in meinem Herzen bis zum Ende meiner Tage. Und Salla und Anni, die waren so süße Kinder wie sonst nirgendwo. Man begreift überhaupt nicht, wie viel Böses es in der Welt gibt, bis es einen selbst trifft.«

Hertta begann zu weinen. Lauri saß hinter dem Steuer und konnte nicht helfen. Er hatte nicht einmal Taschentücher dabei. Ein amateurhafter Fehler.

Sich selbst gegenüber hatte Lauri diese Arbeit damit begründet, dass ein Artikel mit weitergehenden Informationen gebraucht wurde, weil die Menschen auch das Schicksal der Angehörigen verstehen und wahrnehmen sollten. Sie waren auch Opfer. Falls die Verrückten, die sich mit Mordabsichten trugen, von anderen Familienmördern inspiriert wurden, dann würde vielleicht bestenfalls einer oder sogar noch ein zweiter sein Vorhaben fallenlassen, wenn er begriff, was für ein Leid er seinen Nächsten zufügen würde.

Eines wusste Lauri zudem genau: Viele potentielle Familienmörder würden seinen Artikel lesen.

Das Weinen der Frau wirkte trostlos. Es war ein nach innen gewandtes Schluchzen. Lauri kannte das, weil seine Mutter auf die gleiche Weise stundenlang halb unterdrückt geheult hatte, nachdem der Alte voller Eifer die Fäuste hatte tanzen lassen. Hertta Huovinens Tränen verwirrten ihn jedoch nicht in dem Maße wie zwei Tagen zuvor die des alten Mannes am Telefon, der vermutlich ein Verwandter von Kyösti Virtanen war.

Lauri ließ Hertta weinen. Er empfand ein tiefes Mitgefühl für die Frau und bekam sogar eine Gänsehaut. Es war unverantwortlich, dass Petri Huovinen seinen eigenen Schmerz an seine Mutter und seine Verwandten weitergegeben hatte, die ihn nun tragen mussten. Als Lauri bemerkte, wie der Felsblock in ihm zerbrach und die erste Träne kam, griff er nach der Hand der Frau, um seine Gedanken und den Strom der Tränen aufzuhalten. Hertta drückte fest seine Hand. Sie hatte vermutlich niemanden, der ihr eine Stütze war.

Die Frau riss sich schließlich auf stilvolle Weise zusammen, als sie sich dem Mordhaus näherten. Nun erkannte Lauri die Gegend wieder und fand den Weg zu dem Haus. Beim letzten Mal war er mit dem Taxi gekommen, direkt vom Flugplatz in Onttola.

In der typischen Eigenheimsiedlung mit kleinen Grundstücken standen die Häuser so dicht nebeneinander, dass man an seinem Frühstückstisch durchs Fenster die Zeitung des

Nachbarn lesen konnte. Es gab weiße Zäune, schöne Häuser, lebhafte Kinder.

Glück und Kulissen. Alles das, was gutverdienende Leute nach außen zeigen wollten.

Petri Huovinens Haus befand sich an einem kleinen Hügel. Das hellblaue recht neue Holzhaus der Firma Kastelli stand verlassen da. Auf dem Hof wartete ein goldgelber Volvo, dessen Metallicfarbe in der Sonne glitzerte.

Alles wirkte irgendwie vergessen. Zwar war der Rasen nicht gemäht, aber ansonsten zeigten sich noch keine Anzeichen eines Verfalls. Trotzdem spürte man überall, dass hier in den letzten Monaten niemand etwas berührt hatte.

Als Lauri seinen Wagen am Straßenrand anhielt, gab Hertta ihm den Abloy-Sicherheitsschlüssel. »Ich kann nicht mitkommen. Tut mir leid. Geh du rein.«

»Es gibt keinen Grund, dass dir etwas leidtun muss«, versicherte Lauri und stieg aus.

Dabei wäre er fast mit drei Kindern zusammengestoßen, die angeradelt kamen. Sie umkreisten Lauri mit ihren Rädern, machten völlig unerwartet gewagte Wendemanöver und musterten ihn. Schließlich blieben sie in einer ungeordneten Reihe vor ihm stehen.

Die Kinder starrten ihn ohne Hemmungen an. Sie interessierten sich für den Ankömmling ganz ungeniert.

»Willst du das Haus kaufen?«, fragte schließlich das älteste der Kinder. Der Junge war vielleicht sechs. Er trug eine Kapuzenjacke mit dem Bild eines in Flammen stehenden Totenkopfs. Jemand konnte das ja lustig finden, aber Lauri taten die Eltern leid, die ihren Kindern solche scheußlichen Sachen anzogen.

Er schaute dem Jungen in die Augen. »Vielleicht kaufe ich es ja.«

»Lohnt sich nicht.«

»Warum nicht?«

»Dort spukt es.«

»Aha. Und wer spukt denn dort?«

»Anni und ihre kleine Schwester Salla. Ihr Vater hat sie totgemacht. Er hatte ihnen nur ein Weihnachtsgeschenk gekauft, und dann wusste er nicht, was er machen sollte. Deshalb hat er sie totgemacht. Die haben in dem Haus gewohnt.«

Lauri fröstelte. So sah die Vorstellung von Weihnachtsgeschenken in der Welt der Kinder von heute aus. »Na, vielleicht war das doch nicht so.«

»Klar hat er sie totgemacht. Er hat ihnen ein Kissen aufs Gesicht gedrückt, damit er keine Kopfschmerzen von Annis und Sallas Weinen kriegte. Er war so böse und schlechtgelaunt, weil er die Geschenke vergessen hat«, fügte der andere Junge hinzu. Der Knirps mit flachsblondem Haar meinte es ernst. »Anni hat sich einen Hund gewünscht.«

»Und Salla ist ein böses Gespenst«, ergänzte die jüngste aus dem Trio, ein etwa vierjähriges Mädchen. »Salla beißt. Sie hasst nämlich Onkels, die sich in ihr Zimmer drängen.«

Lauri wollte gar nicht darüber nachdenken, was der letzte Satz bedeutete. Für einen Augenblick überlegte er dann, ob er wegen des Kommentars der Kleinen etwas unternehmen müsste. Viel leichter wäre es, nichts zu tun, und was könnte er denn überhaupt tun? Den Satz der Polizei melden, dem Jugendamt oder den Eltern? Das würde nichts bringen. Außerdem war das womöglich nur eine seltsame Bemerkung, die mit einem Traum oder einem Film zusammenhing, den das Kind am Wochenende heimlich gesehen hatte.

Lauri beschloss, es dabei bewenden zu lassen. »Erzähle es deiner Mutter, wenn irgendein Onkel in dein Zimmer eindringt oder eingedrungen ist. Versprichst du das?«

Das Mädchen schaute Lauri grimmig an. Dann legte sich ihr Ärger, und sie nickte mit ernster Miene.

Lauri wollte die Kinder nicht mit seinen Fragen in Aufregung versetzen. Obwohl sich daraus interessante Aspekte für den Artikel hätten ergeben können. Aber er arbeitete nicht bei einem Boulevardblatt. Er wollte die Kinder schon fortschicken, als eine Frau in den Garten des Nachbarn kam. Sie war gepflegt und wirkte wie jemand, der fand, dass er ohne eigenes Verschulden in der Mittelklasse hängengeblieben war. Ihrem Mann nahm sie garantiert übel, dass er nur fünfundsechzigtausend Euro im Jahr verdiente. »Kommt mal da weg, Kinder. Lasst den Onkel sich das in Ruhe anschauen.«

Lauri betrachtete die Frau. Bei seinem letzten Besuch hier hatte er sie nicht interviewt. Sie hatten die Türen und Fenster geschlossen gehalten. »Die Kinder haben mich nicht gestört«, sagte er.

Die Frau überlegte einen Augenblick, ob sie sich auf eine Unterhaltung mit ihm, einem heruntergekommenen, bärtigen Vierzigjährigen einlassen sollte. »Tragen Sie sich mit Kaufabsichten? Es wäre wirklich gut, wenn jemand in das Haus einziehen würde. Leer wirkt es recht unheimlich.«

Lauri wusste nicht sofort etwas zu erwidern. Als er Kaufabsichten schon verneinen wollte, hatte die Frau sich bereits auf ihre eigene Interpretation festgelegt. »Oh, ich bitte vielmals um Entschuldigung. Ich habe natürlich gedacht, dass die Angehörigen von diesem Mörder erzählt haben, was in dem Haus passiert ist. Da ja anscheinend auch die Mutter von diesem Teufel mitgekommen ist. Dass die sich nicht schämen! Aber das ist ja keine Überraschung, wenn man weiß, was alles … Na ja, ich will mich jetzt hier nicht aufregen. In diesem Haus hat sich eine Familientötung ereignet. Letztes Jahr an Weihnachten. Der Vater hat die Mutter und die zwei hübschen Töchter umgebracht. Zum Glück hat er wenigstens verstanden, dass es besser war, sich auch selbst umzubringen, so braucht er nicht von der Gesellschaft unterhalten zu werden. Das waren Leute, die so harmlos wirkten, der Mann allerdings war eher verschlossen und wirklich merkwürdig. Er schaute einen mit seinen eisigen Augen an und sagte nichts. Kaum dass er grüßte. Aber wenn Sie die turbulente Vergangenheit des Hauses nicht stört, dann willkommen in Lehmo. Der Bürgerverein hat gerade dafür gesorgt, dass auf dem Spielplatz eine neue Rutschbahn aufgebaut wurde. Ich glaube nicht, dass die Eltern von dem Verrückten es wagen, für dieses Haus sehr viel zu verlangen. Obwohl es andererseits ja auch kein Wunder wäre, wenn sie es doch versuchen würden, da nun mal …«

Lauri hatte niemals zuvor Sympathie für einen Familienmörder empfunden, aber wenn Petri Huovinen so eine Nachbarin gehabt hatte, dann war es kein Wunder, dass er sie eher selten gegrüßt hatte. Er beschloss, das Geschwätz der Frau zu unterbrechen. »Ich habe nicht die Absicht, dieses Haus zu kaufen.«

»Aha. Schade. Warum kommen Sie dann … Sind Sie Polizist?«

»Ich bin Journalist.«

»Pfui! Ihr Aasgeier probiert es doch immer wieder. Hören Sie, wir versuchen die ganze Geschichte zu vergessen.«

Plötzlich ritt Lauri der Teufel. Er wusste sehr allzu gut, dass er das nicht tun dürfte, was er vorhatte, aber er konnte der Versuchung nicht widerstehen. »Dürfte ich Sie interviewen?«

Die Frau war verdutzt, bestürzt und schließlich tat sie so, als wäre sie entsetzt. »Ich, nein … Ich gebe doch keine Interviews und erleichtere Ihnen noch Ihre Arbeit … Sie versuchen doch nur, mit Leichen Geld zu verdienen.«

»Sie bekommen vierhundert Euro, wenn Sie erzählen, was zu Weihnachten passiert ist und was für einen Eindruck die Familie auf Sie gemacht hat. War bei denen alles in Ordnung?«

Die Frauen rang mit sich. »Na gut. Aber ich will das Geld im Voraus.«

Lauri grinste. »Hast du etwa gerade versucht, mit Leichen Geld zu verdienen? Hundert Euro pro Stück. Das ist so günstig, dass es schon unbillig ist.«

Die Frau rastete förmlich aus. »Das wird ein Nachspiel haben. Ich zeige dich bei der Polizei an. Du hast versucht, sogar Kinder zu interviewen. Wie heißt du?«

Lauri musste lachen, blieb aber ruhig. »Ich bin Polizeireporter Aatu Liukkonen«, dachte er sich rasch aus.

»Und von welcher Zeitung?«

Lauri überlegte kurz. Er wollte dem Ruf der Regionalzeitung Karjalainen nicht schaden. Die Provinzzeitungen leisteten gute Arbeit. »Von der Abendzeitung.«

»Du kannst sicher sein, dass auch du befragt werden wirst. Und zwar von der Polizei.«

Lauri wandte sich schließlich ab und ging an dem Volvo vorbei zur Haustür. Die Stille war zur beinahe totalen Lautlosigkeit geworden, beklemmend und bedrückend. Er wollte diesem schwer zu ertragenden Gefühl durch die Flucht in ein vertrautes ausweichen und schaltete sein Hörgerät aus. Doch das verschlimmerte die Situation noch. In der absoluten Lautlosigkeit kam Lauri sich wie eingeschlossen vor. Also schaltete er das Gerät wieder an.

Das Haus wuchs, je näher er ihm kam, und nahm schließlich das ganze Gesichtsfeld ein. In verzerrter Perspektive wirkte es viel größer als in Wirklichkeit und erzählte eine Geschichte, die niemand hätte hören wollen.

Lauri blickte sich kurz um. Hertta Huovinen saß mit gesenktem Kopf im Auto, sie vermochte nicht hinzusehen. Die

Nachbarsfrau und die Kinder hingegen schauten ihm unablässig hinterher, die Frau offen feindselig, die Kinder unverhohlen neugierig. Das Gespensterhaus war für die Kinder ein unerreichbarer Ort. Würde sich dieser Onkel mit dem Bartgesicht trauen, Anni und die scharfzahnige Salla zu treffen?

Der Onkel traute sich. Lauri hörte die Kinder miteinander tuscheln, als er den Schlüssel ins Schloss steckte. Es knackste, als er hineinglitt. Das Geräusch assoziierte Gewalt, die sich nicht näher bestimmen ließ. Lauri hätte gern eine Pistole, einen Baseballschläger oder einen Freund bei sich gehabt. Etwas, das Sicherheit gab. Er musste sich eingestehen, dass er Angst hatte. Sein Verstand sagte, dass in dem Haus nichts bedrohlich sein konnte. Abstoßend sicher, aber nichts, was eine konkrete Gefahr darstellte. Doch diese Einsicht war chancenlos gegen seine Empfindungen, die auf ihn einschlugen wie auf eine Trommel.

Lauri drückte die Klinke herunter. Sie knirschte leise: Willkommen, wir haben nichts Angenehmes zu bieten, aber das hat man im Vorhof ja selten. Lauri zog die Tür zu und wich ein Stück zurück. Er wusste, dass so etwas unsinnig war, aber er musste es tun. Nun wäre er bereit, wenn sich jemand auf ihn stürzte. Vor Anspannung erstarrte sein ganzer Körper. Das Adrenalin rauschte in den Adern und den Ohren.

Vor ihm lag der Flur, düster und lichtlos. Alles war in Ordnung. Zu sehr. Es sah aus, als hätte nie jemand in dem Haus gelebt. Gewohnt schon, aber in einer strengen Ordnung, ohne die Unberechenbarkeit und Freude des Lebens. Im Windfang gab es nur den blanken Fußboden, einen sauberen Schuhschrank, und auch die Mäntel hingen an ihrem Platz an der schönen und geräumigen Garderobe. Über den Haken waren fünf Schilder angebracht. Auf einem stand »Vati«, auf dem zweiten »Mutti«, auf dem dritten »Anni«, auf dem vierten »Salla« und auf dem letzten »Gäste«. Lauri sah, dass jemand die kleinen Platten selbst gebastelt und sogar richtig emailliert hatte.

Lauri suchte den Schalter und knipste ihn an. Fahles Licht schlich in den Flur. Er ging hinein, trat sich die Schuhe am Abstreicher ab und holte die Gummihandschuhe aus der Tasche, die ihm Hertta Huovinen gegeben hatte. »Nimm die, damit du nicht überall deine Fingerabdrücke hinterlässt«, hatte sie gesagt.

Rasch zog er sich die Handschuhe an. Er hatte dabei nichts zu verlieren, also warum sollte er die Bitte einer trauernden Mutter nicht erfüllen. Sein Herz hämmerte im Hinterkopf: Sieh dich vor! Gefahr, Gefahr! Lauri bewegte sich langsam und immer auf der Hut an der Toilettentür vorbei. Die Tür war geschlossen, aber er wollte sie nicht öffnen. Erst musste er etwas in der Hand haben, womit er sich verteidigen könnte.

Die erste Tür links führte in die Küche. Er tastete nach dem Schalter und beobachtete seine Umgebung. Als das Licht anging, schaute er in die Küche und stellte fest, dass sie leer war. Er betrat den Raum. Durch den Lampenschirm von Ikea flimmerte ein müdes Licht. Im Haus herrschte ewiger Abend, obwohl es draußen helllichter Tag war. Die Gardinen blieben zugezogen. Sie hielten die Blicke fern.

Die Küche wirkte aufgeräumt. Die Kochtöpfe hingen ordentlich an der Wand auf einer Stange. Auf dem Tisch lag nur das Tischtuch, und darauf stand ein Teller mit roten Kerzen. Trotz der klinischen Sauberkeit machte der Raum einen gemütlichen Eindruck. Er wirkte wie ein Ort, an dem gelebt wurde.

Zwischen den Küchenschränken und dem Fenster war ein Bild an die Wand genagelt. Darauf hielten sich ein Mann und eine Frau an der Hand und heizten Öfen. Beim Anblick des

Gemäldes fror Lauri. Er sah einen Messerblock. Eines von fünf fehlte. Er zog das mittlere heraus. Es war ein großes Brotmesser und half gegen die Angst. Nun wäre er imstande, sich zu verteidigen. Er schämte sich für sein unprofessionelles Verhalten, aber zum Glück sah es ja niemand.

Das Messer war für Lauri wie der Glaube. Es war eine Garantie. Er glaubte an Gott den Allmächtigen, aber nur, wenn er mit sich allein war, ohne dass andere davon wussten. Er wollte sich absichern für den Fall, dass es im Jenseits Verwendung für den Glauben gab. Er wusste, dass er sich bei diesem Spiel auf dünnem Eis bewegte.

Religionen interessierten Lauri nicht, weil mit ihnen falsche Handlungen im Namen eines frommen Guten angeblich gerechtfertigt wurden. Er hielt Religionen in so vieler Hinsicht für misslungene Laboratorien menschlichen Verhaltens, dass ihm die Zugehörigkeit zu einer unerträglich erschien. Der Glaube war für Lauri wesentlich, die Religionen widerlich. Deswegen bekannte er sich nicht öffentlich. Er hatte seinen Gottesglauben sogar abgestritten, als Jatta ihn einmal danach gefragt hatte.

Lauri war ein religiöser Opportunist. Er begriff, dass seine Herangehensweise zynisch und gefühllos war, und akzeptierte sie. Für ihn war der GOTT der anderen nur ein Gott. Glauben konnte er, aber nicht bis ins Extrem verehren. Da Gott die Welt nun mal erschaffen hatte, müsste er sich auch um sie kümmern und dürfte sein Spielzeug nicht herumliegen lassen. Dafür wurde man schon im Kindergarten getadelt. Wenn Gott gut war, warum herrschten dann überall Elend und das Böse? Das war schwer einzusehen, und nur ein Irrer begnügte sich damit, zu glauben, dass alles seinen Sinn hatte. Dann könnte man sich ja auf die Gleise legen und darauf vertrauen, dass Gott einen schon retten werde, wenn es denn sein sollte.

Aus der Küche konnte Lauri ins Wohnzimmer schauen.

Dort stand ein Tannengerippe, das all seine Nadeln verloren hatte. Die braunen Äste ragten kahl und knochentrocken aus dem Stamm heraus. Ein Teil des Schmucks hing noch ohne Glanz am Baum, der andere war herabgefallen. Die Spitze des Baums zierte ein gelber Papierstern. Ein Kabel führte zu ihm hin, in dem Stern befand sich eine Birne. Sie war erloschen.

Lauri ging jedoch nicht ins Wohnzimmer. Rasch kehrte er in den Flur zurück und überprüfte die Toilette. Dort war niemand. Das reichte ihm jedoch nicht. Lauri wusste, dass er sich auf nichts anderes konzentrieren könnte, solange er nicht das ganze Haus untersucht hatte.

Mit dem Messer in der Hand ging Lauri weiter. Er stieß die Türen der Zimmer auf, ohne hineinzugehen, und trat dabei sogar einen Schritt zurück. Die Angst war unerklärlich, aber unbezwingbar. Erst als sich niemand auf ihn stürzte, ging Lauri vorsichtig hinein und vergewisserte sich, dass keine Menschenseele in dem Zimmer war. Die offenen Türen drückte er gegen die Wand, um sicherzustellen, dass sich niemand hinter ihnen versteckte. Er öffnete die Schränke und schaute unter die Betten.

Die Ereignisse in dem Haus waren so entsetzlich gewesen, dass Lauri die ganze Zeit das Gefühl hatte, nicht allein zu sein.

Als er das Haus überprüft hatte und wusste, dass es leer war, kehrte er in die Küche zurück. Er bemerkte auf dem Beistelltisch ein vertrocknetes Weihnachtsmenü. Das letzte Abendmahl hatte man schon zu sich genommen. Den Kindern hatte es wohl kaum geschmeckt. Sie hatten einen Mann in einem Kostüm, mit einem Bart und einem Sack erwartet. Sie waren gehüpft und hatten gejauchzt und die schönste Zeit ihres Lebens gehabt.

Dann hatte sich alles von einem Moment auf den nächsten geändert. In Lehmo war mit Bedacht und Sorgfalt gemordet worden. Und noch dazu ohne Alkohol. Ein Grund fand sich nirgendwo, auch irgendeine Persönlichkeitsstörung war nie festgestellt worden. Im Kopf des jungen Mannes hatte es plötzlich einen Knacks gegeben. Es war unmöglich, den Grund zu verstehen, und wahrscheinlich würde man ihn auch nie erfahren.

Lauri ging ins Wohnzimmer. Das Messer hielt er immer noch in der Hand. Auf dem Fußboden lagen ein paar geöffnete Geschenkpakete. Die ungeöffneten hatte die Polizei offensichtlich mitgenommen, um sie zu untersuchen, denn sie waren nirgendwo zu sehen. Oder es hatte tatsächlich nur wenige Geschenke gegeben.

Den Teppich hatte man mitgenommen, aber der Anblick des Sessels mitten im Zimmer ließ ihn schaudern. An den Armlehnen hingen immer noch die durchschnittenen Binden, mit denen man die Mutter an den Sessel gefesselt hatte, auf dem sie sterben sollte. An den Wänden und Gardinen waren Blutspritzer zu sehen und auf dem Fußboden eine schwarze eingetrocknete Lache. Dieser schimmernde Belag bedeckte auch unten die Stuhlbeine.

Lauris Angst war plötzlich verschwunden. Er bemerkte, dass seine Erregung wuchs.

Und das machte ihm mehr Angst als alles andere.

Seine unerklärlichen Katastrophenphantasien und Ängste waren ein Zeichen dafür, dass er andere Menschen und das potentielle Böse in ihnen scheute, weil er wusste, dass es existierte. Er wusste es, weil er es selbst in sich trug.

Lauri Kivi besaß alle Voraussetzungen, sich zum größten Sadisten zu entwickeln, den man je gesehen hatte. In seiner Kindheit hatte er ungeheure Erniedrigungen und Quälereien erlebt. Als intelligenter Mann fühlte er oft eine Überlegenheit gegenüber seinen Mitmenschen. Er trug auch eine unerklärbare Wut mit sich herum, die er ständig im Zaum halten musste. Er tat sein Bestes, damit sie nicht unkontrolliert ausbrach.

Sein ganzes Leben lang hatte er gespürt, wie das Böse hervorlugte. Mit zehn Jahren hatte er sogar Goljat erwürgt, den Kater des Nachbarn, den der Alte auf dem Hof fast beiläufig gekrault hatte. Den Jungen ärgerte das, weil der Vater irgendeinem schorfigen Tier seine Zuneigung schenkte, während er selbst nur die Faust zu spüren bekam.

Der Hass des Jungen loderte auf, als er den Alten mit der Katze beobachtete. Mit einer toten Spitzmaus lockte er Goljat in den Schuppen. Er legte den Nager auf den Boden und schloss dann die Tür, damit die Katze nicht fliehen konnte. Als sie sich vorsichtig dem Aas näherte, lauerte Kivi. Endlich traute sich das Tier weit genug heran, und da stürzte er sich auf den Kater. Goljat versuchte zu fliehen, aber Kivi erwischte ihn am Schwanz und zerrte das Tier auf seinen Schoß. Die Katze fauchte und strampelte, doch Kivi ließ seine Beute nicht mehr los. Er packte sie an der Kehle und schaute dem Tier in die Augen, bis es aufhörte zu kratzen und zu jaulen und seine letzten Kräfte darauf konzentrierte, am Leben zu bleiben, statt darum zu kämpfen. Ihr Leben und die neun anderen glitten aus Kivis zusammengepressten Händen. Auch der Darminhalt des Katers floss auf den Fußboden im Schuppen, doch das störte ihn nicht. Der Druck hatte sich entladen. Das Töten wirkte erleichternd.

Als Goljats Blick erlosch, fühlte sich Kivi wie ein nacktes und hemmungsloses Tier. Er spürte, dass er sein Ich gerade hinter sich ließ und etwas allzu Starkes und Brutales fand. Etwas völlig Unbeherrschbares. Deswegen hatte Lauri beschlossen: Nie wieder.

Der geschworene Eid hatte bis zu jener Herbstnacht gehalten, als Aava fast anderthalb Jahre alt war. Bis zu jener Nacht, in der Lauri Paula und seine Tochter verlassen hatte. Damals war er einfach zu nahe daran gewesen, wieder zum Tier zu werden. Es gab keine Alternativen. Er musste gehen.

Lauri wusste nicht, ob in ihm ein Abgrund gähnte, der so schwarz war, dass sich auf seinem Boden das pure Böse finden würde. Aber er wusste, dass er nicht hinabsteigen und da unten herumsuchen würde. Er war sich nicht sicher, ob er fähig wäre, wieder herauszusteigen.

Lauri betrachtete die eingetrocknete Blutlache auf dem Fußboden von Huovinens Haus. Seine Gefühle drängte er beiseite. Darauf verstand er sich. Sein Kopf neigte sich nach rechts wie der Schädel eines Hundes, der ein merkwürdiges Geräusch hört. Da waren das Blut und die letzten Tränen der Frau geflossen. Der Stuhl stand so, dass man von ihm ins Kinderzimmer schauen konnte. Dort hatte der Mann seinen Nachwuchs schnell und schmerzlos erstickt. Diesen Rest von Anstand und Erbarmen hatte er sich bewahrt.

Für Lauri war klar, worin Petri Huovinens Motiv bestanden hatte: Er hatte seiner Frau Leid zufügen wollen. Lauris Erfahrung besagte, dass es sich um einen Mord wegen einer befürchteten Trennung handelte. Die Polizei hatte keine Hinweise auf eine neue Beziehung der Frau gefunden, aber es konnte ja sein, dass sie im Begriff war, ihre heile Welt auch ohne eine neue Trost spendende Schulter zu verlassen. Vielleicht hatte sie die ständige Kritisiererei ihres Mannes, sein heimliches Saufen oder seine Entfremdung sattgehabt. Vielleicht hatte sie ihm das als Weihnachtsgeschenk verkündet, um ihren supernetten Mann zu provozieren, damit er wenigstens irgendeine Reaktion zeigte.

Aber einen Ausbruch derart extremer Gewalt hatte niemand ahnen können, vermutlich nicht einmal Petri Huovinen selbst, und deswegen war es auch für Petris Eltern so unmöglich, das Geschehene zu glauben und zu verarbeiten.

Lauri konnte Huovinens Wut spüren. Wahrscheinlich hatte Petri für den Bruchteil einer Sekunde nachgedacht und dann gehandelt, wie es seine Natur verlangte. Er hatte es als Befreiung empfunden, gewalttätig zu werden, weil er sein Leben nicht mehr beherrschte, sondern das Gefühl hatte, es zu verlieren.

Angst und Hilflosigkeit ließen ihn die Fäuste ballen und drängten ihn in die Ecke, aus der man nur mit Stärke wieder herauskam. Das hätte auch ich womöglich im Extremfall getan, wenn ich meinen Dämonen die Macht überlassen hätte, dachte Lauri und vertrieb den Gedanken schnell aus seinem Kopf. Dieser Ort tat ihm nicht gut.

Er machte ihn böse.

Lauri wollte weg aus dem Haus, aber irgendetwas zog ihn ins Kinderzimmer. Bis hierher reichten die Ordnung und Sauberkeit der Huovinens nicht. Offensichtlich hatten die Kinder am Heiligabend in ihrem Zimmer nach Herzenslust spielen dürfen. An der hinteren Wand stand in beiden Ecken ein weiß lasiertes Bett. In einem Meer von Bilderbüchern und Plüschtieren waren die Betten wie Inseln. Wollte man den Fuß auf den Boden setzen, musste man erst etwas wegstoßen.

Mitten im Zimmer stand der Tisch der Kinder. Lauri watete zu ihm hin. An dem mit grüner Farbe geschützten Tisch waren vier Stühle in unterschiedlicher Farbe befestigt. Der rote schien der beliebteste zu sein. Er hatte abgenutzte Stellen und kleine Dellen. Das war offensichtlich der Lieblingsplatz der jüngeren Tochter, denn hier lagen, auf dem Tisch ausgebreitet, hübsche Zeichnungen eines kleinen Kindes, in denen das Hellrot dominierte.

Die meisten Werke stellten Figuren mit großen Köpfen dar. Lauri betrachtete aufmerksam das oberste Bild. Darauf sah man vier Menschen unterschiedlicher Größe bei ihren Abenteuern. Über die größte Gestalt hatte jemand »Vati« geschrieben, über die nächste »Mutti«. Anni hatte schon Haare, und als Letzte kam Salla, deren Kopf trotz der geringen Körpergröße der Wichtigste war.

Die Mutter hatte das Werk auf den Tag vor Heiligabend datiert. Nur auf dieser Zeichnung war der hellrote Himmel nicht durch hellrote Luft mit der hellroten Erde verbunden. Den Hintergrund bildete hier ein nahezu gleichförmiger, dunkelblauer Himmel. Die Gestalten schwebten in den Wolken. Auf den Bauch jeder Figur war ein schräges weißes Kreuz gezeichnet. Mit Filzstift. Ansonsten war die Zeichnung mit Wachskreide gemalt.

Das Detail, das Lauris Ansicht nach am meisten verriet, war der Gesichtsausdruck des Vaters. Auf allen anderen Zeichnungen an den Wänden und auf dem Tisch zeigte der Mund der Familienmitglieder ein strahlendes Lächeln. Auf dieser Zeichnung hingegen lächelten zwar die Mutter, Anni und Salla, aber der Mund des Vaters bestand aus einem geraden Strich.

Es hatte sich also direkt an der Schwelle zu Weihnachten etwas verändert. Und zwar so, dass ein Kind es bemerkt, zumindest instinktiv gefühlt hatte. Es war Küchenpsychologie, die Zeichnung eines kleinen Kindes zu interpretieren, aber Lauri konnte sich des Gedankens nicht erwehren, dass die Kreuze den Heimgang bedeuteten und die Wolken den Himmel.

Hatte der Vater mit dem Tod gedroht und Salla mitgehört? Hatte das Kind der Mutter von seinen Gedanken erzählt, und die hatte dennoch nichts unternommen? Unser Vati kriegt doch nichts zustande, keine Sorge, Mädchen, Vati weiß schon, wo er hingehört, wir alle wissen es, Vati ist jetzt nur ein bisschen traurig, aber er liebt euch Kinder ganz bestimmt, ja, ja, mach dir keine Sorgen, mein armes Mädchen.

Zumindest die Mutter hatte die Zeichnung gesehen, denn sie war von ihr datiert worden. Die Handschrift gehörte eindeutig einer Frau.

Lauri nahm die erschütternde Zeichnung des Kindes mit und ging. Als er die Haustür öffnete, stellte er verblüfft fest, wie hell es draußen war. Seine Stimmung hingegen entsprach den finstersten Augenblicken in tiefster Nacht. Doch nun stach ihm die Sonne in die Augen, die ihm die Nachbarsfrau vermutlich am liebsten ausgekratzt hätte. Sie kam sofort herbeigeeilt. »Ich habe die Polizei angerufen. Die werden dir Handschellen anlegen.«

Lauri hatte keine Lust, sie darauf hinzuweisen, dass in Finnland kaum noch Handschellen angelegt wurden. Noch seltener fesselte man Journalisten, die ihrer Arbeit nachgingen. Lauri wünschte der Frau noch einen schlechten Tag und ging zum Auto. Dabei versteckte er Sallas Zeichnung unter seinem Hemd, denn er wollte sie Hertta nicht zeigen. Für sie war es eine Erleichterung, zu glauben, Petri sei nicht der Mörder seiner Familie.

Aber die Zeichnung bewies etwas anderes.

Hertta schluchzte noch ab und zu, Lauri fuhr, und es herrschte Schweigen. Er hatte beim Einsteigen beschlossen, nichts zu sagen, solange die Frau nicht selbst bereit war zu reden. Trauer, auch wenn sie nachträglich wieder ausbrach, brauchte ihre Zeit.

Erst als Lauri seinen Volkswagen auf dem Hof der Huovinens anhielt, richtete Hertta sich auf. »Können wir hier in deinem Auto reden? Ich will nicht, dass Jorma zuhört. Nicht dass ich etwas vor ihm verheimliche, aber dann brauche ich mich nicht so diplomatisch auszudrücken, und der braucht nicht versuchen zuzuhören und gleichzeitig nicht hinzuhören.«

Lauri war das recht. Es erwies sich jedoch als außergewöhnlich schwierig, einen Einstieg in das Interview zu finden. Wie sollte man einen Menschen befragen, der nicht glaubte, dass der Mörder der Mörder war? Wie sollte man zum Kern der Sache gelangen, wenn die grundlegenden Annahmen den Befragten verletzten? Er musste mit etwas beginnen, was sie nicht verärgerte. »Wie war Petri als Kind?«

»Er war fröhlich und sensibel. In der Schule haben sie ihn gemobbt, weil er so empfindlich war. Seine Schwester hat er nie geärgert. Er hat gerne gemalt und mit sechzehn auch eine Ausstellung gehabt, sogar in Helsinki. Über ihn haben sie große Artikel geschrieben in Karjalainen und in Karjalan maa. Die haben ihn für einen zukünftigen Meistermaler gehalten, weil er mit wenig Übung so weit gekommen war. Doch dann hat er die Mädchen entdeckt und das Malen gelassen. Oder eigentlich haben die Mädchen Petri entdeckt. Eine Zeitlang haben die ihn richtig ernsthaft umschwärmt. Sie haben ihn abgeholt oder den ganzen Abend am Telefon gequatscht. Aber auch dadurch hat er sich nicht verändert. Er war eben so nett. Man hat es mit ihm leicht gehabt, in jeder Hinsicht. In seiner Jugend hat er Schnaps kaum angerührt, oder zumindest hat mir nie jemand erzählt, er wäre betrunken im Ort rumgetorkelt. Auch als er älter war, hat er nicht mal an Feiertagen zur Flasche gegriffen. Dann ist Kaisa gekommen und fast gleich danach die Kinder. Das ist alles. Petri hat ein ruhiges Leben gehabt.«

»Du glaubst nicht, dass dein Sohn seine Familie umgebracht hat?«

Hertta schüttelte den Kopf. »Das ist keine Sache des Glaubens. Ich weiß, dass mein Petri Anni und Salla nicht umgebracht hat. Und auch Kaisa nicht. Sie waren glücklich. Einen Monat bevor das passiert ist, hat der Junge hier bei uns in der Küche am Tisch gesessen und gesagt: ›Mutter, ich habe die besten Kinder und die beste Familie der Welt.‹ Mir kamen die Tränen, als ich so was aus dem Mund meines eigenen Sohns gehört habe. Bei ihm war alles in Ordnung. Bei meinem einzigen Sohn war alles gut. Das ist für eine Mutter die wichtigste Sache der Welt.«

Das galt nicht für alle Mütter, wie Lauri wusste. Für viele waren andere Dinge wesentlicher: ihr Ehrgeiz, die Flasche oder das Selbstwertgefühl des neuen Mannes.

Er dachte über das eben Gehörte nach. Hatte die Blüte der Familie Huovinen erste welke Blätter bekommen zu der Zeit, als Petri das Bedürfnis gehabt hatte, so zu betonen, dass er glücklich war?

Oder war ein Vater, der seine Kinder öffentlich küsste, einfach so sensibel, dass er seiner Mutter auch von seinen sehr intimen Gefühlen erzählen konnte?

Lauri wusste, dass er selbst noch introvertierter war als ein normaler Finne. Es fiel ihm schwer, zu verstehen, dass jemand das Bedürfnis hatte, über Gefühle zu reden, ganz ohne Hintergedanken, aber vermutlich war das möglich. Für wahrscheinlicher hielt er jedoch die Annahme, dieser Satz könnte ein Zeichen dafür gewesen sein, dass im Zusammenleben der Familie etwas passiert war. Der Vorfall schien zweifellos ungewöhnlich zu sein, denn Hertta erinnerte sich noch an ihn und hob ihn besonders hervor.

»Wann habt ihr Petri und seine Familie das letzte Mal gesehen?«

Eine Träne floss. »Wir sind mit Jorma am Heiligabend dort gewesen, haben den traditionellen Weihnachtsmilchreis gegessen und den Kindern die Geschenke gebracht.«

Hertta sprach nicht weiter. Lauri musste sie darum bitten. »Wie war dieser Besuch?«

»Schön war er. Als wir dort ankamen, sind uns die Kinder schon an der Tür um den Hals gefallen und haben der Oma und dem Opa frohe Weihnachten und viele Geschenke gewünscht. Diesmal hat Salla in ihrem Milchreis eine Mandel gefunden und dann das Weihnachtsbaumlied gesungen. Ein bisschen falsch, aber es klang ganz süß. Das hat man sich gern angehört. Wir haben alle viel gelacht. Die Kinder haben uns umarmt, als wir nach Mittag gegangen sind, erst auf den Friedhof und dann zu unserer Hanna. Hanna ist alleinerziehend und einverstanden, dass wir sie besuchen, auch wenn sie selbst nicht bereit ist, irgendwohin zu gehen. Sie wollte nicht zu uns oder zu Petri kommen, weil Valtteri diese Kolik gehabt hat. Angeblich hätte der Junge mit seinem Geschrei nur allen das Weihnachtsfest verdorben. Petri war da andrer Ansicht. Er ist in der Woche zuvor bei Hanna gewesen und hat sie zu ihnen eingeladen, aber die Tochter wollte nicht. Sie hat gemeint, sie wäre so müde, dass sie einfach nur zu Hause bleiben wollte. Ein Glück, dass sie sich geweigert hat. Sonst läge auch sie jetzt mit Valtteri unter der Erde. Der Mörder hätte die beiden auch umgebracht. Wer auch immer das gewesen ist. Aber eines weiß ich, Petri war es nicht.«

Lauri blieb bei den einfachen Fragen und stellte immer nur eine. Bei solchen Themen zwei Fragen in einem Atemzug zu stellen wäre ein anfängerhafter Fehler gewesen. Denn der Interviewte würde eine wahrscheinlich nicht beantworten, und musste man eine schwierige Frage wiederholen, könnte das ganze Interview beeinträchtigt werden. »Erinnerst du dich an etwas Außergewöhnliches an jenem Tag?«

Die Frau schaute ihn böse an. Sie hatte aus Lauris Frage deutlich herausgehört, dass er von Petris Schuld ausging. »Na, ich kann da nichts weiter sagen, als dass es ein schöner Tag gewesen ist. Um ehrlich zu sein, habe ich gesehen, dass die Erwachsenen einen etwas nachdenklichen Eindruck gemacht haben. Petri hat mit Kaisa in der Küche geflüstert, als wir mit den Kindern im Wohnzimmer gespielt haben. Aber das ist kein Streit gewesen, sie sind eher beide gemeinsam bekümmert gewesen und nicht jeder für sich. Du, das ist ein großer Unterschied.«

Die Mutter wollte ihren Sohn nicht als Mörder sehen, also konnte sie auch ihre Vorahnungen nicht akzeptieren, überlegte Lauri. Sie hatte zwar etwas bemerkt, war aber nicht bereit, es richtig zu interpretieren. Er beschloss, eine andere Richtung einzuschlagen. »Was würdest du empfehlen, wie man einem Menschen begegnen soll, der als Opfer so einen extremen Kummer erleiden muss?«

Hertta rückte nach hinten und saß nun ganz aufrecht da. Sie durfte nützlich sein.

»Also, ich würde den Rat geben, einfach da zu sein, das ist der beste Weg, so einem Menschen zu begegnen. Man darf nicht neugierig sein und vor allem nicht versuchen, ihn aufzuheitern. Man muss ihm nur Platz lassen, auch wenn man zugleich direkt bei ihm ist. Und man darf nicht vergessen. Man soll ihn nicht allein lassen oder Scheu vor ihm haben. Man sollte natürlich nicht gleich am nächsten Tag zum Kaffeetrinken hinrennen, aber man darf ihm auch nicht aus dem Weg gehen. Einfach ist das nicht, das sag ich auch gar nicht, aber wenn man ihn ein bisschen gernhat, dann wär es richtig, wenn man einfach erreichbar ist. So muss man einem andren helfen. Und natürlich muss man denen zuhören, die reden wollen. Ich glaube nicht, dass es viele sind, die das wollen, denn man ist da wie gelähmt, aber bestimmt gibt's auch solche, die damit klarkommen, wenn sie es erklären können. Oder na ja, natürlich heult man da auch und unterhält sich so ein bisschen, aber gewissermaßen etwas tiefgründiger.«

»Fällt es dir schwer, zu vergeben?«

Hertta überlegte kurz, ob sie wütend werden sollte. »Wer könnte denn schon dem Mörder des eigenen Kindes und von dessen Familie vergeben? Ich glaube auch nicht, dass dazu jemand richtig imstande ist, dessen eigenes Kind so was seiner

Familie antut. So eine Vergebung bedeutet, dass man sich selber betrügt und auf längere Sicht selber tötet. Unser Fall ist ja anders, aber so gewissermaßen allgemein gesehen. Wenn man zum Beispiel an die Mutanens denkt, deren Tochter Kaisa war, adoptiert zwar, aber trotzdem Tochter, so, die sind überzeugt, dass Petri das getan hat. Die waren zu nichts bereit. Früher waren sie unsere Freunde. Wir sind auch zu viert auf den Kanaren gewesen vorletztes Jahr. Jetzt beschuldigen sie uns, weil sie nichts anderes machen können. Angeblich haben wir das Böse auf die Welt gebracht. Und einen kleinen Teufel zu einem großen Satan herangefüttert und gehätschelt. Angeblich haben wir uns einfach nicht gekümmert. Und zugelassen, dass der Junge eine Familie haben wollte, obwohl man doch gewusst hat, dass er nicht ganz dicht war und verrückt. Angeblich hätten wir das bemerken müssen. Ich habe erst nicht mal verstanden, dass die so wütend sein könnten. Ich war sicher, die würden auf keinen Fall glauben, dass es Petri gewesen war, weil sie ihn doch auch gekannt haben. Deswegen habe ich darum gebeten, ob man Petri nicht neben den Kindern begraben könnte. Da hat mir Seija ins Gesicht gespuckt und angefangen, diese schrecklichen Dinge zu brüllen. Sie hat auch versucht, mich zu schlagen, aber zum Glück haben Leo und Jorma das verhindern können. Als wir dann gegangen sind, haben sich die Männer wenigstens die Hand gegeben, aber das war so ein trauriger Abschied, als wär's das letzte Mal. Zu viel ist passiert, als dass man jemals wieder was zusammen machen könnte.«

»Es bleiben auch Opfer am Leben.«

Hertta nickte. »Du bist ein kluger Junge.«

Das Gefühl hatte Lauri nicht. Er empfand nur Demut vor der niederschmetternden Trauer. Er kam nicht dazu, eine weitere Frage zu stellen, da Hertta schon weiterredete.

»Weil Seija nicht an ihn glaubt, liegt Petri jetzt allein und einsam unter der Erde. Sie sind zwar auf demselben Friedhof, aber es tut mir so weh, dass Petri beschuldigt wird und weit weg von den Kindern liegen muss. Neben ihm ist irgendeine Nykänen und auf der anderen Seite eine Varttinen. Beides alte Weiber. Zum Glück ist der Junge wenigstens in geweihte Erde gekommen. Ich habe erst Angst gehabt, dass sie ihn nicht nehmen, aber der Gemeindepfarrer hat gleich gesagt, wir fangen jetzt nicht mehr hier auf der Erde an, jemanden zu verurteilen. Das mag Petrus am Himmelstor und letzten Endes der Schöpfer selber tun.«

»Wie hat sich das auf deinen Glauben ausgewirkt?«

»Ich glaube schon noch, aber nicht mehr an Gott, sondern daran, dass der Teufel hier herrscht. Gott hat diese Welt beim Wetten oder beim Kartenspiel verloren. Spätestens wegen der Nazis im Zweiten Weltkrieg. Aber vermutlich schon viel eher.«

Lauri war der gleichen Ansicht, er hatte die Sache bisher nur nicht von dieser Seite betrachtet. »Was hältst du davon, dass über diese Familienmorde in den Nachrichten berichtet wird?«

»Na, das gehört natürlich dazu. Die Menschen müssen erfahren, in was für einer Gesellschaft sie leben. Es wird ja gesagt, dass manche das dann womöglich nachmachen, doch letztlich ist jeder für seine Taten selbst verantwortlich.«

Lauri befragte Hertta noch eine Weile, aber die Frau war so überzeugt von der Unschuld ihres Sohnes, dass ihr Interview ins Stocken geriet. »Das war es dann von meiner Seite«, sagte Lauri schließlich. »Oder hast du noch etwas, was du hinzufügen möchtest?«

»Du schreibst da doch, dass Petri nicht schuldig ist?«

»Ich schreibe, dass du der Meinung bist. Ich lasse dich deine eigene Auffassung mit deinen eigenen Worten wiedergeben.«

»Du glaubst es also auch nicht.«

»Es ist nicht meine Sache, über Schuldige oder Unschuldige zu mutmaßen. Ich versuche nur, objektiv über das zu berichten, was geschehen ist. Und leider habe ich für etwas anderes keine Beweise.«

Hertta nickte langsam. Sie schaute Lauri lange in die Augen. »Du bist wenigstens ehrlich. Du lügst nicht. Viele hätten bloß eine Menge Quark von sich gegeben.«

Lauri lächelte verhalten. »Das hängt nicht nur mit meiner Aufrichtigkeit zusammen. Ich will nicht, dass der Interviewte eine falsche Vorstellung von dem bekommt, was ich vielleicht schreibe. Das reduziert den Ärger nach der Veröffentlichung des Artikels. Ist es übrigens möglich, dass ich die Kontaktdaten eurer Tochter bekommen könnte? Möchte sie vielleicht ihre eigene Version erzählen?«

Hertta zuckte die Achseln. »Ich weiß nicht. Sie wollte heute nicht herkommen, aber kann sein, dass sie einwilligt, wenn sie selbst bestimmen kann, wo, wann und wie.«

Hertta holte ihr Handy heraus und tippte etwas ein. Kurz danach piepte Lauris Telefon.

»Ich habe dir Hannas Nummer als Visitenkarte geschickt.«

Verblüfft stellte Lauri fest, dass die Rentnerin viel gekonnter mit dem Handy umging als er. Das war an sich kein Wunder, weil er die modernen Geräte nicht mochte. Sie wurden Smartphones genannt, ohne wirklich smart zu sein. Mit einem Telefon musste man nicht Fotos machen, spielen oder sich womöglich noch rasieren. Es reichte, wenn man damit anrufen konnte.

Lauri bedankte sich bei der Frau und verabschiedete sich. »Danke für das Interview. Wenn dir etwas einfällt, worüber du noch reden willst, dann kann man mich anrufen. Der Artikel wird erst in drei Wochen in der Monatsbeilage von *Suomen Sanomat* veröffentlicht, es bleibt also noch Zeit. Ich musste aus persönlichen Gründen an diesem Wochenende hierher nach Nordkarelien kommen und dachte, dass ich da zugleich auch mit dir reden könnte. Ich habe ganz bewusst noch keinen Fotografen mitgenommen. Es ist möglich, dass wir uns wegen eventueller Aufnahmen noch melden.«

»Ich will nicht auf Fotos.«

Lauri nickte. »Ich habe mir das schon gedacht. Vielleicht doch ein paar Aufnahmen zum Thema, aber nicht von Personen, obwohl ich vermute, dass sich unsere Layoutfachleute bei so einem heiklen Thema etwas einfallen lassen, was mehr mit Andeutungen arbeitet.«

Als Lauri ihr die Hand geben wollte, knisterte es unter seinem Hemd. Die Zeichnung. Er müsste um die Erlaubnis bitten, sie verwenden zu dürfen. »Ich habe dort im Haus eine Zeichnung Sallas mitgenommen, die interessant war. Dürfte ich mir die ausleihen? Wir schicken sie natürlich zurück.«

»Was ist das für eine Zeichnung?«

Lauri holte sie unter seiner Jacke hervor. »Das kann für dich schockierend sein. Bist du sicher, dass du sie sehen willst?«

Hertta nickte. Lauri zeigte ihr die Zeichnung. Die Frau erstarrte. Sie schaute sich das Bild zwei Minuten lang an. »Leihe sie dir ruhig, und du darfst sie auch veröffentlichen. Aber Petri hat es trotzdem nicht getan. Das ist einfach nicht möglich.«

Lauri hoffte, dass er ihr ohnehin schon wackliges seelisches Gleichgewicht nicht völlig aus der Balance gebracht hatte. Doch Hertta reichte ihm energisch die Hand. »Auf Wiedersehen.«

Lauri fragte selten aus eigenem Antrieb, ob der Interviewte den ihn betreffenden Teil des Textes vor der Veröffentlichung lesen wollte. Das brachte meist nur Ärger. Die Befragten wollten fast ausnahmslos ihre Aussagen nachträglich noch verändern, aber diesmal hielt er die Frage trotzdem für angebracht.

»Nein. Du bist ein kluger Junge. Schreib, was du willst. Ich lese es dann in der Zeitung.«

Das war mit der schönste Dank, den Lauri je bekommen hatte. Trotz des Themas musste er auf der ganzen Fahrt nach Outokumpu lächeln.

Erst als bei Sysmäjärvi der Schachtturm von Keretti auftauchte, verschwand das Lächeln.

Nun kam auch der Alte immer näher.

Mitten im einzigen Kreisverkehr von Outokumpu thronte ein Venus-Symbol aus Kupfer. Das Zeichen des Weibchens befand sich im Wappen der Kommune und im Logo der Bergbaufirma.

In jungen Jahren hatte sich Lauri über dieses feminine Symbol für Ort und Firma gewundert, aber der Chemielehrer hatte den ahnungslosen Jungen aufgeklärt. Das Logo des Unternehmens verweise nicht auf Brüste oder andere weibliche Kennzeichen hin, sondern auf die Alchemie, in der das Symbol für Kupfer stand. Lauri fuhr in den Kreisverkehr. In seiner Kindheit war hier eine gewöhnliche Kreuzung gewesen, an der eine familiengeführte, etwas heruntergekommene Esso-Tankstelle stand. In dem Imbiss dort hatte sich Lauri wohl gefühlt. Da kam auch ein Kind in Kontakt mit Menschen und dem feuchten Hundegeruch ihrer Pelzmützen. Und wenn man sich richtig an das Bonbonregal stellte, konnte man heimlich schmutzige Geschichten mithören, die an den Kaffeetischen erzählt wurden. Dort hatte Lauri gehört, was die Harmaasalo Helena unter ihren Sachen hatte und was man mit der machen sollte, und zwar so, dass es richtig zu spüren war.

Jetzt stand am Kreisverkehr eine Tankstelle der ABC-Kette, eine Kathedrale der Neuzeit mit gelben Glockentürmen. Das Café der Tankstelle hatte sich herausgeputzt. Die Pimmelgeschichten der Pelzmützen waren hier vermutlich nicht mehr zu hören.

Vom Kreisverkehr fuhr Lauri in die City. Am Kino Marita schlurften zwei junge Männer ins Zentrum. Sie teilten sich eine Selbstgedrehte, die von Mund zu Mund wechselte. Bei beiden hingen die Hosen auf Halbmast.

In der Schlange an der Würstchenbude prügelte man sich. Männer, die wie verkaterte Gespenster aussahen, zerrten aneinander wegen eines Schlucks vom billigsten Wein. Fäuste flogen, doch die Passanten kümmerten sich nicht darum. Sie schauten in die Ferne. Lauri fuhr weiter. Vor dem Supermarkt Citykumpu stürzte ein etwa zehnjähriger Junge mit dem Fahrrad. Er rutschte auf den Knien über den Asphalt und fiel auf die Nase. Auch der Helm des Jungen wurde aus dem Rucksack auf die Straße geschleudert und kreiselte bis auf die Fahrbahn. Mit Schürfwunden an den Knien stand der Junge mühsam auf. Tränen flossen in Strömen, auch die Stirn blutete. Lauri sah, dass der Junge laut heulend auf Hilfe wartete. Der erste Eilige ging an ihm vorbei wie an einem Mülleimer. Die zweite schnappte sich ihr Handy und tippte konzentriert etwas ein. Sie tat so, als hätte sie nichts bemerkt. Die Frau besaß eindeutig keinen Mutterinstinkt. Mit ihren hohen Absätzen stöckelte sie die Straße hinauf.

Zum Glück kam aus dem K-Market eine Frau in der Uniform der Ladenkette gerannt und nahm den Jungen unter ihre Fittiche. Ihr fiel es leicht, zu helfen, von Amts wegen einzugreifen. Sie durfte nicht an sich, sondern musste an das Image des Geschäfts denken. Der Zehnjährige war verdutzt, aber die Schmerzen waren so übermächtig, dass er sich nicht gegen seine Helferin wehren konnte, als die ihn in den Markt hineinzerrte, um ihn zu verarzten. Lauri bog ab und nahm Kurs auf das Haus seiner Großmutter. Ansa war in Outokumpu der einzige Mensch, zu dem er gehen konnte. Die letzte

Nacht hatte er im Hotel Malmikumpu geschlafen, weil er der alten Frau keine Umstände machen wollte. Und auch, weil er sich vor ihrer Gesellschaft gedrückt hatte. Mit der Großmutter zusammen zu sein war anstrengend. Die alte Frau schwindelte wie ein Immobilienmakler. Die Wahrheit war ihr nicht genug. Sie begründete ihr Verhalten damit, dass Notlügen niemandem schadeten.

Vielleicht nicht, aber es war ermüdend, bei jedem Satz, den man hörte, überlegen zu müssen, was das denn nun eigentlich bedeutete, was nicht gesagt und was mit dem Satz in Wirklichkeit beabsichtigt wurde. Als Lauri zwölf war, servierte die Großmutter ihm und Tuomas eine Schüssel Erdbeeren. Die Jungs kosteten und meinten bewundernd: Na, die sind aber sehr schön süß, wie viel Zucker hast du denn rangemacht. Gar keinen, behauptete Ansa, sie bot eben ihren Enkeln einfach nur süße Erdbeeren an.

Die Jungs wollten das nicht glauben, so süß und samtweich waren die Erdbeeren. Die Oma wiederholte ihre Behauptung dreimal, als die Jungs nachfragten. Auf dem Boden der Schüssel fand Lauri dann Kristalle. Es war unbegreiflich, dass ein Mensch bereit war, auf seine eigene Glaubwürdigkeit zu verzichten, nur um sagen zu können, dass er den Kindern die süßesten Erdbeeren der Welt vorgesetzt hatte.

Ansa trachtete auch danach, Menschen zu manipulieren. Sie machte Anspielungen, antwortete ausweichend und deutete etwas an. Dann schmollte sie, wenn die Leute nicht in der von ihr gewünschten Weise handelten, obwohl sie selbst nicht offen gesagt hatte, was sie wollte. Ansa sah auch überall gegen sie gerichtete Intrigen. Als der Alte neue Treppen eingebaut hatte und es der Großmutter mit ihren steifen Knien schwerfiel, sie hinaufzusteigen, murmelte sie, dass der Sohn dies absichtlich so gemacht hatte, damit seine Mutter ihn nicht besuchen konnte.

Der Alte war wütend geworden. Nur dieses eine Mal hatte Lauri gehört, wie er seiner Mutter gegenüber Flüche gebraucht hatte. »Nun halt aber das Maul, Alte, wenn's sein muss, heb ich die alte Schachtel eben durchs Fenster herein, denn Treppen mit niedrigeren Stufen hätten hier nicht reingepasst, und das ist auch der einzige Grund, warum sie so sind, wie sie sind.«

Aber ein bisschen verstand Lauri seine Großmutter auch. Er wusste, dass ihre Ehe mit dem Großvater ein Hauen und Stechen gewesen war. Sogar im wörtlichen Sinne, wie sich später herausstellte. Sie hatte auch den Krieg erlebt und ihren kleinen Bruder bei einem Bombenangriff verloren. Laut dem Alten hatte Ansa mit eigenen Augen ansehen müssen, wie er in Stücke gerissen worden war. Die Großmutter redete darüber nie und auch über ihren Bruder nur, wenn es sein musste. Vielleicht fiel ihr das Leben leichter, wenn sie sich die Wirklichkeit nach ihrem Geschmack ausmalen durfte. Und das verstand und akzeptierte Lauri.

Seine Großmutter wohnte am Ende der Alavinkatu in einem mehrgeschossigen Haus. Auf dem Hof standen ein paar Autos und im Treppenhaus eine ganze Reihe von Rollatoren. Der schönste von ihnen hatte einen Aufkleber mit Flammen. Lauri hoffte, dass es kein Scherz der Kinder aus der Verwandtschaft war, sondern die eigene Entscheidung des alten Menschen. Ihn erwärmte der Gedanke, dass die Senioren ihre Rollatoren um die Wette aufrüsteten. Hier, sieh mal, die tolle Metallicfarbe, du hast nur so einen mattgrauen. Und ich kriege bald das neue Deluxe-Modell XC 2000 Outlast von Humbleford. Mit Gelgriffen und einer Goldglanzhupe.

Es wäre wunderbar, wenn sich auch die Alten für solche Rivalitäten begeistern könnten. Es hielt das Leben frisch, wenn man Ziele hatte. Lauri beschloss, zu glauben, was er sich eben ausgedacht hatte. Mit einem Lächeln ging er ins Treppenhaus. Fünf Jahre zuvor war ein Aufzug eingebaut worden, aber Lauri stieg die Treppen hinauf. Aus den Wohnungen drangen die Gerüche von matt zur Ruhe kommenden Körpern und der altmodische Duft von Hefekuchen und Kampfertropfen. Auch Lauri fühlte sich hier gelassen wie ein Siebzigjähriger. Hier bedrückten einen die Kümmernisse der Welt nicht. Hier genügte es, dass man am Leben blieb.

Lauri klingelte. Die kurzen, bedächtigen Schritte hört man, schon lange bevor die Sicherheitskette herabrasselte und die Tür knarrte.

Die Großmutter war für ihr Alter eine ansehnliche Frau. Sie war immer noch eins siebzig groß und hielt sich gerade. »Es ist, als hätte ich die Tür ins Olympiajahr 1952 geöffnet. Du siehst genauso aus wie dein Großvater Aulis. Der hatte auch so einen Kinnbart wie du. Trotzdem habe ich mich in ihn verliebt.«

»Das sagst du doch immer.«

»Schön, dass du gekommen bist«, erwiderte die Großmutter und öffnete die Tür ganz.

»Lange nicht gesehen«, stellte Lauri fest.

Ansa erklärte, sie werde erst einmal Kaffee kochen. Sie habe Marie-Kekse, Omar-Bonbons, Hefekuchen und auch Milch, wenn Lauri keinen Kaffee wollte. Sie selbst werde auf jeden Fall Kaffee trinken.

Lauri entschied sich für Kuchen und Milch. Er wollte den Kuchen in die Milch einbrocken.

Ansa wandte sich ihm zu und lächelte. »Ja, das hast du auch als Kind gern getan.«

»Genau, und diese süßen Erdbeeren.«

»Fang nicht wieder damit an. Ich habe keinen Zucker an die Erdbeeren rangemacht.«

Typisch. Selbst wenn man sie nachweislich bei einer Lüge

erwischt hätte, wäre die Situation schon wenig später in ihre Wahrheit zurückgekehrt. Ansa hatte nichts gemacht, die anderen hatten sich das ausgedacht. Sie bildete sich ein, wenn sie etwas steif und fest behauptete, würden auch die anderen anfangen, ihre Erfindungen zu glauben.

Aber Lauri wollte sie nicht weiter reizen. Er gönnte es der alten Frau, dass sie sich ihr Leben erleichterte, wenn sie es so wollte. Das von der Großmutter geknüpfte Netz der Lügen war schon so dicht, dass kein einziges Samenkorn der Wahrheit, das Ansa nicht gefiel, hindurchkam.

»Warst du schon bei Terho?«, fragte sie.

Lauri verneinte. »Ich habe es zur Besuchszeit nicht geschafft. Morgen früh gehe ich hin.«

»Terho ist in einem schlechten Zustand. Er versteinert genau wie sein Vater. Sein Gehirn stirbt langsam ab, während der Körper vielleicht noch Jahre herumstrampelt. Auch Aulis konnte noch bis spät in die Nacht toben, obwohl er überhaupt nicht mehr wusste, was er machte und wohin er geschissen hatte.«

Lauri fiel das erste Mal in seinem Leben auf, dass die Großmutter niemals den für Leute in ihrem Alter üblichen Dialekt gesprochen hatte. Sie benutzte ziemlich korrekt die Hochsprache.

Lauris Telefon auf dem Tisch klingelte. Ansa warf neugierig einen Blick auf das Display und sah, dass es Paula war, deren Namen und Nummer Lauri eingespeichert hatte. Sie wandte den Blick vom Telefon ab. Seinerzeit hatte sie beschlossen, dass Paula diejenige war, die Lauri aus dem Leben ihrer Urenkelin hinausgeworfen hatte. Und das wahrscheinlich nur, um Ansa zu ärgern.

Lauri hatte die Meinung seiner Großmutter niemals richtiggestellt. Es war leichter, wenn sie Paula für die Schuldige hielt und er sich in der Rolle des Opfers sonnen konnte.

Das war zwar gemein, aber Ansas Meinung interessierte Paula schließlich nicht.

Er drückte den Anruf weg. »Du hast gesagt, dass ich ins Heim gehen muss, wenn ich verstehen möchte, warum der Alte der Mistkerl war, der er war. Und zugleich würde ich erfahren, was an dem Tag geschah, als Tuomas wegging.«

»Das hat er selbst gesagt. Dass er es erzählen würde, wenn du kämst. Wer weiß? Hoffen wir, dass Terho dann auch er selbst ist. Bei meinem Besuch gestern war er jemand anders. Jemand, der müde und weit weg war.«

Lauri war sich bewusst, dass die Geschichte erfunden sein könnte. Wahrscheinlich war sie es auch. Wenn Ansa wollte, dass Lauri seinen Vater besuchte, dann hätte sie sich genau so etwas ausgedacht. Andererseits, wenn Lauri auch nur die geringste Chance hätte, mehr über Tuomas und dessen Weggang zu erfahren, dann würde er sie nutzen.

Das Verhältnis zwischen dem Vater und Tuomas wurde im Laufe des letzten Jahres immer angespannter. Lauri war vierzehn, Tuomas fast sechzehn. Der Alte sah in Tuomas allmählich eine physische Bedrohung. Er wagte nicht mehr, ihm gegenüber handgreiflich zu werden, weil der Junge sich gewehrt hätte.

Die wachsende Spannung entlud sich im verbalen Schlagabtausch. Streit zwischen Vater und Sohn im Teenageralter gehörte zwar dazu und war in vielen Häusern bis auf die Straße zu hören, aber Tuomas fand, dass sein Zorn auf den Alten berechtigt war. Er kochte und wartete nur auf einen günstigen Augenblick.

»Wenn der Alte noch mal über uns oder Mutter herfällt, dann mache ich ihn fertig. Und zwar so, dass er auf seinen eigenen Beinen nirgendwo mehr hingeht«, verkündete Tuomas eine Woche vor seinem Verschwinden großsprecherisch.

Obwohl der Bruder schon bald zwei Jahre im Kraftraum Hanteln gestemmt hatte, würde er gegen den Alten nicht ankommen. Der Vater war durch die Arbeit im Schacht körperlich stark, skrupellos und außerdem viel zu sehr daran gewöhnt, seine Angehörigen zu misshandeln. Lauri versuchte das seinem Bruder zu erklären.

»Ich kann das nicht mehr mit ansehen. Wenn er mich zusammenschlägt, dann soll er's halt tun. Wenn er mich umbringt, dann bringt er mich eben um. Der Alte verdient es jedenfalls, richtig auf die Fresse zu kriegen. Ich habe außerdem einen Trumpf, den er garantiert nicht erwartet. Er bekommt seine Lektion.«

Lauri fragte, was das für ein Trumpf sei.

»Das wirst du dann schon sehen, aber denk dran, dass du dich nicht einmischst, wenn du zufällig vorbeikommst«, sagte Tuomas.

Lauri hatte Angst, aber wem hätte er davon erzählen sollen?

Eine Woche darauf kam Lauri aus der Schule. Die Mutter weinte im Schlafzimmer. Der Alte saß am Tisch und schaute hinaus. Er hatte ein Glas in der Hand. Die Flüssigkeit war durchsichtig.

Lauri fragte nicht, warum die Mutter weinte. Er wagte es nicht. Denn er wusste, dass er die Antwort mit der Faust bekommen würde. Er versuchte, sich zur Treppe ins Obergeschoss zu verdrücken.

»Junge«, knurrte der Alte. Der Ton war jedoch nicht aggressiv, sondern weinerlich wie bei einem Betrunkenen.

Lauri traute sich nichts anderes, als zu antworten: »Vater.«

»Du bist jetzt mein einziger Sohn.«

Lauri bekam weiche Knie, ihm drehte sich fast der Magen um. Hatte der Alte den Bruder umgebracht? Hatte sich die Geheimwaffe von Tuomas als Rohrkrepierer erwiesen? »Was ist passiert?«

»Dein Bruder ist fortgegangen und kommt nicht mehr zurück.«

Das war alles, was Lauri dazu gesagt wurde.

Am selben Abend kletterte der betrunkene Alte hinauf ins Obergeschoss. Lauri wusste, dass er eins hinter die Ohren bekommen würde. Der Alte kam zu ihm und stand vor seinem Sohn, gewaltig und übermächtig. Auch in seinen Augen lauerte Kummer. Er legte die Hände auf Lauris Rücken und nahm ihn in die Arme. Statt ihn zu verprügeln, presste er ihn an sich, murmelte etwas vom eigenen Fleisch und Blut und nannte ihn wieder seinen einzigen Sohn.

»Hör mal, Junge. Fang nicht an, dir Geschichten über deinen Vater auszudenken. Erhebe dich nicht gegen mich.«

»Nein«, versprach Lauri.

»Du bist nicht durch und durch schlecht«, sagte der Alte und nickte. »Du bist ein Kivi, aber du kannst noch Hoffnung haben.«

»Danke. Vermutlich.«

Der Alte atmete tief ein. Sein Atem zitterte. »Ich bin der Sohn von Aulis Kotivalo Kivi. Ich bin durch und durch schlecht.«

Lauri wagte nicht, ihm recht zu geben. Er widersprach aber auch nicht.

»Doch, das bin ich«, fuhr der Alte fort, als hätte Lauri ihm widersprochen.

»Musst du das sein?«, hörte Lauri sich fragen und bereute sofort, was ihm da herausgerutscht war.

Rasend schnell erschien die Wut im Gesicht des Alten. Lauri sah schon dessen Faust auf seinem Auge. Doch der Alte unterließ es, ihn zu schlagen. »Na, wenn ihr aber auch alle solche aufsässigen Miststücke seid und mich zur Raserei bringt. Ihr lockt den Teufel in mir heraus«, brüllte er und wankte die Treppe hinunter. »Dein Bruder kommt niemals mehr zurück.

Und das ist auch gut so. Für mich ist der nichts weiter als eine beschissene Leiche.«

Hinterher hatte Lauri oft überlegt, wohin Tuomas gegangen war.

Einmal hatte er versucht, mit seiner Mutter darüber zu reden, aber die hatte ihm klargemacht, dass sie nicht über Tuomas sprechen wollte. »Dein Bruder hat uns in der Gewalt dieses Ungeheuers zurückgelassen, gerade als er imstande gewesen wäre, ihn in die Schranken zu weisen. Ich will über diesen Verräter kein Wort mehr hören«, hatte Mutter gesagt und sich abgewandt. Wenig später wischte sie sich über die Wangen, weil sie angeblich etwas ins Auge bekommen hatte.

Noch Jahre später gehorchte die Mutter dem Alten, obwohl sie gar nicht mehr mit ihm unter einem Dach wohnte. Sie war nicht bereit, über Tuomas zu sprechen.

Mutter und der Alte hatten sich zwei Jahre nach Lauris Umzug zur Tante getrennt. Für Lauri war es ein Wunder, dass beide die Ehe lebend überstanden hatten. Aus irgendeinem Grund war das Verhältnis zwischen Lauri und seiner Mutter jedoch schwierig. Die Vergangenheit stand zwischen ihnen.

Lauri hatte nirgendwo Informationen über seinen Bruder erhalten. Er hatte sogar Kontakt zu einem einschlägigen Unternehmen aufgenommen, das sich »Ihr Privatdetektiv findet es« nannte, aber seinen Namen nicht wert gewesen war.

Tuomas war spurlos verschwunden. Entweder wollte er im Verborgenen bleiben, oder er war tot.

Die alte Standuhr schlug und brachte ihn zurück in die Gegenwart. Ansa hatte die Uhr schon so lange, wie sich Lauri erinnern konnte. Er schaute seiner Großmutter in die Augen. »Weißt du etwas über das Verschwinden von Tuomas, was ich nicht weiß?«

Ansa behauptete wie stets, der Alte habe nichts erzählt. Ihrer Ansicht nach war der Junge von zu Hause weggelaufen, Punkt.

Lauris vermutete aus Erfahrung, dass der Punkt bei ihr in Wahrheit ein Komma bedeutete und der sich anschließende Nebensatz viel verraten würde. Aber gleichzeitig wusste er, dass er seine Großmutter nicht dazu bewegen konnte, ihn auszusprechen. Wenn Ansa die Wahrheit kannte, dann glaubte sie vielleicht selbst nicht mehr daran. Und hatte sich eine bessere ausgedacht.

Sie tranken in aller Ruhe Kaffee, aßen und plauderten. Lauri ließ seine Großmutter die Vergangenheit zum Leben erwecken und widersprach nicht, wenn etwas nicht stimmte. Nicht einmal, als sie behauptete, Terho und Hilkka seien damals in ihrer Jugend so verliebt gewesen, dass sie, ohne viel zu überlegen und in furchtbarer Eile, geheiratet hätten. Letzteres stimmte, der Grund allerdings nicht: Es war nicht die Liebe gewesen, sondern die Schwangerschaft. Seine Mutter hatte irgendwann einmal erwähnt, dass sie Terho wegen Tuomas genommen hatte, obwohl sie schon damals wusste, dass der Mann gewalttätig war. Sie hatte glauben wollen, dass sich das schon geben und sie zurechtkommen werde und dass es der Mensch auch verdiente, einmal in der Woche eins aufs Maul zu bekommen, damit er demütig blieb. Seine Mutter hatte auch erzählt, dass Terho und sie zuallererst von Ansa zum Heiraten gezwungen worden waren. Die Großmutter hatte seiner Mutter mit öffentlicher Schande gedroht, sie auch als Hure beschimpft und am Ende ihren Willen durchgesetzt.

Zu Lauri war die Großmutter immer gut gewesen. Vielleicht hatte Ansa ein wenig zu viele Meinungen, aber sie liebte ihre Enkel.

Sie sahen sich noch eine Folge der Daily Soap »Salattuja elämiä« an. Ansa kannte den aus Outokumpu stammenden

Esko Kovero, der den Ismo spielte, und dessen Familie und erzählte über sie alle möglichen Geschichten.

Lauri interessierten die Geschichten nicht und die Serie noch weniger, aber aus Höflichkeit nickte er dann und wann. Seine Großmutter zeigte großen Eifer, wenn es darum ging, farbenfrohe Geschichten über andere auszuplaudern, aber sich selbst versteckte sie die ganze Zeit hinter einem Panzer.

Lauri rüstete sich zum Aufbruch. Ansa bat ihn jedoch, über Nacht zu bleiben. »Auf diesem Sofa schläft es sich zwar nicht so furchtbar gut, aber dafür bekommst du zum Frühstück Piroggen und Eibutter. Und du könntest deiner alten Großmutter Gesellschaft leisten so wie früher.«

Er bedankte sich, er könne aber leider nicht bleiben. Nun musste er sich eine gute Begründung einfallen lassen, denn Ansa war eindeutig drauf und dran, beleidigt zu sein.

»So selten, wie du mich besuchst. Mein einziger Enkelsohn. Teija hat nur diese koketten kleinen Mädchen. Für die bin ich kein Mensch, sondern eine Kuh, die man melken kann. Die glauben, das Geld wächst an Sträuchern und ich bin eine große Gärtnerin. Ich, eine Rentnerin, die in einem Mietshaus wohnt.«

Lauri erinnerte sich, wie die Großmutter bei der Konfirmationsfeier von Teijas ältester Tochter Tiina den Rock des Mädchens angeschaut und dann gesagt hatte, sie habe geglaubt, zu einer religiösen und würdevollen Feier zu gehen, aber anscheinend sei das eine Stripparty, weil die Hauptperson ihren Intimbereich offenbar schon auf dem Kirchhof vorzeigte.

Bei der Feier dann zu Hause hatte sich die Großmutter sofort in die Küche zurückgezogen. Dort saß sie mit der Tasche auf dem Schoß und seufzte, dass man alten Menschen keine Achtung mehr entgegenbringe, nicht einmal die jungen Leute aus der eigenen Verwandtschaft.

Lauri war dabei gewesen. Tiina hatte ihr Lächeln behalten

und ganz sachlich festgestellt, dass sie das anziehe, was ihr gefalle. Schließlich sei das ja ihr Festtag. Offensichtlich galt eine solche Entgegnung für Ansa schon als fehlende Achtung und als Angriff. Sie selbst hatte behauptet, bei dem kurzen Rock der Enkeltochter würde man sogar die Schamhaare leuchten sehen. Allerdings fand auch Lauri, dass ein knielanger Rock noch nicht die Merkmale des Exhibitionismus erfüllte. Eine Woche später hatte Ansa dem Gemeindepfarrer gegenüber ein Loblied auf Tiinas wundervolles Kleid bei der Feier gesungen und von dem Vorfall nichts mehr gewusst.

Lauri wollte nicht über Nacht bei seiner Großmutter bleiben. »Leider habe ich ein vom Arbeitgeber bezahltes Hotelzimmer, und dort sind auch schon alle meine Sachen.«

Das Geld genügte als Erklärung. »Na dann. Du musst ja alles mitnehmen, was man mitnehmen kann. Schlaf gut. Und komm noch mal vorbei, bevor du wegfährst.«

Lauri versprach es.

Im Hotel Malmikumpu war es still. Lauri ging in sein Zimmer. Es wirkte neutral und tot. Gemütlichkeit wurde nicht angestrebt. Es war von finnischer Hand errichtet worden und sollte internationaler Anspruchslosigkeit genügen.

Das große Bett war braun bezogen. Die zusammengelegten weißen Handtücher warteten auf Gäste. Auf dem Schreibtisch standen eine weiße Leselampe und eine kleine Plastikrose mit samtenen Blättern. Das Zimmer sollte einen Reisenden unter klinischen Bedingungen so beherbergen, dass er nichts zu beanstanden hatte. Lauri konnte sich auch nicht beschweren. Er ließ sich aufs Bett fallen. An der Decke sah man Spritzer. Jemand hatte versucht, sie wegzuwischen und zu beseitigen, aber der Champagner hatte allen Putzversuchen widerstanden. Jemand hatte dieses Zimmer bei bester Stimmung genossen.

Er ging duschen und schaute danach auf die Website der Polizei, ob Vesitaival etwas Neues zum Familienmord von Toivola mitgeteilt hatte. Hatte er nicht. Das war auch zu vermuten gewesen. Selten lieferte er kurz vor dem Wochenende freiwillig etwas Neues.

Lauri beschloss, Hanna Huovinen anzurufen. Er suchte die Visitenkarte, die er von Hertta bekommen hatte, auf seinem Telefon und speicherte die Nummer ein. Er wollte schon aufgeben, als sich eine Stimme meldete. »Hanna.«

Lauri stellte sich und sein Anliegen vor.

»Nein, danke, ich will nicht in die Zeitung.«

»Das brauchst du auch nicht, wenn du nicht willst. Wir können uns inoffiziell unterhalten.«

»Ich glaube nicht, dass ich etwas zu erzählen habe, was meine Mutter dir nicht schon gesagt hat.«

»Könnten wir uns treffen?«

Hanna schwieg eine Weile. »Nein, aber ich kann jetzt eine Weile am Telefon mit dir reden. Valtteri schläft gerade.«

Lauri lächelte. Er hatte Erfolg gehabt. Hanna fiel es leichter, einem Gespräch am Telefon zuzustimmen, wenn sie ein Treffen ablehnen durfte. Lauri hatte mit seiner Frage Hanna das Gefühl gegeben, dass sie die Zügel in der Hand hielt. Manche hielten das für Manipulation, Lauri für berufliches Können. Er hatte niemanden zu irgendetwas gezwungen.

»Gut«, sagte Lauri. »Wie war Petri? Als Bruder und als Mensch.«

»Liebevoll als Bruder und noch mehr als Vater. Er mochte es, mit Anni und Salla zu spielen, ihnen Zeit zu widmen und für sie da zu sein. Er hatte die Mädchen auch so gern, dass er es schaffte, für Disziplin zu sorgen. Viele versuchen, es sich dabei leicht zu machen. Sie drücken ein Auge zu und bemerken dann irgendwann, dass sie mit einem Kind im Teenageralter wie im Treibsand stecken.«

»Hat er versucht, dich zu überreden, ihn am Heiligabend zu besuchen?«

Hanna bejahte diese Frage. »Pete wollte nicht, dass ich allein bin. Er war auch der Meinung, dass jedes Kind dem Weihnachtsmann begegnen sollte. Egal wie klein der Knirps noch ist. Als ich mich gar nicht überreden ließ, hat Pete die Telefonnummer des Weihnachtsmanns, den er bestellt hatte, an meinen Wandkalender geschrieben, damit ich wenigstens den anrufen kann, wenn ich schon die anderen zu Weihnachten nicht sehen wollte. Ich habe versucht, das mit Valtsus Kolik und seinem ständigen Weinen zu erklären, aber das half nichts. Petri meinte nur, das gehöre halt zum Leben und man sollte sich deswegen nicht verstecken.«

»Hatte Petri in der Zeit um Weihnachten Sorgen?«

»Nein. Oder doch, auf der Arbeit. Er leitete das größte Projekt seiner Laufbahn. Irgendeine Systemwahl, ich weiß es nicht genau. Er war stolz auf die ihm übertragene Verantwortung. Gleichzeitig hatte er Angst, das Projekt zu vergeigen. Pete hatte seiner Ansicht nach gute Arbeit geleistet. Sein Chef war jedoch mit Petes Vorschlag nicht zufrieden und hatte selbst angefangen, Dinge mit einem anderen Systemlieferanten zu vereinbaren. Er hatte Pete und die ganze Steuerungsgruppe des Projekts übergangen. Pete wusste nicht, was er tun sollte, und war frustriert. Angeblich konnte er nicht einfach zu seinem Chef gehen und sagen, dass der Mist baute. Dass er wegen seiner unbegründeten Vorlieben die ganze Systemwahl vermasselt. Andererseits meinte Pete, es sei auch keine Option, nichts zu unternehmen. Er hatte Angst wegen seiner Arbeit und letztlich wegen seiner Familie. In Nordkarelien findet man nicht so leicht eine neue Stelle. Und schon gar nicht, wenn man auf der vorher Schwierigkeiten gemacht hat und deshalb rausgeflogen ist.«

Da kam es zum Vorschein. Das Motiv. Absurd, aber real.

Der Stress auf der Arbeit war zu groß geworden, und irgendetwas im Familienleben hatte ihm das Rückgrat gebrochen. Vielleicht hatte sich der perfekte Vater, Ehemann und Bruder angestrengt, immer wieder, bis er zusammengeklappt und in einen Zustand abgerutscht war, aus dem er nicht mehr herauskam.

Überanstrengung war ein Problem. Die Finnen bekamen ihre Kinder in fortgeschrittenem Alter, und dann war es schwieriger, auf die schon erworbenen Vorteile wie Freizeit und eigene Identität zu verzichten. Der Mensch hatte das Gefühl, verantwortlich zu sein, und ging an seine Grenzen, bis er zerbrach, mit schlimmen Folgen.

Im Hintergrund fing ein Kind an zu weinen. Es klang fordernd. Hanna Huovinen seufzte. »Valtsu ist aufgewacht. Ich muss aufhören. Es tut mir leid.«

»Kein Problem. Erst das Leben, dann die Vergangenheit. Darf ich anrufen, wenn mir noch etwas einfällt?«

»Ja.«

Lauri beendete das Gespräch. Hanna Huovinen hatte nichts Überraschendes erzählt. Das Gespräch bestätigte nur Lauris Auffassung. Hertta Huovinen durfte glauben, was sie wollte. Aber in Petri Huovinens Kopf war etwas aus dem Gleis gesprungen, mit blutigen Folgen.

Nach dem Telefongespräch zappte Lauri eine Weile durch die Fernsehkanäle. Es fand sich nichts. Schließlich hatte er es satt, und da ihm nichts anderes einfiel, holte er aus seiner Tasche ganz unten die Nike-Laufschuhe und den Trainingsanzug von Adidas heraus. Er war nicht markentreu.

Lauri lief auf dem Hof des Hotels los. Obwohl es direkt im Zentrum der Stadt lag, waren es bis zum Sportplatz von Matovaara nur ein paar hundert Meter. Und der befand sich schon an der Ortsgrenze.

Sein Lauf führte über den Hof der Schule im Zentrum und der Bibliothek. Er passierte die Schwimm- und Sporthalle und trabte über die Stellflächen der Autos auf den Sportplatz, der jetzt einen Tartanbelag hatte. In Lauris Kindheit war es Sand gewesen und bei Regen Schlamm.

Lauri sprang über das Geländer auf den Platz. Er lief an Kindern vorbei, die auf der Matte der Hochsprunganlage hüpften, an einem künftigen Jari Litmanen, der Freistöße trainierte, und schließlich gelangte er in die Ruhe des Waldes.

Dort fühlte sich Lauri wohl. Er hatte die Sportstunden in der Schule gehasst und verabscheute Sport, jeder Wettbewerb widerte ihn an. Aber das eigenständige Skilaufen liebte er. Jetzt als Erwachsener auch das Joggen. In seiner Kindheit war er in die Wälder vor seinem Zuhause geflohen, vor denen, die ihn mobbten, und vor seinem Leben. Die Landschaft hier kannte er extrem gut und genoss sie. Er spürte in den Beinen noch die vielen hundert Kilometer seiner Kindheit und hörte, wie die Skier in der Ruhe des Waldes über den Schnee glitten. Die Bäume stellten damals die einzige Schönheit dar, wenn er bei zehn Grad Frost in der bergigen Landschaft von Matovaara schwitzte. Dort vergaß er alles für einen Augenblick.

Dieselbe Ruhe erfasste Lauri auch jetzt. Das Keuchen hörte er sogar in seinem tauben Ohr, es erinnerte an die Tage vor der Verletzung. Es erinnerte an den Tag, an dem der Alte ihm sein Gehör geraubt hatte. Es erinnerte an die Tage, an denen Lauri nichts mehr hören konnte. Durch das Joggen versank er wie in Trance und lief weiter wie auf Schienen. Er rannte schneller als je zuvor.

Der Aufprall war dann ziemlich heftig.

Er stieß mit einer Frau zusammen. Mit einer schönen, verschwitzten Frau, die ihm entfernt bekannt vorkam und die ihn wüst beschimpfte, als sie mit einem dumpfen Geräusch in den Staub fiel. Ein bisschen fülliger war sie geworden, aber sie wirkte immer noch sehr sinnlich. Es war Milla – Milla Maria Pelkonen. Der feuchte Traum seiner Jugend.

Milla fluchte und jammerte. »Du hast mich umgerannt, Kivi.«

Lauri konnte nicht glauben, dass Milla ihn erkannt hatte. Milla Pelkonen, die perfekte Tochter aus gutem Hause, hatte vermutlich früher nicht einmal seinen Namen gekannt. Milla konnte Lauri Kivi nicht kennen, den verschlossenen Jungen, der zu Hause geräuchert wurde, so dass er nach Zigarettenrauch stank, und dem der Alte auf schmerzhafte Weise beigebracht hatte, schweigsam zu sein, und den die anderen behandelten wie eine Schuppentür.

Lauri entschuldigte sich etliche Male. Und genauso oft sagte er, dass es ihm leidtue. Er traute sich jedoch nicht, der Frau zu helfen, obwohl sie eindeutig Schwierigkeiten hatte. Milla verzog das Gesicht.

»Anscheinend habe ich mir den Knöchel verrenkt und das Knie geprellt.«

»Ich konnte nicht annehmen, dass mir jemand entgegenkommt. Früher war die Laufrichtung im Uhrzeigersinn.«

»Das ist vermutlich auch jetzt noch so, aber ich habe nicht gedacht, dass jemand im Sommer mit einem Tempo wie beim Abfahrtslauf den Berg runterkommt und direkt auf mich draufrennt. Heutzutage laufen alle, wie sie Lust haben, aber sie können wenigstens nach vorn gucken«, erwiderte Milla und stöhnte.

Lauri erklärte erneut, wie leid es ihm tue.

»Kivi.«

»Ja.«

»Hilf mir hoch. Du darfst mich zum Auto führen, alter Hundsfott.«

Lauri schaute sie an. Ihre Wortwahl war merkwürdig. Er würde das jedoch nicht beanstanden. Es hörte sich geradezu an, als würde sie einen Scherz machen. Er würde ihr auch nicht erzählen, dass etymologisch gesehen Hundsfott aus dem Schwedischen kam und Hundefotze bedeutete.

Lauri konnte sein Glück kaum fassen. Er, Lauri Aleksis Kivi, dürfte Milla Maria Pelkonen zum Auto führen. Bis dahin waren es mindestens zwei Kilometer. Mit einem Satz war er bei ihr und half ihr auf.

»Kannst du mit dem Fuß überhaupt auftreten?«

»Ich denke schon. Der Knöchel ist nur verstaucht. Aber es tut weh.«

Milla duftete nach gerade wahr gewordenen Träumen. Lauri stand immer noch ganz verdattert neben ihr.

»Wolltest du mir nun helfen oder dastehen wie ein begossener Pudel und zugucken, wie es mir weh tut?«

»Helfen, natürlich helfen. Gehen wir.«

Milla humpelte schweigend. Hauptsächlich hüpfte sie auf einem Bein und stöhnte. Auch Lauri redete nichts. Leider erwachten durch Millas Duft und die reibenden Berührungen, als er sie stützte, Erinnerungen an seine Jugend. Er fürchtete, sie könnte es bemerken. Großmutters Strumpfhose, das Kleine Leidwesen, Warzen, die gebrauchten Unterhosen des Alten, eiternde Wunden und der Sänger Mikko Alatalo – all das zählte Lauri im Kopf auf.

Das half.

In seiner Jugend hatte Lauri so gut wie nie eine Freundin gehabt. Während des letzten Jahres am Gymnasium – das Schulmobbing war Vergangenheit und Lauri in Joensuu bei seiner Tante in Sicherheit – hatte er zwei Beziehungen gehabt, aber das waren keine erwähnenswerten Errungenschaften gewesen.

Die erste Gefährtin, Maija, hatte ihn in der Schulpause am Ärmel ergriffen, mitgezogen und ihm erzählt, sie würde in Lauri etwas Feminines sehen. Schon am selben Abend schminkte sie ihn – das Resultat einer Wette. Lauri war vom Interesse des Mädchens so perplex gewesen, dass er es auch nicht schaffte, sich zu weigern. Zum Abschluss ihrer Schminkerei knipste Maija Fotos und schickte sie heimlich an die bekannte Modelagentur von Laila Snellman. In der darauffolgenden Woche rief man von dort an und wollte Laura Kivi sprechen. Frau Snellman persönlich würde am Apparat warten.

Lauri hatte verärgert geseufzt und dann erklärt, Laura sei vor genau einer Woche gestorben. Sie habe sich mit Reinigungsmitteln aus dieser Welt weggespült. Der Sekretärin der Modelagentur verschlug es die Sprache. Lauri brach das Gespräch ab und beendete dann auch die Beziehung mit Maija.

In Maijas Blog hatte er gelesen, dass sie heute mit einem Model zusammen im Zentrum von Turku lebte. Laut der in drei Sprachen übersetzten Website wollten sie ein Kind, und im Internet lief ihr Realitywettbewerb mit dem Titel »Auf der Suche nach Supersaft«, in dem die Frauen bereitwillige Männchen zum Samenerguss und zur Spermaspende lockten.

Als Vater wurde kein Mann gebraucht. Maija würde das Kind austragen, aber beide Schönheiten sagten zu, sich am Akt selbst zu beteiligen. Laut Website gab es schon an die fünfhundert Bewerber, sogar aus Brasilien und Australien.

Der andere Fall war Paula. Lauri hatte das Mädchen mit kurzen, schwarzen Haaren bei der »Joensuuer Nacht« getroffen. Paula stammte aus Outokumpu, ging noch in die neunte Klasse und hatte ihn vor dem Tanzlokal Kimmel angesprochen, weil sie nicht hineingekommen war. Ihre Begleiter hatten sich am Türsteher vorbeigemogelt und sie eiskalt draußen stehen lassen. Sie hatte Lauri gefragt, ob er sie nach Outokumpu mitnehmen könnte, weil sie annahm, dass er immer noch in der Bergarbeiterstadt wohnte. Lauri hatte sie in dem Glauben gelassen und mit dem Fiat seiner Tante zu sich nach Hause gebracht. Nach einem schnellen Akt war Paula schwanger geworden, und geheiratet hatten sie auch. Lauri schämte sich wegen der ganzen Geschichte.

»Du bist also Polizeireporter«, sagte Milla. Ihr Stöhnen hatte nachgelassen, und sie belastete ihr verletztes Bein bereits wieder.

Lauri bejahte und fragte stotternd, was Milla denn so beruflich mache. Er konnte immer noch nicht glauben, dass er sich tatsächlich mit ihr unterhielt.

»Ich bin eine beschissene Ärztin. Hier am Ambulatorium bin ich untergekommen, als Anssi einen Job in Outokumpu bei Mondo Minerals gekriegt hat. Er ist Ingenieur.«

»Der ist wie ein Blitz.«

»Was?«

»Dein Mann. Ein Ingenieur. Die sind wie Blitze.«

Milla schaute ihn verwundert an.

»Erst leuchtet es auf, und dann werden die Schäden repariert.«

Milla lachte. »Als Kind warst du nicht gerade ein Scherzbold«, sagte sie schließlich.

Lauri gab zu, dass er damals wenig zu lachen gehabt hatte. »Ein Scherzbold bin ich immer noch nicht, aber ich schäme mich wegen des Zusammenstoßes so sehr, dass ich dummes Zeug rede.«

»Wie ist das so?«

»Was?«

»Tag für Tag über den Abfall der Gesellschaft zu schreiben. Versteh mich nicht falsch, ich find, du bist verdammt gut, aber manchmal habe ich mir gedacht, dass du echt traurig sein musst. Als Kind hast du auch immer traurig ausgesehen, mit heruntergezogenen Mundwinkeln. Insofern passt dein Beruf zu dir.«

»Ich weiß nicht. Man stumpft ab. Aber du hast ja auch nicht gerade nur mit den Freuden der Menschen zu tun. Immer nur Beschwerden, Ärger und Hämorrhoiden, über die gejammert wird.«

Milla nickte träge. »Das ist allerdings wahr.«

»Oder vermutlich genießen es manche, wenn die schöne Ärztin sie untersucht.«

Lauri schämte sich sofort für seine Bemerkung, aber Milla lachte nur.

»Ja. Die Schlimmsten kommen fast jede Woche. Die wollen den Gummihandschuh. Die wollen wissen, wie's sich anfühlt, eine Handpuppe zu sein.«

»Diese Dinge dürftest du bestimmt gar nicht erzählen.«

»Na, das ist doch nur so allgemein gesagt. Ich habe ja niemand beim Namen genannt, keinen Opa Jedermann oder den alten Korhonen aus Partalanmäki, den, der schon damals, als wir Kinder waren, den Papagei hatte. Außerdem hab ich ja gesagt, dass ich eine beschissene Ärztin bin.«

Nun musste Lauri lachen. »So schlecht wirst du ja wohl kaum sein.«

»Doch. Eigentlich dürfte man mich nicht auf die Menschen loslassen. Gestern hätte ich einem Patienten die zehnfache Dosis Adrenalin verordnet, wenn die Schwester nicht gesagt hätte: Du, die Dosis ist aber tödlich, hast du das wirklich so gemeint? Deswegen bin ich hierhergekommen. In Oku leben größtenteils nur noch solche, die mit einem Bein schon im Grab stehen. Da schadet es nicht, wenn man einem versehentlich einen Schubs gibt. Das bemerkt nicht mal jemand. Die sind nur glücklich, weil sie im Ort eine neue Ärztin haben. Und noch dazu eine, die von hier stammt und womöglich auch länger hierbleibt. Ich begreife nicht, wie ich an der Uni in Medizin angenommen werden konnte, und noch viel weniger, dass ich dort meinen Abschluss gemacht hab. Öfter als jeder andere musste ich Kurse wiederholen. Ich habe mich dort beworben, weil bei mir in der Familie alle Ärzte sind. Etwas anderes konnte ich nicht. Ich hätte es nicht machen dürfen, aber jetzt fang ich auch kein Studium mehr an, um Lehrerin oder so etwas zu werden. Da verdient man nichts. Ich bin schlimmer als ein falscher Arzt. Ich bin ein legaler falscher Arzt.«

Lauri wusste eigentlich nicht, was er dazu sagen sollte. Es verwirrte ihn, dass eine Fremde so offen über sich redete. Allerdings waren ihm schon früher Menschen über den Weg gelaufen, die sich so verhielten. Sein Name stand fast täglich in einer landesweit erscheinenden Zeitung. Deswegen hielten ihn entfernte Bekannte womöglich für einen Freund und erzählten ihm äußerst bereitwillig von ihren tiefsten Gefühlen. Lauri fand das auf schwerwiegende Weise leichtfertig und unangenehm. Das war die Schattenseite seines Berufs. Lauri taten all die TV-Nachrichtensprecher und Rallyefahrer leid. Sie besaßen bestimmt noch viel mehr von diesen flüchtigen guten Bekannten. Man hatte keine große Lust, in das Lebensmittelgeschäft zu gehen und sich Lebensläufe anzuhören. Lauris Gesicht kannte aber so gut wie niemand. Das Foto unter seiner Kolumne, das ab und zu in der Zeitung auftauchte, hatte ihn glücklicherweise nicht zum Gesichtsprominenten des ganzen Volkes gemacht.

Auftritte im Fernsehen hatte er klugerweise kategorisch abgelehnt und gleich mitgeteilt, er stehe nicht zur Verfügung, weder jetzt noch morgen oder irgendwann.

»Hast du Kinder?«

Lauri war nahe daran, die Frage zu bejahen. Doch dann fiel ihm ein, dass er keine haben durfte. Er schüttelte den Kopf.

»Verheiratet scheinst du auch nicht zu sein.«

Lauri gab zu, dass er allein war, und er spürte, dass er ihr das gern sagte.

Er fragte Milla, ob sie Kinder habe.

Milla zeigte mit den Fingern zwei. »Die sind dieses Wochenende in Kuhmo. Anssis Schwester hat sie mitgenommen zu Oma. Da kriegen sie Kuchen und Streicheleinheiten.«

Lauri nickte.

»Mein Fuß fühlt sich schon ganz okay an. Kommst du abends mit auf ein Bier? Es macht mir Spaß, mit dir zu reden. Anssi muss bis in die Nacht arbeiten.«

Milla berührte Lauri am Handrücken. Es kribbelte bis in die Leistengegend. Sie vereinbarten, sich anderthalb Stunden später im Hotelfoyer zu treffen.

Lauri schaute zu, wie Milla mit ihrem Audi den Parkplatz verließ. Er konnte sein Glück gar nicht fassen. Vielleicht war es Millas Absicht, sich nicht nur für einen Plausch zu treffen. Sie hatte das Treffen so resolut vorgeschlagen, dass auch etwas anderes möglich, ja sogar wahrscheinlich war.

Milla war verheiratet und Mutter. Doch das wollte Lauri beiseiteschieben, das sollte ihm egal sein. Das war er dem kleinen Jungen schuldig, der in ihm steckte und der in der Schule immer nur Prügel bezogen, aber nie eine Freundin hatte. Außerdem lag die Verantwortung ja bei Milla. Lauri war frei.

Lauri überlegte, ob er etwas Unrechtes tun würde, wenn er die Nacht mit einer verheirateten Mutter verbrachte. Schon bald musste er sich eingestehen: ja.

Aber war er deswegen schlecht? Vielleicht.

Lauri lief ins Hotel, um zu duschen. Er cremte sich die Beine ein, die sonst jucken würden, sobald sie trocken waren. Er sprühte sich Axe unter die Achseln und zog sein bestes Hemd an und die Jeans. Leger, bequem, aber sauber. Sicherheitshalber und voller Hoffnung räumte er sein Zimmer auf, bevor er es verließ.

Er ging rechtzeitig hinunter und setzte sich an die Bar. Er war so nervös, dass seine Hand zitterte, als er die Pepsi bezahlte. Die Cola half jedoch nicht.

»Darf es noch etwas anderes sein?«, fragte der stämmige Barkeeper und schaute auf Lauris zitternde Hand. »Etwas Beruhigendes.«

Lauri wollte sich natürlich beruhigen, wusste aber, dass er nicht durfte. »Danke, das genügt.«

Der Barkeeper schüttelte sanft den Kopf. Er hätte gern noch etwas Stärkeres verkauft.

Lauri erhob sich vom Barhocker. Er wollte weiter weg von den Versuchungen. Die Hand zitterte so, dass er seine Pepsi verschüttete. Sie schwappte auf den Tisch einer älteren und würdevoll dasitzenden Dame. Ein paar Spritzer bekam auch ihr Kleid ab.

»Verdammter Kerl!«, empörte sich die Frau und schnaufte. »Matti, wisch das mal schnell weg und wirf den verdammten Flegel raus.«

Lauri trat zurück, als der Barkeeper zu Hilfe eilte. Er wischte den Tisch ab. Lauri bot an, die Rechnung der Reinigung zu bezahlen. Die Dame saß da, den Kopf starr nach vorn gerichtet. Sie war nicht bereit, ihn auch nur eines Blickes zu würdigen.

»Ich sage das selten zu Leuten, die sich einen Ausrutscher geleistet haben, aber du hast einen zu wenig genommen. Glaub mir«, meinte der Barkeeper.

Lauri dachte nach. Schließlich nickte er. »Was hast du für Whisky?«

»Whiskykenner sind von Laphroaig begeistert. Ein Single Malt.«

Heute Nacht sollte er auch besser Single bleiben, aber jetzt war es zu spät. »Einen Doppelten.«

Milla saß im Taxi. Das Auto hatte schon angehalten, aber sie war sich nicht sicher. Sollte sie hineingehen oder wegfahren? Sie kam schon viel zu spät.

»Das macht acht vierzig.«

Milla suchte langsam in ihrem Portemonnaie. Sie zögerte ihre Entscheidung hinaus.

»Kann die Frau Doktor jetzt zahlen? Ich bin heute als Fahrer allein, da die anderen angeblich krank im Bett liegen«, murrte der Mann.

Milla geriet leicht in Panik und holte einen Zehner heraus. »Stimmt so.«

Der Fahrer schaute den Zehner an. »Großzügig! Anderthalb Euro Trinkgeld. Das kreuze ich mir rot im Kalender an.«

Milla stieg aus. Sie würde sich rächen, wenn der Kerl das nächste Mal zur Sprechstunde käme. Mit demselben Sarkasmus würde sie ihn zur Darmspülung schicken. Und behaupten, dass davon der Schnupfen und das Fieber weggingen. Zuweilen genoss sie ihren Beruf dann doch.

Der Fahrer gab Gas und raste davon. Die jungen Leute in der Schlange an einer Würstchenbude schauten voller Respekt zu, als der Mercedes an der Kreuzung aufheulte.

Milla ging hinein. Seit sie vom Sportplatz weggefahren war, dachte sie an Kivi. In der Schulzeit hatte ihr das hartnäckige Wesen des Jungen gefallen. Kivi hatte nie nachgegeben, auch wenn man ihn verprügelt hatte. Sein kluger Verstand war immer wieder aufgeblitzt. Auch als Erwachsener war er nicht in der Masse untergegangen. Wie salopp er über traurige Dinge schrieb. Vor allem seine Kolumnen wirkten in ihrem Kopf noch lange nach. In ihnen fand sich viel Echtes und Durchdachtes. Irgendwie verstand der Mann es, Milla anzusprechen. Sie hatte schon früher Kontakt zu ihm über Facebook oder Twitter aufnehmen wollen, aber Kivi besaß keinen Account.

Anssi war auf der Arbeit und wusste von nichts. Es würde ihn auch kaum interessieren. Er redete nur ständig von dem Talk, dem Mineral, das sein Arbeitgeber herstellte. Anssi war damals, als er getrunken hatte, unterhaltsamer gewesen. Er war zwar ein Versager, aber immerhin schlagfertig gewesen.

Deswegen war Milla vermutlich bei ihm hängengeblieben.

Milla ging hinein. In der Hotelbar war es ruhig. Ein paar Leute aßen zu Abend. Kivi hockte auf einem Barhocker am Tresen. Er hatte ein Whiskyglas in der Hand und nahm einen Schluck nach dem anderen, als wäre es Saft. Das wievielte mochte es sein? Vielleicht war er auch nervös.

Rasch warf Milla einen Blick auf sich. Ihre Kleidung war tadellos, verdiente sogar ein glattes Sehr gut. Sie ließ etwas ahnen, aber nicht zu viel. Milla legte ihre rote Handtasche neben Kivi auf den Tresen. Der Mann sah fast toll aus. Sein Gesicht war wie aus Fels gehauen. Hart und unerschütterlich. Nur der Bart müsste noch weg.

Kivi schluckte seinen Drink, ohne das Gesicht zu verziehen, und winkte dem Barkeeper: Noch einen. Er drehte langsam den Kopf. Schaute Milla an, vom Gesicht bis zu den Beinen und zurück. Er verweilte einen Augenblick zu lange an ungehörigen Stellen, aber nicht so, dass es unangenehm gewesen wäre.

»Ich bin gekommen, wie vereinbart«, sagte Milla, da Kivi stumm blieb.

Er schaute die Frau an. »Na, wer bist denn du?«

Milla brachte das nicht aus der Fassung. Ach, so ein Spiel lief hier. Na, dann spielen wir. Sie hatte ja auch nichts zu verlieren. Außerdem spürte sie in sich ein Brennen. Kivi war wirklich ganz hinreißend. »Der Traum deiner Sommernächte und die heimliche Geliebte aus deiner Kindheit.«

»Du bist echt ein tolles Weib. Die Beste heute Abend«, sagte Kivi und breitete die Arme zum Saal hin aus, als würde alles ihm gehören.

Die Kontaktaufnahme war sehr direkt, aber deswegen traf sie auch ins Schwarze. Millas Körper durchflutete es gleichzeitig heiß und kalt.

Kivi erwartete als Gegenleistung Komplimente. Milla schenkte sie ihm. »Du bist auch nicht übel.«

»Wenn du wüsstest«, erwiderte Kivi.

»Willst du mich«, fragte Milla ohne Umschweife.

Kivi starrte ihr in die Augen. »Na klar.«

Die Frau schlug ihn auf die Wange. Nur ein bisschen zu heftig. »Schwein.«

Milla nahm einen Schluck von Kivis Whisky, stand auf und ging mit wiegenden Hüften los. Das Spiel war unglaublich erregend. Kivi hielt sie am Handgelenk fest. Der Griff war so sanft, dass Milla stehen blieb. Sie drehte sich langsam um und bemerkte, wie matt sich ihre Lider bewegten. Sie fühlte sich wie in einem Film. Marilyn Monroe, Julia Roberts oder Charlize Theron. Der Mann war kein James Dean, aber er hatte etwas seltsam Rebellisches an sich. Und vielleicht wartete in der Hose ja eine Überraschung.

»Katze«, zischte Kivi sie an. In der Stimme lag keine Wut, sondern Spannung.

Milla hätte am liebsten miaut, aber ließ es dann doch. Sie schnurrte und starrte Kivi träge an. Sie fühlte sich wie außerhalb ihres Körpers. Anssi weckte in Milla nicht dieses Gefühl, Beutetier und Beutejäger zugleich zu sein.

»Willst du ’nen Drink?«

Milla bat um ein Glas Milch.

Kivi war nicht dumm, sondern lachte. Seine Zähne glänzten wie Neon.

Er gratulierte ihr zur passenden Antwort.

»Ein Lob ist nie für die Katz.«

Kivi bestellte für Milla die Milch. »Du hast 'nen Mann?«

»Also in dem Alter hat man ja nun schon Männer gehabt«, kicherte Milla. »Aber ja, ja, ich bin verheiratet.«

»Bist du nicht.«

»Doch«, behauptete Milla, »und das schon seit Jahren. Sieh dir den Ring an. Ich hab auch Bilder von den Kindern, aber die wirst du wohl kaum sehen wollen.«

»Das habe ich nicht gemeint. Man sieht dir an, dass dich noch keiner so richtig genommen hat. Jedenfalls nicht auf die Art, die ein Kätzchen wie du verdient hat.«

Kivi war brutal. Milla witterte den Blutgeschmack in seinem Mund.

Milla wollte sich verführen lassen. Kivi dürfte sie nehmen – ohne jede Zärtlichkeit. Aber noch nicht gleich, Milla wollte erst noch ihre eigene Rolle vorspielen. »Ich bedaure, aber von kleinen Jungs lass ich mich nicht nehmen. Nicht einmal auf den Arm.«

»Gehen wir.«

»In unterschiedliche Richtungen.«

Milla stand auf und ging los. Sie wartete darauf, dass Kivi wieder nach ihrer Hand griff, aber er ließ sie gehen. Das ärgerte sie ein wenig. Mit wiegenden Bewegungen schlenderte sie durch die offene Tür auf die Terrasse hinaus. Sie setzte sich an den erstbesten Tisch und zündete sich eine Zigarette an. Gewöhnlich rauchte sie nicht. Höchstens eine Schachtel im Jahr, aber jetzt fand sie es angemessen. Zu lasterhaften Spielen gehörten lasterhafte Requisiten. Aschenbecher waren nicht zu sehen, aber es würde sie wohl kaum jemand von der leeren Terrasse vertreiben.

Sie tat so, als würde sie Kivi nicht einmal sehen. In aller Ruhe rauchte sie und nahm ab und zu einen Schluck Milch. Sie hatte Lust, am Glas zu lecken, traute sich aber nicht.

Schließlich blickte sie vermeintlich schüchtern zu Kivi hin.

Er hielt das für ein Zeichen und kam auf sie zu. Dabei schaute er ihr die ganze Zeit in die Augen. Er ging an den Stühlen, die im Wege standen, vorbei wie ferngesteuert. Und schaute nur sie an. Er schwebte durch die Bar und die Tür und setzte sich hautnah neben sie, obwohl der ganze Tisch frei war. Dann legte er seine Hand auf Millas Schulter.

Milla konnte nicht bestreiten, dass die Berührung sie feucht werden ließ. Die Hand war elektrisch geladen.

»Du hast 'ne Maus oder einen anderen Nager zu Hause, aber ich kann dein Sexleben mit einem Schlag auf ein neues Niveau heben«, erklärte Kivi großsprecherisch.

Milla musste lachen, dass solche Geschichten Wirkung zeigten, aber anscheinend war das ein Teil des Spiels. Kivi hatte die entsprechende Einstellung und auch einen sehnigen Körper, auf den man sich stützen konnte. Anssi hatte einen schlaffen Bauch und ließ sich nicht mal ein »Verdammt« entlocken, sosehr man ihn auch reizte.

»Du kommst mit zu mir«, sagte Kivi.

Milla nickte. »Ich komme.«

»Und das wie noch nie. Du wirst es nicht bereuen.«

»Ich weiß, dass ich es bereuen werde.«

Kivi nahm Milla am Arm.

Milla hatte das Gefühl, dass sie in etwas gesprungen war, aus dem sie nicht mehr ohne Schmerzen herauskommen würde. Das machte ihr Angst.

Das erregte sie.

Sie sah sich um. Ein paar Einheimische schauten ihnen von der Bar aus zu. Milla erkannte eine Klatschtante. Ihre Augen glühten, und es juckte sie in den Fingern, in ihr Handy einzutippen: Die Ärztin aus dem Ort, Pelkonens Tochter, ist mit dem Polizeireporter losgezogen. Zwischen denen läuft was, das ist ganz klar. Ja, ja, die ist verheiratet, und die hat auch Kinder, aber das scheint die nicht abzuhalten.

Milla bremste Kivi. »Wir müssen zu unterschiedlichen Zeiten verschwinden. Die dürfen uns nicht zusammen weggehen sehen. Sonst kann ich hier nicht als Ärztin bleiben und auch sonst nicht. Du weißt, was das für ein Nest ist. Wenn einer was weiß, wissen es alle.«

Kivi überlegte einen Augenblick. Er hatte sichtlich große Lust, ganz unverblümt vorzugehen. Er sah zu der Klatschtante und dem Barkeeper hin. Beide schauten unverhohlen zu ihnen herüber. Kivi hielt Millas Hand fest und war schon im Begriff, aufzustehen, so dass Milla ihm zuflüstern musste: »Kivi. Nein!«

Kivi hielt inne. Sein Mundwinkel hob sich ein wenig. Er schaute sie geringschätzig an.

»Meine Zimmernummer ist die 304. Komm hoch, wenn du dich traust«, zischte er und richtete sich auf. Danach sagte er mit einer Stimme, die man garantiert bis in die Bar hörte: »Na, dann behalt doch deine Muschi für dich, verdammt. Du weißt gar nicht, was du da verpasst.«

Danach ging er.

Milla saß noch etwa zwanzig Minuten auf der Terrasse. Sie trank ein Glas Cidre und rauchte noch eine Zigarette. Und die ganze Zeit hatte sie Lust, hinaufzufahren. Schließlich stand sie auf und ging zur Toilette. Dort starrte sie sich im Spiegel an. Wollte sie das tun? Sie hatte noch nie jemanden betrogen. Weder ihren Mann noch ihre früheren Partner. Gelegenheiten dazu hätte es natürlich gegeben, die Lust dazu nie. Jetzt hatte sie beides. Anssi brauchte es nie zu erfahren. Nie.

Das würde eine einmalige Sache sein, beschloss sie und hoffte, dass es auch einzigartig sein würde.

Sie kehrte ins Foyer zurück und ging zum Aufzug. Und drückte auf die Drei.

Auf dem Flur war niemand. Milla ging zur Tür der 304. Sie stand einen Spalt offen. Milla klopfte an.

Kivi kam auf den Gang und zog Milla hinein. »Schön, dass du gekommen bist. Auf dich hab ich fast mein ganzes Leben gewartet. Und du hättest auch gewartet, wenn du gewusst hättest, was dir da entgangen ist.«

Kivi schob Milla zum Bett.

Milla war ein wenig unsicher. Nun, da sie allein waren, wusste sie nicht, wie sie sich verhalten sollte. Kivi wirkte berauschend auf sie, aber das ging ihr jetzt alles zu schnell.

Als Notlösung leuchtete in ihrem Kopf eine Idee auf.

»Darf ich'n Foto von dir mit dem Handy machen?«

Kivi schaute sie an, als wollte er sagen: Jetzt dreht das Weib durch.

»Ich will Aufnahmen davor und danach. Das ist meine einzige Forderung bei solchen Geschichten.«

Kivi zögerte, war aber schließlich einverstanden. Am Ende geriet er so in Eifer, dass er richtig posierte.

»Die stellst du aber nicht ins Netz.«

»Nein. Lass deine Hosen runter, so sieht man nichts.«

Einen Augenblick später ließ Kivi seine Hosen fallen. Milla knipste ein Foto, auf dem wegen der Dunkelheit im Zimmer nicht viel zu sehen war. Unter der Deckenlampe des Hotelzimmers erkannte man darauf aber das Wesentliche. Milla verbot dem Mann, die Unterhose wieder hochzuziehen, und ging zu ihm hin und griff zu, so dass sich im Handumdrehen etwas aufrichtete. Kivi packte Milla an der Brust. »Du bist eine unglaublich gut aussehende Frau. Ich hab in meiner ganzen Jugend von dir geträumt und auch noch lange als Erwachsener«, verkündete er und küsste sie so, als wollte er sie zerfleischen. Milla schmeckte das Blut, das sie unten schon gerochen hatte. Erst erregte sie das, aber Kivi fasste immer derber zu. Er wurde zum Tier. Das war ein Raubtier, das zum Ungeheuer heranwachsen würde, wenn Milla die Metamorphose nicht rechtzeitig stoppte.

»Das tut weh«, klagte Milla.

Kivi keuchte. Er versprach, ihr nicht mehr als nötig weh zu tun. Milla wusste, dass der Mann sie jetzt notfalls mit Gewalt nehmen würde, wenn sie sich widersetzte. Es war ein schauriger Gedanke, dass sie ihn vielleicht gerade deswegen haben wollte. Dieser Sex würde mehr Animalisches enthalten als all ihre vorherigen Erfahrungen zusammen.

Kivi riss das rote Kleid in der Mitte so heftig auf, dass die Knöpfe flogen. Danach wurde der mit Spitze besetzte Slip zerfetzt, und Milla stand nackt da.

Sie schloss die Augen und hatte das Gefühl, vor Begierde zu ersticken. Kivi betrachtete ihren Körper und knurrte anerkennend. Er warf Milla auf das Bett und drang in sie ein. Milla hätte am liebsten geschrien. Vor Genuss und gleichzeitig vor Schmerz.

Kivis Hand legte sich auf ihren Hals.

Lauri schwitzte und zitterte auch ein wenig. Er bog mit seinem Auto auf den Hof des Pflegeheims ein.

Aufgewacht war er vom Rumpeln des Müllwagens. Von Milla schaute unter der Decke nur ein Bein hervor, das reglos dalag. Lauri schwankte ins Bad und versuchte ganz ruhig zu atmen. Jetzt musste er sich genau überlegen, was er als Nächstes tun sollte. Er hatte mit dem Whisky Hasard gespielt und verloren. Nun war es an der Zeit, die Konsequenzen zu tragen.

Sein Telefon klingelte. Lauri rannte hin, um sich zu melden, aber es war zu spät. Milla war schon aufgeschreckt.

Die Frau kam lächelnd unter der Bettdecke hervor. Sie war nackt, matt und rekelte sich. Ihr Haar stand zu Berge, und der Lippenstift war verschmiert. Offensichtlich war Lauri nachts auch irgendetwas gelungen. Blaue Flecke zierten Millas Hals. Lauri lief es kalt über den Rücken.

Der Anruf kam von Paula. Lauri drückte ihn weg und stellte das Telefon auf lautlos. Er rannte zurück ins Bad und übergab sich.

»Ach du Scheiße, Kivi, was hast du gemacht? Ich kann Anssi natürlich einen Monat lang auf Abstand halten, das ist nicht das Problem, aber er könnte sich schon ein bisschen wundern, wenn ich auch in der Sauna einen Rollkragenpullover anhabe«, rief Milla. Offenbar hatte sie ihren Hals im Spiegel gesehen. »Ich muss allerdings sagen, dass es die Sache wert war.«

Lauri übergab sich wieder. Erneut beschloss er: Nie wieder Schnaps.

Als sein Magen endlich leer war, wischte er sich den Mund ab und putzte sich die Zähne. Die Zahnbürste warf er in den Mülleimer und spülte dann noch einmal mit Zahnpasta. Das half jedoch kaum.

Er schloss die Tür ab und stieg nach dem Wasserlassen unter die Dusche. Er wollte wirklich keine Gesellschaft haben. Mit Sex hatte er jetzt nichts mehr am Hut.

Milla hörte die Dusche und rüttelte an der Tür. Doch sie rief oder klopfte nicht.

Lauri wusch sich. Er rieb und scheuerte jeden Zentimeter. Und er hätte gern auch eine geistige Katharsis erlebt, aber die würde für lange Zeit nicht zu bekommen sein. Vielleicht nie mehr. Er hatte gewusst, dass der Alkohol den Zugang zu einem Fjord öffnete, der tief in sein Inneres reichte, und trotzdem war er schwach geworden. Zum Glück hatte er Milla nicht zu Tode geliebt. Auch Gier gehörte zur Liebe.

Schließlich drehte Lauri den Hahn zu. Mit roter Haut blieb er missmutig vor dem beschlagenen Spiegel stehen. Er malte Löcher für die Augen in den Dunst. Sie starrten ihn traurig an. Er zeichnete sich auch einen Mund und eine Nase. Der Mund war verzogen, aber die Nase genauso gerade wie vorher.

Lauri wischte weiter, bis alles zum Vorschein kam. Er war müde, und ihm war schlecht. Die Übelkeit und das Böse kamen auf seinem Gesicht zum Vorschein, als Fratze eines wilden Tiers, und Lauri schlug gegen den Spiegel. Sein Gesicht zersprang in tausend Splitter. Jetzt gefiel ihm das Bild schon besser. Es entsprach eher der Wirklichkeit. Überall verliefen Risse und Spalten, nichts hielt richtig zusammen.

»Ist bei dir alles gut?«, fragte Milla.

»Verdammt gut.«

»Was machst du da?«

»Ich bin ausgerutscht und habe den Spiegel kaputtgemacht.«

»Oh. Hast du dich verletzt?«

»Nein.«

»Ich müsste jetzt gehen. Anssi glaubt es, wenn ich sage, dass ich nachts Bereitschaftsdienst machen musste, weil Petäjävaara krank ist, aber ich kann nicht den ganzen Tag wegbleiben.«

»Das ist okay. Man sieht sich.«

Langes Schweigen.

»Okay. Man sieht sich.«

Die Tür ging auf, wurde aber nicht geschlossen. Lauri wartete.

»Darf ich anrufen, wenn ich mal in Helsinki bin«, fragte Milla.

»Ob das eine gute Idee ist?«

»Nein«, gab Milla zu und seufzte. »Das war es gestern aber auch nicht. Darf ich?«

Lauri überlegte. Eine Nacht war schon schlimm genug, aber ein richtiges Verhältnis würde die Grenzen überschreiten. Milla war verheiratet und Mutter.

Seit dem Mord von Toivola und den vorherigen Mordfällen empfand Lauri Achtung für Familien. Obwohl er seine ganze

Kindheit in einer gelitten hatte. Familien mussten Bestand haben und etwas aushalten. Nicht alles Mögliche, sondern alles immer gemeinsam. Der Verlust der eigenen Frau und Tochter bedrückte ihn, obwohl es keine Alternativen gegeben hatte. Lauri wollte die Grundlagen keiner einzigen Familie mehr erschüttern. Fremd zu gehen war als Tat unbedeutend und alltäglich verglichen mit einem Familienmord, aber man konnte seine Schlechtigkeit nicht mit Vergleichen rechtfertigen.

Und wollte Lauri eine Frau wieder treffen, die von allem viel zu viel hatte, so viel, dass sie ihn in die Fjorde in seinem Inneren führte?

Allerdings hatte die Sache auch eine andere, eine reizvolle Seite. Die war sehr persönlich und egoistisch.

Es war nicht leicht, auf die Vollkommenheit zu verzichten. Vor allem, wenn man sein ganzes Sexualleben lang danach gedürstet hatte.

Lauri wusste, was er tat und welches Risiko er einging. Wieder schob er die Hauptverantwortung Milla zu und ließ sich von seinen Trieben leiten. Der kleine Junge in Lauri rief hosianna, der Erwachsene johlte eine Grabeshymne, das Adagio g-Moll. Das Stück, das Lauris Bruder Tuomas gern gepfiffen hatte.

»Du darfst.«

»Gut. Dann kann ich das fragen. Wer ist diese Paula, die dich die ganze Zeit anruft? Dein Telefon blinkt wie ein Karussell. Auf Gruppensex stehe ich nicht.«

»Das ist Paula. Meine Exfrau. Die kennst du doch. Zumindest vom Sehen. Sie stammt von hier.«

»Die Pennanen Paula also. Drei Jahre jünger als wir.«

»Genau die.«

Paulas Eifer, aus dem Ort wegzuziehen und alles zu ändern bis hin zum Familiennamen, war ihm damals, als er sie verlassen hatte, übertrieben vorgekommen. Jetzt, da Aava in der Öffentlichkeit stand und Karriere machte, hätte ganz Outokumpu ihren Hintergrund besser gekannt als sie selbst, wenn sie als Kivi oder Pennanen in der Welt unterwegs wäre. Die radikalen Änderungen waren eine richtige Entscheidung gewesen. Dafür war er Paula dankbar.

»Du bist doch mit der im letzten Jahr am Gymnasium gegangen, obwohl du schon weggezogen warst. Ich habe euch manchmal im Ort gesehen.«

Lauri antwortete nicht.

»Ich wusste nicht, dass ihr geheiratet habt.«

»Das war ein Fehler.«

»Aber ihr habt nichts mehr miteinander.«

»Doch«, gab Lauri zu. »Meinungsverschiedenheiten.«

Offensichtlich genügte die Antwort. »Okay. Man sieht sich. Ich warte schon jetzt darauf.«

»Hm, nach den Billetts für die Titanic hat man auch angestanden«, murmelte Lauri vor sich hin.

»Was?«

»Ja, ich auch.«

Die Tür klappte zu.

Der Arzt im Pflegeheim war ganz in Weiß gekleidet. Kleidete man die Ärzte in Weiß, weil man ihre Güte und Barmherzigkeit und ihr reines Streben betonen wollte?

Lauri mochte Uniformen nicht. Soldaten wurden mit ihnen gleichgesetzt. Der Soldat war Teil einer Menge und nicht für seine Taten verantwortlich. Er tat, was man ihm befahl.

Der Arzt räusperte sich. Er war in Lauris Alter und wirkte ein wenig nervös. Er flüchtete sich in seine Fachsprache. »Für Alzheimer-Patienten ist es typisch, dass der Hippocampus verkleinert ist und große Pyramidenzellen des sogenannten entorhinalen Cortex zerstört sind. Bei Ihrem Vater wurde im Zentralkrankenhaus ein MRT gemacht, er ist ein Musterbeispiel für das Fortschreiten der Krankheit.«

»Na, das ist aber auch das erste Mal, dass der Alte ein Musterbeispiel für etwas ist. Ansonsten habe ich von deinem Jargon nichts verstanden.«

Der junge Arzt lächelte und entspannte sich. »Sagen wir es mal auf Finnisch: Das Fenster deines Vaters zum Gedächtnis schließt sich allmählich. An guten Tagen kann es sein, dass noch ein bisschen gelüftet wird, aber in der Regel ist die Luke nur noch einen winzigen Spalt offen, und dagegen kann man so gut wie nichts mehr machen.«

»Ist der Alte aggressiv?«

»Nach Aussage der Schwestern versucht Terho an guten Tagen auszureißen, einmal hat er den Hausmeister geschlagen, aber an den sogenannten schlechten Tagen ist er wie ein Lamm.«

»Ganz genau. Der Alte zeigt sich von seiner besten Seite, wenn er nicht er selbst ist. Mit dem Gedächtnis nimmt auch die Bosheit ab.«

Der Arzt wusste nun nicht, wie er sich verhalten sollte, also lächelte er. »Dein Vater ist ziemlich schnell in einen schlechten Zustand geraten. Bei Alzheimer ist es wichtig, dass die Krankheit schon in der Anfangsphase behandelt wird. Leider hatte sich Terho da in seiner Hütte so lange versteckt, dass man nicht mehr viel tun konnte, als er in Behandlung kam.«

»Versuchst du mir da die Schuld zu geben?«

»Keineswegs. Ich wollte nur erklären, warum die Krankheit so schnell fortgeschritten ist.«

Lauri nickte. Es wäre auch zwecklos gewesen, ihm Vorwürfe zu machen. Es war nur gut, wenn die Krankheit den Charakter des Alten zum Teufel jagte.

Dennoch ließ ihn der Anblick an der Tür des Patientenzimmers stocken. Der Alte lag grau und eingefallen im Bett.

Seine Haut hing schlaff herab, und die Augen irrten ziellos zwischen Decke und Fenster umher. Er war abgemagert und gealtert. Den Haaren und auch den Bartstoppeln fehlte der Glanz. Der Alte war eine leere Hülle.

Lauri wollte nicht hineingehen. Er betrachtete den Mann, der ihn in seiner Kindheit so sehr gequält hatte. Jetzt wäre er zu nichts mehr imstande. Dennoch war es ein trauriger Anblick. Rachegefühle und die Verbitterung legten sich, weil es seinen Peiniger nicht mehr gab. Eine schwere Last fiel von ihm ab. Die Schwester ging an Lauri vorbei zum Fenster. »Wie geht's uns denn heute?«, fragte sie und öffnete die Gardinen.

Er musste lächeln. Die Frau redete den Alten mit wir an. Terho war kein Ich mehr, sondern nur noch mit der Schwester zusammen ein Wir.

Die Menschenwürde des Individuums entwickelte sich im Laufe des Lebens erst aufwärts, und am Ende ging es mit ihr abwärts. Erst war das Baby niedlich. Alles drehte sich um das kleine Wesen.

In der Kindheit fingen dann das Duzen, Drohen und Erpressen an. Man musste gehorchen. Als Erwachsener wurde immerhin auf gleicher Ebene geduzt. Alte Leute dagegen wurden oft gesiezt. Wenn man aber begann, einen Menschen mit wir anzureden, hatte er keine Identität mehr. Er war nur noch eine Belastung.

Der Alte fasste sich ans rechte Ohr. Er schüttelte den Kopf ein paarmal. Offensichtlich hörte er nicht richtig. Vielleicht war das ein Zeichen der Rebellion eines Hilflosen gegen seine Unterdrückerin.

Ohne es zu wollen, berührte auch Lauri sein Ohr und sein Hörgerät. Und ihm fiel ein, warum er es bekommen hatte.

Tuomas saß mit der Mutter am Tisch und schimpfte lauthals. Er regte sich lang und breit darüber auf, wie unfair Lulatsch-Huttunen war. Der Direktor der Schule in Outokumpu hatte Tuomas gezwungen, Schmierereien im Flur der Schule abzuwaschen. Die einzige Begründung war gewesen, dass eine der Kritzeleien mit dem Pseudonym Fäustling signiert war.

Daher hatte er sich mit einem Wischlappen in der Hand auf dem Flur wiedergefunden. Kein Protest hatte Huttunen umgestimmt. Der Name Fäustling spielte auf Selbstbefriedigung an, und mit so einem Schimpfnamen würde sich ja wohl niemand an Wandinschriften verewigen.

Den Namen hatte Tuomas verpasst bekommen, als ihn Jukka Rehu, ein Schlägertyp aus der neunten Klasse, mit dem Schwanz in der Hand auf dem Klo der Turnhalle erwischt hatte. Die Geschichte hatte sich natürlich wie ein Lauffeuer in der Schule verbreitet. Der verzweifelte Tuomas behauptete gegenüber allen, er habe eine Wurst in der Hand gehabt, die er in der Kantine geklaut und in seinen Rucksack gestopft hatte. Das glaubte ihm jedoch niemand. Nur einer hielt sie für die Wahrheit, und das war Lauri gewesen, der selbst ein Stück der Wurst gegessen hatte. Tuomas hatte aus Rache im Namen des Jungen am Schwarzen Brett nur zwei Buchstaben geändert. Aus Jukka Rehu war Sukka Mehu geworden, also Sockensaft. Rehu hatte die halbe Schule verprügelt, aber nie herausbekommen, wer sich ursprünglich seinen Beinamen ausgedacht hatte. Der Schwedischlehrer Huikuri, der Rehu nicht ausstehen konnte, hatte den Schimpfnamen ständig in seinen Stunden verwendet, und so war er an dem Jungen hängengeblieben. Offensichtlich hatte er ihn sein ganzes Leben lang verfolgt. Zehn Jahre später war Rehu nämlich im Hafen von Kuopio gefunden worden, wo seine Leiche im Wasser trieb. In den Protokollen des Amtsgerichts hatte Lauri gelesen, dass man dem erstochenen Mann zwei Tennissocken in den Mund gestopft hatte. Der Saufkumpan, den man beschuldigt hatte, war freigesprochen worden. Wegen Mangel an Beweisen und weil sein Alibi wasserdicht war.

Dann kam der Alte in die Küche und sagte etwas mit normaler Stimme. Tuomas wetterte aber noch lautstark über die Ungerechtigkeit der Welt. Daraufhin geriet der Alte in Wut. »Was soll denn das, verflucht, das Familienoberhaupt kommt ja nicht zu Wort. Jetzt haltet ihr die Fresse. Schließlich bezahle ich in diesem Haushalt das Essen und die Kleidung. Soll ich die Bälger und die Alte mit nacktem Hintern und Schwanz in den Frost jagen? Kapiert ihr es dann?«

Niemand erklärte dem Alten, dass er jetzt in der Anatomie etwas durcheinanderbrachte. Mütter hatten keinen Schwanz.

»Dann würdet ihr auch mal merken, wie es ist, wenn einem die ganze Zeit heiß oder kalt ist. Unter Tage ist eine Höllenglut, und oben ist der Schacht so ein Wirrwarr von Tunneln und so trostlos, dass dort auch der Raum zum Aufwärmen eine Kühlkammer ist. Es gibt wenig Orte, wo es mitten im Sommer so eisig ist«, beschwerte sich der Alte lauthals in gereiztem Ton.

Er holte Luft und fuhr fort: »Die Mutter ist zwar so kalt wie eine Eiskönigin, doch als eisigen Ort würde man sie nicht gelten lassen.« Die Mutter geriet in Rage und äußerte, dass man den Alten gerade einmal bis acht zählen lassen oder Bier aus dem Hahn zapfen lassen dürfte, aber nur wenn angezeichnet war, in welche Richtung man ihn drehen müsste. Ansonsten würde bei ihm alles den Bach runtergehen. Der Alte entgegnete, dass Mutter sich jetzt auf eben dem dünnen Eis bewegte, und wenn sie weitermachte, könnte sie am Ende richtig kalt sein.

Mutter sagte: »Das macht mir nichts aus. Ich schwanke seit dem Jahr neunzehnhundertsiebzig auf wackligen Brettern, das kann man in meinen Tagebüchern nachprüfen. Am ersten Tag ist eingetragen, dass ich in der Pause mit dem Kivi

Terho gequatscht habe. Das war ein kohlrabenschwarzer Tag. Ich hätte in der Zeit krank oder bei einem Begräbnis sein können. Meinetwegen auch auf dem Totenbett oder im Zuchthaus, aber nein, ich musste diesen Kerl treffen, der sich bei jedem Scheiß in die Hosen macht.«

Lauri versuchte, seine Mutter an die Hand zu nehmen, um sie zu bremsen.

Der Alte knurrte »verdammtes Weib« und verlangte eine Vereinbarung auf Lebenszeit, dass er redete, wenn es ihm passte, und die anderen in der Zeit zu schweigen hatten.

Mutter wunderte sich, wie das klappen sollte, wo dem Alten doch meist überhaupt nichts passte. Es passte ihm auch nicht, ein neues Treppengeländer anzubauen. Bloß ein paar komische Löcher hätte er in die Wand gepisst, da er sich ständig mit Bier tränkte. Zu etwas anderem taugte er nicht.

Der Alte verkündete, er werde gleich einen zu sich nehmen, und zwar einen Magenbitter. Die verdammte Alte sollte lieber Abführpillen nehmen. Gerne einen ganzen Eimer voll, verdammt. Dann würden dieses Scheißgequatsche und dieser Rededünnpfiff wenigstens für eine Woche aufhören.

Als er über Geräte im Schacht schwadronierte, von denen er nicht gewusst hatte, dass es sie gab, warf die Mutter ein, ob er damit die Zahnbürste meinte.

Die Stimme des Alten wurde lauter. Die Blume des Humors sei ja wirklich die schönste Blume, entgegnete er, aber Mutti würde als Gärtner leider nichts taugen.

Terho auch nicht, rief die Mutter. Er würde auch als Mensch nichts taugen.

»Verdammtes Weib, jetzt ist Schluss«, brüllte der Alte und haute mit der Faust auf den Tisch.

Durch die Wucht des Schlages hüpfte Lauris Teller bis an die Tischkante. Er bemerkte es nicht, und als er eine hastige Bewegung machte, schwappte ihm die heiße Wurstsuppe auf den Schoß. Er heulte auf vor Schmerz, er sprang auf und versuchte, an seinem Vater vorbeizukommen.

Das ließ der Alte jedoch nicht zu. Er fiel über Lauri her und schrie, dass er jetzt, verdammt, ein paar hinter die Ohren bekommen würde. Er warf den heulenden Jungen zu Boden, nahm vom Tisch zwei Topfdeckel und schlug mit ihnen auf Lauris Kopf ein. »Zum Teufel, in diesem Haus wird nicht herumgebrüllt, wenn ich rede, hörst du das nicht, oder wird hier nicht gehorcht, verflucht! Wir haben vereinbart, dass die Fresse gehalten wird, wenn ich rede, und jetzt lernst du, dass Terho Antero Kivi in diesem Hause der Herr ist, und Kivis Worte sind das Gesetz, solange diese Wände stehen.«

Lauri kreischte und heulte, obwohl er wusste, dass es den Alten nur noch mehr reizte. Er konnte nicht anders. Es tat am Kopf weh, die Deckel schallten in den Ohren, und an den Geschlechtsteilen brannte die heiße Suppe. Schließlich wurde er ohnmächtig.

Lauri wachte im Krankenhaus mit Verletzungen durch einen ungewollten Schuss aus der Schrotflinte auf. Diese Lüge hatte der Alte dem Pflegepersonal erzählt. Nach seiner Geschichte hatte Lauri die Suppe getragen und war im Schuppen gestürzt, als ihn der Schuss zu Boden geworfen hatte. Der Schuss hatte sich beim Reinigen versehentlich gelöst. Die Brandwunden waren durch die Suppe entstanden, die Schädigung des Gehörs durch den Knall des Schusses.

Niemand wunderte sich, wie sich Lauri beim Hinfallen Brüche im Gesicht hatte zuziehen können. Noch dazu auf beiden Seiten. Niemand fragte sich auch, was Lauri mit der heißen Suppe im Schuppen gemacht hatte. Der Alte konnte so reden, dass er wie ein unschuldiger und besorgter Engel klang. Die Schwestern, die Ärzte und die Tanten vom Jugendamt glaubten ihm. Wenn er richtig in Fahrt kam, glaubte man ihm, als wäre er der liebe Gott. Lauri hatte oft überlegt, dass es Terho ohne Schnaps in seinem Leben hätte weit bringen können.

Die Prellungen heilten, die Ohren nicht. Das Hörgerät bezahlte der Alte ohne einen Mucks, und ein halbes Jahr misshandelte Terho seine Familie nicht. Das war ein Rekord. Vielleicht schämte er sich. Lauri glaubte das jedoch nicht. Der Alte hatte vermutlich Angst, erwischt zu werden. Sein Selbstwertgefühl hätte den Ehrentitel eines Kinderprüglers nicht ertragen.

Aber jetzt hatte der Alte gar keinen Stolz mehr. Er erinnerte sich bestimmt nicht einmal mehr an seinen Namen.

Die Schwester tippte Terho vorsichtig ans Ohr. »Unser Terho nimmt jetzt die Medizin und bekommt dafür dann eine Überraschung.«

Der Alte gab ein lautes, undefinierbares Geräusch von sich und öffnete achtlos den Mund. Speichel lief auf seine Brust. Die Schwester schüttete die Tabletten mit einem kleinen durchsichtigen Gefäß in den Alten hinein. Terho schluckte sie brav und bekam dazu etwas Wasser. Auch davon spritzte die Hälfte aufs Hemd.

»Na schau mal, Terho, wer uns da besuchen kommt«, flötete die Schwester und zeigte auf Lauri.

Der Alte drehte langsam den Kopf. Er bewegte sich ruckartig wie mit Zahnrädern. Erst schaute er ihn wie einen Unbekannten an, dann leuchtete in seinem Gesicht allmählich ein Verdacht auf, und schließlich erkannte er Lauri.

Sein Kinn zuckte. In seinen Augen flackerte Entsetzen. Er rollte sich zusammen und begann zu heulen.

Der Alte schaute Lauri an und brüllte: »Nein, nein!«

Lauri ging auf seinen Vater zu. Vor Neugier hielt er den Kopf schief wie ein Straßenköter. Das war eine Angewohnheit, die er nicht hatte abstellen können.

Der Alte schützte seine Knie mit den Händen. »Schlag mich nicht mehr. Tue Mutter oder dem Baby nichts. Vater. Bitte nicht mehr. Sei lieb. Ich wische auch den Keller. Wirklich. Ich pflücke alle Beeren allein. Das verspreche ich. Schlag das Baby nicht mehr. Du hörst es ja, es weint nicht mehr. Teija ist ganz leise.«

Lauri blieb stehen. Der Alte hielt ihn ja für den Großvater. Er war in seine Kindheit eingetaucht und hatte Angst. Die Großmutter hatte oft gesagt, dass Lauri wie sein Großvater Aulis aussah. »Aulis war keinesfalls ein toller und auch kein lieber Mann, aber auf sein Wort konnte man sich immer verlassen. Wenn er etwas versprochen hat, dann hielt er es auch.«

Lauri hatte dazu nichts sagen können. Nach Ansicht seiner Oma sah er also wie ein Mann aus, der keinesfalls toll gewesen war. Schönen Dank auch. Die Gewalttätigkeit des Großvaters seinen Kindern gegenüber war für Lauri neu. Den Andeutungen der Großmutter zufolge war der Großvater nicht gerade der liebevollste Mensch der Welt gewesen, aber nie hatte Ansa zu verstehen gegeben, dass er seine Familie misshandelt hatte. Lauri hatte seinen Großvater nur im Verdacht gehabt, dass er seine Frau gelegentlich geschlagen hatte.

Andererseits passte das ins Bild. Der Alte war zum Gewalttäter geworden, weil man ihn dazu getrimmt hatte. Und er hatte die Lehren seiner Kindheit an seine Söhne weitergegeben. Lauri wusste aus eigener Erfahrung, dass es Zielstrebigkeit, Intelligenz und Willenskraft erforderte, von den Mustern der Kindheit loszukommen und auf seine eigene Weise zu leben. Letzte Nacht hatte er dazu wieder eine Ermahnung bekommen.

»Ich bringe das Baby weg. Dann stört es dich nicht mehr, Vater«, fuhr der Alte fort. »Ich bring Teija in mein Zimmer und lege sie in die Wiege, die du getischlert hast. Dann hörst du das Weinen nicht mehr.«

Lauri spürte einen Schmerz. »Musstest du dich mit sechs Jahren um das Baby kümmern?«, fragte er den Mann, der wie sein Vater aussah, es aber nicht mehr war.

Der Alte zuckte zusammen. Er wimmerte und zog sich die Decke über das Gesicht. »Nicht hauen. Ich mache, was du willst. Ich streichle auch deinen Puller, das gefällt dir doch, Vati.«

»Nun ja, jetzt verwechselt Terho anscheinend wieder mal Fakten und Fiktion«, erklärte die herbeigeeilte Schwester. »Es ist besser, du gehst, bevor er völlig verwirrt ist. Du siehst ja sicher, dass Terho dich für jemand anderen hält und Angst hat. Komm morgen wieder. Nach so einem schlechten Tag folgt in der Regel ein besserer«, fuhr sie fort und drängte Lauri zur Tür.

Völlig perplex ging Lauri und wurde halb hinausgeschoben. Es sah mit offenem Mund, wie der Mann, vor dem er Angst gehabt hatte, unter seiner Decke zitterte.

Die Wirklichkeit geriet ins Wanken. Lauri ließ sich im Hof des Heimes auf eine Bank fallen. Der Großvater hatte seine Kinder misshandelt und vergewaltigt und ihnen so jedes Selbstwertgefühl genommen. Da gab es keinen Zweifel. Solche Wahnvorstellungen entstanden nicht von allein. Der Alte schwebte in einem Zustand, in dem man sich so etwas nicht ausdachte, sondern noch einmal erlebte. Er war schon so geschädigt, dass er sich nur an weit Zurückliegendes erinnern konnte. Das waren echte Erinnerungen voller Angst.

An seinen Großvater und dessen Taten hätte Lauri lieber nicht denken wollen. Es half ihm, dass er dem Mann nie begegnet war. Er hatte Aulis nur auf Bildern gesehen. Der Großvater war zwei Jahre vor Lauris Geburt gestorben. Zur gleichen Zeit, als Tuomas auf die Welt gekommen war.

Als sich ein gesprächig wirkender alter Mann neben ihn

setzte, schleppte sich Lauri zu seinem Wagen. Wesentlich war nicht das Ziel und nicht der Weg, sondern nur eines: weg hier. Vor seinen Gedanken konnte Lauri jedoch nicht fliehen. Er schaltete das Radio ein. Auf Yleisradio wogte der Seewetterbericht. Lauri wechselte zu einem anderen Sender. Dort laberte irgendein Typ geistlose Zweideutigkeiten und lachte sich halbtot über den Unfug, den er von sich gab.

Wieder wechselte der Sender. Bei Radio Rock wummerte und dröhnte es hart und laut, Lauri verstand zwar nichts, aber es ging ihm durch Mark und Bein. Er drehte die Lautstärke bis an die Grenze des für ihn Erträglichen. Das Getöse verscheuchte die Bilder in seinem Kopf, aber gegen die Beklemmung half es nicht.

Lauri müsste noch einmal zum Alten zurückkehren. Die Lage hatte sich geändert, weil Lauri jetzt verstand. Er akzeptierte es nicht, begriff aber, dass der Alte am Anfang seines Lebens nicht die besten Karten bekommen hatte. Er müsste den Alten treffen, bevor der ganz aus der Wirklichkeit verschwand. Wenn er das nicht machte, würde er es bereuen. Zwar hatte der Alte bei seinen Taten die Wahl gehabt und selbst entscheiden können, aber Lauri war sich nicht sicher, wie frei er in seiner Entscheidung gewesen war. Lernen bedeutete auch, etwas aufzugeben, und dazu war der Alte nicht imstande gewesen. Nun war er ein Wrack. Wenn Lauri von ihm mehr über Tuomas erfahren wollte, müsste er sich beeilen. Vielleicht sollte er etwas länger in Outokumpu bleiben. Er musste auch mit der Großmutter reden. Hatte sie es gewusst? Wohl kaum.

Er konnte jedoch nicht sofort zu seiner Großmutter gehen. Vorher würde er nach Kaavi fahren. Die Sache war vereinbart, und es wäre nicht klug, sie zu verschieben. Das wäre eine schlechte Werbung für eine Zeitung, die mit ihrer Auflage zu kämpfen hatte.

Lauri bog in Richtung Maarianvaara ab. In Kaavi würde Lauri mit jemandem reden, der einen Familienmord überlebt hatte. Eine Frau, die Lauri nur zu gut kannte. Liisa war die ehemalige Freundin von Tuomas. Als Teenager waren sie zusammen gewesen, bis Tuomas Schlüpfer mit Liisas Initialen auf dem Nachttisch seines Freundes Sakari gefunden hatte. Da war es vorbei mit der Beziehung und der Freundschaft. Die Kameradschaft und Sakaris Gesicht hatte Tuomas zu Brei geschlagen, bis Sakaris Vater seinem Sohn zu Hilfe geeilt war und den brüllenden Tuomas hinausgeworfen hatte.

An dem Abend hatte Tuomas bis früh um vier geschluchzt. Lauri hätte ihn gern getröstet, wusste aber, dass er Prügel bekäme, wenn er es versuchen sollte. Schon wenn er Tuomas gesagt hätte, dass er dessen Geheule gehört hatte, hätte der Bruder ihn verdroschen. Nach jener Nacht wurde dessen Stimmung immer düsterer. Die Verbitterung mündete in irgendeinen Zusammenstoß mit dem Alten, aber Lauri hatte keine Ahnung, was sich ereignet hatte. Tuomas war einfach verschwunden.

Lauri hatte vorausgesehen, dass die Beziehung seines Bruders mit Liisa nur von kurzer Dauer sein würde. Liisa war hübsch, fröhlich und viel zu hingebungsvoll. Und sie war so unkompliziert, dass auch dann, wenn sie nur über dies oder jenes redete, sogar Lauri sich einbildete, das Mädchen schäkere mit ihm. Alle Typen in Outokumpu hatten das gedacht. Deshalb wurde mit Liisa oft geflirtet, und wegen ihrer Offenherzigkeit wurde sie von allen möglichen Kerlen flachgelegt.

Doch von seinen Vorahnungen konnte Lauri dem Bruder nichts erzählen. Seinem einzigen Verbündeten. Und noch dazu einem, der stärker war als er.

Vor einem Jahr hatte man Lauri nach Kaavi in Nord-Savo geschickt. Ein Familienmord: der Vater und zwei Töchter. Die

Mutter war auf der Arbeit gewesen und hatte daher überlebt. Lauri war nach Kuopio geflogen und mit dem Taxi zum Tatort gefahren. Dort hatte er herausgefunden, wer das am Leben gebliebene Opfer war. Damals hatte er nicht mit Liisa gesprochen, weil er es für unangebracht hielt. Er hatte ihr nur sein Beileid übermittelt.

Er hatte sie jedoch angerufen, als er sich Gedanken über den Artikel für die Sonntagsbeilage gemacht hatte. Liisa hatte versprochen zu reden, aber ausdrücklich nur mit Lauri. Sie würde ihre Geschichte erst inoffiziell erzählen. Und wollte sehen, was Lauri geschrieben hatte, bevor sie die Veröffentlichung genehmigte. Lauri war das recht. Das Thema war heikel, es wäre dumm gewesen, sie an der kurzen Leine zu halten.

In Kaavi hatte Liisas Mann seine Töchter und sich vermutlich während der Mittagsruhe umgebracht. Liisa war am Abend von der Arbeit gekommen und hatte die mit einer zugelassenen Sportschützenpistole durchlöcherten Leichen entdeckt.

Auch in diesem Fall waren nie Gründe für die Taten gefunden worden. Die Finanzen der Familie waren in Ordnung, der Mann war Abstinenzler, und man hatte bei ihm keine psychischen Erkrankungen festgestellt. Medikamente auf Rezept bekam nur die Katze des Hauses. Deshalb konnte sich Lauri des Eindrucks nicht erwehren, dass womöglich Eifersucht als Motiv eine Rolle gespielt hatte. Vor allem, da die Frau am Telefon beiläufig erwähnt hatte, sie habe schon einen neuen Partner. Gemessen an der Schwere des Verlustes war das nach Lauris Ansicht ziemlich schnell gegangen. Andererseits konnte das eine Beziehung sein, die helfen sollte, den Verlust zu überwinden.

Ein Elch!

Lauri trat auf die Bremse. Er war in Gedanken gewesen, der

Zusammenstoß erschien unausweichlich. Gleichzeitig klingelte das Telefon. Lauri wusste, dass es Paula war. Er hatte als Rufton für seine Exfrau den Soundtrack von Mission Impossible eingestellt. Als der erklang, bremste Lauri.

Das Auto quietschte, das ABS knackte unterm Fuß und der Elch blieb stehen und glotzte, was da auf ihn zu kam. Er stand mitten auf der Straße und rührte sich nicht, als Lauris VW nur einen Meter vor dem riesigen Tier zum Stehen kam. Lauri presste die Hände ums Lenkrad. Und keuchte.

Als der Elch nicht einmal mit der Wimper zuckte, drückte Lauri sein Gesicht über dem Lenkrad an die Windschutzscheibe und schaute nach oben, dem Tier in die Augen. Das Geschöpf starrte ihn an, bewegte sein großes Maul und kaute einmal.

Lauri brach in Gelächter aus und kicherte schließlich müde, bis das Tier die Nase voll hatte und mit ausladendem Schritt, aber bedächtig von der Straße lief. Lauri fuhr bis zur nächsten Ausweichstelle und holte das Telefon heraus. Er musste sich wohl oder übel bei Paula melden, sonst würde die Anruferei nie aufhören.

Er wählte die Nummer seiner Exfrau und drückte auf den grünen Hörer.

»Gottverdammt, was hast du angestellt?«, meldete sich Paula.

»Ich wäre fast mit einem Elch zusammengestoßen.«

»Fast, wenn ich das schon höre. Du Scheißkerl hast dich wieder gedrückt. Hättest du es mal gemacht.«

»Na toll.«

»Warum hast du dich dem Mädchen genähert und mit ihm geredet? Du hast damals selbst beschlossen zu verschwinden. Wir haben vereinbart, dass du mit Aavas Leben nichts zu tun hast.«

»Du hast das vereinbart.«

»Aber du hast die Entscheidung getroffen. Du. Damals, als du weggegangen bist. Du hast kein Recht, die Dinge durcheinanderzubringen, jetzt, da sie sich endlich in die richtige Richtung entwickeln.«

»Was regst du dich auf? Bei uns fehlen Leute, und da habe ich halt das Mädchen interviewt. Ich habe ihr nicht gesagt, wer ich bin.«

Paula schwieg einen Augenblick. »Aber du hast mit dem Feuer gespielt.«

»Und du hast deswegen einen Kurzschluss gehabt und dir die Finger verbrannt. Unnötigerweise.«

»Von jetzt an hältst du dich fern. Ist das klar? Du bist ihr in Erinnerung geblieben. Aava hat sich gefragt, was mit dir nicht stimmt, da du nicht mal mit den Augen versucht hast, sie zu besteigen. Sie vermutet, dass du schwul bist.«

»Und du hast ihr natürlich zugestimmt: Ja, na klar. Das ist so ein warmer Bruder Leichtsinn.«

Paula lachte. Gehässig. Ohne Freude. »Ich habe ihr erzählt, dass ich etwas in der Richtung in einem Artikel der Zeitschrift Suomen Kuvalehti gelesen habe. Irgendein Pablo aus Mexiko mit buschigem Schnurrbart und so.«

»Ich fand es schön, zu sehen, dass aus Aava eine selbständige und intelligente Frau geworden ist. Das ist dir gut gelungen.«

»Das ist nicht dir zu danken. Halt dich fern, oder ich bringe dich um.«

»Echt toll.«

»Sie glaubt, dass du tot bist, und das darfst du auch bleiben. Wenn Aava die Wahrheit erfährt, vertraut sie niemandem mehr. Mir nicht, dir nicht, niemandem. Ihr bleibt dann nichts. Sie braucht aber noch einen Erwachsenen, obwohl sie so tut, als wäre es nicht so. Sie ist ein kleines Mädchen, obwohl sie das vor der Welt nicht zugeben kann.«

Lauri verstand Paula. Sie war mit ganzem Herzen auf Aavas Seite. Als Alleinerziehende hatte sie gelernt, sich zum Statisten in ihrem eigenen Leben zu machen.

»Ich halte mich fern. Ist das für dich okay?«

»Ja.«

»Gut. Wie fühlst du dich? Wie geht es dir?«

»Leck mich am Arsch.«

Das Gespräch brach ab.

»Ich hätte nie geglaubt, dass Make so was macht. Nie, obwohl er ja ganz schön angespannt war. Und ein dünnes Nervenkostüm hatte. Zu den Kindern verhielt er sich irgendwie merkwürdig. Er war gut zu ihnen, hat es aber nicht vertragen, wenn sie ihren eigenen Willen hatten und Sperenzchen machten. Da hat er sich bedrängt gefühlt, geglaubt, nicht Herr der Lage zu sein, und ist an die Decke gegangen, hat die Kleinen angeschnauzt und war ganz außer sich. Ich musste mich um drei Kinder kümmern, wenn er die Kontrolle verloren hat. Vermutlich hat bei ihm dann irgendwas ausgesetzt. Etwas anderes kann ich mir nicht denken. Ansonsten war bei uns alles in Ordnung; auch Sex zweimal die Woche, manchmal auch öfter.«

Liisa Perho hatte Lauri mit offenen Armen empfangen, ihm Kaffee angeboten und ihren schmächtigen Freund Sauli vorgestellt, der ihn mit scharfem Blick musterte. Sie wohnten in einem alten, braunen Kriegsveteranenhaus auf einem kleinen Hügel. Das Haus stand mitten in einem Fichtenwäldchen, allein.

Die Tür des Schuppens auf dem Hof hing lose in den Angeln, die Farbe blätterte ab, und auf dem Dach wuchs Moos. Das Hauptgebäude war in einem nicht viel besseren Zustand. Mitten auf dem Hof schwankte eine graue Kiefer im Wind, von der man nicht wissen konnte, ob sie schon völlig morsch war oder ob sie im Kern noch genügend gesundes Holz für hundert Jahre besaß. In die Rinde hatte das ältere der Kinder zwei Namen eingeritzt: Elli und Emma. Hinter den Namen waren mit wackliger Hand ein Gänseblümchen und ein Herz eingraviert.

Laut Liisa war die Renovierung des Hauses ein Jahr zuvor nicht bis zu Ende gebracht worden. Jetzt hatte man wieder angefangen. Sauli trank seinen Kaffee schnell aus und zog sich ins Wohnzimmer zurück, um Kitt zu schleifen, er hielt aber in seiner Arbeit inne, als Liisa anfing, über die Morde zu reden.

Der Lebensgefährte hörte eindeutig zu. Das störte Lauri nicht, solange Liisa damit keine Probleme hatte.

»Hattest du irgendwelche Vorahnungen?«

Liisa überlegte ernsthaft. »Ich habe darüber nachgedacht, aber mir fällt zumindest nichts ein, wo ich etwas hätte machen können. Vielleicht war Make angespannter als normalerweise, er hat über Stress auf der Arbeit geklagt, aber es kann auch sein, dass ich mir das nur nachträglich eingebildet habe. Ich weiß es nicht.«

Liisa redete wie ein Tonbandgerät. Sie hatte sich das alles schon häufig durch den Kopf gehen lassen.

»Fällt es dir schwer, in diesem Haus zu wohnen?«

»Eigentlich nicht. Sauli hat es geschafft, mich zu überreden. Er hat gesagt, dass wir es renovieren und daraus ein ganz neues Zuhause machen. Wir stellen uns der Vergangenheit, errichten aber auf ihr etwas Neues und Gesundes. Und er hat ganz recht. Es tut gut, all die Wände wegzureißen, in denen das passiert ist. Das ist wie eine Therapie. Ich kann schreien und mich austoben, während ich das in Stücke schlage. Der Körper darf sich rächen, obwohl der Geist dazu nie imstande sein wird. Ich laufe nicht vor der Vergangenheit davon. Wir reden ziemlich offen und wirklich oft über das, was passiert ist. Sauli lässt mich die Dinge nicht unter den Teppich kehren. Das ist gut, auch wenn es weh tut.«

»Er ist dir eine wichtige Stütze.«

»Nein. Sauli ist für mich alles, obwohl er wegen seiner Arbeit ziemlich oft unterwegs ist. Jemand anders hab ich eigentlich auch nicht. Sogar meine Eltern haben irgendwie das Gefühl, dass ich hätte imstande sein müssen, irgendwas zu tun. Dass ich ein bisschen so was wie eine Teilschuld trage, weil ich das nicht verhindert habe. Das sagen sie nicht offen, aber ich weiß es. Sie schauen mich so mitleidig vorwurfsvoll an. Sauli sagt, dass man es nicht erzwingen kann, das Verhältnis zu verbessern. Dass man ihnen Zeit lassen muss. Vermutlich hat er auch darin recht, obwohl man vor allem bei meiner Mutter Zeit bis zum Grab brauchen wird. Ich habe durch meine Passivität dazu beigetragen, ihre einzigen Enkelkinder abzuschlachten. So denkt sie, auch wenn sie es nicht zugibt.«

Lauri machte sich Notizen. Er schrieb ganz bewusst mehr als sonst auf. So war es leichter, sich zu konzentrieren. Im Wirrwarr seines eigenen Lebens könnten Einzelheiten untergehen, wenn man sie nicht notierte.

»Wenn es möglich wäre, möchtest du dann wissen, was damals passiert ist und warum?«

Wieder dachte Liisa nach. Die Frage hatte sie vielleicht überrascht. »Na ja, das wäre gut. Dann könnte es einem wieder bessergehen.«

»Kannst du vergeben?«

Diesmal kam die Antwort sofort. »Vergebung hat keine Bedeutung. Sühne ja, aber Make kann nichts mehr sühnen.«

»Aber die Sühne ist etwas für den Täter. Die Vergebung ist bedeutungsvoll für das Opfer, das heißt in diesem Falle für dich.«

Liisa nickte. »Als Mensch habe ich vergeben. Vielleicht auch als Ehefrau. Als Mutter werde ich das nie können. Make hat die Kinder mitgenommen, und ich begreife nicht, warum. Da er beschlossen hat, mich am Leben zu lassen, hätten die Kinder ja keine Not gehabt. Das muss Make doch verstanden haben, egal, wie verwirrt er gewesen ist. Und er hat die Mädchen doch garantiert geliebt. Hätte er doch nur sich selbst umgebracht, wenn er nicht mehr weiterkonnte. Aber wir haben mit Sauli auch letzte Woche in der Kirche drei Kerzen angezündet. Make ist auch ein Opfer, obwohl es mir anfangs schwerfiel, das zu verstehen und zu akzeptieren.«

Lauri verstand diese Einstellung nicht. Kerzen für den Schuldigen anzuzünden kam ihm so vor, als würde Verantwortung verlagert. So, als würde alles auf irgendeine höhere Ebene geschoben. Der Schuldige war aber der Schuldige und verdiente Verachtung. Vergeben könnte man vielleicht, aber nur wegen sich selbst, nicht wegen des Täters.

»Hat sich das Geschehene auf deine religiöse Anschauung ausgewirkt?«

Liisa schaute Lauri in die Augen. Dann lächelte sie betrübt. »Du hast deinen Glauben verloren. Das verstehe ich gut. Ich weiß, wie es bei euch zu Hause war. Tuomas hat es mir erzählt, eh ich auch die Geschichte versaut hab. Ich war eine ziemliche Hure als junges Mädchen und eigentlich so lange, bis ich Make begegnet bin. Geld hab ich nicht bekommen, aber Anerkennung.«

Lauri wollte nicht auf Liisas Frage nach seinem Glauben antworten. Er war nicht der Interviewte. Anscheinend kam man aber in dem Gespräch nicht weiter, wenn er nicht antworten würde. »Ich glaube, aber auf meine eigene Weise.«

Liisa nickte. »Auch ich glaube an Gott. All das hier hat einen Sinn, wenn wir als kleine Menschen das vielleicht auch nicht verstehen. Gott weiß es besser. Ich werde Elli und Emma im Himmel treffen.«

»Könnte Marko dort sein?«

»Nein. Ich möchte es, dass er da ist, aber nein, das ist er nicht.«

Lauri ließ ihr Zeit, doch sie redete nicht weiter. Er hätte gern ihrer Ansicht von dem größeren Plan und Markos Schicksal im Jenseits widersprochen. Wenn Gott einen Plan hatte, der verwirklicht wurde, warum sollte Marko dann für seine Taten verantwortlich sein und in die Hölle müssen? Alle menschlichen Taten, selbst die grausamsten, verloren ihre Bedeutung aus Sicht der Verantwortung des Menschen, falls das Leben vorbestimmt, von Gott gelenkt war. Wenn man diese Anschauung vertrat, war auch das Böse nur eine von Gott jedem verliehene Eigenschaft und Notwendigkeit, kein Fehler und keine Entscheidung des Täters. Man konnte ja der Spielfigur nicht die Schuld geben, wenn der Spieler ein Dummkopf war. Lauri wollte jedoch keine theologische Erörterung anfangen.

»Hatte Marko psychische Probleme?«

Liisa schüttelte den Kopf. »Darüber haben wir doch wohl schon am Telefon gesprochen. Zumindest keine, die vom Arzt festgestellt worden wären. Seine Gemütsruhe wurde schon damals, als wir nur zusammen gingen, leicht erschüttert, wenn es viele Veränderungen gab. Aber selbst im Lichte dessen, was geschehen ist, halte ich das für ganz normal. Er bekam Beklemmungen, wenn ihm die Kontrolle entglitt. Meine Mutter ist genauso, nur noch ein wenig schlimmer. Schon beim bloßen Gedanken an eine Veränderung braucht sie ein Diapam und drei Gläser Wein.«

»Glaubst du, dass Marko sich die vorherigen Familienmorde zum Vorbild genommen hat?«

»Ach, du sprichst von Morden. Meistens reden die Journalisten von Tötung.«

Lauri hatte in der Angelegenheit schon bei dem ersten Fall, über den er berichten musste, seine eigene Festlegung zur

Wortwahl getroffen. Der Begriff Tötung wirkte beschönigend. Manchmal hatte Lauri das Gefühl, dass auch die Bezeichnung Mord nicht ausreichte, um das Böse zu erfassen, aus dem solche Taten entsprangen. Aber Lauri war auch kein besseres Wort eingefallen. »Meiner Meinung nach sind es Morde. Tötung, das hat irgendwie einen naiven Beigeschmack. Es reicht als Wort nicht aus.«

»Ich bin derselben Ansicht. Was hattest du übrigens gefragt?«

»Glaubst du, dass Marko für seine Tat ein Vorbild hatte?«

»Also, allgemein gesehen dürfte klar sein, dass es zwischen den Fällen eine Verbindung gibt. Sonst hätten sie sich jetzt nicht so gehäuft. Vermutlich werden manche Verrückte von so was angeregt und nehmen es sich als Vorbild. Ob das jetzt in unserem Fall so war, das kann ich nicht sagen. Wir haben jedenfalls darüber kaum geredet. Schrecklich fanden wir das, aber sonst war weiter nichts. Auch Marko hat gesagt, dass er nicht versteht, wie es mit jemand so weit kommen konnte.«

»Marko hat sich also nicht besonders für diese Fälle interessiert. Das wäre nämlich für Familienmörder typisch gewesen.«

Liisa dachte nach. Dann schüttelte sie ihr blondes Haar. »Nein. Ich habe jedenfalls nichts Besonderes bemerkt. Oder eigentlich im Gegenteil. Ich erinnere mich, dass sich Marko einmal geweigert hat, etwas über das Thema zu lesen, als ich ihm einen Artikel in der Abendzeitung gezeigt habe. Angeblich wollte er das nicht sehen.«

Die Tür schlug zu. Sauli war gegangen.

»Du wunderst dich bestimmt, warum ich so schnell einen neuen Mann genommen habe. Und wie ich überhaupt dazu imstande war.«

Lauri schüttelte den Kopf. »Das geht mich nichts an.«

»Aber ich will es erklären«, sagte Liisa. »Ich habe von vielen Leuten Andeutungen gehört, wonach sie vermuten, dass ich ein Verhältnis mit Sauli hatte und Make deswegen durchgedreht ist. Und ich verstehe natürlich solche Geschichten insofern, als ich eine ziemlich wilde Jugend hatte, und das weiß man natürlich auch hier in dieser Gegend, aber ich hatte Sauli jahrelang nicht gesehen, bevor Make tat, was er getan hat. Und Make war von seinem Charakter her auch nicht eifersüchtig. Er hat mal gesagt, dass er so eine, die fremdgeht, umsonst liebt. Das war seine Art auszudrücken, dass er Vertrauen hat, und wenn ich das Vertrauen nicht rechtfertigen würde, dann wäre ich Marko eben nicht wert. So hat er gedacht.«

Lauri glaubte der Frau. Es waren keine Anzeichen zu sehen, dass sie ihn täuschen wollte. Sie schaute nicht verstohlen nach unten, fingerte nicht an ihrem Ärmel herum und fasste sich nicht ständig an die Nase. Sie wirkte sogar dann aufrichtig, als sie vom Vertrauen ihres Mannes sprach. Andererseits waren die Eifersucht auf die Ehefrau und die Eifersucht auf die Kinder zwei verschiedene Dinge. Eine untreue Ehefrau ließ man vielleicht gehen, aber auf die Kinder zu verzichten wäre bestimmt schwieriger. Die Kinder wurden ja immer den Müttern gegeben, egal wie ungeeignet die waren. Die Frauen durften gleichgültig sein, das Kind schlagen oder seelisch misshandeln, die Väter verloren vor Gericht trotzdem.

Aber irgendwie war Lauri nun davon überzeugt, dass Marko Perho kein Opfer der Untreue war. Offensichtlich hatten den Mann irgendetwas anderes und seine Reaktion darauf aus der Bahn geworfen. Liisa vermutete als Ursache die Unfähigkeit des Mannes, Hilflosigkeit zu ertragen. Lauri kannte das noch, wenn man die Nerven verlor und unbeherrscht war, weil ein Kind nicht funktionierte wie ein Haushaltsgerät. Das Gefühl der Hilflosigkeit war unerträglich und sorgte für Frust, der sich wiederum als Aggression entlud. Es ging nur darum, wie man seinen Frust in Ketten legen und kanalisieren konnte. Lauri hatte sich damals oft genug um Aava gekümmert, so dass ihm Liisas Bericht von Markos Wutausbrüchen sehr vertraut vorkam. Gefährlich vertraut.

Lauri schob sein Privatleben beiseite. »Wie schaffst du es, mit dem Schmerz zu leben?«

»Na, der Schmerz geht ja nie weg. Er lässt natürlich nach, mit der Zeit hoffentlich noch mehr. Am Anfang, als der ganze äußere Trubel vorbei war und ich allein geblieben bin, da habe ich mich im Wohnzimmer auf dem Fußboden zusammengerollt und geheult. Dann habe ich ewig im Dunkeln dagelegen und an die Decke gestarrt. Als ich weiter abgestumpft war, hab ich angefangen, Weißwein zu trinken. Das ging ein halbes Jahr. Angeduselt hab ich alle Freunde angerufen. Abende lang habe ich am Telefon gehangen. Diejenigen, die es geschafft haben, mir überhaupt zuzuhören, habe ich regelrecht verfolgt. Ich habe so lange weitergemacht, bis bei meinen Anrufversuchen niemand mehr abgenommen hat. Nicht mal auf meine Nachrichten haben sie reagiert. Das ist Freundschaft. Sie stirbt, wenn man sie zu sehr in Anspruch nimmt. Allerdings will ich nicht behaupten, dass ich nicht anstrengend gewesen wäre. Wer kann schon endlos lange einem betrunkenen Jammerlappen zuhören? Am Ende war ich so einsam, wie es ein Mensch nur sein kann. Da bin ich aufgewacht und habe allmählich wieder angefangen zu leben, fünfzehn Kilo dünner und lädiert. Ich wusste, dass ich bald hinüber wäre, wenn ich den Takt nicht ändern würde. Sauli sagt auch immer, wenn ich Schwierigkeiten habe: Das Leben geht weiter, meine Liebe. Das hört sich nicht wie etwas Besonderes an, doch es ist wahr. Das Leben geht weiter. Ich trage die Mädchen immer in meinem Herzen, aber ich bekomme sie nicht zurück. Sich im Morast der Seele zu wälzen hilft niemandem, es schwächt einen nur. Und den Schmerz gibt es nicht, den man mit Schnaps nicht noch schlimmer machen könnte. Ich musste in mir eine Mauer errichten und dahinter Schutz suchen, weil auf der anderen Seite nur Kummer ist, der einen erstickt.«

Liisa hörte sich vertraut an. Lauri hatte vor drei Monaten ein Mitglied einer Sekte interviewt. Die Befragung war Teil einer Reportage gewesen, für die Lauri aus dem Gefängnis Entlassene gesprochen und von den Entscheidungen, die sie treffen mussten, berichtet hatte. Das Gespräch war im Beisein des Chefs der Sekte geführt worden, aber der befragte Mann hatte seine Geschichte frei erzählt. Zumindest klang sie nicht eingeübt. Er hatte weitgehend genauso geredet wie Liisa: selig glaubend, unbedingt auf seine Worte vertrauend. Der einzige Unterschied bestand darin, dass Liisa ihren Glauben selbst geschaffen, sich dessen Lehrsätze selbst ausgedacht hatte, um sich vor dem Schmerz schützen zu können. Das Sektenmitglied hingegen folgte seinem Führer. Wenn jemand Liisa manipuliert hatte, dann war sie es selbst gewesen. Höchstens angeleitet von Sauli. Und dafür vermochte Lauri sie nicht zu tadeln.

Als das Interview vorbei war, bedankte er sich. Sie vereinbarten, dass er ihr den Teil seiner Geschichte, der Liisa betraf, schicken würde, sobald er fertig war.

»Lass es dir gutgehen«, sagte Lauri an der Tür.

Liisa lächelte müde. »So gut wie möglich. Danke, dass du mir zugehört hast.«

»Ich habe zu danken.«

»Wie geht es Tuomas?«

Lauri hustete. »Ich weiß es nicht. Ich weiß nicht einmal, ob er noch lebt. Tuomas ist vor Jahren verschwunden.«

Liisa schaute ihn verdutzt an. »Ja, ich erinnere mich natürlich daran, dass er verschwunden war. Der ganze Ort hat davon geredet, aber ich dachte, dass du als Bruder etwas weißt.«

In Lauris Brust rumpelte es. »Wieso? Weißt du denn etwas? Hast du ihn getroffen?«

Liisa schüttelte den Kopf. Die Haare fielen ihr ins Gesicht. »Nicht in den letzten Jahren. Unsere letzte Begegnung ist jetzt über zehn Jahre her, aber wir haben damals nicht viel geredet, obwohl wir die ganze Nacht zusammen waren. Du weißt schon. Danach haben wir uns nicht mehr gesehen. Aber er hat mir vor einem Jahr eine Karte geschickt. Und sein Beileid ausgesprochen.«

Lauri spürte, wie sein Puls raste. Tuomas war am Leben. Zumindest noch vor einem Jahr. »Wo hast du Tuomas getroffen?«

»In Kuopio. Wir sind uns auf dem Markt über den Weg gelaufen und hatten uns noch nicht mal richtig begrüßt, da sind wir schon übereinander hergefallen. Er hat eine Nacht bei mir verbracht, und danach haben wir uns nicht mehr gesehen.«

»Wie ging es Tuomas? Wo hat er gewohnt, was hat er gearbeitet?«

»Das weiß ich nicht.«

Lauri war frustriert, aber andererseits froh. Jetzt war er völlig sicher, dass der Alte Tuomas nicht umgebracht hatte. »Wie hat er ausgesehen?«

»Er war unrasiert und hatte abgetragene Sachen an, aber solche waren damals Mode. Seine Klamotten und Haare stanken ein bisschen muffig, als hätte er in irgendeinem alten Haus gewohnt.«

Lauri fragte sie noch eine Weile aus, aber schließlich fiel ihm nichts mehr ein. Liisa wusste nur, dass sein Bruder am Leben war.

»Hast du die Karte noch? Oder den Briefumschlag?«, erkundigte er sich.

»Nein. Ich habe alles weggeworfen. Immer wenn ich grade

mal wieder auf die Beine gekommen war, hat mich irgendeine Karte, ein Brief oder ein Gegenstand an jenen Tag erinnert und ins Düstere und Schwarze gezogen. Und ich wollte diese Beileidsbriefe auch nie ein zweites Mal anschauen, also dachte ich: Weg damit.«

Das verstand Lauri, obwohl es ihn ärgerte. »War auf dem Kuvert ein Stempel?«

»Tut mir leid. Daran kann ich mich nicht erinnern. Ich bin damals wie im Nebel gewesen, da habe ich nicht auf Stempel geguckt.«

»Klar. Da kann man nichts machen. Danke trotzdem.«

Liisa schloss langsam die Tür hinter ihm und starrte dann durch die Scheibe. Lauri war sicher, dass die Tränen strömen würden, wenn Liisa sich umdrehte.

Die Frau hatte sich für die Zeit des Interviews bemüht, das Geschehene mit Abstand zu betrachten, aber jetzt würde sie dem Schmerz nachgeben.

Manchmal hasste Lauri seine Arbeit.

Sauli Ahjo schaute durch die Fenster von Lauris VW ins Auto.

»Stammt das Gekrakel von einem ermordeten Kind?«, fragte er, als er Lauri bemerkte.

Lauri begriff, dass Sauli Sallas Zeichnung betrachtete. Sie lag noch aufgedeckt auf dem Beifahrersitz.

Lauri nickte.

»Das ist vielleicht eine Arbeit, die du da hast.«

»Ja.«

»Ist die schwer? So psychisch?«

»Ja. Zumindest manchmal.«

»Du wühlst im Kummer und im Dreck der Leute herum, wälzt dich darin und machst daraus Unterhaltung. Nicht dass du es etwa genießt, wenn Köpfe rollen.«

Schon wieder so einer. Dazu hatte Lauri eigentlich keine

Lust mehr. Er beschloss, nicht lang und breit zu erklären, sondern anzugreifen. »Warum erlaubst du Liisa, mit mir zu reden, wenn du nicht kapierst, was ich für eine Arbeit mache und warum?«

»Aha, Liisa.«

»Wir kennen uns aus der Jugendzeit.«

»Habt ihr euch den Herpes geteilt?«

Der Mann war seltsam. Er schien eher amüsiert als verärgert zu sein.

»Das war's dann wohl mit diesem Gespräch.«

»Wir haben doch erst angefangen. Anscheinend habe ich dich zu sehr geärgert.«

»Nein, aber es ist trotzdem genug«, erwiderte Lauri. Er schloss die Tür auf und setzte sich in sein Auto.

Die Zeichnung drehte er herum, weil der Mann weiterhin verstohlen auf sie schaute.

»Du gefällst mir, du bist nicht auf den Mund gefallen«, entgegnete Sauli. »Liisa hat gesagt, dass man sich auf deinen Intellekt und dein Feingefühl verlassen kann. Deswegen habe ich nichts dagegen gehabt, als sie von dem Artikel gesprochen hat. Es tut mir leid, wenn ich dich verärgert habe. Ich wollte ein wenig testen, ob du für deine Arbeit die richtigen Gründe hast. Jesus sei mit dir.«

Lauri schlug die Tür zu. Das war schlechtes Benehmen und könnte noch die Veröffentlichung des Artikels erschweren, aber auch Sauli würde natürlich begreifen, dass er ihn provoziert hatte.

Dann würde er daraus vielleicht lernen.

Lauri steckte den Zündschlüssel ins Schloss und drehte ihn. Nichts passierte. Sein effektvoller Abgang wirkte nun lächerlich. Ein neuer Versuch brachte kein besseres Ergebnis. Lauri wollte nicht einmal einen Blick zu Ahjo werfen. Er konnte sich dessen genüssliches Grinsen gut vorstellen.

Am Ende war er jedoch dazu gezwungen. Er schlug auf das Lenkrad und öffnete die Tür. »Jesus war nicht mit mir, und die deutsche Automobiltechnik auch nicht. Hast du Ahnung von Motoren?«

Sauli lachte höflich, knapp und etwas angestrengt.

»Nur so viel, dass der Motor eigentlich aufheulen und anspringen müsste, wenn der Schlüssel so wütend gedreht wird.«

»Also nein.«

»Das habe ich nicht gesagt.«

»Nein.«

Ahjo starrte Lauri eine Weile an. »Rami, ein Nachbar, arbeitet in Kuopio im Autohaus Laakkonen. Ich könnte ihn anrufen.«

Lauri nickte wortlos.

Sauli rief an. »Grüß dich, hier ist der Ahjo Sauli aus der Nachbarschaft. Wir haben hier wahrhaftig den Wagen von einem Redakteur der Suomen Sanomat auf dem Hof. Er macht keinen Mucks mehr.«

Ahjo hörte dem Nachbar zu und lachte schallend. »Nee. Der VW macht keinen Mucks mehr. Der Redakteur redet, sogar ein bisschen zu viel. Aber hättest du Zeit, mal einen Blick reinzuwerfen, was da nicht stimmt? Wir müssten den Redakteur erlösen, damit er losfahren kann. Er hat die Deadline im Nacken. Und Schweiß auf der Stirn.«

Lauri schaute nicht hin, aber jedes Mal, wenn er kurz zu dem Mann hinblickte, starrte Ahjo ihn an. Seine Augen waren grau, sein Blick war eiskalt.

»Genau. Aber wenn du morgen früh vorbeischauen könntest, dann kriegen wir den wieder in Gang«, antwortete Ahjo. »Gut. Schon im Voraus vielen Dank.«

Ahjo beendete das Gespräch. »Leider kommt Rami erst morgen früh dazu, sich das Auto anzusehen.«

Lauri hob die Achseln. Da konnte man nichts machen.

Sauli überlegte kurz und räusperte sich. »Aber ich kann dich nach Outokumpu bringen, wenn du willst.«

Dann käme er vom Regen in die Traufe, überlegte Lauri. Sollte er mit dem unsympathischen Kerl eine halbe Stunde im Auto sitzen oder die Zeit bis zum nächsten Morgen unter seinem Dach verbringen? Einerseits käme Lauri lieber hier weg, aber dann wäre es komplizierter, das Auto zurückzukriegen. Und es war schwierig, Ahjos Angebot abzulehnen. Wenn der Mann ihn lieber wegbrachte, als für eine Nacht bei sich zu beherbergen, dann musste man sich als Gast nach dem Hausherrn richten. »Einverstanden. Ich nehme dann morgen ein Taxi und hole den VW, wenn er fertig ist.«

»Genau. Ich sage Bescheid, wenn er wieder in Ordnung ist.«

Ahjo ging hinein, um Liisa zu sagen, dass er wegfuhr. Lauri sammelte seine Sachen im VW ein. Er fand einen alten, in der Sonne verblichenen Plastikbeutel in der Hutablage und stopfte seine Notizen, Sallas Zeichnung und die anderen Sachen hinein.

Dann musste er eine Weile auf Ahjo warten und vermutete schon, dass der Mann ihn absichtlich hier herumstehen ließ.

Als Ahjo herauskam, schaute er finster drein. Er sagte nichts, setzte sich in sein Auto und wartete, dass Lauri einstieg, dann startete er den Wagen und fuhr etwa fünf Minuten, ohne einen Ton von sich zu geben. Es herrschte so dicke Luft, dass Lauri lieber schwieg.

»Du hast Liisa ziemlich durcheinandergebracht. Sie lag schluchzend im Bett unter der Decke«, sagte Ahjo schließlich in schroffem Ton.

Lauri zog die Nase in Falten. Das war schlimm. »Es tut mir leid. Das war nicht meine Absicht.«

»Bist du da sicher?«

»Wie meinst du das?«, fragte Lauri heftiger, als er gewollt hätte.

Ein freudlos stumpfes Lächeln legte sich auf Ahjos Gesicht. »Ich meine nur, dass du ja wohl irgendeinen Genuss bei deiner sogenannten Arbeit empfinden musst, wenn du dir die Mühe machst, bis in die Provinz zu fahren, um Leute zum Weinen zu bringen.«

Lauri erwiderte nichts. Mit zusammengebissenen Zähnen fluchte er in sich hinein. Als Gefangener und Gast in dem Auto war es besser zu schweigen. Ahjo schaute mehr zu ihm hin als auf die Straße, aber Lauri hatte keine Lust, den Mann zu belehren. Es gab keinen Gegenverkehr.

»Entschuldigung«, sagte Ahjo schließlich. »Das ärgert mich, weil Liisas Schmerz schon nachzulassen schien. Andererseits ist es besser, wenn sie die Sache noch verarbeitet.«

»Vermutlich ja«, antwortete Lauri.

Plötzlich kam auf der schmalen, kurvenreichen Straße, die sich durch den lichten Wald schlängelte, ein roter Passat mit weit über hundertdreißig angerast. Die erlaubte Höchstgeschwindigkeit lag bei achtzig. Das Auto überholte Ahjos BMW-Kombi auf der gelben durchgehenden Linie. Man hörte nur ein Rauschen, und der BMW schwankte von der Wucht des Luftdrucks beim Überholen. Der Fahrer war ein jüngerer Mann. Er trug eine modische Wollmütze.

»Der gehört an die Wand gestellt«, murmelte Ahjo. Seine Stimme klang jedoch nicht wütend.

Lauri hatte das Gefühl, dass er unter Beobachtung stand. Er nickte. Ahjo hatte recht. »Genau. Klassenkeile mindestens.«

Da sie wenigstens für den Augenblick die gleiche Wellenlänge gefunden hatten, wollten sie gern auch auf der bleiben. Ahjo spielte den Oberfunker. »Der Mensch ist nicht dafür geschaffen, in einer Blechdose zu sitzen und mit hundertachtzig Stundenkilometern die Landstraßen entlangzurasen.

Deswegen hat er im Straßenverkehr letzten Endes Angst und wird wütend, wenn sich jemand wie ein Verrückter verhält. Wer sich nicht auskennt, spielt nicht nur mit seinem eigenen Leben, sondern auch mit dem aller anderen.«

Lauri war zu demselben Ergebnis gekommen. Die Männer unterhielten sich gerade über die Ritter der Straßen, die sie erlebt hatten, als Ahjo plötzlich fluchte und das Tempo drosselte. Lauri sah auf der Straße Bremsspuren eines Autos, das ins Schleudern gekommen war. Der Passat stand tief im Kiefernwald. Eine junge Kiefer hatte er umgefahren, war dann aber gegen eine massive Föhre geprallt.

Auf der Straße lag ein Fahrrad. Ganz verbogen mitten auf einer langen Geraden.

Ahjo hielt am Straßenrand an und schaltete die Warnblinker ein. Lauri öffnete die Tür und hörte Klagerufe einer jungen Stimme.

Lauri sah niemanden neben der Straße, aber das war auch kein Wunder. Die Bremsspuren begannen in der Kurve.

»Wähl den Notruf«, rief Lauri und rannte in die Richtung, aus der das Geräusch kam.

Ahjo folgte Lauri. Sie hasteten direkt zu dem Menschen, der jammerte.

Eine junge Frau lag auf dem Seitenstreifen. Sie hatte eine Maske aus Blut, das ungehindert aus einer klaffenden Wunde floss. Die Kopfhaut der Frau hing auf der rechten Schläfe. Sie glich einer grotesken Perücke, die links noch am Kopf festhing. Zwischen dem Blut leuchtete der helle Knochen. Sie klagte laut. Auch ihr rechtes Bein war vom Knie abwärts unnatürlich nach links verdreht.

Lauri wusste nicht, was er tun sollte. Er schaute kurz zu Ahjo, der etwas in sein Telefon eintippte. Als Lauri die etwa dreißigjährige Frau erreichte, hörte er, wie Ahjo der Notrufzentrale das Geschehen schilderte. Seine Stimme klang unnatürlich ruhig. Er analysierte die Situation wie ein Beamter.

»Hilfe, Hilfe, es tut weh, so weh«, stöhnte die Frau.

Lauri versuchte, sie zu beruhigen, der Krankenwagen sei bald da. Er kam sich hilflos vor. Was könnte er tun?

Sollte er die Kopfhaut der Frau zurücklegen und festhalten? Oder sollte er versuchen, die Frau von ihrem verdrehten Bein herunterzuheben und in die Seitenlage zu bringen? Künstliche Beatmung brauchte sie nicht. Das Schmerzgeheul wurde jedoch schon leiser, und ihr Blick trübte sich. Die Frau war so durcheinander, dass sie sicher nicht einmal ihren Namen wusste.

Lauri konnte keinesfalls einfach gar nichts tun. Das Blut sprudelte im Takt der Herzschläge vom Kopf der Frau und strömte in den Sand.

Er musste versuchen, die Blutung zu stillen.

Lauri nahm die herabhängende Kopfhaut der Frau und drehte sie ein wenig. Sie heulte auf vor Schmerz, bat ihn, sie in Ruhe zu lassen. Sie sollten lieber ihr Kind suchen. »Wo ist Teuvo?«

Ein Kind.

Das war das Schlimmste, was die Frau von sich geben konnte. Lauri schaute Ahjo an, der nickte, während er gleichzeitig mit der Notrufzentrale sprach. »Hier befindet sich möglicherweise auch ein Kind, obwohl wir weder eines sehen noch hören. Das Kind könnte mit auf dem Fahrrad gesessen haben. Die Mutter bittet uns, es zu suchen, aber sie ist so durcheinander, dass sie sich möglicherweise nicht richtig erinnert.«

Sauli rannte auf die Straße und sah sich um. Lauri nahm die herabhängende Kopfhaut in seine offene Hand wie eine Schüssel. Danach hob er sie hoch. Das ging gut. Er drückte die Haut wie eine Pelzmütze zurück auf den Kopf, hielt sie fest und hoffte, dass er die Frau damit nicht umbrachte.

Lauri hörte, wie oben auf der Straße ein Auto anhielt. Er drückte auf den Kopf der Frau und sah, wie die Flut versiegte. Allerdings hatte er keine Ahnung, ob das gut war. Floss das Blut jetzt an die falsche Stelle? Seine Entscheidung hielt er jedoch für richtig. Die Frau jammerte, er solle aufhören, sie hatte jedoch keine Kraft, sich zu widersetzen.

»Ich mache hier weiter«, sagte eine Männerstimme zu Lauri. Es war der ergraute Doktor Petäjävaara. Dass ein Fachmann auftauchte, war eine Erleichterung. Lauri hoffte allerdings, dass der Mann ihn nicht erkannte. Petäjävaara hatte ihm am Abend von Aavas Geburt klargemacht, dass er Lauris Erklärungen nicht glaubte. Kivi hatte behauptet, er habe seine Tochter in der Apfelkiste zurückgelassen, um sie zu schützen. Petäjävaara hatte Lauri in die Augen geschaut und gesagt, das Leben sei heilig. Kleine Babys lasse man nicht liegen. Und wenn, dann bat man als Erstes für sie um Hilfe.

Der Doktor kam von der Straße heruntergestürmt, dabei rief er Lauri zu: »Wie ist die Lage?«

Lauri berichtete, was er noch wusste, soweit er in seiner Verwirrung dazu fähig war. Als er alles gesagt hatte, hustete Petäjävaara, der am Kopf der Frau hantierte. »Alles klar, Kivi. Geh nachschauen, wie der Zustand des Fahrers ist«, befahl der Arzt und bedeutete ihm mit einer Bewegung der linken Hand, loszugehen.

Lauri lief in den Kiefernwald. Im Laufen hörte er, wie Petäjävaara Ahjo zurief, ob das Kind zu sehen sei.

Aha, Kivi. Petäjävaara erinnerte sich also. Aber das war jetzt nebensächlich. Lauri rannte zu dem Passat. Je näher er ihm kam, umso unwilliger wurde er. Er hätte das Kind suchen wollen, bildete sich aber ein, dass Petäjävaara ihn für diese Aufgabe als ungeeignet ansah.

Lauri näherte sich dem Auto. Er wusste, dass man helfen müsste. Aber sein Gefühl sagte etwas anderes. Es war ein unangebrachtes und verwerfliches Gefühl. Kivi wollte dem jungen Mann nicht helfen. Der Fahrer war schuld an der Verletzung der jungen Mutter und möglicherweise am Tod des Kindes. Die Raserei war eine bewusste Tat. Zumindest müsste man sie als eine solche ansehen.

Lauri schaute durch das Fahrerfenster hinein. Ein dicker Ast hatte die Windschutzscheibe durchschlagen, das Lenkrad verbogen, den Airbag durchstochen und drückte den Fahrer mit der Schulter an den Sitz. Der Kopf mit der Wollmütze hing auf der Brust. Der Mann war nicht tot, er atmete.

Lauri bückte sich tiefer und sah, dass von dem großen Ast ein kleinerer abging. Er war in den Bauch des Mannes eingedrungen. Blut war nicht viel zu sehen, aber an den Blutflecken konnte Lauri erkennen, dass der Zweig nicht nur die Kleidung durchstochen hatte. Das Blut war schwarz.

Kivi fühlte sich wieder hilflos, aber jetzt frustrierte ihn das nicht. Die Rettung des Mannes erschien ihm nicht als etwas Wesentliches. Er begutachtete die Situation. Der Ast war so groß, dass Lauri ihn nicht bewegen könnte. Das würde den Mann womöglich töten. Kivi fand keine Mittel.

Er hörte etwas weiter weg ein Kind weinen. Aavas Kindheit lag schon über fünfzehn Jahre zurück, und Lauri hatte mit seiner Tochter nur eine kurze Zeit verbracht, dennoch glaubte er zu erkennen, dass dieses Kind vor Angst und Bedrängnis weinte, nicht vor Schmerz und Leid.

Kivi starrte den Fahrer an. Er war ein junger Mann mit einem spärlichen Schnurrbart – und brünstigen Gedanken. Er fuhr im Zentrum der Kleinstadt immer im Kreis und träumte von einer Frau. Er trug eine Wollmütze, weil es die anderen auch taten, obwohl sie den Schweiß auf die Stirn trieb und blöd aussah. Er schaute auf der Hauptstraße im Ort den Mädchen und Frauen hinterher und hatte zumindest einmal seinen Passat, der wichtiger war als das Leben, verbeult, als er zu viel hinterhergestarrt hatte und in seiner Tittengeilheit gegen eine Verkehrsinsel, ein Verkehrszeichen, einen Mülleimer oder ein anderes Fahrzeug gedonnert war.

Der junge Mann gehörte zur härtesten Sippe im Stamm der Schwänze, die anderen gegenüber völlig gleichgültig war, mit Ausnahme der schönsten Trägerinnen weiblicher Geschlechtsorgane.

Er war ein Tier.

Die Zeit hätte ihn kuriert und zum Erwachsenen gemacht, aber wohl kaum zu einem sehr anständigen. Doch jetzt hatte er etwas Unverzeihliches getan. Ein paar Monate Gefängnis und eine Eintragung im Strafregister waren eine armselige Strafe.

Der Mann hätte bei dem Unfall sterben können.

Noch atmete er jedoch.

Kivi betrachtete ihn und überlegte, was er tun sollte.

Er schob seine Hand ins Auto.

Plötzlich tauchte Ahjos Kopf durch das andere Fenster auf. Die Männer starrten einander an. Ahjo nickte Kivi zu, sagte aber nichts. Er schaute nur und schwankte von rechts nach links. Lauri zog seine Hand langsam zurück.

Erst als das Rattern des Hubschraubers erklang, endete das Blickduell. Beide rannten auf die Straße und dirigierten das Rettungspersonal an die richtigen Stellen. Der Notarzt aus dem Helikopter wechselte ein paar Worte mit Petäjävaara, und die Frau wurde auf die Trage gelegt und für den Hubschrauber vorbereitet. Die Rettungssanitäter rannten zu dem Passat, um den Zustand des Fahrers zu untersuchen.

Das Schlimmste war aus Lauris Sicht vorbei. Er hatte Zeit, sich umzuschauen. Die Frau lag da und würde bald behandelt werden. Sie war nun bewusstlos. Neben ihr saß ein kleiner Junge ganz ruhig auf dem losen Kindersitz des Fahrrads. Er war über ein Jahr alt, da er schon sitzen konnte, sah aber wie ein Baby aus. Zum Glück verstand er nicht, was seiner Mutter passiert war. In der Hand hielt er einen Kiefernzweig, den er hin und her schwenkte.

»Der Junge war auf der anderen Straßenseite unten im Graben. Er saß da in dem Kindersitz. Der hat sich offensichtlich bei dem Aufprall gelöst, ist bis dahin geflogen und abgefedert von den Zweigen dort gelandet. Das Kind fing an zu weinen, als ich es gefunden habe. Erschrocken ist es erst, als ein Fremder auftauchte. Der Flug hat ihm nichts ausgemacht«, erzählte Ahjo.

Die Geschichte war unglaublich. Der Junge hatte alles wie durch ein Wunder überlebt. Lauri spürte, wie ihm die Tränen kamen.

Eine Stunde später konnten Lauri und Ahjo weiterfahren. Der bewusstlose Passat-Fahrer wurde mit dem Krankenwagen in die Universitätsklinik von Kuopio gebracht, wohin man die Mutter und das Kind schon vorher mit dem Hubschrauber geflogen hatte. Die Polizei befragte Lauri und Sauli, die den Raser nicht schonten, sondern sein Tempo eher noch übertrieben.

»Solche müsste man wegen Mord verurteilen«, sagte Sauli. »Bei dieser Raserei werden absichtlich Schäden in Kauf genommen. Solche Leute gehören auf den elektrischen Stuhl.«

»Na, na, na«, erwiderten die Polizisten. Ein junger Mann wolle eben am Steuer immer seine Grenzen ausprobieren. Er war unerfahren und gedankenlos. »Da werden sich wohl wieder ein paar Jahrgänge in dieser Gegend beruhigen, wenn sie hören, was für Mist einer in ihrem Alter gebaut hat.«

Lauri wusste, dass der Polizist log. Er glaubte selbst nicht, was er sagte. Ein junger Mann lernte nicht aus den Fehlern eines anderen, er musste sie selbst machen. Während der restlichen Fahrt war Lauri wortkarg. Auf Ahjos freundliche

Fragen gab er unfreundliche Antworten, und schließlich versiegte das Gespräch ganz. Lauri wollte nicht reden. Ahjos Blick war merkwürdig gewesen, als er Lauri am Auto des jungen Mannes gesehen hatte. Gerade so, als hätte er seine Gedanken gelesen.

Sauli setzte Lauri vor dem Hotel ab. Lauri bedankte sich fürs Herbringen und ging ins Foyer. An der Rezeption stand ein Mann, den er kannte. Er war in der Schule eine Klasse höher gewesen. Ari oder Arto, Lauri wusste es nicht mehr genau, genannt wurde er Arska. Jedenfalls war er unheimlich groß. Arska gehörte nicht zu denen, die ihn in der Schule schikaniert hatten. Im Gegenteil, der Vater des Jungen war Polizist gewesen, und Arska hatte sich dementsprechend verhalten.

Lauri erinnerte sich, wie er von einem Mikko, der zu Hause gemobbt wurde, auf dem Schulhof getreten worden war. Lauri hatte sich ganz zusammengekrümmt und so gut wie möglich geschützt. Überraschenderweise hörte das Treten, kaum dass es angefangen hatte, wieder auf.

»Lass mich los, du verdammtes Schwein!«, hatte Mikko plötzlich gebrüllt. »Lass mich sofort los.«

Als der nächste Tritt ausblieb, hatte Lauri vorsichtig aufgeschaut. Mikko zappelte dreißig Zentimeter hoch in der Luft und fluchte wie ein Bierkutscher. Arska hielt ihn im Genick und schaute Lauri an.

»Ist bei dir alles in Ordnung?«

»Ja«, sagte Lauri.

»Gut«, antwortete Arska und drehte sich um. Mit dem strampelnden Übeltäter in den Händen marschierte er quer über den Schulhof direkt ins Zimmer des Direktors. Laut Geschichtslehrer Väisänen war er, ohne anzuklopfen, zum Direktor hineingegangen und hatte den Jungen auf die Verhörbank fallen lassen. »Der Held hier hat da auf dem Hof einen

Kleineren getreten. Das hätte auch böse ausgehen können. Du spielst hier ja den obersten Richter, also verpass dem mal die richtige Strafe.«

Die Lehrer hatten die Berufswahl des Jungen für eine klare Sache gehalten. Alle anderen auch. Natürlich würde Arska in die Fußstapfen seines Vaters treten und die Uniform anziehen. So kam es dann jedoch nicht. Vielleicht wollte Arska keine Arbeit mit so einer strengen Hierarchie und straffen Leitung, vielleicht fühlte er sich an der Hotelrezeption einfach wohler.

Lauri wusste, dass Mikko bei Streitereien unter Drogensüchtigen vor rund fünf Jahren gestorben war. Eine Kugel zwischen die Augen. Als Lauri davon erfahren hatte, hatte es ihm nicht sonderlich leidgetan.

Arska saß auf seinem Platz an der Rezeption. Er nickte und gab ihm den Schlüssel. »Pass gut auf den Schlüssel auf.«

»Entschuldigung, ich verstehe nicht ganz.«

Arska grinste. »Man hat mich letzte Nacht in die dritte Etage gerufen. Ich sollte herausbekommen, ob dort jemand umgebracht wird. Es wäre ein Krach wie im Schlachthaus. Erst fand ich auch, dass es so klang, aber als ich dann unsere Doktorin habe rufen hören: ›Jetzt ist er richtig hart, Kivi‹, und: ›So muss er sein‹, da hab ich meine Schlüsse gezogen, was ihr gemacht habt.«

»Mein Privatleben ist genau so, wie es sein soll.«

»Und wie?«

»Privat.«

»Letzte Nacht aber nicht. Am andren Ende des Ganges hatte jemand die Polizei gerufen. Ich hab die Leberblümchen* wieder auf ihre Runde geschickt und den verstörten Gästen ein neues Zimmer in einem anderen Stockwerk gegeben.

* zumeist scherzhafte Bezeichnung für Polizisten nach der Farbe der Uniform

Also wenn du dein Privatleben für dich behalten willst, dann empfehle ich, es etwas leiser zu gestalten. Die halbe Stadt weiß schon davon und beneidet euch um das, was ihr getrieben habt.«

Lauri schämte sich und wollte weitergehen.

»Das ist nicht böse gemeint. Die Doktorin hat manchmal Andeutungen gemacht, dass sie mit ihrem Mann, dem Schlappschwanz, nicht zufrieden ist, also soll sie doch bumsen. Ich hab nur gesagt, dass wir hier im Ort sie gernhaben.«

Lauri zwang sich zu nicken und flüchtete zur Treppe.

Also die halbe Stadt wusste davon. Hoffentlich übertrieb Arska, und hoffentlich erfuhr Millas Mann es nie. Vielleicht würde die Frau ihn nun nicht anrufen. Lauri hätte Milla allerdings gern wenigstens einmal nüchtern erlebt, doch vielleicht war es so besser.

Lauri ging in sein Zimmer, zog nicht einmal die Schuhe aus und ließ sich aufs Bett fallen. Er fühlte sich müde, war aber auch sehr unruhig. Die schweren Verletzungen der Frau machten ihm zu schaffen – und seine Gefühle dem Fahrer gegenüber.

Das Schicksal des kleinen Jungen war so unfassbar, dass er lachen musste. Ahjos Verhalten war seltsam. Er mochte Lauris Beruf nicht, ihn aber anscheinend schon. Zumindest am Ende der Fahrt hatte er versucht, sich freundlich mit ihm zu unterhalten.

Das Klingeln seines Telefons ärgerte Lauri.

«Kivi.«

»Antti. Ich wollte dir nur sagen, dass ich am Telefon gar nicht richtig dazugekommen bin, Vesitaival zum Fall in Toivola zu befragen, weil er sich die ganze Zeit nach dir erkundigt hat. Hast du irgendwie eigene Ermittlungen angestellt und den verärgert?«

»Nein.«

»Der war gar nicht mehr er selbst. Er hat sogar ein bisschen Süßholz geraspelt.«

Lauri überlegte. Ihm fiel kein Grund für Vesitaivals Interesse ein. »Was hast du ihm gesagt?«

»Dass du deine Arbeit machst so wie immer. Er hat gefragt, ob du dich irgendwie für diese Tötung einer Familie besonders interessierst.«

»Mord. Das sind Morde.«

»Okay.«

»Was hast du gesagt?«

Dass du deine Arbeit machst, es aber anscheinend irgendwie satthast, dass die Fälle sich jetzt so häufen. Ich habe ihn gefragt, ob er deine Kolumne gelesen hat, und er hat gesagt, ja. Er schien nicht zufrieden zu sein.«

»Ihn ärgert es einfach, dass er keine Ergebnisse zustande bringt. Er spürt den Atem der Zentralen Kriminalpolizei im Nacken. Nach Ansicht der Leute von der KRP gehören solche großen Fälle auf ihren Tisch und nicht auf den einer lokalen Polizeiabteilung. Außerdem ärgert ihn die Fragerei der Journalisten, und er hat versucht, deine Gedanken auf Nebengleise zu lenken, damit du ihn nicht mit aus seiner Sicht unpassenden Fragen zum Fall Toivola nervst.«

»Meiner Meinung nach hörte sich das nicht so an, aber du musst das ja wissen.«

»Danke für den Anruf, aber mach dir keine Sorgen. Ich kümmere mich um Vesitaival.«

»Okay. Wie kommt die Reportage für die Beilage voran?«

»Das geht seinen Gang. In Kaavi und Kontiolahti bin ich schon gewesen. Jetzt müsste man die Geschichten nur richtig zu Papier bringen können. Diese Texte gehören nicht zu den leichtesten.«

»Dazu kann ich nichts sagen, weil ich so etwas noch nie machen durfte«, sagte Antti.

Lauri glaubte in seiner Stimme Enttäuschung herauszuhören. Auch leichte Verärgerung. Antti war ein ehrgeiziger Mann, der arbeitete, ohne sich zu schonen. Er hatte sogar die Geburt seines jüngsten Kindes ausgelassen, weil er den Auftrag für einen Artikel bekommen hatte und nach Jyväskylä musste. Irgendein Verrückter hatte mitten in einem Fußballspiel Menschen erschossen.

Antti war immer noch stolz auf seine Entscheidung. Lauri vermutete, dass Anttis Frau da lebhaft anderer Meinung war.

»Na, glaub mal nicht, dass diese Aufträge angenehm sind«, entgegnete Lauri in besänftigendem Ton.

»Das wohl nicht, aber bestimmt lehrreich. Und sie werden viel gelesen.«

»Nun sei mal nicht neidisch wegen so was, gottverdammt.«

»Fluchen ist eine Sünde.«

»Schreibe es mit auf die Liste. Ich finde das nicht.«

»Mich hat man anders erzogen.«

Lauri wusste nicht, was er sagen sollte. Antti sprach nicht oft über seine persönlichen Angelegenheiten. »Mein Beileid.« Lauri tat die Bemerkung schon leid, als sie ihm herausrutschte.

»Laut dem Theologen Ted Peters ist Gotteslästerung die höchste mögliche Form des Bösen.«

»Nein, gottverdammt«, entfuhr es Lauri, obwohl sein Instinkt ihm sagte, dass Antti dieses Thema als etwas sehr Persönliches empfand. »Der Theologe Peters sollte eine Weile in diesen Mordfällen herumstochern. Dann könnte sich seine Meinung ändern. Hannu Salama, der wegen Gotteslästerung in einem seiner Romane verurteilt wurde, soll also ein größeres Übel sein als eine Mutter, die ihr Kind abschlachtet. Nun hör aber auf.«

»Wir sind Gottes Kinder.«

»Vielleicht, aber nicht blind zu glauben macht vermutlich noch keinen zum Teufel.«

Antti seufzte. »Also mehr hatte ich nicht. Ich wollte nur berichten, was Vesitaival so treibt.«

»Danke dafür. Wir kommen darauf zurück.«

»Ja.«

Lauri dachte über Vesitaival nach. Es war ohne Zweifel merkwürdig, dass er sich bei Antti nach ihm erkundigte. Hatte der nichts anderes zu tun? Es konnte natürlich sein, dass er sich einbildete, Lauri würde irgendeine wesentliche Information zurückhalten. In einem Gespräch hatte er Andeutungen zu einem Maulwurf gemacht, der sich bei der Polizei eingenistet hatte und Informationen an Außenstehende weitergab. Oder es war tatsächlich ein Täuschungsmanöver des alten Fuchses, damit Antti nicht auf die Idee kam, etwas Wesentliches zu fragen. Lauri machte sich da keine Sorgen. Antti war ein kompetenter Journalist und würde nicht auf so etwas hereinfallen. Der Junge hatte darauf bestanden, seine Antworten zu bekommen.

Zuweilen hatte Lauri überlegt, wie beängstigend ehrgeizig Antti doch war. Lauri konnte sich gut vorstellen, dass Antti ihm bei der erstbesten Gelegenheit ein Bein stellen würde. Einmal war Lauri zufällig ins Zimmer des Kleinen Leidwesens gekommen, als der Redaktionsleiter und Antti gerade über ihn sprachen. Was sie sagten, hatte Lauri nicht verstanden, aber als er in der Tür auftauchte, war das Gespräch zu einem betretenen Schweigen erstarrt. Antti hatte etwas von einer Deadline gemurmelt und sich schnell aus dem Staub gemacht. In der Zeitung am nächsten Tag war von ihm jedoch nicht die Spur eines Artikels gewesen.

Irgendwie passte die Religiosität zu Antti. Lauri war auch früher schon auf das Phänomen gestoßen: Ein tiefgläubiger Mensch war der Ansicht, dass er im Alltag ungeniert seine

Interessen vertreten durfte. Er bildete sich ein, seine Seele mit seinem Glauben zu reinigen. Besser zu sein als die anderen.

Lauri verscheuchte die Religionen aus seinem Kopf. Vielleicht müsste er Vesitaival abends anrufen. Bis dahin hätte er Zeit genug, zu überlegen und abzuwägen, wie er an das Gespräch herangehen sollte. Anscheinend gab es in diesem Fall irgendetwas Besonderes. Sein Gehirn arbeitete auf Hochtouren. Lauri seufzte. Er fände jetzt nicht die innere Ruhe, sich hinzulegen. Also warf er die Notizen in seine Reisetasche und zog etwas Leichteres an. Zu einem Interview wäre er nicht in Trainingshosen gegangen, aber der Großmutter konnte man in einem solchen Aufzug einen Besuch abstatten.

Lauri huschte aus dem Hotel hinaus, ohne zu Arska hinzuschauen. Vor dem Haus seiner Großmutter überlegte er eine Weile. Könnte und sollte er die Sache zur Sprache bringen? Am Ende wusste er, dass es sein musste.

Er musste erfahren, ob Ansa überhaupt von der Pädophilie in ihrer Familie gewusst hatte, später oder die ganze Zeit. Er wollte nichts mit der alten Frau zu tun haben, wenn sie so etwas bei ihrem eigenen Kind zugelassen hatte. Dann wäre sie indirekt auch am Schicksal von Lauri und Tuomas schuld.

Die Klingel schrillte so grell, als würde sie sich gleich überschlagen. Das bedächtige Trippeln der alten Frau hörte man schon lange, bevor sie öffnete. Die Tür ging auf, und Kuchenduft flutete in den Hausflur. Die Großmutter tat an ihr Hefegebäck oft Safran. Der Kuchen war goldgelb und ungeheuer weich.

»Warst du bei Terho?«, fragte Oma, als sie am Kaffeetisch saßen.

»Ja. Er hatte einen schlechten Tag. Er hielt mich für seinen Vater, für Großvater.«

»Na, das ist kein Wunder«, stellte Ansa fest.

»Ich hatte den Eindruck, dass der Alte sich vor seinem Vater fürchtete.«

Oma wedelte mit einer Hand. »Unsinn. Aulis war streng, aber gerecht.«

»Der Alte hat ins Bett gemacht, als er mich gesehen hat.«

Ansa schaute ihren Enkelsohn scharf an. Dann hob sie den Kaffeetopf hoch. »Willst du noch?«

»Nein, danke. Kannst du mir sagen, warum der Alte so entsetzt war?«

»Teija kommt mit den Mädchen heute Abend zu Besuch. Hast du Zeit, noch zu bleiben, damit du sie siehst?«

»Hat Aulis den Alten oder Teija geschlagen, als sie klein waren?«

»Teija würde sich bestimmt freuen, wenn du noch da wärst.«

»Der Alte war richtig in Panik. Er hat geheult und gerufen: ›Vater, schlag Teija nicht, sie weint ja nicht mehr ...‹«

»Du hast Teija lange nicht gesehen. Weißt du noch, wann zuletzt?«

»Er hat gesagt, dass er sich natürlich um das Baby kümmern wird. War er denn nicht erst fünf oder sechs, als ...«

Die Großmutter fiel ihm mit erhobener Stimme ins Wort. »Das war bestimmt bei Tiinas Konfirmation. Erinnerst du dich noch, was für ein hübsches Kleid das Mädchen anhatte? Der Gemeindepfarrer fand das auch.«

»... als Teija ein Baby war. Wo warst du ...«

»... du müsstest unbedingt warten, bis sie kommen.«

Lauris Geduld war in den letzten Tagen so oft auf die Probe gestellt worden, dass ihm jetzt so war, als rolle alles über ihn hinweg. Er stand auf und schlug mit der Faust auf den Tisch. »Hör mir jetzt zu und versuche nicht andauernd, mich mit deinem Gerede zum Schweigen zu bringen.«

Die Großmutter trat einen Schritt zurück.

»Der Alte hat mich für seinen Vater gehalten, und ich hatte den Eindruck, dass Aulis zumindest den Alten missbraucht hat, vielleicht auch Teija. Stimmt das?«

Die Großmutter stand einen Augenblick bewegungslos da. Dann machte sie für ihr Alter unglaublich flink einen Satz nach vorn und gab Lauri eine klatschende Ohrfeige.

Der Schlag war bedeutend härter, als Lauri es bei einer alten Frau je angenommen hätte. Er taumelte.

Absolute Stille legte sich über die Küche. Das Echo der Ohrfeige dröhnte um die Wette mit der Standuhr im Flur.

Die Großmutter nahm den Kaffeetopf vom Tisch und stellte ihn wieder auf den Herd. Als Ansa sich umdrehte, hatte sie ein nettes Lächeln auf ihr Gesicht gezaubert. Alles war wie vorher. Gemütlich und an seinem Platz. Sie nahm aus ihrer kleinen Dose eine Diapam. »Draußen ist es ja schön geworden, komisch, dabei hat es tagsüber so heftig geregnet, dass ich schon dachte, es pladdert den ganzen Tag.«

»Du hast es gewusst.«

»Die Wolken ziehen sich wirklich schnell zusammen.«

»Hast du versucht, es jemandem zu sagen? Der Polizei, den Nachbarn, irgendjemandem?«

»Sie haben Sturm angesagt.«

»Wie konntest du das nur tun?«

»Jetzt sollte man rausgehen, solange noch gutes Wetter ist. Solange es noch nicht zu spät ist. Du willst doch nicht in den Sturm geraten.«

»Du versuchst es nicht einmal abzustreiten.«

Lauri stand auf und ging in den Flur. »Du hast zugelassen, dass man deinen eigenen Sohn vergewaltigt hat. Und er hat sich dann an uns für alles gerächt.«

In der Küche wurde es still. Ansa ächzte. »Ich habe also nun keinen einzigen Enkelsohn mehr. Hohlköpfe und Waschlappen, aber keine Enkelsöhne. Genau so ist auch Tuomas weggegangen.«

Was? Lauri drehte sich um. »Was hast du über Tuomas gesagt?«

Die Großmutter sah in sich hinein. »Tuomas ist ein feiner Junge. Er ist Ingenieur im Bergwerk.«

Lauri fragte nach, in welchem Bergwerk.

Die alte Frau schaute Lauri abwesend an. »Na, dort im Alten Bergwerk. Was faselst du hier herum? So als wüsstest du es nicht. Er wird noch mal ein vornehmer Herr.«

Lauri wusste nicht, ob die Großmutter nun völlig verwirrt war, schauspielerte oder es ernst meinte. Das Alte Bergwerk war schon in den fünfziger Jahren geschlossen worden. Er nahm die Frau an den Schultern und schüttelte sie. Ansa verzog das Gesicht, schien aber nicht in der Wirklichkeit aufzuwachen. Lauri rief »Hallo!«, aber die Großmutter antwortete nicht. Sie hatte sich an einen anderen Ort zurückgezogen.

»Oh, diese Jungs«, hörte Lauri sie murmeln, bevor die Tür hinter ihm ins Schloss fiel.

Nebel war aufgestiegen, als Lauri den Hof des verlassenen Hauses betrat. Die Jugendlichen nutzten ihn als Parkplatz, wenn sie zum Ahornbaum gingen, um sich mit ihren Mädchen zu treffen. Die Fläche rund um den Baum war in Outokumpu schon seit Generationen der beliebteste Platz zum Flirten. Man sah oft besorgte Eltern an dem Grundstück vorbeifahren und kontrollieren, ob die Mopeds der Freunde ihrer Sanna oder Mirva nicht etwa auf dem Hof standen.

Lauri ging auf dem ausgetretenen Pfad bis zu dem Ahorn. Der Ort war offensichtlich immer noch nicht aufgegeben worden. Ein besorgter junger Mann, der seiner Freundin unters Höschen wollte, hatte sogar einen kleinen Steg über den Bach gelegt.

Lauri gelangte auf die Wiese. Sie war noch genau so erhalten wie in seiner Erinnerung.

Es war der Ort, an dem Aava gezeugt und auch geboren worden war.

Vielleicht hatte ihn das Treffen mit Aava an diesen Ort getrieben, vielleicht stießen ihn die finsteren Geheimnisse der Großmutter hin zu seinen eigenen. Er wusste es nicht.

Der Ahorn reckte sich an seinem alten Platz in die Höhe. Der Baum war gewachsen, aber über seine besten Jahre schon hinaus. Tote Äste ragten aus seinem Laub heraus. Der Baum war abgelegen und einsam. Genau wie Lauri sich fühlte.

Jemand hatte ein Schild aufgestellt und darauf sogar mit eingebrannten Buchstaben verewigt: Liebeshain. Lauri fand den Namen affektiert und vermutete, dass er junge Frauen nicht zum Liebesdienst verführte. Junge Männer hingegen erregte schon die Schieblehre, mit der sie ihre besonderen Werkzeuge überprüften. Im Schwimmunterricht der Schule hatte es Lauri mit seinem Rekruten bis zum Abschluss der neunten Klasse schwergehabt. Die anderen besaßen schon Schamhaare, und was in ihrer Hose steckte, hatte die richtige Größe, während sein Penis noch so klein wie bei einem Sechsjährigen war. Im kalten Wasser schrumpfte er zur Rosine. Nach Aavas Geburt hatte Lauri seinen Rammbock zum kleinen Fähnrich befördert. Major oder Oberst würde er wohl nie werden. Und Generäle könnte Lauri nur in der öffentlichen Sauna sehen.

Im Laufe der Zeit war Lauri buchstäblich aus seinem Komplex herausgewachsen, aber damals hatte das Problem seine ganze Welt eingeengt. Einmal hatte er Tuomas einem Klassenkameraden auf den Hals gehetzt, als der vor den Ohren der Mädchen herumgequatscht hatte, Lauri würden ein paar Zentimeter fehlen. Tuomas hatte den Kerl so zurechtgewiesen, dass dessen Nase verbogen war. Von da an wurde Lauri

»Kleiner Schwanz« genannt, aber zum Glück hatte er das erst von Paula erfahren, als er schon nach Joensuu umgezogen war.

Lauri setzte sich an den Baum, der auf einer kleinen Erhebung stand. Es war seltsam, zu sehen, wie weiter unten im Tal grauer Nebel schwebte. Die Vögel sangen nicht, sondern krächzten, bis sie schließlich ganz verstummten. Lauri saß in Gedanken versunken da. Was sollte er als Nächstes tun? Ansa war für ihn wichtig gewesen. Bei der Großmutter wussten Lauri und Tuomas immer, dass sie ihre Ruhe hatten. Niemand schlug sie, niemand drohte ihnen. Es gab nur süße Erdbeeren und safrangelben Kuchen.

Aus diesem Traum war Lauri gerissen worden. Die Großmutter hatte ihn mit ihrer Ohrfeige hinausgestoßen. Seine Wange war immer noch heiß, innerlich jedoch war ihm eiskalt. Er hatte das Gefühl, dass sich ihr Verhältnis nicht wieder in Ordnung bringen ließ. Zu viel war gesagt und getan und vor allem zugelassen worden.

Wie konnte die Frau ihren Sohn opfern? Das war die Erklärung für die Verdrehung der Wirklichkeit, für das ständige Lügen. Die Großmutter schützte so ihre Seele.

Lauri wusste, dass er niemals erfahren würde, warum sie das alles hatte geschehen lassen. Ihm war so, als hätte man seine Wurzeln herausgerissen.

»Das ist selten, dass hier jemand allein herkommt.«

Lauri fuhr zusammen, als er hinter sich eine Stimme hörte. Er erblickte einen alten Mann in zerlumpter Kleidung. Der Alte gehörte zum Clan der Parkalkis. Er hielt eine Plastikflasche in der Hand, die halbvoll war.

»Deshalb bin ich ja hierhergekommen. Damit ich allein sein kann. Alles läuft schief, verdammt.«

»Jammerst du vor einem wie mir über das Leben?«

Lauri lachte. »Na, ich dürfte nicht der Einzige sein, der sich selbst bemitleidet. Ich kann dich nur als Menschen behandeln, der aus freien Stücken in dieser Lage ist, anders nicht. Es ist unsinnig, wenn ich dich bemitleide, und es ist unsinnig, wenn du dich in meiner Gesellschaft schämst.«

Der Mann wischte sich die Hand an seinem befleckten Mantel ab, ging dabei auf Lauri zu und hielt sie ihm hin. »Ich bin der Tolppanen Risto. Ich schäme mich für nichts. Viele Dinge bereue ich, aber schämen kann ich mich nicht. Du scheißt, ich scheiße, und der Herr Präsident oder der Papst tun es auch.«

Dass jemand so unverblümt redete, erlebte Lauri selten. Über den Mann konnte man sicher eine tolle Story schreiben.

Tolppanen stank nach altem Schweiß und Schnaps. Sein Gesicht war aufgedunsen und die Nasenspitze voller blauer Äderchen. Er bot Lauri etwas aus der Plastikflasche an. »Selbstgebrannter«, sagte er.

Lauri lehnte dankend ab.

»Hast du's eilig?«, fragte Tolppanen.

Lauri bemerkte, dass er den Kopf schüttelte.

Tolppanen begann über seine pleitegegangene Teppichreinigungsfirma, seine Ehefrau und seine Kinderlosigkeit zu sprechen. Er erzählte, wie die Frau einmal schwanger, das Kind aber zu früh gekommen und auf dem Weg ins Krankenhaus gestorben war. Dass sie kein neues zustande gebracht hatte, hatte angeblich an ihm gelegen. »Als ich nachgefragt habe, wie das denn an mir liegen kann, wenn doch ein Gör schon in der Röhre gewesen war, fing Roosa vor dem Doktor an zu heulen und meinte, dieses Balg würde eigentlich vom Apotheker Aho stammen, dem sie sich in einem schwachen Moment hingegeben hatte. Diese Enthüllung wiederum bedeutete, dass der Arzt recht hatte. Ich habe zu langsame kleine Männchen in den kleinen Säcken.«

Der Mann erzählte weiter, wie er von seiner Roosa nicht hatte lassen können. Natürlich hatte er getobt, den Fernseher aus dem Fenster geworfen und die Alte aus dem Haus, aber am nächsten Tag hatte er sie gebeten, ihm zu verzeihen und zurückzukommen. Und sie war gekommen.

»Ich hab ihr alles verziehen, und nach langem Hin und Her habe ich sie überredet, sich von einem anderen Mann vögeln zu lassen, um wieder schwanger zu werden. Ich konnte kein Kind bekommen, obwohl ich's so sehr wollte, und ich hab doch meine Roosa mehr als alles andre geliebt. Die Frau ist für mich eine Zwangsvorstellung«, fuhr Tolppanen fort.

Auf Lauri wirkte es beruhigend, zuzuhören. Tolppanen würde den ganzen Abend erzählen, aber das störte nicht. In Lauris eigenem Leben gab es allzu viele Puzzlestücke, die unkontrolliert herumschwirrten. Es war angenehm, das alles wenigstens für einen Augenblick zu vergessen.

»Na ja, eines Tags hatte die Alte dann wieder mal vereinbart, dass irgendein Knacker kommt, um sie zu besteigen wie den Kirchturm. Lange und andächtig. Ich bin wie vereinbart in den Wald gegangen, um Beeren zu sammeln, aber ein bisschen zu spät. Und da hab ich gesehen, dass es der Lektor Onttonen war, der in unsere Wohnung gegangen ist und dann zu meiner Alten ins Bett gestiegen ist. Oh, das hat mich verdammt angestunken. Der Kerl hält sich sonst schon für den Größten, und nun durfte er meine vor Gott und dem Pfarrer angetraute Frau treten wie der Kantor die Orgelpedale. An dem Abend habe ich auch versucht, mich umzubringen, aber es ist nur die ganze Scheune eingestürzt, als ich mich an einem Balken erhängen wollte.«

Eine Träne trat ihm in die Augen, und für einen Augenblick sah er überhaupt nicht aus wie ein Betrunkener. Er sah aus wie ein verzweifelter Mensch, der er vor etwa dreißig Jahren noch gewesen war.

»Roosa ist jetzt als Frau des Lektors fein wie eine Hochzeitstorte. Sie stolziert durch die Stadt, als würde sie ihr gehören, und zu Hause turtelt sie im Seidenpyjama herum und gibt Cocktailpartys für die Weiber der anderen Herren. Das habe ich selbst gesehen. Ich habe ein Fernglas und einen verdammt guten Beobachtungsplatz im Gebüsch. Der Lektor wichst samstagabends im Vorraum der Sauna. Ich habe Roosa das erzählt, aber sie glaubt's nicht. Sie passt richtig auf, dass sie ja nicht in die Nähe kommt, wenn sich dieser Glückspilz eigenhändig abkühlt.«

In Lauri erwachte der Journalisteninstinkt. »Du hast gesagt, dass du viele Dinge bereust.«

»Na, es will ja wohl niemand so einer werden.«

Lauri sagte, Tolppanen könne sich ja zusammenreißen, wenn er wollte.

»Ich habe keinen einzigen guten Grund, den Rausch zu beenden, der bald zwanzig Jahre ununterbrochen anhält, aber sonst wie viele Motive, ihn aufrechtzuerhalten.«

Lauri erzählte ihm, dass der Alkohol Gehirnverletzungen verursachte, die in Finnland bei den Erwachsenen unter fünfzig Jahren die häufigste Todesursache darstellten.

»Was? Ich verstehe nicht«, erwiderte Tolppanen und brach in schallendes Gelächter aus. Das whiskyraue Lachen bewies, dass im Kopf des Mannes nichts defekt war. Möglicherweise war die Leber hinüber, aber das Gehirn tickte immer noch.

»Man hat im Leben immer die Wahl«, sagte Lauri.

»Na, hurra. Selbst ich weiß, dass das ein hohler Spruch ist. Vermutlich könnt man wählen, aber oft ergeht es dem Menschen so, dass er einfach umhergetrieben wird.«

Lauri nickte. »Aber man kann ja entscheiden, dass man sich nicht treiben lässt.«

»Der Mensch ist schwach.«

»Das ist wahr. Ich bin Polizeireporter und schreibe im

Moment an einer langen Reportage über Familienmorde. Da …«

»Seine Familie zu töten, das ist keine Schwäche. Das ist grausame Scheiße, und das entscheidet man selbst. Wenn man in dieser Welt jemanden bestrafen müsste, dann diejenigen, die Kinder umbringen, misshandeln und missbrauchen. Die wollen das machen. Nur wenn sie andere unterdrücken, können sie sich Geltung verschaffen, und da sie andere nicht beherrschen können, wählen sie Kinder. Ich hatte früher mal als Saufkumpan einen Mann, dessen Vater ihn … na, du weißt schon. Er hat darüber nur ein einziges Mal gesprochen, als er besoffen war. Er hat gesagt, ohne seinen Vater hätte aus ihm sonst was werden können. Der Kumpel hatte einen scharfen Verstand, war aber irgendwie schief genagelt. Zu viel mehr als dazu, sich an der Flasche festzuhalten, taugte er nicht. Er schien zu bereuen, dass er sein Verhältnis zu den eignen Kindern versaut hatte. Den einen hatte er angeblich fortgejagt. Dem Schnaps gab er an allem die Schuld, aber dass er zu trinken angefangen hatte, dafür gab er seinem Vater die Schuld. Und zu Recht.«

Lauri bemerkte, dass es leicht war, sich einem Unbekannten gegenüber zu öffnen. Ansonsten fiel es ihm meistens schwer, mit anderen Menschen eine gemeinsame Wellenlänge zu finden, aber aus irgendeinem unerklärlichen Grund war das hier viel einfacher. »Mein Vater war gewalttätig. Er hat jetzt Alzheimer, und ich kann ihm nicht verzeihen.«

Tolppanen hielt inne. Er schaute Lauri genau an. Dann lächelte er. »Du siehst'n bisschen aus wie dein Vater.«

»Leck mich am Arsch.«

»Ich hab eben von deinem Vater gesprochen. Terho war übel vergewaltigt worden.«

»Du hast doch gerade eben gesagt, dass diejenigen, die Kinder misshandeln, selbst darüber entscheiden, was sie tun. Dass sie selbst für ihre Taten verantwortlich sind.«

»Da hab ich noch nicht gewusst, dass du Terhos Sohn bist. Allerdings hab ich auch nicht gewusst, dass er dich geschlagen hat. Es hat ihm so leidgetan, euch verloren zu haben, dass ich mir eingebildet habe, er hätte versucht, sich um euch zu kümmern, es aber wegen dem Schnaps nicht geschafft hätte. Aber du wirst noch an meine Worte denken, das war dein Großvater, der über deine Prügel entschieden hat, als er seinen Sohn angefasst hat. Terho hatte keine Chance.«

»Deine Weisheiten sind ziemlich wechselhaft.«

»Ich bin ja auch einer, der umhergetrieben wird.«

»Na, genau. Kann denn nicht jeder irgendjemandem die Schuld geben, besonders gern seinen Eltern.»

Die Männer verstummten für ein paar Momente. Keiner von beiden hatte es eilig zu gehen.

»Du, es ist ziemlich schwer, aufzuhören, den Alten zu hassen. Seinetwegen habe ich auch dieses Hörgerät.«

»Ich glaube dir das, aber glaub du mir, wenn ich dir sag, dass du mit Hass nur an den Galgen, ins Grab oder an den Flaschenhals kommst. Der Hass ist eine Bremse, die Vergebung die Überholspur.«

»Ja, vermutlich. Aber ihn aufzugeben macht einen wütend.«

Tolppanen lachte. »Du bist klug für dein Alter.«

»Und du für einen aus dem Park.«

»Wir sind auch Menschen.«

Lauri holte einen Fünfziger aus seiner Brieftasche. »Nimm den.«

Tolppanen lächelte und nahm den Geldschein. »Wie ich gesagt hab, ich brauche mich nicht zu schämen, aber zu stolz brauche ich auch nicht zu sein. Vielen Dank. Besuch deinen Vater.«

»Ich besuche ihn schon. Verzeihen kann ich ihm nicht, aber ich gehe hin.«

»Er hat geweint, als er erzählt hat, dass er das Verhältnis zu seinen Söhnen ruiniert hat. Er zeigt das bestimmt nicht, aber es tut ihm echt leid.«

»Mir tut es mehr leid. Ich habe mein Gehör und meine Kindheit verloren.«

»Er ist dabei, sein Gedächtnis und sein Ich zu verlieren.«

»Ja, er ist ganz nett, weil er nicht mehr weiß, dass er ein Arschloch ist.«

»Sei nicht verbittert.«

»Leichter gesagt als getan.«

»Der Mensch ist schwach«, wiederholte Tolppanen und stand auf. »Ich muss gehen. Es war angenehm, sich zu unterhalten. Es kommt selten vor, dass einer von denen, die es im Leben zu was gebracht haben, mit mir plaudert.«

»Die Freude war ganz auf meiner Seite, bis du den Alten ins Spiel gebracht hast. Ich bin hergekommen, um zu vergessen, nicht, um erinnert zu werden.«

»Junge, du kannst nicht vergessen. Du musst es verarbeiten und vergeben. So findest du wieder deine Ruhe und die Richtung, in die du gehen willst.«

Lauri schaute den Mann an. »Hast du vergeben?«

»Wem?«

»Deiner Frau, dir selbst. Dem Lektor Onttonen.«

Tolppanen schüttelte den Kopf. »Vergeben? Dem Onttonen? Ja, bestimmt. Dem gebe ich etwas ganz anders, mit der Faust oder dem Messer, wenn er mir über den Weg läuft«, sagte der Mann und ging los.

Kopfschmerzen hatte Lauri schon, bevor er die Augen öffnete. Er hatte sogar den Stecker des Zimmertelefons herausgezogen, um nicht gestört zu werden, aber selbst zehn Stunden Schlaf halfen nicht. Das Ziehen in den Schläfen, das am Vortag begonnen hatte, ging weiter. Wenn Lauri unter Stress stand, bekam er leicht Kopfschmerzen.

Er glaubte immer noch, Millas Duft in seinem Zimmer zu spüren. Er drückte den Kopf ins Kissen, schnupperte, versuchte seine unanständigen Gedanken zu unterdrücken und ging unter die Dusche. Heiß half gegen die Gedanken, kalt gegen den Ständer.

Lauri schaute auf seinem Handy kurz nach den wichtigsten Nachrichten zum Fall Toivola. Vesitaival hatte wie erwartet auf die Fragen geantwortet, trotz seiner Info, er werde das nächste Mal erst am Montag über den Fortgang der Ermittlungen berichten. Der Chef der Ermittlungsgruppe für Gewaltverbrechen wusste nichts wirklich Neues mitzuteilen. Die polizeilichen Ermittlungen wurden fortgesetzt, man befragte die Angehörigen und untersuchte die Kommunikationsdaten der Opfer sowie des wahrscheinlichen Täters.

Auch ansonsten war es an der Verbrechensfront ruhig. Antti ärgerte das bestimmt. Er hoffte garantiert, dass jetzt irgendeine große Nachricht auf seinem Tisch landete. Dass ein großer Kriminalfall auch immer für jemanden Kummer bedeutete, daran dachte er nicht. Und Lauri war sich nicht einmal völlig sicher, ob es Anttis Eifer bremsen würde, wenn er die Trauer der anderen begriffen hätte.

Lauri schaute nach, ob Ahjo wegen des Autos angerufen hatte. Nein.

Er zog sich an und ging zur Treppe. Unten schaute er um die Ecke, ob Arska an seinem Platz war. Ja. Er schlüpfte unbehelligt durch das Foyer hinaus und glaubte schon, es sei ihm gelungen, da rief ihm Arska hinterher: »Kivi, he. Dein Auto steht auf dem Parkplatz hinterm Haus. Irgendeine Frau hat es gebracht. Sie hat dir eine Nachricht hinterlassen, da ich dich in deinem Zimmer nicht erreicht habe. Sie wollte nicht stören, und bei deinem Ruf habe ich mich auch nicht getraut, dem Fräulein zu sagen, sie soll hochgehen. Ich dachte nur, es wär besser, wenn sich deine Damen nicht über den Weg laufen.«

Lauri kehrte zu Arska zurück und riss ihm den Zettel aus der Hand.

Hallo Lauri,

ich habe Dein Auto gebracht, weil ich sowieso etwas in Outokumpu zu erledigen hatte. Ich kann sogar mit einer Freundin wieder zurückfahren. In Deinem Wagen war irgendein Starterkabel locker, so dass sich nichts mehr gerührt hat. Ich wollte nicht stören, weil Du anscheinend noch geschlafen hast. Sauli hat erzählt, er habe Dir verraten, dass ich gestern nach unserem Gespräch ein bisschen kaputt war. Das muss Dir nicht unnötig leidtun. Ich wusste, was ich tat, und Du auch.
Mir hingegen tut leid, dass ich Dir bei Tuomas nicht weiterhelfen konnte. Ich habe gesehen, wie Du Dich gefreut hast, als ich von ihm erzählt habe. Sollte ich Tuomas je sehen oder von ihm hören, werde ich ihn drängen, sich bei Dir zu melden. Ich weiß, dass Dir das wichtig ist.
Wir unterhalten uns noch weiter, wenn Du Deinen Artikel fertig hast.
Gruß
Liisa

Lauri machte auf den Absätzen kehrt. Er würde im Hotel erst auschecken, wenn er sicher war, dass er abreiste. Und das könnte er erst, nachdem er mit dem Alten geredet hatte. Sollte das Interview, das er am Ende der Woche in Oulu führen wollte, anstehen, bevor der Alte einen guten Tag hatte, müsste Lauri eben direkt von hier nach Oulu fahren. Er würde jedenfalls in Outokumpu warten, bis er mit dem Alten reden konnte. Zum letzten Mal.

Im Foyer des Pflegeheimes »Erleichterung« lief Lauri dieselbe Schwester über den Weg, die ihn beim letzten Mal hinausgeworfen hatte. »Du bist Terhos Sohn.«

Lauri bejahte.

»Du wirst vermutlich verstehen, dass ein Patient mit Demenz sein eigenes Leben und das, was er gelesen und sich im Fernsehen angeschaut hat, munter durcheinanderbringt. Da kann es dann sein, dass er allen möglichen Unsinn von sich gibt.«

Lauri erwiderte, er wisse das.

Die Schwester sah deutlich, dass Lauri ihr nicht glaubte, ließ es aber dabei bewenden. Sie wünschte ihm ganz ernsthaft nur einen angenehmen Besuch.

Lauri klopfte an die Tür seines Vaters. Eine Reaktion war nicht zu hören. Eine halbe Minute später ging er hinein, ohne dass man ihn gerufen hatte. Der Alte lag auf dem Bett. Er sah immer noch erschöpft aus, aber jetzt flackerte in seinen Augen dasselbe Höllenfeuer wie früher. Der Alte starrte Lauri an wie den Tod, einen ungebetenen Gast.

»Auch aus dir ist also kein Mann geworden, sondern eine Bohnenstange.«

»Danke schön. Mir geht's sehr gut.«

»Da ist anscheinend der Abgang nahe, wenn die Aasgeier über einem kreisen.«

»Ja, genau. Man muss versuchen, sich zu versöhnen, weil so ein ansehnliches Erbe zu haben ist. Wegen dem Geld und dem Eigentum erniedrigt sich ein Mann eben und ist zu allem bereit. Wie viel wird es sein? Dreißig Euro in Münzen zu zehn Cent, ein durchgerosteter Motorschlitten, ein festgefahrener Fiat und ein durch und durch morsches Kriegsveteranenhaus. Ja, und ein Bündel verdammt schlechter Erinnerungen sowie eine umfassende Sammlung billiger Schnapsflaschen und alter Pornozeitschriften. Wegen alldem kriecht doch jeder zu Kreuze und erst recht solche in ihrem Leben gescheiterten Bohnenstangen.«

»Junge, leck mich am Arsch.«

Lauri musste lächeln. Von seinem Charakter her war der Vater ganz der Alte, selbst wenn der Körper und auch der Geist schon brüchig geworden waren. Lauri wusste, dass er den Alten jetzt leicht ein wenig reizen und alte Rechnungen begleichen könnte. Er schaute zum Fenster hinaus in Richtung des Wohngebiets Kalaton. »Von hier kann man weit sehen.«

»Wer kurzsichtig ist, ja«, knurrte der Alte. »Und das bist du immer gewesen. Auch sonst ein hoffnungsloser Fall von Anfang an, schon als Baby.«

Lauri fragte, inwiefern.

»Du hast Glück gehabt, dass du geboren worden bist.«

Lauri bedankte sich für die freundlichen Worte.

Der Alte sagte, er meine damit, dass Lauri ein hoffnungslos mickriger Winzling gewesen sei. Es war angeblich ein Wunder, dass er die Geburt überlebt hatte.

»Kann ich das Lüftungsfenster aufmachen«, fragte Lauri und öffnete es, ohne eine Antwort abzuwarten. Von draußen hört man das Rauschen der langsamen Welt. Ein Auto raste vorbei und ganz in der Nähe kläffte ein Hund.

Der Alte schreckte auf. »Das klingt genau wie Herrchen.«

Lauri erinnerte sich dunkel, dass seine Großmutter erzählt hatte, der Alte habe vor Lauris Geburt einen Hund gehabt. Der hieß anscheinend Herrchen. Die Großmutter hatte auch gemurmelt, Herrchen sei durch irgendjemanden oder irgendetwas getötet worden.

Mehr wusste Lauri nicht von Herrchen und wollte er eigentlich auch nicht wissen, aber der Alte hatte ihn selbst zur Sprache gebracht, und einen anderen Gesprächsstoff besaßen sie nicht. Also fragte er: »Hat ein Wolf ihn sich geholt?«

»In gewisser Weise«, antwortete der Alte.

»Wieso in gewisser Weise? Ein Wolf holt nichts in gewisser Weise. Er holt es sich auf seine Weise, indem er es tötet und reißt. Er holt es sich oder nicht. Da gibt es keine Zwischenformen.«

Der Alte schwieg. Schließlich knurrte er, Lauri könne ihm eben nicht die nötige Achtung erweisen. »Man hätte es dir beibringen müssen, aber deine Mutter hat so ein sanftes Gemüt und ein feines Gehör.«

»Dein Verstand und dein Gedächtnis lassen jetzt wirklich nach.«

Dem Alten gefiel die Einstellung seines Sohns nicht. »Ich habe nie …«

Lauri wusste, dass es durch die Streiterei nicht leichter werden würde, über die heiklen Themen zu reden, aber er konnte sich nicht beherrschen. »Was? Was hast du nie? Du bist wie Großmutter, verdammt. Fang jetzt nicht an herumzulügen. Dich selber kannst du belügen, aber mich nicht. Ich war dabei. Jedes Mal.«

»… einen größeren Fehler in meinem Leben gemacht …«

»… als mich«, ergänzte Lauri.

»Ja. Oder nein. Ich wollte damit sagen, dass ich einen Fehler gemacht hab, als ich dir diese Aufsässigkeit nicht ausgetrieben habe. Irgendwann wirst du verstehen, dass ich dir nur beigebracht habe, in dieser Welt zurechtzukommen. Und dann wirst du bereuen, dass du deinen kranken Vater wie einen Mülleimer behandelt hast.«

Wieder herrschte Schweigen. Draußen zerbrach die Stille, ein Hund bellte Passanten an. Lauri versuchte, sich in ein Thema zu flüchten, das sicherer war.

Er fragte nach Herrchen. »Na, was ist denn damals mit ihm passiert?«

»Mit dem Trotz und der Aufsässigkeit? Die kriegte man nicht aus dir heraus. Das hat anscheinend eher noch zugenommen. Ich gebe zu, das mit dem Gehör hätte nicht passieren dürfen, aber ansonsten habe ich nichts falsch gemacht. Das war eine Ausbildung, eine Lehre für das, was kommen würde. Es war zu deinem Besten.«

Lauri sagte, er habe Herrchen und dessen Tod gemeint. Ob es ein Wolf war, der ihn geholt hatte?

Der Alte schaute in die Ferne und murmelte: »Schon bei der Geburt, Junge. Ich musste ihn töten, als du aus der verdammten Alten herausgespült worden bist. Du warst angeblich überempfindlich, und das stimmte auch wirklich. Nicht einmal den kleinsten Klaps hast du ausgehalten, ohne zu heulen.«

»Tut es dir wenigstens leid, was du uns angetan hast?«, fragte Lauri.

»Was heißt uns?«

»Mir und Tuomas. Und natürlich Mutter.«

»Rede keinen Scheiß. Man bekommt, was man bestellt hat. Ihr habt eine Erziehung bekommen und die verdammte Alte das, um das sie gebettelt hat.«

»Das heißt, du bist mit dir im Reinen?«

Der Alte schaute Lauri an. Einmal öffnete er den Mund, schloss ihn wieder und schüttelte dann heftig den Kopf. Er kämpfte mit sich selbst. »Ich hätte weniger Schnaps trinken und seltener in Rage geraten können, aber das hätte eure Erziehung auch nicht geändert.«

Lauri schluckte. Der Alte hatte innerlich mit sich gerungen, das sprach dafür, dass Tolppanen recht hatte. Vielleicht bereute der Alte etwas und gab es nur nicht zu.

»Ich war bei Großmutter«, sagte Lauri.

Der Alte nickte, während er hinausschaute.

»Du bist etwas aus der Fassung geraten, als ich gestern hier war. Du hast mich für deinen Vater gehalten.«

Plötzlich wirkte der Alte hellwach. Er drehte den Kopf schnell zu Lauri hin. »Was hab ich gesagt?«

»Du hattest Angst.«

Der Alte runzelte die Brauen. »Der Mann war streng. Ich habe meinen Vater geachtet, im Gegensatz zu so manchen anderen.«

»Du hast ihn nicht nur geachtet, du warst entsetzt. Du hast ins Bett gemacht«, sagte Lauri leise.

»Rede du nicht über die Blase eines kranken Mannes. Weißt du nicht, dass ich Alzheimer habe? Der führt zum endgültigen Verfall, ich werde zur lebendigen Leiche im Bett. Dann erinnere ich mich an nichts mehr.«

Terho drehte den Kopf weg und schaute wieder hinaus.

»Warum ist Tuomas weggegangen?«, fragte Lauri.

»Ratten gehen immer weg.«

»Du hast ihm also nichts angetan?«

»Nein. Ich hab ihm nur gesagt, dass er zu Hause nichts mehr zu suchen hat.«

»Warum?«

»Er hat versucht, mit dem Baseballschläger auf mich loszugehen. Mit demselben, den ich für euch geschnitzt hatte. Das ist der Dank an den Vater für den Lebensunterhalt, dafür kriegst du ein paar Knochenbrüche und eine lebenslange Behinderung.«

Lauri glaubte ihm. »Warum hat er versucht, dir zu geben, was du verdient hast?«

»Bei einem persönlichkeitsgestörten Hund fragt man auch nicht, warum. Den beseitigt man. Ich habe den Bengel immerhin gehen lassen und ihn nicht auf der Stelle erledigt. Du kannst mir glauben, dass ich dazu große Lust hatte.«

Der Alte hatte nicht die ganze Wahrheit gesagt. Er log vermutlich nicht, aber Ursachen und Wirkungen passten nicht zusammen.

»Hast du danach etwas von Tuomas gehört?«

Terho schüttelte den Kopf. »Will ich auch nicht.«

»Kannst du sagen, warum er sich auch bei mir nicht gemeldet hat? Ich bin sein Bruder.«

»Ich habe es ihm verboten. Ich habe ihm gesagt, dass ich dich umbringe, wenn er mit dir redet. Ich wollte nicht, dass er auch dich mit seinen Lügen verseucht. Wenigstens ein Sohn sollte wissen, wo sein Platz ist.«

»Mit was für Lügen?«

»Vergiss es. Scheiße ist und bleibt Scheiße.« Der Alte wandte den Blick ab.

Zwei Minuten war er ganz still. Er schaute aus dem Fenster und in seine Erinnerungen. Schließlich flüsterte er leise, wie zu sich selbst.

»Ich hab es einfach nicht geschafft. Wenn's in mir kocht, dann kocht es. Dagegen kann man nichts machen. Manches war auch übertrieben.«

Oho. Der Alte schwankte in seinen Meinungen hin und her, war unschlüssig, bestimmt wusste er selbst nicht genau, was er über gewisse Dinge dachte.

Lauri hatte das Gefühl, dass es nun der richtige Augenblick war. »Als du gestern dachtest, ich wäre Opa Aulis, hast du alles Mögliche gestammelt. Du hast davon geredet, den Puller deines Vaters zu streicheln und so was. Hat Großvater dich missbraucht?«

Terho schwieg und wandte den Blick immer noch nicht vom Fenster ab. Er murmelte etwas, das Lauri nicht verstand.

»Was hast du gesagt?«, fragte Lauri sanft und bemerkte, dass er trotz allem Mitleid für seinen Vater empfand.

Lauri sah einen müden alten Mann, dessen Verstand allmählich erstarrte und der einen endlosen Kampf führte, um durchzuhalten. Und er sah seinen Vater, dessen Anerkennung er immer gesucht hatte. Diese Sehnsucht war nun zurückgekehrt.

Terho murmelte wieder etwas.

Lauri ging zu seinem Vater. Er legte ihm die Hand auf die Schulter und fragte noch einmal, was er gesagt hatte.

Der Alte drehte sich schnell um und schlug Lauri mit der Faust mitten ins Gesicht. Lauri ging zu Boden. Der Schlag war unglaublich hart gewesen. Der zerbrechliche Mann hatte Lauris Glockenturm zum Läuten gebracht. Der Alte sprang auf den liegenden Lauri und schlug auf ihn ein. Die Schläge waren nun schon schwächer, aber der völlig überrumpelte Lauri konnte nichts anderes tun, als mit den Händen seinen Kopf zu schützen.

Der Alte fuchtelte mit den Armen und schrie: »Jetzt bring ich dich um, du verdammter Pavian, weil du deinen Vater überhaupt nicht achtest, sondern lügst und Geschichten verbreitest, die sich dein Bruder ausgedacht hat. Verdammt, im Kopf nicht ganz richtig bist du und ganz nach deiner Mutter gekommen, ein Nichtsnutz, den man schon als schwächliches Kalb im Alter von einer Woche hätte ausweiden müssen, dann könntest du deinen sterbenden Vater nicht mit diesen ekelhaften Geschichten verleumden, und Herrchen wäre vielleicht auch noch am Leben, der mich als Einziger auf dieser Welt geliebt hat …«

Lauri sah plötzlich einen weißen Schleier vor sich. Das war nicht Schmerz, nicht Erschütterung, sondern es war Hass, blinde weiße Wut, die Lauri seit seiner Kindheit in seinem tiefsten Innern aufbewahrt hatte. Er hatte sie gefesselt und sich vor ihr gefürchtet. Sie war die Frucht von Beleidigungen, von Angst, Schikanen und von reinem Schmerz durch Misshandlungen. Sie war durch Demütigungen gehegt und durch den Schmerz aufgezogen worden. Sie war der Fjord, der Abgrund, der sich in dem Spalt aufgetan hatte und um den Lauri immer einen großen Bogen gemacht hatte. Und sie war befreiend und tat gut.

Lauri warf seinen Vater in die Ecke wie einen Sack. Der Alte riss verdutzt die Augen auf. Er war so entgeistert, dass er sich nicht einmal wehren konnte. Er schaute nur zu, als der Sohn sich auf ihn stürzte. Lauri brüllte etwas von Tod, Triumph und Schmerz. In seinem Kopf wurde alles weiß. Es dürstete ihn nach dem Ende, nach dem Tod.

Lauri ließ seinen Vater erst los, als einige Schwestern und Pfleger angerannt kamen und ihn wegzerrten. Ihm wurde klar, dass er keinen Zugang mehr zum Alten finden würde. Die Sache war unvollendet geblieben. Von der Schläfe des Alten floss Blut. Auch zwischen den Zähnen quoll Blut hervor.

»Ich hätte nicht gedacht, dass du gewalttätig wirst. Ich habe auch diesem Polizisten, ein Kusivaiva* oder so, der vorhin angerufen hat, gesagt, dass du so ein Jammerlappen bist und nicht für Gewalt taugst. Dass ich die aus dir rausgeprügelt hab. Anscheinend hab ich mich da geirrt«, sagte der Alte. »Jetzt verstehst du, warum ich nichts dagegen tun konnte, wenn es mich überkam.« Die Stimme des Alten klang jedoch nicht triumphierend, sondern so, als hätte er sich abgefunden.

Das letzte Mal spürte Lauri eine Verbundenheit mit seinem Vater. Für einen Augenblick verstanden sie einander vollkommen. Dann unterbrach eine Schwester die Sichtverbindung. Lauri begriff, dass Eile geboten war. Er wollte schnell hinaus. Die Schwestern wagten nicht, ihn aufzuhalten. An der Tür stieß Lauri den Pförtner um, der ihm entgegenkam, rannte durch die Haustür zu seinem Wagen und fuhr los.

* Anspielung auf den Namen Vesitaival (dt. etwa: Strecke auf dem Wasser), fi. Kusivaiva – dt. etwa: Probleme beim Wasserlassen

Er checkte in Rekordzeit aus dem Hotel aus und raste in Richtung Helsinki. Während der ganzen Zeit wartete er darauf, dass Wachtmeister Muikkupuro hinter ihm auftauchte, um ihn zu verhaften.

Der berühmteste Polizist von Outokumpu war jedoch nirgends zu sehen. Lauri fuhr, als würde er einen entflohenen Sträfling jagen. Erst vier Kilometer vom Zentrum entfernt, an der halbverfallenen Teboil-Tankstelle von Ulla, beruhigte er sich allmählich. Er zitterte. Ihm war übel, und zugleich empfand er Wollust. Er hätte den Alten umgebracht, wenn niemand dazwischengegangen wäre.

Seine Selbstkontrolle hatte total versagt. Jetzt war er auch ohne Alkohol ausgerastet.

Auf dem Ring war es abends ruhig. Lauri fuhr bis zum Abzweig Itäkeskus und bog dann in die Richtung ab, in der seine Wohnung lag. Vor dem Prisma, Lauris Laden um die Ecke, lungerten zwei Teenies herum und tippten auf ihren Smartphones. Sie simsten, posteten, whatsappten, skypten oder twitterten, wahrscheinlich miteinander und der Welt, ohne sich wirklich dafür zu interessieren. Sie waren auf die Straße gekommen, um ihr soziales Leben zu führen, im Internet. Die Welt änderte sich, aber Lauri wollte nicht mitmachen.

Er stellte den Golf auf seinem Parkplatz ab. Während der ganzen Heimfahrt hatte er analysiert, was geschehen war. Er hätte gern mehr und mit irgendjemandem über die Dinge geredet, aber mit wem? Die Großmutter und der Alte kamen nicht mehr in Frage. Aus ihr würde er nichts herausbekommen. Zudem war sein Vertrauen zerstört. Sie würde keine Andeutungen zu dem Thema machen, sondern nur lächeln und so tun, als wäre nichts. Stattdessen würde sie anfangen zu sticheln. Auf Lauris Schwäche hinweisen. Aus Bosheit zu leise reden und dann murmeln, ihm würde es aber an einigem fehlen, wenn er jemanden nicht verstand, der ganz normal redete. Zwischen ihnen würde ewiger Herbst einziehen, mit dem Alten herrschte schon tiefster Winter. Der Alte würde nie wieder mit ihm reden. Und mit anderen konnte Lauri über das Thema nicht sprechen.

Er hob seine Tasche aus dem Kofferraum. Der Abend dämmerte schon. Ihm war so, als würde er aus dem Augenwinkel eine Bewegung im nahe gelegenen kleinen Kiefernwald sehen, den die Nachbarskinder »Kleinen Wald« nannten. Vielleicht war es nur der Wind, dachte er erst, weil er nichts entdecken konnte, aber dann ließ er den Gedanken fallen, als er zwischen den Bäumen eine schwankende dunkle Gestalt sah.

Das war ein Erwachsener, mehr konnte Lauri aus der Entfernung nicht sagen. Aus irgendeinem Grund lief es ihm kalt über den Rücken.

Als sich die Gestalt ins Gebüsch zurückzog, überlegte Lauri ganz kurz, ob er ihr nachrufen sollte. Doch er wollte nicht am selben Wochenende noch mit einem zweiten Penner reden.

Er trug die Tasche zu seiner Wohnungstür, stellte sie ab und wollte den Schlüssel aus der Tasche holen, als aus dem Aufzug zwei Männer traten. Der eine trug eine Uniform. »Polizei, bist du Lauri Aleksis Kivi?«

Lauri bejahte.

»Hauptkommissar Kepponen*.«

Lauri war nach den letzten Ereignissen so erschöpft, dass er in Gelächter ausbrach. In der Regel zeigte er vor Unbekannten seine Gefühle nicht, aber jetzt dieser Kepponen, das war einfach zu viel.

Die Polizisten hörten sich das Gelächter eine Weile an. Kepponen war sichtlich verärgert, der andere auf zurückhaltende Weise amüsiert. »So, das reicht ja nun wohl langsam.

* fi. kepponen – dt. Scherz, Spaß, Streich

Ich habe schon alle Witze gehört, die man sich zu meinem Namen ausdenken kann.«

»Nun, was kann ich für die Herren tun?«, sagte Lauri schließlich und bemühte sich, ein ernstes Gesicht zu machen.

»Hättest du Zeit mitzukommen«, sagte Kepponen steif. Das war keine wirkliche Frage.

Lauri schöpfte in seinem Zustand keinen Verdacht, sondern glaubte, es ginge um die Prügelei mit seinem Vater. Der Alte hatte das überlebt, und er würde garantiert keine Anzeige erstatten. Sein Vater mochte niederträchtig sein, aber er konnte es auch aushalten, wenn er Prügel bekam. Er würde nicht wegen ein paar Schrammen und Blutflecken herumjammern. Wenn Lauri die Situation richtig überschaut hätte, dann hätte er gefragt, ob er festgenommen war und aus welchem Grund. Als Polizeireporter wusste er sehr gut, dass Kepponen ihm hätte antworten müssen. Doch stattdessen folgte er den Polizisten brav. »Familien sind für den Arsch. Getan ist getan. Gehen wir.«

Kepponen war sichtlich überrascht von Lauris Worten. Er hätte gern nachgehakt, hielt aber Wort und sagte nichts. So war es bei der Strategiebesprechung vereinbart worden.

Lauri bemerkte nicht, dass dem Polizeiauto zwei zivile Dienstfahrzeuge folgten. Er wusste, dass er zum Verhör musste.

Was den Grund anging, irrte er sich jedoch sehr.

TEIL III

Wer anderen eine Wolfsgrube gräbt ...

Da lag die Großmutter und hatte die Haube tief ins Gesicht gesetzt und sah so wunderlich aus.
»Ei, Großmutter, was hast du für große Ohren!«
»Dass ich dich besser hören kann.«
»Ei, Großmutter, was hast du für große Augen!«
»Dass ich dich besser sehen kann.«
»Ei, Großmutter, was hast du für große Hände!«
»Dass ich dich besser packen kann.«
»Aber, Großmutter, was hast du für ein entsetzlich großes Maul!«
»Dass ich dich besser fressen kann.«

Auszug aus: Brüder Grimm:
Die schönsten Kinder- und Hausmärchen

Markku Vesitaival, der Leiter der Ermittlungsgruppe für Gewaltverbrechen bei der Helsinkier Polizei, betrachtete sich im Spiegel. Ein resolutes, gewitztes und scharfsinniges Individuum schaute ihn an. Kein besonders toll aussehender, aber auf unverfälschte Weise echter, harter finnischer Mann. Ein langweiliges und hässliches Gesicht und ein leicht krummer Rücken. Der Bauch war etwas schlaff geworden, nicht mehr das Waschbrett der früheren Jahre, aber trotzdem war er eher noch ein Grund, stolz zu sein, als sich zu schämen.

Markku Vesitaival sah einen erfolgreichen Mann, der den größten Durchbruch seiner Karriere geschafft hatte, die vielleicht bedeutendste Festnahme in der ganzen finnischen Kriminalgeschichte. Er hatte den ersten finnischen Serienmörder amerikanischen Typs gefasst. Und dann noch einen Familienserienmörder. Er hatte ihn der Zentralen Kriminalpolizei vor der Nase weggeschnappt. Die überheblichen Ermittler der KRP, allen voran ihr Chef Moilanen, wären blamiert und würden sich von ihren Vorgesetzten einiges anhören müssen. Er hatte es geschafft. Alles, wovon ein Polizist wie er träumen konnte.

Vesitaival betrachtete sich im Spiegel vom Scheitel bis zur Sohle und sagte:

»Markku Vesitaival, Chef der Ermittlungsgruppe für Gewaltverbrechen der Ständigen Abteilung für kriminalpolizeiliche Ermittlungen bei der Helsinkier Polizei.« Dann fuhr er voller Eifer fort: »Du bist einer von den richtigen Männern. Jetzt muss die Sache nur zu Ende geführt werden.« Ein Anflug eines Lächelns glitt über sein ernstes Gesicht, aber die Augen blieben hart wie Stahl.

Er ließ den Kopf sinken und drehte ihn von rechts nach links und machte zum Aufwärmen ein paar Sprünge. Zwischendurch schwenkte er die Beine zur Seite und schüttelte die Arme aus. Das war das gleiche Gefühl wie vor dem Start eines Laufwettbewerbs: angespannt, explosiv und hellwach. Genau wie im Finale über vierhundert Meter bei den finnischen Meisterschaften der Sechzehnjährigen, auch jetzt wusste Vesitaival, dass er die Lage unter Kontrolle hatte. Er würde seinen Kontrahenten schlagen.

Die Beine waren seit damals langsamer geworden, die grauen Zellen nicht. Vesitaival würde den Mörder bezwingen und sich den Ruhm des Siegers holen. Angesichts der Last der Beweise und der überlegenen Qualität des Verhörenden hatte so ein Verrückter keine Chance.

Lauri Kivi, der Polizeireporter von Suomen Sanomat, war schuldig. Die Beweise waren erdrückend. Jetzt musste man diesen Abschaum nur dazu bringen, ein Geständnis abzulegen. Der düstere Mann hatte mindestens drei Familien auf brutale Weise getötet. Er hatte erschossen, erwürgt und erstochen. Er hatte jede Sekunde genossen und über die Morde Artikel voller Anteilnahme für eine bedeutende Zeitung geschrieben, die oberflächlich gesehen von seiner Fachkenntnis zeugten. Das war allerdings leicht, wenn man die Ereignisse besser kannte als jeder lebendige Mensch auf Erden. Der Mann hatte beim Schreiben noch einmal nachträglich Lust empfunden und vor seinen Lesern geglänzt. Kivi war geschickt. Er hatte nur den Fehler begangen, Markku Vesitaival zu unterschätzen.

Vesitaival hatte schon in aller Eile Kivis Angehörige befragt, die Patientendaten des Mannes gelesen und überprüft, ob eine Eintragung im Strafregister vorlag. In den sozialen Medien war der unsoziale Medienvertreter nicht registriert. Die Hausdurchsuchung war im Gange, aber Vesitaival wollte die Verhöre schon heute beginnen, bevor die Medien Wind von der Sache bekamen.

Morgen müsste vielleicht schon zumindest darüber informiert werden, dass sie eine Festnahme vorgenommen hatten. Das würde wahrscheinlich auch die KRP interessieren, und das Karussell finge an sich zu drehen. Es wäre besser, wenn Vesitaival ein Geständnis hätte.

Diesmal könnte die Geheimhaltung bis zum nächsten Tag gewahrt werden, weil der Tatverdächtige eben Kivi war. Der Mann hatte einen legendären Ruf als Schnüffler, und seinetwegen hatte man die Öffentlichkeit schon oft eher informieren müssen, als es normalerweise getan worden wäre. Er hatte manchmal mehr gewusst als die Polizei. Früher war nie bezweifelt worden, dass er sich seine Informationen auf legalem Wege beschafft hatte, aber jetzt müsste man seine ganze Laufbahn untersuchen. Es war möglich, dass Kivi, nur um beruflich Erfolg zu haben, die Verbrechen selbst begangen und andere als Schuldige inszeniert hatte. Kivi könnte ein Serienkrimineller sein, der sich als Serienmörder entpuppte. Der Mann hatte immer mehr Spannung gebraucht und mit immer gewagteren Verbrechen und zum Schluss mit Morden die Last der Vergehen vergrößert, für die man ihn anklagen würde.

Vesitaival erinnerte sich an den mazedonischen Serienmörder-Journalisten Vlado Taneski vor einigen Jahren. Der Mann hatte über eine Mordserie Informationen veröffentlicht, die von der Polizei nicht offengelegt worden waren. Er hatte drei Kollegen seiner Mutter getötet und in seinen Artikeln beschrieben, dass der Mörder zum Fesseln der Frauen Telefonkabel verwendet hatte. Überführt wurde er schließlich, weil seine DNA im Sperma entdeckt wurde, das man in den Opfern fand.

Kivi musste gestoppt werden. Bei den Befragungen der Angehörigen hatte sich herausgestellt, dass Kivi eine harte Jugend gehabt hatte, aber die Gewalt in der Familie war keine Erklärung für die Taten. Ansonsten gäbe es in Finnland Zehntausende einst von ihren Eltern verprügelte Serienmörder. Nach Vesitaivals Erfahrungen hatten Umfeldfaktoren zwar einen Einfluss auf die kriminelle Aktivität, aber die schlimmsten Mistkerle wurden nur durch verdorbene Erbfaktoren und deren Summe gezeugt. Sie wollten Böses tun, da hatte der Hintergrund nicht viel Gewicht. Unter den gefährlichsten Kriminellen gab es sowohl solche, die missbraucht worden waren, als auch solche, die aus liebevollen Familien stammten.

Kivi war ein außergewöhnlich gestörter Verrückter, den man sogar auf der anderen Seite des Großen Teiches untersuchen würde. Bald würde man auch dort wissen, wer diesen Geisteskranken geschnappt hatte: der Chef der Ermittlungsgruppe für Gewaltverbrechen der Ständigen Abteilung für kriminalpolizeiliche Ermittlungen bei der Helsinkier Polizei. Und sein Name lautete: Markku Vesitaival. Man würde ihn interviewen, vielleicht sogar zu Vorträgen bei Seminaren des FBI einladen.

Vesitaival dachte über sein gegenwärtiges Reich nach: die Mordkommission. Seine Einheit kümmerte sich jährlich um die Untersuchung der Todesursache in über tausend Fällen, Gewaltverbrechen geschahen etwa zwanzig, und versuchten Totschlag gab es Dutzende. Sie untersuchten etwa hundert Fälle schwerer Körperverletzung und mehrere hundert Sexualverbrechen. Außerdem ermittelte die Einheit immer dann, wenn in Helsinki Menschen vermisst wurden. Vesitaival war zuständig für enorm viele Fälle, aber nach diesem einen würde sein Verantwortungsbereich noch weiter wachsen.

Mit stolzgeschwellter Brust verließ er sein Zimmer. Im Flur blieb er stehen und bemerkte die anerkennenden und bewundernden Blicke der Ermittler aus der Gruppe für Sexualverbrechen.

Er sah Licht, das aus dem Verhörraum I drang.

Vesitaival ging hinein. Er nickte Hauptkommissar Kepponen zu, der zu seinem Namen mehr gehört hatte, als man irgendjemandem wünschen würde. Vesitaival wusste, dass er sich Kepponens Treue vor einem Monat bei einer Besprechung zur Befehlsausgabe gesichert hatte, als er die immer fantasievolleren Scherze kurzerhand verboten hatte. Kepponen machte zwar den Vorschlag, das Verbot aufzuheben, aber Vesitaival wusste, dass er insgeheim erleichtert war.

Die Männer, die eine schwere Arbeit leisteten, mussten zwar ab und zu Gelegenheit bekommen, Dampf abzulassen, Witze zu machen und zu spielen. Natürlich verstand Vesitaival das. Aber was zu viel war, war zu viel, und das ständige Gelächter auf Kosten eines Kollegen war kein angemessenes Verhalten für einen Polizisten. Schauspieler, Schriftsteller und Komiker durften die Leute mit Lästereien unterhalten. Die Aufgabe der Ermittlungsgruppe für Gewaltverbrechen hingegen bestand darin, zu sichern, zu schützen und aufzuklären, nicht, sich zu vergnügen. Man musste sich auf das Wesentliche konzentrieren. Darauf vertraute das Volk, diesem Vertrauen wurde Vesitaival mit seiner Truppe gerecht.

Vesitaival betrat den Raum, in dem sich nur ein Tisch, zwei Stühle und drei Männer befanden. So hatte er es befohlen. Alles Überflüssige musste weg, der Mann, der verhört wurde, sollte sich noch verlassener und verlorener fühlen. Unter dem Eindruck des Schuldgefühle weckenden Echos würde Kivi die Leere des Raums mit der Wahrheit und einem Geständnis ausfüllen wollen.

Vesitaival setzte sich hin und stellte den Rekorder auf den Tisch. Natürlich befanden sich in dem Raum auch ein moderneres Aufzeichnungssystem und eine Videoanlage, aber Vesitaival wollte das Verhör wie in alten Zeiten durchführen. Denselben Rekorder hatte er beim ersten Verhör seiner Laufbahn benutzt. Und dieses Gespräch würde er eigenhändig mit seiner alten Remington verschriften. Und erst danach in die Datenbank übertragen.

Der Kreis würde sich schließen, die neue Welt ihre Tür öffnen.

Aber jetzt saß Vesitaival dem Tatverdächtigen gegenüber. Er musste sich auf ihn konzentrieren.

Kivi hockte auf seinem Stuhl. Er spielte den leicht Verwirrten. Der ungepflegte Bart wirkte struppig. Auch das Haar war lange nicht geschnitten worden. Der Mann versteckte sich hinter seinem schäbigen Äußeren, um alle Welt zu täuschen.

Vesitaival lehnte sich auf seinem Stuhl weit nach hinten. Er wollte locker wirken, obwohl die Spannung bis in die Fußsohlen kribbelte. »Wissen Sie, warum Sie hier sind?«

»Werde ich eines Vergehens beschuldigt?«

»Noch nicht ganz.«

»Verdächtigt man mich?«

»Wo waren Sie am 12. 6. 2012?«

»Du weißt ganz genau, dass ich mich daran jetzt nicht erinnern kann. Das ist ein Jahr her. Niemand kann das. Wenn ihr mir meinen Kalender gebt, dann könnte ich vielleicht …«

Kivi brach mitten im Satz ab. Ihm wurde etwas klar. Man sah ihm an, dass er begriff und zugleich völlig verblüfft war. Er neigte den Kopf leicht nach rechts und schaute den aufgedreht wirkenden Vesitaival so an, als wäre der jetzt völlig durchgedreht.

Hatte Kivi bisher tatsächlich geglaubt, dass Vesitaival es nicht wusste?

»Du bist verrückt«, fuhr Kivi ihn an.

»Und ich könnte aus äußerst tödlichen Gründen dasselbe von dir sagen«, erwiderte Vesitaival.

Kivi verdrehte die Augen und zeigte sich verwirrt und verdutzt, was ihm gut gelang.

Der Mann konnte schauspielern, aber das war nicht überraschend. Es handelte sich um ein Ausnahmeindividuum, das sein ganzes Leben lang seine Gedanken und Taten verdeckt hatte. Wahrscheinlich war Kivi ein Psychopath, der Gefühle modellierte und so tat, als würde er etwas empfinden. In Wirklichkeit herrschte in dem Mann Leere.

»Außerhalb meines Berufs habe ich mit denen nichts zu tun.«

»Womit?«

Kivi schwieg. Er schaute Vesitaival trotzig in die Augen. Offensichtlich war er wütend.

»Womit?«, wiederholte Vesitaival, erhielt aber keine Antwort.

»Wo waren Sie am 12. 6. 2012? Das war ein Samstag.«

»Ich weiß, dass es ein Samstag war. Ich war zu Hause, bis ich von der Arbeit angerufen wurde, ob ich einen Auftrag für einen Artikel annehmen und mit der Maschine am Abend fliegen könnte.«

»Lass mich raten. Sie waren allein zu Hause.«

Kivi überlegte einen Augenblick, bevor er antwortete. »Du weißt besser als ich, dass du vor Beginn des Verhörs mitteilen musst, in welcher Stellung du mich verhörst. Bin ich Verdächtiger, Zeuge oder Kläger? Zwar konnte ich angesichts der etwas unfreundlichen und stummen Abholung durch

Kepponen Rückschlüsse auf meine Stellung ziehen, aber ich habe gedacht, dass ich wegen der Misshandlung meines Vaters hierher muss, und wollte die Angelegenheit auf dem einfachsten Weg klären. Das ist für mich nur von Vorteil, wenn ihr euch in Formfragen Fehler leistet.«

Vesitaival nickte. Ein kleiner, wohl überlegter Fehler, das würde das Verhör nicht beeinträchtigen. Vor allem wenn der Beruf des Verhörten garantierte, dass er seine Rechte kannte. Vesitaival hatte geplant, es Kivi erst zu sagen, wenn der allmählich zusammenbrach. Diese Herangehensweise würde die Gegenseite, die sich in der Sache auskannte, in Angst versetzen. Spielte die Behörde etwa nicht nach den Regeln? Es machte Kivi sicher nervös, wenn Pflichten der Polizei absichtlich und auf harmlose Weise vernachlässigt wurden. Außerdem hatte er das Verhör offiziell noch nicht begonnen. Das war erst ein Gespräch, zu dem die Belehrung über die Rechte gehören würde.

»Sie werden als Verdächtiger verhört.«

»Wessen werde ich verdächtigt?«

»Der Tötung einer Familie.«

Kivi schüttelte den Kopf und lächelte. »Du weißt, dass die bloße Straftatbezeichnung nicht genügt.«

Vesitaival hielt inne und schaltete den Rekorder ein.

»Es ist der achte Juli 2012 um 18.52 Uhr. Dies ist das erste Verhör von Lauri Aleksis Kivi. Ort ist das Polizeigebäude in Pasila, genauer gesagt Verhörraum I der Ermittlungsgruppe für Gewaltverbrechen der Ständigen Abteilung für kriminalpolizeiliche Ermittlungen bei der Helsinkier Polizei. Kivi wurde mitgeteilt, dass er im Verdacht steht, die Familie von Hauptwachtmeister Kyösti Virtanen getötet zu haben. Sagen Sie Ihren Namen.«

Kivi beugte sich weiter vor zum Rekorder. Er starrte Vesitaival in die Augen. Ängstlich wirkte er nicht, eher trotzig. Das würde nicht einfach werden. »Lauri Aleksis Kivi. Geboren am achtzehnten April 1973. Letzter Teil der Personenkennzahl 154 und V wie ein gewöhnlicher Viktor.«

Vesitaival dachte nur kurz über seine Strategie nach. In der Regel deckte er seine Karten nicht auf, aber jetzt glaubte er, dass der Angriff die beste Methode war, den ansonsten gefährlichen Gegner zu erschüttern. »Sie haben das Recht, Informationen zu verschweigen, die zu Ihrem Nachteil ausgelegt werden können. Gezwungen sind Sie nur, Ihren Namen zu nennen. Und Sie haben das Recht auf einen von Ihnen selbst gewählten Anwalt. Wenn Sie sich keinen Anwalt leisten können, haben Sie das Recht auf einen Ihnen zugewiesenen Verteidiger, dessen Honorar der Staat bezahlt, wenn aber Ihre Schuld festgestellt wird, müssen Sie das Honorar des Ihnen zugewiesenen Verteidigers bezahlen. Offiziell werden Sie derzeit der Tötungen von Toivola verdächtigt, aber ich weiß, dass Sie auch die Bluttaten von Kontiolahti und Kaavi begangen haben. In Kaavi waren Sie im letzten Sommer zugange und in Kontiolahti zu Weihnachten.«

Kivis Gesicht blieb ganz ruhig. Für einen Wimpernschlag hatte es gezuckt, aber dann war es schnell wieder wie Granit. »Ich will einen Anwalt.«

Ja, natürlich, dachte Vesitaival. »Ja, natürlich.«

»Du kannst mich für alles halten, was du willst, aber das hier wird für uns alle leichter, wenn du mich wenigstens nicht für dumm hältst«, sagte Kivi und verschränkte die Arme auf der Brust.

Vesitaival hatte gehofft, Kivi wäre so überheblich, dass er keinen Anwalt rief, sondern sich einbildete, mit Vesitaival auch ohne fremde Hilfe fertig zu werden. So war es jedoch nicht gekommen. Vesitaival stand auf. Er versuchte sich zurückzuhalten, erhob sich aber doch zu heftig. Der Stuhl fiel um. Kivi lächelte. Vesitaival ärgerte sich. Er hatte seine Frustration gezeigt. Das brachte den Verhörten in die Vorhand. Ein unverzeihlicher und amateurhafter Fehler.

Vesitaival flüsterte Kepponen zu, er solle Kivi einen Anwalt anrufen lassen. Danach verließ er den Raum. Er war auf den Boden der Tatsachen zurückgekehrt. Es würde noch ein weiter Weg sein. Doch es gab nicht den geringsten Zweifel, dass er den Mann hinter Gitter bringen würde.

Lauri konnte nicht glauben, was geschehen war. Man beschuldigte ihn, Morde begangen zu haben. Das erklärte auch, warum sich Vesitaival bei Antti und dem Alten nach ihm erkundigt hatte. Aber mit welcher Begründung und mit welchen Beweisen verdächtigte man ihn? Natürlich hatte er mit den Fällen zu tun gehabt, aber das galt auch für viele andere Journalisten.

Er kannte Liisa Perho aus seiner Kindheit. Aber zu den beiden anderen Fällen hatte er nur über seine Arbeit eine Verbindung, und auch für diese Fälle konnten sich keine Beweise finden.

Aber wie war Vesitaival auf die Idee gekommen, dass Lauri etwas mit den Morden zu tun hatte? Der Mann lief herum, als wäre er sich so sicher wie das Amen in der Kirche. Er glaubte den Schuldigen zu kennen.

Lauri nahm als Anwältin eine flüchtige Bekannte, von der er wusste, dass sie ein Profi war. Laura Luotiniemi galt als kompetente Juristin. Sie war ruhig, erfahren und verlässlich. Mit ihr zusammen würde es leichtfallen, sich eine Taktik zurechtzulegen.

Vesitaival hatte gefragt, wo Lauri an jenem Abend gewesen war, an dem Liisas Familie letztes Jahr im Juni gestorben war. Lauri hatte ein wasserdichtes Alibi. Er war vom vorhergehenden Abend an in seiner eigenen Wohnung mit Jatta zusammen gewesen. Mitten in einem heftigen Streit hatte Pokka angerufen und gefragt, ob Kivi einen Auftrag übernehmen könnte. Lauri war froh gewesen, dass er einen Grund hatte zu verschwinden.

Er wollte aber Jattas Namen nicht nennen. Es war nicht anzunehmen, dass man von ihrem Verhältnis wusste. Jatta hatte auch in der Zeit, als sie zusammenlebten, die Miete ihrer Einraumwohnung bezahlt und offiziell dort ihren Wohnsitz gehabt. Wenn Lauri erzählen würde, dass er mit Jatta zusammengewohnt hatte, war klar, dass die Frau der Weitergabe von internen Informationen verdächtigt würde. Man könnte das vielleicht nicht beweisen und keine Sanktionen aussprechen, aber Jattas Karriere würde bestimmt ins Stocken geraten.

Laura Luotiniemi kam schnell. Die Sache war bedeutend, und die Frau wohnte ganz in der Nähe des Polizeigebäudes in Pasila.

»Danke, dass du gekommen bist. Die ganze Sache ist absurd«, sagte Lauri, als sie unter sich waren.

Die Anwältin bat Lauri, alles zu erzählen. In aller Ruhe und von Anfang an. Obwohl Lauri gewusst hatte, wie die Dinge laufen würden, wirkten die klaren Instruktionen der Frau auf ihn so ungemein beruhigend, dass er selbst überrascht war.

»Ich werde verdächtigt, im Laufe des letzten Jahres drei Familien ermordet zu haben. Die erste Familie habe ich nach Vesitaivals Ansicht vor einem Jahr in Kaavi abgeschlachtet und die zweite kurz danach in Kontiolahti. In der letzten Woche habe ich angeblich in Toivola das Blut spritzen lassen.«

»Ich frage nicht, ob du sie begangen hast«, sagte Luotiniemi ganz ruhig. »Ich frage, kannst du beweisen, dass du es nicht getan hast.«

»Du fragst vielleicht nicht, aber ich antworte trotzdem. Ich habe in meinem ganzen Leben keinen Menschen umgebracht. Und ich habe mit den Morden nichts zu tun. Außer, dass ich über alle in Suomen Sanomat Artikel geschrieben habe.«

»Kanntest du an diesen Fällen beteiligte Menschen?«

»Die in Kaavi am Leben gebliebene Familienmutter Liisa Perho ging in ihrer Jugend mit meinem Bruder.«

Laura Luotiniemi verzog keine Miene. Sie war offensichtlich alles Mögliche gewöhnt. Der etwa vierzigjährigen, toughen Frau hatte man schon einige gewichtige Fälle übertragen. Man kannte sie als aufsteigenden Stern, der jetzt klar und hell am Rechtshimmel glänzen könnte. »Meiner Ansicht nach haben wir auf der Grundlage von dem, was du berichtet hast, noch keine Not. Ich glaube jedoch nicht, dass man dich verhören würde, wenn man sich nur auf das stützen könnte. Vesitaival hat noch mehr. Das Besondere an der Sache ist, dass die Fälle von Kaavi und Kontiolahti nicht in der Zuständigkeit der Ermittlungsgruppe für Gewaltverbrechen der Helsinkier Polizei liegen. Von der Logik her ist dieser Fall, nachdem er sich ausgeweitet hat, Sache der KRP.«

»Vesitaival hat gesagt, dass man mich derzeit offiziell nur der Morde von Toivola verdächtigt. Deshalb ist er sicher nicht verpflichtet, die KRP über die Sache zu informieren. Du weißt, was für ein Verhältnis die Ermittlungsgruppe für Gewaltverbrechen und die Zentrale Kriminalpolizei haben. Vesitaival tut alles, um den Fall zu behalten. Von dem Verdacht in den anderen beiden Fällen weiß ich, weil er behauptet hat, er wisse, dass ich auch diese zwei Morde begangen habe.«

Laura Luotiniemi schaute Lauri in die Augen. »Du hast meine erste Frage nicht beantwortet. Kannst du beweisen, dass du die Morde nicht begangen hast?«

»Im Fall von Toivola nicht. Ich habe allein in meiner Wohnung geschlafen, als sie passiert sind. Die Morde von Kontiolahti sind Heiligabend oder in der folgenden Nacht passiert.

Es ist ein Jammer, dass ich dieses Weihnachten allein verbracht habe. Das ist nicht sehr glaubhaft, aber ich hatte mich gerade von meiner damaligen Freundin getrennt, und zu meinen Verwandten habe ich keinen Kontakt. An dem Abend, in der Nacht und an dem Tag vor den Morden in Kaavi hingegen war ich die ganze Zeit mit einer Person in Helsinki zusammen.«

»Darf ich fragen, mit wem?«

»Natürlich darfst du, und ich möchte darauf nicht antworten. Diese Person arbeitet bei der Polizei, und ich habe von ihr Informationen in Bezug auf Verbrechen erhalten, die ich in meinen Zeitungsartikeln verwendet habe. Vesitaival hat es von Anfang an geärgert, dass ich so umfassend informiert war, und man würde sich an meiner Bekannten bestimmt rächen. Ich möchte also fragen: Kann ich mich auf den Quellenschutz berufen und den Namen der Person nicht preisgeben?«

»Du weißt so gut wie ich, dass das nicht realistisch ist. Wenn sie die einzige Person ist, die dir ein Alibi wenigstens für einen Fall geben kann, dann musst du den Namen dieser Frau oder dieses Mannes preisgeben, falls du willst, dass der Verdacht wenigstens teilweise ausgeräumt wird. Als Verdächtiger brauchst du natürlich auf überhaupt nichts zu antworten, aber Schweigen schadet deiner Sache nur.«

Lauri nickte. »Was rätst du mir, was ich tun soll?«

»Wenn du unschuldig bist, dann erzähle offen alles, was du weißt. Dabei bekommst du auch heraus, mit welcher Begründung du hier bist. Vielleicht können wir Vesitaival so Paroli bieten und seine Auffassungen korrigieren.«

»Ich will dich beim Verhör dabeihaben.«

Laura Luotiniemi nickte. »Wie du sehr wohl weißt, können sie dich nur drei Tage festhalten. Danach müsste man dich verhaften. Vesitaival will sicher möglichst schnell voranko mmen. Wirst du schon heute erneut verhört? Wir können das leicht auf morgen hinauszögern, wenn du willst.«

Lauri hustete. »Wir schieben das nicht auf die lange Bank. Mir fällt es leicht, deine Instruktionen zu befolgen. Ich erzähle alles, was ich weiß.«

Kepponen klopfte an Vesitaivals Tür.

»Herein!«

»Kivi ist so weit. Er hat die Luotiniemi kommen lassen.«

Vesitaival war nicht überrascht. Kivi kannte die Anwälte auf dem Gebiet, und von Laura Luotiniemi wusste man, dass sie eine rücksichtslose und effiziente Juristin war, der es gelang, mit allerlei Manövern dafür zu sorgen, dass Schuldige frei- oder zumindest mit unverschämt niedrigen Strafen davonkamen. Die andere Alternative wäre Pekka Lavikainen gewesen, auch er ein Profi derselben Kategorie.

Vesitaival war mit der Wahl zufrieden. Er schätzte Luotiniemi, die nicht herumbrüllte oder drohte. Laura wusste sich zu benehmen. Es war auch angenehm, die sanften Hügel ihrer Figur zu betrachten, und die Frau duftete nach Vanille. Aufgrund seiner Stellung und seiner Ehe würde sich Vesitaival nie zu seinen warmen Gefühlen bekennen können, aber auf jeden Fall arbeitete er lieber mit Luotiniemi zusammen als mit Lavikainen. Pekka kümmerte sich außerdem nicht um die Körperhygiene. Der Mann stank wie Fischabfälle, die jemand bei sommerlicher Hitze im Kuhstall vergessen hatte.

Dass sich das neue Verhör so schnell organisieren ließ, hatte Vesitaival überrascht. Es war schon nach zwanzig Uhr am Sonntagabend. Er hatte erwartet, dass Kivi und Luotiniemi lange über ihre Strategie nachdenken und diskutieren würden. Dass sie den Beginn des Verhörs auf den nächsten Tag hinausschieben würden. Das wäre ihnen auch gelungen, weil es schon spät war. Normalerweise wurden Verhöre in schwerwiegenden Fällen nicht in diesem schnellen Tempo durchgezogen, aber Vesitaival wollte möglichst weit hinter die gegnerischen Verteidigungsstellungen vordringen, solange vom Überraschungseffekt wenigstens noch ein Rest übrig war.

Das könnte allerdings vergeblich sein. Vielleicht hatte Kivi schon einen Plan. Vielleicht hatte er gewusst, dass man ihn fassen würde, und schon im Voraus überlegt, wie er vorgehen sollte. Wenn Kivi so schlau war, konnte Vesitaival nichts dagegen tun, aber der Versuch, Kivi doch zu überrumpeln, würde ihn auch nichts kosten.

»Alles klar. Bring sie in die Eins.«

»Die sind schon dort.«

»Gut.«

Vesitaival stand auf und marschierte auf direktem Wege in den Raum. Er wollte Kivi keine zusätzliche Zeit mit Luotiniemi lassen. Wenn sie irgendetwas vergessen und nicht besprochen hatten, waren sie selber schuld. »Dann fangen wir mal an.«

Vesitaival sprach auf den Rekorder dieselbe Litanei wie beim vorherigen Mal. Diesmal nannte er auch alle Anwesenden beim Namen. Auch Kivi machte ohne Probleme seine Angaben.

Schließlich konnte er anfangen. »Wo waren Sie, Lauri Aleksis Kivi, am 12. 6. 2012?«

Kivi rückte auf seinem Stuhl nach hinten. Das war gut. Der Mann fühlte sich also unwohl. Vielleicht auch unruhig. »Bei mir zu Hause.«

»War jemand bei Ihnen?«

Entsetzt registrierte Vesitaival, dass Kivi nickte. »Ja.«

»Wer denn?«

»Meine damalige Freundin.«

»Der Name.«

»Das ist eine heikle Angelegenheit, und ich möchte ihn

nicht nennen, solange man mir nicht gesagt hat, auf welcher Grundlage ich verdächtigt werde. Außerdem ist für den Fall in Kaavi doch nicht die Helsinkier Ermittlungsgruppe für Gewaltverbrechen zuständig, sondern die KRP, oder?«

Vesitaival wurde blass. Kivi schlug mit der KRP zurück. Er hätte mit Toivola anfangen müssen und nicht chronologisch vorgehen dürfen, obwohl alle Fälle zusammenhingen. »Okay. Wir kommen später darauf zurück. Wo waren Sie am letzten Wochenende in der Mordnacht von Toivola?«

»Bei mir zu Hause. Im Schlaf. Allein.«

Vesitaival lächelte. »Ja, natürlich. Kannten Sie Hauptwachtmeister Kyösti Virtanen?«

»Nein.«

»Und dessen Frau Anna?«

»Nein.«

»Und die Kinder der Virtanens? Iina und Eerikka.«

»Nein.«

»Warum haben Sie die dann ermordet?«

»Ich habe niemanden ermordet. Du, Markku, hast die völlig verdrehte Vorstellung, ich wäre irgendein verdammter Serienmörder. Ich bin Kriminalreporter, das heißt, dass ich über Verbrechen berichte, aber nicht, dass ich welche begehe.«

Vesitaival holte aus seiner Tasche einen anderen Rekorder. Er stellte ihn auf den Tisch und schaltete ihn an. Aus dem Lautsprecher erklang Lauri Kivis Stimme.

»… wenn die Polizei nichts über den möglichen Täter mitteilt und nicht erklärt, wie es sein kann, dass die Streife um halb vier in der Frühe am Tatort auftaucht, dann verstehst du doch, dass damit ein fruchtbarer Boden für wüste Gerüchte bereitet wird. Der erste Gedanke des Lesers ist, dass ein verdienstvoller Polizist so etwas ja nicht tun kann. Ein Mann, der sein ganzes Leben dem Gesetz und der Aufrechterhaltung von Ordnung und Sicherheit gewidmet hat, ermordet doch nicht seine Ehefrau, seine Kinder

und danach sich selbst. Ist der Täter also jemand anders? Handelt es sich um irgendeinen unzufriedenen Kunden? Ein Fixer, dem der Hauptwachtmeister die letzte Ladung weggenommen hat, oder ein gewalttätiger Familienvater, der wegen Virtanens Bericht sein Kind verloren hat. Aus derart dürftigen und unklaren Informationen wie euren wird man auch nicht viel schlauer. Glaub mir! Das ist keine Neugier, wenn ich frage, das ist Dienst an der Gesellschaft. Uns bleiben unnötige Ängste und Sorgen erspart, wenn wir die grundlegenden Informationen sofort und richtig vermitteln. Deswegen gebt ihr doch die Pressemitteilungen heraus. Ich will auch keine Blutorgien in der Presse ausmalen oder Blutspritzer an Toilettenspiegeln beschreiben. Das hieße, sich an Gewalttaten zu berauschen. Das ist falsch.«

Vesitaival drückte die Stopptaste. »Kennen Sie die Stimme?«

Kivi nickte.

»Der Verdächtige soll bitte laut vernehmlich antworten, damit wir das aufzeichnen können.«

»Ja.«

Vesitaival seufzte. »Also wenn Sie die Stimme kennen, wessen Stimme haben Sie da auf dem Band gehört.«

»Das ist meine Stimme. Die Stimme von Lauri Aleksis Kivi.«

»Können Sie sagen, wann Sie das geäußert haben?«

»Ja.«

»Wann?«

»Das Gespräch wurde an dem Tag aufgezeichnet, an dem der Familienmord der Virtanens öffentlich wurde. Die genaue Uhrzeit kann ich nicht sagen.«

»Mit wem reden Sie?«

»Mit dir.«

Vesitaival beugte sich näher zu dem Gerät hin, mit dem das Verhör aufgezeichnet wurde.

»Und mit mir meinen Sie den Chef der Ermittlungsgruppe für Gewaltverbrechen der Ständigen Abteilung für kriminalpolizeiliche Ermittlungen bei der Helsinkier Polizei Markku Vesitaival?«

»Wenn du es so verdammt lang formulieren willst, dann ja.«

»In der von uns soeben gehörten Aufzeichnung versuchen Sie, mich zu überreden, zu erklären, warum die Polizei mitten in der Nacht am Tatort erscheinen konnte, und Sie verlangen zusätzliche Informationen über den eventuellen Täter. Trifft das so zu?«

»Ich wollte dich dazu bewegen, einzusehen, dass es weniger Gerüchte, Ängste und falsche Vorstellungen gibt, wenn man die Leute informiert.«

»Das heißt, ja.«

»Ja.«

Vesitaival spulte den Rekorder noch weiter und drückte auf Play. Zunächst hörte man Lauri Kivis Stimme.

»Kann ich ein paar ergänzende Fragen zu der von euch veröffentlichten Mitteilung stellen?«

»Bitte, Kivi, frag ruhig. Ich habe bereits darauf gewartet, dass du anrufst. Die anderen waren schon schneller.«

»Ihr habt mitgeteilt, die Hauptrichtung der polizeilichen Ermittlungen sei es, dass der Familienvater die Mutter und die zwei Mädchen und danach sich selbst ermordet hat. Wie fest glaubt ihr daran, dass Ermittlungen in diese Richtung Erfolg haben werden?«

»Eine interessante Frage. Wenn es sich um die Hauptrichtung der Ermittlungen handelt, sollte man annehmen, auch dem Herrn Redakteur wäre klar, dass dieser Glaube dann sehr fest ist.«

»Ist es möglich, dass der Täter eine Person außerhalb der Familie ist?«

»Möglich ist alles.«

Auf dem Band war Kivis Seufzen zu hören.

»Na, wie untersucht die Polizei diese Möglichkeit?«

»Was für eine Möglichkeit genau?«

»Die Möglichkeit eines außenstehenden Mörders.«

»Wir prüfen unter anderem mit DNA-Tests, ob sich irgendwelche Beweise für oder zumindest Hinweise auf einen außenstehenden Täter finden. Du bist übrigens der einzige Journalist, der dazu so heftig nachbohrt, die anderen halten es für einen klaren Fall. Hast du irgendeine Theorie oder hast du etwas von deinen Deep Throats gehört?«

Das Gespräch ruhte für eine Weile, bis Kivi weiterredete.

»Nein. Ich habe nur gehört, dass der Verdächtige ein Mensch war, der seine Familie sehr liebte, und auch du musst doch wohl zugeben, dass so eine Tat, wenn sie von einem Polizisten begangen wird, mehr Fragen aufwirft als sonst. Außerdem gehört es einfach zu guter journalistischer Arbeit, auch dieser Möglichkeit nachzugehen.«

»Es gehört auch zu guter Polizeiarbeit. Ich verspreche, dass wir unser Bestes tun, um die Geschehnisse aufzuklären, und wenn der Täter ein Außenstehender ist, wird er uns auch in die Falle gehen. Dann schauen wir mal, ob der werte Herr Redakteur mit dem Ergebnis zufrieden ist.«

Vesitaival schaltete den Rekorder aus. »Haben Sie die Gesprächspartner erkannt?«

Kivi hustete, bevor er antwortete. »Die Gesprächspartner sind dieselben wie auf dem vorherigen Band, das heißt der unterzeichnende Lauri Kivi und der Bürgermeister der Spiritusmissbrauchsabteilung des langatmigen Korruptionskajakzweiers beim Helsinkier Wachtmeistereiner und Chefchippendealer Markku Vesitaival, oder wie mein Vater dich heute Morgen treffend charakterisiert hat, nicht Vesitaival, sondern Kusivaiva, also meinetwegen Reizblase.«

»Ein Scherz des Verhörten, gemeint ist der Chef der Ermittlungsgruppe für Gewaltverbrechen der Ständigen Abteilung für kriminalpolizeiliche Ermittlungen bei der Helsinkier Polizei Markku Vesitaival. Meine Stimme war auf dem ersten Band nicht zu hören, aber ich verstehe, was Sie meinen, weil Sie ja selbst gesagt haben, dass Sie mit mir reden. Auf dem Band, das wir zuletzt gehört haben, seufzen Sie schwer, als ich sage, es sei durchaus möglich, dass der Täter ein Außenstehender ist.«

Kivi schwieg.

Vesitaival ächzte. Warum spielte Kivi den Verständnislosen? Der wusste doch genau, dass der Leiter des Verhörs seine Bemerkung als Frage gemeint hatte. »Haben Sie auf dem Band schwer geseufzt, als ich sagte, es sei durchaus möglich, dass der Täter ein Außenstehender ist?«

»Zur Schwere kann ich nichts sagen, aber ich seufze. Das ist deutlich zu hören. Ich hielt deine Antwort für vage und nichtssagend. Ich habe geseufzt, weil ich frustriert war.«

»Oder seufzen Sie vielleicht deshalb, weil sich die Polizei klugerweise entschieden hatte, keine übereilten Schlüsse zu ziehen und die Möglichkeit eines außenstehenden Täters nicht ganz auszuschließen, obwohl die in der Phase sehr unwahrscheinlich war? Seufzen Sie deshalb, weil Sie die Familie Virtanen ermordet hatten und Ihnen klarwurde, dass Sie noch nicht mit hundertprozentiger Sicherheit davongekommen waren?«

»Nein.«

»Was – nein?«

»Ich seufze nicht deshalb, sondern weil ich dich für jemanden halte, der schwer zu interviewen ist, der nicht einmal die notwendigen und zuweilen unumgänglichen Dinge erzählt. Ich seufze, weil es eine beschissene Angelegenheit ist, dich zu interviewen. Ich seufze, weil du, Markku Vesitaival, ein Arsch bist. Hat man mich tatsächlich allein auf der Grundlage jämmerlich interpretierter Seufzer zum Verhör geholt?«

Luotiniemi beugte sich zu Kivi hin und flüsterte etwas von Gelassenheit. Kivi winkte ab und erwiderte in schroffem Ton, das wisse er selber.

Dass Kivi nervos wurde, war ein gutes Zeichen, und die Beschimpfung als Arsch betrachtete Vesitaival geradezu als Höflichkeit. Wenn die Journalisten anfingen, einen zu loben, dann stimmte irgendetwas nicht.

Die Wut des Verhörten ermutigte Vesitaival. Er glaubte einem Geständnis schon sehr nahe zu sein. Es war Zeit, härter zuzuschlagen. »Woher wussten Sie, dass am Tatort auf dem Toilettenspiegel Blutspritzer waren?«

»Ich weiß das ja gar nicht. Wovon sprichst du?«

Vesitaival holte den Rekorder aus seiner Tasche. Er spulte einen Augenblick und fand die gewünschte Stelle. »*... deswegen gebt ihr doch die Pressemitteilungen heraus. Ich will auch keine Blutorgien in der Presse ausmalen oder Blutspritzer an Toilettenspiegeln beschreiben. Das hieße, sich an Gewalttaten zu berauschen. Das wäre falsch ...*«

Der Chef der Helsinkier Ermittlungsgruppe für Gewaltverbrechen schaltete den Rekorder aus und schob Kivi zwei Fotos der Toilette hin. Das eine zeigte das mit Blut beschmierte WC in der Totale, das zweite einen Ausschnitt, auf dem im Detail die Blutspritzer auf dem ganzen Spiegel zu sehen sind. »Ich wiederhole meine Frage. Woher wussten Sie, Lauri Aleksis Kivi, dass sich am Tatort Blutspritzer auf dem Toilettenspiegel befanden?«

Vesitaival schaute triumphierend zu, wie Kivis Blick panisch umherirrte. Er suchte einen Fluchtweg. Vergeblich. Die Falle war zugeschnappt.

Lauri versuchte, sich unter Kontrolle zu bekommen. Vergeblich. Wie war es möglich, dass er den Tatort so genau beschrieben hatte?

Der Beweis war so konkret, dass Lauri für einen Augenblick selbst glaubte, schuldig zu sein. Er überlegte, ob Jatta so etwas gesagt hatte, aber nein. Jatta war gar nicht vor Ort gewesen und hatte außerdem nicht über Einzelheiten gesprochen. Wahrscheinlich hatte sie nicht einmal davon gewusst. Er würde sich erinnern, wenn über so etwas geredet worden wäre.

»Das muss ein absolut unglaublicher Zufall sein. Ich habe das bildlich gemeint. Wissen kann ich davon nichts. Ich bin nie im Haus der Virtanens gewesen, geschweige denn in der Toilette.«

Luotiniemi fragte Lauri, ob er eine Pause einlegen wolle. Lauri lehnte das ab. Er wäre nicht imstande, sich zu beruhigen, selbst wenn er einen halben Tag bekäme.

»Lauri Kivi, haben Sie Kyösti, Anna, Iina und Eerika Virtanen am 8. 6. 2013 in der Nacht von Sonntag auf Montag umgebracht?«

»Nein, verdammt. Ich habe niemanden umgebracht.«

»Bereuen Sie Ihre Taten?«

Laura Luotiniemi griff das erste Mal in das Gespräch ein. »Mein Mandant hat diese Frage schon beantwortet, indem er diese Taten bestritt. Es ist schwierig, etwas zu bereuen, was man gar nicht getan hat.«

Vesitaival hob die Hände hoch und zeigte ein seiner Ansicht nach einnehmendes Lächeln. Aus Kivis Blickwinkel war es ein Spalt in der Fratze eines Dämons. »Versuchen darf man es ja«, sagte Vesitaival und schob eine Zeichnung auf den Tisch. Es war die Zeichnung, die Lauri im Haus der Huovinens mitgenommen hatte. Ein Werk der kleinen Salla, gezeichnet mit Wachsmalkreide, auf dem vier Gestalten mit großen Köpfen in den Wolken schweben. Unter den Figuren stand mit kindlicher Handschrift geschrieben: »Vati, Mutti, Anni und Salla«. Über den Bauch jeder Gestalt war mit Filzstift ein weißes Kreuz gezeichnet.

»Befand sich diese Zeichnung zum Zeitpunkt Ihrer Festnahme in Ihrem Besitz?«

Lauri gab das zu.

»Haben Sie diese Zeichnung aus dem Haus der Huovinens in Kontiolahti mitgenommen, als Sie dort letzte Woche zu Besuch waren?«

Lauri gab zu, sie mitgenommen zu haben.

»Waren Sie erst im Haus der Huovinens, nachdem Sie gehört hatten, dass die Polizei die Möglichkeit eines außenstehenden Täters im Fall der Morde an den Virtanens untersucht?«

»Ja, aber das hat nichts damit zu tun, dass ich diese Reise für die Interviews gemacht oder die Zeichnung mitgenommen habe.«

»Nun, warum haben Sie denn dann eine Zeichnung geholt, die vierhundert Kilometer weit entfernt war?«

Lauri rutschte auf seinem Stuhl hin und her. Schweiß trat ihm auf die Stirn. »Ich habe sie als mögliche Illustration für einen Artikel in der Monatsbeilage mitgenommen.«

»Mit welchem Thema beschäftigt sich Ihr Artikel?«

»Familienmorde. Die Zeichnung veranschaulicht meiner Ansicht nach auf eindrucksvolle Weise, wie sich in der Atmosphäre zu Hause bei den Huovinens kurz vor Petris Taten eine deutliche Veränderung vollzogen hatte. Auf der Zeichnung, die auf den Tag vor dem Mord datiert ist, hat das Gesicht des Vaters als Mund einen geraden Strich, während auf allen anderen Zeichnungen Sallas sämtliche Familienmitglieder ein sonniges Lächeln in einer rosaroten Märchenwelt präsentieren. Außerdem sehen die weißen Kreuze auf den Figuren wie Grabkreuze aus.«

Vesitaival holte aus seiner Mappe noch ein Foto. Er legte es langsam und feierlich und als letzten Sargnagel für Lauri auf den Tisch. Das Foto stammte aus Toivola, aus dem Haus der

Virtanens. »Jetzt dürfte es für uns alle leichter sein, wenn du ganz einfach ein Geständnis ablegst. Die Alternativen werden knapp«, verkündete Vesitaival. In seiner Stimme lag eine fast kindliche Schadenfreude.

Lauri schaute auf das Bild und sah sich schon im Gefängnis. Auf dem Foto waren vier Namen und eine Sammlung von Strichen an einem Türrahmen zu erkennen. Die Wachstumskurven der Familie Virtanen. Ganz oben Kyösti, als nächstes Anna, deutlich weiter unten mehrere Striche übereinander und daneben der Name Iina. Im Vergleich am kleinsten war Eerika geblieben.

Jeder einzelne Name war fast unmerklich mit einem weißen Kreuz durchgestrichen worden. Die mit Filzstift gemalten Kreuze glichen denen auf der Zeichnung.

Lauri verstand, dass dies kein Zufall sein konnte.

Er begriff, warum es in den letzten Jahren so gehäuft Familienmorde gegeben hatte.

Ein Teil war von einem Außenstehenden begangen worden. Ein Serienmörder war unterwegs.

Und niemand würde anfangen, den Täter zu suchen. Die Polizei glaubte, ihn schon geschnappt zu haben. Entsetzen machte sich in Lauri breit. Man hatte ihn aus völlig einleuchtenden Gründen in Verdacht, ein Serienmörder zu sein. Im Lichte der Beweise wäre es auch für Lauri selbst schwierig gewesen, an seine Unschuld zu glauben. Die Polizei hatte zwar keine Zeugen, und auch die Beweise waren nicht lückenlos, aber sie hätte keinerlei Grund, irgendjemand anders zu verdächtigen.

Und dort draußen irgendwo. Im Dunkeln. Dort bewegte sich auf freiem Fuß ein Ungeheuer, das schon auf das nächste Opfer lauerte.

TEIL IV

Der Wolf bringt seinen Jungen das Heulen schon bei

Wolfsjunges (*zool.*) Der Wolf wird mit blauen Augen geboren. Erst wenn das Junge heranwächst, schleicht sich in seine Augen das Gelb, das Raubtier.

Die frühe Phase des Jungen ist wichtig für die Ausbildung der Nervenbahnen, und die wird von den Erfahrungen der Jungen mit ihrer Mutter und ihren Geschwistern beeinflusst (Laaksonen, S. 33).
Die Familie, unter Führung des Alphamännchens, bringt dem Wolf bei, Beute zu jagen, zu töten.

Mervi Laaksonen: Susi (Der Wolf)

Die Wehen jagten Schmerzen durch ihren Körper. Das Fruchtwasser hatte das Laken durchnässt.

»Halt das Maul, du Nutte. Dieses Geschrei ist ja nicht auszuhalten«, fauchte der Mann und schlug der Frau ins Gesicht. Wie auch früher schon, denn die einst schöne Frau war nun mit ihren eingeschlagenen und schlecht verheilten Backenknochen entstellt. Der Mann hatte keine Angst davor, Spuren zu hinterlassen. Das brauchte er auch nicht, weil sie nie jemand sehen würde.

Das Heulen wurde lauter. Der Mann schlug wieder zu. Diesmal härter. »Willst du noch mehr, oder hältst du endlich die Fresse?«, brüllte er.

Die Frau nahm das Kissen und schrie hinein.

»Nun fang nicht an auszulaufen«, rief der Mann, als er sah, dass zwischen den Beinen der Frau Blut herausfloss.

Der Mann schob die Fesseln beiseite und befahl der Frau zu pressen. »Nun drücke es schon heraus, dann haben wir auch das überstanden.«

Das Kind kam schon hervor. Die Frau brauchte nicht mehr zu schreien. Eigentlich tat es auch nicht weh. Es war, als hätte sie Stuhlgang.

Die Schwangerschaft war für die Frau eine Zeit der Trauer gewesen. Sie hatte versucht, sie zu verhindern, doch vergeblich. Über Verhütungsmittel durfte man nicht einmal reden. Die gründliche Wäsche nach dem Erguss des Mannes war ihr einziges Mittel. Dann hatte sie wenigstens das Gefühl, ihr Bestes zu tun. Der Mann fiel fast täglich über sie her.

Als die Frau schwanger geworden war, hatte sie das möglichst lange für sich behalten und schließlich mit der Stricknadel versucht abzutreiben. Der Mann hatte sie auf dem Fußboden des Klos gefunden und danach in Fesseln gehalten. Die an einer Kette angeschlossenen Fesseln erlaubten der Frau, sich zwischen Küche, Klo und Schlafzimmer zu bewegen. Das Unangenehmste war, dass man die Klotür nicht mehr schließen konnte. Dem Jungen war es peinlich, wenn die Mutter ihre Notdurft verrichtete.

Vier Monate später war das Kind im Begriff, zur Welt zu kommen.

»Gut, jetzt kommt es«, sagte der Mann. Er zog das Kind heraus und ächzte enttäuscht. »Es ist ein Weib.«

Die Frau brach in Tränen aus – nicht vor Schmerzen, sondern vor Verzweiflung.

»Junge!«, befahl der Mann.

Der Junge schlich widerwillig durch den Türspalt. Er sah das kleine Baby in den Händen seines Vaters, der das Neugeborene einen Augenblick grimmig anstarrte und schließlich den Blick dem Sohn zuwandte.

»Hol einen Müllsack«, sagte der Vater.

»Ist es tot«, fragte der Junge.

»Geh schon.«

Der Junge ging. Er hörte die Mutter aufschreien und den Vater keuchen. Dann wurde es still.

Er blieb in der Küche. Er wollte es nicht wissen. »Junge. Komm her, sofort. Sonst schieben wir dir wieder Späne unter die Zehennägel. Gott straft dich, wenn du nicht gehorchst.«

Man kam glimpflicher davon, wenn man gehorchte. »Gib den Sack her«, sagte der Vater.

Der Junge tat, was man ihm befahl.

Der Vater legte das reglose Mädchenbaby in den Sack und gab ihn dem Jungen.

»Begrabe es tief, damit die Raubtiere nicht rankommen.«

Der Junge ging in den Schuppen. Der war grau und schief, und an den Wänden zog man sich leicht Splitter ein, genau wie im Haupthaus. Der Junge setzte den Sack ab und zündete die Laterne an. Strom gab es hier nicht, aber der Junge fürchtete sich nicht im Dunkeln. Schlimmeres als den Vater gab es nicht. Im Lichte der Laterne suchte er den Spaten. Er fand ihn neben seinen Katzen- und Nerzfellen und der Farbdose. Der Junge nahm auch die Dose mit, ergriff den Sack und ging in den Wald. Nach etwa einem halben Kilometer blieb er an einem großen Stein stehen.

Die krumme Kiefer auf dem Felsen zerkratzte sein Gesicht. Der Junge spürte die Feuchtigkeit auf seiner Wange. Das war Blut. Tränen kamen ihm schon lange nicht mehr.

Der Junge war wie eine Kartoffel, die frisch und makellos aus der Erde kam, aber schnell eine Schale bildete. Doch diese Schale schützte.

Der Junge hängte die Laterne an einen Kiefernzweig und begann zu graben. Er schaufelte die Erde mehr als einen Meter tief aus. Schließlich stieß er auf einen großen Stein. Tiefer kam man nicht mehr.

Er ließ den Sack in die Grube hinab. Einer Eingebung folgend öffnete er ihn ein wenig. Die Augen des Babys waren geschlossen.

Es sah ganz friedlich aus. Als würde es nur schlafen. Und gleich aufwachen und nach der Brust schreien. Die düstere Stimmung des Jungen hellte sich etwas auf. Er starrte wie gebannt auf das kleine Wesen. Der Vater würde dem Baby jetzt nichts mehr tun können. Alles war gut.

Der Junge hörte sein Herz dumpf hämmern. Er tastete nach seiner Hosentasche. Dort war das Messer, das ihm der Vater in der vorhergehenden Woche gegeben hatte. Die Klinge würde nach einem kurzen Schmerz einen schnellen Frieden schenken. Dann brauchte man das nicht mehr auszuhalten. Aber irgendwie erschien ihm das schwach und beschämend. Dem Jungen wurde klar, dass er leben wollte, obwohl er bereits verloren war.

Der Junge machte den Sack zu und schaufelte. Der kühle nächtliche Herbstwind ließ seine Hosenbeine flattern. Als das Grab fertig war, öffnete der Junge den Deckel der Farbdose mit seinem Messer. Er hob einen Zweig auf, tunkte ihn in die weiße Farbe und malte auf den Stein ein kaum erkennbares kleines Kreuz an der Stelle, wo er seine Schwester begraben hatte. Die beiden Striche, die sich kreuzten, waren schräg. Damit wollte er ihre tatsächliche Bedeutung tarnen für den Fall, dass jemand sie entdeckte. Es sah aus, als hätte man etwas angekreuzt, aber es war ein Grabkreuz.

Das fünfte in der Reihe.

Der Schlaf wollte die ganze Nacht nicht kommen. Lauri versuchte vergeblich, das Ganze zu verstehen.

Das Verhör war am Vortag schnell zu Ende gegangen, nachdem Lauri seine Lage begriffen hatte. Er war in einen gefühlsarmen Zustand versunken und völlig Herr seiner selbst. Er war nicht in Panik und nicht in Wut geraten. Das hatte er in seinen letzten Jahren als Kind zu Hause gelernt. Lauri hatte die Fähigkeit besessen, sich aus seinen Gefühlen und auch aus seinem Körper zurückzuziehen, sobald der Alte die Fäuste geschwungen hatte. Das hatte gegen den Schmerz und die Demütigung geholfen. Lauri hatte ganz ruhig mitgeteilt, er sei unschuldig. Dem Chef der Mordkommission hatte er empfohlen, statt in Lauris Leben herumzuwühlen, solle er lieber draußen nach dem echten Mörder suchen. Denn der Täter würde sich da irgendwo austoben. Er war wie ein wild gewordener Windhund, der völlig durch den Wind ist. Die Kreuze konnten kein Zufall sein. Irgendein Außenstehender hatte sie gemacht.

Vesitaival hatte Lauri nicht zugehört, aber da er nicht mehr weitergekommen war, hatte er das Verhör für die Dauer der Nacht unterbrochen. Am Vormittag würde man es fortsetzen.

Lauri erhob sich von seiner Pritsche und fühlte sich überraschend munter. Jemand klopfte an die Tür. Ein mürrischer junger Kerl, der in Lauris Nähe offenkundig einen Widerwillen empfand, holte ihn ab.

»Na los, deine Anwältin ist schon da.«

»Gibt es in der Welt etwas Neues?«, fragte Lauri aus Bosheit.

»Man sollte annehmen, dass du andere Sorgen hast als die Neuigkeiten aus der Welt«, antwortete der blonde Mann.

Lauri sagte, er habe weiter keine Sorgen als die, dass der Zimmerservice nicht tadellos funktionierte. »Ich habe nachts keinen Camembert und auch keinen Accou bekommen, obwohl ich meinen Hunger beklagt und nett darum gebeten hatte: ›Kannst du mir nicht wenigstens ein kleines Stück Käse geben, ich wäre auch so schrecklich dankbar.‹«

»Wofür zum Teufel brauchst du einen Akku, du hast doch gar kein Telefon. Und ist dir nicht klar, wie so ein Gequassel nur die Ansicht untermauert, dass du ein kaltblütiger Mistkerl bist, der Menschen umbringt. Nur wer schuldig ist, kann in so einer Lage noch Witze reißen.«

»Oder wer von seiner Unschuld überzeugt ist und an das Recht glaubt«, sagte Lauri. Er hatte die Sache nicht aus der Sicht des Wärters gesehen. Was der Mann sagte, stimmte vermutlich. Lauri hatte die Angewohnheit, sich in schwierigen Situationen zurückzuziehen und sich von außen zu sehen oder sich in lose Sprüche zu flüchten. Doch hinter diesem

Panzer musste er hervorkommen, wenn er glaubwürdig bleiben wollte.

Laura Luotiniemi wartete in dem Verhörraum. Sie grüßte ihn genauso wie am Vortag. Es gab keine Anzeichen dafür, dass sie sich ihm gegenüber jetzt in Acht nahm. Wenn die Beweise sie erschreckt hatten, dann war es auch ihr gelungen, die damit verbundenen Gefühle abzuschütteln.

»Wie gehen wir vor?«, fragte Lauri und setzte sich dabei hin.

»Sie haben nichts anderes als Indizien. Die sind zwar aussagekräftig, aber auf deren Grundlage kriegt man noch kein Urteil zustande.«

»Vor allem, weil ich unschuldig bin«, fügte Lauri hinzu.

Lauri vermochte die Miene seiner Anwältin nicht zu deuten. Das ärgerte ihn. Es wäre gut, wenn die Juristin an die Sache glaubte, die sie vertrat. Andererseits war Luotiniemi so sehr Profi, dass Lauri auch keine bessere Verteidigung bekäme, selbst wenn die Frau ihn für schuldig hielte.

»Wenn du unschuldig bist, dann solltest du alles erzählen. Einen anderen Rat kann ich dir in dieser Situation nicht geben. Na ja, oder den, dass du, wenn du etwas verheimlichen willst, es mir jetzt sagen solltest, dann können wir über die Strategie reden. Ansonsten empfehle ich Offenheit.«

»Ich verstehe. Den Namen meines Alibis möchte ich eigentlich nicht nennen, aber das werde ich wohl nicht durchhalten können.«

Luotiniemi nickte und schrieb etwas in ihr Notizbuch. »Wer ist es?«

»Jatta Parvela, ehemals Ermittlerin der KRP und heute Medienverantwortliche der Helsinkier Polizei.«

»Na, das ist doch gut«, sagte Luotiniemi. Ihr Lächeln wirkte erleichtert.

Ein Klopfen unterbrach sie. Die Anwältin öffnete die Tür und fragte den jungen Griesgram nach seinem Anliegen.

»Das Verhör ist verschoben.«

Luotiniemi war erstaunt. »Hatte Vesitaival etwas Eiligeres zu tun?«

Der Mann betrachtete Laura Luotiniemi. »Also, du erfährst das ja sowieso, noch bevor du das Haus verlassen hast.« Er schaute Lauri düster an. »In Kallio hat es letzte Nacht eine Familientötung gegeben. Vater, Mutter und drei kleine Töchter.«

Kivi lächelte.

Laura Luotiniemi schaute ihren Mandanten an. Sie begriff nach einer Weile, dass Kivi lächelte, weil er an sein Alibi dachte. Wenn auch an dem neuen Tatort weiße Kreuze gefunden worden waren, lösten sich die Beweise für seine Schuld in Luft auf. Lauri Kivi hatte die letzte Nacht in der Zelle verbracht. Er konnte nicht der Täter sein.

»Okay. Die Lage hat sich geändert«, sagte Laura Luotiniemi. »Es sieht so aus, als könntest du dein Geheimnis für dich behalten. Jetzt sind wir nicht bereit, auch nur ein Wort mehr zu sagen als unbedingt nötig. Nicht bevor wir mehr wissen.«

»Das Tempo des Täters beschleunigt sich«, sagte Kivi.

»Was meinst du damit?«

»Der Abstand seiner Taten betrug diesmal nur eine Woche. Wenn der Täter psychisch krank ist, dann ist er in eine Psychose geraten. Auf jeden Fall will er töten, und aus den vorhergehenden Morden kann er nur noch für eine kurze Zeit Befriedigung gewinnen. Danach muss er wieder töten. Vorausgesetzt natürlich, dass dieser Familienmord wie die in Kontiolahti und Toivola von einem außenstehenden Täter begangen wurde. Wenn das so ist, dann tötet der Täter unkontrolliert und so lange, bis er gefasst wird.«

»Du hast anscheinend zu viel ferngesehen?«

Lauri schüttelte den Kopf. »Nein. Ich habe im Netz das Material eines Symposiums über Serienmörder verschlungen, das vom FBI im Herbst 2005 veranstaltet wurde.«

»Warum liest du so etwas?«

»Warum hast du dich mit dem Internationalen Recht und dem Rechtssystem der Vereinigten Staaten vertraut gemacht?«

Laura Luotiniemi nickte. »Weil ich meine beruflichen Kenntnisse erweitern und die Dinge komplexer verstehen will, als es in meinem eigenen Arbeitsumfeld unbedingt nötig ist. Das ist von Nutzen.«

Lauri breitete die Arme aus. Jetzt war es die Anwältin, die lächelte. Der Mann konnte, wenn man seine Lage bedachte, verblüffend klar und nüchtern denken. Er hatte keine Angst.

Luotiniemi war von Kivis Unschuld überzeugt. Ein Schuldiger könnte nicht so auftreten. Die Anwältin bemerkte, dass sie den Mann bewunderte. Das einzige Problem bestand darin, dass es noch keinerlei Beweise für den gegenteiligen Fall gab, und Vesitaival war am Tag zuvor überzeugend gewesen. Als der Chef der Ermittlungsgruppe für Gewaltverbrechen triumphierend die letzten Fotos aus dem Haus der Virtanens auf den Tisch gelegt hatte, war es für Luotiniemi klar gewesen, dass Kivi der Schuldige war. Jetzt stand alles auf dem Kopf.

Hinzu kam, dass Kivi auch als Typ faszinierend, ja erregend und zugleich auch ein wenig furchteinflößend wirkte. Wie konnte Kivi so ruhig sein? War er gefühlskalt? Hatte er vielleicht einen Komplizen, der ihm jetzt ein Alibi bot?

Verblüfft bemerkte Laura Luotiniemi, dass sie auf einmal Verständnis für Frauen hatte, die zu lebenslänglicher Haft verurteilten Gefangenen Liebesbriefe und ihre Slips schickten. Die Gefahr sorgte für Spannung. Nicht einmal das Hörgerät milderte das Harte in Kivis Wesen.

Irgendwie war er kühl und gefährlich. Er sah nicht etwa toll aus, er hatte auch einen Bart, aber er war auf eine verwirrende Weise absolut präsent. Die Anwältin schüttelte die unprofessionellen Gedanken ab.

»Ich gehe mich ein bisschen umhören«, sagte sie und verließ den Raum.

Markku Vesitaival war geladen wie ein Pulverfass.

Wenn die Ermittler am Tatort weiße Kreuze finden würden, dann hatte er den falschen Mann festgenommen, einen allseits geschätzten Polizeireporter. Bekannt dafür, überall herumzustochern. Er würde es garantiert nicht dabei bewenden lassen. Er würde tagelang wegen seiner Festnahme herummäkeln. Er würde Nachrichten und Kommentare schreiben. Er würde sich lauthals über das Unrecht beschweren und darüber, dass man die Presse behandelte wie einen Hund. Außerdem würden sich die KRP und vor allem deren Chef Moilanen um Vesitaival kümmern, der ihnen über vierundzwanzig Stunden lang Informationen und schon vorher die Theorie vorenthalten hatte, dass im Land ein Mörder wütete, der Familien kaltmachte. Das Schlimmste war, dass der Täter immer noch frei herumlief.

Die Morde in Kallio waren in der letzten Nacht passiert. Daran gab es keinen Zweifel. Ein Nachbar hatte gegen drei Uhr zwei Rufe und danach die Geräusche eines Kampfes gehört. Außerdem hatte derselbe Nachbar die Frau der Familie mit den Kindern gegen halb acht Uhr am Abend draußen gesehen. Wenn Kreuze gefunden wurden, war der Täter nicht Lauri Kivi.

Vesitaival stand in Helsinkis Stadtteil Kallio in der Straße Kolmas linja und kaute heftig auf zwei Kaugummis herum. Etwas anderes als warten konnte er nicht tun. Er trat ins Treppenhaus, aber in die Wohnung wollte er nicht gehen, solange die Untersuchung des Tatorts nicht abgeschlossen war. Als die Wohnungstür aufging, holte Vesitaival tief Luft. Es war Artturi Orpo von der Spusi. Ein ehemaliger Chemiker, der wegen seiner Arbeitslosigkeit eine Ausbildung zum Polizisten gemacht hatte und nach einem kurzen und gelungenen Einsatz in der Praxis Kriminaltechniker bei der Spurensicherung geworden war.

Orpo war der beste Polizist, den Vesitaival kannte. Der Mann machte wie immer ein ernstes Gesicht. Das bedeutete jedoch noch nichts. Orpo vergeudete keine Zeit für Überflüssiges. Er war höflich, verzichtete aber auf jeglichen Kontakt, der nicht mit der Arbeit zu tun hatte, auch während der Arbeitszeit. Er quatschte nicht über seine Privatangelegenheiten. Orpo war ein Mann, der keine Bäume umarmte, vermutlich selbst seine Kinder nicht. Und die Ehefrau auch nur in der Hoffnung auf ein wenig Vergnügen nach dem Samstagabendlotto. Orpo war ein aufrechter finnischer Mann, der keine Belanglosigkeiten von sich gab.

Orpo zeigte Vesitaival sein Nokia. Auf dem Display des nagelneuen Lumia leuchtete ein Foto.

Vesitaival fluchte laut: »Scheiße!« Einiges war ihm gleich klar, und das ließ ihn auf seinem Handy sofort eine Nummer suchen, die unter »Arsch« abgespeichert war. Das bedeutete Oskari Moilanen. Chef der Zentralen Kriminalpolizei und jetziger Göttergatte seiner Exfrau. Ein Wichtigtuer, der nun seinen Söhnen gute Nacht sagte.

Als der Ruf herausging, wusste Vesitaival, dass der laute Ton ihm galt und Alarm schlug. Doch die Warnung kam zu spät. Er konnte an seiner Situation nichts mehr ändern. Die weißen Kreuze auf den Handtuchschildern der Familie aus Kallio hatten seine Karrierepläne durchkreuzt. Das FBI würde Markku Vesitaival nicht interviewen. Das würden die internen Ermittler und die KRP übernehmen.

Der mürrische junge Kerl führte Lauri und Luotiniemi in einen kleineren Verhörraum. Es war acht Uhr morgens. Vesitaival wartete am Tisch. Er machte den Eindruck eines geschlagenen Mannes. Schon dadurch wusste Lauri, dass man ihn freilassen würde. Doch es gab keinen Grund zu lächeln. Es war eine Tragödie, dass der Mörder wieder getötet hatte.

Lauri setzte sich Vesitaival gegenüber. Kepponen stand wie immer hinter seinem Chef. Lauri bemerkte, dass der Rekorder schon eingeschaltet worden war.

Vesitaival ballte die Hand zur Faust und räusperte sich. »Du bist frei, aber ich habe immer noch stark das Gefühl, dass du irgendwie mit dieser Geschichte zusammenhängst.«

»Dein Gefühl täuscht. Ich hänge damit nur insofern zusammen, als ich diese Fälle recherchiere. Anders als ihr, aber trotzdem.«

»Hast du irgendeinen Verdächtigen im Kopf?«

»Genauso wenig wie du.«

»Die Polizei hofft, dass du kein großes Theater wegen deiner Festnahme machst. Das könnte die Ermittlungen stören.«

»Bist du das, der das hofft, oder die Polizei?«

»Das ist das Gleiche.«

»Ja, wahrscheinlich. Ich kann nichts versprechen.«

»Wir stehen auf derselben Seite.«

»Nur dann, wenn es dir passt«, sagte Lauri.

»Das war es dann. Du kannst gehen. Du wirst nicht mehr verdächtigt, aber bleibe erreichbar, falls wir mit dir reden wollen. Die Beweise, die ich gesammelt habe, sind noch nicht vom Tisch.«

»Wenn man reinen Zufall als Beweis bezeichnen kann.«

»Wir werden uns noch begegnen. Auf Wiedersehen.«

»Hoffentlich: Leb wohl«, sagte Lauri und stand auf. »Worauf sind die Kreuze diesmal gezeichnet worden?«

»Leider kann ich die Sache aus ermittlungstaktischen Gründen nicht kommentieren«, erwiderte Vesitaival.

Lauri lächelte. »Ich habe natürlich gehört, dass man von guten und bösen Polizisten spricht, aber die Einteilung in schlechte und hässliche ist ein ganz neuer Ansatz.«

Die Anwältin Luotiniemi kicherte. Vesitaival wurde rot, sagte aber nichts. Kepponen hingegen sah verdutzt aus. »Hast du mich da gerade als hässlich bezeichnet?«

Lauri lachte, als er hinausging. Er hörte noch, wie Vesitaival Kepponen anschnauzte, er könne ihn immer noch rauswerfen.

Die Tür des Polizeigebäudes von Pasila öffnete sich. Frische Luft schlug ihm entgegen. Lauri blieb jedoch keine Zeit, die Freiheit zu genießen, er musste sich beeilen. Vesitaival hätte ihn garantiert schon gestern auf freien Fuß setzen können. In Kallio musste es eindeutiges Beweismaterial geben, dass der Täter ein Außenstehender war, ansonsten hätte man ihn nicht freigelassen. Und wahrscheinlich waren es gerade die Kreuze, die für Lauris Unschuld sprachen.

Vesitaival hatte bestimmt die Zentrale Kriminalpolizei unterrichtet. Und die Vertreter der Staatsmacht hatten dann gemeinsam vereinbart, dass Kivi noch die Nacht in der Zelle verbringen sollte. So gewann die KRP Zeit und konnte planen, wie das Volk über die Angelegenheit informiert werden sollte.

Auf der Treppe am Polizeigebäude versuchte Kivi sein Telefon einzuschalten und bemerkte, ohne sonderlich überrascht zu sein, dass der Akku leer war. Das passte zu Vesitaival und zur KRP.

Lauri rannte los. Die Redaktion von Suomen Sanomat befand sich am Ende der Pasila-Brücke. Bis dahin war es ein halber Kilometer. Lauri trabte den Hügel hinunter und dann wieder hinauf. Auf der Straße war eine Baustelle. Die weißen Absperrzäune mit ihren rot-gelben Reflektoren hinderten ihn daran, geradeaus, aber nicht daran, schnell zu rennen. Es ärgerte ihn, dass Helsinki eine einzige riesige Baustelle war. Immer war irgendetwas halbfertig, immer musste irgendetwas ausgebessert werden. Helsinki war offensichtlich kaputt.

Für einen Augenblick zog Lauri in Erwägung, abzukürzen und quer durch die Baugrube zu laufen. Die Vernunft siegte jedoch, er nahm den Umweg auf dem eingezäunten Pfad. Am zweiten Polizeigebäude und am Zentrum für Innovationsförderung vorbei jagte er in Richtung Handelsbank, Otava Media und Suomen Sanomat. Er stürmte durch die Eingangstür hinein direkt zur Treppe. Der Aufzug war ihm jetzt zu langsam.

Lauri hatte schon überlegt, wie er vorgehen sollte, wenn er wieder frei wäre. Könnte man die Information über den Serienfamilienmörder unveröffentlicht lassen? Würden Nachrichten darüber den Mörder warnen, oder was würde geschehen? Die Beweise waren natürlich im Besitz der Polizei geblieben. Die Zeichnung lag wahrscheinlich bei der KRP. Die würde die Information vermutlich selbst veröffentlichen, und unter diesen Umständen wäre es dumm, sich die Chance entgehen zu lassen, d e n Scoop des Jahrhunderts als Erster herauszubringen.

Er dachte über die gesellschaftliche Aufgabe der Zeitung nach. Sie bestand in der unabhängigen Verbreitung von Informationen und im Dienst am Leser. Lauri versuchte, die Sache aus dem Blickwinkel des normalen Bürgers zu betrachten. Möchte dieser Leser wissen, dass in den Wäldern und Städten Finnlands ein verwirrter Mörder herumlief, der in das Zuhause von Menschen eindrang und Familien abschlachtete? Natürlich möchte er das wissen, und das war auch sein gutes Recht, denn dann könnte er sich schützen. Andererseits würde das Panik hervorrufen. Die Menschen würden Angst haben und sich verbarrikadieren. Dagegen konnte man jedoch nichts tun.

In der zweiten Etage angekommen, öffnete Lauri mit seiner Schlüsselkarte die Tür und stieß sie auf.

Die Sache musste veröffentlicht werden. Das war riskant, weil Lauri keine Beweise hatte, aber andererseits wusste er, dass alles stimmte. Und es wäre für die KRP oder die Mordkommission schwierig, das alles zu bestreiten. Die Information war wasserdicht, und irgendwann würde sie auf jeden Fall ans Tageslicht kommen. Entweder wenn es neue Morde gab oder wenn der Täter gefasst wurde. Außerdem musste die Polizei die Menschen anleiten, ihnen helfen, für drohende Gefahren Vorkehrungen zu treffen.

In der Redaktion war es noch still. Lauri verlangsamte sein Tempo und eilte im Laufschritt zum Tisch des Nachrichtenchefs. Als er Pokka erblickte, freute er sich. Mit den anderen Nachrichtenchefs wäre die Arbeit schwieriger gewesen.

»Morgen«, wünschte Pokka. »Wie war die Reise? Bist du von Jeans auf Trainingshosen umgestiegen?«

»Ich. Hätte. Eine. Neue. Nachricht«, keuchte Lauri.

»Über was? Die KRP macht um neun eine Pressekonferenz. Wir sind mit Antti davon ausgegangen, dass die Zentrale Kriminalpolizei die Ermittlungen zu den Familienmorden an sich zieht. Oder hast du andere Informationen?«

»Ich weiß, warum die PK wirklich abgehalten wird. Sie werden sagen, dass in Finnland ein Serienmörder unterwegs ist, der Familien jagt. Der Täter zumindest der Morde von Kontiolahti, Toivola und Kallio ist ein und dieselbe Person.«

Pokka war für einen Augenblick sprachlos. »Warum hast du nicht gleich angerufen und mich vorgewarnt, als du das erfahren hast.«

Lauri erzählte, er habe im Polizeigebäude gesessen, weil

man ihn festgenommen hatte. »Der Akku meines Telefons war heute Morgen natürlich leer. Vesitaival hat mich eben erst freigelassen, damit ich die Information nicht rechtzeitig weitergeben konnte. Wir schaffen das noch, wenn wir das jetzt sofort bei Suomen Sanomat.fi raushauen. Die KRP muss versuchen, das so darzustellen, als hätten die Ordnungshüter die Situation unter Kontrolle. Die Mordkommission hatte schon früher einen Verdacht und hat das der KRP vorenthalten. Vesitaival wollte den Ruhm für sich. Er will statt Paatero oberster Polizeichef von Finnland oder von Europa werden. Er hatte mich als Mörder in Verdacht und hat sich von seinen Gefühlen und Hoffnungen leiten lassen. Und zur selben Zeit zeichnet dieser Killer mit Filzstift Kreuze über die Namen der von ihm ermordeten Menschen oder über ihre Bilder. Wasser auf seine Mühlen hat Vesitaival bekommen, als sie bei mir eine Zeichnung gefunden haben, die ich aus dem Haus der Familie in Kontiolahti mitgenommen hatte. Auf dem Bild waren alle gezeichneten Familienmitglieder mit einem weißen Stift durchgekreuzt. Dieselben Kreuze fanden sich auch in Toivola, und ich habe Grund zu der Annahme, auch in Kallio. Sonst hätte man mich nicht freigelassen.«

»Können die Kreuze Zufall sein?«

»In drei Mordhäusern sollen zufällig Kreuze über die Namen oder Bilder der Toten exakt auf dieselbe Weise gemalt worden sein? No chance.«

»Können wir die Sache veröffentlichen?«

»Ja. Wir können uns auch absichern. Wir sagen, die KRP und die Mordkommission hätten den Verdacht, dass in Finnland ein Serienmörder herumläuft. Das zumindest ist wahr.«

»Und wenn sie das bestreiten? Und wenn auf der Pressekonferenz über eine Organisationsreform oder darüber geredet wird, dass die Ermittlungen zu den Familienmorden wegen der Schwere der Fälle nun von der KRP übernommen werden? Dann behaupten sie, du wärest ein rachsüchtiger Verrückter.«

»Das machen sie nicht. Zu viele wissen davon. Sie können das nicht mehr vertuschen.«

Pokka willigte ein. »Okay. Wir gehen vor der Frühbesprechung zu Ohra und zum Kleinen Leidwesen und erzählen ihnen das.«

Lauri nickte. »Ich dachte, man könnte in der Internetversion nur die grundlegenden Informationen bringen. Wenn Ohra die Erlaubnis für die Veröffentlichung gibt, rufe ich Vesitaival und Moilanen von der KRP an und bitte um Kommentare, die ich nicht bekommen werde. Man könnte die Leser vielleicht damit anfüttern, dass ich verspreche, in der Zeitung morgen über meine Verhaftung zu berichten. Das ist zwar nur Dekoration, aber menschlich interessant. Wenn ich das gut mache, hat der Leser das Gefühl, dass er hinter die Kulissen schauen konnte.«

Pokka lächelte. »Das hört sich gut an, aber wir sagen es jetzt erst mal der Leitung.«

Das Zimmer des Kleinen Leidwesens war noch dunkel. Kettunen war noch nicht im Haus, also marschierten die beiden direkt ins Zimmer des Chefredakteurs. Dort roch es nach einem teuren Aftershave. Ohra wollte nicht seinem Alter entsprechend riechen, sondern viril und gefährlich, besonders, nachdem seine Frau vor zwei Jahren einen tödlichen Verkehrsunfall gehabt hatte. Drei Tage später war er auf der Arbeit erschienen und hatte sich von Tag zu Tag weniger um Konventionen geschert. So, als wäre er nur durch seine Frau im Zaum gehalten worden. Jetzt war er mit irgendeiner dreißig Jahre jüngeren Miss liiert, die in die Politik strebte.

Dieser Wandel in seinem Wesen war bedenklich, änderte aber nichts daran, dass der Mann zu den Spitzenjournalisten des Landes gehörte. Lauri wusste, dass man sich auf Ohras Entscheidungen verlassen konnte.

»Es gibt eine Neuigkeit«, begann Pokka, als er mit Lauri eingetreten war.

Ohra bat sie, Platz zu nehmen. Pokka setzte sich nicht, und auch Lauri blieb stehen.

»Ihr seht ernst aus, Jungs. Was ist passiert?«

Pokka erzählte es. Ohra hörte schweigend zu. Danach wiederholte Lauri in Kurzfassung die ganze Geschichte von der Festnahme, den Verhören und der Aufdeckung der Wahrheit.

Als die Geschichte zu Ende war, erhob sich Ohra und ging um den Tisch herum. »Wir veröffentlichen das«, entschied der Chefredakteur. »Lauri hat recht, sie können das nicht mehr verschweigen, selbst wenn die Pressekonferenz etwas anderes betreffen sollte. Holt die Mitarbeiter schon vor der Frühbesprechung zusammen. Die nötige Anzahl von Leuten wird dafür freigestellt. Wir überlegen sorgfältig, was ins Netz kommt und was wir für die Zeitung von morgen übriglassen. Wir verwenden nicht alle zugkräftigen Details oder Lauris Erfahrungen sofort, sondern heben auch etwas für die Printausgabe auf. Lauri darf seine unglaubliche Geschichte ausführlich für die Zeitung schreiben. Das interessiert die Leser. Antti kann die pure Nachricht für morgen erledigen, aber du, Lauri, musst die Onlinenachricht schreiben. Wir haben es eilig, und du kennst die Sache am besten.«

Es war um zehn abends, als Lauri seine Wohnungstür öffnete. Er war todmüde. Einen der wichtigsten Artikel seiner Laufbahn hatte er so sorgfältig wie möglich schreiben wollen und deshalb all seinen Willen und sein ganzes Herzblut eingebracht.

Die Info der KRP betraf den Serienmörder. Lauri hatte es geschafft, seine Onlinenachricht rechtzeitig vor der Pressekonferenz zu schreiben. Veröffentlicht wurde der Artikel um 8.42 Uhr, achtzehn Minuten vor dem Beginn der Info. Vesitaival meldete sich nicht am Telefon, und die Anrufe an Moilanen wurden an einen seiner Untergebenen weitergeleitet, der nicht bereit war, irgendetwas zu kommentieren. Schon vor der Pressekonferenz hatten die Nachrichtenagentur STT, Helsingin Sanomat, die Zeitungen der Lännen Media und das Frühstücksfernsehen sowohl des Privatsenders MTV3 als auch von Yle berichtet, dass laut Suomen Sanomat in Finnland ein Serienmörder unterwegs sei, der Familien umbringe. Auch der Rundfunk brachte die Nachricht mit viel Getöse. Sogar die größte schwedische Tageszeitung Dagens Nyheter berichtete schon vor der KRP von den Ereignissen.

Als Folge der Nachricht übertrugen Yle und die Zeitungen der Lännen Media die Info der KRP im Livestream auf ihren Websites. Helsingin Sanomat und MTV3 kamen eine Viertelstunde zu spät. Auch Suomen Sanomat hatte seinen eigenen Stream, den der Fotograf Pertti Karhu schickte, obwohl in seiner Verantwortung auch die Jagd nach den herkömmlichen Fotos lag.

Die Qualität des Videobildes war nicht sonderlich gut. Die Direktübertragung übertraf trotzdem alle bisherigen Besucherrekorde auf den Websites von Suomen Sanomat.fi um ein Vielfaches, aber leider stürzte die Seite nach fünf Minuten ab. Das Feedback von den Lesern zum Abbruch des Videobildes war niederschmetternd. Manche hielten Suomen Sanomat für einen Tummelplatz von Amateuren und für eine Zeitung von Unfähigen. Konnte man denn dann den Nachrichten dieser Zeitung noch vertrauen?

Sari Suomalainen, die Chefin der Onlineredaktion, wetterte am Nachmittag Pokka gegenüber, solche Entscheidungen dürften nicht getroffen werden, ohne die Zuständigen für die Datenverwaltung und sie selbst zu konsultieren. Mit den

Ressourcen von Suomen Sanomat könne man nicht solche Hals-über-Kopf-Entscheidungen treffen wie beim öffentlich-rechtlichen Fernsehen. Es sei eine extrem schlechte Werbung gewesen, dass die wichtigste Sendung des Jahres mittendrin abstürzte. Bald würde überhaupt niemand mehr ihre Websites besuchen.

Pokka reizte sie noch mit der Bemerkung, die brächten ja auch keine Einnahmen, also sei es doch egal. Suomalainen beschimpfte Pokka als jemanden, der sich gegen jede Entwicklung sträube und den Fuß so ängstlich aufs Gaspedal setze, dass er selbst in den Schlüpfern Bremsspuren hatte.

Pokka kam die Galle hoch, er holte sein Telefon heraus, suchte scheinbar konzentriert in seinem Nummernspeicher und rief dann an. »Ich möchte einen Fall von Rinderwahnsinn melden. Kommen Sie das Tier abholen. Es ist schon überjährig und zittert mit Schaum vor dem Mund.«

Er wurde offensichtlich nach dem Namen und der Adresse des Tieres gefragt. »Das ist die Goldlöffelstraße, reichlich eine halbe Million, und das Tier heißt Sari. Ja, eine alte finnische Kuh«, sagte Pokka und beendete das Gespräch.

Suomalainen wollte unbedingt wissen, wen Pokka angerufen hatte. Pokka sagte, er habe Evira angeläutet, das Amt für Lebensmittelsicherheit. Im selben Augenblick klingelte sein Telefon. Pokka meldete sich. Lauri hörte, wie jemand wütend rief, mit so etwas mache man keine Scherze. Pokka stimmte ihm zu. »In der Tat. Hier wird man ja wahnsinnig«, knurrte er und drückte mit dem Finger auf die rote Taste.

Zum Glück kam Ohra zufällig vorbei. Er fragte ganz ruhig, ob der Nachrichtenchef und die Onlinechefin Meinungsverschiedenheiten hätten.

Suomalainen sagte ihre Meinung zu der Übertragung im Netz. Sie beschimpfte Pokka und die halbe Redaktion.

»Diese Entscheidung wurde mit meinem Segen getroffen«,

sagte Ohra. »Ich bin bewusst das Risiko eingegangen und immer noch nicht sicher, ob die Entscheidung falsch war. Die Nachricht kam ursprünglich von uns, das war Werbung für uns, wir haben uns als Massenmedium am Puls der Zeit präsentiert, auch wenn wir nicht fähig waren, die ganze Sendung zu übertragen. Hat die Onlinechefin dazu noch etwas zu sagen?«

Suomalainen schnaufte und schüttelte aber den Kopf.

»Das dachte ich auch.« Ohra befahl Pokka mitzukommen, und die beiden gingen zu seinem Zimmer. Lauri wurde klar, dass der Chefredakteur nicht zufällig aufgetaucht war. Er hielt die Zügel in der Hand, allein schon durch seine bloße Anwesenheit. Der Mann wusste selbst, dass man die Sendung nicht über jene Server hätte laufen lassen dürfen, die auch früher schon zusammengebrochen waren. Selbst wenn er von der Entscheidung womöglich gar nichts gewusst hatte, war ihm jedoch klar, dass seine Autorität beruhigend auf eine Streiterei wirkte, die an einem hektischen Tag zu nichts führte. Lauri konnte nicht umhin, den Mann zu bewundern. Wahrscheinlich tadelte Ohra den Nachrichtenchef jetzt schon für die falsche Entscheidung vor der Übertragung und für sein schlechtes Benehmen.

Suomalainen und Pokka stritten sich schon lange. Sie beschimpften und beleidigten sich jeden Tag derart, dass der Arbeitgeber, falls sich einer von beiden bei ihm beschwerte, keine andere Möglichkeit gehabt hätte, als sie abzumahnen.

Pokka hielt die elektronischen Medien für einen unsinnigen Kostenpunkt, solange man sich nicht imstande sah, funktionierende Modelle zu entwickeln, wie sich mit ihnen Geld verdienen ließ. Seiner Ansicht nach war es Schwachsinn, Inhalte kostenlos in die Welt zu schaufeln und zugleich die Stellung der Papierzeitung, die Einnahmen brachte, zu schwächen, indem man die eigenen Nachrichten schon am Vortag unentgeltlich im Netz veröffentlichte. Natürlich war es so, aber die Menschen lasen nun einmal immer weniger Papierzeitungen und immer mehr im elektronischen Angebot. Wenn die Zeitungen überleben wollten, mussten sie fähig sein, auf dem elektronischen Markt Einnahmen zu erzielen. Und ohne etwas auszuprobieren, fanden die sich auch nicht.

Im Gegensatz zu den Leuten von der Onlineredaktion war Karhu mit dem Ausfall der Videoaufzeichnung zufrieden gewesen. Die veränderte Situation hatte ihm Zeit gegeben, herkömmliche Fotos zu machen. Und so war ihm von KRP-Moilanen und dem Innenminister Hankanen ein ausgezeichneter Schnappschuss gelungen. Er hatte sie in einem Augenblick eingefangen, als sie beide mit schockiertem Gesichtsausdruck die Köpfe hängen ließen. Auf der Leinwand im Hintergrund leuchtet matt nur ein Wort: *Serienmörder*.

Niemand dachte beim Betrachten des Fotos daran, dass Hankanen in dem Moment gerade der Kaffeebecher heruntergefallen war. Moilanen wollte sich vergewissern, dass ihm der Kaffee nicht auf die Hose lief. Obwohl sie irreführend war, stellte Karhus Aufnahme ein Gesamtbild der Situation dar.

Zehn Monate danach würde man es als Nachrichtenbild des Jahres auszeichnen. Es war erstaunlich, dass keiner der anderen etwa zwanzig Fotografen vor Ort seine Chance erkannt hatte.

Als der Livestream von Suomen Sanomat zusammenbrach, sah sich Lauri die Pressekonferenz bei Yle bis zu Ende an. Vesitaival war auf den Bildern nicht zu sehen. Der Chef der Zentralen Kriminalpolizei hingegen, Polizeirat Oskari Moilanen, war zu sehen und zu hören. Er war praktisch der einzige Beamte, der sich klar ausdrücken konnte.

Die anderen Anwesenden einschließlich Innenminister Hankanen stammelten nur etwas von raschen Maßnahmen und entschlossenem Eingreifen, ohne konkret zu werden. Moilanen antwortete immerhin sachlich und scheinbar offen auf die Fragen. Er gestand ein, dass die Lage außergewöhnlich sei, und verkündete, er werde die Ermittlungen selbst leiten. So ein Versprechen hatte es noch nicht gegeben, und Lauri hielt es sogar für verantwortungslos. Obwohl die Lage ernst war und der Fall in der Öffentlichkeit so präsent, hatte die KRP doch noch eine gewaltige Menge anderer Aufgaben. War es klug, den Leiter der gesamten Einrichtung auf einen Fall anzusetzen? Hoffentlich wusste Moilanen, was er tat.

Als der Chef der KRP gefragt wurde, wieso Suomen Sanomat im Voraus von der Sache wissen konnte, hatte er auf eine bedauerliche undichte Stelle verwiesen, die sorgfältig und nachhaltig untersucht werden würde. Zugleich räumte Moilanen vermeintlich widerwillig ein, dass die Helsinkier Ermittlungsgruppe für Gewaltverbrechen einen Fehler begangen hatte, als sie ihren Verdacht vor der KRP verheimlichte.

Offensichtlich durfte sich Vesitaival nach neuen Aufgaben bei Wachschutzfirmen umsehen. Sollte es so kommen, würde Lauri ihn nicht bedauern.

Am Nachmittag, als Lauri am Computer saß und sich mit seiner Story abmühte, rief Moilanen auf seinem Festnetztelefon an.

»Du wolltest dich also vordrängeln.«

»Ich wollte meine Arbeit machen. Warum habt ihr mich vor eurer Info freigelassen? Ihr habt euch angestellt wie Amateure.«

»Das war der letzte Fehler dieses Mannes.«

»Hattest du auch ein Anliegen, oder rufst du an, um über Vesitaivals Karriere zu plaudern, mit der es abwärtsgeht.«

»Ich bitte dich darum, die Sache mit den Kreuzen in deinem Artikel nicht zu verraten. Das beeinträchtigt die Ermittlungen.«

»Du verstehst ja wohl, dass auch ich von etwas leben muss.«

Moilanen witterte sofort, worum es ging. »Was willst du?«

»Das Recht auf Teilnahme an den polizeilichen Ermittlungen in dem Fall mit allen Vollmachten, einen Tag Vorsprung bei der Veröffentlichung wichtiger Nachrichten und ein Exklusivinterview mit dem Schuldigen, wenn ihr ihn lebend fasst«, zählte Lauri auf. Er hatte sich seine Forderungen vorher überlegt. Dass Moilanen sich meldete, hatte er erwartet.

»Du verlangst nicht viel.«

»Nein. Ich verlange alles.«

»Genau. Du verstehst sehr gut, was du da verlangst. Auf so etwas kann ich nicht eingehen.«

»Du nicht. Und ich auch nicht. No hard feelings.«

Moilanen sagte nichts, sondern legte auf.

Lauri schrieb weiter an seiner Story. Er schaltete sein Handy nicht ein und lud es auch nicht auf, sondern ließ es in der Tasche.

Ein paar Kollegen kamen und stellten Fragen zu der Geschichte, aber schließlich legte Lauri sein Hörgerät auf den Tisch und zeigte darauf, wenn jemand zu ihm kam. Die Mienen verrieten, dass sie sein Verhalten satthatten, bei manchen bebte der Fußboden unter ihren Schritten so, dass Lauri die Entrüstung spürte.

Um vor allzu neugierigen Blicken sicher zu sein beschloss Lauri, seine Story im Fenster für private Texte zu schreiben.

Als Antti zu ihm kam, steckte Lauri sein Hörgerät wieder hinters Ohr.

Der Mann war auf hundertachtzig. »Konntest du mir denn nicht vorher von der Sache erzählen? Für den Artikel über die Tötungen von Kallio hatte ich die Verantwortung, und das wusstest du ganz genau. Es war ein prima Gefühl, die Fragen anderer Redakteure zu unserer Sensationsmeldung zu beantworten, von der ich überhaupt nichts wusste. Ich stand da wie ein Idiot. Es geht dir nur darum, dass du glänzen kannst. Ich werde das bei Redaktionsleiter Kettunen vorbringen.«

Lauri erklärte ihm, er sei festgenommen gewesen. »Du kannst beim Kleinen Leidwesen vorbringen, was du willst, aber jetzt ist die Hauptsache, dass du mich meine Arbeit machen lässt«, sagte Lauri und legte das Hörgerät wieder auf den Tisch.

Antti zeigte ihm den Mittelfinger und marschierte ab.

Es war ein langer Tag gewesen. Lauri ließ sich auf das Sofa fallen. Er hatte seine Geschichte fast genau so geschrieben, wie sie passiert war.

Ganz am Anfang berichtete er, dass man ihn wegen der Familienmorde festgenommen hatte. Dann machte er in der Zeit einen Sprung zurück und schilderte seinen Besuch in Kontiolahti. Er erzählte von der Atmosphäre in dem Mordhaus, von seinen Ängsten und der Zeichnung, er beschrieb sie und stellte Überlegungen zu ihrer Bedeutung an.

Er erwähnte jedoch mit keinem Wort seine Gespräche mit Hertta Huovinen. Man konnte die Geschichte nicht auf die Opfer ausweiten, denn dann hätte sie die Ausmaße einer Novelle erreicht. Jetzt hatte man Lauri gewaltige 8000 Zeichen zugebilligt, was im Vergleich zu den 2500 Zeichen eines normalen Hauptartikels eine Menge war. Lauri vertraute auf den Inhalt. Der Leser schaffte auch einen längeren Text, wenn die Geschichte ihn mitriss.

Er hatte auch beschlossen, die von Pakarinens Layouttruppe vorgegebenen Maße zu überschreiten. Er würde genau so viel schreiben, wie es die Geschichte erforderte. Sollten sie doch ihre Zeichnungen entsprechend dem Text kleiner oder größer machen. Lauri war für den Augenblick ein Star und scheute sich nicht, das für sich auszunutzen.

Seinen Besuch bei Liisa Perho beschrieb er nicht, sondern

erwähnte ihn nur als eines seiner Interviews mit Opfern von Familienmorden. Er berichtete von seiner Festnahme, spielte aber nicht auf Kepponens Namen an, obwohl er große Lust dazu hatte. Das wäre ein delikates Detail gewesen. Er erzählte von den Verhören, von Vesitaivals Patzern und davon, wie er sich in der Zelle gefühlt hatte. Von den unfassbaren Beweisen, die auch dem Unschuldigen selbst beängstigend eindeutig erschienen waren. Ohne Rücksicht verriet er auch, dass er angesichts des neuen Familienmordes erleichtert gewesen war, weil es ihn von der Liste der Verdächtigen strich. Mit leichten künstlerischen Freiheiten schilderte er außerdem auch Vesitaivals Verzweiflung, als dem klarwurde: Wer anderen eine Grube gräbt, fällt selbst hinein.

Lauri schrieb auch über die Kreuze. Das schadete womöglich den Ermittlungen, aber er empfand es als seine Pflicht, offenzulegen, dass es diese Kreuze gab. Und seinem Ruf konnte das auch nicht schaden.

Er überlegte eine Weile, ob er den Mörder überhaupt benennen sollte. Auf der Grundlage dessen, was er gelesen hatte, entsprach das nicht den Wünschen der Polizei. Ein Name konnte die Einstellung und die Aufmerksamkeit von Zeugen in die falsche Richtung lenken, und zugleich verschaffte er dem Mörder die Berühmtheit, die der sich möglicherweise erhoffte. Als Erzähler einer Geschichte wollte Lauri dem Täter jedoch einen Namen geben. »Filzstiftmörder« zog er in Erwägung oder »Kreuzmörder«, und vom Ankreuzen inspiriert sogar »Orientierungsläufer«, aber schließlich fand er einen Kompromiss und bezeichnete den Täter einfach als Familienmörder. Das war eine elegante Lösung.

Nun lag Lauri auf dem Sofa seiner Wohnung, vor Müdigkeit schon fast bewusstlos. Die karge Bude ließ viel Freiraum für seine Gedanken. Deswegen hatte Lauri die Wohnung auch nicht groß eingerichtet. An der Wand hing ein Poster, das ihm besonders gut gefiel. Elf Bauarbeiter saßen im New York der dreißiger Jahre im 69. Stockwerk des Rockefeller Center auf einem schmalen Balken beim Mittagessen. Das Bild kannten alle, Lauri erkannte sich selbst darauf. Auch er balancierte am Rand und fürchtete in den Abgrund zu stürzen. Ansonsten gab es in der Wohnung nur ein Sofa, einen Tisch, einen Teppich, eine kleine Stereoanlage von Philips und einen grauen 42-Zoll-Fernseher, einen Sony Bravia.

Lauri gestand sich fünf Minuten zu, dann erhob er sich und schwankte in die Küche. Er goss sich Tomatensaft in ein Glas. Ein paar Tropfen spritzten auf den Abwaschtisch. Sie waren so dunkel wie venöses Blut. Fasziniert schaute Lauri zu, wie sie langsam ins Spülbecken und schließlich in den Ausguss flossen.

Mit dem Glas in der Hand kehrte er ins Wohnzimmer zurück und ließ sich aufs Sofa fallen. Lauri überlegte, ob er Brahms oder Haydn auflegen sollte, als ihm auffiel, dass die rechte Schublade der TV-Bank offengeblieben war. Er ging hin und wollte sie zuschieben, hielt aber für eine Sekunde inne.

Er schaute in die Schublade. Ein zweites Mal brauchte er nicht hineinzublicken. Er rannte zu seinen Schuhen und fluchte, dass er sein Handy, das in der Tasche steckte, nicht aufgeladen hatte. Hastig griff er nach seinem Mantel und den Autoschlüsseln und stürmte ins Treppenhaus.

Obenauf in der Schublade lag ein Foto. Darauf hielt Paula die ein halbes Jahr alte Aava im Arm, und beide lächelten.

Über beide Gesichter war mit Filzstift ein weißes Kreuz gezeichnet.

Paula Kelo schloss die Augen. Sie fühlte sich in ihrem Eigenheim im Espooer Stadtteil Kilo wohl, aber abends rauschte in den etwa zweihundert Quadratmetern die Einsamkeit. Das Haus war zu groß geraten.

Natürlich war Paula dankbar für ihr fast perfektes Zuhause. Darin fehlte nur ein Partner. Und das war ein Traum, dessen Erfüllung in weiter Ferne zu liegen schien. Paula hatte nach Lauri nur den Ingenieur Janne für tauglich befunden. Aber sie waren lediglich ein paar Monate zusammengeblieben.

Ihre Tochter war da fünf gewesen und Janne fünfundzwanzig.

Aava hing an ihm. Sie hatte immer wieder nach Janne gefragt, auf seine Besuche gewartet und aus Papier und Klebeband rührende Geschenke gebastelt. Als der Mann Paula wegen einer jüngeren, kinderlosen Frau verlassen hatte, war Aava tagelang stumm geblieben. Das Mädchen hatte nichts mehr gegessen und keinen Mucks von sich gegeben, nur den Kopf hängen lassen und Paula vorwurfsvoll angeblickt.

Damals hatte Paula beschlossen, die Männer aus ihrem Leben zu verbannen. Das war ihr auch gelungen. Selbst eine Schöne wird nicht lange umworben, wenn sie immer nur die Zähne fletscht und kläfft. Paula hatte sich mit der Einsamkeit abgefunden. Und sich eingeredet, dass sie dann, wenn Aava in eine eigene Wohnung zog, anfangen würde, sich einen Partner zu suchen. Doch jetzt, da sie die Möglichkeit dazu besaß, konnte sie es nicht mehr. Zeitweise genoss sie es sogar, dass sie ihre Ruhe hatte. Eigentlich wünschte sie sich nur kurz vor dem Einschlafen einen Menschen an ihrer Seite.

Leider bedeuteten Männer Betrug. Lauri war es gelungen, sie bis zur Hochzeit an der Nase herumzuführen, erst danach hatte er seinen wahren Charakter verraten, und auch Janne hatte sie ganz unbekümmert sitzengelassen.

Paula strich über ihren Bauchnabel. Sie erinnerte sich, wie Lauri dort mit seiner Zunge gespielt hatte. Sie berührte ihr Schamhaar und erinnerte sich, wie Janne dort mit seinen Lippen getastet hatte.

Plötzlich knackte im Erdgeschoss etwas, es lief ihr kalt den

Rücken hinunter und sie spitzte die Ohren. Das Geräusch klang schleppend und vorsichtig. War jemand im Haus?

Paula hatte die Türen nicht abgeschlossen. Das tat sie niemals. Lauri war in der Hinsicht fast neurotisch gewesen. Es konnte passieren, dass er nach einer halben Stunde schon im Halbschlaf plötzlich die Decke beiseiteschob, aus dem Bett sprang und zur Tür rannte, um sie abzuschließen. Wenn Paula nach ihm ins Bett gekommen war, hatte er immer gefragt, ob die Türen auch wirklich verschlossen und verriegelt seien. In der ersten Zeit hatte Paula den Fehler begangen, bei der Antwort zu zögern. Daraufhin hatte er sie zum Kontrollgang in das Erdgeschoss des uralten Hauses gejagt. Schon bald hatte Paula gelernt, zu lügen: Ja, ja, ich habe zweimal nachgesehen, ich habe sie ganz sicher abgeschlossen.

Jetzt wünschte sich Paula jedoch, sie hätte die Türen abgeschlossen.

Sie besaß nichts, was sie als Waffe benutzen könnte. Lauri hatte im Schlafzimmer immer einen von seinem Vater geschnitzten Baseballschläger gehabt.

Sie überlegte, ob sie rufen sollte, ließ es aber. Aava hatte an diesem Abend einen Auftritt in Frankfurt, und Paula besaß so gut wie keine Freunde, zumindest nicht solche, die unangemeldet mitten in der Nacht auftauchten.

Paula fiel der weiße Filzstift auf ihrer Treppe ein. Sie hatte Aava zum Flugzeug begleitet und im Hotel übernachtet. Als sie dann zu Hause den Stift fand, hatte sie gedacht, ein Handelsreisender sei an ihrer Tür gewesen und habe dort seinen Farbstift verloren. Jetzt war sie sich da nicht mehr sicher. Hatte der Eindringling schon vorher versucht, in das Haus zu gelangen? Und war es vielleicht gar nicht irgendein beliebiger Einbrecher, sondern jemand, der auf sie Jagd machte?

Sie glaubte das schwere Atmen ihres Jägers zu hören. Diese Empfindung eroberte ihr Gehirn. Ihre Augen starrten die Tür an, obwohl sie die in der Dunkelheit gar nicht sah. Ihr Herz hämmerte so, dass die Bettdecke zitterte.

Als die Stille eine Minute anhielt, entspannte sich Paula. Sie hatte sich das nur eingebildet.

Dann raschelte es im Erdgeschoss. Da unten lauerte jemand. Paula erstarrte. Sie könnte versuchen, auf den Balkon zu flüchten, aber der Eindringling würde jede Bewegung hören. Und wenn sie nun in das Gästezimmer im Obergeschoss schlich und hoffte, dass der Einbrecher direkt ins Schlafzimmer gehen würde? Vielleicht könnte sie dann hinausschlüpfen.

Doch wenn Paula auf der Hut war, dann war es der Eindringling auch. In einem stillen Haus hörte man jedes Rascheln, Knacken und sogar jeden Atemzug. Nur das leichte Summen der Klimaanlage verwandelte die Lautlosigkeit in Stille, aber es überdeckte einzelne Geräusche nicht.

Schließlich gab Paula ihren Instinkten nach. Sie tastete auf dem Nachttisch nach der neuesten Übersetzung des Ulysses von Joyce ins Finnische und legte sie mit angehaltenem Atem auf ihren Schoß.

Im Erdgeschoss rauschte es langsam, aber nur kurz. Das hätte ein Bademantel sein können, der an der Wand entlangglitt, eine Zeitung, die auf dem Eichentisch verrutschte, oder eine Wolldecke für den Mittagsschlaf, die weggeschoben wurde. Es war aber nichts von alldem.

Paula erkannte das Geräusch. Es war die Klinge des blutrünstigen Fleischmessers von Roselli, die aus dem Holzblock gezogen wurde.

Paula wusste, dass sie sterben würde. Sie kämpfte gegen die Panik an. Ihr fiel ein, dass ihr Vater irgendwann einmal gesagt hatte, Angst sei Klugheit, Entsetzen jedoch Unfähigkeit. Erst jetzt verstand sie die Bedeutung des Satzes. Leicht würde sie es jedenfalls niemandem machen, sie umzubringen. Paula nahm das Buch, schob die Decke mit einer raschen, aber nahezu geräuschlosen Bewegung zurück und schwang sich aus dem Bett. Sie begriff, dass sie am Leben war, so wie seit Jahren nicht. Es kam ihr vor wie der letzte klare Augenblick vor dem Tod, wie die letzte verzweifelte Anstrengung des Organismus, der seine Stimme noch einmal zu Gehör bringen wollte, vor der ewigen Stille.

Sie war dankbar für ihre geringe Größe, unter ihr knackte der Fußboden nicht.

Die Treppenstufe aber klagte unter dem Gewicht des Eindringlings. Paula schien es so, als wäre das Geräusch direkt neben ihrem Ohr, obwohl sie wusste, dass es aus dem Erdgeschoss und von der ersten Stufe kam. Das Knarren blieb jedoch unvollendet, der Einbrecher hatte mitten in der Bewegung innegehalten.

Paula lief auf Zehenspitzen bis zur Tür. Es gab kein Entkommen mehr. Vom Balkon konnte sie nicht springen, und ins Treppenhaus im Obergeschoss würde sie jetzt nicht mehr unbemerkt schlüpfen können. Die Tür ging nicht zum Flur hinauf, sondern zum Schlafzimmer. Paula wartete ab. Etwas anderes konnte sie nicht tun.

Wenn die Tür sich öffnete, bliebe Paula für eine Sekunde unbemerkt und könnte zuschlagen. Bestenfalls würde der Mann – beim Geschlecht des Eindringlings war sich Paula sicher – durch die gewichtige Prosa in Ohnmacht fallen oder wenigstens so perplex sein, dass Paula ein zweites Mal zuschlagen könnte. Danach würde sie versuchen zu fliehen, ins Treppenhaus, zu ihrem Handy, zu den Autoschlüsseln und hoffentlich in ihren brandneuen Mazda 5.

Paula hörte die vorsichtigen Bewegungen des Einbrechers im Treppenhaus. Sie spürte jeden seiner Schritte in ihrer Brust. Ulysses erschien ihr das erste Mal allzu leicht in ihren Händen. Ach, hätte Joyce sich doch noch viele Seiten mehr einfallen lassen. Ihr kamen die Tränen, obwohl ihr ganzer Körper ansonsten zum Kampf bereit war.

Schließlich blieb der Eindringling im Obergeschoss stehen. Er schätzte die Lage ein. Und er witterte seine Beute. Paula spürte, wie ihre Augen hin und her irrten. Sie suchten Licht, das es nicht gab. Sie sah mit ihren Ohren, wie der Einbrecher langsam die Klinke herunterdrückte.

Die Tür ging auf. Aus dem Treppenhaus drang ein wenig Licht herein. Der Eindringling zwängte sich sehr vorsichtig in das Zimmer. Er hielt ein großes Messer vor sich und ging langsam in Richtung Bett.

Noch ein Schritt, überlegte Paula.

Der Mann machte einen weiteren Schritt. Das reichte nicht.

Paula holte aus. Das Buch war schon in der Luft und konnte nicht mehr aufgehalten werden, als der Mann sich ein wenig drehte. Paulas wütender Schlag krachte dumpf auf seinen Hinterkopf, und er stürzte zu Boden. Das Messer fiel ihm aus der Hand.

Paula gab dem Mann einen Tritt in die Seite und stürmte verzweifelt los.

Sie war schon auf der Hälfte der Treppe, als sie aus dem Obergeschoss eine Stimme hörte.

»Paula, bist du das?«

Die Stimme klang irgendwie vertraut, ließ sie jedoch nicht stehen bleiben, nicht einmal ihr Tempo verlangsamen. Sie war schon fast im Erdgeschoss.

»Paula, geh nicht weg.«

Paula rannte. Sie sprang die Stufen hinunter.

Erst als der Mann noch einmal rief, erkannte sie an der Stimme, wer der Eindringling war. »Paula. Halt. Ich bin es, Lauri …«

Aber warum zum Teufel dieser verdammte Lauri? Was machte er mit dem Messer in der Hand mitten in der Nacht in ihrem Haus? War er gekommen, um zu Ende zu bringen, was er vor siebzehn Jahren in jener chaotischen Nacht begonnen hatte?

»... komm zurück. Ein Killer ist auf dem Weg hierher.«

Paula wusste nicht, was sie anfangen sollte. Ihr war alles verdächtig: dass Lauri mitten in der Nacht hier herumschlich. Dass er etwas von einem Mörder behauptete und ein Fleischmesser in der Hand hielt. Andererseits erschien es unsinnig, dass Lauri hierhergekommen war, um sie zu töten. Wo wäre denn sein Motiv?

Es sei denn ...

Hatte Lauri beschlossen, in Aavas Leben einzutreten, und glaubte nun, das würde nicht gelingen, solange Paula noch atmete? Hatte er deshalb auch diesen Artikel geschrieben?

Paula beschloss, zu fliehen. Das wäre das geringste Risiko. Man könnte die Angelegenheit an einem öffentlichen Ort und bei Tageslicht klären. »Bleib da, wo du bist. Wenn du herunterkommst, dann fasse ich das als Angriff auf. Du hast ein Messer!«, rief Paula.

»Das stimmt. Oder hat gestimmt. Es liegt irgendwo auf dem Fußboden. Ich konnte nicht sicher sein, ob der Typ schon hier ist. Geh nicht weg!«

Paula schlich zu ihrem Schlüsselschrank. Dort lagen ihr Handy und die Schlüssel des Mazda. »Von welchem Killer redest du? Warum sollte der es auf mich abgesehen haben?«

»Viele Familienmorde der letzten Zeit wurden von einem Außenstehenden begangen. Derselbe Killer hat angekündigt, dass er dich und Aava als Nächste ermordet. Verfolgst du die Nachrichten nicht?«

Paula bekam weiche Knie, als sie den Namen ihrer Tochter hörte.

»Das ist eine völlig idiotische Behauptung.«

»Der Täter ist auch völlig irre.«

Paula hatte das Gefühl, dass der Verrückte dieser Geschichte im Obergeschoss stand. Sie hatte schon die Tür des Schlüsselschranks geöffnet und griff nach ihrem Telefon. Ihre Hände zitterten jedoch, und das Schlüsselbund fiel zu Boden.

Lauri war nicht dumm, er begriff, dass Paula Zeit gewinnen wollte, indem sie mit ihm redete.

»Paula, vertraue mir. Dieses eine Mal.«

Und das wäre dann das letzte Mal, dachte Paula und bückte sich, um ihre Schlüssel aufzuheben. Dabei warf sie einen Blick ins Arbeitszimmer. Dort stand draußen vor dem Fenster eine dunkle Gestalt. Es war ein Mann. Paula sah das schmale Gesicht nicht. Sie sah nur seine Zähne. Paula war nicht sicher, ob ein eisiges Lächeln über das Gesicht huschte.

Sie stürzte zur Tür und versuchte erst gar nicht, sie abzuschließen. Sie legte nur hastig mit zitternden Fingern die Sicherheitskette vor. Im selben Augenblick wurde die Tür aufgerissen, soweit es die Kette zuließ. Paulas Zeigefinger war zwischen Kette und Lasche eingeklemmt. Der Schmerz ließ sie die Finger instinktiv wegziehen. Ein Stück Haut blieb hängen, und Blut floss. Paula fiel mit einem dumpfen Geräusch zu Boden.

Der Mann zerrte erneut an der Tür. Die Kette hielt, obwohl die Halterungen knirschten. Paula hörte das enttäuschte Ächzen des Mannes. »Wir können das schnell oder langsam erledigen. Das entscheidest du«, krächzte der Mann leise durch den Türspalt.

Kivi kam die Treppe heruntergerannt. »Du, verdammt!«

Er verstummte.

Kivi stürmte an Paula vorbei zur Tür und zog sie zu. Als er nach der Kette griff, schrie Paula auf. »Nicht Lauri! Nicht! Der Mann kann eine Waffe haben.«

Lauri hielt inne.

Draußen hörte man jemanden pfeifen. Paula kannte das Stück, konnte es aber nicht benennen. Irgendetwas Klassisches. Lauri schnappte sich Paulas Telefon und wählte den Notruf.

Als Lauri das Gespräch beendete und Paula in den Arm nahm, schaute sie ihm in die Augen. »Ich habe gedacht, du bist gekommen, weil du mich umbringen wolltest.«

Lauri schüttelte den Kopf, schob die verschwitzten Haare aus Paulas Stirn und sagte nichts. Draußen hörte man, wie eine Autotür zugeschlagen und heftig Gas gegeben wurde. Der Killer war weg.

»Weißt du, was der Kerl gepfiffen hat«, fragte Paula.

»Das Adagio g-Moll.«

»Sagt mir nichts. Ist das Mozart?«

»Nein. Das ist das klassische Musikstück, das oft bei Begräbnissen gespielt wird.«

Paula wurde eisig kalt. Beide saßen eine Minute da, ohne ein Wort zu sagen. Sie hörten der Stille zu. Lauri hielt das Messer in der Hand und schaute sich ständig um.

»Bist du sicher, dass es nicht von Mozart ist?«

»Ja. Das hat der Italiener Remo Giazotto komponiert, der das Stück Mitte des letzten Jahrhunderts veröffentlich hat. Allgemein wird angenommen, dass es ein Stück des Barockkomponisten Tomaso Albinoni ist, der im 17. und 18. Jahrhundert lebte. Giazotto, der sich mit Albinoni und Vivaldi beschäftigte, hat selbst angegeben, er habe die Anregung für das Stück von Albinoni bekommen. Er hat behauptet, er habe ein Werk von Albinoni in den Ruinen einer Bibliothek im zerbombten Dresden gefunden und inspiriert davon das Adagio neu arrangiert. Keiner weiß, was die Wahrheit ist und wer das Werk tatsächlich komponiert hat. Giazotto nahm sein Geheimnis am Ende des letzten Jahrtausends mit ins Grab.«

»Wie kommt es, dass du so was weißt?«

»So ein Taugenichts ohne Familie hat Zeit, sich zu bilden. Außerdem ist es eines meiner Lieblingsstücke. Auch wenn es viel gespielt und etwas abgenutzt ist. Manchmal nutzen sich die Dinge eben so ab, dass sie etwas Vollkommenheit gewinnen«, sagte Lauri und vermied es, den wahren Grund zu nennen, warum er den Hintergrund des Stückes wie seinen eigenen kannte.

»Dieser Mörder scheint dich zu kennen.«

Lauri nickte wieder.

Paula starrte den Mann an. Lauri erzählte nicht von sich, von seinen Gefühlen. Er war wie ein Damm, der nicht gebrochen war, er hatte sich nicht verändert.

Paula dachte wieder daran, was in jener Nacht vor siebzehn Jahren geschehen war. Kalte Schauer liefen ihr über den Rücken, und sie zog sich ein Stück von Kivi zurück.

Das Baby übergab sich, kackte in die Windeln und schrie seine Wut hinaus.

Wenn Lauri nachts halb im Schlaf nicht begriff, wie Aava zu schreien aufhören würde, ging er schnell in die Luft. Dann kam es vor, dass er das brüllende Gör so heftig aus seinem Bett riss, dass es ein hohles Röcheln von sich gab. Zuweilen klopfte er dem Kind wie einem Erwachsenen auf die Schulter, oder er brüllte die Kleine an: Halt endlich die Fresse, verdammt, man hätte dich in der Apfelkiste lassen sollen.

Lauri liebte seine Tochter, tagsüber. Nachts war ihm das Baby zu viel.

Paula erschrak über die Wutausbrüche ihres normalerweise völlig ausgeglichenen Mannes und hielt sie auch für gefährlich. Deshalb verkündete sie, sie werde die Nächte übernehmen, Lauri als Vater dürfe sich dafür in der Zeit, in der er wach war, mehr um das Kind kümmern.

So hatten sie es beschlossen. Und so funktionierte alles viele Monate, bis Paula einmal abends ausging. Die Freundinnen lagen ihr in den Ohren. Du musst doch auch mal rauskommen, du musst auch mal an dich denken und nicht nur an das Windelbaby oder deinen Alten.

Lauri war mit mürrischer Miene einverstanden gewesen. Er wusste, dass ein freier Abend der müden, abgekämpften Paula guttun würde. Zugleich machte er sich aber auch Sorgen. Die Stippvisite in der Freiheit könnte auch zu leichtsinnigen Bekanntschaften führen. Vor allem, weil Paulas Freundinnen ihn, Lauri, nicht mochten und ihr Exfreund Heikki unbeeindruckt vom Ehegelöbnis mit Paula flirtete. Die Frauen würden Paula womöglich sogar zu einem Seitensprung anstacheln. Sie begriffen nicht, was es hieß, eine Familie zu haben. Für sie war Familie ein weitentferntes Fantasiegebilde, um das sie einen Bogen machten, bis sie dreißig waren.

Ihre Freundinnen verstanden nicht, dass Paula jetzt schon Verantwortung hatte. Deshalb war Lauri schlechtgelaunt. In der Regel trank er nicht, weil er es mochte, sich unter Kontrolle zu haben. Aber trotzdem holte er aus dem Schrank den Cognac, den der Schwiegervater ihm als Hochzeitsgeschenk regelrecht aufgedrängt hatte. Es war ein echter XO.

Lauri betrachtete die Flasche, streichelte sie. Ihm fiel ein, wie er mit neun Jahren heimlich durch den Türspalt zugehört hatte, als der Alte im Suff in so einen jämmerlichen Zustand geraten war, dass er sich seinen Saufkumpanen gegenüber ausgeweint hatte. Er wollte das ja gar nicht, den Kindern eine klatschen oder der Alten eine knallen, aber der Teufel Alkohol brachte ihn dazu. Das war angeblich eine Talfahrt ohne Bremse, wenn er hörte und in den Fingern spürte, wie der Korken quietschte.

Das Geräusch versprach das Glück, alles hinter sich lassen und die Sorgen vergessen zu können. Angeregt durch das abschreckende Beispiel seines Vaters war Lauri absolut abstinent geblieben. Er wusste nichts von den Versprechungen und wunderbaren Gefühlen, die der Alte beschrieben hatte. Er wusste nur, dass sie zu Schreien, Fausthieben und Verletzungen führten. Jetzt war ihm das jedoch egal. In seinem Frust konnte er nicht anders. Er brauchte für einen Augenblick Erleichterung. Zudem schlief Aava schön und würde das zumindest auch die nächsten drei Stunden tun.

Die braune Flüssigkeit plätscherte ins Glas. Lauri ließ einen Eiswürfel in das Glas fallen. Er schlürfte das Getränk, als wäre es Saft von der Großmutter. Der Schnaps verdrehte ihm den Kopf, ließ sein linkes Augenlid zittern und brannte in der Kehle.

Doch dann spürte er die erleichternde Wirkung. Kivi goss sich noch mehr ein.

Paula hatte einen angenehmen Abend verbracht. Sie hatte die Zeit mit Minna, Sanna und Hiltsu genossen, Tränen gelacht und ein paar Gläser Cider getrunken. Minna hatte sie angespornt, mit einem Mann in einer Lederjacke zu flirten und geflüstert: Was Lauri nicht weiß, macht ihn nicht heiß. Aber Paula hatte auf ihren Ehering verwiesen. Trotzdem hätte es sie gereizt. Und sie war froh, dass Heikki nicht auftauchte. Womöglich wäre sie schwach geworden, obwohl sie auf keinen Fall ihre Ehe zerstören wollte.

Als Paula sich zum Aufbruch rüstete, hatte sich Minna, ihrem eigenen Rat folgend, den jungen Mann geschnappt und wiegte sich mit übergehängter Lederjacke auf der Tanzfläche zu einem langsamen Titel.

Der Abend der Freiheit und Sorglosigkeit war wie das Paradies gewesen. Zu Hause wartete wieder der Alltag mit vollgekackten Windeln und ihrem Ehemann, dem Arsch. Er war natürlich auch wunderbar, aber Paula hätte Lauri nicht genommen, wenn sie gewusst hätte, was sie da bekam und wohin sie dabei geriet.

Dass der Mann so bedrohlich und reserviert wirkte, hatte bei ihr anfangs ein Kribbeln ausgelöst, aber im Alltag schadete seine Bedrängnis nur und machte ihr manchmal sogar Angst. Vor allem nachts, im Schlaf erstarrt, war Lauri beinahe mehr Tier als Mensch. Seine dunkle Seite wurde freigelegt, wenn er nicht mehr schlief, aber auch noch nicht ganz wach war.

Paula lief den Hügel von Sänkinotko hinunter nach Hause. Weiße Flocken schwebten zu Boden. Auf dem Hof blieb Paula eine Weile stehen. Es war nachts um zwei.

Die Straßenlaternen brannten vor ihrem schokoladenbraunen Haus. Paulas Eltern hatten ihre eigene abgewohnte Hütte dem jungen Paar abgegeben und sich selbst ein herrschaftliches Haus bauen lassen.

Lauri hatte sich erst gesträubt, das riesengroße Almosen anzunehmen, dann aber nachgegeben, als Paula verkündet hatte, sie werde mit Aava auf jeden Fall dort einziehen. Er könne ja in der alten Wohnung bleiben oder mit umziehen, ganz wie er wolle.

Sie hatten so gut wie keine Einkünfte, nicht einmal richtige Pläne, wie man sie sich beschaffen könnte. Lauri arbeitete zwar regelmäßig für die örtliche Zeitung, aber diese Aufträge reichten nicht für ein richtiges Einkommen. Paula saß im Supermarkt an der Kasse und musste sich auf die Brüste glotzen lassen. Sie fühlte sich da nicht wohl und Lauri auch nicht. Er wollte nicht im selben Ort wohnen wie seine Eltern. Das Risiko eines Zusammenstoßes war zu groß.

Outokumpu ödete sie zwar schon an, aber das Haus war ihr lieb und teuer. Paula hatte darin ihre Kindheit und ihre Jugend verbracht. Sie besaß nur schöne Erinnerungen an das Zuhause. Ja, ein bisschen Teenagerrebellion, und die Mutter hatte sie auch mal als Hure beschimpft, aber es gab nichts Unversöhnliches. Jetzt hatte sie ein gutes Verhältnis zu ihren Eltern. Und sie waren ja auch Oma und Opa, wichtig für Aava und die Einzigen in dieser Rolle. Lauris Eltern hatten Aava nicht einmal gesehen. Er ließ das nicht zu, obwohl Hilkka gebettelt und auch ein paarmal vor der Tür gestanden hatte. Er wollte nichts mit seinen Eltern zu tun haben.

Seine Großmutter Ansa besuchte er ab und zu, aber meistens allein. Ansa mochte Paula nicht. Die alte Frau sagte das nicht direkt, aber sie goss ihr keinen Kaffee ein, schaute an ihr vorbei und redete über die Faulheit der Mütter von heute, immer wenn Lauri die Windeln wechselte. Einmal hatte sie Lauri erzählt, sie habe im Laden die schöne und verständnisvolle Tochter von Hurskainen getroffen, die gut als Ehefrau zu ihrem Enkelsohn passen würde, als richtige Ehefrau. Paula war beleidigt gewesen, aber Ansa hatte nur weitergeplappert, sie habe doch nur einen Scherz gemacht, und oje, dieser Jugend von heute sei jeglicher Sinn für Humor abhandengekommen.

Paula seufzte und bemerkte, dass in der Küche noch Licht brannte. Lauri hatte es offensichtlich vergessen. Bestimmt war er schon ins Bett gegangen, damit er früh aufstehen konnte. Es war vereinbart, dass Paula nach dem langen Abend ausschlafen durfte.

Sie stapfte durch den Neuschnee im Hof, holte ihren Schlüssel heraus, steckte ihn ins Schloss und drehte ihn. Es knackte, und die Tür ging leicht auf. Das war angenehm, denn im Sommer quoll das Holz so, dass sich die Haustür ohne Knarren und Anheben nicht öffnen ließ. Lauri hatte versprochen, sich darum zu kümmern, aber dabei war es geblieben. Auf Paulas Nachfrage hatte er gemurmelt: »Wenn wir hier mit Reparaturen anfangen, dann werden wir in diesem Haus vermodern.«

Paula hörte schon auf der Veranda, dass Lauri auch vergessen hatte, die Musik auszumachen. In der Küche krächzte der Bluessänger J. Karjalainen. Sie öffnete die Zwischentür und betrat den warmen Flur. Lauri hockte am Küchentisch. Er war offensichtlich eingeschlafen. Paula betrachtete ihren Mann. Er war schwierig, er war wunderbar. Er war verschlossen, er gehörte ihr. Abends schaute Paula gern zu, wenn Lauri die Wollsocken über seine nackten Füße zog und dabei zufrieden vor sich hin summte. Dann legte er sich auf das Sofa und verkündete, Wollsocken seien die beste Erfindung der Welt. Das waren die einzigen Augenblicke, in denen man Lauri echt glücklich sah, ansonsten war er wie getrieben.

In Gesellschaft beobachtete er die anderen und beteiligte sich nicht an der Unterhaltung, wenn er den größten Teil der Leute nicht kannte. Er konnte zwei Stunden wortlos dasitzen, nicken und das Gespräch aufsaugen. Hinterher stellte er dann verblüffende Betrachtungen über die Gäste an und sagte mit unfassbarer Genauigkeit voraus, wie sie sich in Zukunft verhalten würden. Lauri kannte die Menschen. Nach seinen eigenen Worten allzu gut.

Wenn man Lauri kennenlernte, kam ein scharfsinniger und zuweilen sogar leidenschaftlicher Gesprächspartner zum Vorschein, der die Dinge aus anderen Blickwinkeln und in großen Zusammenhängen sah. Er besaß mehr Gerechtigkeitsgefühl als jeder andere. Wenn er wollte, war er fähig, fast jede Angelegenheit mit Abstand und ganz unaufgeregt zu betrachten. Sein Traum vom Beruf des Journalisten ergab einen Sinn. Paulas Ansicht nach wäre Lauri ein noch besserer Richter geworden.

Er liebte seine Tochter und Paula. Er küsste sein Kind, sang ihm vor, spielte mit ihm und lehrte es, die Welt zu beobachten. Andererseits versteckte er sich hinter seiner Mauer und ließ sich nicht auf echte Offenheit ein. Lauri Kivi war ein Widerspruch auf zwei Beinen.

Paula ging auf leisen Sohlen zu ihrem Mann. Sie hörte, wie er den Text von Karjalainens Titel »Was ein Mann tun muss« flüsterte. Er hatte es so eingestellt, dass der Song ständig wiederholt wurde. »... *ich weiß nichts von der Liebe, ich weiß nichts von den Frauen, ich weiß überhaupt nichts* ...«

Plötzlich sah Paula die Flasche Cognac auf dem Tisch. Das Geschenk ihres Vaters war halbleer.

Der Kerl ist besoffen, verdammt. Passt er so auf Aava auf?

Paula legte die Hand auf die Schulter ihres Mannes. Kivi sprang auf und fuchtelte mit der Faust herum. Was zum Teufel willst du, verdammt, mich schlägst du nicht mehr, einen erwachsenen Mann. Er stieß Paula zu Boden und warf sich auf sie. Er drückte seine linke Hand auf ihre Kehle und packte sie mit der rechten im Genick. Seine Augen irrten hin und her, Schweiß lief ihm über die Stirn. Kivi war irgendwo am Rande des Bewusstseins, auf der anderen Seite war alles nur tiefschwarz.

Paula krächzte: »Ich bin es, deine Ehefrau Paula.« Sie begriff, dass sie sich nicht wehren durfte. Das hätte die Bestie nur noch wilder gemacht, die Bestie, mit der Lauri kämpfte.

Schließlich ließ er los, und Paula konnte husten. Er zog sich auf einen Stuhl zurück und zitterte. Ihren Versuch, ihn zu berühren, wischte er mit einer heftigen Handbewegung weit weg und fluchte.

Lauri hatte nie über sein Zuhause geredet. Von dem gewalttätigen Alltag in der Familie hatte Paula im Ort gehört. Auch über Tuomas war er nicht bereit zu sprechen. Der Bruder war eben einfach verschwunden. Paula begriff, dass solch eine Kindheit nicht ohne Auswirkungen bleiben konnte. Man hatte Lauri das Selbstbewusstsein und das Selbstvertrauen genommen. Das äußerte sich auch als Eifersucht.

Paula konnte jedoch nicht begreifen, was es für ein Gefühl war, wenn man zu Hause Angst haben und vorsichtig sein musste. Ihre Eltern waren glücklich verheiratet. Am liebsten hätten sie ständig vor sich hin geträllert. Streiten konnten sie auch nicht. Wenn sie eine Meinungsverschiedenheit hatten, dann diskutierten sie. Wenn es wirklich zu einem handfesten Streit kam, dann knallte der eine die Tür zu, verließ aber den Raum nicht, denn so ein Verhalten hätte ja den anderen gekränkt. Sie beschimpften sich niemals. Sie nannten den anderen höchstens Dummkopf, wenn einer von beiden im Rückwärtsgang in den Graben gefahren war.

»Na, hast du gevögelt?«, fragte Kivi, als er wieder zu sich gekommen war.

Die Frage brachte Paula auf die Palme. »Ja, gleich dreimal. Der Erste war eine Enttäuschung, der Zweite Durchschnitt, aber der Dritte, oh, das war etwas, was man zu Hause nie bekommt.«

Paula sah, dass es in Kivis Augen loderte. Er kämpfte mit sich und behielt offensichtlich die Oberhand, denn er versteckte seine Faust in den krampfhaft ausgestreckten Fingern und begnügte sich damit, lauthals und mit rotem Kopf zu fluchen. »Gottverdammt, du machst mit mir nicht dasselbe, was meine Mutter mit dem Alten gemacht hat. Sie hat ihn mit ihrem Gerede zur Weißglut getrieben.«

»Du gibst deiner Mutter die Schuld?«

»Ich beschuldige, wen ich will. Du warst dort nicht dabei.«

»Ich bin hier dabei.«

»Du kannst das nicht verstehen. Der Alte hat geschlagen, aber Mutter hat ihn ständig provoziert. Für uns Kinder hat sich keiner von beiden interessiert. Keiner hat etwas gegeben, nur genommen.«

»Aber jetzt scheint dir die Selbstzerstörung etwas zu geben. Du bewunderst die Kraft deines Alten, seine rohe und nackte Gewalt. Deswegen bist du auch eben über mich hergefallen.«

Kivi schnaufte. Er schüttelte den Kopf, wie um nüchtern zu werden. Man sah, dass der Mann nicht im Gleichgewicht war. Paula hoffte, er würde jetzt endlich über die Dämonen seiner Kindheit reden, sie herauslassen. Er könnte sich noch zu einem brauchbaren Partner entwickeln. Ein gesellschaftstauglicher Mann würde er wohl nie werden, aber vielleicht wenigstens ein liebevoller Ehemann. Einer, mit dem man es bis ins Grab aushielt.

»Deiner Ansicht nach ist deine Mutter schuld daran, dass ihr was aufs Maul bekommen habt«, sagte sie nun schon in einem versöhnlichen Ton.

Kivi nahm das Glas vom Tisch und warf es zu Boden. Die Splitter flogen durch die ganze Küche. »Gottverdammt. Die hat ihre Klappe nicht halten können, aber es war nicht ihre Schuld. Der Alte hat …«

Aava rief laut nach ihrer Mutter. Sie war offensichtlich erschrocken. Paulas Wut erwachte wieder. »Na bitte, da siehst du, was du angerichtet hast«, schrie sie ihren Mann an. »Erst trinkst du hier ein Glas nach dem anderen, obwohl du auf ein einjähriges Kind aufpassen sollst, und dann randalierst du auch noch und weckst es auf.«

Kivi wartete nicht. Er sprang auf, stieß Paula um, stürzte zu Aava und nahm das Kind aus seinem Bett. Das runde orangefarbene Gitter knarrte, als er in seinem Suff taumelte und sich am Bettrand abstützte. »Pssst. Nun beruhige dich mal, mein kleiner Schatz.«

»Gib mir das Kind!«, schrie Paula. »Tu Aava nichts, Lauri, nein!«

»Jetzt hältst du die Fresse, Alte«, brüllte Kivi wutschnaubend. »Wie soll ich sie beruhigen, wenn du herumkreischst wie eine Gans? Verflucht!«

»Gib Aava mir! Verdammt! Wir haben doch ausgemacht, dass ich sie nachts …«

Kivi gab ihr das Kind. Fast warf er der Mutter die weinende Kleine hin.

»Dann nimm sie, verdammt.«

Paula hielt Aava auf dem Schoß und streichelte sie.

»Papa. Pfui«, sagte das Mädchen.

In der Küche krachte es. Kivi knallte die Tür zu und den Teller auf den Boden. Dann kehrte er zurück, den Cognac in der Hand. Er trank aus der Flasche. Obwohl er im Gegenlicht stand, erkannte Paula, dass er nicht er selbst war. Seine Augen glommen. »Heute kriegst du einen richtigen Mann, das wird besser als bei allen von hier«, flüsterte er seiner Frau zu und verschwand wieder.

Paula bekam von neuem Angst. Aava spürte, wie fremd der Vater wirkte und wie erschrocken die Mutter. Sie weinte weiter und schlief wieder nicht ein.

»Beruhige das Gör!«, befahl Kivi aus der Küche.

»Lauri, das hilft nicht.«

»Dagegen hilft gar nichts. Sie schreit einfach weiter«, brüllte er. »Halt jetzt die Klappe, Aava.«

Das Mädchen steigerte sich in ein Weinen, das mit einem geräuschlosen Husten begann. Paula glaubte schon, das Mädchen würde ersticken, doch dann schrie Aava aus vollem Halse.

Kivi schlug mit der Faust an die Wand und stürmte zu ihr hin. Er riss das Mädchen aus den Armen der Mutter und hob Aava an die Wand. »Verdammt, du glaubst wohl, die ganze Welt dreht sich nur um dich«, brüllte er das Kind an.

Paula kämpfte, um das Mädchen zurückzubekommen. Kivi drückte Aava mit einer Hand an die Wand und schlug mit der anderen Paula so, dass sie zu Boden ging. Sie wusste sofort, dass ihr Auge am nächsten Morgen zugeschwollen sein würde.

Aava bekam kaum noch Luft, da ihr Vater sie mit der Hand um den Hals an der Wand festhielt.

Kivi schaute dem Mädchen in die Augen und starrte sie einige Sekunden an. Dann neigte er den Kopf nach rechts und überlegte, ob er sich gehenlassen sollte, um etwas Falsches zu tun.

Paula schrie vom Fußboden: »Hör auf!« Sie wollte ihr Kind haben.

Kivi betrachtete das verstummte und völlig verängstigte Mädchen.

Paula stand auf und begriff, dass ihr Geschrei nicht helfen würde. Sie flehte ihn an. »Lauri, das ist deine Tochter.«

»Wenn sie es ist«, murmelte Kivi, griff aber nun auch mit der anderen Hand nach dem Kind und warf die Kleine in ihr Bett. Danach marschierte er hinaus.

Paula nahm schnell ihre Tochter und begann sie zu beruhigen. Aava war verstört und konnte auch nicht richtig weinen. Schlaff lag das Mädchen in ihrem Arm, den Kopf an die Schulter der Mutter gelehnt. Paula sang leise vor sich hin und streichelte das Mädchen. Das Kind zitterte. Die Tränen liefen. Bei beiden.

Paula hörte, wie die Haustür zuschlug. Kivi war gegangen.

Aava schlief überraschend schnell ein. Zum Glück verstand sie nicht, was passiert war. Paula überlegte, was sie tun sollte. Sie hatte in einer Ecke des Kinderzimmers eine Matratze, eine Decke und auch ein Kissen. Wäre es am klügsten, einfach zu bleiben und einzuschlafen? Lauri würde kaum ins Kinderzimmer zurückkehren. Obwohl er betrunken war, begriff auch er, was er getan hatte.

Paula blieb neben ihrem Kind. Als Wache, wenn sie sich das auch nicht eingestand.

Lauri kehrte nie mehr zurück.

Am nächsten Tag rief er an und sagte, er müsse verschwinden, bevor Schlimmeres passierte. Er stammelte, dass er sie damit alle retten würde. Er, ein erwachsener Mann, spielte den Messias und Märtyrer gleichzeitig.

Paula wusste erst nicht, wie sie sich verhalten sollte. Lauri hatte jetzt erlebt, was der Schnaps bei ihm anrichtete und wäre ja wohl imstande, künftig den Korken in der Flasche zu lassen. Sie hätte es noch einmal versuchen wollen, auch wenn ihr Mann gefährlich war. Viel beängstigender erschien es ihr, der Welt allein gegenüberzutreten. Lieber ein schlechter Partner als gar keiner.

Paula überließ Lauri die Wahl zwischen zwei Alternativen. Entweder er kam sofort zurück oder nie. Wenn er beschloss, zu verschwinden, würde er seine Tochter nie mehr treffen. Paula würde ihr erzählen, er sei gestorben.

Lauri wählte den Tod. Damit sie alle leben durften.

Als es an der Tür klingelte, legte Lauri die Hand auf die Klinke. Er verzichtete jedoch nicht auf sein Messer und nahm auch die Sicherheitskette nicht ab, sondern fragte, wer da sei.

Die Stimme behauptete, ein Polizist zu sein.

Lauri bat auch den Partner des Polizisten, zu antworten. Mörder waren allein unterwegs, Polizisten nicht. Eine zweite Stimme antwortete. Sie klang anders. Vor der Tür standen zwei Menschen. Lauri war nun überzeugt, dass es sich um die Ordnungshüter handelte, und öffnete die Tür. Als er die Uniformen sah, nahm er auch die Kette ab.

Zwei jüngere Polizisten traten ein. Den einen hatte Lauri entweder bei einer Veranstaltung der Polizei oder im Gerichtssaal gesehen. Er erinnerte sich nicht mehr genau wo, aber das Gesicht kam ihm bekannt vor. Sie nickten sich zu.

Lauri erzählte in großen Zügen, was geschehen war. Er äußerte auch den Verdacht, dass es sich bei dem Täter um den von der KRP gejagten Serienmörder handelte. Die Polizisten hörten mit ernster Miene und ein wenig verwirrt zu. Sie wussten eindeutig nicht, was sie tun sollten.

Bevor einer der Polizisten nach draußen verschwinden würde, um telefonisch Instruktionen zu erhalten, sagte Lauri, er könne auch Moilanen von der KRP direkt anrufen, wenn er Strom für sein Nokia bekäme. Die Wachtmeister wirkten erleichtert. Paula brachte rasch ein Ladegerät.

Lauri schloss sein Handy an den Netzstrom an und suchte Moilanens Nummer heraus. Man hörte es lange klingeln, und Lauri dachte schon, der KRP-Chef würde nicht an den Apparat gehen. Als er auf den roten Hörer drücken wollte, rief Moilanen am anderen Ende der Leitung Hallo.

Lauri hielt das Telefon wieder an sein Ohr. »Hier Lauri Kivi von Suomen Sanomat. Ich befinde mich in der Wohnung meiner Exfrau Paula Kelo. Der Familienmörder war hier, er hat versucht, Paula umzubringen.«

Stille drang wie eine dickflüssige Masse durch die Leitung. »Bist du sicher?«

»Ja. Als ich gegen zehn von der Arbeit nach Hause kam, fand ich ein Foto von Paula und unserer Tochter Aava, die Gesichter von beiden waren mit weißem Filzstift durchgekreuzt. Ich bin sofort hierhergerannt, und mit Hilfe der Türkette konnten wir verhindern, dass der Mann in die Wohnung kam. Als er bemerkt hat, dass ich auch im Haus bin, ist er weggefahren. Ich habe erst eine Streife gerufen, und dann haben wir zusammen entschieden, dir direkt zu melden, was passiert ist.«

Moilanen lobte Lauris Vorgehen. »Wir kommen mit unseren Leuten hin. Sag der Streife, sie sollen nicht weggehen, bevor wir da sind. Geht nicht raus, damit ihr keine Spuren verwischt.«

»Gut. Ich halte die Streife fest, wir verlassen das Haus nicht.«

Als Moilanen mit seiner Truppe eintraf, wollten sie Lauri und Paula in getrennten Zimmern befragen. So würden sie ein besseres Bild von dem Geschehen bekommen. Lauri sah ein, dass die Methode vernünftig war, und hatte nichts dagegen. Auch Paula machte den Eindruck, dass sie ihr Gleichgewicht einigermaßen zurückgewonnen hatte. Sie wurde im Arbeitszimmer befragt.

Lauri ging mit Moilanen und einem namenlos gebliebenen Ermittler in die Küche, wo er alles erzählte, woran er sich erinnerte.

Moilanen und sein Kollege hörten Lauri konzentriert, aber schweigend zu. Der Ermittler machte Notizen, Moilanen hingegen tat sich wichtig, indem er das Ende des Brillenbügels in den Mund schob.

Als Lauri fertig war, stellte Moilanen ein paar ergänzende Fragen. Lauri hatte jedoch keine Einbruchspuren in seiner Wohnung bemerkt, und er hatte seine Schlüssel niemandem gegeben. Nur Jatta besaß immer noch einen Schlüssel zu Lauris Wohnung, aber das erzählte er Moilanen nicht. Er vertraute Jatta und wollte ihr keine Schwierigkeiten machen.

»Wie hängst du mit dieser Geschichte zusammen? Erst hat man dich verdächtigt, jetzt erscheint der Mörder in deiner Wohnung und lauert deiner Familie auf?«, fragte Moilanen. Er starrte Lauri geradezu aggressiv an. »Vesitaival hat gesagt, zwischen dir und alldem würde ein engerer Zusammenhang bestehen, als du zugeben willst.«

»Das Einzige, was ich gemacht habe, ist meine Arbeit.«

»Wir müssen deine Wohnung durchsuchen.«

Das hatte Lauri schon lange gewusst. »Ja.«

»Hast du einen Schlafplatz für die Nacht?«

»Als würde dir das Sorgen machen.«

Moilanen lachte. »Du bist nicht gerade der einfachste Journalist, mit dem ich zu tun habe.«

»Und du bist nicht der einfachste Polizist, der mich zu diesem Fall befragt hat.«

Sie mussten unwillkürlich lachen. Sie mochten beide Vesitaival nicht.

»Lese ich morgen in der Zeitung etwas von weißen Kreuzen?«, fragte Moilanen schließlich.

»Das hängt davon ab, was für eine Zeitung du liest. Wenn du eine Qualitätszeitung liest, dann findest du dort eine Geschichte, in der unumwunden von der Verhaftung eines preisgekrönten Polizeireporters berichtet wird. Mit allen Beweisen.«

Moilanen nickte enttäuscht. »Da kann man nichts machen. Aber wir können auch nichts dagegen tun, dass der Täter irgendwie mit dir im Zusammenhang steht. Hast du irgendeine Ahnung, wer es ist?«

»Nicht die geringste«, log Lauri.

Mutter weckte Lauri und Tuomas. Sie hatte Tränen im Gesicht, der Alte hatte sie wieder zum Weinen gebracht.

»Jungs, ich muss euch etwas sagen.«

Lauri und Tuomas blickten sich kurz an und seufzten. Einmal mehr würde Mutter verkünden, dass sie den Alten verlassen wollte. Sie hatte die Angewohnheit, sehr früh am Morgen in das Zimmer der beiden Jungen hinaufzuklettern und vom Wegziehen und einem besseren Leben zu reden. Dann versprach sie ein ruhiges und geordnetes Familienleben, Taschengeld und regelmäßige gemeinsame Mahlzeiten der Familie. Anfangs hatten sich diese Pläne gut angehört, aber da nie etwas passierte, waren den Jungs die vom Wein umnebelten Besuche der Mutter bald zuwider. Eine vergebliche Hoffnung war schlimmer als Hoffnungslosigkeit.

Tuomas legte sich sofort wieder hin und zog sich die Decke über die Ohren. Er wollte das nicht hören.

»Oma Ella ist gestorben«, sagte Mutter und fing an zu weinen. Leise und trostlos. Es klang anders als sonst. Jetzt weinte Mutti nicht wegen ihrer Verletzungen oder vor Wut, sondern vor Trauer. Tuomas hob den Kopf, Lauri musste schlucken. Oma Ella war einer der seltenen Lichtblicke in ihrem Leben. Die grauhaarige Frau in ihrem Häuschen in Mikkeli gab ihnen immer etwas zu essen und nahm sie in den Arm. Sie waren nur selten dort, genossen es aber umso mehr. Diese Besuche waren schon deswegen ungeheuer schön, weil der Alte immer zu Hause blieb. Er konnte Oma Ella nicht leiden, und diese Abneigung beruhte auf Gegenseitigkeit.

Bei Oma Ella war es wie im Paradies. Es gab genug zu essen und auch genug Wärme. Neben dem Haus verliefen die Bahngleise. Opa Eelis hatte immer die Züge beobachtet. Oma Ella erzählte oft und mit einem herzlichen Lachen, wie ihr Mann den Platz für das Haus so ausgewählt hatte, dass er seinem Hobby nachgehen konnte. »Er liebte seine Züge so sehr, dass er sein Häuschen auf dem unruhigsten Grundstück im Ort bauen musste. Und dann strahlte er vor Glück wie bei der Feier zur Geburt eines Kindes«, kicherte die Oma.

Auch die Mutter wusste viel über Züge und versuchte, die Jungs für das Hobby zu begeistern. Anfangs fanden die beiden das auch spannend, aber bald interessierte sich keiner von ihnen mehr dafür, obwohl es angenehm war, mit der Mutter in der Dämmerung an einem Sommerabend auf der Bank zu sitzen und auf den Zug nach Kuopio zu warten. Und als der dann schließlich kam, war es toll, sich an sie zu drücken, der langen Reihe von Abteilen nachzuschauen, wenn sie vorbeiratterte, und Angst vor dem Gedröhn zu haben.

Lauri erinnerte sich auch noch gut an die Stube der Großmutter. Dort duftete es immer nach Essen oder Kuchen. Oma Ella hantierte mit irgendetwas herum und erkundigte sich dabei, wie es den Jungs ging. Sie goss ihnen Milch ein und streichelte ihre Wangen. Sie gab ihnen Hefekuchen und neckte sie liebevoll, ob sie schon eine Freundin hätten.

In der Stube hingen ringsum Lokomotiven und Waggonmodelle. Opa hatte sie selbst fotografiert und eingerahmt. Es waren insgesamt dreiundsechzig Bilder, Lauri hatte sie gezählt. Wegen der Züge kam es einem so vor, als wäre die Stube ständig in Bewegung.

Die Mutter dachte jetzt jedoch nicht an das Zuhause von Oma Ella, sondern an ihre Mutter. Sie schüttelte Lauri aus seinen Erinnerungen und wollte ihn umarmen. Lauri willigte ein, aber Tuomas kletterte aus dem Bett und machte sich aus dem Staube. Eine Stunde später flüchtete auch Lauri vor der schluchzenden Mutter und beschloss, seinen Bruder zu suchen. Er fand ihn im Wald von Mustola.

Tuomas schoss mit der Luftpistole auf Wacholderdrosseln. Er hatte schon drei neue Kerben in den Griff seiner Waffe geschnitzt. Die Angewohnheit hatte er vom alten Gewehr des Opas Aulis gelernt. Jagderfolge musste man verewigen.

Insgesamt waren es jetzt siebenundzwanzig Kerben. Lauri wusste nicht, woher Tuomas die Patronen bekam. Offensichtlich klaute er sie im Laden von Kuokkanen.

Lauri kam bis auf fünf Meter an seinen Bruder heran. Tuomas bewegte sich langsam. Er wollte die Vögel nicht aufschrecken. Lauri sah, dass über die Wange des Bruders eine Träne gelaufen war. Tuomas bemerkte seinen kleinen Bruder und drehte sich um. Er hatte Wut im Gesicht und den Wahnsinn in den Augen. Er richtete die Waffe auf Lauri.

»Nicht«, bat Lauri.

»Wir sterben alle. Für dich wäre es auch besser, dann würdest du weniger leiden«, sagte Tuomas schroff. Er drehte die Waffe aber dann schnell in Richtung Baumwipfel und schoss. Sehr genau. Achtundzwanzig.

So hatte sich Lauri nicht einmal vor dem Alten gefürchtet. In den Augen von Tuomas hatte die Lust zu töten gebrannt.

Zwei Wochen später hatte man die Jungen in Manchesterhosen, neue weiße Hemden und schwarze schmale Krawatten gekleidet. Die Kivis waren auf dem Weg zum Begräbnis.

Mutter hatte für alle neue Anzüge gewollt. »Die Oma der Jungs stirbt nur einmal«, hatte sie ihrem Mann immer wieder gesagt.

»Zweimal. Die andere lebt noch und wird auch noch lange strampeln. Verdammt, die gibt nicht auf«, erklärte der Alte gutgelaunt. »Und wir kaufen keine Anzüge wegen so einer schmalzigen Trauerfeier für die alte Schachtel. Neue Hemden und Krawatten reichen«, dröhnte der Alte und brachte die Mutter nur noch mehr zum Weinen. Seit Omas Tod kamen ihr schon beim kleinsten Missgeschick die Tränen. Der Alte kannte jedoch kein Mitleid.

Der Tag war heiß, der Saab 96 des Alten ein Backofen. Die neuen Sachen der Jungen scheuerten, das Hemd klebte auf der Haut, und die Krawatte schnürte ihnen fast die Kehle zu. Der Schweiß floss in Strömen. Der Alte war dennoch in aufgeräumter Stimmung. Er sang trotz des gedämpften Protests der Mutter die Schlager aus dem Radio mit, in denen der Wind die Segel blähte, und das Wort »Liebe« buchstabierte er voller Inbrunst.

Auf der langen Gerade bei Varkaus schwebte die Hitze über dem Asphalt. Andere Autos waren auf der Straße nicht unterwegs, und der Alte beschleunigte das Tempo. »Mal sehen, was die Karre so kann«, rief er und klopfte auf das Lenkrad, das mit Lederstreifen umwickelt war.

Der Wagen beschleunigte träge auf ein Tempo, für das er nicht gedacht war. Der Alte hielt das Lenkrad mit beiden Händen fest. Laut Tacho betrug die Geschwindigkeit schon

140. Das Tempo war zu hören und als Zittern unter dem Sitz zu spüren. Der Saab heulte und knatterte. Die Jungen waren begeistert, der Mutter war es egal, und der Alte lachte immer wieder zufrieden.

»Kuckt mal, Jungs, eine Eierschaukel!«, brüllte er. Vor ihnen trat ein Radfahrer in die Pedale, er fuhr ein Helkama-Rad mit Rennlenker.

Der Alte verlangsamte das Tempo nicht. Er fuhr mit hoher Geschwindigkeit auf den Mann zu. Für einen Augenblick sah es so aus, als würden sie ihn umfahren, aber der Alte kurvte absichtlich ganz nah an ihm vorbei. Lauri und Tuomas drehten den Kopf, als sie ihn überholten. Der Radfahrer wackelte und knetete die Lenkstange, als wäre es Kuchenteig, blieb aber in der Senkrechten. Als er sein Gleichgewicht zurückgewonnen hatte, schwenkte er drohend die Faust und brüllte etwas. Der Alte und Tuomas lachten genüsslich. Auch Lauri musste ein wenig lächeln. Hauptsächlich vor Erleichterung, weil sie ihn nicht umgefahren hatten. Die Mutter reagierte nicht.

Der Alte drosselte das Tempo. »Wenn wir am Ort des Festes ankommen …«, sagte er.

»Das ist kein Fest!«, erwiderte Mutti entrüstet. »Das ist eine Beerdigung.«

»Wenn wir am Ort der Festes ankommen …«, wiederholte der Alte mit erhobener Stimme und starrte die Mutter an. »… müsst ihr euch so benehmen, wie es sich für Männer gehört. Ist das klar?«

»Heißt das, dass wir Leute, die schwächer sind als wir, verprügeln müssen«, fragte Tuomas tollkühn. »Ich übernehme dann Onkel Enska. Der Homo hat es verdient, ein paar Schläge zu kriegen.«

Der Alte hielt inne. Er überlegte, ob er sich aufregen sollte oder nicht. Schließlich brach er in schallendes Gelächter aus. »Sehr gut. Ganz der Vater«, verkündete der Alte stolz und fuhr Tuomas mit der brennenden Marlboro in der Hand durchs Haar. Tuomas schnurrte richtig. Es kam selten vor, dass der Alte sie lobte, geschweige denn im Guten berührte.

Die Predigt des Alten war jedoch noch nicht zu Ende. »Dass mir keiner von euch beiden heult. Verdammt, ich versohl euch so den Hintern, dass ihr drei Tage lang nicht sitzen könnt, wenn einer anfängt zu flennen. Ist das klar?«

Beiden war es klar. Tuomas ohnehin, aber Lauri vermutete, er könnte damit Probleme bekommen. Zum Glück hatte er Tuomas. Auf Anraten des großen Bruders hatte Lauri seit dem Morgen des Vortags nichts gegessen und getrunken. »Wenn du nichts trinkst und nichts isst, hast du viel weniger Tränen, die du weinen könntest«, hatte Tuomas ihm beim Frühstück empfohlen.

Im Dom von Mikkeli herrschte eine ernste und würdige Stimmung. Die Gäste saßen in schwarzer Trauer da. Viele waren Verwandte mütterlicherseits, die Lauri nie gesehen hatte. Später konnte er sich jedoch nicht mehr an sie erinnern, weil er sich ganz darauf konzentrieren musste, nicht zu weinen. Als er immer trauriger wurde, steckte er die Hand in die Tasche und presste mit den Fingernägeln seine Hoden.

Während der Zeremonie war es am schwierigsten. Die Mutter schluchzte, von hinten hörte man offenes Weinen. Lauri zwickte sich und schaute auf die blauroten Glasmalereien der Kirche hoch oben hinter dem Altar. Der heilige Michael auf der rechten Seite mit seinem Schwert und dem besiegten Drachen faszinierte ihn.

Lauri stellte sich vor, selbst ein mächtiger Krieger zu sein, der sich von niemandem, nicht einmal vom Alten schlecht behandeln ließ. Der heilige Lauri duldete keine Widerrede. Er schwang nur sein Schwert, und die Probleme waren mit einem Streich gelöst. Bei dem Gedanken musste er lächeln, und das half ihm. Er stellte sich vor, den Alten zu schlagen. Er träumte davon, seinen Erziehungsberechtigten, der die Ausübung elterlicher Gewalt allzu wörtlich nahm, in Stücke zu hauen und Siitonens Schweinen zum Fraß vorzuwerfen. Schließlich erschrak er über seine eigenen Gedanken und begriff, dass sie nicht recht waren, und schüttelte sie aus seinem Kopf. Auf jeden Fall hatten sie geholfen. Er war für eine Weile weit weg gewesen von Mutters Tränen und von der toten Großmutter.

Offensichtlich wirkten auch die Ratschläge von Tuomas. Lauri fühlte sich zwar schon in der Kirche sehr schwach, blieb aber trotzdem in der ganzen Zeit des Trauerzuges auf den Beinen. Und das Wichtigste: Er war den Tränen nicht einmal nahe gewesen.

Der Alte hingegen war anscheinend kaum zu halten. Als die Zeremonie am Grab zu Ende ging, lächelte er. Er verdeckte es nicht, obwohl er das gekonnt hätte. Fröhlich verkündete der Alte: »Jesus, war das ein Theater da, aber jetzt auf zur Feier. Hoffentlich gibt es dort Wodka und einen Gastgeber, der vergnügt ist und nicht so todernst wie der eben.« Tante Hannele fuhr ihn an, er solle das Maul halten.

»Die alte Jungfer ist so hitzig, weil sie weiß, dass sie als Nächste dran ist«, flüsterte der Alte seinen Söhnen zu.

Lauri und Tuomas lächelten gehorsam. Tuomas kicherte sogar in der Hoffnung auf eine neue Liebkosung. Doch die kam nicht.

Die Feier, auf die sich der Alte freute, fand im Gemeindesaal statt, in dem kein Platz frei blieb. Oma Ella war eine Frau gewesen, die man mochte. Ein fleißiges und rechtschaffenes Mitglied der Gemeinde und Vorsitzende des Quiltvereins »Stich«.

Lauri mied das reichliche Angebot bei Tisch und tat nur so, als würde er essen, obwohl er gewaltigen Hunger hatte. Er musste nicht weinen, aber ihm war schwindlig. Schließlich flüsterte er der Mutter zu, er müsse mal, und torkelte aufs Klo. Er kam zwar hinein, fiel aber in Ohnmacht, noch bevor er abschließen konnte. Als er sich neben dem Klobecken wieder aufrappelte, sah er Tuomas. Der Bruder schaute auf ihn herab und lachte. Boshaft. Lauri begriff, dass man ihn betrogen hatte.

Das Leben hatte die beiden Brüder zusammengeschweißt, das war das erste Mal, dass ihr Verhältnis Risse bekam. Auch später passierte das nicht oft, aber zuweilen kam es vor, dass sich Tuomas für irgendein empfundenes Unrecht oder ein Ärgernis an seinem treuen Jagdhund Lauri rächte. In solchen Augenblicken fühlte sich Lauri völlig unbedeutend. Er verzieh seinem großen Bruder jedoch immer. Er hatte ja auch niemand anders.

»Mensch, du darfst nicht alles glauben, was man dir erzählt.« Tuomas kicherte und wandte sich ab.

Als Tuomas aus der Toilette hinausging, pfiff er eine Melodie, die man bei der Beerdigung gespielt hatte. Seine Erkennungsmelodie, er pfiff sie fortan in Situationen, die seiner Ansicht nach Dramatik erforderten.

Das Stück war schön und düster.

Das Adagio g-Moll.

Lauri wusste, wer der Mörder war. Aber nicht, was er tun sollte.

Paula versuchte Aava anzurufen. Sie näherte sich der Hysterie, obwohl ihr Verstand sagte, dass es der Mann, der sie umbringen wollte, keinesfalls so schnell bis nach Frankfurt geschafft haben konnte. Auch der Videotext meldete nichts von einem Angriff auf Aava.

Paula war dennoch unheimlich aufgeregt und stammelte laut: »Alles ist gut, alles ist richtig gut.« Und Aava wurde ja von einem Chauffeur begleitet, den man aufgrund seiner Größe und Erfahrung ausgewählt hatte und der schon bei Abba und Roxette Bodyguard gewesen war. Erst als der Schwede Lars den Arbeitsvertrag unterschrieben hatte, fiel Aava ein, ihren neuen Chauffeur zu fragen, ob er einen Führerschein besaß. Lars hatte einen. Er würde jedoch in großen Städten nicht fahren, angeblich konnte er Staus nicht ausstehen. Das war Aava nur recht, sie könnten mit dem Taxi fahren oder einen Wagen samt Fahrer mieten.

Als die Polizisten schließlich bereit waren, Lauri und Paula gehen zu lassen, war es schon halb vier. Aava hatte sich am Telefon gemeldet und versprochen, da zu bleiben, wo sie in Sicherheit war. Paula war sichtlich erleichtert, als sie hörte, dass Aava noch für mindestens eine Nacht in Deutschland bleiben würde. Lauri erwähnte sie mit keinem Wort.

Als Paula das Telefon weglegte, kehrte die Hysterie zurück in ihre Augen. »Wie soll ich so leben? Der Verrückte jagt mich und meine Tochter. Ich kann nicht hierher zurückkommen, solange der Kerl nicht hinter Gittern sitzt.«

Lauri umarmte sie. Moilanen hatte ihnen Geleit- und Personenschutz zumindest für die zwei nächsten Nächte zugesagt, bis sich eine dauerhaftere Lösung finden würde.

Lauri und Paula wurden von drei Polizisten begleitet. Die fünf kletterten in einen siebensitzigen Chevrolet. Paula und Lauri befahl man, auf dem Rücksitz Platz zu nehmen, der von getönten Scheiben geschützt wurde. Der älteste des Trios, ein etwa fünfzigjähriger blonder Polizist, stellte sich als Pönkäre vor. Er stieg hinters Lenkrad, die anderen sagten nicht viel.

Eine Viertelstunde später wurde der Chevrolet in Vantaa in ein Parkhaus gefahren, dessen Tor sich hinter ihnen schloss. Der Polizist parkte das Auto zwischen zwei Volkswagen. Auch sie hatten abgedunkelte Scheiben.

»Pietikäinen und Kärki kümmern sich um euch. Sie warten

in dem rechten VW. Ihr werdet für diese Nacht in die Feiglingshütte gebracht«, erklärte der blonde Fünfzigjährige.

»Aha, Feiglingshütte«, erwiderte Lauri schroff. »Very smooth.«

»Sorry. Das war jetzt nur so Berufsjargon. Ich meinte natürlich Safe House.«

Lauri sagte, das höre sich besser an. »Fahren wir mit drei Autos hier weg, damit es schwieriger wäre, uns zu folgen?«

Der blonde Polizist antwortete, genau das sei ihre Absicht. »Moilanen hat uns befohlen, die Sache so zu erledigen, als würden wir es ernst meinen.«

»Genau. Du scheinst heute nicht deinen besten Tag zu haben. Wenn du sprachliche Ausrutscher sammelst, dann hast du bald eine ganze Kollektion«, sagte Lauri.

Der Polizist bat mehrmals um Entschuldigung. »Ich meinte damit, dass man uns befohlen hat, so vorzugehen, als würden wir uns in einer Situation befinden, in der uns eine unmittelbare und erhebliche Gefahr erwartet. So einer wie der elende Feigling, der euch verfolgt, greift keine bewaffneten Polizisten an. Der schleicht im Dunkeln herum und bringt schlafende Menschen um. Hauptsächlich Frauen und Kinder. Ich glaube nicht eine Sekunde lang, dass er es wagen würde, uns auch nur zu folgen.«

Lauri war der gleichen Meinung. Der Täter würde nicht so einfach seine Vorgehensweise ändern. Andererseits, sollte Tuomas der Familienmörder sein, war die Lage eine andere. Der Bruder fürchtete das Risiko nicht. Er war immer etwas unbeherrscht gewesen. Tuomas war düster und rachsüchtig, vielleicht auch blutgierig, aber in seiner Jugend hatte er noch zwischen richtig und falsch unterscheiden können. Zumindest wenn etwas ganz verdammt falsch war. Das gepfiffene Adagio schien jedoch ein erdrückender Beweis zu sein. Was war mit Tuomas nach seinem Verschwinden passiert? Hatte man ihm auch den Rest seines Gerechtigkeitsgefühls genommen? War aus Tuomas ein Psychopath und Serienmörder geworden?

Viele Fragen und wenige Antworten. Lauri schob diese Gedanken, bei denen ihm fast übel wurde, beiseite. Er würde eine schlaflose Nacht lang Zeit haben, über seine nächsten Schritte nachzusinnen.

Die Fahrer der Autos spielten »Schere – Stein – Papier«. Sie losten die Reihenfolge bei der Abfahrt der Autos aus. So konnte auch jemand, der die Vorgehensweise der Polizei genau kannte, nicht wissen, in welchem Auto sich die Schutzbedürftigen versteckten. Als Lauri und Paula das Auto bestiegen, stellte sich Kärki als Aapo vor und Pietikäinen, der sich hinter das Lenkrad gezwängt hatte, als Kriminalinspektor.

Kärki wirkte intelligent, Pietikäinen so, als hätte er einen Stock verschluckt. Beide waren Mitte vierzig, das entsprach dem Durchschnittsalter der KRP, das bei fünfundvierzig Jahren lag und von allen Einheiten der Polizei das zweithöchste nach der Polizeifachhochschule war.

Ihr Auto fuhr als Erstes los. Sofort danach folgte der andere VW und als Letzter der Chevrolet. Als sie aus dem Parkhaus herauskamen, fuhren sie in verschiedene Richtungen. Sollte jemand auf der Lauer liegen, wurde er so irregeführt.

»Der Ort, wo ihr umgestiegen seid, ist von einer wahren Armada von Überwachungskameras umgeben. Demnach war kein einziges Auto hinter euch. Ich bin hundertprozentig überzeugt, dass ihr in Sicherheit seid«, erklärte Kärki.

»Sicherheit ist ein Gefühl«, murmelte Paula. »Und das kehrt nie mehr zurück. Also Klappe halten.«

Kärki nickte. »Tut mir leid.«

»Tu lieber deine Arbeit und pass genau auf«, erwiderte Paula gereizt.

Der Rest der Fahrt wäre in tiefem Schweigen vergangen,

aber Lauri hielt die Stille nicht aus. Er wollte nicht an seinen Bruder denken. Er bat darum, das Radio anzumachen. Pietikäinen schaltete Yle 1 ein.

Dort erklang das Adagio g-Moll.

»Scheiße, etwas anderes«, zischte Paula.

Sie bekam Radio Suomipop und einen Titel der Sängerin Jippu. Das fand sie sogar okay.

Das Haus befand sich in Kirkkonummi, außerhalb der Ortschaft in einem Fichtenwäldchen. Pietikäinen fuhr den Wagen direkt in die Garage unter dem Gebäude. Die automatische Tür schloss sich hinter ihnen. Die Garage sah ordentlich und klinisch sauber aus. Keiner würde annehmen, dass jemand die Garage nutzte.

Dasselbe betraf das Haus. Es war wie ein OP-Saal. Alles lag präzise an seinem Platz, und mit nichts hing irgendeine sichtbare Geschichte zusammen.

Kärki zeigte Lauri und Paula die Schlafzimmer in der ersten Etage. »Wir sind im Erdgeschoss. Ruft, wenn etwas ist. Kommt vorbei, wenn nichts ist.«

»Man hat mir nicht erlaubt, mein Handy einzuschalten. Kann ich das jetzt tun? Ich müsste meinem Arbeitgeber mitteilen, dass ich heute früh nicht zur Arbeit erscheine«, meinte Lauri.

Kärki verbot ihm, das Handy zu benutzen, und versprach, sich um die Angelegenheit zu kümmern. »Braucht ihr noch etwas anderes?«

Schlaf, antwortete Lauri, aber sie bräuchten nicht zu kommen, um ihn zuzudecken.

Kärki lachte schallend. »Das ist uns recht. Im Nachttisch ist ein bisschen Kognak. Versucht euch zu beruhigen. Diese Nacht seid ihr in Sicherheit.«

Die Zimmer waren identisch. Ein Bett, ein Nachttisch, eine

Leselampe, ein Sessel, ein kleiner Schreibtisch, ein Stuhl und ein schmaler Kleiderschrank. Auf dem Fußboden lag ein leichter Florteppich.

Beide Zimmer hatten ihre eigene Toilette. Der vorherrschende Farbton war Grün. Irgendein Farbberater hatte auf die beruhigende Wirkung dieser Farbe vertraut. Die schockierten Opfer eines Verbrechens würden dadurch zur Ruhe kommen, so offenbar die Vorstellung, weil ihre Vorväter in grünen Landschaften ihre Nahrung gefunden hatten.

Paula murmelte gute Nacht, obwohl man ihr ansah, dass es keine sein würde. Lauri wollte seiner ehemaligen Frau gern etwas sagen, was sie erleichtern würde, konnte es aber nicht. Er nickte nur.

Lauri betrat sein Zimmer und schloss die Tür hinter sich. Ein Schloss gab es nicht. In seine Wohnung hatte er nicht gehen dürfen, weil die nach Beweisen durchsucht wurde. Er hatte keine Tasche mit wie Paula. Zum Glück fand sich im Schrank der Toilette alles Nötige. Er putzte sich die Zähne und wusch sich das Gesicht. Er hätte Moilanen von Tuomas und dem Adagio erzählen müssen. Er hätte es tun müssen, war aber noch nicht dazu imstande gewesen.

Als er ein Trinkglas suchte, stieß er auf den Kognak. Es stellte sich heraus, dass es armenischer Brandy war. Nairi stand auf der Flasche. Er drehte die kleine Flasche in der Hand. Wenn er einen nähme, würde er wenigstens für einen Augenblick vergessen können. Die Flasche fühlte sich schwer an. Ihm fielen Aava, Paula, auch Milla ein, und er stellte die Flasche wieder zurück.

Lauri legte seine Sachen übertrieben sorgfältig zusammen und auf den Stuhl, nahm aber sein Hörgerät nicht heraus. Er schlüpfte nackt in das saubere Bett und blieb liegen. Im Kopf drehte sich alles. Er versuchte gar nicht erst, die Augen zu schließen.

An der Schuld von Tuomas schien es keinen Zweifel zu geben. Lauri wusste, dass der Bruder nicht ihn jagte. Wenn Tuomas ihn hätte umbringen wollen, dann hätte er in der Wohnung gewartet. Doch er hatte nur das Bild zurückgelassen. Ihn vor seinen Absichten gewarnt. Katz und Maus gespielt.

Aber warum machte Tuomas Jagd auf Paula und Aava, oder warum war er überhaupt zum Mörder geworden? In gewisser Weise verstand Lauri seinen Bruder. Tuomas war durch dieselbe Mühle gedreht worden wie er. Falls er auch so ein zerrissenes Wesen hatte wie Lauri, dann war das verständlich. Auch Lauri träumte ja in seinen düstersten Momenten von Bluttaten und davon, jemanden zu erwürgen und scharfe Gegenstände in weiche Körper zu stoßen. Er stellte sich vor, es zu genießen, wie die Seele aus den Augen der Opfer in die Ewigkeit entfloh. Aber das waren nur Gelüste, und sie richteten sich gegen Menschen, die ihn betrogen oder verraten hatten. Er würde seinen Fantasien keine Macht überlassen. Nein, denn Lauri hatte beschlossen, dass er das nicht konnte und nicht durfte.

Jemand klopfte an die Tür. Lauri hörte in seinem Kopf schon die Melodie von Tuomas, der das Spiel endgültig abpfeifen würde. Er sprang jedoch nicht auf. Wenn Tuomas mit zwei ausgebildeten und bewaffneten Polizisten von der KRP fertig geworden war, dann hätte Lauri nicht die Spur einer Chance.

Die Tür ging auf. Als Erstes drang Licht in sein Zimmer und blendete Lauri.

Es war Paula, was Lauri mehr überraschte, als wenn es Tuomas gewesen wäre.

Die kleine Frau stand in der halboffenen Tür, ebenmäßig wie ein Engel. Sie trug einen enganliegenden dunkelblauen Schlafanzug. Das Gegenlicht verlieh ihr etwas Himmlisches.

»Darf ich hereinkommen? Ich brauche jemanden, der mich

in den Arm nimmt.« Paula unterdrückte ihr Weinen. »Und wenn ich dich auch hasse, so habe ich dich doch irgendwann geliebt. Sei für mich jetzt der Lauri von früher. Diese eine Nacht.«

Lauri versprach es. Das und viel mehr sei er ihr schuldig, er würde genau das machen, was Paula wollte. »Aber warte einen Augenblick. Ich zieh mir erst die Unterhosen an«, sagte er.

»Ja, mach das«, fand auch Paula.

Lauri schnappte sich die Sloggis vom Stuhl und wand sich unter der Decke in sie hinein. Als er fertig war, kam Paula zu ihm, hob die Decke hoch, legte sich mit dem Rücken zu ihm auf die Matratze und rollte sich zusammen. Zum Glück war das Bett breit genug für zwei. Lauri legte den Arm um seine ehemalige Frau.

»Die Welt ist verrückt«, flüsterte Paula.

»Und vollkommen unberechenbar.« Lauri drückte die warme Frau an sich.

»Warum jagt der uns?«, fragte Paula. »Kennst du den?«

»Nein«, log Lauri. »Ich kenne ihn nicht.«

»Der Kerl ist in deiner Wohnung gewesen.«

»Ich habe über die Familienmorde eine Menge Artikel geschrieben und beschäftige mich auch jetzt mit dem Thema für die Monatsbeilage. Vielleicht ist irgendeiner meiner Sätze bei dem Kerl hängengeblieben und hat so einen Irrsinn hervorgebracht.«

Paula schwieg einen Augenblick. »Du bringst nichts Gutes in mein Leben.«

»Aava.«

»Ja, aber auch das aus Versehen, und du hast versucht, sie umzubringen. Zweimal.«

Lauri dachte einen Augenblick über Paulas Worte nach. »Bei den Cherokee-Indianern gibt es eine lehrreiche Geschichte über einen jungen Indianer, der zum Medizinmann geht, um mit ihm zu reden. Willst du sie hören?«

Paula seufzte, was Lauri als Zustimmung deutete.

»Der Junge sitzt im Tipi des Stammesältesten und erzählt, er habe das Gefühl, dass in ihm zwei Wölfe leben. Der eine sei gut und treffe gerechte Entscheidungen. Dieser weiße Wolf ist bestrebt, den Jungen zum Glücklichsein zu führen. Aber der schwarze Wolf versucht, ihn zu bösen Taten zu überreden. Er lockt ihn mit falschem Wohlstand, unverdientem Ruhm und noch Schlimmerem. *Was soll ich tun?*, fragt der Junge. Der Stammesälteste schaut ihm in die Augen und sagt, dass in uns allen ein guter und ein böser Wolf lebe. Das sei natürlich, und dagegen könne man nichts tun. *Aber welcher von beiden wird den Sieg davontragen?*, fragt der Junge. Der Stammesälteste schweigt einen Augenblick und antwortet dann ganz ruhig: *Der, den du fütterst.*«

Paula reagierte nicht. Lauri glaubte schon, sie sei eingeschlafen. Doch dann seufzte sie.

»Aber manchmal wächst der schwarze Wolf, selbst wenn du ihn nicht fütterst«, murmelte Paula. »Du bist kein guter Mensch«, fügte sie hinzu und schlief ein.

Lauri lag die ganze Nacht, den Morgen und bis Mittag auf der Seite und wach. Paulas letzter Kommentar hallte in seinem Kopf wider.

Er wusste, dass es stimmte.

Er hatte Böses in sich.

Paula schlief fast bis um zwölf. Und sagte dann, schon bevor sie die Augen aufmachte, sie habe Kopfschmerzen.

Lauri hatte sich die ganze Nacht nicht gerührt. Als seine Exfrau in sein Bett gekommen war, hatte er sich auf die Seite gedreht und die linke Hand unter den Kopf geschoben. Sie hatte eine Weile gekribbelt und war dann eingeschlafen. Jetzt waren seine Finger eiskalt. Er musste die ganze Hand mit der anderen hochheben.

Paula stand schnell auf. »Danke«, sagte sie, schaute dabei zu Boden und verließ das Zimmer fluchtartig. »Das ändert nichts. Damit du es weißt«, verkündete sie, als sie schon im Flur war und Lauri nicht mehr sehen konnte.

Er betrachtete seine Hand wie im Spiegel. Es kam ihm so vor, als wäre er selbst ein gefühlloses, ein loses Glied, das als Teil der Gesellschaft herumgetrieben wurde, fast ohne die Gefühle zu kennen, die all die anderen empfanden. Er konnte zwar lachen und weinen, war sich aber nicht sicher, ob er nur schauspielerte, und wenn ja, ob auch vor sich selbst. Er wusste nicht, ob er ein schlechter oder böser Mensch war. Mit Sicherheit ein unzulänglicher.

Die Hand tat ihm weh. Lauri massierte sie, obwohl das Stechen nahezu unerträglich war.

Lauri stakste ins Erdgeschoss hinunter. Dort war gerade die Wachablösung eingetroffen. Die neuen Männer sahen eher wie gewöhnliche Streifenpolizisten aus. So ein Einsatz beim Personenschutz schien auch nicht wirklich eine Sache für die Jungs von der KRP zu sein. Kärki und Pietikäinen waren im Aufbruch begriffen. Sie packten ihre Sachen zusammen.

»Aha. Der Herr Redakteur persönlich«, sagte Kärki. Seine Stimme klang wie Stahl. »Du hast also trotz der Bitten der Behörden deine Information in die Zeitung gebracht. Große Klasse! Was wäre, wenn wir dir und dieser Mutter des Popstars auch nicht helfen, sondern zulassen würden, dass der kleine Serienmörder euch ein wenig in die Mangel nimmt?«

»Ich habe euch nicht gebeten, eure Verantwortung zu vergessen oder eure Arbeit nicht zu machen. Genau das hat Moilanen von mir verlangt«, antwortete Lauri und drehte sich um. »Ich gehe wieder nach oben. Hier ist es zu kalt.«

»Moilanen hat uns befohlen, mit dir in deine Wohnung

zu gehen. Also wenn du willst. Wir bringen dich danach zurück.«

Lauri öffnete seine Wohnungstür in der obersten Etage des Hauses in Puotila. Der Schlüssel hatte nicht gleich ins Schloss gepasst, aber dann war das vertraute Geräusch zu hören. Kärki und Pietikäinen drangen mit schussbereiter Waffe in die Wohnung ein. Lauri bemerkte, dass die Männer unterschiedliche Pistolen hatten. Die eine war wahrscheinlich eine Glock, die ältere Dienstwaffe der Polizei, und die andere eine deutsche Walther P99Q. Er hatte keine Ahnung, welche von beiden die eine oder die andere war.

Lauri wusste so gut wie nichts über die Dienstwaffen der Polizei, erinnerte sich aber, dass es ihretwegen schon seit über einem Jahr Streit gab. Das Technikzentrum der Polizei hatte beschlossen, Anfang 2012 einen Teil der österreichischen Glock durch die Walther zu ersetzen. Als Begründung für die Änderung wurde die Sicherheit angeführt. Die Walther konnte man auseinandernehmen und zusammensetzen, ohne den Abzug zu drücken, die Glock nicht.

Laut Jatta gefiel den Polizisten die Neuerung nicht. Es war angeblich unsinnig, für ein paar Millionen Euro Glock-Pistolen durch die Walther zu ersetzen und für das Personal zwei verschiedene und teure Ausbildungskurse zu organisieren, während gleichzeitig die Fahrzeuge der Polizei so heruntergekommen waren, dass ein privater Kfz-Prüfer immer lachen musste, wenn ein Streifenwagen auf seinen Hof geklappert kam.

Kärki und Pietikäinen waren voller Eifer bei der Sache. Pietikäinen vor allem. Er riss Zimmertüren auf, ging in die Hocke und gab seinem Kollegen unverständliche Handzeichen. Kärki folgte ihm, bewegte sich aber etwas weniger in Batman-Manier.

Lauri stand im Treppenhaus und wartete. Schließlich steckte Kärki den Kopf durch den Türspalt. »Alles klar. Die Wohnung des Herrn Redakteurs ist sicher.«

In seinem Zuhause war alles beim Alten, aber es kam ihm geschändet vor. Es war einfach zu viel, dass der Mörder sich hier eingeschlichen hatte. Lauri hatte das Gefühl, dass er in der Wohnung nicht mehr allein war. Tuomas hatte ihm sein Zuhause verleidet.

Er brauchte seine Sachen, vor allem seinen Laptop. Er musste wieder an die Arbeit gehen. Es passierte zu viel, da konnte er es sich nicht leisten, wegzubleiben.

Kärki begleitete Lauri in die Küche, Pietikäinen drehte ihm den Rücken zu und blieb im Flur. Der Mann hielt Abstand zu denen, die er schützen sollte. Möglicherweise bildete er sich ein, dies sei professionelles Verhalten.

Lauri ging ins Schlafzimmer. Alles war wie vorher, genau an seinem Platz. Lauri stellte seinen Laptop ab und zog einen kleinen Pilotenkoffer unterm Bett hervor. Jetzt fehlten nur noch ein paar Kleidungsstücke. Als er die Schranktür öffnete, fiel ihm alles entgegen. Lauri erschrak und fluchte laut.

Kärki kam ins Zimmer gestürzt. Er hatte die Waffe in der Hand. Als er sah, was passiert war, lachte er. »Ich habe mir deine Wohnung angesehen und bemerkt, dass du hier so gut wie keine persönlichen Gegenstände stehen hast. Ich war ganz sicher, dass es auch in deinem Schrank aussieht wie bei einem Rekruten. Da habe ich mich geirrt. In gewisser Weise ist das gut. Eine totale Ordnung wie bei der Armee wäre zu gruslig.«

Lauri kam nicht dazu, zu erklären, dass in seinen Schränken immer eine perfekte Ordnung herrschte. Immer.

Pietikäinen stürmte herein. »Was ist hier los?«, fragte der Mann wie beim Verhör. Seine Stimme klang tief. Sogar übertrieben tief. Es dürfte anstrengend sein, Tag für Tag bei der Arbeit mit einer speziellen Stimme sprechen.

Lauri betrachtete die Klamotten, die ihm in die Arme gefallen waren. Die Steppjacke, der Schlafsack und ein Stapel Pullover. Andere Wintersachen lagen noch im Schrank. Sie gehörten aber in das Oberteil. »Die haben das alles durcheinandergeschmissen, verdammt«, schimpfte Lauri. »Eure Spurensicherung versteht ihr Handwerk. Das gehört alles da oben hinein. Kärki, würdest du mal die oberen Türen öffnen?«

»Das ist auf alle Fälle deine eigene Unordnung. Wenn die Jungs von der Kriminaltechnik bei ihrem Eintreffen sehen, wie etwas herunterfällt, stellen sie es wieder hin, bevor sie weggehen. Das sind Erbsenzähler, wie du sie nicht mal im Finanzamt findest«, sagte Kärki und trat auf den Schrank zu.

Ein eisiger Schauder durchfuhr Lauri. Er kam aber nicht mehr dazu, etwas zu sagen, geschweige denn zu tun, es war schon zu spät.

Kärki hob die Hand an den Türgriff und sackte plötzlich zu Boden. Es war ein kurzes, leises Zischen zu hören gewesen, und auf seiner Stirn tat sich ein unanständiges Loch auf. Das Loch war schwarz, Blut kam nicht.

Die Türen des oberen Schranks flogen auf, man hörte ein zweites Zischen, und Pietikäinen stürzte dumpf zu Boden. Lauri starrte auf den leicht rauchenden Schalldämpfer. Von Berufs wegen hatte er genug Waffen gesehen, um zu erkennen, worum es sich bei dem auf den Pistolenlauf geschraubten Zylinder handelte.

»Auch nur ein Wort und …«, fauchte der Mann, der sich in den Doppelschrank gezwängt hatte. Er trug schwarze Kleidung und eine schwarze Skimaske. Am Hals hing ein gelber Zahn, vielleicht von einem großen Hund oder einem größeren Raubtier. Die grauen stechenden Augen starrten Lauri durch die kleinen Löcher in der Maske an.

Lauri war die Stimme nicht vertraut. Es klang nicht, als gehöre sie Tuomas, allerdings hatte er keine Ahnung, wie sich sein Bruder nach dem Stimmbruch und über zwanzig Jahren anhörte. Von der Größe her hätte es der erwachsene Tuomas sein können.

»Sind es noch mehr Bewaffnete?«, fragte der Mann.

»Würdest du irgendeine Antwort glauben?«

Der Mann gab ein Geräusch von sich, das ein Räuspern, ein Lachen oder ein Zeichen der Verachtung sein konnte.

»Wer bist du?«, fragte Lauri.

»Wer von uns ist schon jemand?«, erwiderte der Mann. »Der Mensch ist ein Mensch. Die einen sind besser …« Dabei klopfte er sich auf die Brust. »… und die anderen schlechter. In hundert Jahren sind alle tot. Was spielt es also für eine Rolle.«

Aha, ein Philosoph, dachte Lauri. Der Kerl stellt also Überlegungen an und ermordet Menschen, wenn er nichts anderes zu tun hat. Dann hätte er lieber sich selbst umbringen sollen, wenn es nun mal keine Rolle spielt.

Lauri schwieg. Er schaute auf die Waffe und fühlte sich überraschenderweise vollkommen handlungsfähig.

»Ich habe eine Aufgabe für dich«, sagte der Mann. »Ich will, dass du dich prüfst. Verstehst du mich?«

»Tuomas, schau mir in die Augen. Ich bin dein Bruder. Ich weiß, wie man sich fühlt, wenn man nichts fühlt. Ich weiß, wie hohl dein Leben ist und dass die einzige Sache, die in dir pulsiert, die weiße Wut ist und der Wunsch … der Wunsch, etwas Endgültiges zu tun. Ich habe es gelernt, das unter Kontrolle zu halten, ich kann das auch dir beibringen.«

Der Killer zuckte zusammen. Lauri hatte es geschafft, den Mann aus dem Gleichgewicht zu bringen. In seiner Verzweiflung stürzte er sich auf die Waffe und konnte sie zur Seite drücken, so dass der Schuss, der sich löste, an seiner Schulter vorbeiging.

Der Mann ging zu Boden. Lauri hielt die Waffe fest und drehte und wendete sie. Der Killer war überraschend schwach. Lauri konnte die Pistole an sich reißen, fiel aber auf den Bauch. Es löste sich wieder ein Schuss. Lauri spürte einen Stich im Oberschenkel, hatte aber keine Zeit, darüber nachzudenken. Er rollte sich auf den Rücken und zielte auf die Tür.

Der Mann war verschwunden. Lauri hörte die Wohnungstür ins Schloss fallen. Er stieg über den mit offenen Augen daliegenden Kärki und den schwach zuckenden Pietikäinen hinweg und rannte hinterher.

Ein Bein zog er nach, etwas Warmes floss am Oberschenkel hinunter. Lauri hinkte zur Wohnungstür und schaute kurz hinaus, er stürzte nicht blindlings in den Hausflur. Man hörte unten einen Aufschrei und dann Schritte, die sich entfernten.

Lauri stürmte ins Treppenhaus. Das Bein tat mit jedem Schritt immer weniger weh. Offensichtlich spülte das Adrenalin die Blutung weg. Das Geländer schwankte bedrohlich, als er sich bei seinem Sturmlauf daran festhielt. Der schwarze Belag quietschte unter seinen Händen. Auf dem nächsten Treppenabsatz stand … Milla. In die Ecke gedrückt hielt sie ihre Handtasche im Arm wie einen Schild.

Lauris Augen weiteten sich.

»Lauri«, seufzte Milla erleichtert, aber dann sah sie, dass Lauri eine Waffe in der Hand hielt und sein Bein blutete.

»Milla, dieser Typ mit der Skimütze ist ein Mörder. Geh in mein Schlafzimmer. Dort liegen zwei erschossene Polizisten. Ruf die Polizei und den Krankenwagen.«

»Aber …«

»Geh!«, rief Lauri schon vom nächsten Treppenabsatz.

Das metallische Klappen der Haustür verriet Lauri, dass er nicht viel Rückstand hatte. Zwei Stockwerke und die

Eingangshalle. Lauri versuchte, sein Tempo zu erhöhen. Er rannte durch die Tür hinaus und sah, wie die Skimütze quer über den Parkplatz zu dem grünen Zaun und über ihn hinwegstürmte. Beim Sprung stützte er sich am Zaunpfosten ab, blieb aber trotzdem hängen und fiel auf der anderen Seite des Zaunes auf den Rasen.

Kivi bemerkte nicht, dass er außer Atem war, er spürte keinen Schmerz, er witterte seine Beute und jagte sie.

Der Mann hastete über die Straße direkt zur Metrostation von Puotila. Er rannte, ohne sich um einen roten Toyota zu scheren, in den Kreisverkehr und weiter zur Selbstbedienungstankstelle. Zwischen den Tanksäulen hindurch führte der kürzeste Weg zum Metrotunnel.

Der Laufstil des Killers wirkte unkontrolliert. Er machte große Sätze und schwankte wie ein verwundeter Straßenköter. Schließlich verschwand er auf der Treppe der Metrostation.

Als Lauri den Zaun und die Straße überquerte, zwang er sich nachzudenken. Er prägte sich die einfache Kleidung des Mannes ein. Ein dunkelblaues Polohemd und Hosen aus dicker und haltbarer schwarzer Baumwolle. Lauri fielen die stabilen schwarzen Lederstiefel ein, die sich aus dem Schrank herausgeschoben hatten und trotz der Schnürsenkel auch einen Reißverschluss besaßen. An den Händen trug der Mann weiße, dünne Gummihandschuhe.

Lauri sprang die Treppe hinunter, als er einen einfahrenden Zug hörte.

Eine beinahe undurchdringliche Menschenmenge quoll in den Treppenaufgang. Lauri brüllte: »Bahn frei!«, aber zu wenige Menschen wichen ihm aus. Ihm wurde klar, dass er es nicht schaffen würde. Tuomas würde ihm entkommen.

Lauri hüpfte auf das Geländer der linken Seite und rutschte auf ihm hinunter. Er sah die Türen der U-Bahn zugleiten.

Er riss sich das Hörgerät vom Ohr, holte tief Luft, schloss die Augen kurz und starrte dann auf den Zug.

Neben den Geräuschen verbannte er auch alle anderen Störfaktoren, neigte den Kopf leicht nach rechts, betrachtete die Menschen in dem Waggon, der nahe am Eingang stand, und versuchte, den Mann wenigstens flüchtig zu sehen.

Es war klar, dass der Täter seine Kapuze abgenommen hatte. Wenn er klug war, schaute er sich auch nicht um und nicht in die Fenster, aber Lauri musste es versuchen. In der Lautlosigkeit schien alles langsamer zu werden. Lauri ließ seinen Blick über die Menschen wandern. Frauen, Kinder und den einzigen alten Mann übersprang er und konzentrierte sich auf Männer im mittleren Alter. Sie trugen Anzug, abgewetzte Kleidung, Rastalocken oder Fahrradhelm.

Ein dunkelblaues Polohemd! Der Täter stand mit dem Rücken zu ihm an der Tür des nächstgelegenen Wagens. Er hatte sandbraunes Haar und die Hand oben am Panikgriff. Die Haare standen hinten etwas zu Berge.

Mehr sah Lauri leider nicht.

Erst als die Metro schon weit weg war, seufzte Lauri. Vor Erleichterung.

Das Haar von Tuomas war blauschwarz.

Die Wohnungstür stand sperrangelweit offen, als Lauri zurückkehrte. Milla fiel ihm in die Arme. »Bist du in Ordnung?«

»Was ist mit Kärki und Pietikäinen?«, fragte Lauri.

»Sie sind tot«, antwortete Milla. »Ich konnte nichts tun. Was zum Teufel ist hier passiert?«

Lauri holte sein Handy und den Akku aus der Tasche und legte ihn ein. Als er darauf wartete, dass sein Telefon anging, überraschte ihn Milla. »Zieh die Hosen runter.«

»Das ist jetzt nicht gerade der richtige Moment …«

»Blödsinn, ich will mir deine Wunde ansehen.«

Lauri ließ die Hosen herunter, fingerte aber weiter an seinem Nokia herum. Als es wieder funktionierte, rief er Moilanen an, der sich sofort meldete.

Lauri berichtete ihm, was geschehen war.

Moilanen tobte und fluchte ausgiebig und heftig, bis er die Fassung wiedergewann und ihn fragte, wo er sich genau befand.

»Vanhanlinnankuja 1 A 39. Siebente Etage. Neben der Metrostation von Puotila«, antwortete Lauri.

»Ich komme auch hin. So eine Scheiße, verdammt.«

Lauri fluchte ebenfalls, allerdings vor Schmerz, weil Milla an der Wunde herumhantierte. Dann beendete er das Gespräch.

»Das ist bloß eine oberflächliche Fleischwunde. Du hast Glück gehabt. Das hätte genauso gut die Schlagader im Oberschenkel treffen können, und dann würdest du auch da im Schlafzimmer liegen.«

Milla fragte nach dem Medizinschrank, Mull und Desinfektionsmittel. »Man müsste das nähen. Ich habe im Auto eine Arzttasche. Ich gehe sie holen.«

»Hau jetzt nicht ab. Du bist eine Zeugin. Außerdem halte ich es für besser, dass du erst mit der Polizei hinausgehst. Der Killer könnte zurückkommen.«

Milla erschrak. »Einverstanden. Drück das Handtuch auf die Wunde«, sagte sie. »Dir wird doch nicht schlecht?«

»Nein.«

Milla lehnte sich im Flur an die Wand und rutschte mit dem Rücken hinunter. Den Kopf drückte sie in die Hände, als wollte sie ihn zusammenhalten. »Wer sind die beiden Toten, und wer war der Kapuzenmann?«

»Kärki und Pietikäinen waren Polizisten. Sie haben mich geschützt.«

»Profis«, sagte Milla kurz und knapp.

»Der Mörder ist derselbe Mann, der hier in der Hauptstadtregion und in Kontiolahti Familien umgebracht hat. Noch vor einer halben Stunde habe ich gedacht, es wäre Tuomas, aber er ist es nicht.«

»Meinst du deinen Bruder?«

»Zum Glück habe ich der Polizei von meinem Verdacht nichts gesagt.«

»Warum macht der Mörder Jagd auf dich?«

»Ich weiß es nicht. Er hat auch versucht, Paula umzubringen, und sich schon im Voraus damit gebrüstet. Aber es ist ihm nicht gelungen. Ich konnte es verhindern.« Lauri schaute ihr in die Augen. »Milla, ich weiß nicht, ob es klug ist, wenn du in meiner Nähe bist. Ich bringe Menschen in Gefahr. Lauri Kivi ist kein guter Mensch.«

»Was zum Teufel ist hier passiert?«, rief der KRP-Chef Moilanen, noch bevor er richtig in der Wohnung war. Zwei Rettungssanitäter und drei Polizisten befanden sich schon im Schlafzimmer. Ein Uniformierter hatte Wache an der Tür und hielt den Nachbar Ihanainen auf Abstand, der im unpassenden Moment von einem Ausflug zurückgekommen war. Moilanen beachtete den Bibliothekar nicht und ging an ihm vorbei, obwohl der als Vorstandsvorsitzender der Eigentumswohnungsgesellschaft »Gib mir den Sternenhimmel« verlangte, zu erfahren, was in seinem Haus geschah.

»Hast du eine Ahnung, wer dieser Schütze sein könnte?«, fragte der KPI-Chef Lauri.

»Nein. Er hat gesagt, dass er für mich eine Aufgabe hat, und gefragt, ob ich das verstehe.«

»Na, und verstehst du es?«

Lauri schüttelte den Kopf. »Nein.«

»Vesitaival hat über dich etwas anderes zu verstehen gegeben. Nach Auffassung des Chefs der Mordkommission hast du das Potential fürs Zuchthaus. In Amerika würden sie dir seiner Ansicht nach eine Spritze oder Strom auf dem elektrischen Stuhl verpassen.«

»Dass du Vesitaival glaubst, sagt viel über dich.«

Moilanen schaute Lauri prüfend an. Er sagte jedoch nichts.

Lauri hatte schon überlegt, wie er vorgehen sollte. Über die Dinge musste berichtet werden. Die KRP würde das auf jeden Fall tun, also war es nur ein Dienst an den Menschen, wenn Lauri es schnell tat. Er musste seine Arbeit machen. Lauri wollte im Netz sofort berichten, dass der Familienmörder zwei Polizisten getötet hatte. Lauris Name würde in dem Text nicht genannt werden. Nicht im Netz. Diese Information würden die Konkurrenten vielleicht nicht vor dem nächsten Tag erhalten.

Er würde für die Zeitung von morgen einen subjektiven Bericht über sein Abenteuer mit dem Mörder verfassen. Sowohl in seiner Wohnung als auch bei Paula.

Müsste man den Mörder irgendwie beschreiben, sollte man über ihn herziehen oder gegen ihn sticheln? Könnte man ihn dazu bringen, einen Fehler zu begehen? Er konnte diese Entscheidungen jedoch nicht aus dem Bauch heraus treffen. Man musste die Folgen bedenken. Lauri wollte den Täter nicht zu neuen Morden anstacheln. Die Sache müsste er mit Jatta zusammen planen. Als ehemalige Ermittlerin der KRP wusste sie, was zu tun war.

Lauri schilderte Moilanen und einer Ermittlerin, die eigentlich die Befragung vornahm, in seiner Küche die Ereignisse des Abends. Milla erzählte ihre eigene Geschichte im Wohnzimmer. Lauri ließ nichts aus. Er versuchte die tiefe und rostige Stimme des Mannes zu beschreiben. Der Täter hatte eindeutig versucht, sie zu verstellen. Etwas Vertrautes war an der Stimme nicht zu hören gewesen.

Lauri berichtete weiter, der Mann sei etwas unter ein sachtzig gewesen, eher dünn und verblüffend schwach. Schießen konnte er jedoch. Außerdem schilderte er den merkwürdigen Laufstil des Mannes, ganz offen auch seine Begegnung mit Milla und schließlich alles, was er in der Metrostation gemacht hatte.

»Du bist aber kaltblütig. Nur wenige hätten die Nerven gehabt, stehen zu bleiben und ihre Umgebung zu beobachten, so wie du es getan hast«, bemerkte die Ermittlerin.

»Du brauchst dich nicht zu wundern, Lotta. Das Herz von dem Kivi macht seinem Namen alle Ehre*. Er ist nicht übermäßig sentimental«, sagte Moilanen. Der Chef der KRP starrte Lauri an, er reagierte eindeutig seine Wut an ihm ab. Lauri brachte das nicht aus der Fassung. Er starrte zurück, obwohl er begriff, dass Moilanen ihn besser verstand, als er angenommen hatte.

Schließlich erklärte Lotta: »Wenn dir noch etwas einfällt, dann melde dich.«

»Darauf hat Kivi eine ganz eigene Erwiderung«, sagte Moilanen und lächelte kühl.

Lauri überlegte eine Weile und sagte es dann, um dem Chef der KRP einen Gefallen zu tun: »Das kannst du in der Zeitung lesen.«

Moilanen nickte. »Braver Junge.«

Lotta verließ den Raum.

Moilanen betrachtete Lauri noch eine Weile. Lauri erwiderte den Blick ganz ruhig. Offenbar dachte der Polizeichef nach. »Du willst sicher gehen, um an einem Artikel zu schreiben.«

»Und du willst, dass ich nicht gehe. Womit willst du mich daran hindern?«

»Geh! Aber denk dran, dass wir dich im Auge behalten.«

* fi. kivi – dt. Stein

Auf dem Marktplatz von Hakaniemi bog Lauri ab und fuhr bis vor das Hilton Strand. Er wandte sich seiner Mitfahrerin zu.

»Das dürfte jetzt nicht der richtige Augenblick sein«, sagte Milla.

»Gibt es diesen Augenblick überhaupt? Es tut mir leid. Ich muss arbeiten, wie du hoffentlich verstehen wirst.«

»Du willst nach all dem, was eben passiert ist, zur Arbeit gehen?«

»Ich kann nicht anders. Verstehst du das?«

Milla behauptete, es zu verstehen, das hinderte sie aber nicht daran, enttäuscht zu sein.

»Ich bin noch drei Tage hier. Melde dich.«

Lauri versprach es. Er schaute in die grünen Augen der schönen Frau. Er wäre gern mit Milla in das Hotel gegangen. Das wäre leicht gewesen. Das wäre real, aber auch falsch gewesen. Er hatte Verpflichtungen, und Milla war verheiratet und Mutter.

»Du solltest jetzt nicht allein sein. Hast du jemanden, zu dem du gehen kannst?«, fragte Lauri.

Milla behauptete, fünfzehn Minuten von hier wohne Saija, eine Studienkollegin und Psychiaterin. Zu ihr würde sie gehen, sobald sie ihre Sachen zusammengepackt hatte.

Lauri wartete, bis Milla ausgestiegen war. Dann beschleunigte er. Seine Beschatter, auf denen Moilanen bestanden hatte, fuhren hinter ihm bis zur Redaktion. Als Lauri hineinging, blieben sie auf dem Hof. Er fuhr mit seiner Karte über das elektronische Schloss, aber das wollte ein Passwort wissen. Das wurde nur abends abgefragt, und Lauri arbeitete normalerweise in der Frühschicht. Er musste sein Gedächtnis eine Weile anstrengen, bis es ihm einfiel: 1105, der Geburtstag von Tuomas.

Lauri ging zur Treppe und in die Redaktion. Hier hatte schon die Stille der Abendschicht Einzug gehalten. Laien stellen sich vor, dass in einer Nachrichtenredaktion immer ein hektischer Trubel herrscht, aber in der Realität herrscht Ruhe. Abends wird die Redaktion zu einem angenehmen Ort, in dem nur bei einem Tsunami und einem Flugzeugabsturz Hektik aufkommt. Nicht einmal der Serienmörder konnte die Stimmung der Spätschicht erschüttern.

Lauri eilte zum Newsdesk, an dem fast alle arbeiteten, die Spätschicht hatten, mit Ausnahme der Sport- und der Kulturredaktion. Die Layouter, die Korrektoren, der Onlineredakteur, die Nachrichtenredakteure des Abends und der diensthabende Nachrichtenchef saßen im Kreis. Sie starrten mit fahlen Gesichtern auf ihre Bildschirme, wechselten ein paar Worte über die wichtigsten Nachrichten und ließen ihre Finger auf der Tastatur tanzen.

Freudig überrascht sah Lauri, dass Pokka noch da war, obwohl er in der Woche Frühschicht hatte. Er hielt gerade eine Besprechung im Stehen mit dem Kleinen Leidwesen und Antti ab. Der Familienmörder sorgte also insofern doch für Aufregung, als ein paar Leute Überstunden machten.

»Wenn man vom Teufel spricht«, verkündete Pokka, als er Lauri erblickte. Man sah ihm die Erleichterung an. »Verdammt, wo hast du gesteckt, während der größte Kriminalfall der finnischen Geschichte im Gange ist?«

»In ihm drin«, antwortete Lauri.

Lauri schaute Antti und das Kleine Leidwesen an. Antti hatte die Arme vor der Brust verschränkt, er hätte die Sache offenbar lieber allein erledigt.

Lauri berichtete in groben Zügen, was bei Paula, im Safe House und in seiner Wohnung passiert war.

»So«, sagte Pokka und rieb sich die Wange. »Was machen wir?«

»Nachrichten«, erklärte das Kleine Leidwesen. »Ihr bringt die Polizistenmorde groß im Internet, und Lauri schreibt eine

Story aus seiner subjektiven Sicht für die Zeitung morgen. Erzähle viel, aber schwelge nicht, sonst rufen sie mich und Ohra von oben bis hin zum Aufsichtsrat an, was zum Henker hier für eine blutrünstige Zeitung gemacht wird. Der Abendredakteur darf mit den Leuten vom Informationsdienst für die Zeitung morgen eine Chronik der finnischen Polizistenmorde zusammenstellen. An den Dänen Christensen und die acht tödlichen Schüsse von Pasanen erinnern sich alle, aber es gibt ja noch andere. Außerdem prüft Antti, ob es weltweit ähnliche Fälle gibt. Pokka schickt den Fotografen der Spätschicht zu Kivis Wohnung. Hinein kommt er bestimmt nicht, aber wir können immerhin das Milieu zeigen. Mehr ist in zwei Stunden nicht zu schaffen. An die Arbeit.«

»Ich lege gleich los«, erwiderte Lauri. »Soll ich auch eine neue Head für die Nachrichtenmeldung schreiben?«

Antti öffnete den Mund, um etwas zu entgegnen, aber Pokka kam ihm zuvor und meinte, das sei am klügsten. »Der Artikel ist schon auf der Seite und findet sich im System unter dem Namen Serienmörder«, sagte Pokka. »Öffne ihn im Fenster der Titelseite und sag Bescheid, wenn der Layouter die Meldung ins Indesign aktualisieren kann. Vergiss nicht, dass Redaktionsschluss um elf ist. Eine zweite Auflage können wir natürlich für den Vertrieb in der Hauptstadtregion machen, wenn du willst. Die Hauptsache ist, dass du uns rechtzeitig Bescheid gibst.«

Lauri nickte und ging los. Das Kleine Leidwesen erörterte noch mit Pokka, welche der Inlandnachrichten wegen Lauris Story wegbleiben oder auf Seiten weiter hinten verschoben werden sollten. Lauri war überrascht. Das Kleine Leidwesen schien sein Handwerk doch zu verstehen. Er brauchte eben nur eine richtige Aufgabe, statt Kaffeebecher zu überwachen und Büroklammern zu zählen.

Lauri ging zu seinem Arbeitsplatz, er setzte sich und startete seinen Computer. Dann legte er das Hörgerät auf den Tisch und begann auf die Tastatur einzuhämmern. Als er die Internetmeldung über die Polizistenmorde als Hauptnachricht der Website von Suomen Sanomat getippt und eine Head der Meldung über dieselben Ereignisse für die Zeitung des nächsten Tages geschrieben hatte, rief er Jatta an.

Wenn er beabsichtigte, den Artikel als Mittel einzusetzen, um den Mörder in eine bestimmte Richtung zu treiben, müsste er genau überlegen, was er tun sollte und warum.

»Na, was gibt's, Lauri«, meldete sich Jatta.

Lauri fasste die Ereignisse der letzten zwei Tage zusammen. Jatta hörte zu. An einigen Stellen brummte sie zustimmend, was Lauri so interpretierte, dass sie nicht ganz uninformiert war.

Als Lauri fertig war, bedankte sich Jatta für die Informationen. »Und was willst du?«, fragte sie.

»Wieso?«

»Du willst doch immer was.«

»Ich dachte, wir könnten ein paar Worte wechseln darüber, wie der Verrückte möglicherweise auf meinen Artikel reagieren wird.«

Jatta schwieg kurz, bevor sie antwortete. »Wir wissen nicht, warum der Mann sich so verhält, wie er es tut. Nach dem, was du berichtet hast, steckt er jedoch nicht in einer Mordpsychose. Er weiß, was er tut und warum. Außerdem versteht er, was um ihn herum passiert. Der Mann wirkt, in Anführungszeichen, vernünftig. Ich bin jedoch kein Psychiater und kenne mich erst recht nicht näher mit Serienmördern aus. Wenn du ihn dazu herausfordern willst, dich zu jagen, dann dürfte das einfach sein. So ein Verrückter ist in der Regel ein Individuum mit einer klaren Vorstellung von seiner Überlegenheit. Beschimpfe ihn beispielsweise als Bettnässer, dann wird er garantiert versuchen, über dich herzufallen.«

»Ich bin nicht imstande, den Mann aufzuhalten. Schlimmstenfalls kann ich ihn so in Wut bringen, dass er sein Tempo beim Töten erhöht.«

»Woher soll man das wissen? Wenn du dich auf so etwas einlässt, ist eine Prognose nahezu unmöglich. Sei vorsichtig.«

»Wenn ich helfen kann, den Verrückten zu stoppen, dann muss ich das tun. Der Kerl versetzt die ganze finnische Gesellschaft in Angst und Schrecken. Die Familien schließen sich in ihren Wohnungen ein und rüsten sich mit allem Möglichen aus, um sich verteidigen zu können. Bald wird es dazu kommen, dass sich ein Überängstlicher gegen einen Klempner oder einen Zeugen Jehovas zur Wehr setzt.«

»Du weißt ja wohl, dass so ein Stück Scheiße die Angst genießt. Irgendetwas hat der Mann in seinem Leben gefürchtet und ist dadurch zu so einem Monstrum geworden. Er ist nicht fähig, empathische Gefühle zu empfinden, sondern genießt das Entsetzen, das er auslöst. Erst versteckte er sich, aber möglicherweise hat er bemerkt, dass er den Gipfel seines Glücks erreicht hat, nun, da alle wissen, dass er draußen herumläuft.« Lauri nickte. Jattas Fähigkeit, die Dinge zu analysieren, hatte ihm immer gefallen.

»Ich habe eine Idee.«

»Du willst ihn herausfordern?«

»Ein bisschen. Ich schreibe einen Kommentar über die Persönlichkeit des Killers. Ich stelle Vermutungen und Überlegungen an. Ich erzähle, was ich über ihn weiß, denke und vermute.«

»Sag Moilanen Bescheid.«

»Warum?«

»Er will es wissen. Er kann Vorkehrungen treffen und dich schützen. Außerdem reibt er sich die Hände. Dafür hat er dich freigelassen. Er will, dass du den Verrückten reizt, damit er aus seinem Loch gekrochen kommt und die Kontrolle verliert.«

»Ist das dein Ernst?«

»Ich kenne Moilanen.«

Lauri dankte Jatta, die ihn noch einmal daran erinnerte, vorsichtig zu sein. Das Gespräch endete. Lauri rieb sich die Stirn. Es gefiel ihm nicht, eine Schachfigur zu sein. Vor allem da er nun begriffen hatte, dass er auf dem Brett nur ein Läufer war. Ein Köder in der vordersten Front und leicht zu opfern. Und auch Moilanen machte sich anscheinend nicht viel aus Lauri, wenn er anfing, mit dessen Leben zu spielen. Offensichtlich hielt er Lauris Anteil an diesem Fall schon für so groß, dass er meinte: »Bist selber schuld, was hast du dich darauf eingelassen.«

Lauri nahm seinen Stressball vom Tisch und presste ihn. Das Spielzeug hatte er von seinem Großvater Eelis bekommen. Lauri war das Wochenende mit seiner Mutter und Tuomas bei Großmutter Ella gewesen. Obwohl die Mutter vor ihren Eltern behauptete, sie würden Urlaub machen, wusste Lauri, dass sie auf der Flucht waren. Der Alte war am Abend vorher heftig betrunken gewesen. Er hatte ein Seil im Schuppen wie an einem Galgen aufgehängt und der Mutter zugerufen, das billigste Fleisch im Ort müsste ja ein wenig abgehangen sein, bevor man sich trauen konnte, es für ein paar Nummern zu verkaufen.

Mutti hatte ein Taxi gerufen, sich hinter dem Haus versteckt und dann mit den Jungs in das Taxi geflüchtet. Der Alte war ihnen hinterhergerannt, hatte vor Wut gebrüllt und mit den Fäusten auf den Kofferraum eingeschlagen: Verdammtes Weib, komm sofort zurück, oder ich bringe alle um.

Am Abend hatte der Großvater ihm den Ball gegeben und gesagt: »Drück ihn, wenn etwas nicht so toll ist. Immer wenn etwas Schlimmes passiert oder wenn du dich ärgerst, dann nimm den Ball in die Hand und denke an etwas Angenehmes.«

Lauri hatte nichts entgegnen können, sondern einfach nur dagesessen. Den ganzen restlichen Abend hatte der Junge das Gefühl gehabt, er müsste sich bedanken, aber keinen Mucks herausbekommen. Er war immer wie blockiert, wenn über sein Zuhause gesprochen wurde. Das hatte man ihm mit harter Hand beigebracht.

Als Lauri nach zwei Nächten ohne Angst wieder nach Hause musste, hatte er eine Hülse in den Ball gedrückt, die er neben den Gleisen gefunden hatte.

Manchmal hatte Lauri seinen Daumen so fest gegen die Hülse gedrückt, dass aus der Fingerkuppe Blut sickerte. Dann hatte er den Alten besser vergessen können. Zum Glück war der Ball schwarz, man sah das Blut nicht.

Nun betrachtete Lauri den Ball und schmunzelte. Er drückte sein abgenutztes Stressspielzeug noch einmal und rief Moilanen an.

Man hörte ihm an, wie tief der Ärger saß. »Weitere Informationen sind nicht zu haben. Und es gibt nicht mal welche«, antwortete er, ohne sich vorzustellen.

»Du hast mich an meine Arbeit gelassen und nicht gezwungen, in dem Safe House zu bleiben, weil du willst, dass ich einen Artikel über den Familienmörder schreibe. Deshalb hast du mir meine Pflicht, zu arbeiten, vor der Ermittlerin unter die Nase gerieben. Du willst mich dem Hai vorwerfen, damit ich ihn aus seinem Versteck hervorlocke.«

Moilanen machte eine Pause. Er dachte nach. »Wenn man seinen Feind nicht besiegen kann, muss man sich mit ihm verbünden. Willst du den Artikel jetzt nicht veröffentlichen? Auf eurer Website ist angeblich eine tolle Story über die Geländegewinne des Mörders zu Lasten der Behörden. Die kriegst du da nicht mehr weg.«

»Nein, und ich lasse auch den Artikel morgen nicht weg. Ich will deinem Wunsch gemäß vorgehen und eine Analyse über den Familienmörder schreiben, ihn als Person einschätzen. Und keinesfalls in einem positiven Licht.«

»Er wird über dich herfallen.«

»Meinst du? Und ich dachte, dass die Drohungen gegen meine Exfrau und meine Tochter nur ein netter Dummerjungenstreich waren, das Verstecken in meinem Schrank eine joviale Visite und das Erschießen der Polizisten an meiner Seite ein großer Freundschaftsbeweis.«

»Okay. Wir beschatten dich jetzt mit etwas größerem Abstand. Er darf den Schutz, den wir dir bieten, nicht für zu gut halten, sonst greift er deine Angehörigen an. Aber sieh zu, dass dir Voutilainen und Vermasvuori auf den Fersen bleiben.«

»Mach, was du für richtig hältst.«

»Mach ich. Und danke. Nicht jeder hätte in deiner Lage weitergemacht.«

»Wenn ich ihn so von den Kinderzimmern fernhalten kann, habe ich keine Alternative. Und wie du gesagt hast, er wird kaum aufhören, beispielsweise Paula zu jagen.«

»Wahrscheinlich nicht. Du wirkst nur nicht gerade wie ein Mann, der sich für andere aufopfert.«

»Das bin ich auch nicht«, antwortete Lauri ehrlich. »Das ist nur das Gerechtigkeitsgefühl.«

»Viele würden es als ihr gutes Recht ansehen, sich zu schützen.«

»Angriff ist die beste Verteidigung.«

»Eine kühle und harte Analyse. Wollen wir ein paar Ideen durchspielen?«

»Einverstanden. Versuchst du mir Material einzugeben?«

»Das bleibt dir überlassen«, sagte Moilanen. »Der Täter ist ein Verrückter, aber dennoch hat er eine Art Motiv. Nach Ansicht des Sozialpsychologen Roy Baumeister, der das Böse erforscht hat, ist das bei Gewalttätern in der Regel eines von vier: Nutzen, Rache, verletztes Selbstwertgefühl oder Idealismus. Hast du eine Vermutung, was es sein könnte?«

Lauri hatte das Gefühl, dass Moilanen, obwohl ihn der Inhalt seiner Antwort interessierte, zugleich auch den beurteilte, der die Antwort gab. »Er hat sich an die Brust geschlagen, als er von den besseren Menschen sprach. Sein Selbstwertgefühl ist also übersteigert, und wenn er sich bedroht sieht, dann greift er an. Gleichzeitig hat er einen Nutzen von seinen Taten. Der Nutzen ist nicht unbedingt materiell, sondern es kann Genuss am Töten sein, abartige sexuelle Wollust, Machtgefühl oder Ähnliches. Ob Idealismus einen Einfluss hat, lässt sich bei diesen wenigen Informationen schwer beurteilen. Außerdem könnten die Taten aus Rache geschehen. Um eine direkte Rache gerade an diesen Familien handelt es sich wohl kaum, da ein verbindender Faktor zumindest noch nicht gefunden wurde. Und das Motiv muss nicht unbedingt eines von diesen sein, wenn er psychisch krank ist. Allerdings glaube ich das nicht, weil er in meiner Wohnung zu völlig vernünftigem Denken und Sprechen fähig war.«

»Du glaubst nicht, dass der Täter psychisch krank ist?«

»Nein.«

»Ziemlich viele würden das aber sagen.«

»Mit psychisch krank meine ich jemanden, der sich von Halluzinationen, von Stimmen im Kopf leiten lässt oder andere ernste Symptome einer psychischen Krankheit hat. Dieser Täter aber ist verantwortlich für seine Taten. Er hat eine Wahl getroffen. Er begeht Gräueltaten, weil er es will. Er hat beschlossen zu töten und gesteht sich zu, dabei Genuss zu empfinden.«

»Ist das, also eine Wahl zu treffen, deiner Ansicht nach ein wesentlicher Aspekt, wenn jemand diese Taten begeht?«, fragte Moilanen.

»Der absolut maßgebliche. Ein Mensch kann entscheiden, dass er nichts Böses tut, auch wenn er Lust dazu hätte oder fähig dazu wäre.«

»Ich verstehe dich«, sagte Moilanen. »Immer besser.«

»Gut, aber jetzt muss ich anfangen zu schreiben.«

Lauri beendete das Gespräch, nahm sein Hörgerät heraus und begann zu schreiben. Die eigentliche Geschichte fiel ihm leicht. Er schilderte die Ereignisse so, wie er sich an sie erinnerte. Als die Story fertig war, blieben ihm etwa zwanzig Minuten Zeit. Er steckte das Hörgerät wieder hinter das Ohr.

Er rief Pokka an. Das ginge schneller, als hin- und herzurennen.

Pokka meldete sich mit einem scharfen »Was ist?«.

»Da wäre noch ein kurzer Kommentar. Passt das? Es wird eng.«

»Wir lassen das für die Ausgabe in der Hauptstadtregion. In ein paar Minuten kriegen wir das nicht auf die Seite. Tanja hat schon Schwierigkeiten, mit deiner Geschichte rechtzeitig klarzukommen. Und Ohra will das von zu Hause aus auch noch vor der Veröffentlichung lesen.«

»Einverstanden«, sagte Lauri. »Das wird so besser. Bringt am Ende des Artikels für die erste Auflage einen Verweis auf einen Kommentar im Internet, in dem der Redakteur und Augenzeuge die Persönlichkeit des Mörders beurteilt.«

»Du schaffst dann einen Besucherrekord im Netz. Die Suomalainen trieft vor Honig, wenn sie das hört. Denk dran, den Ruhm für dich zu beanspruchen, das Weib reißt sich das sonst unter den Nagel und behauptet, es sei ihr Verdienst, obwohl sie von der ganzen Sache nicht mal etwas weiß.«

Der ängstliche kleine Junge

Kommentar

lauri.kivi@suomensanomat.fi

Ich habe dem Mann, der Familien ermordet hat, in die Augen geschaut. Ich habe ihm in meiner eigenen Wohnung die Waffe aus der Hand gerissen und ihn über eine vierspurige Straße bis in die Metro gejagt. Ich habe ihn aus den Augen verloren und vor Enttäuschung geflucht. Ich habe seine Todesdrohungen gehört, seine Gedanken beurteilt. Ich habe auch gehört, wie er nach einem misslungenen Mordversuch unbekümmert gepfiffen hat.

Ich habe Angst gehabt.

Ich habe verachtet.

Ich habe sogar Mitleid gehabt.

Friedrich Nietzsche sagte, dass Mitleid eine Krankheit sei. Seiner Ansicht nach macht sie passiv. Nietzsche schätzte den Schmerz, weil der in Bewegung hält. Was auch immer Mitleid ist, meine Gefühle sind gesund, die des Mörders sind krank. Sie entspringen der Angst.

Genau.

Unser Mörder hat Angst. Deswegen ist aus ihm das geworden, was er ist.

Ganz am Anfang hat er gezittert, ins Bett gemacht und Angst gehabt. Vermutlich vor dem, der ihn erzogen hat. Jetzt teilt er diese Angst mit uns. Er verbreitet sie und verringert so seine eigene. Angst verursacht Unterdrückung und Machtmissbrauch. Und diese Macht genießt unser schwacher Freund. Er ist ein bemitleidenswerter, kleingeistiger und sexuell in seinen Fähigkeiten unzulänglicher Mann, den es erregt, wenn wir uns erniedrigen und Angst haben. Gebt ihm keine Macht. Wenn ihr dem Täter begegnet, denkt daran, dass es ein ängstlicher kleiner Junge ist, der sich unbesiegbar fühlen will. In seinem Inneren ruft er: »Vati, schau mich an. Vati, hab mich gern. Vati, Vati.«

Ich weiß nicht, wer der Täter ist. Ich wünschte, ich wüsste es. Ich wünsche ihm nichts als das Gefängnis.

Ich bin nicht mehr bereit, einen kleinen Jungen zu fürchten, aus dem nie ein Mann geworden ist.

Auch ihr solltet nicht dazu bereit sein.

Der Kommentar war ein in großer Eile gepresster synthetischer Diamant. Lauri hatte den Täter gerade so verhöhnt und gereizt, dass er nicht in seiner Ecke bleiben würde. Paula war in Sicherheit, Aava auf Tournee, und das Mädchen hatte ja auch einen professionellen Bodyguard.

Der Familienmörder hatte niemand anders, den er attackieren könnte. Außer den 580 000 finnischen Familien mit Kindern natürlich, aber auch denen half es, wenn Lauri die Aufmerksamkeit des Mörders auf sich zog.

Der Killer könnte sicher auch Lauris Mutter oder den Alten angreifen, aber das war unwahrscheinlich. Der Mörder wusste zu viel von Lauris Leben, als dass er sich eingebildet hätte, sie wären geeignete Ziele.

Diese Kenntnisse schränkten auch die Zahl der Personen ein, die als Täter in Frage kamen. Nur wenige wussten von seiner Verbindung zu Aava Kelo oder zu deren Mutter. Als Tuomas noch verdächtig war, erschien es einleuchtend, dass er das wusste. Tuomas könnte das Leben seines Bruders verfolgt und durch Freunde aus der Kindheit oder durch die Mutter von dem Kind erfahren haben.

Dieser Teufel aber hatte von Tuomas, von dem Adagio, von Paula und Aava gewusst.

Lauri ging zum Newsdesk. Pokka las seinen Kommentar.

»Ist dir klar, dass der Text kaum den Eifer des Familienmörders, dich umzubringen, dämpfen wird«, sagte Pokka.

Lauri nickte.

Pokka bekam eine SMS. »Ohra gibt grünes Licht für deinen Kommentar. Wir drucken ihn in der Zeitung. Weiß die Polizei, was du treibst?«

»Viel zu gut«, sagte Lauri, drehte sich um und ging.

»He, Lauri«, rief Pokka und rannte ihm nach. »Was für ein Verhältnis hast du zu Antti?«

»Wieso?«

»Er hat seine Blocks auf den Boden geworfen, als du aufgetaucht bist. Danach ist er gegangen. Er soll den ganzen Abend bedrückt aus dem Haus hinausgerannt und wieder hereingekommen sein.«

»Ach, Antti ist nur ehrgeizig. Er wird sich schon beruhigen. Wir lassen ihn den nächsten größeren Fall übernehmen.«

»Ja, vielleicht. Aber auf jeden Fall: gute Arbeit, Lauri. Niemand von denen, die ich kenne, wäre nach der Mangel, durch die man dich gedreht hat, auf der Arbeit erschienen.«

Lauri hatte selbst auch schon darüber nachgedacht. »Wahrscheinlich nicht. Gute Nacht.«

»Denkst du, dass du schlafen kannst?«

»Wie ein Baby.«

»Mit anderen Worten: Du machst dir in die Hosen und wachst alle zwei Stunden auf und schreist nach der Mama.«

»Etwas in der Richtung.«

Als Lauri das Gebäude verließ, sah er seine Beschatter, zeigte aber nicht einmal mit einer Geste, dass er die Männer erkannte. So hatte man es befohlen. Er startete seinen Wagen und schaltete Yleisradio ein. Im Nachtradio wurden Ängste behandelt. Eine ältere Dame jammerte unter Tränen, sie habe wegen ihrer Tochter und deren Familie Angst. Dass der Familienmörder komme und sie umbringe.

Der Reporter versuchte, die Dame zu beruhigen: Ganz so sei es ja nun auch nicht, die Polizei sei dem Mörder auf den Fersen, die Menschen seien wachsam, und die Wahrscheinlichkeit, dass ihr etwas passiere, sei sehr gering.

Das hatte Lauri vermutet. Ein Mann allein konnte die ganze Nation aus der Fassung bringen. Das Zuhause war eine Wiege, in der man Wärme und Sicherheit empfinden durfte. Die Familie war eine Einheit, in der man das Gefühl haben durfte, mehr zu sein als nur einer oder eine. Im Zuhause wohnte das Wir. Schön gedacht konnte es so sein, aber Lauri kannte die andere Seite der Realität. Dort wohnte möglicherweise nur ein Ich. Nicht für alle war das Zuhause ein Zuhause; es konnte auch nur eine Wohnung sein oder eine Unterkunft ohne jede Harmonie. Im schlimmsten Fall Gefängnis oder Vorhof.

Lauri teilte die Familien in vier Gruppen ein. Zuerst kam die demokratische Familie. Das war eine ausgeglichene Mannschaft, in der die Bedürfnisse aller in Betracht gezogen wurden. Der Vater arbeitete als Ingenieur und die Mutter als Krankenschwester im örtlichen Krankenhaus. Kinder gab es zwei. Ein Mädchen und einen Jungen. Sie wurden als Menschen und Individuen behandelt, obwohl sie bei wichtigen Angelegenheiten ihren Eltern gehorchen mussten.

Die zweite Gruppe waren die matriarchalischen Familien. In ihnen besaß die Frau der Familie die Macht. Sie war hochqualifiziert und setzte in ihrem passiv-aggressiven Stil ihren Willen durch. Der Mann der Familie stand ganz unter dem Pantoffel. Im Laufe der Jahre lernte er, den Willen der Frau zu interpretieren, und beugte sich ihm wie ein Grashalm im Wind. Die Frau liebte ihren Mann auch weniger als er sie. Und die Kinder waren für sie eher Dekoration. Die Erziehung der Kinder oblag dem Mann, weil die Frau sich in der Regel nicht die Mühe machte, für Disziplin zu sorgen. Wenn die Frau niedrigqualifiziert war, übte sie ihre Herrschaft in einem gröberen Stil aus. Dann wurde nicht viel Federlesen gemacht. Es kam auch vor, dass so eine Frau schlug, aber der Mann wehrte sich nicht und erzählte niemandem davon.

Als dritte Gruppe litten die patriarchalischen Familien, in denen das Testosteron überkochte. Der Mann kümmerte sich um nichts anderes als um sich selbst. Oft trank er, und zuweilen schlug er auch zu. Der Lebensstandard des Mannes war höher als bei der restlichen Familie. Der Mann unternahm öfter etwas in der Freizeit, er hatte Freunde und teure Hobbys, aber seiner Frau verbot er, irgendwohin zu gehen. Der Mann kontrollierte ihr Telefon und regte sich bei der geringsten Kleinigkeit auf. Wenn die Frau auf Arbeit war und der Mann in einen leeren Kühlschrank schaute, rief er sie an. Warum zum Teufel war die unfähige Hure nicht einkaufen gewesen, wollte sie ihn verhungern lassen? Die Kinder einer patriarchalischen Familie lernten zwar Disziplin, aber durch Unterordnung, nicht durch Verständnis.

Die vierte Gruppe bezeichnete er als »Kindarchalisch«. Die Eltern drückten sich vor der Verantwortung entweder aus Faulheit oder aus Unverstand. Der Wille der Kinder überschritt alles, und das Gefühl der Kleinen für Sicherheit schwand, weil man ihnen die Grenzen der Welt nicht aufzeigte. Diese Eltern waren oft in matriarchalischen Familien aufgewachsen. Zum direkten Kontakt waren sie nicht imstande, vielmehr bildeten sie sich ein, sie könnten ihre Kinder durch eine indirekte Steuerung erziehen, ohne zu kommandieren. Die schlimmsten unter ihnen glaubten, sie würden ihre Kinder durch mündliche Anweisungen anleiten, die man nicht zu befolgen brauchte. Das lehrte die unschuldigen Kleinen nur eines: Das Wort der Eltern war ohne Bedeutung. Ungehorsam wurde akzeptiert und nicht bestraft.

Lauri überlegte, aus was für einer Familie der Familienmörder wohl stammte. Kaputt musste sie sein, aber selbst unter schwierigen Verhältnissen würde jemand nur im Ausnahmefall zum Mörder heranwachsen.

Lauri schaltete das Radio aus. Er schob eine CD der Band »Sir Elwoodin hiljaiset värit« ein. Das Stück beruhigte ihn mit seiner Beschreibung des Weltuntergangs.

Ihm wurde erst jetzt klar, dass er nirgendwo übernachten konnte. Zu Hause konnte er nicht einschlafen, und bestimmt durfte er auch noch nicht in seine Wohnung. Die Ermittlungen waren nicht abgeschlossen.

Lauri bog in Richtung Zentrum ab. Von der Mannerheimintie fuhr er auf den Parkplatz des Hotels Crowne Plaza. Er schloss sein Auto ab und ging hinein. Das Foyer war luxuriös und still. An der Rezeption stand eine Frau, die ihn sofort anlächelte. Sie stellte sich als Vilja* vor, mit ihrem Namensschild. Lauri vermutete, dass sich viele als Erntehelfer aufdrängen würden. Lauri trug auf dem Anmeldeschein seinen eigenen Namen ein, und das Mädchen reichte ihm den Schlüssel für das Zimmer 203. Lauri bedankte sich und drückte den Aufzugknopf für die Fahrt in die erste Etage. Nach ihm bestellte auch das Polizistenduo ein Zimmer. Während sich die Tür des Aufzugs schloss, hörte er noch, wie die Männer um ein Zimmer in der ersten Etage baten. Jetzt wirkte das Lächeln der jungen Frau echter, sie wurde sogar rot. Die Polizisten machten einen athletischen Eindruck, in den Augen von Frauen waren es sicherlich tolle Männer. Der eine sah aus wie der Exministerpräsident Jyrki Katainen und der andere wie ein stämmiger Mann.

* fi. vilja – dt. Getreide

Als sich der Aufzug in der ersten Etage öffnete, hatte Lauri das Gefühl, dass sich die Welt drehte. Auf dem Flur in einem Hotel schwankte er immer wie auf dem Gang im Bauch eines Schiffes. Er steckte die Schlüsselkarte in das Schloss und zog sie wieder heraus. Es leuchtete grün, und die Tür seines Zimmers schnappte auf.

Er zog sich aus, fiel aufs Bett und schlief ein. Die Erschöpfung überrollte alle Gedanken.

Am Morgen wurde Lauri von einer SMS geweckt.

Er klickte sie an. Ein Bild öffnete sich langsam, aber als er es erkennen konnte, war Lauri auf einen Schlag hellwach.

Auf dem Foto saß eine kahl geschorene Frau auf einem Stuhl, an dem sie mit einem Strick festgebunden war.

In Aavas Schoß lag die Suomen Sanomat dieses Tages mit Lauris Kommentar.

Die Zeitung sollte nicht bestätigen, dass Aava noch am Leben war.

Sie sollte Lauri an die Gründe erinnern. Der Kommentar hatte sein Ziel getroffen und war bis ins Mark gedrungen.

Der Text der Nachricht war kurz und knapp gehalten.

Es ist Zeit, dass wir reden, mein Brüderchen. Komm in einer Stunde auf den Sportplatz von Otaniemi. Allein. Sag der Polizei nichts. Ich töte deine Tochter, wenn ich die Bullen rieche.

Lauri versuchte, das Telefon anzurufen, von dem die Nachricht geschickt worden war. »Die von Ihnen gewählte Nummer ist zurzeit nicht erreichbar …«

In Lauris Kopf schwirrte alles durcheinander. Aava. Schuld. Fehler. Angst. Moilanen. War es das wert? Die Beschatter.

Mein Brüderchen. Täter. Vermutungen. Tuomas. Gewalt …
»Oh, verdammt!«

Lauri hatte einen Plan. Der war zwar schlecht, aber sein einziger. Er würde Keule anrufen, den Chef des Bikerklubs MC Guns and Blazes, über den er im letzten Jahr einen preisgekrönten Artikel geschrieben hatte.

Mittlerweile sah er Keule als einen Bekannten an. Im Laufe des Jahres hatte Keule ihm ein paar Tipps für seine Artikel gegeben. Die Hinweise zu konkurrierenden Gangs waren garantiert nicht uneigennützig, aber sie hatten immer gestimmt.

Lauri holte sein Telefon heraus.

»Markkula«, meldete sich Keule mit tiefer Stimme.

»Lauri Kivi von Suomen Sanomat.«

»Mensch, Kivi, verdammt, grüß dich.«

»Ich hätte ein Anliegen.«

»Shoot.«

»Genau. Ich brauche eine Waffe. Und zwar sofort.«

Keule lachte. »Du – eine Waffe?«

»Ich kann nicht erklären warum, aber ich kann versprechen, dass niemand erfährt, woher ich sie habe.«

»Komm sie dir holen.«

Lauri steckte seine Sachen ein. Das Handy und die Brieftasche. Die Jacke ließ er in seinem Zimmer, damit die Beschatter nicht vermuten konnten, dass er das Hotel verlassen wollte. Er rief die Taxizentrale an. Jemand versprach in unfreundlichem Ton, in fünf Minuten sei ein Wagen da. Die Nummer der Taxe sei 408.

Lauri ging auf den Flur. Der eine der Polizisten stand dort herum. Lauri nickte ihm zu, trat in den Aufzug, und der Mann gesellte sich zu ihm. Der kahlköpfige, durchtrainierte Vierziger meldete über Telefon, er folge der Ente ins Erdgeschoss. Er präzisierte seine Angabe, als er sah, dass Lauri in Richtung Restaurant ging.

Sie nannten Lauri also Ente. Das hörte sich so an, als hätte es sich Moilanen ausgedacht. Kivi war die Zeitungsente. Lauri musste lächeln. Das war Lästerei mit Niveau.

Im Saal des Restaurants war es ruhig, aber angenehm düster. Lauri sammelte auf einem Teller einen ganzen Berg. Eier, Speck, kleine Frikadellen, helles und dunkles Brot, dazu Käse und Aufschnitt, ein wenig Gurke und auch Tomate. Zudem nahm er noch einen Joghurt.

Als Getränk goss er Kaffee in eine Tasse und Apfelsaft in ein unverschämt kleines Glas.

Der Polizist setzte sich an den Nachbartisch. Er hatte genauso viel auf seinem Teller angehäuft. Allerdings konnte sich Lauri nicht einmal vorstellen, so eine Menge zu essen. Sein Schatten hingegen würde sich garantiert noch einen Nachschlag holen.

Als Lauri ein Stück Brot und etwas Speck gegessen hatte, sah er durchs Fenster, wie das Taxi vor den Hoteleingang kurvte. Er kostete den Joghurt und rümpfte die Nase. »Igitt, das schmeckt ja nach Schimmel«, schimpfte er und stand abrupt auf. Er sah sich um, als würde er jemanden vom Personal suchen, und marschierte dann in Richtung Küche. Der Polizist folgte ihm mit den Augen und aß weiter sein Brötchen.

Lauri trat durch die Schwingtür in die Küche, stellte den Joghurtbecher auf den erstbesten Tisch und rannte los. »Wo kommt man hier hinaus?«, fragte er einen weiß gekleideten und verblüfften Mann.

»Dort, wo du reingekommen bist«, antwortete der Mann und schwenkte ein Kochmesser mit gebogener Schneide. »Gäste haben hier nichts zu suchen.«

»Ihr werdet doch wohl noch einen zweiten Ausgang haben?«

Der Mann schüttelte den Kopf, zeigte dann aber auf eine Doppeltür im hinteren Teil der Küche. Lauri stürmte auf die

Rampe im Hinterhof. Er rannte auf einem Rasen und über niedrige Sträucher um das Hotel herum und stieg keuchend in das Taxi. »Nach Kilo. Ich sage, wenn wir dort sind, wohin. Die Adresse weiß ich nicht mehr, aber ich kann dir zeigen, wie man hinkommt«, sagte Lauri.

Der Fahrer nickte und gab Gas. Lauri schaute durch das Hotelfenster hinein. Der Polizist saß immer noch beim Frühstück.

Lauri war zufrieden.

Er war die Männer losgeworden, die versuchten, sein Leben zu schützen.

Als Lauri das Foto seiner Tochter vom Mörder erhalten hatte, war er zu dem Ergebnis gekommen, ein Solo versuchen zu müssen. Wenn dieser Verrückte ihn haben wollte, könnte Lauri Aava so freibekommen. Falls sich die Polizei einmischte, verringerte sich diese Chance erheblich. Selbst ihr Sondereinsatzkommando »Bärengruppe« ging keine Risiken ein und hätte deshalb hier keinen Erfolg. Und diese Situation ließe sich ohne Risiko nicht meistern. Der Familienmörder würde nicht zögern, sondern Aava töten. Lauri musste also handeln, wie es der Mörder wollte.

Allein.

Keule wohnte in einem ganz normalen Viertel mit Einfamilienhäusern. Er leitete einen Klub von Bikern und Kriminellen, aber seine Kinder oder Nachbarn ahnten von seinem Treiben nichts. Die Ehefrau wusste davon. Sie hatte selbst seinerzeit oft über die Stränge geschlagen, aber für die Kinder ruhigere Lebensverhältnisse verlangt, als der Erstgeborene in einem schmuddeligen Klo in Korso per Urinprobe sein Kommen angekündigt hatte.

Keule spielte seine Tarnrolle perfekt. Die Nachbarn glaubten, Elias Markkula würde sich mit Sorgfalt um seine kleine

Importfirma und seine Familie kümmern. Er war auch im Elternrat und im Einwohnerverein aktiv. Bei seinen Fähigkeiten hätte er ein mittelgroßes Unternehmen führen können, aber weniger verdient.

Bei der Arbeit an seinem Artikel hatte Lauri von Jatta auf Umwegen erfahren, was die Polizei von MC Guns and Blazes wusste. Es hatte sich herausgestellt: nichts. Sie hielten Henri Haukiainen, Keules rechte Hand, für den Chef der Gruppe. Dabei entschied der nicht einmal, welche Biersorte im Kühlschrank des Klubs stand.

In der Story hatte Lauri Keules Führungsrolle nicht direkt enthüllt, sondern vielmehr von Erfahrungen und einer wichtigen Stellung in der Gang geschrieben. Keule hatte die Geschichte gefallen. Er meinte, Lauri habe die Dinge besser dargestellt, als sie in Wirklichkeit passiert seien.

Auch die Polizei hatte sich für den Artikel interessiert und Fragen gestellt, weil Keule darin verriet, er habe einen Menschen umgebracht. Lauri wusste nicht, ob das stimmte. Er hielt es jedoch für sicher. Über das Ereignis war mit Keules eigenen Worten berichtet worden. Die Interpretation überließ Lauri dem Leser. Der Polizei sagte er über die von ihm anonym befragte Person nichts. Er berief sich auf den Quellenschutz.

Am Ende hatte der Helsinkier Polizeichef Kari Rautanen persönlich Lauri angerufen, getobt und gedroht. Lauri war jedoch standhaft geblieben und hatte versucht zu erklären, dass es den Artikel überhaupt nur dank des Quellenschutzes gab. Schließlich erzählten Kriminelle nicht unter ihrem eigenen Namen in der Zeitung von ihren Taten.

Keule hatte über die Gesetze des Klubs und seine Handlungsweise gesprochen. Es liege keineswegs in ihrer Absicht, Außenstehenden Ärger zu machen. Wenn jemand in ihr Visier gerate, dann sei er dem Klub in die Quere gekommen und habe selbst Schwierigkeiten gesucht. Lauri glaubte ihm. Trotz aller illegalen Aktivitäten hielt sich Keule an eine Art Ehrenkodex, wonach Schuldlose nicht bedroht und Unschuldige nicht geschädigt wurden.

Lauri hatte die Story für eine seiner besten gehalten. Der Chefredakteur war derselben Auffassung gewesen. Ohra hatte gemeint, selten habe man in der Zeitung so direkte und trotz der Anonymität verlässliche Informationen über einflussreiche Kriminelle lesen können. Das Kleine Leidwesen hingegen hatte das Thema für unmoralisch und die Herangehensweise für zweifelhaft gehalten.

Lauri bat den Fahrer zu warten und eilte zur Tür. Der Garten war sorgfältig gepflegt. Er sah so aus, als würde er viel Arbeit machen. Es gab genug, das gejätet, und viel Rasen, der gemäht werden musste.

Keule öffnete die Tür. »Grüß dich«, sagte er in herzlichem Tonfall. »Ich frage nicht, ob das mit diesem Familienmörder zusammenhängt oder mit etwas anderem. Aber ein Wort genügt, und ich helfe. Es ist up to you.«

Als Lauri nicht reagierte, fuhr Keule fort. »Mit solchen Verrückten müsste man kurzen Prozess machen. Verdammt abartig ist das. Ich helfe gern, aber nach deinen Bedingungen«, verkündete der hundertfünfzig Kilogramm schwere Mann ganz ruhig und gab Lauri eine braune Papiertüte, in der etwas überraschend Schweres steckte. Es war die Waffe.

Lauri betastete die Tüte. »Ich habe in meinem Leben Entscheidungen getroffen. Eigentlich hauptsächlich gute, aber die schlechten haben jetzt dazu geführt, dass ich das selbst erledigen muss.«

»Okay. Kannst du schießen?«, fragte Keule.

»Ich drücke auf den Abzug.«

»Im Prinzip. Du musst nur erst entsichern. Du bist doch wohl bei der Armee gewesen?«

Lauri zögerte und nickte dann. Nach der Grundausbildung hatte er als Redakteur bei der Armeezeitung »Routuväki« gedient. Dort wurde nur mit der Nikon gezielt. Auch vor den obligatorischen Schießübungen hatte er sich drücken können.

»In der Tüte sind zwei Magazine. Reichen die?«

Lauri nickte wieder. Vermutlich bekam er nur eine Chance. Magazine würden nicht gewechselt werden. »Danke.«

»Gern hilft man einem Mann bergauf.« Keule lächelte. »Ich wünsche nicht Glück, sondern starke Nerven.«

Lauri bedankte sich und rannte zurück zum Taxi. »Zum Sportplatz in Otaniemi, bitte.«

Im Taxi betrachtete Lauri die Waffe. Sie passte in seine Hand und beruhigte ihn. Sie war eine Chance, eine kleine, aber reale. Er erinnerte sich, wie er als Kind das Gewehr seines Großvaters auf dem Schoß gehalten und befürchtet hatte, er müsste es benutzen.

Der Alte und Mutter stritten sich im Erdgeschoss. Lauri saß auf dem Dachboden. Er hatte Angst. Sie übernachteten auf dem Bauernhof von Großmutter Ansa. Im darauffolgenden Herbst hatte die Großmutter ihn aufgegeben. Sie hatte versucht, nach dem Tod von Opa Aulis weiter auf dem Hof zu leben, war aber nach einem Jahrzehnt in die Nähe des Zentrums von Outokumpu gezogen. Angeblich hatte sie es allein nicht mehr geschafft.

Jetzt saß Lauri hier allein. Tuomas war mit Oma Ella und Opa Eelis nach Venedig gefahren. Sie hatten darauf bestanden, dass der Junge mitkam, obwohl der Alte vor Zorn gebrüllt hatte, die Kivis brauchten keine Bildungsreisen, sie gehörten in den Schacht.

Mutti knallte unten die Türen zu und warf Geschirr auf den Boden.

Die Gläser gingen nicht alle kaputt, manche schepperten nur. Es klang so, als würden auch Omas Duralex-Gläser ganz bleiben. Zu Hause hatte Mutter eines mit voller Wucht an die Wand geworfen, und es war zurückgeprallt und aufrecht auf dem Tisch gelandet, als wollte es sagen: Gießt Wasser in mich hinein, Magenbitter oder meinetwegen auch Sauermilch.

Die Türen bei Großmutter knallten dumpf. Sie waren viel dicker als bei Lauri zu Hause. Und gut duftete es hier. Nach Hefekuchen, altem Papier und ein bisschen nach Keller. Nicht nach Zigarettenrauch und nie nach Erbrochenem auf dem Teppich. Hier roch es nach Glück, fast wie bei der Oma in Mikkeli. Er wünschte sich, dass Großvater Aulis noch leben würde. Nach Großmutters Ansicht hätte der Terho im Zaum gehalten.

Der Großvater war jedoch schon vor Lauris Geburt gestorben. In Großmutters Haus lag noch sein Gewehr, das Lauri natürlich nicht anfassen durfte. Angeblich war er dafür die nächsten zehn Jahre zu klein. Jetzt waren zwei vergangen.

Lauri ging hinunter und schloss leise die Tür im Erdgeschoss. Über die dicken Türen konnte man sich freuen. Sie dämpften. Der Fußboden im Obergeschoss knackte, und die Wände bebten, wenn die Tür im Erdgeschoss zugeknallt wurde.

Dann hörte Lauri, wie jemand ins Obergeschoss stieg. Er wusste, dass es nicht der Alte war. Unter ihm knarrte die Treppe laut. Jetzt knisterte es nur. Es war die Großmutter. Mutti konnte es nicht sein, weil sie im Erdgeschoss den Alten anschrie, er würde überhaupt nichts zustande kriegen. Aber bei der Nutte von Tahvanainen, da würde er es schon kriegen, oft und ganz sicher auch den Tripper.

»Jetzt ist Schluss, verdammte Alte, jetzt ist es mit dir zu Ende und mit deinen Gören auch.« Dann krachte es.

Großmutter Ansa öffnete die Tür. Sie hatte das Gewehr in

der Hand. Sie hielt es wie eine Windel von Tiina. Tiina war Lauris Cousine. Tante Teijas Baby.

Lauri starrte die Oma an. Die Großmutter schaute dem Jungen nicht in die Augen. Daher wusste Lauri, dass auch sie Angst hatte. Sie fürchtete sich vor dem Alten. Eine alte Frau in ihrem eigenen Haus hatte Angst vor dem eigenen Sohn. Was hatte sie zu befürchten, sie würde doch sowieso bald sterben? Vorletztes Jahr war sie schon siebenundfünfzig geworden. Aber wahrscheinlich wollte auch Oma noch weiterleben, obwohl garantiert alle lebenswerten Jahre bereits hinter ihr lagen. Menschenskind, schon siebenundfünfzig, dachte Lauri. Kein Wunder, dass sie so trippelte. In welchem Alter stirbt ein Mensch normalerweise? Gibt es über Sechzigjährige auch noch woanders als unter der Erde?

Großvater Aulis war fünfundfünfzig gewesen, als er nicht mehr auf den Traktor kam. Man konnte nichts mehr für ihn tun, als er gefunden wurde.

An seiner Pumpe war angeblich der Kolben kaputt. Lauri hatte gehört, wie der Alte es der Mutter irgendwann so gesagt hatte. Beendet hatte der Alte seine Geschichte mit der Bemerkung: »Gut, dass wir ihn los sind.«

Ansa setzte sich auf die Bettkante. »Dein Opa ist nicht mehr da«, sagte sie. »Aber in dir ist er noch unter uns. Du bist ihm wie aus dem Gesicht geschnitten.«

Lauri nickte. Er bekam kein Wort heraus. Ein dicker Frosch steckte ihm im Hals.

Er fürchtete, dass die Großmutter sagen würde, er solle den Alten mit dem Gewehr töten. Warum hätte sie es sonst hochgetragen und von dem toten Opa gesprochen? Lauri wusste nicht, was er tun sollte. Er wollte es nicht wissen.

»Verstecke das Gewehr, damit sie sich nicht damit umbringen«, bat Großmutter. Sie schaute Lauri immer noch nicht in die Augen.

Unten splitterte Glas. Lauri vermutete, das Fenster war zu Bruch gegangen.

»Verflucht, ich musste das Gekotzte von dir und deinen Saufkumpanen aufwischen. Jemand hat sogar in den Wäschekorb gereihert und in meine Gummistiefel gepisst. Ich geh nicht mehr nach Hause zurück. Jetzt ist Schluss. Ich lass mich scheiden«, kreischte Mutter.

»Gar nichts lässt du. Höchstens dir die Fresse polieren. Und das gründlich. Das verspreche ich.«

»Na, zum Glück hältst du nichts, was du versprichst. Ein gutes Leben und tollen Sex hast du mir versprochen. Von beidem ist noch nichts zu sehen gewesen.«

Die Großmutter klopfte Lauri auf den Schenkel. »Das wird schon wieder«, sagte sie und lächelte breit. Lauri glaubte ihr. Sie war ganz friedlich, obwohl unten Krieg geführt wurde.

Lauri versteckte das Gewehr nicht. Er hielt es fest in den Händen. Als die Großmutter gegangen war, berührte er vorsichtig den Abzug. Er bewegte sich frei einen Millimeter oder zwei, bevor er anschlug. Tuomas hatte ihn gelehrt, dass dies der Spielraum bis zum Druckpunkt ist. Lauri wagte nicht, den Abzug durchzudrücken, obwohl er spürte, dass er nachgeben würde, wenn er es richtig versuchte.

Am Kolben der Waffe waren Kerben, Abschusszeichen. Müsste auch Lauri ein Messer suchen, wenn er gezwungen wäre, den Alten zu erschießen?

Lauri hielt die Waffe das ganze Wochenende. Zweimal ging er auf das Klo im Treppenflur und trank direkt aus dem Hahn. Das Wasser schmeckte nach Eisen. Etwas zu essen bekam er nicht, ein halbes Brötchen hatte er wie gewohnt gleich nach der Ankunft in seiner Hosentasche versteckt. Niemand schaute nach ihm. Er hörte, wie sich jemand mit schweren Schritten im Erdgeschoss bewegte, aber nach oben kam er nicht.

Lauri wäre bereit gewesen. Er hätte geschossen, wenn der Alte gekommen wäre. Er saß erst im Tageslicht, dann in der Abenddämmerung da und schließlich im Dunkel der Nacht. Die Waffe beruhigte ihn nicht, sie machte ihn unruhig.

Er wagte auch nicht zu schlafen, obwohl im Erdgeschoss keine Geräusche mehr zu hören waren. Er überlegte, wohin er schießen sollte, wenn sein Vater käme. In die Stirn, das gäbe sicher ein sauberes Loch. Im Film nach dem Roman »Der unbekannte Soldat« hatte irgendein Finne so ein Loch gehabt, als der Russe ihn getroffen hatte. Der Mann war steif wie ein Stock in den Sumpf gefallen. Vielleicht ließe sich auch der Alte mit einem Mal stoppen.

Am Sonntag kam die Großmutter ihn holen. Sie blieb in der Tür stehen, als sie sah, dass Lauri immer noch auf seinem Platz saß und immer noch mit der Waffe auf dem Schoß. »Ach, du armer Kerl, was soll bloß aus dir noch werden.«

Lauri erzählte, dass er Polizist werden wollte.

»Hauptsache, du tust nichts Böses«, sagte sie und zerzauste ihm das Haar.

Lauri legte das Gewehr auf das Bett. Und war froh, es los zu sein.

»Terho ist ein guter Junge«, meinte Großmutter Ansa.

Lauri war baff. Von wem sprach sie, vom Alten?

Die Großmutter schaute den Jungen an. »Das, was du vorige Nacht gehört hast, waren nur kleine Meinungsverschiedenheiten. Darauf sollte man nichts geben. Die Fensterscheibe ist versehentlich kaputtgegangen, aber dein Vater hat sie bereits repariert. Na, nun geh schon.«

Die Mutter und der Alte saßen bereits im Auto. Die Oma winkte, als sie losfuhren. Lauri winkte einmal, die Mutter ein paarmal. Sie musste mit ihrer Hand vorsichtig sein und legte sie langsam auf den Schoß. Ein Wunder, dass sie überhaupt etwas sah. Ihr linkes Auge war vollkommen zugeschwollen, und vom rechten sah man auch nur einen schmalen Streifen.

Der Alte rauchte eine Marlboro und schaute nach vorn. Niemand sprach ein Wort.

Es war angenehm still. Ohne Gewehr herrschte Frieden.

Im Radio erklang das Lied »Filzschuhe, Filzschuhe«.

Lauri stieg aus dem Taxi und ging zur Tartanbahn von Otaniemi. Die Oberfläche war abgenutzt und stellenweise sogar löchrig. Lauri erinnerte sich, den Platz im Fernsehen gesehen zu haben. Während der Leichtathletik-WM 1983 hatte die Weltspitze mit Lillak, Bryggarre und anderen hier trainiert und sich aufgewärmt. Damals war der Tartan noch elastisch gewesen.

Lauri drückte die Hand auf das Geländer, er sprang hinüber und blieb stehen. Er wusste nicht, wohin er gehen sollte. Auf dem Platz war nicht die Spur vom Mörder, von Aava, von einem Telefon, von irgendetwas zu sehen. Er war vollkommen verwaist. In der Bucht von Suomenlahti plätscherte das Wasser am Ufer, und die Sonne schien. Es herrschte Ruhe.

Lauri breitete die Arme aus. Die Waffe hatte er hinten in die Hose gesteckt. Unter dem Hemd war die Pistole verborgen. Lauri ging mitten auf den Platz. Der Rasen war gut gepflegt. Er schaute sich um. Auf der Westseite des Platzes erhob sich eine Böschung. Oben auf den Felsen war das Kongresszentrum Dipoli zu sehen. Von dort aus könnte man ihn im Schutz von Zäunen und Bäumen problemlos beobachten. Lauri ließ den Blick weiterwandern.

Plötzlich klingelte ein Telefon an der Hochsprunggrube. Lauri rannte hin. Auf dem Display stand: Unbekannte Nummer. Lauri schaute sich rasch um, sah, wie oben auf dem Hang etwas kurz blendete, als würde sich die Sonne spiegeln, und meldete sich. Der Familienmörder stand also etwa vierhundert Meter von Lauri entfernt, der jedoch nicht zu erkennen gab, dass er den Mann bemerkt hatte, und schnell in eine andere Richtung spähte. Wahrscheinlich entstand die Spiegelung in einem Fernglas, aber sicher konnte Lauri nicht sein.

Er meldete sich. »Kivi.«

»Polizei?«

Lauri hörte genau hin, in der Stimme des Mannes lag etwas Bekanntes, aber er konnte ihrem Ton oder Rhythmus kein Gesicht zuordnen. Der Mann sprach durch ein Tuch oder veränderte bewusst seine Stimme.

»Weit weg und abgeschüttelt.«

»Dir ist ja wohl klar, dass deine Tochter stirbt, wenn man dir folgt.«

»Sie ist nicht meine Tochter. Oder doch, aber ich habe nichts mit ihrem Leben zu tun. Aava weiß nicht einmal, dass ihr Vater lebt.«

»Du brauchst es gar nicht erst zu versuchen. Auf jeden Fall ist sie dein Fleisch und Blut.«

»Wenn du Aava freilässt, bekommst du mich. Das ist es doch, was du willst«, bot Lauri an.

»So leicht kommst du mir nicht davon. Denk daran, dass ich ein impotenter Feigling bin. Deshalb bin ich gezwungen, meine Beschränktheit durch das Streben nach absoluter Macht zu kompensieren.«

Lauri überlegte eine Weile, er war aber nicht bereit, den allzu Unterwürfigen zu spielen.

»Oho. Du kannst ja lesen.«

Der Mann seufzte. »Du bist ein Wolf, Kivi.«

»Was?«

»Geh zum Wassergraben der Hindernisstrecke. Nimm dein Hörgerät ab und tauche in dem Graben unter. Komm dann ans Telefon zurück.«

Lauri verstand, was der Mörder beabsichtigte. Er wollte ihn

demütigen, aber auch verhindern, dass Tracker und Abhörgeräte funktionierten. Er entfernte sein Hörgerät, bevor er im Wasserbecken untertauchte. Hatte der Mann nicht bedacht, dass ein Peilsender leicht in dem Gerät zu verstecken war? Vielleicht nahm er das als notwendiges Übel in Kauf. Jedenfalls wollte er unbedingt, dass Lauri ihn hörte.

Lauri fragte sich, was mit der Waffe im Wasser passiert war. Er hatte nicht die geringste Ahnung, ob die Pistole noch funktionierte.

Auf der schrägen Bahn ging er aus dem Graben hinaus. Das Wasser floss an ihm herab, die Sachen waren schwer. Er kehrte zur Sprunggrube zurück. Das Telefon klingelte.

Lauri meldete sich.

»Nimm den Beutel, der unter der Schutzplane der Sprungmatte liegt. Zieh deine Sachen aus und die aus dem Beutel an. Wirf deine alten Klamotten auf die Matte, wenn du sie ausziehst. Auch eventuellen Schmuck.«

»Du willst, dass ich nackt bin.«

»Nein. Ich will, dass du noch mehr entblößt bist. Los, zieh dich aus.«

In der Leitung erklang das Besetztzeichen.

In dem Beutel befand sich ein kompletter Bekleidungssatz. Lauri zog die Hose so aus, dass sein Hintern nicht in die Richtung zeigte, in der er den Mann mit dem Fernglas vermutete. Gleichzeitig schob er die Waffe in seine Unterhose. Als er die Jeans ausgezogen hatte, steckte er die Waffe unauffällig zwischen die Gesäßbacken und presste sie zusammen. Die Unterhose auszuziehen war schwierig, aber mit ein wenig Mühe gelang es Lauri, die eine fallen zu lassen und die andere hoch zu zerren. Dabei fiel die Waffe in die neue Unterhose.

Zum Glück hatte Keule ihm keine Magnum gegeben.

Als Lauri angezogen war, betrachtete er sich. Der Mann hatte ihn in ein schwarzes Kapuzenshirt und Schlabberhosen derselben Farbe eingekleidet. Auf der Brust prangte das Bild eines Wolfskopfes, dessen eine Hälfte im Schatten verschwand. Das Wolfsauge starrte drohend nach vorn. Sagten die Kleider etwas über den Mann? Auf dem Hosenbein stand Minnesota Timberwolves. War der Mann ein Anhänger der Mannschaft, oder mochte er einfach nur Wölfe?

Die Sachen rochen nach Waschmittel und waren eindeutig gebraucht. Mit größter Wahrscheinlichkeit gehörten sie dem Mörder. Zumindest war ihr Besitzer genauso groß wie Lauri. Das passte alles zu dem Mann, dem Lauri in seiner Wohnung begegnet war.

Das Telefon klingelte wieder.

»Lass dein Hörgerät auf der Matte liegen. Nimm den Autoschlüssel unter dem anderen Ende der Plane und geh zum Parkplatz. Dort steht ein alter Skoda mit einem Navi. Wähle bei den Favoriten die dort eingespeicherte Position und fahr dahin. Nimm das Telefon mit. Und denk dran, wenn du versuchst, die Polizei zu rufen, ist deine Tochter eine Leiche«, sagte der Familienmörder.

Der Skoda war uralt und voller Rostflecken, die ursprüngliche Farbe war Rot gewesen. Lauri öffnete die Tür. Im Innern roch es nach Pfeifentabak. Das war der gleiche Geruch wie der, den sein Schwiegervater oder Reiska, gelegentlicher Saufkumpan des Alten, verströmt hatten. Lauri hatte Reiska gemocht, weil er den Alten immer zu seinen Ausflügen mitgenommen hatte.

In dem Auto lagen auch Arbeitshandschuhe, eine abgetragene Outdoorjacke und eine Anglerbox. An der Windschutzscheibe war ein Navigerät der Marke Garmin befestigt. Der Bezug der Sitze sah abgenutzt und brüchig aus. Auf dem Fahrersitz war der Stoff eingerissen.

Am Rückspiegel hing ein Hörgerät. Und daneben ein Zettel: *Benutze das.* Lauri nahm das Teil herunter und bemerkte, dass es schmutzig war. Es handelte sich um einen Taschenapparat, bei dem man das Gerät selbst in der Tasche trug und nur das Ohrpassstück mit dem Kabel ins Ohr gesteckt wurde. Heutzutage benutzten das vor allem alte Leute. Es ließ sich einfach einstellen, weil das Gerät größer war.

Lauri legte das Gerät an und regelte die Lautstärke. Das Ohrpassstück war ein wenig zu groß.

Das Auto war vermutlich gestohlen. Lauri schaltete das Garmin ein und wählte die Favoriten. Der Navigator gab eine Adresse an, die eindeutig außerhalb der Ortschaft lag. Die Entfernung betrug 29,77 Kilometer und die Fahrzeit 26 Minuten. Lauri steckte seine Waffe in die lockere vordere Tasche des Kapuzenshirts. Dort ruhte sie im Verborgenen. Das Gewicht der Pistole beruhigte Lauri. Er hatte zumindest eine Geheimwaffe, die den Mörder überraschen würde.

Der Skoda brauchte, bis er endlich ansprang.

Das Navigerät dirigierte Lauri auf die Straße Nummer 51. Das war dieselbe, auf der sie mit Paula zu dem Safe House gefahren waren. Laut Navi lag sein Ziel jedoch auf der anderen Seite von Kirkkonummi.

Lauri hielt sich an die Geschwindigkeitsbegrenzung. Er musste ruhig bleiben, obwohl sein Blut kochte und sein Herz hämmerte.

Als er das Radio einschaltete, erklang Mary J. Bliges Version vom U2-Titel One. Lauri mochte die Interpretation nicht, Jatta hingegen liebte das Stück. Sie schmiegte sich dabei an ihn und küsste ihn. Immer wenn One erklang, wusste Lauri, dass er mehr bekam als Blickkontakt. *We're one, but we're not the same. We hurt each other. Then we do it again.* Lauri wollte nicht an Jatta denken, die in jeder Hinsicht perfekt war. Intelligent, geduldig und liebevoll. Lauri hatte jedoch zu viel Abstand gehalten. Sich und Jatta geschützt. Am Ende hatte sie es sattgehabt, den Dosenöffner zu spielen und sich von ihm getrennt.

Vielleicht war es gut so. Paula hatte recht. Lauris Frauen erging es nie gut. Vielleicht war Lauri kein guter Mensch. Auch Milla hatte er in den Ehebruch getrieben und seine eigene Tochter in die Klauen eines Wahnsinnigen.

Als das Lied zu Ende war, warf Lauri einen Blick nach hinten. Ein schwarzer Van fuhr fast an seiner Stoßstange. Das Gesicht des Fahrers war nicht zu sehen. Lauri erblickte einen Rastplatz und bog ab. Der Van hielt nicht an. Sein Fahrer grüßte mit der Hand. Er trug eine Sturmhaube. Das bestätigte Lauri in seiner Annahme, dass er den Mann erkennen würde, wenn er sein Gesicht sähe. Männer dieser Größe kannte er nicht. Na, vielleicht Antti, aber Antti konnte es ja nicht sein.

Oder?

Nein. Lauri glaubte nicht, dass Antti der Familienmörder war.

Lauri fuhr weiter.

Der Van war nirgendwo zu sehen. Er war davongerast.

Das Navi führte Lauri von der Hauptstraße hinunter auf eine kleine private Seitenstraße weit vor der Ortschaft Kirkkonummi. Der Asphalt war neu. Birken und Weiden schoben ihre Äste über die Straße. Nun ahnte Lauri das erste Mal, wohin er fuhr. Am Ende der Straße stand das Haus seiner Tochter. Aava hatte in irgendeinem Interview festgestellt, sie wolle ihre Wohnung möglichst versteckt halten.

Auch ihre Post holte sie aus dem Schließfach.

Der Familienmörder hatte Aava also nicht irgendwohin entführt, sondern war in ihre Wohnung eingedrungen. Das passte zu seinen Methoden. Der Killer wusste, dass er sein Opfer besser beherrschen konnte, wenn er sich zuvor in dessen Allerheiligstes hineingedrängt hatte.

Lauri wusste, dass er in die Falle fuhr. Er vermutete auch,

dass er sterben würde. Es gab jedoch keine Alternative. Nicht mehr. Es blieb ihm nichts anderes übrig, als weiterzumachen und darauf zu vertrauen, dass er die Chance auf einen Schuss bekam.

»Du bist also anscheinend gut angekommen«, sagte im Navi eine Männerstimme in leutseligem Ton. Die Straße endete an einer über zwei Meter hohen Mauer und einem Tor. Auf der Mauer lag Stacheldraht, und dazwischen sah man Überwachungskameras. Das gusseiserne Tor war stabil und schwarz. Nirgendwo ließ sich auch nur andeutungsweise erkennen, wer in dem Haus wohnte, aber Geld hatte der Besitzer ganz offensichtlich. Lauri hielt an. Er kam gar nicht dazu auszusteigen, da öffnete sich das Tor schon langsam. Lauri fühlte, wie wenig er den Lauf der Ereignisse unter Kontrolle hatte. Dieses Gefühl hasste er.

Lauri fuhr bis ans Ende des Hofweges. Im Schutz der Mauer stand ein Haus, massiv und ansehnlich, aber nicht protzig. Verglichen mit seiner Umgebung wirkte es sogar merkwürdig normal. Auch der Garten war eher klein. Hinter so einer Mauer erwartete man ein Schloss oder mindestens ein Gutshaus.

Auf dem Hof stand ein glitzernder BMW-Van. Lauri prägte sich das Kennzeichen sicherheitshalber ein, obwohl er vermutete, dass auch dieses Auto gestohlen war.

Er stieg aus und sah sich um. Aus der Stereoanlage des Wagens dröhnte plötzlich Musik. Lauri zuckte zusammen. Als er sich beruhigt hatte, wurde ihm klar, dass es das Adagio g-Moll war. Lauri warf einen Blick in das Auto. Es war leer. Er steckte eine Hand in die Tasche seines Kapuzenshirts, mit der anderen schaltete er das Radio aus.

»Komm und töte mich!«, brüllte Lauri auf dem Hof.

Die Haustür öffnete sich. Lauri verstand den Wink und ging hinein. Am liebsten hätte er die Waffe gezogen und bei erstbester Gelegenheit geschossen. Er musste sich jedoch beherrschen. Blindes Wüten könnte Aava das Leben kosten.

Das Licht der Lampen im Flur wirkte gedämpft. Nur eine Zimmertür war offen, Licht flutete heraus. Das Haus hatte seinen eigenen Duft. Es roch nach Lavendel.

Nach dem Flur zu urteilen, herrschte im Haus Ordnung. Hinter afrikanischen Masken an den Wänden verbarg sich garantiert eine Geschichte, die mit Aava zusammenhing. Das galt sicher auch für das Gemälde, das die offene See darstellte, über der in weiter Ferne ein einsamer Vogel in den Sonnenuntergang schwebte. Lauri erkannte, dass seine Tochter Teil einer Welt war, vor der er sich selbst versteckt hatte.

An die Wand im Flur hatte jemand einen großen Baum gemalt. In seinem Wipfel schaukelte ein kunstvoll gezeichnetes Porträt von Aava. In Schwarzweiß. Mit den Farben war dem Bild auch der Realismus genommen, und deshalb offenbarte sich darin etwas Echtes – Sehnsucht, Wehmut und Trotz.

Auch Paula und deren Eltern hatten ihren Platz erhalten. An der Stelle, wo der Vater, das heißt Lauri, hingehörte, stand Jukka Virtanen und darunter Vater Reijo und Mutter Varma Virtanen. Sie waren nicht gezeichnet, nur geschrieben. Hinter allen drei Namen befand sich ein Kreuz.

Aha, also Jukka Virtanen. Was für einen beschissenen Dutzendnamen trug er da? Paula hätte sich einen besseren einfallen lassen können. Bestimmt war sie auf Virtanen gekommen, weil der Name so häufig auftauchte. Oder sie hatte ihn deshalb gewählt, weil in den Tagen, Wochen oder Monaten nach Lauris Verschwinden irgendein Jukka Virtanen bei einem Autounfall gestorben war.

Vorsichtig betrat Lauri das Wohnzimmer, den Finger am Abzug. Ihm wurde klar, dass er weniger Angst hatte als im Haus der Huovinens in Kontiolahti.

Aava saß schlaff auf einem Sessel. Die auf ihren Schoß geworfene Zeitung hob und senkte sich. Lauri atmete erleichtert durch. Seine Tochter war gefesselt, geknebelt und betäubt. Ihre Haare waren geschoren. Die Locken bewegten sich nur noch auf dem Fußboden im Luftzug. Der Alte hatte seinerzeit Lauris Kopf kahl geschoren.

Kannte der Mörder also auch diese Geschichte, hatte er seine Tochter auf dieselbe Weise demütigen wollen? Der Killer hatte Aava schon vor der Veröffentlichung von Lauris Kommentar entführt. Die einzige Auswirkung des Textes war also offensichtlich, dass der Mörder Aava den Kopf geschoren hatte.

Aava sah genauso aus wie als Baby, friedlich und hilflos. Lauri hatte die Augenblicke genossen, wenn die Tochter still da gelegen und geschlummert hatte. Ein schlafendes Kind konnte man ewig betrachten. Doch wenn es wach war und er ständig auf das Baby aufpassen musste, hatte er sich bedrängt gefühlt. Diese junge Frau war seine Tochter.

»Ich habe niemals in so einem Herrenhaus gewohnt. Ich habe meine Kindheit in einer heruntergekommenen Hütte verbracht und den Tod studiert«, sagte eine Stimme aus der Tiefe der anderen Türöffnung des Wohnzimmers.

Lauri hielt die Pistole noch fester.

»Oje«, sagte Lauri bedauernd. »Hast du angefangen unschuldige Familien zu töten, weil du in Armut gelebt hast? Aus Neid hast du sie also umgebracht?«

»Nein«, erwiderte der Mann in scharfem Ton und betrat das Zimmer. Die Sturmhaube verdeckte das Gesicht, nur graue Augen starrten durch die Löcher. In der rechten Hand hielt er eine Pistole. Die Waffe war die gleiche wie die von Lauri. Eine Sig Sauer. Der Mann zielte auf Aava. Lauri wagte nicht zu schießen, weil der Mann direkt hinter ihr stand und noch abdrücken könnte, selbst wenn Lauris Schuss traf.

»Musstest du samstagsabends auf allen vieren vor deinem

Vater knien und hat er dich hart rangenommen?«, fragte Lauri.

Der Mann zuckte zusammen. »Du hast ein ziemlich loses Mundwerk. Bringt das nicht Probleme?«

»Keine, die ich nicht mit Worten lösen könnte. Du hast erreicht, dass ich hierhergekommen bin. Was willst du?«, fragte Lauri.

»Dass du verstehst.«

»Dann steh mal bequem – das wird dauern.«

»Du verstehst mich viel besser, als du zugeben willst. Wahrscheinlich sogar vor dir selbst. Ich bin in deiner Wohnung gewesen. Zweimal. Auch ich habe früher versucht, gegen mein eigenes Ich zu handeln. Ich habe meine Wünsche beherrscht und gewohnt wie im Kloster. Und auch ich musste als Kind alles Mögliche mit ansehen.«

Lauri fühlte sich unbehaglich. Er bewegte einen Fuß und drehte den Nacken.

»Nehmen wir mal an, du hast recht, was mich und die Frage, ob ich dich verstehe, angeht. Und was dann?«

»Ich will, dass du über mich einen Zeitungsartikel und später ein Buch schreibst. Erst ein Interview als journalistische Arbeit für die Zeitung und dann eine komplexe Analyse mit Lebenslauf in einem Buch. Anonym natürlich. Als Gegenleistung kann ich dir beibringen, du selbst zu sein.«

»Ich bin mit dem zufrieden, was ich bin.«

»Das bist du nicht. Du bist ein Wolf«, sagte der Mann und hob den schaurig aussehenden Zahn hoch, den er an einer Halskette trug. »Das ist ein echter Wolfszahn. Er gehört mir, er gehört auch dir. Unsere Zähne sind dafür gemacht, zu beißen. Wir gehören zum selben Rudel.«

»Man sagt, jeder Topf findet seinen Deckel, ich habe meinen Topf längst gewählt«, erwiderte Lauri abweisend. »Einen Artikel zu schreiben könnte an sich möglich sein, aber niemand würde ihn ohne Namen veröffentlichen, solange du frei rumläufst. Das wäre zu viel. Bei einem Anführer von Kriminellen kann man sich noch auf den Quellenschutz berufen, aber bei einem aktiven Serienmörder – niemals. Man würde mich und Suomen Sanomat aufs Rad flechten.«

»Wir veröffentlichen ihn im Internet. Dein Name würde dafür sorgen, dass er Leser bekommt.«

»Ich soll also für einen Artikel meinen Arbeitsplatz aufs Spiel setzen?«

»Nein, für das Leben deiner Tochter. Außerdem ist das keine Arbeit, sondern eine missglückte Lebensweise und eine leere Hülle. Verdeckt von alldem schlummert der echte Lauri Kivi. Lass mich ihn aufwecken.«

Lauri schüttelte den Kopf.

»Ich bin der Text und du der Leser«, fuhr der Mörder fort. »Verstehst du? Ohne deine Interpretation bin ich nur das Böse ohne Erklärung. Du bist ein Geschichtenerzähler. Du machst mich unsterblich. Und ich will, dass der Verfasser des Artikels und des Buches mich versteht, ohne dass ich versuchen muss, etwas zu erklären. Denn das Böse kann man ja nicht erklären. Es ist unbegreiflich, unvernünftig und vernichtend. Und dennoch menschlich.«

»Selbst wenn ich dich verstehen würde …«

»… weil du mich verstehst«, korrigierte der Mörder.

»… kann ich deine Taten nicht akzeptieren. Selbst wenn ich eine Art Drang nach Grausamkeit hätte, so tue ich es doch nicht. Das unterscheidet uns. Wir sind völlig unterschiedlich.«

Der Mann begann zu zucken. »Du wagst es nur nicht, dich zu verwirklichen«, knurrte er.

»Falsch«, sagte Lauri betont beherrscht. »Ich wage es, mich nicht zu verwirklichen.«

Der Mörder zitterte. Er wollte etwas tun und schaute auf

seine Waffe. Lauri begriff, dass er sich auf dünnem Eis bewegte. »Na, dann sag mir mal, warum«, fügte er hinzu.

»Weil ich es will. Weil ich dazu imstande bin und weil ich es kann.«

Lauri antwortete nicht, sondern wartete.

Der Mann wirkte wieder etwas ruhiger und fuhr fort. »Die Gesellschaft drängt uns zu übertriebener Menschlichkeit. Das ist nicht natürlich. Tiere treffen eine natürliche Auslese. Der Mensch hat das schon vergessen und organisiert für die Schwachen Möglichkeiten, zu überleben. Der Mensch ruiniert seine Gattung bewusst. Der Mensch unterstützt es noch, dass schwache Gene sich vererben. Es beginnt bei kostenlosen Brillen und endet beim Verhätscheln von geistig Schwerbehinderten und Schwulen. Die Gesellschaft müsste es begünstigen, dass man die Schwachen am Wegesrand liegen lässt, während die Starken kühn weiterziehen.«

Der Mann hier war einer von der schwierigsten Sorte. Ein intelligenter, zu sehr von sich überzeugter Psychopath, den nur sein eigenes Wohl kümmerte. Er wollte töten und konnte mit seiner Philosophiererei für sich das Recht dazu ableiten. Der würde nie aufgeben. Lauri hatte richtig gehandelt, als er allein gekommen war. Das Eingreifen der Polizei hätte zu vielen Toten geführt.

»Hast du eben eine normale finnische Familie mit Unkraut verglichen, das man herausreißen muss? Wer bleibt dann noch übrig, und wie sollte der Mensch überleben, wenn man ihm verbietet, sich zu vermehren und für seine Nachkommen zu sorgen?«, fragte Lauri in scharfem Tonfall.

»Du hast mich absichtlich falsch verstanden. Ich habe nur gesagt, dass der Stärkere gewinnen sollte. Grausamkeit ist nicht unanständig, sie liegt in unserer Natur. Sie schützt unsere Art. Sie bringt uns voran und stärkt uns. Wusstest du, dass der Wolf für die Indianer jemand ist, der sie auf den richtigen Weg führt und ihnen zeigt, wohin sie gehen sollen? So einer bin ich, wenn man es im großen Zusammenhang sieht.«

Wie um seine Worte zu bekräftigen, hustete der Mann. Ein richtiger Hustenanfall folgte, und schließlich klang es so, als würde es seine Lunge in Fetzen reißen.

»Ich habe mich anders entschieden«, sagte Lauri und ignorierte das Husten.

»Das denkst du. Du lebst in einer anderen Phase, aber du wirst noch aus deiner Hülle schlüpfen. Früher oder später. Auch ich habe in meiner Kindheit Tiere umgebracht. Damit fängt es an. Bei dir mit der Katze des Nachbarn, bei mir mit Nerzen.«

Woher zum Teufel wusste der Kerl von Goljat? Das dürfte eigentlich niemand wissen.

»Von welcher Katze sprichst du?«

»Dein Bruder hat es erzählt.«

»Was weißt du von Tuomas?«

Der Mann schaute Lauri an. Er überlegte und beschloss dann, es zu erzählen. »Ich habe deinen Bruder getötet. Ich wollte es nicht, aber ich musste. Es gab nur ein Entweder-oder. Ich habe gewonnen. Dein Bruder hatte schon angefangen, er hatte einen seiner Peiniger aus der Schulzeit umgebracht. Er hat ihm Socken in den Mund gestopft und ihn ins Wasser geworfen. Wir sind alle gleich. Ich, du und dein Bruder.«

Lauri umklammerte seine Waffe fester. »Du lügst«, flüsterte er. »Ich weiß, dass Tuomas lebt.«

»Wegen der Karte, die Liisa Perho bekommen hat? Die habe ich geschickt.«

Lauri überging die Nachricht von Tuomas' Tod. Er hatte es gelernt, seine emotionalen Reaktionen zu verdrängen. Das wirkte eisig. Er warf einen Blick auf seine Tochter und sah, dass Aava ihn anstarrte. Das Mädchen hing absichtlich so auf dem Stuhl, als wäre sie noch bewusstlos. Sie wollte dem Mann mit der Haube nicht verraten, dass sie wieder wach war, schaute Lauri aber mit gerunzelter Stirn an.

Ihrem Blick sah man an, dass sie nicht begriff, was hier vor sich ging. Warum stand dieser Journalist, der sie kürzlich interviewt hatte, vor ihr und redete mit dem Eindringling?

Lauri räusperte sich, damit man nicht hörte, dass er seine Waffe entsicherte.

Der Mörder hatte Lauris Schweigen als Nachdenken gedeutet. »Ich weiß, dass du so bist wie ich. Ein Wolf und Jäger. Du musst es nur zulassen. Jetzt, da deine Tochter – es ist mir übrigens nicht entgangen, dass sie wach ist – weiß, wer du bist, spielt es da noch eine Rolle, ob sie lebt oder nicht? Sie wird dich nie mehr akzeptieren, sondern hassen. Ein Wort, und ich bringe sie zum Schweigen. Niemand wird es je erfahren. Lass es mich tun.«

Lauri schaute kurz zu seiner Tochter. In ihren Augen spiegelte sich kein Entsetzen, nicht einmal Angst. Das Mädchen war kaltblütig. Sie musterte ihren Vater. Und zog eine ihrer Augenbrauen fragend hoch. Lauri musste fast lächeln. Auch er konnte das, nur eine Braue hochziehen. Das konnten nicht alle. Etwas hatte das Mädchen also auch von seinem Vater.

»Ich habe mich in einer Nacht einmal nicht im Griff gehabt. Das war ein Anfang, aber ich konnte meine Chance nicht nutzen«, behauptete Lauri.

Mit triumphierender Miene machte der Mann eine Bewegung. Er ließ seine Waffe ein wenig sinken.

In diesem Moment schlug Lauri zu. Er ging das Risiko ein und schoss durch sein Kapuzenshirt auf den Mann. Er hoffte, dass er Aava nicht treffen würde.

Glücklicherweise traf die Kugel den Mörder an der rechten Schulter. Der Mann ließ die Waffe fallen und schrie auf, mehr vor Überraschung als vor Schmerz. Er schaute Lauri an und fiel um, genau in die Türöffnung, durch die er ins Zimmer gekommen war. Lauri rannte ihm hinterher. Oder er versuchte es. Doch er rutschte aus und stürzte zu Boden.

Es gelang ihm, seine Pistole festzuhalten, während er vergeblich mit den Armen fuchtelte, um auf den Beinen zu bleiben. Im Sitzen schoss er in Richtung Tür, aber der Mörder war nirgendwo zu sehen. Als Lauri sich wieder hochschraubte, sah er die Waffe des Mannes auf dem Boden.

Möglicherweise war der Mann nun ohne Waffe. Lauri wollte den Verrückten zu fassen kriegen. Der Kerl hatte sich seine Tochter geschnappt und Tuomas getötet. Nur Tuomas konnte von seinem Katzenschlachtfest wissen. Der Familienmörder hatte versucht, auch Lauri und Paula umzubringen. Er hatte Milla bedroht und Kärki und Pietikäinen erschossen. Außerdem hatte er unschuldige Kinder und deren Eltern ermordet.

Lauri stürmte aus dem Wohnzimmer in den Flur und sah eine weit aufgerissene Tür. Er rannte hinaus und schoss auf den Van, der davonraste. Die Rückscheibe fiel heraus und zersplitterte auf dem Boden. Lauri schoss auf die Reifen, traf aber nicht.

Für eine Sekunde überlegte er, ob er zu dem Skoda laufen oder Aava befreien sollte. Ihm wurde jedoch klar, dass er den Familienmörder mit seiner Rostlaube nicht einholen würde. Und er könnte doch seine Tochter nicht im Stich lassen. Nicht schon wieder.

Er kehrte ins Haus zurück.

Der Mörder war entkommen. Wieder einmal.

Aava saß auf ihrem Stuhl. Lauri befreite seine Tochter von den Fesseln. Ihr Parfüm roch nach Rose. Sie duftete wie ein kleines Mädchen, das Lauri nie getroffen hatte. Mit Aavas dynamischem Image in der Öffentlichkeit harmonierte es nicht so recht, aber zu ihrem Äußeren und zu ihrer lockeren Sprache und Schlagfertigkeit passte der luftige und weiche Duft. Als Aava von den Fesseln befreit war, sprang sie auf und rannte in die Küche. Sie holte aus dem Schrank einen Pfefferspray und zielte auf Lauri.

Er hob die Hände. Alles ist gut.

Aava schaute ihren Vater grimmig an, schniefte und marschierte hinaus.

Lauri folgte ihr. Sie benutzten die Hintertür, durch die der Mörder geflohen war. Blut war geflossen. Nicht in Strömen, aber so, dass es für eine DNA-Probe reichte. Auf der Treppe waren Tropfen, auch auf dem Pflaster.

Aava stand mitten auf dem Hof und atmete ein paarmal tief durch. Sie ließ die Sonne ihre Haut wärmen.

Lauri blieb stehen.

Aava fand ihre innere Ruhe wieder. Ihr Gesichtsausdruck zeigte keine Gefühle. Sie war hinter die gleiche Mauer geflohen, die auch Lauri gut kannte. Das Mädchen würde keine einzige Gefühlsregung zeigen.

»Wer bist du?«

»Dein Vater.«

»Ist tot.«

»Nur für deine Mutter und deshalb auch für dich.«

»Wie ist das möglich?«

»Als ich weggegangen bin, hat deine Mutter ihren Wohnort und ihren Namen geändert. Sie hat die Beziehung vollständig abgebrochen.«

»Ist Kivi dein richtiger Name? Oder bist du Virtanen.«

Lauri erklärte, er sei Kivi.

»Und was ist mein richtiger Name?«

»Ich war mit deiner Mutter verheiratet. Paula hat deinen Namen geändert, nachdem ich weggegangen war. Kelo ist der Mädchenname deiner Großmutter.«

»Und du bist es gewesen, der weggegangen ist?«

»Das war für uns alle das Beste«, versicherte Lauri.

»Verantwortungsloses Arschloch«, sagte Aava. Das war keine Beschimpfung, sondern einfach nur eine Feststellung.

Lauri räusperte sich und gab ihr recht.

»Was war passiert?«, fragte Aava.

»Ich habe für dich nicht als Vater und für deine Mutter nicht als Mann getaugt.«

»Das heißt, du hast nur den Stress, Vater zu sein, nicht ausgehalten und bist abgehauen, um deinen Schwanz in andere Muschis zu stoßen.«

»Das nun auch nicht.«

»Na, warum dann?«, drängte Aava. Ihre Stimme war wie Kristall, klar und hart.

»Der Mörder wird kaum zurückkommen, aber ist das jetzt der richtige Augenblick, in der Vergangenheit herumzurühren, wo es schon in der Gegenwart genug zu bewältigen gibt?«

Aava drehte sich um und marschierte wieder hinein. Lauri folgte seiner Tochter und schloss die Tür hinter ihnen ab.

»Wie sah der Mörder aus?«, fragte Lauri in der Küche. Aava berichtete, der Mann sei dürr. Er sehe aus, als litte er an einer Essstörung. Er habe tiefliegende Augen und habe viel gehustet. Seine Haare seien sandfarben, die Haut sei wie Papier, er sei bleich und nervös gewesen. »Ich hab ihn nicht ein einziges Mal richtig gesehen. Die ganze Zeit hat er seine Haube getragen. Er hat mich gleich am Tor geschnappt. Jemand von der Polizei hatte mich abends auf dem Frankfurter Flughafen angerufen und ein Nachtquartier oder Bodyguards angeboten. Er hat gesagt, der Familienmörder sei mir auf den Fersen. Ich hab gesagt, dass ich keinen Schutz brauche. Und dass es für mich nichts Neues ist, wenn man mich verfolgt. Seit der ersten Platte verfolgt mich irgendein Verrückter. Er ist ungefährlich, schickt merkwürdige Liebesbriefe, Blumen und kunstvoll geschnitzte Tiere. Immer steht er im Schatten rum. Er haut ab, wenn ich versuche, mich ihm zu nähern. Ich lasse mich nicht von Wirrköpfen beeindrucken. Da verbringt man ja sein Leben damit, Angst zu haben. Es muss reichen, dass mein Zuhause abgelegen und von dieser verdammten Mauer umgeben ist. Die Polizei war anderer Meinung, aber ich habe mich durchgesetzt. Ich habe gesagt, dass ich nicht in Finnland bin, aber nicht, dass ich am selben Abend noch zurückkehre. Mutti hab ich dasselbe vorgeschwindelt, als sie mich ganz hysterisch angerufen hat. Außerdem hab ich doch einen eigenen Bodyguard. Oder hatte. Der Scheißkerl hat Lars draußen auf dem Weg abgeschossen wie ein Schwein.«

Aava redete offen und ehrlich, aber ihre Stimme war kalt. Lauri kannte diesen Tonfall. Er hatte ihn selbst bei Jatta, Paula, seiner Mutter, bei allen benutzt. Auch seine Tochter verstand es, ihre Gefühle zu verbergen. Das fand er schlimm.

»Du hast Katzen getötet und versucht, irgendein Weib zu erwürgen«, stellte Aava fest. »Der Verrückte hat eben nicht gelogen. Ich habe es dir angesehen.«

»Nein. Ich musste nur so tun, als würde ich darauf eingehen.«

Aava neigte den Kopf. Sie starrte ihn an wie einen Hund. »Sag, was du willst. Ich weiß, wann jemand blufft.«

»Normalerweise vielleicht, aber jetzt hast du eine posttraumatische Stressreaktion. Das ist üblich bei Opfern von Verbrechen«, erklärte Lauri, obwohl Aava vollkommen ruhig war.

»Und du hast einen Ureazephalus. Der ist schlimmer als der Hydrozephalus oder Wasserkopf und wird auch Pisskopp genannt«, erwiderte Aava mit einem harten Lächeln.

Aava zog einen Spiegel hervor und betrachtete sich. »Der

Verrückte hat mich kahl geschoren, weil du ihn in der Zeitung heruntergemacht hast.«

»Tut mir leid.«

»Es war für mich an der Zeit, den Style zu ändern. Das ist nicht so schlimm.«

Lauri musste zugeben, dass der kahle Kopf die Vollkommenheit ihres Körpers nur noch betonte.

»Ich habe gedacht, dass du dich total aufregen würdest.«

»Na, ich werde zumindest ein paar Schmähbriefe von Müttern bekommen, deren Töchter nun ihre Traumlocken auf den Fußboden fallen lassen. Ich werde ihnen antworten, dass es deine Schuld ist, und ihnen deine Adresse und Telefonnummer schicken.«

»Äffen die dich bis hin zum Kahlkopf nach?«

Aava lachte, wurde aber schnell wieder ernst. »Du hast dich an Mutti vergriffen. Und du hattest Angst davor, was du tun würdest, wenn du bleibst.«

Lauri nickte. Das musste für dieses Mal genügen.

Er holte das Telefon heraus, das er vom Mörder bekommen hatte. Es wurde höchste Zeit, Moilanen anzurufen. Der Chef der KRP würde vor Wut platzen. Aber egal, was der Mann sagen oder tun würde, Lauri hatte vollkommen richtig gehandelt. Er hatte das Leben seiner Tochter gerettet.

Lauri wählte die Auskunft. Eine Sirpa meldete sich. »Wie kann ich Ihnen helfen?«

»Verbinde mich bitte mit der Zentrale der KRP.«

Sirpa verband ihn.

Als die Frau in der Zentrale seinen Namen hörte, stellte sie das Gespräch sofort durch. »Oskari Moilanen.«

»Hier Kivi. »

»Verdammt. Du bist auf eigene Faust abgehauen. Wo bist du, was ist los?«

»Der Familienmörder ist in das Haus meiner Tochter eingedrungen. Wir sind hier. Ich konnte Aava retten, aber dem Kerl ist es gelungen abzuhauen. Er fuhr zumindest eben noch mit einem schwarzen, ziemlich neuen BMW-Van. Dessen Kennzeichen lautet FGA-166. Ich konnte seine Heckscheibe kaputtschießen.«

»Warte einen Augenblick.«

Moilanen legte die Hand auf den Hörer, aber Lauri verstand, wie er die Informationen weitergab und befahl: Tempo, Tempo. Dann kehrte er in die Leitung zurück. »Ich schalte den Lautsprecher an, damit meine Leute hören, was zum Teufel du diesmal zu berichten hast. Red weiter, bitte.«

»Ich habe den Mann in die Schulter geschossen, glaube ich. Er blutet jedenfalls. Dann kriegt ihr wenigstens die DNA.«

»Ohne deinen Alleingang hätten wir den ganzen Mann.«

»Zwei Leichen hättet ihr. Die meiner Tochter und die des Mörders. Bei alldem geht es um Macht. Der Kerl ergibt sich nicht kampflos.«

»Darüber reden wir später. Woher hast du die Waffe?«

Lauri überhörte die Frage. »Wenn ich das richtig verstanden habe, hat er Aavas Bodyguard umgebracht. Die Leiche habe ich jedoch noch nicht gesehen.«

»Ihr wartet dort.«

Lauri nannte die Adresse.

»Du gehst nirgendwohin, verstanden? Wir müssen reden.«

»Ich muss ja gehorchen, wenn es der Chef der KRP befiehlt.«

»Leck mich am Arsch, Kivi«, schnauzte Moilanen ihn an. »Wir sehen uns dort, oder ich sorge dafür, dass du in den Knast kommst«, fügte er hinzu und beendete das Gespräch.

Lauri wandte sich Aava zu. »Wir müssen hierbleiben. Die

KRP will uns verhören und wahrscheinlich die Ereignisse rekonstruieren.«

»Der Weihnachtsmann«, sagte Aava und schaute ihrem Vater in die Augen.

Lauri verstand nicht.

»Du bist der Weihnachtsmann. Eine mythische Gestalt, die märchenhaftes Glück bringt.«

Lauri hörte zu.

»Du kehrst eines Tages zurück und bringst mir an diesem langerwarteten Glückstag als Geschenk meinen Vater, das heißt dich. Dein Tod war nur ein Irrtum, und du hast jahrelang bewusstlos im Krankenhaus gelegen. Hast geträumt von mir und davon, wie du mich in den Arm nehmen und mir ein eigenes Puppenhaus kaufen könntest. Jetzt warst du erwacht, und wir würden einander finden. Ich habe die Geschichte geglaubt wie an den Weihnachtsmann.«

»Das ist zum Teil die Wahrheit.«

»Die Wahrheit ist freudloser als die Geschichte. Ich hab nur einen Mistkerl mit einem kurzen Bart bekommen und auch das fünfzehn Jahre zu spät. Die Hoffnung habe ich aufgegeben, als mir klarwurde, dass auch der Weihnachtsmann eine Lüge ist. Da war ich etwa sieben. Ich habe den Weihnachtsmann an seinem Geruch erkannt. Er duftete nach Opa. Nach so einem süßlichen Pfeifentabak. Ich habe begriffen, dass auch ein eigener Vater zu schön wäre, um wahr zu sein.«

»Aber du hattest vieles andere Schöne. Eine fürsorgliche Mutter und so weiter.«

Aava verdrehte die Augen. »Natürlich hat sie bestimmt alles versucht. Nur hatte sie vermutlich mit mir eine etwas zu harte Nuss zu knacken. Ich war als Jugendliche nicht gerade besonders easy.«

»Und dabei bist du heute so sanft und pflegeleicht.«

»Du bist es, der sich herausnimmt, herumzuzetern und zu

kläffen, obwohl man dich in die Enge getrieben hat«, sagte Aava. »So etwas verlangt einen beschissenen Charakter.«

»Na toll.«

»Aber Mutti kann das auch.«

»Was meinst du damit?«

»Irgendwie hat sie immer eine Zeitlang ihre schlechte Laune angesammelt, und dann ist sie explodiert. Da half gar nichts, obwohl ich immer dann, wenn sie herumgeschrien und laut geseufzt hat, wusste, dass bald wieder ein Anfall bevorstand.«

»Deine Mutter hatte es nicht leicht.«

»Mit Mutti war es nicht leicht.«

»Paula ist in eine schwierige Lage geraten. Mir müsstest du Vorwürfe machen, nicht deiner Mutter. Sie hat garantiert ihr Bestes getan.«

»Das haben wahrscheinlich alle. Aber das hat eben nicht gereicht. Für nichts. Warum musste sie lügen? Den Namen ändern und in die andere Hälfte von Finnland umziehen.«

»Darauf konnte ich keinen Einfluss nehmen.«

»Du warst es doch, der weggegangen ist.«

Lauri nickte still.

»Sie hat mich geschlagen«, fuhr Aava leise fort.

»Was?«

»Mit der flachen Hand manchmal und einmal mit dem Piroggenholz. Gebrochen war nichts, aber da fühlt man sich ja schutzlos. Ich gehörte nirgendwohin.«

Lauri hielt inne. Mit dem Piroggenholz? Das war ja wie ein Knüppel. Ein hölzernes Teil zum Backen, wie ein Nudelholz, das zu den Enden hin schmaler wurde. Damit hatte Paula ihre Tochter verprügelt? Mit der Information wollte Aava ihn treffen, weil sie wusste, dass es genauso weh tat. Sie hatte es ihm erzählt, um ihm Vorwürfe zu machen. Lauri war damals weggegangen, weil er sein Kind vor sich selbst schützen wollte. Er hatte sich nicht vorstellen können, es auch vor Paula schützen zu müssen.

Lauri hatte von seiner Mutter nur einmal Schläge bekommen. Da war er fünf gewesen, Tuomas sieben. Der Alte war am frühen Abend nach Hause gekommen. Reichlich betrunken.

»Schick die Kinder schlafen, dann können wir auch gehen.«

Die Mutter weigerte sich. Wenn Doctor Snuggles im Fernsehen lief, würden die Jungs noch nicht ins Bett gesteckt. Da wären sie schon am frühen Morgen wieder auf und würden herumtoben.

Tuomas war schon verständig genug und sagte sofort, ja, ja, Snuggles ist langweilig, dabei schläft man ja ein, los, Lauri, wir gehen. Er wusste, was bevorstand.

Lauri wollte jedoch die Sendung zu Ende gucken und schaute auf den Bildschirm.

»Ab jetzt ins Bett, ihr Bälger, aber dalli«, polterte der Alte. »Wir haben mit Mutter eine Sache unter Erwachsenen vor.«

Die Mutter regte sich auf und begann zu keifen: Da kam der Alte im Tran nach zwei Nächten von seinen Abenteuern wieder nach Hause, und gleich sollte man bereit sein zum Spiel mit der Marmeladendose. Hatte er im Ort nichts abgekriegt, dass er bis nach Hause kommen und um die angetraute Möse betteln musste? Da könnte er aber lange warten, bei ihr wäre für ihn nichts zu holen, höchstens kalte Füße.

»Ich bin im Guten gekommen.«

»Andererseits ist es ja kein Wunder, dass man mit dieser Visage nichts abkriegt. Von den Manieren ganz zu schweigen.«

»Halt jetzt das Maul!«

»Hast du dich übrigens schon für den neuen Film von Mikko Niskanen beworben? Ich hab auf Arbeit in der Zeitung eine Annonce gelesen. Die suchen für den Film ungewöhnlich hässliche Männer. Ich hab sofort angerufen, dass hier einer wäre.«

Diese Worte gaben dem Alten den Rest. Jetzt wäre Schluss mit dem Gequatsche, brüllte er. Dann würde er es sich eben mit Gewalt nehmen, wenn es mit Zärtlichkeit nicht zu kriegen war.

Tuomas versuchte, Lauri ins Obergeschoss zu zerren, aber der saß störrisch auf seinem Platz. Auf Snuggles würde er nicht verzichten.

Der Alte warf die Mutter gegen den umgebauten Kamin, der nun elektrisch beheizt wurde. Sie stieß sich den Rücken und begann zu jammern.

Der Alte stürzte sich auf sie. Verdammt, jetzt ist aber genug. Beide fielen zu Boden. Der Alte lag mit gespreizten Beinen auf der Mutter und schlug auf sie ein. Der letzte Schlag traf ihren Mund. Ein lautes Knacken war zu hören. Der Alte stand auf, die Mutter tat es ihm gleich. Sie hielt eine Hand vor den Mund. Blut spritzte, als hätte man einen Stier abgestochen.

Lauri hob den Blick und sah seine Mutter über sich mit blutverschmiertem Mund. Der Junge erschrak. Das war das erste Mal, dass er mitten in so einen Gewaltexzess geraten war. Natürlich hatte man Lauri Ohrfeigen verpasst und an den Haaren gezogen. Der Alte hatte auch die Mutter schon geschlagen, jedoch vor allem abends, wenn die Kinder schon im Obergeschoss waren. Die Geräusche hatten Lauri zwar Angst eingejagt, aber er hatte bisher noch kein Blut und keine abgebrochenen Zähne gesehen.

Die Mutter heulte irgendetwas, aber das konnte man nicht verstehen. Als Lauri sah, wie sich der Alte erneut auf Mutter stürzte, rannte er in Panik durch den Flur zur Haustür und begann zu rufen: »Hilfe! Hilfe! Vati bringt unsere Mutter um. Kommt her, Hilfe, Hilfe!«

Die Hilferufe verstummten, als Lauri am Hemdkragen zurück auf die Veranda gerissen wurde. Bestürzt sah Lauri, dass es die Mutter war, die an ihm herumzerrte. Er schlug mit dem Kopf auf dem Fußboden auf. Die Mutter knallte die Haustür zu, bevor sie anfing zu schreien. »Verdammt, unsere Eheprobleme werden nicht in die ganze Welt hinausposaunt, du Hornochse!«, brüllte die Mutter und verprügelte ihren Sohn. »Das machst du nicht noch mal. Da kommen die vom Jugendamt schneller, als man gucken kann, und bringen euch irgendwohin, wo sie euch die Selbstgedrehten auf der nackten Haut ausdrücken. Willst du das?«

Als Lauri schließlich mit Tuomas zusammen ins Obergeschoss fliehen konnte, weinte er zusammengerollt wie ein Tier. Von jetzt an musste er auch vor der Mutter auf der Hut sein.

Am nächsten Tag kam die Mutter ins Obergeschoss gehumpelt und behauptete, sie habe Lauri vor dem Alten gerettet, der ihn garantiert viel übler zugerichtet hätte. Dann weinte sie und bat um Verzeihung. Lauri verzieh ihr natürlich. Er drückte seine Mutter und glaubte, dass man ihn oder Tuomas nie wieder verhauen würde. Und Mutter schlug ihn auch kein zweites Mal. Allerdings redete Lauri auch nie wieder über Familienangelegenheiten.

Lauri ging es an die Nieren, dass Aavas Mutter auch äußerst labil gewesen war. Das hätte er von Paula nicht gedacht. Sie war doch nie mit Ohrfeigen oder Schlägen traktiert und über den Fußboden geschleift worden. Andererseits war es sicher schwer gewesen, mit einem kleinen Kind durchzuhalten. Auch Paula war einsam und bedrückt gewesen.

Obwohl Lauri es verstand, konnte er es doch nicht akzeptieren. Es war, als wäre etwas in ihm zerrissen. Seine Flucht hatte nicht geholfen. Oder sagte Aava ihm nicht die Wahrheit? Auch das war möglich.

»Ist das dein Ernst?«

»Sie war keinesfalls ständig gewalttätig, aber die Gefahr schwebte die ganze Zeit über mir. Natürlich hat sie immer heulend um Verzeihung gebeten. Sie war nach ihren Anfällen so fertig, dass ich als Opfer sie beruhigen musste. Es schien so, als wäre ich an dem, was sie gemacht hatte, schuld gewesen. Sie hat ständig gejammert, das Leben sei wie ein Gefängnis, wie ein endloser dunkler Tunnel, aber natürlich liebe ich dich, Aava, mehr, als du glauben kannst. Freilich habe ich es geglaubt. Ansonsten war sie ja eine ganz brauchbare Mutter. Ich habe mich nur die ganze Zeit schuldig gefühlt. Deswegen habe ich ihr bestimmt auch das Haus bauen lassen. Ein größeres als mein eigenes.«

»Ich musste damals weggehen. Das war besser für uns alle«, versuchte Lauri zu erklären.

»Das werden wir nie erfahren.«

»Ich hätte etwas getan, was man nicht rückgängig machen konnte.«

»Das hast du ja auch.«

»Sei's drum. Ich bin ein Scheißkerl.«

Aava nickte und schloss die Augen. »Gut, dass du es einsiehst. Ich will das alles vergessen: den Familienmörder, Lars' Tod, dich und auch Mutti. Als Kind war das leichter. Auf dem Schoß von Opa, in der Geborgenheit des Weihnachtsmanns. Auf den Schoß meines Vaters konnte ich nie, obwohl ich mich danach gesehnt habe.«

»Ich habe mich auch nach dir gesehnt. Ob du es glaubst oder nicht.«

»Sei still. Ich meditiere jetzt. Ich bin im Weihnachten meiner Kindheit, nicht auf der Schlachtbank. Und mein Vater liegt selig in der Grube. Da gehörte der Windhund auch hin. Macht einer Frau ein Kind und seilt sich dann ab. Drückt sich vor der Verantwortung, kümmert sich nur um sich und nicht um andere und ist auch noch gewalttätig.«

Ihre Worte trafen ihn wie ein Schlag im Magen. »Ist das eine gute Erinnerung, wenn man bemerkt, dass man nicht mehr an den Weihnachtsmann glaubt und seinen Vater niemals zurückbekommt.«

»Ja. Es ist eine Erinnerung voller Geborgenheit. Ich hatte begriffen, dass sich nicht irgendein Unbekannter in unser Zuhause gedrängt hat, sondern Opa.«

In Lauris Kindheit hatte es zu Weihnachten nicht die Spur von Geborgenheit gegeben. Allerdings brauchte auch er keine Unbekannten zu fürchten. Nur seinen Vater. Das einzige Weihnachten bei seiner Großmutter war märchenhaft gewesen. Es gab etwas zu essen, Wärme, ein paar Geschenke und Ruhe. Für den Sechsjährigen war es wie im Himmel, wenn er am Heiligabend keine Schmerzen, Beschimpfungen und nicht um das Leben seiner Familienmitglieder zu fürchten brauchte. Der Alte war bei seiner Schwiegermutter friedlich und rührte nicht einmal das Bier an. So viel Selbstbeherrschung besaß er noch. Auf der Heimfahrt verkündete der Alte, dieses Weihnachten sei das letzte bei Schwiegermutter gewesen.

Und so war es dann auch gekommen.

Das war eine Enttäuschung, denn Weihnachten zu Hause machte Lauri Angst. Dann war alles möglich. An einem Heiligabend hatte sich der Alte schon am Tag so betrunken, dass er nicht zu halten war. Er brachte eine mickrige Kiefer angeschleppt, ließ sie im Flur neben der Haustür stehen und umwickelte sie mit einer Rolle Klopapier. Als Stern setzte er die Papphülse auf die Baumspitze und stopfte ein Büschel Papier hinein. Seiner Meinung nach war der Baum damit geschmückt.

Leider hatte auch Mutter schon seit dem Morgen billigen Rotwein geschlürft. Sie fing an zu lästern, der Alte würde wohl glauben, er hätte eine Weihnachtstanne ins Haus gebracht.

Der Alte lallte, in Lappland würden die Menschen, die dem Leben noch nicht so entfremdet seien, am Heiligabend eine Weihnachtskiefer ins Zimmer bringen. Was er gemacht habe, wäre also die Achtung alter Traditionen und diene einer multikulturellen Erziehung.

Mutti schrie, sie wären hier nicht irgendwelche verdammten Zwerglappen, sondern Leute aus Outokumpu, echte Menschen aus Nordkarelien, die nicht auf der faulen Haut lägen. Der Alte habe bei seiner Sauftour im Ort garantiert schon irgendeine Sechzehnjährige mit seinem kleinen Messfühler in die Haxe gepikt. Terho sei es im Suff ja egal, wen er bumse.

Das großsprecherische und giftige Gerede hörte trotz der flehenden Bitten von Lauri und Tuomas nicht auf. Schließlich explodierte der Alte geradezu. Als die »verdammte Alte« durch Prügel zum Schweigen gebracht worden war, stürzte sich der Alte auf seine Kinder. Mit dem Finnenmesser schor er seinen Söhnen die Köpfe. Sie hätten sich gefälligst nicht ungebeten in die Gespräche der Eltern einzumischen.

Der Alte war so betrunken, dass die Jungs Schnittwunden auf ihrer Kopfhaut davontrugen. Einmal ritzte das Messer tiefer in die Haut, und Lauri heulte auf. Der Alte zögerte nicht, er fuhr mit dem Messer zwischen die Beine des Jungen und zischte, er würde ihn auch dort verstümmeln, wenn er so jaulte wie ein Eunuch. Lauri war schon so abgehärtet, dass er sich bei solchen Drohungen nicht mehr in die Hosen machte.

Der Alte barbierte die Jungs über eine Stunde lang. Mit

dem Messergriff schlug er Lauri so auf den Rücken, dass der Junge drei Nächte lang nur auf dem Bauch schlafen konnte.

Schließlich schleppte der Alte sie ohne das lang erwartete Weihnachtsessen ins Obergeschoss. »Das Glück sei mit denen, die im Finsteren wandeln«, verkündete er und schlug mit Lauris Buch für den Religionsunterricht die Glühlampe kaputt. Danach wankte er auf den Treppenabsatz im Obergeschoss und schlief in seinem Suff ein.

Erst am Dreikönigstag bemerkte Lauri, dass Tuomas hinkte. Der Bruder hatte sich im Dunkeln einen Glassplitter in den Fuß getreten, aber von der Wunde nicht einmal Lauri erzählt. Als die Jungen in die Schule zurückkehrten, war sie schon tief entzündet. Doktor Petäjävaara redete schon von einer drohenden Amputation, aber zum Glück konnte das vermieden werden. Tuomas versprach dem Arzt, künftig bei solchen Wunden seinen Eltern sofort Bescheid zu sagen. Diesmal hätte er sich eben nur zu sehr geschämt, weil er so unachtsam im Schuppen auf die Leuchtstoffröhre getreten war.

Als es im Haus an diesem Heiligabend still geworden war, schaute Lauri durch das Fenster Kalle, ihrem Nachbarn, zu. Der probierte seine neuen Skier aus. Sein immer froh gelaunter Vater hatte für ihn eigenfüßig eine Loipe in den Schnee auf dem Hof getreten.

Lauri musste grinsen, als sich der unsportliche Kalle auf der Strecke abstrampelte. Das sah so unbeholfen aus. Trotzdem standen die Eltern daneben und spornten ihn an. Bestimmt träumten sie, er könnte einmal werden wie Mäntyranta, der Olympiasieger, obwohl der Junge so ein hoffnungsloser Fall war, dass er nicht einmal dazu taugte, geradeaus zu rennen. Dennoch hatte Kalle im Turnen eine Drei. Er war immer pünktlich, gab immer alles und vergaß nie seine Sportsachen. Dass der Lehrer eine gute Note gab, war anerkennenswert, obwohl sich Savolainen damit wahrscheinlich auch selbst schützte. Bei einer schlechteren Note hätten Kalles Eltern vor seiner Tür gestanden.

Als Lauri eine Weile zugeschaut hatte, wie Kalle sich abmühte, lächelte er nicht mehr. Warum bekam so ein Wicht Aufmerksamkeit und Geschenke? Und er, Lauri Kivi? Er war schließlich nicht dumm und auch schnell auf den Beinen im Sportunterricht. Am liebsten hätte er das Messer des Alten geholt und diesen unfähigen Kalle zum Eunuchen gemacht. Zumindest hätte er ihn jaulen lassen können wie einen Haremswächter, das war nämlich ein Eunuch, wie Lauri wusste. Allerdings hatte er keine Ahnung, was ein Harem war, doch der Alte hatte am frühen Abend verkündet, er werde einen gründen, wenn nur erst die verdammte Alte den Geist aufgegeben habe. Lachend und voller Begierde auf neue, gute Weiber fürs Bett hatte der Alte seinen Söhnen das reglose und mit Blut bespritzte Bein gezeigt, das im Schlafzimmer hervorschaute, und laut und vollmundig erklärt, diesmal werde die nicht mehr aufstehen. Bestimmt nicht. Am nächsten Morgen würde er sie in einen Sack stopfen und unterm Müll verstecken. Den Weihnachtsmann hatte Lauri nur im Supermarkt gesehen. Der Alte verbot ihn auch bei Oma, verwirrte alte Knasterbärte brauche man nicht, meinte er. In seine Wohnung würden keine unbekannten alten Männer eindringen.

Lauri ächzte. In der ganzen Hektik hatte er nicht darüber nachgedacht, wie der Familienmörder in die Häuser hineingekommen war. Es gab kein erkennbares Muster.

Aber in Kontiolahti war das Mittel klar erkennbar. Wenn Lauri recht hatte, dann war dem Mörder ein Fehler unterlaufen.

»Ich brauche ein Telefon«, drängte Lauri und schaute sich hastig um. Gleich würde er es womöglich erfahren. Auf dem Tisch fand sich ein Handy.

»Und ich brauche einen Masseur, ein heißes Bad und Schokolade, unbedingt Schokolade. Ja, und ich muss mich besaufen. Genau. Das muss ich auf jeden Fall«, plapperte Aava.

Lauri rief dieselbe Auskunft an wie zuvor. »Hanna Huovinen, Kontiolahti. Bitte. Es ist dringend.«

»Gefunden. Soll ich verbinden?«, fragte eine unnatürlich muntere Männerstimme.

»Ja, bitte.«

Es dauerte entnervend lange.

»Hanna«, meldete sich eine Frauenstimme.

»Hier Lauri Kivi von Suomen Sanomat, Tag.«

»Schön. Wir haben schon auf deinen Anruf gewartet«, begann Hanna Huovinen im Plauderton. »Mutter hatte recht. Dieses Stück Scheiße hat Pete, Kaisa und die Kinder umgebracht. Du willst bestimmt noch mal mit uns reden, jetzt, da die Dinge anders aussehen.«

»Unbedingt. Allerdings ist die Situation momentan ein wenig kompliziert. Über das Treffen reden wir später. Inzwischen habe ich eine Frage«, sagte Lauri. »Erinnerst du dich, wie du mir erzählt hast, dass Petri die Telefonnummer des Weihnachtsmanns auf deinen Kalender geschrieben hat?«

Hanna Huovinen seufzte verblüfft. »Ja. Was hat das jetzt damit zu tun? Ich möchte wissen, was die Polizei tut, um den Mörder zu finden. Weißt du etwas, was du nicht in der Zeitung schreiben kannst?«

Lauris Hände zitterten. Er wartete begierig auf die Antwort. Aavas Geplapper über den Weihnachtsmann hatte ihn auf eine Idee gebracht. Vielleicht war der Familienmörder ein falscher Weihnachtsmann gewesen. Das wäre der einfachste und unauffälligste Weg, um am Heiligabend in ein fremdes Haus zu gelangen. Außerdem hätte der Täter eine perfekte Verkleidung gehabt, falls er gesehen worden oder etwas schiefgelaufen wäre. Wenn Lauris Theorie stimmte, dann könnte die Nummer des Mörders auf Hanna Huovinens Wandkalender stehen, auf den Petri sie geschrieben hatte. »Ich habe im Moment so gut wie keine zusätzlichen Informationen. Ich weiß allerdings, dass der Mann noch heute Morgen in der Hauptstadtregion war.«

»Was? Wie? Ist die Polizei dem Täter auf den Fersen?«

Lauri war es nicht gewohnt, dass man ihm Fragen stellte. »Hanna, konzentriere dich! Steht die von Petri geschriebene Nummer des Weihnachtsmanns auf deinem Kalender an der Küchenwand?«

»Ja. Oder besser gesagt: Sie stand da. Das war der Kalender vom letzten Jahr. Jetzt habe ich einen neuen. Der alte liegt in der Schublade im Kinderzimmer. Ich hebe die Kalender immer auf. Sie sind wie ein Tagebuch. Warte einen Augenblick.«

Lauri begriff, dass er sachlicher klingen musste. »Prima. Ich brauche die Nummer, weil ich diesen Weihnachtsmann für meinen Artikel befragen will«, sagte er. »Die Polizei hat den Mann schon verhört, aber ich dachte, ich könnte eure Familientragödie als Beispielsfall für die Monatsbeilage verwenden und möchte den Mann fragen, ob er etwas bemerkt hat. Er war wahrscheinlich der Letzte, der die Familie deines Bruders lebend gesehen hat.«

Lauri konnte der Frau nicht die Wahrheit sagen. Womöglich rief sie die Polizei an. Er wollte nicht, dass sich die Behörden in die Sache einmischten. Dieser Mistkerl war in das Zuhause seiner Tochter eingedrungen, hatte gedroht, sie zu ermorden und Tuomas umgebracht. Er wusste auch am meisten vom Erwachsenenleben seines Bruders. Lauri wollte dem Mörder gegenüberstehen. Aug um Aug, Zahn um Zahn.

In der Leitung hörte man etwas klappern und dann: »Also. Ich hätte hier … die Nummer«, sagte die Frau und las sie vor.

Lauri schrieb die Ziffern auf Küchenpapier, bedankte sich und legte auf. Er schaute durchs Fenster hinaus auf die Straße. Die Polizei war noch nicht zu sehen. Er rief die Auskunft noch einmal an und nannte die Nummer.

Kurz darauf hörte Lauri den Namen.

Dann hatte er es eilig. Er wusste nun, wer seine Tochter entführt, mindestens vier finnische Familien und Tuomas umgebracht hatte. Er wusste auch, wo er den Täter finden würde.

TEIL V

Den Kindern geht's gut, wenn die Zähne wachsen

Seht euch vor vor den falschen Propheten, die in Schafskleidern zu euch kommen, inwendig aber sind sie reißende Wölfe (Matt: 7:15)

Beutefang *zool. biol.* Der Wolf geht nachts auf Beutejagd. Er schleicht sich an das Beutetier heran, baut bei seiner Jagd jedoch nicht auf katzenartig schnelle Angriffe, sondern vielmehr auf eine lange Verfolgungsjagd. Er ist dennoch ein echtes Raubtier in der Annäherung an sein Opfer, und oft bemerkt die Beute die Gefahr ziemlich spät. Typisch für den Wolf ist, dass er sich erst auf seine Beute stürzt, wenn das Opfer die Flucht ergreift. Die beste Methode, einem Angriff zu entgehen, besteht darin, an seinem Platz zu bleiben und bedrohlich zu wirken. Wenn das ausgewählte Opfer, sei es ein Elch, ein Bison oder ein Mensch, nicht bereit ist, Angst zu zeigen, lässt der Wolf es oft in Ruhe.

Übermäßiges Töten (*engl. Surplus killing*) *zool. biol.* Für den Wolf typisches Verhalten, mehr zu töten, als er als Nahrung braucht. Das Phänomen wird mit dem Bedürfnis erklärt, auf Vorrat zu jagen, dann, wenn es vergleichsweise einfach ist.

Rabies *med., vet.med.* Tollwut. Ein an Tollwut erkrankter Wolf agiert in der Regel allein, wandert auch lange Strecken und sucht Beute. Beim Wolf scheint sich oft die kurze Phase der »rasenden Wut« zu entwickeln, während der er zahlreiche Ziele wie Tiere, Menschen oder sogar Autos angreifen kann. Ein kranker Wolf frisst seine Opfer nicht, sondern ist nur bestrebt, zu schädigen und zu töten.

Der Junge hatte gerade einen Wolf zur Strecke gebracht, aber einen noch größeren Triumph im Sinn.

Nach dem Raubtier war er nun bereit, dem Ungeheuer gegenüberzutreten.

Der Junge zog das Messer aus der Kehle des Wolfes, brach ihm in einer Eingebung des Augenblicks einen Eckzahn aus und wischte die Klinge am Fell des Tieres ab. Dann säuberte er das Messer mit Schnee und trocknete es an seinen zu kurzen Stepphosen ab. Sein Werkzeug musste man sauber halten. So hielt es länger. Das hatte Vater ihn gelehrt. Vater. Der Junge begriff, dass er immer noch gehorchte. Er grinste. Sein rebellischer Geist befahl ihm, auf die Vernunft und die Zweckmäßigkeit zu pfeifen. Also stieß er sein Messer erneut in den toten Wolf und ließ das Blut fließen. Er streichelte den Wolf, den er bezwungen hatte. Er betrachtete ihn und begriff seine Meisterschaft. Er verstand sich darauf, zu töten. Befriedigung hatte er schon damals empfunden, als er die Nerze von Heiskanen umgebracht hatte, aber das Abschlachten des Wolfs weckte sein wirkliches Ich auf. Ließ ihn empfinden, dass er besser und auch im Recht war.

Der Junge hatte Lust, diese Erkenntnis laut zu verkünden. Er heulte wie ein Wolf. Er war ein Raubtier. Er war nicht mehr ein verlorener Wolf, sondern ein Wesen voller Kraft und Leben.

Der Junge stapfte nach Hause. Es war nicht mehr kalt. Das Adrenalin kochte in seinen Adern. Alles war einfach und leicht wie beim Inhalieren von Klebstoff. Aber jetzt war sein Kopf klar und nicht betäubt. Er war wie Eis. Glatt, durchsichtig und hart.

Der Junge kam auf den Hof. Dort war es still. Mutter schrie nicht mehr. Die Arme lag bestimmt bewusstlos auf dem Fußboden oder schluchzte unter der Bettdecke. Mit dem Messer in der Hand ging der Junge ins Haus. Die Tür knarrte, aber er hörte es nicht einmal. Er versuchte nicht, unbemerkt einzutreten.

Vater saß am Tisch. Er schaute kurz zu seinem Sohn, knurrte: »Aha, Petrus, der Feigling, ist also zurückgekommen, hast du mich dreimal verleugnet?« Dann starrte er wieder ins Leere. Er fingerte an dem grauen, abgenutzten Glas herum, das leer war. Milch hatte er getrunken. Vater nahm niemals Alkohol zu sich. Jesus hatte es ihm verboten.

Der Junge hatte befürchtet, zu erstarren, wenn er dem Vater gegenüberstand, aber das geschah nicht. Er hielt inne und betrachtete den Mann, der ein lebendiger Teufel war. Der Junge erinnerte sich an die Misshandlungen, an das Begraben der Babys, an die Späne und an den Vorgeschmack der Hölle, nachdem der Vater ihn erwischt hatte, als er sich selbst befriedigte. Der Vater hatte mit dem Feuerzeug seine Hand verbrannt und vom Satan geredet.

In seinem Kopf schwirrten die Gedanken durcheinander. Die Wut kochte in ihm hoch, und er wollte losstürmen, doch sein Instinkt sagte ihm, dass seine Chancen sich verbesserten, wenn er ganz ruhig war. Er blieb stehen und holte tief Luft. Dann ging der Dreizehnjährige mit ein paar raschen Schritten zu seinem Vater, schwang das Messer an dessen Kehle und öffnete sie ganz ruhig, als wäre es eine Ketchupflasche.

Das Blut spritzte an die Wände, auf den Fußboden und den Tisch. Der Vater drehte sich zu seinem Sohn um und schaute ihn mit ungläubigem Gesichtsausdruck an, bevor er zusammensank. Er versuchte mit gurgelnder Stimme etwas zu sagen, bekam aber kein Wort mehr heraus, nur blutigen Schaum.

»Das als Dank für alles. Es ist das Geringste, was ich tun kann«, sagte der Junge mit ruhiger Stimme. Er starrte seinem Vater in die Augen und schaute zu, wie der diese Welt verließ.

Als es vorbei war, schloss er die Augen und summte die Melodie des Sandmännchens. Er konnte nicht umhin zu lächeln.

Aus seiner Euphorie wurde der Junge erst gerissen, als hinter ihm jemand aufschrie. Er drehte sich um. Die übelzugerichtete Mutter schaute ihren einzigen Sohn entsetzt an. »Was hast du getan?«

»Ich habe uns vom Bösen befreit.«

»Nein. Du hast das Böse freigelassen. Du bist genau wie dein Vater. Nein, schlimmer. Du genießt es. Dein Vater tat Böses aus Strenge. Er glaubte, dass er damit Jesus Christus und seinem Herrn dienen würde.«

»Mutter, niemand braucht das zu wissen.«

»Der Arzt muss es wissen. Du musst behandelt werden. Alles, was du gesehen hast, alles, was Johannes dir angetan hat – das hat dich dazu gemacht. Glaub mir, das ist nicht deine Schuld. Du kannst noch geheilt werden. Du brauchst Hilfe.«

Damit hatte der Junge nicht gerechnet. Er hatte sich, seine Mutter und alle noch ungeborenen Mädchen, die der Vater getötet hätte, gerettet. Er brauchte keinen Arzt und keine Heilung. Doch diese Worte brachten ihn nicht aus der Fassung.

Der Junge ging auf seine Mutter zu, die nicht einmal versuchte zu fliehen. Die Mutter bat Jesus um Erlösung für sich und ihren in die Irre geleiteten Sohn.

Alles war schnell vorbei. Der Junge ging sich waschen, zog saubere Kleidung an, entzündete den Gasherd, legte ein hölzernes Tablett auf die Flammen und ging hinaus.

Das Haus brannte sehr schön. Sie wohnten so abgelegen im Wald, dass man erst am Morgen bemerkte, was geschehen war.

Er verstand es, den Behörden gegenüber den hysterischen Jungen zu spielen. Nie hegte irgendjemand einen Verdacht.

Der Junge landete im Erziehungsheim. Es gab niemanden, der sich um ihn gekümmert hätte, und niemand wollte bei sich zu Hause einen Jungen haben, der finster und verschlossen war. Und auch ein wenig furchteinflößend. Im Heim gefiel es ihm. Viel besser als in seinem Zuhause.

Der Junge stieg schnell zum Führer einer dreißigköpfigen Horde von Halbstarken auf. Er manipulierte andere und konnte dank seines scharfen Verstands und seiner Wortgewandtheit Widerspruch zum Schweigen bringen. Anfangs musste er sich schlagen, aber er war zäh und stets hellwach. Man fürchtete und achtete ihn. Bald hatte er so viel Macht, dass er sich nicht einmal mehr nach Prügeleien sehnte. Es genügte, wenn man herrschte und die anderen sich unterordneten.

Es gelang ihm, den Leiter des Heims mit seinen Lügen einzuwickeln. Samuli Salmenkari sah im Wesen des Jungen, dass er mal ein Großer werden würde. Er betrachtete den Jungen als seinen Kompaniefeldwebel, der für Ordnung und Disziplin in der Truppe sorgte. Das stimmte auch. Salmenkari hatte es nie so einfach gehabt wie in der Zeit, als der Junge im Heim »Welle« lebte.

Als der junge Mann achtzehn wurde, verließ er das Heim. Es war für ihn eine Enttäuschung, dass die Außenwelt in ihm nicht den geborenen Führer erkannte und ihn nicht, ohne viel zu fragen, in die vorderste Reihe stellte. Außerdem empfand er die Arbeit eines Elektroinstallateurs, zu dem er sich mit Salmenkaris Hilfe hatte ausbilden lassen, als deprimierend eintönig.

Seine Leere versuchte er mit Spaziergängen durch die nächtliche Stadt auszufüllen. Er hatte sich in Kuopio niedergelassen. Dort traf er eine schöne und stets fröhliche junge Frau. Sie hatte Rouge auf den Lippen und Blau in den Augen. Sie kam zu ihm hin und verkündete schon am Tresen, sie sei zu haben. Sie brauche nur einen Drink und ein schönes Wort. Der junge Mann gab ihr einen Drink aus, einen zweiten und noch einen dritten. Als schönes Wort flüsterte er ihr »Macht« ins Ohr. Dieses Wort ließ das Mädchen kichern, und ihr Lachen spürte er als Liebkosung.

Der junge Mann verstand nicht, dass dieses Mädchen einen etwas leichtsinnigen Lebenswandel hatte. Er glaubte auf einen Menschen gestoßen zu sein, der sofort seinen Wert und seine Überlegenheit erkannt hatte. Gemeinsam würden sie die Zukunft bauen.

Sie gingen zusammen in die Wohnung des Jungen. Endlich hatte er nachts Gesellschaft. Das Mädchen tat alles, wovon er träumen konnte. Der Junge hatte das Leben gefunden.

Sie gingen eine Woche zusammen. Der junge Mann glaubte, dass er liebte, dass er gelernt hatte, jemanden zu mögen. In Wirklichkeit genoss er sein Überlegenheitsgefühl, das von dem Mädchen genährt wurde, und natürlich den Sex, den sie ihm bereitwillig bot.

Dann stürzte alles zusammen.

Der junge Mann sah, wie sein Mädchen mitten auf dem Markt von Kuopio einen anderen Mann küsste. Noch dazu einen schmuddeligen Kerl mit pechschwarzen Haaren und einem ungepflegten Bart. Der junge Mann folgte dem Paar und fluchte dabei vor sich hin: Scheißhure, verdammte.

Die beiden gingen in die Wohnung des Mädchens, die im Erdgeschoss lag. Der junge Mann lugte durch das Fenster hinein und sah, wie sie übereinander herfielen. Er lauschte neben dem geöffneten Lüftungsfenster, wie das Mädchen schrie: O Tuomas, Tuomas, sei mein Ritter. Tuomas erwiderte, das sei er doch, ob sie nicht seine gefällte Lanze spüre.

Dem jungen Mann wurde übel, während er lauschte.

Trotzdem blieb er stehen und wartete.

Tuomas ging erst am nächsten Morgen. Der junge Mann

folgte ihm durch den Wald bis zu einem verlassenen Haus.

Tuomas erwartete ihn im Flur. Er hatte bemerkt, dass ihm jemand nachgelaufen war, und stürzte sich auf ihn. In der Hand hielt er ein Messer mit schwarzem, eingetrocknetem Blut auf der Schneide. Der junge Mann konnte Tuomas das Messer wegschlagen, und es gelang ihm, seinen Kontrahenten an den Händen zu packen.

Tuomas war verblüffend stark. Sie rangen im Stehen miteinander, starrten sich an und schworen einander den Tod. Als er Tuomas in die Augen schaute, wusste er, dass sein Gegner so einer war wie er. In ihnen spiegelte sich dieselbe Leere und Ruhe. Sie waren beide Wölfe. Der Tod lag ihnen im Blut.

Der junge Mann gewann den Ringkampf wie durch ein Wunder. Es gelang ihm, Tuomas mit einer rostigen gusseisernen Bratpfanne auf den Kopf zu schlagen, der Griff brach von der Wucht des Hiebes ab. Tuomas stürzte bewusstlos zu Boden. Der junge Mann schnappte eine Weile nach Luft, suchte dann einen Strick und fand ihn. Er fesselte seinen Gegner.

Danach nahm er dessen Messer und betrachtete es. Das eigene erschien ihm besser.

Erst am Abend wachte Tuomas auf. »Irgendwie habe ich es erwartet, dass der Abgang so sein wird«, sagte er.

»Wer gefährlich lebt, der stirbt gefährlich«, antwortete der junge Mann.

Tuomas schwieg. »Wovon sprichst du?«

»Die du letzte Nacht gebumst hast, war noch vor dreizehn Stunden mein Mädchen. Oder das habe ich zumindest gedacht.«

Tuomas lachte. »Liisa gehört niemandem. Sie hat sich nicht einmal selbst unter Kontrolle. Sie ist eine billige Hure, die jeden Mann teuer zu stehen kommt, der bei ihr Gefühle investiert. Sie kommt, geht und lässt jeden ran. Ihre Beine öffnen und schließen sich öfter als die Drehtür im Warenhaus vor Weihnachten.«

Der junge Mann schlug zu. Er verteidigte nicht Liisa, sondern sich selbst.

Tuomas nahm den Schlag ganz ruhig entgegen. »Häng dich nicht an Liisa. Sie ist es nicht wert. Sie hat das Gleiche mit mir gemacht, als ich noch jung und unschuldig war. Sie hat mit meinem besten Freund gevögelt.«

Der junge Mann setzte sich hin.

»Nietzsche hat einmal gesagt: Durch Frauen werden die Höhepunkte des Lebens bereichert und die Tiefpunkte vermehrt«, sagte der junge Mann.

Wieder lachte Tuomas. Vielleicht glaubte er freizukommen. Oder vielleicht war er nur eins mit sich, seinen Taten und seinem Schicksal. »Wer bist du?«, fragte Tuomas.

»Warum?«

»Ein Mann darf doch wohl den kennenlernen, der ihn umbringt. Du hast nicht die geringste Absicht, mich freizulassen.«

Der junge Mann nannte seinen Namen. »Kein lebendiger Mensch darf wissen, dass ich ein Wolf bin, der seine Beute jagt.« Und das erste Mal in seinem Leben schüttete er sein Herz aus. Er erzählte von den Gräueln seiner Kindheit. Er erzählte einfach alles. Das fiel ihm leicht, Tuomas würde sein Wissen mit ins Grab nehmen.

Tuomas hörte zu. Als die Geschichte zu Ende war, begann er ungefragt seine eigene zu erzählen. Er erzählte von seinem Vater, von seinem Bruder Lauri und wie er von zu Hause weggelaufen war. Er erzählte, wie der Alte die ganze Familie im Griff gehabt, wie er getrunken und geschlagen hatte. Wie er ihnen die Haare geschoren, die Mutter verprügelt und immer für Chaos gesorgt und dadurch geherrscht hatte. Er erzählte, wie er immer verbitterter geworden war und schließlich versucht hatte, mit dem Baseballschläger in der Hand seinen Vater anzugreifen. Einmal habe er heimlich mitgehört, dass der Großvater von Tuomas seinen Sohn missbraucht hatte. Der Alte habe sich bei einem seiner Saufkumpane darüber ausgeweint. Vor seinem ersten Schlag hatte Tuomas dem Alten gesagt, er wisse davon, und angenommen, das würde ihn durcheinanderbringen. Aber ganz im Gegenteil. Der Alte hatte, ohne zu zögern, angegriffen, seinen Sohn halbtot geschlagen, ihn auf dem Waldweg liegen gelassen und erklärt, zurück könne er nur zum Sterben kommen.

Tuomas erzählte auch, er habe nach seiner Vertreibung ein unwiderstehliches und wachsendes Bedürfnis nach Gewalt verspürt. Er hatte Menschen in Kneipen, am Würstchenstand und schließlich sogar an der Kasse im Supermarkt provoziert. In der Regel sogar Männer, die größer waren als er.

Tuomas war in verlassenen Wohnungen gestrandet. Ohne Ausbildung bekam er keine Arbeit, und wenn, dann flog er in weniger als einer Woche wieder hinaus, weil er aufsässige Bemerkungen machte und randalierte. Er ertrug es nicht, wenn man ihn herumkommandierte oder ihm auch nur Hinweise gab. In einem Geschäft landete er noch mit der Ladenschürze direkt im Knast, weil er den Kaufmann mit einem gefrorenen Hähnchen übel zugerichtet hatte. Der Mann hatte nur gefragt, ob er bei der Arbeit mit Gefriergut nicht Handschuhe benutzen wolle.

»Schließlich ist mir ein alter Schulkamerad über den Weg gelaufen, der Jukka Rehu. Für den hatte ich mir seinerzeit den Beinamen Sukka Mehu, Sockensaft, ausgedacht, an dem er die ganze Oberstufenzeit zu knabbern hatte. Nun kam er also an und hat sein Maul aufgerissen, und ich hab ihm gesagt, dass er den Namen mir zu verdanken hat. Da ist er auf mich losgegangen, was mir nur recht war. Er hat jedoch einfach nicht aufgegeben, obwohl ich ihn so verdroschen habe, dass ich schon müde wurde. Der hat immer wieder zurückgehauen. Am Ende habe ich irgendwie das Messer, das du in der Hand hast, in die Finger bekommen und ihn abgestochen. Dann habe ich ihm noch zwei Socken ins Maul gestopft, nur so als Andenken, und ihn in den Kallavesi-See geworfen. Ich habe zugesehen, wie er davontrieb. In meiner Kindheit habe ich bei der Beerdigung meiner Oma ein Stück gehört, das oft gespielt wird. Es ist das Adagio g-Moll. Das hab ich da vor mich hingesummt. Irgendwie war das die Krönung der Geschichte.«

»Warum hast du das Messer aufgehoben.«

»Es erinnert mich an den Abend. Irgendwie hält es mich von Schlägereien fern«, erzählte Tuomas.

Der junge Mann nickte. Er verstand. »Du hast gesagt, dass du einen Bruder namens Lauri hast. Ist das der Polizeireporter?«

»Ja.«

»Er schreibt über Verbrechen, Morde und so etwas. Er schreibt gut«, erklärte der junge Mann.

»Er nutzt sein Talent anders als ich und du.«

»Was meinst du damit?«

»Er hat dasselbe erlebt wie wir. Die Hölle. Er ist zu noch viel Schlimmerem imstande.«

»Schreibt er deshalb über Verbrechen? Will er nahe dran sein und es spüren. Ist er so einer wie wir?«, fragte der junge Mann.

»Ich weiß es nicht. Zumindest hat er die Katze unseres Nachbarn getötet. Ich habe dabei durchs Schuppenfenster zugesehen. Er sah unheimlich aus, als er das getan hatte. Als wäre er in einer anderen Welt.«

Als der junge Mann wegging, zündete er das leerstehende Haus an. Die Flammen waren wunderschön anzusehen, aber er konnte leider nicht dableiben und zuschauen.

Tuomas war der einzige Mensch, dessen Tötung den jungen Mann im Nachhinein ärgerte. Vielleicht hätten sie zusammenarbeiten können. Auch Tuomas hatte an seine Tat zurückgedacht, so wie der junge Mann die Erinnerung an den Tod des Wolfes und seines Vaters hegte. Er und Tuomas hatten auf derselben Wellenlänge gelegen und eine gemeinsame Melodie gefunden, die der junge Mann nun bewahrte, indem er das Adagio ab und an vor sich hin summte. Er hatte es sich im Internet mehrmals angehört und verstand, warum Tuomas an dem Stück hing.

Es drückte eine düstere Endlichkeit aus.

An Liisa hätte sich der junge Mann schnell und endgültig noch am selben Abend gerächt, aber er konnte nicht. Das Mädchen war aus seinem WG-Zimmer verschwunden, als er zurückkehrte. In seiner eigenen Wohnung fand er einen Brief vor, in dem Liisa schrieb, sie habe Kuopio verlassen, aber nicht mitteilte, wohin. Einen Grund für die Trennung nannte Liisa nicht, aber das brauchte sie auch nicht. Der junge Mann wusste es längst. Es war Reue.

Am nächsten Tag benahm sich der junge Mann bei einer Kundin in Siilinjärvi schlecht. Als sein Chef Samu Seppälä am Nachmittag anmarschiert kam und anfing zu toben, brodelte es in dem jungen Mann. Seppälä brüllte, er würde immer die Elektrofirma Blitz repräsentieren, wenn er mit einem Auftrag einen Kunden aufsuchte. Bei den Besuchen war man nicht unfreundlich, und vor allem sagte man Kunden keine Unverschämtheiten ins Gesicht. Und selbst wenn es sich um eine dämliche alte Kuh handelte. Und es ginge gar nicht, wenn man ihr zwei Kabelenden zeigte, sie zusammendrückte und zischte, gleich kriegst du neuen Strom, verdammte alte Ziege, wenn du mich nicht in Ruhe arbeiten lässt. Man benahm sich anständig bei der Arbeit, weil sie bezahlt wurde. War das klar?

Der junge Mann hätte am liebsten rebelliert und Seppäläs Gezeter ein für alle Mal beendet, aber er hielt nur sein Messer fest in der Hand, beruhigte sich, nickte und versprach Besserung. Er murmelte sogar, dass es ihm leidtue und nie mehr vorkomme. Doch er vergaß die Demütigung nicht. Ihn erniedrigte man nicht. Der junge Mann nahm sich vor abzuwarten. Er machte seine Arbeit, er war sogar freundlich. Aber abends träumte er davon, seinen Chef zu erledigen.

Er wollte sich Seppälä in dessen Haus vornehmen. Das Zuhause war der Ort, in dem die Menschen sich in Sicherheit wähnten. Dort bliebe ihm Zeit, dem Mann eine gründliche Lektion zu erteilen.

Der junge Mann begann beim Joggen an Seppäläs Haus vorbeizulaufen. Der Mann war geschieden und wohnte allein in einem Haus mit hundertsiebzig Quadratmetern. Jedes zweite Wochenende hatte er die Kinder bei sich. Zwei noch nicht zehnjährige Mädchen, die Seppälä bestach, damit sie ihn liebten. In dem jungen Mann brachte diese Gefühlshurerei das Blut in Wallung. Immer war da ein neues Spielzeug, ein Kleidungsstück oder ein Pony, mit denen der Mann seine Kinder manipulierte. Seppälä war ein »guter Onkel«. Er berührte seine Kinder nicht, kaufte aber Vertrauen und scheinbare Zuneigung mit seinen Bonbons.

Nach drei Wochen beschloss der junge Mann, dass es an der Zeit war, Seppälä zu bestrafen. Am Nachmittag hatte er im Büro Seppäläs Schlüsselbund aus dessen Manteltasche herausgenommen und sich auf die Lauer gelegt.

Er stellte sich etwa zweihundert Meter entfernt an den Waldrand. Von dort schaute er mit dem Fernglas zu, wie Seppälä nach Hause kam, an der Tür auf seine Taschen klopfte, fluchte und zum Spielhaus ging und etwas herausholte. Danach kehrte Seppälä zum Haus zurück und öffnete seine Tür.

Am folgenden Morgen legte der junge Mann das Schlüsselbund unten in Seppäläs Garderobe.

Am nächsten Wochenende drang er mitten in der Nacht ins Haus ein. Alles war still. Seppälä schlief. Der junge Mann hatte sein Finnenmesser mit, das er immer bei sich trug. Es war für ihn ein heiliger Gegenstand, ein Fetisch. Wenn er die Finger auf den Griff legte, wurde er ganz ruhig und ausgeglichen. Er dachte an den Tod des Wolfes und des Vaters und gewann sein inneres Gleichgewicht zurück.

Vorher hatte er verschiedene Alternativen in Erwägung gezogen, wie er Seppälä umbringen könnte. Er wollte dem Mann eine Lehre erteilen und den Tod als Raubmord inszenieren. Da konnte man mehr Blut vergießen. Der junge Mann trug eine schwarze enge Mütze und Lederhandschuhe. Er wollte keine Spuren hinterlassen.

Es lief jedoch nicht alles wie geplant, als er in Seppäläs Schlafzimmer schlich und sein Messer zog. Er wusste, dass er seinem Chef überlegen war, wenn es zum Kampf kommen sollte. Seppälä war ein eins sechzig großes Arschloch, das gegen seinen einen Kopf größeren Untergebenen nichts ausrichten könnte. Vor allem, weil sich der junge Mann mehrmals in der Woche Kraft und Vitalität beim Hanteltraining holte.

Als der junge Mann sein Messer an Seppäläs Kehle drückte, wachte der auf. Er schaute seinem Untergebenen in die Augen und wusste noch vor dem ersten Wimpernschlag, dass er sterben werde. Im selben Augenblick hörte man von der Tür eine Stimme. »Vati, wer ist das?«

Der junge Mann kam aus dem Konzept. Die Mädchen sollten doch an diesem Wochenende nicht hier sein. Wieder gehen konnte er nicht, Seppälä hatte ihn erkannt.

Es gab keine Alternativen.

Als der junge Mann die Haustür hinter sich schloss, musste er sich erst vorsichtig die Umgebung anschauen. Niemand war zu sehen. Er ging in den Wald, auf einem Pfad durch ihn hindurch und stieg in sein Auto, das er am Ende des Waldweges abgestellt hatte.

Er befand sich in Trance. Der Tod der Mädchen erschreckte ihn nicht. Die Kinder waren wie die Babys, die er am Fuße des großen Steins begraben hatte.

Unschuldig und zu rein, als dass er es hätte genießen können. Der junge Mann geleitete sie schnell in den Tod. Aber Seppäläs Entsetzen führte ihn in höhere Sphären.

Seppälä hatte verraten, dass er eine Waffe besaß. Das war die Rettung. Mit ihr sah alles so aus, als wäre es Seppäläs Werk.

Zwei Tage später las der junge Mann in Suomen Sanomat einen Artikel von Polizeireporter Lauri Kivi darüber, wie ein erfolgreicher Unternehmer sich und seine zwei Töchter im Kuopioer Stadtteil Neulamäki erschossen hatte. Niemand fand jemals die drei kleinen Kreuze, die der junge Mann mit seinem Messer in die Betten der Toten geritzt hatte. Ihm war natürlich klar, dass er das nicht hätte tun sollen, aber er war darauf konditioniert, die Kreuze zu ritzen. Ohne sie blieb alles unvollendet. Es war, als würden sie dem Geschehen einen Abschluss und eine Berechtigung geben. Die Opfer hatten ihr Kreuz verdient und kamen so zur Ruhe. Die Kreuze verdeckten die Taten und Sünden des Vaters.

Der junge Mann hatte extremen Genuss empfunden, als er in die Augen des Vaters schauen durfte, der um seine Familie Angst hatte. Er konnte im Entsetzen eines anderen Menschen schwelgen. Ihm wurde klar, dass er ein Bote der Grausamkeit war. Er las noch mehr Philosophen und fand besonderen Gefallen an Nietzsche. Was sagt dein Gewissen? Du sollst der werden, der du bist. Das war ein Satz von Friedrich Nietzsche, um den herum der junge Mann seine Identität aufbaute. Er wollte sich nicht betrügen, er wusste, dass er dazu nicht fähig wäre. Er musste der Wolf sein dürfen, der er war.

Der junge Mann verstand, dass die Gesellschaft ihn für krank hielt, sogar für wahnsinnig, aber seiner Ansicht nach war er nur ehrlich, wenn er sich selbst verwirklichte.

Als er sehr viel später seine Morde fortsetzte, hatte er eine Methode entwickelt, zuerst die Kinder in seine Gewalt zu bringen und mit ihnen Vater und Mutter zu erpressen. Das beruhigte die Eltern. Er schaffte es, dass die Eltern einander fesselten, dass sie schwiegen, ihren hysterischen Nachwuchs beschwichtigten und alles Mögliche taten. Und weil er die Väter als die Schuldigen inszenierte, tötete er sie als Erste. Es genügte, wenn es wie Selbstmord aussah. Die Mutter konnte man fesseln, weil es so aussah, als hätte es der Vater getan. Es schadete nicht, dass am Leichnam Spuren zurückblieben.

Die Kinder zu töten war für den jungen Mann ein notwendiges Übel. Deshalb erledigte er sie immer rasch und sauber. Er führte sie zur Erlösung und in die Obhut von Jesus.

Genau wie es sein Vater mit den Babys getan hatte.

Nach Seppälä machte er eine Pause. Er war sich nicht sicher, ob er nach seinen Taten ohne Strafe davonkommen würde. Es könnte gut sein, dass er einen Fehler begangen hatte, der ihm nicht einmal im Nachhinein aufgefallen war. Außerdem genügte es ihm, sich an die Ereignisse zu erinnern, um die Wollust wieder zu wecken. Er war imstande, das Geschehen wieder und wieder zu erleben. Er brauchte neue Morde nicht so dringend, dass er sie in Angriff genommen hätte.

Er setzte das Leben eines einsamen Wolfes fort, ging arbeiten und las. Er wollte sich selbst verstehen. Seiner Ansicht nach war er ein Übermensch, der nur darauf wartete, dass die anderen ihn dazu erhoben. Salmenkari und die Jungen im

Heim hatten es immerhin begriffen und ihn auf einen Sockel gestellt. Es war nur eine Frage der Zeit, bis der Rest der Welt ihnen folgen würde.

Im Laufe der Jahre wurde der Hunger immer größer. Er tat jedoch nichts. Er fürchtete, gefasst zu werden, und fortan war die Enthaltsamkeit Teil seines Lebens. Auf seine Weise genoss er den Mahlstrom, in dem er sich befand.

Dann bekam der junge Mann einen Anruf von Liisa. Die Frau wollte sich versöhnen. Sie erzählte, sie sei verlobt, schwanger und früher etwas zu unachtsam gewesen. Sie warnte ihn vor Geschlechtskrankheiten und forderte ihn auf, Tests machen zu lassen.

Der junge Mann ließ sie nicht machen. Irgendwelche schmutzigen Krankheiten würden sich bei ihm nicht einnisten. Stattdessen reifte in ihm eine Idee. Er beschloss, sich an Liisa zu rächen. Erst würde er ihre Familie wachsen lassen und dann dafür sorgen, dass Liisa allein zurückblieb.

Sechs Jahre später ermordete der Mann Liisas Familie. Danach konnte er sich nicht mehr bremsen. Die Ermordung der Perhos befriedigte ihn nicht so wie die der Seppäläs. Das Töten ließ ihn kalt, weil Marko Perho sich ergab. Der Mann ließ den Tod kommen wie einen Traum. Wie eine langerhoffte Erleichterung.

Es begann eine Serie, deren Tempo zunahm. Im Laufe der nächsten anderthalb Jahre tötete er eine Familie in Kontiolahti, in Toivola und schließlich in Kallio. Er fand darin Erfüllung, aber aus irgendeinem Grunde erlosch die Lust mit jedem Mal schneller. Deshalb musste er immer mehr bekommen, und das immer schneller. Er begriff, wie hoch das Risiko war, gehorchte aber dennoch seiner Obsession. Er verwirklichte seine eigene Natur und strebte nicht danach, vor ihr oder der Wirklichkeit zu fliehen. Du sollst der werden, der du bist.

Lauri Kivi schrieb über all seine Taten. Der Killer vertiefte sich immer zuerst in Kivis Artikel, obwohl er natürlich alles las, was über die Fälle berichtet wurde. Der Grund für diese Vorliebe bestand vielleicht darin, dass er insgeheim hoffte, Kivi sei der Mensch in der Welt, der ihn verstand. Vielleicht würde Kivi ihn auf das Siegerpodest heben, auf das er gehörte.

Auf jeden Fall schätzte er Kivis Arbeit. Der Mann schrieb die Artikel analytisch und ohne Sentimentalitäten. In seinen Kommentaren erlaubte er sich etwas mehr Subjektivität, aber auch in ihnen gab es immer einen springenden Punkt. Kivi kannte sich auch in der Geschichte aus, und was das Beste war: Er kannte Nietzsche. Kivi wurde der Vertraute des Killers.

Als Liisas Familie tot war, suchte der Killer Kontakt zu der Frau. Er wollte sich mit ihr unterhalten und die Früchte seiner Rache sehen und spüren. Dass Liisa in ihm eine Stütze finden würde, hatte er nicht geplant. Ihre erste Begegnung sollte eigentlich auch die einzige bleiben, doch danach rief Liisa mehrmals an. Sie trafen und unterhielten sich, und am Ende bemerkte sie, dass sie sich in den Mann verliebt hatte, der imstande gewesen war, sich ihre traurige Geschichte viele Male anzuhören. Liisa bat für ihr Fortgehen um Verzeihung, und der Mann tat so, als würde er ihr verzeihen.

Schließlich hörte der Mann aus Liisas Mund jene Worte, die er nun allmählich schon vorausgeahnt hatte. »Du bist ein ungewöhnlich guter Mann. Sauli Ahjo, würdest du zu mir ziehen? Ich pfeife darauf, was die anderen denken, du hilfst mir, das alles durchzustehen.«

Sauli war einverstanden gewesen. Mit Freuden natürlich.

Nach seinem Umzug log Sauli, er habe seinen Arbeitsplatz gewechselt, obwohl er gekündigt hatte. Er lebte von Liisas Geld und von den Ersparnissen, die er dank seiner asketischen Lebensweise angesammelt hatte. Er gab vor, Berater zu sein, der viel unterwegs war. In Wirklichkeit suchte er Ziele, belauerte Menschen, plante und brachte sie um. Er ging immer auf Tour, wenn die Unruhe unerträglich wurde und er anfing Liisa anzuschnauzen.

Der zweite Grund für Saulis Kündigung bestand darin, dass es ihm zunehmend schlechtging. Er schaffte seine normale Arbeit nicht mehr, musste sich oft übergeben, hatte Durchfall und Fieberanfälle. Zum Arzt ging er jedoch nicht. Er wollte nicht, dass ihn irgendjemand untersuchte. In Tallinn holte er sich Antibiotika, weil er annahm, dass sie helfen würden. Dennoch verlor er allmählich seine Handlungsfähigkeit. Nur die Morde und deren Planung ließen das Adrenalin so strömen, dass er sich konzentrieren konnte.

Seine Ziele wählte Sauli nach dem Verhalten der Väter aus. Er ging in Einkaufszentren, Warenhäusern und Menschenansammlungen umher. Wenn irgendein Vater sein Kind anschrie oder gar am Arm zerrte, folgte Sauli ihm. Falls er den Eindruck gewann, dass der Mann sich ständig so verhielt und zu Hause Gewalt anwendete, war seine Wahl getroffen. Saulis einziges Kriterium bestand darin, dass er Familien suchte, in denen es nur Mädchen gab. Er konnte Jungen nicht töten, das hätte sich wie Selbstmord angefühlt, was seiner Ansicht nach die verabscheuungswürdigste und armseligste Tat war. Sein Vater hatte die Jungen verschont, hatte ihn verschont.

In Kontiolahti beobachtete er Petri Huovinen zwei Wochen lang vor Weihnachten. Der Mann schrie seine Familie an, war verschlossen und schlug seiner älteren Tochter einmal auf den Kopf. Huovinen hatte den Schlag als Versehen getarnt, aber Sauli sah, dass es Absicht war. Sauli wünschte sich für Huovinen eine Spezialbehandlung. Also warf er in dessen Briefkasten eine Annonce von einem Weihnachtsmannservice. Das war ein Köder, und Huovinen biss an. Er rief an, und

Sauli versprach zu kommen. Unter der Verkleidung rüstete er sich mit einem Messer und einer Handfeuerwaffe aus. Die Sig Sauer war eine wunderbare Pistole. Ehemals hatte sie seinem Vater gehört. Mit ihr würde Sauli trotz seines schlechten Zustands die Herde im Zaum halten, wenn sie versuchte durchzugehen. Sauli spürte ein Kribbeln, als er in seinem perfekten Weihnachtsmannkostüm die Wohnung betrat und fröhlich fragte: »Gibt es hier artige Kinder? Der Weihnachtsmann hat für euch alle eine Überraschung, an die ihr für den Rest eures Lebens denken werdet.«

Nach der Aktion in Kontiolahti beschloss Sauli, zum Arzt zu gehen. Er wäre mit Petri Huovinen nicht fertig geworden, wenn der Widerstand geleistet hätte. Zum Glück hatte Huovinen solche Angst um seine Kinder gehabt, dass er gefügig geblieben war. Als alles vorbei gewesen war, hätte Sauli fast einen Fehler begangen.

In seiner Aufregung hätte er beinahe die Telefonnummer des Weihnachtsmanns liegenlassen. Er machte an der Tür kehrt und holte seine Annonce. Mit der wäre die Polizei ihm auf die Spur gekommen. Er löschte die Nummer auch auf Petri Huovinens Handy.

Im Schlafzimmer hatte er einen im Geschenkesack mitgebrachten Weihnachtsmannmantel gelassen. Es war der gleiche wie der, den er selbst getragen hatte. Mögliche Faserproben würden übereinstimmen, und es sähe so aus, als hätte Huovinen selbst vor seinen Kindern den Weihnachtsmann gespielt. So würde die Polizei nicht allzu lange nach einem eventuellen Weihnachtsmann suchen, selbst wenn Huovinen irgendjemand von dem bestellten erzählt hatte.

Als die Polizei Sauli trotz alledem zwei Wochen später anrief und fragte, warum Petri Huovinen ihn eine Woche vor Weihnachten angerufen hatte, behielt Sauli die Nerven. Es sei um Dinge gegangen, die mit seiner Arbeit zusammenhingen, hatte er gelogen. Huovinen habe ihn nach Notstromsystemen gefragt und er es ihm als ehemaliger Elektriker erklärt. Zu seinem Glück hatte er Petri über seine Arbeit reden lassen, bevor er ihn umbrachte. Die Information über die Anschaffung eines Systems war nun seine Rettung. Außerdem tat es gut, dem Opfer mit dem Gespräch über Unwichtiges den Eindruck zu vermitteln, die Lage werde sich allmählich beruhigen. Umso süßer war das Gefühl, wenn das Opfer erneut von Entsetzen gepackt wurde.

Die Polizei kam niemals darauf zurück. Offensichtlich waren sie Huovinens Verbindungsdaten durchgegangen, ohne die Hintergründe genauer zu untersuchen. Wenn man festgestellt hätte, dass ein Mann, der bei einem überlebenden Opfer der Familientötung von Kaavi wohnte, mit dem Täter der Familientötung von Kontiolahti eine Woche vor dessen Tat gesprochen hatte, dann hätte es auch bei einem Bullen, der nicht der schnellste war, geklingelt. Und dann hätte man Sauli noch einmal und schließlich bis zum bitteren Ende vernommen. Zu seinem Glück sah die Polizei den Fall als geklärt an, noch bevor sie überhaupt angefangen hatte, ihn zu untersuchen.

Nach Neujahr ging Sauli zum Arzt. Zunächst wurde festgestellt, sein Allgemeinzustand sei geschwächt. Dann begann man mit den Untersuchungen. Es wurde Blut entnommen und geröntgt und dies und jenes vermutet. Nach dem Röntgen schickte man ihn zum MRT. Danach waren die Schwestern nicht bereit, ihm irgendetwas zu sagen. Sie gaben keinen Ton von sich, obwohl sie noch vor der ersten Aufnahme so herumgeschnattert hatten, dass es ihm auf die Nerven gegangen war. Da ahnte Sauli schon etwas, und als zwei Ärzte auf dem Flur vor seinem Zimmer tuschelten und sich uneins waren, wusste er, dass er etwas Größeres hatte. Schließlich kam nur die eine Ärztin, eine etwa vierzigjährige Frau, in das Zimmer. Sie schloss die Tür ungewöhnlich sorgfältig, räusperte sich und schaute Sauli an.

»Es tut mir leid, aber du hast Lymphdrüsenkrebs, der sich schon sehr weit ausgebreitet hat. Es ist …«

Sauli erstarrte nicht, etwas Ähnliches hatte er erwartet. »Wie lange bleibt mir noch?«

»Schwer zu sagen. Ich würde schätzen, ein Jahr. Der Krebs wurde durch das HI-Virus verursacht. Die Krankheit ist weit fortgeschritten, überraschenderweise ohne schlimmere Symptome. Jetzt wäre es äußerst wichtig …«

Mehr hörte Sauli nicht. Er reagierte wie auf einen Schnupfen, obwohl in ihm ein großes Durcheinander herrschte. Sauli war wütend auf sich selbst. Aber noch mehr auf Liisa. Die Hure hatte ihn, Sauli Ahjo, mit der Affen- und Homokrankheit angesteckt. Da konnte die Ärztin sagen, was sie wollte, das war der wahre Charakter dieser Krankheit. Es waren die Nieren der Menschheit, die diese Schlacke ausspülten. Homos und Junkies. Und jetzt steckte diese abscheuliche Seuche in Sauli. Das war ungerecht. Es war unangemessen und widernatürlich, dass solch eine Krankheit einen Aristokraten wie ihn befiel. Offensichtlich würde er jedoch in einem Jahr an Krebs und nicht an dem Virus sterben. Das erleichterte ein wenig, half aber nicht gegen die Todesangst.

Sauli erhielt eine Überweisung und reiste für weitere Untersuchungen nach Helsinki. Er hatte nicht geplant, jemanden umzubringen, musste aber eine Ausnahme machen. Hauptwachtmeister Virtanen hatte sich ihm gegenüber arrogant und misstrauisch verhalten. Sauli hatte mit seinem Wagen die Hauptuntersuchung verpasst, deswegen hatte Virtanen ihn angehalten, als vergesslichen Ignoranten verspottet und zur nächsten Prüfstelle begleitet. Aber Sauli konnte es nicht leiden, wenn sich Polizisten ihm gegenüber so aufspielten. Seine Freude war groß, als er feststellte, dass Virtanen nur Töchter hatte.

Zwei Nächte später stattete Sauli den Virtanens einen Besuch ab. Er schlich in das Zimmer der älteren Tochter und stellte unter ihr Bett ein Paket mit einem roten Licht. In der Hand hielt er eine Fernbedienung mit der gleichen LED. Als Elektriker war es für ihn kein Problem, es so aussehen zu lassen wie eine Bombe. Er weckte das Mädchen, hielt ihr den Mund zu und flüsterte, sie solle still sein. Das Mädchen nickte. Danach fesselte Sauli sie an ihr Bett. Das Gleiche machte er mit der kleinen Schwester.

Diesen Anblick führte er Kyösti Virtanen vor. Der Mann verhielt sich daraufhin ruhig. Als Sauli ihn im WC des Hauses umbrachte, flüsterte er ihm zu, er habe nur eine Bombenattrappe unters Bett gestellt. Von Sprengstoff verstehe er nichts.

Als Sauli ins Schlafzimmer zurückkehrte, hatte die Ehefrau, die er zuvor gefesselt hatte, sich befreit und fingerte am Telefon ihres Mannes herum. Sie konnte noch in das Handy sagen: »Hilfe, Kyösti ist, die Mädchen sind, o Gott, jetzt kommt er …« Sauli brachte die Frau schnell zum Schweigen. Er musste in den Wald fliehen. Als Sauli in sein Auto stieg, sah er die Blaulichter. Beinahe hätte man ihn gefasst. Das erregte ihn nur noch mehr.

Sauli kehrte nach Hause zurück. Die Behandlungen hatte er ganz vergessen, und das war auch richtig so. Er würde auf jeden Fall sterben und akzeptierte das. Jetzt war er wieder locker und ertrug Liisa. Sie renovierten das Haus weiter und redeten über Liisas Trauer.

Dass er abgenommen hatte, konnte Sauli nicht verbergen. Deshalb tat er so, als mache er eine Diät. Seine Krankheit hielt er immer noch geheim. Wenn Liisa von ihrer eigenen nichts wusste, würde Sauli es ihr nicht sagen. Dann würde sie ja noch mehr leiden.

Zu Hause erzählte Liisa, dass sie den kleinen Bruder von Tuomas, Lauri Kivi, treffen würde, der Polizeireporter bei Suomen Sanomat war. Kivi wollte Liisa zu dem Familienmord interviewen. Sauli war begeistert. Das Glück wandte sich ihm wieder zu. Endlich würde er Lauri Kivi treffen. Vielleicht könnte er mit ihm kooperieren. Vielleicht würde der Mann Sauli verewigen und im besten Fall auf dem von ihm gewiesenen Weg weitermachen.

Anfangs war Kivi eine einzige Enttäuschung. Der Mann wirkte wie ein ganz normaler Journalist, der nicht den Schneid seines Bruders Tuomas besaß. Diese Flasche war ungefährlich und öde. Sauli saß mit mürrischer Miene mit am Kaffeetisch und flüchtete sich dann zuerst in Reparaturarbeiten und schließlich hinaus ins Freie. Er fluchte. Er hätte am liebsten gewichst oder getötet.

Sauli marschierte in Richtung Stall. Dort hing ein Sandsack. Im Vorübergehen warf er einen Blick in Kivis Auto und blieb stehen. Auf dem Beifahrersitz lag ein Bild. Es war die Zeichnung, die Sauli in Kontiolahti ein wenig bearbeitet hatte. Kivi war ihm also auf der Spur. Nur ein Wolf könnte in diesen Fällen den anderen wittern. Die Polizei hielt die Taten lückenlos für Einzelfälle und Tragödien ohne Verbindung zueinander.

Kivi könnte also doch ein Raubtier sein. Und selbst wenn nicht, würde er Sauli verstehen und eine glänzende Story über ihn schreiben, vielleicht sogar ein ganzes Buch. Der Artikel könnte anonym veröffentlicht werden, etwa so, wie die Geschichte über den Chef einer Gang, die Kivi vor einem Jahr geschrieben hatte. Sauli zog schnell den Stromverteiler heraus und hoffte, dass Kivi nichts von Autos verstand. So würde

Sauli mehr Zeit mit dem Mann gewinnen, wenn er ihn nach Outokumpu brächte.

Auf dem Hof und während der Fahrt provozierte er Kivi, schaffte es aber nicht, dass der die Selbstbeherrschung verlor. Am Ort des Unfalls wusste Sauli jedoch, dass er die richtige Ahnung gehabt hatte. Er war zum Auto des Jünglings mit der Wollmütze geschlichen und sah, wie Kivi den Mann anschaute. Der Gesichtsausdruck verriet sein Innerstes. Kivi wollte töten. Er war begierig auf Bluttaten und auf den Genuss, wenn das Leben aus dem Opfer entschwindet, den Mörder durchdringt und ihm den Himmel schenkt.

Lauri Kivi war ein Wolf. Da war sich Sauli sicher.

Es war für ihn eine Enttäuschung, dass Liisa Kivis Auto zurückgebracht hatte. Sauli wollte Kivi unbedingt noch einmal treffen, aber die Krankheit raubte ihm die Kraft, und er legte sich nur kurz hin. In der Zeit schnappte sich Liisa die von Rami zurückgebrachten Autoschlüssel und schaffte den Wagen in Kivis Hotel. Sie hatte Sauli nicht wecken wollen, sagte sie zur Begründung. Sauli war nichts anderes übriggeblieben, als Kivi nach Helsinki zu folgen. Er stand im Park hinter Bäumen und sah, wie die Polizei den Redakteur aus seiner Wohnung holte. Kivi hatte also von seinem Verdacht erzählt und wurde nun geschützt. Das war ärgerlich, denn Sauli wollte Kivi einen Besuch abstatten, um sich mit ihm zu unterhalten. Sauli kochte vor Wut. Er hätte in Kaavi ernsthaft mit Kivi reden müssen. Weil der verzweifelte Sauli vermutete, dass man ihn sowieso bald fassen würde, ließ er sich dazu treiben, noch eine Familie zu ermorden. Der Familienvater hatte seine Tochter auf einem Spielplatz in Kallio dreimal geschlagen, während Sauli auf einer Parkbank über seine Lage nachgedacht hatte. Als Folge der Gewalt war sogar der Schlüssel, den das Kind um den Hals trug, in den Sandkasten geflogen.

Obwohl Sauli den Schlüssel hatte und damit den Zugang

zur Wohnung, ging die Sache schief. Die Eltern stürzten sich auf ihn, und er musste schießen. Er hatte Glück und traf beide, drückte dem Vater die Pistole in die Hand, machte seine weißen Kreuze und verließ fluchtartig die Wohnung in Kallio. Er war gar nicht sicher, ob man die Sache so interpretieren würde, als hätte der Vater die Familie und sich getötet oder als wäre sie von einem Mörder umgebracht worden, aber das war auch kaum noch von Bedeutung, weil Kivi seine Theorie der Polizei verriet.

Zwei Tage später las Sauli in Suomen Sanomat, dass er überstürzt gehandelt hatte. Die Polizei war zu Kivi gekommen, um ihn festzunehmen. Sie hatten ihn als Täter in Verdacht. Doch Sauli hatte ihm mit seinen Kreuzen ein Alibi geliefert.

Es überraschte Sauli, wie sehr der Fall im Blickpunkt der Öffentlichkeit stand. Er hatte im Verborgenen agiert, doch das Aufsehen schmeichelte ihm. Es hob ihn in den Vordergrund. Man fürchtete und achtete ihn. Das war ein großartiges Gefühl, selbst wenn seine Identität nicht bekannt war. Und Kivi erwies sich als ebenbürtiger Gegner. Er hatte keine Angst, sondern griff an.

Sauli las auch alle anderen Artikel über seinen Fall und vertiefte sich dann in die Chatforen. Dort fürchtete man ihn. Das war ein Fest für ihn.

Sauli hatte beschlossen, Kivi zu treffen. Er drang in die Wohnung des Mannes ein. Mit dem Dietrich war das einfach. Die Anleitung aus dem Netz und dann hinein. Sauli hatte die Kunst schon vor Jahren nach dem Fall Seppälä gelernt. Nicht immer stand ein Ersatzschlüssel zur Verfügung.

Kivis Wohnung bestätigte Saulis Schlussfolgerungen. Sie war genau so wie seinerzeit seine Single-Bude: äußerst spartanisch. Kivi hielt sich zurück. Er sammelte keine mit Gefühlen verbundenen Gegenstände, weil so gut wie nichts etwas bedeutete. Sauli untersuchte die Wohnung und fand ein Foto von Kivi, einer Frau und einem Baby. Er vermutete, dass es sich bei der Frau um Paula, Kivis Ehefrau aus der Jugendzeit, und bei dem Baby um die Tochter Aava handelte, die sich mittlerweile in der großen Welt als Popsternchen in Szene setzte.

Liisa hatte Sauli alles erzählt, was sie über Lauri Kivi wusste. Sie war von ihm ausgefragt worden, als er hörte, dass der Mann zu ihnen kommen werde. Liisa wusste auch überraschend viel. Sie hatte sogar richtig ermittelt, wohin Paula mit ihrer Tochter verschwunden war. Angeblich wussten nur wenige die Wahrheit. Zum Glück kannte Liisa Paulas Kindheitsfreundin Hiltsu. Die hatte nach ein paar Cider alles verraten. Sie wusste sogar, wo Aava und Paula wohnten.

Sauli beschloss, Lauri eine Sonderbehandlung zu gewähren. Er würde den Wolf von seinen Fesseln befreien. Er würde dessen Exfrau und Tochter töten. Sauli holte seinen Farbstift heraus und markierte die Ziele auf dem Foto. Das Schubfach ließ er absichtlich offen, damit Kivi das Bild fand.

Paula Kelo war jedoch nicht zu Hause. Und auch die Tochter trieb sich irgendwo in der Welt herum. Sauli wartete, aber Paula kehrte nachts nicht nach Hause zurück. Am nächsten Tag beschloss Sauli, kurz bei Kivi vorbeizuschauen. Aber auch der war nicht nach Hause gekommen. Sauli ging essen.

Als er gegen Mitternacht zu Paula Kelos Wohnung zurückkehrte, war auch Kivi schon da. Da blieb ihm nichts weiter übrig, als den Mann auf eine falsche Fährte zu locken. Als Sauli wegging, pfiff er das Adagio g-Moll. Das deutete auf Tuomas hin. Kivi würde glauben, sein Bruder sei noch am Leben und der Mörder.

Liisa hatte von der Karte mit dem Beileid erzählt. In Wirklichkeit stammte sie von Sauli. Er wollte Liisa einen später erkennbaren Hinweis geben, dass der tiefste Grund für die

Ermordung von Liisas Familie darin lag, dass sie mit Tuomas geschlafen und ihn betrogen hatte.

Misserfolge waren Sauli nicht vertraut. Vor allem nicht, sie einzugestehen. Sauli überlegte, was er tun sollte. Er beschloss, in Kivis Wohnung zurückzukehren, um seinem Gegner gegenüberzutreten, mit ihm zu reden und die Möglichkeiten zu erkunden, dass der talentierte Mann ihn mit seinen Worten verewigte. Er beobachtete durch das Fenster der Wohnung den Parkplatz und wartete. Als er Kivi mit zwei Männern kommen sah, vermutete er, dass es sich um Polizisten handelte. Sie schützten den Redakteur nach den Ereignissen der letzten Nacht. Sauli leerte den oberen Schrank, stopfte den Inhalt in den unteren und kletterte hinein. Überrascht stellte er fest, wie gut er hineinpasste. Er hatte noch mehr Gewicht verloren als angenommen. Und er fühlte sich auch nicht besonders.

Die Polizisten zu erschießen erwies sich als einfach. Sie waren nicht darauf gefasst gewesen. Kivi hingegen gelang es, ihm ein Bein zu stellen. Zum Glück hatte der Journalist ihn nicht erkannt. Um ein Haar wäre er gefasst worden. Er hatte es mit Müh und Not geschafft, bis zur Metrostation zu rennen.

Drei Stunden später kehrte Sauli nach Puotila zurück, wo Kivi wohnte. Er ging bewusst das Risiko ein, denn er wollte wissen, wohin Kivi fahren würde.

In der Gegend wimmelte es von Polizisten. Mutig saß er in seinem Auto und sah, wie Kivi mit einer Frau herauskam. Das war dieselbe Nutte, die Sauli während seiner Flucht im Treppenhaus entgegengekommen war. Aha, hatte Kivi also eine Hure. Schön. Da Sauli nicht mehr an Paula herankam, hatte er nun ein neues Ziel. Sauli folgte Kivi und der Frau mit dem wiegenden Gang bis zum Hotel. Kivi ließ er in aller Ruhe weiterfahren, weil der die vermeintlich unauffälligen Beschatter von Amts wegen im Schlepptau hatte.

Eine halbe Stunde später kam die Frau aus dem Hotel heraus. Vielleicht ergriff sie die Flucht. Womöglich ertrug sie es nicht, dass in der Wohnung ihres Lovers tote Polizisten lagen. Sauli fuhr an sie heran und versuchte sie mit seiner Sig Sauer zu sich ins Auto zu locken. Die Frau kam zur Tür des Wagens, aber als sie Saulis Waffe erblickte, geriet sie in Panik und rannte schreiend davon. Sauli blieb nur ihr Schal, den er noch in der Hand hielt. Immer mehr Menschen strömten herbei, so dass er Gas geben und sich davonmachen musste. Eine Sache hatte er jedoch bemerkt. Den Hals der Frau zierten gewaltige blaue Flecke. Sauli wollte in ihnen Lauri Kivis Fingerabdrücke sehen. Der Mann stand schon an der Grenze, Sauli brauchte ihm nur noch einen leichten Stoß zu geben.

Die Zeit arbeitete unausweichlich daran, dass Sauli gefasst wurde. Er steuerte das vornehme Domizil von Aava Kelo alias Ocean an. Nach seinem Misserfolg am vorhergehenden Abend wurde die Frau sicher bewacht, aber Paula Kelo befand sich in der Obhut der Polizei, Kivi war außer Reichweite, und Kivis Nutte war Sauli buchstäblich durch die Lappen gegangen.

Sauli parkte seinen Wagen an der letzten Kurve vor dem prächtigen Tor der Sängerin. Er überlegte, was er tun sollte, als Kelo in Laufkleidung aus der Pforte ihres Palastes herausgerannt kam. Wusste die Frau nichts von Saulis Drohung, oder kümmerte sie sich nicht darum? Das war schon zu einfach. Plötzlich kam durch das Tor auch ein zwei Meter großer Bodybuilder gejoggt und folgte der kleinen Nutte. Das machte die Lage etwas schwieriger.

Er begriff, dass er nun doch trotz des Leibwächters seine Chance bekommen hatte. Also folgte er ihnen. Er musste schnell handeln, denn in seinem Zustand würde er es nicht lange aushalten, der Sängerin und ihrem Beschützer hinterherzurennen.

Sauli wählte die geradlinige Strategie. Er folgte dem Bodyguard, schloss zu ihm auf und schoss ihm aus dem Lauf in den Hinterkopf. Der Mann wischte sich über den Schädel wie bei einem Mückenstich, machte noch ein paar schwankende Schritte, sackte dann zusammen und fiel aufs Gesicht. Sauli erinnerte sich an den Elch, den der Wolf in jener Frostnacht getötet hatte, in der Sauli anfing, sich zu verstehen. Auch das Tier hatte noch einen Augenblick geschäumt, obwohl es schon tot war. Die letzte Reise des Sicherheitsmannes wirkte wie eine Variation jener Nacht. Er konnte jedoch nicht verweilen und den Anblick genießen, denn Aava Kelo stand ihm gegenüber. Die Pophure schaute auf den Lauf der Waffe und hob langsam die Hände. Das Mädchen war jedoch nicht vor Entsetzen wie gelähmt, sondern wog ihre Chancen ab und stellte schließlich fest, dass sie gering waren.

Am nächsten Tag las Sauli in Suomen Sanomat eine unverschämte Schmähung. Verdammt, was für eine Scheiße. Er sollte angeblich angstvoll und impotent sein. Er. Der Übermensch Ahjo.

Sauli stand vor Aava Kelo und ballte die Fäuste. Sollte er sie töten? Allerdings hatte er ja beabsichtigt, mit dem Mädchen Kivi zu sich zu locken und danach zur Zusammenarbeit zu bringen. Der Anfang war immer schwierig, aber auch unnötig schwierig, falls er als Erstes die Tochter seines Zielobjekts tötete. Vor allem, da Kivi auch seiner ehemaligen Frau zu Hilfe geeilt war. Er interessierte sich also zu sehr für sie. Insofern war es nur gut, dass es Sauli nicht gelungen war, Paula Kelo zu töten. Sauli war stolz auf sein rationales Verhalten. Er begriff, dass Kivi als Verfasser des Lebenslaufs von Sauli Adolf Ahjo perfekt geeignet war. Der Titel des Werkes würde lauten: Der Wolf.

Sauli holte aus der Toilette eine Schere und schnitt das Haar der jungen Frau ab, die stumme Wut ausstrahlte. Als die

Arbeit beendet war, schlug er dem Mädchen auf den Hinterkopf und legte ihr die Zeitung auf die Brust.

Er knipste ein Foto und schickte es Kivi.

TEIL VI

Was soll das Böse töten, wenn nicht das Böse selbst

Sank matt auf deiner Seele Grund,
du trugst bittre Fragen im Mund,
so wie einst auch ich,
wie ist es, als Hund da draußen
übern trauten Hof zu sausen,
zufrieden und frisch.

Doch graut der Morgen hinterm Haus,
ziehst du leicht ums Herz zur Jagd hinaus,
ziehst wieder los, und das schon bald.
Bäume blühn herrlich ringsumher,
Zweige sich biegen unter Dolden so schwer,
und du siehst das Blau im Wald.

Gut hat's der Wolf, mein liebes Kind.
Weil seine Augen stets scharf sind,
späht er hinaus in dunkle Nacht.
Über dir, Wolf, strahlt hell ein Stern.
Findst deinen Weg in nah und fern.

Auszug aus Aale Tynnis Gedicht »Seidenkopf«
Aus dem Gedichtband Soiva metsä
(Der klingende Wald, 1947)

Lauri musste Abstand zu Moilanen halten. Er müsste sich aus dem Staub machen, bevor die KRP da war. Dann käme er nicht mehr weg. Die Verhöre würden Stunden, vielleicht den ganzen Tag dauern. Außerdem müsste er Liisa warnen.

Lauri wollte Sauli Ahjo Einhalt gebieten, bevor er noch mehr Böses tun oder gefasst werden konnte.

Er müsste nach Kaavi fahren. Irgendwann würde Ahjo dort eintreffen. Wahrscheinlich auf direktem Wege. Liisa war Krankenschwester und könnte eine Schusswunde versorgen. Zumindest könnte sie einschätzen, was damit getan werden müsste. Das alles setzte aber voraus, dass der Mann imstande war zu fahren. Den Hof hatte er lebendig verlassen. Also konnte es sich nur um eine oberflächliche Wunde handeln.

Lauri musste also jetzt losgehen. Er wollte, dass Aava in der Obhut der Polizei blieb.

Sie saß immer noch mit geschlossenen Augen da und bemühte sich mit aller Macht, die Erinnerungen der letzten vierundzwanzig Stunden von sich fernzuhalten. Lauri kam das wie leichter Selbstbetrug vor, aber das war egal, wenn es funktionierte.

»Aava.«

Die Tochter öffnete die Augen, als Lauri sie ansprach. Sie schreckte hoch, empfand für einen Augenblick Angst, flüchtete sich aber dann zurück in ihre Kindheit, als sie erkannte, wer er war.

Zum Glück wusste Aava nichts mehr von jener Nacht, als Lauri auf sie losgegangen war.

»Ich will, dass du hierbleibst. Ich muss gehen. Und zwar schnell. Ich kann nicht bleiben und mich von Moilanen stundenlang ausquetschen lassen«, sagte Lauri.

Aava tobte. Das könnte Vater voll vergessen. Von wegen sie hier zurücklassen. Allein zu Hause, nachdem er sie erst zu einer Mordsfeier und als Opfer auf den Altar geschickt hatte. Und der Killer könnte ja noch zurückkommen, und selbst wenn nicht, dann wäre es doch unzumutbar, dass …

»Versuch das zu verstehen«, sagte Lauri und ging schon rückwärts in Richtung Tür. »Der Mörder kommt nicht zurück, er weiß, dass ich die Polizei gerufen habe. Er ist auf der Flucht, er glaubt, dass wir nicht wissen, wer er ist.«

»Weißt du, wer er ist?«

»Ich bin nicht sicher. Oder doch, aber ich muss erst die Beweise bekommen.«

»Selbst wenn er deinen Bruder umgebracht hat, gehst du auf alle Fälle jetzt nicht los und lässt dich umbringen. Du sagst der Polizei, wer das ist, und lässt die das erledigen«, schrie Aava. Ihrem Gesichtsausdruck sah man an, dass sie es ernst meinte. Und auch, dass sie sich bewusst war, mehr von ihren Gefühlen verraten zu haben, als sie wollte.

Die Tochter mochte ihn also. Der Gedanke fühlte sich wie etwas an, was ihn jetzt aus dem Gleis werfen könnte. Er schob ihn beiseite.

»Du verlässt mich jetzt nicht!«, rief Aava.

»Ich muss gehen.«

»Du musst bleiben. Du bist es mir schuldig.«

»Ich verspreche, dass ich dir später alles erkläre. Du bist überhaupt nicht in Gefahr. Die KRP und Moilanen sind jeden Augenblick hier.«

»Du gehst nirgendwohin«, fuhr Aava ihn an und lief mit

großen Schritten und dem Pfefferspray auf Lauri zu. Er sah, dass er gleich eine Ladung Gas abbekommen würde, und rannte los.

Er sprang in das Auto und gab Gas. Aava schlug mit den Fäusten auf den Kofferraum genau wie der Alte damals, als Mutti, Tuomas und Lauri mit dem Taxi die Flucht ergriffen hatten. Die Schläge auf das Blech machten ihm auch diesmal Angst, aber aus einem anderen Grund. Damals hatte er gefürchtet, den Verfolger nicht loszuwerden, jetzt fürchtete er, dass er ihn für immer los wäre. Er fuhr jedoch weiter. Die Mauer war schnell erreicht. Draußen auf der Straße sah er, wie sich das Tor hinter ihm schloss. Aava hatte versucht, ihn im Schutz ihrer Mauer einzusperren.

Lauri bog ab in Richtung Kirkkonummi. Ein Polizeiauto mit Blaulicht näherte sich der Kreuzung aus der anderen Richtung. Aava war also in Sicherheit. Er hoffte, dass die Polizisten ihn nicht bemerkten und dass Aava kein Mittel einfiel, ihm die Polizei auf den Hals zu hetzen. Er hoffte, dass er wirklich wusste, was er tat.

Als der Chef der Zentralen Kriminalpolizei Oskari Moilanen fünf Minuten später bei Aava Kelo eintraf, waren schon zwei Streifenpolizisten da. Der eine hielt an der Tür Wache und der andere befragte die Sängerin. Von Kivi war keine Spur zu sehen.

Moilanen ahnte nichts Gutes. Er marschierte zu Aava Kelo hin. Die Frau hatte aus irgendeinem unerfindlichen Grund ihren Kopf kahl geschoren. In Natur war sie kleiner als auf dem Bildschirm, aber ihr Charisma hätte ihn fast umgehauen.

»Wo ist Kivi?«

»Ich weiß nicht. Er ist weggefahren. Er hat behauptet, er werde alles später erklären, und ist verschwunden.«

»Mit was für einem Auto ist Kivi unterwegs?«

»Mit irgendeinem roten«, antwortete Kelo.

Moilanen zitterte schon vor Wut. »Genauer! Was für eine Automarke?«

»Das war eine alte Rostlaube.«

Nicht zu fassen! »Du hast also keine Ahnung.«

»Na, ein Ferrari war es nicht«, fauchte Kelo.

»Kivi hat gesagt, dass der Mörder mit einem schwarzen BMW unterwegs ist. Stimmt das?«

»Ja. Der Arsch hat am Telefon zu jemandem gesagt, er habe die Heckscheibe zerschossen.«

»Das war ich, dem er das gesagt hat. Hat das Auto, das Kivi fährt, ein Kennzeichen?«

»Bestimmt.«

»Aber du erinnerst dich nicht daran.«

»Nun hör mir mal zu! Ich habe doch gesagt, dass ich von Autos überhaupt nichts verstehe.«

»Das hast du nicht gesagt.«

»Dann sag ich es jetzt.«

»Das ist zum Kotzen mit euch«, knurrte Moilanen. Er konnte nicht alle roten Autos des Landes anhalten lassen. Es wäre auch sinnlos, die schwarzen BMW zu stoppen. Ein verlassener SUV ohne Heckscheibe war vor fünf Minuten an der Fernverkehrsstraße 51 gefunden worden.

Die Sängerin kam jetzt erst richtig in Fahrt. »Mir gefällt deine Einstellung nicht. Es ist dieselbe wie eben bei Vater. Ich hab gestern dem Tod ins Auge gesehen. Ich hab gedacht, das war's dann. Der Mörder hat meinen Bodyguard da draußen vor der Mauer durch Genickschuss getötet. Ich musste ihm gehorchen und ihn reinlassen. Und wenn man gerade so eine Situation überstanden hat, da interessieren einen Typ und Kennzeichen von alten Klapperkisten nicht so sehr …«

Die Frau ereiferte sich weiter, aber Moilanen hörte nicht mehr zu. Er hatte keine Lust, das Sternchen darauf hinzuweisen, dass sie es gewesen war, die alle Wünsche der Polizei in Hinblick auf ihre Sicherheit ignoriert und gelogen hatte, sie sei im Ausland. Kelo war eine Nebensache. Moilanen ärgerte es, dass Kivi Schwierigkeiten machte. Er schwor sich, dafür zu sorgen, dass man Kivi anklagen würde. Wegen der Störung von Ermittlungen, Widerstands gegen Vollstreckungsbeamten und notfalls wegen Erregung öffentlichen Ärgernisses. Allmählich verstand er Vesitaival. Markku hatte seine Fehler, aber der Chef der Helsinkier Mordkommission verabscheute Kivi nicht ohne Grund. Moilanen hätte Kivi erwürgen können. Der wollte den heldenhaften Reporter spielen, den Mörder selbst fassen und so den finalen Höhepunkt für seine Storys bekommen.

»Kivi weiß also, wer der Familienmörder ist«, stellte Moilanen laut fest.

Aava Kelo nickte.

»Aber du weißt nichts.«

»Doch, aber nicht den Namen dieses Mörders.«

Es fiel ihm leicht, dem Mädchen zu glauben, auch ihr schien die Sache gehörig gegen den Strich zu gehen.

Moilanen hasste Journalisten, Medien und alles, was die Arbeit und die Ruhe anständiger Polizisten störte.

Nach fünf Minuten wusste Lauri, dass er der Polizei entkommen war. Er holte sein Handy heraus und ließ sich mit Liisa Perho verbinden. Doch die meldete sich nicht.

War die Frau schon tot? Hatte Sauli Liisa getötet, bevor er nach Helsinki gefahren war? Er könnte sich jetzt schon in einer Phase seines Trancezustands befinden, in der er nicht mehr zu klarem Denken fähig war. Oder er wusste, dass er die Zielgerade erreicht hatte. Möglicherweise brauchte er weitere Morde, um überhaupt in Bewegung zu bleiben. Nichts genügte mehr. Er könnte also die Frau umgebracht haben, die er so sehr gewollt hatte, dass er ihre Familie ermordet hatte.

Hatte sich Sauli in Liisa verliebt? Oder besser, glaubte er, sich verliebt zu haben? Echte positive Gefühle empfand der Mann vermutlich nur bezogen auf sich selbst. Laut FBI war der erste Mord in der Regel für das Individuum selbst bedeutungsvoll. Hatte alles mit Liisa Perho angefangen? Fragen gab es genug, Antworten weniger.

Andererseits könnte Liisa bei einer Freundin sein, wenn Sauli nicht da war. Oder vielleicht kaufte sie gerade ein und hörte das Telefon nicht. Lauri überlegte, wie Liisa seine Nachricht aufnehmen würde. Sauli hatte Liisas Familie ermordet, um die Frau für sich zu haben. Wie würde Liisa es verkraften, dass sie den Mörder ihrer Kinder mit offenen Armen empfangen hatte?

Lauri musste sich etwas einfallen lassen, wie er die Frau aus dem Hause locken könnte, ohne ihr die eiskalte Wahrheit zu sagen. Er könnte natürlich Moilanen anrufen und ihm Saulis Identität mitteilen. Die Polizei würde Liisa in Sicherheit bringen. Aber auch dann würde Sauli verschwinden oder im Kugelhagel sterben. Bei seinem aufgeblasenen Ego würde er der Polizei nicht mit einem breiten Lächeln entgegentreten. Er würde seine Zähne nur zeigen, um anzugreifen. Sei es auch nur aus Verzweiflung. Und Lauri käme nicht dazu, sich zu rächen.

Er wusste, dass er Sauli Ahjo begegnen musste, selbst wenn Liisa dabei in Lebensgefahr geriet.

Lauri beschloss, Liisa noch mal anzurufen und ihr ein Treffen in Outokumpu vorzuschlagen, angeblich um sie zu interviewen. Die Lage war jetzt eine andere, weil sich herausgestellt hatte, dass es einen außenstehenden Täter gab, den Familienmörder. Wie fühlte sich Liisa jetzt? Glaubte sie, dass auch in ihrem Fall ein Fremder der Täter war? Wie veränderte das die Situation, denn der Mann und die Kinder wurden ja dadurch nicht wieder lebendig?

Lauri holte sein Telefon aus der Tasche. Er hatte Liisas Nummer per SMS von der Auskunft bekommen, kopierte sie und machte eine abrupte Bewegung am Lenkrad, um auf der rechten Spur zu bleiben. Der Fahrer des entgegenkommenden grauen Mercedes drohte ihm mit der Faust. Lauri kümmerte das nicht. Er rief an und hoffte, dass Liisa sich meldete.

Das geschah jedoch nicht.

Eine Minute später klingelte sein Telefon.

»Hier Liisa Perho, grüß dich. Du hast angerufen. Ich hab die Dielen geschliffen und nichts gehört.«

Lauri seufzte vor Erleichterung. Liisa lebte. »Ich dachte, du hättest jetzt, da Sauli nicht zu Hause ist, Zeit, nach Outokumpu zu kommen. Wir könnten uns heute im Malmikumpu, in dem Café im Erdgeschoss, treffen. Bis Kaavi schaffe ich es leider nicht, aber so hätte ich eine Weile Zeit. Ich könnte dich interviewen, bevor wir wissen, ob der Täter eures Familienmordes dein Mann oder ein Unbekannter war. Wir machen dann noch ein Interview, wenn die Sache geklärt ist. Und derselbe Deal wie bisher. Du kannst dir den Artikel vorher ansehen und entscheiden, ob er veröffentlicht werden darf.«

Liisa schwieg einen Augenblick. »Ja, vielleicht. Da könnte ich gleich bei Kuokkanen Schrauben und Leisten holen. Um welche Uhrzeit?«

Lauri schaute auf sein Navi, in das er Kaavi als Ziel eingegeben hatte. Das Gerät meldete als Fahrdauer fünf Stunden und zweiundzwanzig Minuten. Lauri würde schneller fahren und ohne Stopp etwa vier Stunden und vierzig Minuten brauchen. Sauli besaß ungefähr zwanzig Minuten Vorsprung, aber er musste den Wagen wechseln. Bei dem BMW war die Heckscheibe kaputt, und der Fahrer hatte eine Schusswunde.

Lauri schlug vor, dass sie sich in reichlich vier Stunden treffen würden.

»Okay. Wir sehen uns im Malmikumpu«, sagte Liisa und verabschiedete sich.

Gut. Nun konnte Lauri bedenkenlos auf die Jagd gehen.

Er hatte den Rücken frei, überlegte Lauri und steckte das Telefon weg. Sollte ihm etwas passieren, dann wüsste seine Zeitung, wer Ahjo war und was er getan hatte. Eine ganze Redaktion würde auch Ahjo nicht zum Schweigen bringen können.

Der Mann würde auf alle Fälle gefasst werden.

Nachrichtenchef Pokka hatte einen Freudenschrei ausgestoßen, als Lauri ihm den Namen des Mörders verraten hatte. Und vermutlich noch einen Luftsprung gemacht, als Lauri ihm erzählte, dass nicht einmal die Polizei die Identität des Killers kannte. Lauri wusste selbst, dass er der größten Story seiner Laufbahn hinterherjagte. Vor allem aber wollte Kivi seine Rache.

Im Radio erklang On My Own, der bekannteste Titel der vor drei Jahren verschwundenen Amanda. In dem Stück weitete sich nach einem ruhigen Beginn am Ende ein wogendes Meer der Streicher, über dem die Stimme der jungen Frau mit ihrer düsteren Interpretation lag. Lauri identifizierte sich mit dem Text des Songs, auch er war auf sich gestellt. Allerdings war es seine eigene Entscheidung.

Lauri fuhr an der Stelle vorbei, an der sie mit Ahjo der verletzten Frau und ihrem Kind geholfen hatten. Am Unglücksort standen Kerzen. Jemand war also gestorben. Lauri spürte einen Schmerz in der Brust. Er hoffte von ganzem Herzen, dass die Frau am Leben war und der junge Mann die Leiche. Der Mann war in seinen Tod gerast, die Frau nur zufällig im Weg gewesen.

Der Schmerz bewies, dass er keineswegs gefühllos war.

Endlich kam er an. Er fuhr nicht direkt auf den Hof, sondern an der Kreuzung vorbei, und bog erst auf den nächsten Weg ein. Er rollte so weit in den Wald hinein, dass der Skoda von der Straße aus nicht mehr zu sehen war. Lauri hatte es jedoch zu eilig und sah den Stein nicht. Er drängte sich aus der Erde heraus wie eine Geschwulst. Groß, schwarz und hart. Der Skoda krachte dagegen und im Kofferraum rumpelte es dumpf. Dort lag etwas Schweres.

Lauri hielt an, stieg aus und öffnete die Klappe.

Erst begriff er nicht, was er da sah. In einer dicken, hellen und durchsichtigen Folie lag etwas Großes wie eine Robbe. Lauri verschob die Plane etwas und sah, dass der leblose Körper ein Mensch war. Er lag auf dem Rücken. Der Mund stand offen, die Augen waren halb geschlossen. Auf der Stirn klaffte ein schwarzes Loch. Der Mann war alt, mindestens fünfundsechzig.

Er hatte silbernes Haar und einen buschigen braungrauen Schnurrbart. Das Urbild eines gemütlichen Pfeifenrauchers.

Lauri zuckte bei dem Anblick nicht zusammen. Die Leiche hatte ihre Ruhe gefunden. Lauri öffnete die Folie einen Spalt, musste sie aber wieder schließen. Der Geruch war widerwärtig. Die Sonne hatte den Kofferraum aufgeheizt und das Fleisch so mürbe gemacht, dass es stank.

Der Mann war mit großer Wahrscheinlichkeit der Besitzer des Autos und des Hörgeräts, das Lauri benutzte. Am Tod dieses Mannes war Lauri indirekt beteiligt. Ohne Kivi hätte sich Ahjo wahrscheinlich nicht auf diese riskante Operation und die dafür erforderlichen Morde eingelassen.

Lauri drückte die Klappe des Kofferraums langsam zu und berührte die Waffe in der einen Tasche und die von Ahjo in der anderen. Patronen hatte er zehn Stück. Zum Glück war der BMW hinter der Kurve verschwunden, noch bevor Lauri das ganze Magazin leer schießen konnte. Das andere Magazin von Keule war auf dem Sportplatz in Otaniemi liegen geblieben.

Lauri ging in den Fichtenwald. Er befand sich am Fuße eines kleinen Hügels und wusste, dass oben das Haus der Perhos stand. Nach seiner Einschätzung würde er hinter dem ehemaligen Kuhstall herauskommen. Das wäre eine ausgezeichnete Stelle, dort könnte man ihn vom Hof aus nicht sehen. Er schob die Zweige beiseite und versuchte aufzupassen, wohin er trat, und kletterte den Hang hinauf.

Die Fichten standen sehr dicht und versperrten ihm die Sicht. Als die schiefe Stallwand ein paar Meter vor ihm auftauchte, wunderte er sich, wie nahe er ihr schon gekommen war.

Langsam und lauschend ging Kivi um das Gebäude herum bis zu dem Ende, das im Schutz des Waldes lag. Auf die Hofseite wollte er nicht, weil er nicht wusste, was ihn dort erwartete.

Lauri hockte sich in das dichte Geäst und betrachtete prüfend seine Umgebung. Der Hof war leer. Da stand kein Auto. Liisa war weggefahren, um Lauri zu treffen, und Ahjo war noch nicht gekommen. Wenn er überhaupt kam. Hoffentlich war Ahjo nicht auf dem Klo irgendeiner Raststätte zwischen Lahti und Mikkeli verblutet.

Kivi beobachtete den Hof fünf Minuten lang. Es war nichts zu sehen. Eine Katze stolzierte mitten auf den Rasen und starrte Kivi an, der unter der Fichte lauerte. Das machte ihn nervös.

Die Minuten krochen dahin, aber etwa nach einer halben Stunde kam ein Auto im Schneckentempo auf den Hof gefahren. Kivi duckte sich unter die Fichte und hielt die Waffe krampfhaft fest. Die lauernde Katze verschwand hinter dem Haus.

Das Auto war ein schwarzer Opel Astra, ein Kombi. Ahjo hielt an. Er telefonierte hinter dem Steuer. Schließlich schraubte er sich mühsam heraus. Kivi sah, dass sein Hemd blutig war. Nicht übermäßig, aber deutlich sichtbar. Es war unbestreitbar: Sauli Ahjo war der Familienmörder.

Speichel sammelte sich in Kivis Mund. Er war dem Mörder seines Bruders schon sehr nahe.

Er lauerte seiner Beute auf.

Als Ahjo taumelnd aus seinem Wagen stieg, machte Kivi ein paar schnelle lautlose Sätze. Ahjo stand mit dem Rücken zu ihm. Kivi hielt die Waffe im Anschlag. Er öffnete den Mund und wollte rufen: »Halt, stopp …« irgendetwas, das den Mann zum Stehen brachte.

Doch Ahjo kam ihm zuvor. Er schrie mit brüchiger Stimme »Liisa!« und sackte in den Sand.

Kivi verlangsamte sein Tempo. Er hatte schon gewonnen. Der Mann war von der Kugel geschwächt.

»Sauli Ahjo. Der Familienmörder. Liegt im Sand und ächzt kraftlos. Da haben wir den Mann, den das ganze Land fürchtet«, erklärte Lauri mit lauter Stimme.

Ahjo drehte sich nicht um. Er bewegte sich nicht und sagte nichts mehr.

In Kivi gab es einen Knacks. Er wollte nicht, dass sich der Mann in den Tod flüchtete, und machte ein paar schnelle Schritte. Um zu verhindern, dass Ahjo den Abgang machte. Zu früh.

Da überraschte Ahjo ihn. Er drehte sich rasch um und warf Kivi Sand in die Augen. Dann stürzte er sich auf den blind herumstolpernden und völlig überraschten Mann.

Kivi versuchte zu schießen, obwohl er nichts sah. Er konnte zweimal abdrücken, bevor Ahjo ihn von der Seite umwarf. Der Stoß kam blitzschnell, aber es lag kaum Wucht dahinter. Kivi versuchte das Gleichgewicht zu bewahren, fiel dann aber um.

Als er sich hochschraubte und noch einmal schoss, spürte er kaltes Metall unter seinem Kinn. Die Schneide des Messers drückte sich in die Haut. Lauri dachte schon, dass er sterben würde, aber das Messer hielt inne. Bereit für den letzten Schnitt.

»Keine Bewegung. Rühr dich keinen Millimeter. Ich will dich nicht umbringen«, erklärte Ahjo ihm mit leiser Stimme. »Zumindest noch nicht.«

Kivi wusste, dass er den geschwächten Mann zu Boden werfen könnte, aber gleichzeitig würde er sich selbst umbringen. Er war sicher, dass Ahjo mit seinem Messer umgehen konnte. Es war rasch und mühelos an seine Kehle geglitten. Eine schnelle, reflexartige Bewegung, und Kivi wäre ein toter Mann.

»Lass deine Waffe fallen«, befahl Ahjo.

Kivi ließ die Pistole fallen.

»Braver Junge.«

Ahjo durchsuchte mit seiner freien Hand Lauris Taschen und fand die andere Waffe, seine eigene.

»Sieh mal an. Du hast dich für einen Krieg gerüstet«, flüsterte Ahjo.

»Ich stelle dir gleich eine Frage. Schüttle jedoch als Antwort nicht den Kopf. Damit schneidest du dir selbst die Kehle durch. Die Frau in Kontiolahti hat das letzte Weihnachten gemacht, und das war dann eine schöne Schweinerei.« Ahjo lachte. Seine Freude war echt. Er schwelgte in seinen Erinnerungen. »Also. Hast du noch mehr Waffen bei dir?«

Trotz der Warnung war es Kivis erste Reaktion, den Mund zu halten und den Kopf zu schütteln. Er tat es jedoch nicht. »Nein.«

»Wenn ich bei dir später noch eine Waffe finde, schneide ich dir den kleinen Finger ab. Ist das klar?«

»Du wirst mich wohl kaum am Leben lassen«, keuchte Kivi. »Also ist es völlig egal.«

»Aber es tut weh«, stellte Ahjo fest. »Wir gehen jetzt langsam in Richtung Haus.«

Die Männer liefen hintereinander. Kivi spürte, wie das Messer einschnitt und brannte, weil sie sich nicht synchron bewegten. Blut floss unter seinem Kragen hinab.

An der Tür befahl Ahjo Lauri stehen zu bleiben. Er hielt ihm das Schlüsselbund hin. »Nimm die Schlüssel und schließe auf.«

Kivi griff zu und betrachtete die Tür. Es waren zwei Schlösser. In all seinen Beziehungen mit Frauen hatte es Streit gegeben, wenn es um das Abschließen der Türen ging. Sogar Jatta, die als Polizistin alles Mögliche erlebt hatte, ließ die Balkontür manchmal leichtsinnigerweise unverriegelt. »Du hast zwei Schlösser«, konstatierte er.

»Die Welt ist voller Tiere. Es ist besser, sie auszusperren.«

Angst, dachte Kivi. Jatta hatte recht gehabt. Ahjo wurde von der Angst getrieben, obwohl er sie selbst unter die Menschen trug. So ein Mann brauchte Macht. Er tötete, um sie in vollkommener Form fühlen zu können. In seinem Innersten hielt er sich für besser als die anderen, für jemanden, der es verdiente, über alles zu entscheiden, über Leben und Tod. Gleichzeitig war es seine größte Angst, seine Herrschaft zu verlieren. Er fürchtete, jemand könnte kommen und ihn in dieselbe Hilflosigkeit zwingen, unter der seine Opfer leiden mussten.

Macht hatte zwei Seiten. Genau wie die Angst und das Angstmachen. Sie waren keine Gegensätze. Nicht einmal Geschwister. Sie waren Zwillinge.

Wenn Kivi ehrlich war, musste er zugeben, dass die Türen in seiner Wohnung aus dem gleichen Grund gewissenhaft abgeschlossen wurden.

Kivi öffnete die Tür und gab das Schlüsselbund zurück.

Im Haus duftete es nach Holz. Liisa hatte bei Lauris Anruf tatsächlich den Fußboden geschliffen. Im Flur stand und lag überall Zeug, das für die Renovierung gebraucht wurde. Werkzeuge, Bretter, Kabel und Arbeitskleidung.

»Wir renovieren, weil wir uns erneuern wollen«, sagte Ahjo. »Liisa ist wegen Marko und der Mädchen immer noch sehr erschüttert.«

»Und du badest im Schmerz des anderen.«

»Ehrlichkeit ist gesund.«

»Ehrlichkeit? Du bist doch so unehrlich, wie man es nur sein kann.«

»Ich bin auch nicht Liisa gegenüber ehrlich, sondern mir selbst gegenüber. Das ist das Wichtigste. Du sollst der werden, der du bist. Ich bin der wichtigste Mensch in meinem Leben.«

»Wenn man dich fragt, dann bist du der wichtigste Mensch der Welt.«

»Für mich ja, natürlich, aber auch die anderen werden es noch lernen. Die Starken werden siegen. Die Überbevölkerung muss eines Tages irgendwie gelöst werden. Die Selbstverwirklichung wird dann erlaubt sein. Andere Alternativen gibt es nicht.«

»Wenn du wirklich dir selbst gegenüber ehrlich wärst, würdest du nicht versuchen, die Notwendigkeit oder Bedeutung deiner Taten mit irgendwelchen äußeren Faktoren nachzuweisen, sondern du würdest dir eingestehen, dass du gern tötest und herrschst. Und das ist alles. Du bist ein kranker Scheißkerl.«

»Du bist ein kluger Mann. Das sind wir Wölfe. Ich bestreite meine Motive nicht. Ich töte, weil es meine Natur ist. Ich töte, weil der Mensch sich mit Dingen beschäftigen muss, die ihm gefallen. Sonst wird er stumpf und matt. Den Lebensunterhalt erlangt man durch die Arbeit, Erlebnisse durch die Hobbys. Die einen spielen gern Ball, die anderen töpfern gern. Ich liebe es, wenn ich sehe, höre und spüre, wie der Geist den menschlichen Körper verlässt.«

Kivi dachte über Ahjos Worte nach. Gemäß der Klassifizierung des FBI stand der Mann als Serienmörder gleichzeitig für zwei verschiedene Typen.

Die erste Gruppe waren die psychisch Kranken, die etwa von Stimmen in ihrem Kopf getrieben wurden. Die zweite waren die Gesteuerten, die sich groß aufspielten und sich einbildeten, irgendeine Aufgabe auszuführen und richtig zu handeln, wenn sie beispielsweise Vertreter irgendeiner religiösen Gruppe oder Rasse töteten. Sie konnten von einer Ideologie geleitet werden, die sich andere oder der Mörder selbst ausgedacht hatten. Zu diesen beiden Gruppen gehörte Ahjo nicht.

Die dritte Kategorie waren die Hedonisten, die das Töten genossen oder eine damit verbundene Phase wie die Jagd nach dem Opfer, das Foltern des Opfers oder beispielsweise den Kannibalismus nach dem Mord. Zu ihnen gehörte Ahjo. Er bekam seinen Kick, wenn er sah, wie das Opfer starb.

Zur vierten Gruppe, das heißt den Nutznießern, zählte Ahjo ebenfalls nicht. Er tötete nicht für Geld oder einen anderen Vorteil.

Ahjo jedoch verschaffte sich beim Töten ein Machtgefühl und gehörte somit zur fünften Gruppe. Er mordete Familien, weil er das Gefühl vollkommener Kontrolle bekam, wenn er die Menschen in ihren eigenen Bastionen der Sicherheit bedrohte, das hieß in ihrem Zuhause. Ahjo erpresste die Eltern mit den Kindern, erreichte so, dass sie gehorchten und Angst hatten. Dass sie sich vollkommen unterwarfen. Meist hatten diese Machtsüchtigen als Kind Prügel bezogen. Es konnte auch sein, dass sie die Gräuel ihrer Kindheit in ihren Morden wiederholten oder aus ihnen Rituale machten, die zum Akt gehörten. Lauri überlegte, ob Ahjos weiße Kreuze Teil einer für den Mann bedeutungsvollen Handlung waren. Wenn ja, mit was für einer Kindheitserinnerung hingen sie dann zusammen? Hatte Ahjos Vater zu Ehren der Misshandlungen Kreuze an die Wand gemacht?

Sie kamen in die Küche. Ahjo drückte einen harten Gegenstand gegen Lauris Rücken.

»Ich schieße, wenn du irgendetwas versuchst. Ich nehme jetzt das Messer von deiner Kehle, du gehst vorwärts, setzt dich brav auf den Stuhl und hältst beide Hände nach hinten. Ist das klar?«

»Ja«, sagte Kivi.

Er hielt sich an die Anweisungen. Als er sich setzte, öffnete Ahjo ein Schubfach und holte gepolsterte Handschellen heraus.

»Ihr habt ja fesselnde Küchenutensilien«, meinte Kivi schroff.

»Durch die Renovierung gerät alles durcheinander«, erwiderte Ahjo und zuckte die Achseln. »Die gehören Lilli. Sie mag Sex.«

»Du nicht? Musst du an tote kleine Kinder denken, damit er richtig steht?«

Zornfalten erschienen auf Ahjos schmalem Gesicht, aber er bekam einen Hustenanfall, und seine Wut legte sich. »Kinder sind nicht mein Ding. Denk mal an all die Gören, von denen du weißt, dass ich sie vor einem beschissenen Leben gerettet habe. Wie viele von ihnen haben einen möglichst sanften Abgang bekommen? Einen schnellen und schmerzlosen. Jedes von ihnen. Einige habe ich im Schlaf getötet.«

Ahjo tauchte in irgendeine Erinnerung ein, die ihn bewegte.

Schließlich fuhr er hoch und trat hinter Lauri. »Ich lege dir die Handschellen an.«

Für den Bruchteil einer Sekunde überlegte Kivi, ob das seine letzte Chance war, aber die Gelegenheit war so schlecht, dass sich ein Versuch nicht lohnte. Die Handschellen mit ihrem rosa Leder waren weich. Ahjo zog sie so straff, dass es unmöglich wäre, sich zu befreien.

Kivi wusste, dass er auf diesem Stuhl sterben würde.

Als Kivi in Eisen gelegt war, wurde Ahjo sichtlich ruhiger. Er untersuchte Lauri auf andere Waffen und stellte schließlich fest, der Redakteur dürfe seinen Finger behalten.

Danach presste Ahjo die Hand auf seine Schulter, an der die Kugel nur eine Schramme hinterlassen hatte. Sonst wäre er nicht mehr auf den Beinen. Und er hustete heftig, spuckte auch ein wenig Blut und hielt sich an der Tischkante fest.

Er drückte die Play-Taste des CD-Geräts. Howlin' Wolf ließ seine gewichtigen Töne erklingen. Immerhin auch etwas Gutes, überlegte Kivi, als er die Reibeisenstimme vernahm. *That's evil. Evil is goin' on. I am warnin' ya brother. You better watch your happy home.* Der Text weckte in Ahjo garantiert heiße Gefühle, obwohl er nicht direkt von Familienmorden berichtete. Und dann noch als Sänger der Heulende Wolf.

Ahjo taumelte zu einem Stuhl.

»Bist du krank?«, fragte Kivi.

»Das hängt davon ab, wen man fragt.«

»Ich frage dich.«

»Ich habe HIV – von Lilli.«

»Hast du Lissus Familie deswegen umgebracht?«

Ahjo nickte. »Wir sind seinerzeit zusammen gegangen. Ich dachte, dass es echt ist. Aber dann hat die Nutte mit deinem Bruder gevögelt. Die haben gehobelt, dass die Späne flogen. Das hat an mir genagt, und ich habe beschlossen, Vergeltung zu üben.«

Tuomas. Kivi presste die Lippen zusammen. Den Blick heftete er weiter auf Ahjo. Der hatte bei Aava zu Hause behauptet, Tuomas sei ein Mörder, aber das stimmte nicht. Aus irgendeinem Grund schien Ahjo überzeugt zu sein, dass Kivi genauso war wie er selbst. Bildete der sich ein, dass ein gewalttätiger Vater in der Kindheit, die Tötung einer Katze, harter Sex unter Alkohol, kaltblütige und schlagfertige Großmäuligkeit und eine asketische Wohnungseinrichtung aus Kivi einen Psychopathen machten? »Und deshalb hast du meinen Bruder umgebracht?«

Ahjo zuckte die Achseln. »Vielleicht. Hauptsächlich aber deshalb, weil ich ihn nicht mehr am Leben lassen konnte, nachdem ich einmal angegriffen hatte. Er wusste von mir und ich von ihm. Einer musste gehen. Das ist etwas ärgerlich, weil ein Wolf ein Rudel haben müsste. Unter anderen Umständen wären wir Freunde geworden. Wusstest du, dass in einem Wolfsrudel das Alphamännchen und auch das Alphaweibchen zum Urinieren das Bein heben. Das sonstige Rudel hingegen pinkelt im Sitzen. Dein Bruder wäre nicht bereit gewesen, mir zu folgen, und zwei Leittiere verträgt ein Rudel nicht.«

»Dein Nietzsche hält Hass und Rachsucht für Zeichen von Schwäche?«

»Genau. Ich war am Anfang schwach. Auch bei mir nahm alles mit der Rache seinen Anfang, aber ich habe mir ein weiches Schoßhundefell zugelegt und bin zum Wolf geworden. Ich habe gelernt, über die Sklavenmoral hinauszuwachsen und die Kraft meines Ichs zu verstehen. Ich nehme das Töten als Töten, ich brauche mich nicht mehr zu rächen.«

»Und was ist mit dieser Wolfsgeschichte?«

»Ich bin ein Wolf. Leider ein einsamer. Ich jage meine Beute auf grausame, aber natürliche Weise.«

»Nicht, um sie zu fressen.«

»Aber es entspricht meiner Natur.«

»Du musst nicht töten.«

»Doch«, sagte Ahjo und schob sein Gesicht ganz nahe an Lauris heran. Er starrte ihm in die Augen. »Und du kennst das Gefühl. Du willst es. Du sehnst dich nach dem Moment, in dem du zusehen kannst, wie in den Augen das letzte Schimmern erlischt und der letzte Atemzug verklingt. Du lebst wie mit Kabelbindern gefesselt. Du behinderst und betrügst dich. Lass dich gehen. An der Unfallstelle warst du schon nahe dran. Wenn ich nicht dazwischengekommen wäre, hättest du den Mann mit der Wollmütze getötet. Ich habe es deinen Augen angesehen. Tritt ein in mein Rudel. Dich interessiert nichts anderes als du selbst. Der Tod deines Bruders macht dir nichts aus. Der hat dich ja schon im Stich gelassen, als du noch ein Kind warst. Du träumst von Grausamkeit. Ich weiß das. Ich kann es dich lehren. Mitleid ist unmenschlich.«

Dann zog Ahjo sich zurück. Er pfiff das Adagio und begann Essen zu machen. Er nahm aus dem Kühlschrank ein großes Paket, in dem sich eine Leber befand. Kivi betrachtete das Stück Fleisch misstrauisch.

Ahjo bemerkte seinen Blick. »Ich habe keine Perversionen. Ich will keine Kinder bumsen, weil das widerlich ist. Frauen möchte ich, aber auch die nicht gewalttätig wie du. Ich habe einmal das Fleisch eines meiner Opfer gekostet. Nicht aus Begierde, sondern aus Neugier. Ich wollte verstehen, warum jemand sein Opfer nach einem vollkommen befriedigenden Mord isst. Dahmer hat das ja getan, aber das war auch ein kranker Homo. Das Geschmackserlebnis war nur widerlich. Ich brauche nichts anderes als das Entsetzen. Danach genügt es, wenn das Leben entweicht.«

»Aus mir kriegst du keine Angst herausgequetscht. Egal, was du tust.«

»Ich weiß. Ich habe sie auch bei deinem Bruder nicht gesehen«, sagte Ahjo. »Und wir wissen beide, warum du keine Angst hast. Und ich weiß auch, warum du Nietzsche kennst.«

»Ich bin Polizeireporter. Ich muss über Mistkerle, wie du einer bist, und die Dinge, die euch interessieren, Bescheid wissen. Außerdem wird Nietzsche oft falsch zitiert. Er sprach auch von der Liebe.«

»Er verstand etwas vom Wesen des Menschen. Er konnte über alles schreiben. Obwohl Liebe nur Selbstbetrug ist und ein Mittel der Biologie, um den Menschen einen Anstoß zur Vermehrung zu geben«, sagte Ahjo.

»Nietzsche hat den Menschen möglicherweise verstanden, aber immer falsche Entscheidungen empfohlen. Er hörte nicht auf die Vernunft. Platon unterschied zwischen der Vernunft und den Begierden. In ›Der Staat‹ erzählt Platon, wie die Instinkte primitive Menschen leiten, die niemals irgendetwas Wichtiges entscheiden dürften. Die Vernunft zähmt die Instinkte und zügelt die Schwachen. Der Vernunft muss man folgen.«

»Wie Friedrich der Große meinte, kämpfen im Menschen die Dunkelheit und der Wunsch, die Dunkelheit zu beherrschen miteinander. Der Mensch ist ein kahler Baum, wenn er sich selbst fesselt. Damit der Mensch gesund sein kann, muss er anerkennen, dass jene angeblich verderblichen chaotischen Kräfte eine Quelle des Schöpferischen sind. Wenn der Mensch sich selbst gegenüber vollkommen ehrlich ist und das Schöpferische kommen lässt, dann kann er ein freies und fröhliches Leben führen. Das kann gefährlich sein, aber es ist anständig.«

»Wenn der Mensch seine dunklen Kräfte freilässt, dann befreit er auch die Grausamkeit«, erwiderte Kivi.

»Genau«, sagte Ahjo begeistert. Er nahm Haltung an und deklamierte: »*Leiden sehn tut wohl, Leiden machen noch wohler … Ohne Grausamkeit kein Fest.*«

Kivi kannte das Zitat nicht. Er erinnerte sich nicht, es gelesen zu haben, aber es hörte sich wie Nietzsche an. »Hast du dich deshalb an Lissu herangemacht? Erst verursachst du Schmerz, und dann schaust du ihm zu.«

»Mein Alltag ist jetzt ein einziges Fest«, verkündete Ahjo. Seine grauen Augen glühten. »Liisa nimmt die Fotos ihrer Töchter mit aufs Klo, weil sie glaubt, ich sehe es nicht. Dann kommt sie mit roten Augen wieder heraus. Das war frustrierend. Ich wollte dabei sein. Deshalb habe ich in der Toilette eine Kamera installiert, damit ich alles miterleben kann.«

»Du bist krank.«

»Falsch. Die Menschheit ist krank. Aber sie wird geheilt werden. Sie muss. Hast du übrigens bemerkt, dass du dich wiederholst? Das kann ein Anzeichen für das Nachlassen des Verstands sein. Untersuchungen zeigen, dass der Wortschatz der letzten Werke von Agatha Christie nur einen kleinen Teil des Repertoires ausmacht, über das die Mordmama am Anfang ihrer Karriere verfügte.«

Kivi begriff, das Ahjo auf seinen Vater anspielte. »Es täte auch dir gut, wenn der Verstand schwächer werden würde.«

Ahjo lachte. »Abgemacht.«

»Woher wusstest du übrigens, dass ich hier bin? Du hast auf dem Hof einen gespielt, der alle viere von sich streckt. Oder hast du derart viel Angst, dass du dich jeden Tag so absicherst?«

»Liisa hat angerufen und gesagt, dass du auf dem Weg hierher bist, um sie zu interviewen. Das war etwas unwahrscheinlich, wenn man berücksichtigt, was am Vormittag geschehen ist. Wie bist du mir auf die Spur gekommen?«

»Das war nur so eine Ahnung.«

»Hunch, wie man auf Englisch sagt. Ein Wolf hat Instinkte.«

»Und die Polizei wird bald hier sein.« Kivi versuchte es zumindest.

»Ganz sicher. Du bist als Vorhut gekommen, und in einer Stunde treffen die Ordnungshüter ein. Sie warten, bis du deine Angelegenheiten erledigt hast, und sammeln mich dann ein.«

»Glaub, was du willst.«

»Du bist entweder gekommen, weil du dich für deinen Bruder rächen willst, oder, weil du begriffen hast, wo dein Rudel ist. Aber auf jeden Fall bist du allein gekommen. Das ist sicher.«

Kivi schüttelte den Kopf. »Selbst wenn ich so einer wie du wäre, so würde ich dir nicht folgen. Du hast es doch schon gesagt, dass deinesgleichen niemandem folgt. Deshalb hast du ja Tuomas umgebracht. Deinesgleichen hält sich für besser als die anderen. Oder würdest du bei deinem … Hobby jemandem gehorchen?«

Ahjo schien nachzudenken. »Genau. Du hast recht«, sagte er und murmelte dann wie zu sich selbst: »Schon Vater hat mich zur Einsamkeit verurteilt.« Er schaute erst kurz auf seine Waffe und dann auf das Messer. »Ich möchte das nicht. Ich möchte, dass du über mich schreibst, so dass ich in die Geschichte eingehe. Du könntest das und würdest mich verstehen. Ich möchte dir, bevor mich diese Krankheit hinrafft, etwas vom Leben beibringen und vor allem davon, wie man es beendet. Aber anscheinend gelingt mir das nicht.«

Lauri dachte an Aava und an die vertanen Möglichkeiten. An seine Verschlossenheit und an das Gefühl, dass er seine Tochter vor sich selbst gerettet hatte. Auch etwas Gutes in all dem Bösen.

Ahjo verschwand aus der Küche, kehrte aber schnell zurück. Hinter sich her zog er eine milchig weiße und durchsichtige Folie. Ähnlich wie jene, in die der Skodabesitzer eingewickelt war. »Lilli braucht es noch nicht zu wissen«, erklärte er.

»Und an wann dachtest du?«

»Auf meinem Totenbett. Ich schaue ihr in die Augen und erzähle ihr, wie sie den Mörder ihrer Kinder gepflegt hat.«

»Du bist ein abartiges Stück Scheiße.« In Kivis Stimme lag Wut und Verachtung.

»Danke«, sagte Ahjo.

Er schob den Tisch an die Wand. Dabei musste er sich anstrengen, als hätte er einen Billardtisch hochgestemmt. Ahjo war in einem schlechteren Zustand, als Kivi angenommen hatte. Er breitete die Folie vor Kivi auf dem Fußboden aus. Dann trat er vor ihn hin. »Hab keine Angst. Ich mache es möglichst schnell.«

Lauri empfand keine Angst. Er hatte seine Wahl in jener Nacht getroffen, als er Paula und Aava zurückgelassen hatte. »Ich habe keine Angst.«

»Natürlich hast du Angst. Du stirbst, und der Mensch wehrt sich mit allen Mitteln, wenn er es nur kann. Du nicht. Du hast dich schon ergeben, willst mir aber die Freude nicht gönnen, die ich dabei empfinde, wenn ich dich umbringe.«

»So ungefähr. Du kannst mich nicht ums Leben bringen, sondern ich gebe es auf.«

Kivi starrte seinem Feind direkt in die Augen. Er würde keinen Millimeter nachgeben.

Ahjo erwiderte den Blick. Er grinste infernalisch und heulte dann wie ein Wolf. Er stieß die Laute so aus, als kämen sie aus tiefstem Herzen. Kivi konnte sich das Entsetzen vorstellen, das die Huovinens, die Virtanens und die anderen erlebt hatten, nachdem ihnen klar geworden war, was für ein Wahnsinniger in ihr Zuhause eingedrungen war. Kivi ließ jedoch nicht zu, dass es ihm kalt über den Rücken lief. »Impotentes armseliges Schwein«, entfuhr es ihm. »Bei dir kommt nichts zum Stehen außer dem Verstand.«

Ahjo schaute Kivi an. Dessen Worte erreichten ihn nicht mehr. In seinen Augen glühte es. Er war in seinem Element.

Ahjo kippte Kivi mitsamt dem Stuhl mühsam um, genau auf die Folie. Kivi krachte auf den Boden. Der Aufprall verrenkte ihm das Genick, und die linke Hand, auf die er gestürzt war, tat weh, als stünde sie in Flammen. Der Knochen war gebrochen. Der Schmerz zog bis in die Schulter und die Finger. Und er sah Sterne.

Ahjo schob Lauri auf der Folie entlang. Als Gewicht stand er auf dem einen Ende und schob. Das machte er nicht zum ersten Mal. Er schaffte das, ohne sich groß anzustrengen.

»Ich habe erst meinen Vater, dann meine Mutter und danach etwa ein halbes Dutzend Familien umgebracht. Einzelne Morde habe ich vorläufig fünf begangen. Vor allem heruntergekommene Alkoholiker und billige Huren. Die geben einem vorübergehend Kraft, wenn man Ausschau hält und darauf wartet, wieder das Zuhause einer Familie zu besuchen. Und jetzt töte ich dich.«

»Danke«, sagte Kivi. »Dann braucht man nicht mehr dagegen anzukämpfen.«

Ahjo schaute Kivi an, lächelte und nickte. »Das habe ich mir gedacht.«

Er nahm vom Abwaschtisch eine Schere und zerschnitt Kivis Hemd. Dann holte er aus seiner Tasche einen weißen Farbstift und zeichnete auf Kivis Brust ein weißes Kreuz.

»Warum machst du diese Zeichen, als wolltest du etwas ankreuzen? Selbst du wirst ja wohl verstehen, dass sie ein Hinweis sind. Deswegen ist man dir auf die Spur gekommen. Ansonsten würde Vesitaival mich immer noch befragen.«

Ahjo fuhr zusammen. Er hatte sich in sein Inneres zurückgezogen. Nun schaute er Kivi an wie einen Fremden. »Ich habe nichts angekreuzt. Das sind richtige Kreuze. So muss man das machen. So gehört sich das. Zur Erinnerung. Sauli begräbt die Schwestern an dem großen Stein. Er malt die Kreuze dahin, damit die wilden Tiere nicht an sie herankommen. So muss man das machen. So gehört sich das. Sauli beschützt sie.«

Kivi atmete flach und schnell, als er sah, dass Ahjo das Messer in seine Brust stoßen wollte. Sein Atem stockte. Er konnte nichts tun. Er starrte dem Mann in die Augen, schaute aber in irgendeinen bodenlosen Abgrund. Ahjo war nicht Ahjo. Er war jemand anders. Ein angstvoller Junge, ein animalisches Urwesen und zugleich ein Killer. Es war völlig sinnlos, in diese Leere zu starren.

Lauri schloss die Augen.

Der Tod würde kommen. Er wäre Erleichterung und Leere. Grauen und Verlust.

Sein Leben würde durch ein Messer enden. Aber er hörte einen Schuss.

Doch er spürte ihn nicht.

Der Tod fühlte sich nach nichts an. Er flutete nicht eisig in die Glieder. Er brannte nicht im Hirn und blitzte nicht auf als Sense. Er flog nicht lebendig wie stiebende Funken durch den Körper. Er floss nicht von der Brust und auch nicht auf die Schenkel. Er loderte nicht als Licht am Ende des Tunnels. Er …

… kam gar nicht.

Lauri öffnete die Augen und sah Ahjos verdutzten Gesichtsausdruck. Das Messer fiel auf Lauris Schulter. Es stach ihn, blieb aber nicht stecken, sondern landete vor seinem Gesicht auf dem Fußboden.

»Warum?«, fragte eine Frauenstimme an der Küchentür leise. Ahjo drehte sich so, dass auch Kivi etwas sah. Liisa Perho stand da mit der Pistole in der Hand. Ihr Gesicht war verzerrt und tropfnass. Sie wusste nicht, was sie fühlen, denken, tun sollte. »Warum?«, schrie Liisa.

Ahjo sank neben Lauri zu Boden. Er lehnte sich schwer gegen das Tischbein. Blut floss über die Plastikfolie.

»WARUM?«, brüllte Liisa. Die Frau stand kurz vor dem Zusammenbruch.

Ahjo lächelte seine Braut an. »Ich wollte es.«

»Ich bringe dich um«, verkündete Liisa. Sie drohte mit der Waffe und hielt sie so krampfhaft fest, dass sie zitterte.

Ahjo grinste immer noch. »Dein Mann hat mich gebeten, dich zu verschonen, bevor er starb. Ich habe gedacht, was soll's. Ich hätte nie geglaubt, dass du mir so ein Paradies erschaffst«, sagte Ahjo mit Triumph in der Stimme. »Du solltest mich versorgen und pflegen bis ins Grab. Das entfällt nun. Jedenfalls so, wie ich es mir vorgestellt hatte.«

Liisa ging auf den blutenden Mann zu. »Ich sorge dafür, dass du in die Grube kommst. Da kannst du sicher sein. Ich bringe dich um.«

»Nein, nicht!«, rief Kivi. »Du kannst etwas Besseres bekommen.«

Liisa starrte Lauri an. Sogar Ahjo versuchte, zur Seite zu schauen. Er war jedoch zu schwach, sein Gesicht kreidebleich.

»Und wie?«

»Wir bringen ihn dazu, dass er sich schämt.«

Ahjo brach in Gelächter aus. Er kicherte und schwitzte.

»Wir lassen ihn Selbstmord begehen«, sagte Lauri.

Das Lachen brach ab.

»Was?«, fragte Liisa nach. »Nein. Ich bring ihn um. Er hat Elli und Emma getötet. Meinen Marko, alles, was ich hatte. Und dann kommt der noch her, um zu genießen, wie ich leide, und holt sich einen runter, verdammt.«

»Das war nicht nötig«, sagte Ahjo, starrte aber Kivi an. Er schwitzte. Seine Haut war grau, und ihm fielen die Augen zu. Er würde nicht mehr lange leben.

»Er hat auch Tuomas umgebracht«, sagte Kivi. »Meinen Bruder.«

»Trotzdem hab ich mehr Gründe, den umzubringen«, erklärte Liisa und fuchtelte wieder mit der Waffe herum. Sie wollte schießen, konnte aber noch nicht. Sie war eine, die heilte, keine, die tötete.

Kivi versuchte es noch einmal. »Scham ist für einen wie Sauli das Schlimmste, was er empfinden kann. Er war als Kind für seine Eltern nichts als Scheiße und fing selbst an, das zu glauben, bis er seinen Schmerz durch Morde abreagiert hat. Aber Scham hinterlässt Verletzungen. Sauli tötet Familien, weil er das Gefühl haben will, das Leben zu beherrschen. Er will Macht, weil er seine eigene Hilflosigkeit fürchtet. Er will nicht, dass die Menschen glauben, er wäre schwach gewesen und hätte sich selbst getötet. Davor hat er Angst.«

Liisa hatte sich schon entschieden. Die Frau hörte nicht einmal mehr zu. Ahjo beging jedoch einen Fehler, als er aufheulte. »Nein!«

Sofort stoppte Liisa die tödliche Bewegung ihres Fingers. »Okay«, sagte sie.

»Lauri, du hast wahrscheinlich recht.«

Kivi schaute Ahjo in die Augen. »Du hast doch gesagt, dass ich dich verstehe. So lasse ich dich in die Geschichte eingehen. In den Artikeln erzähle ich von Sauli Ahjo, einem impotenten bemitleidenswerten Verrückten, der Daumen lutschte und der sich in seiner Hilflosigkeit selbst tötete, als er Angst hatte, dass er gefasst und dann die Zellenhure eines Bikerboys wird.«

In Ahjos Augen flackerte Verzweiflung. »Du kannst doch nicht lügen. Was für ein Journalist bist du? Du bindest deinen Lesern ganz bewusst einen Bären auf.«

»Der Zweck heiligt die Mittel.«

Liisa ging zu dem Mann. Sie zog Ahjos Hand weg vom Körper. Er versuchte sich zu widersetzen, schaffte es aber nur zu keuchen.

Kivi fühlte, wie Ahjos Blut an seine Schläfe floss. Es war immer noch warm.

Liisa presste Ahjos Hand um den Griff der Waffe und drückte sie an seine Schläfe. Ahjo stöhnte leicht. »Kranker Scheißkerl«, zischte er.

»Danke«, sagte Kivi.

Die Waffe zitterte. Liisa schaffte es nicht abzudrücken. »Ich kann nicht.«

»Er hat deine Familie umgebracht.«

»Er ist ein Mensch.«

»Nein. Es ist eine Bestie. Ein Ungeheuer.«

»Ich kann nicht.«

Ahjo lächelte leicht. Das Leben schwand allmählich. »Ein Wolf bin ich.«

»Mach mich los«, befahl Kivi. »Ich tue es.«

Liisa weinte unterdrückt. Sie holte aus dem Schubfach in der Küche den Schlüssel der Handschellen und befreite Lauri mit zitternden Händen. Er seufzte. Als er versuchte aufzustehen, schoss der Schmerz im linken Arm bis in die Finger, in den Kopf und die Zehen. Sein Gesichtsfeld schrumpfte. Doch er blieb bei Bewusstsein. Er war überzeugt, dass die Kunst, das Bewusstsein zu kontrollieren, die er durch den Alten gelernt hatte, ihn vor der Ohnmacht bewahrte. Kivi sank zu Boden.

Er kam nicht aus eigener Kraft hoch. Erst mit Liisas Hilfe richtete er sich auf.

Ahjo war nicht fähig, sich zu bewegen. Seine Augen fielen immer wieder langsam zu, und der Brustkorb hob und senkte sich schnell und oberflächlich.

Kivi nahm Liisa die Waffe weg, drückte sie Ahjo wieder in

die Hand. Er legte den Zeigefinger auf den Abzug und drückte die Mündung unters Kinn. Ahjo schaute Lauri in die Augen. Auf den Lippen war Blut, von einem Lächeln keine Spur.

Liisa weinte laut.

Kivi drückte jedoch nicht ab. Er wollte es auch gar nicht. Sein Kopf neigte sich nach rechts. Lauri Kivi schaute gebannt zu, wie sich Ahjos Augen allmählich trübten. Der Vorhang senkte sich mit Sicherheit, aber ganz ruhig. Ein leichtes Glimmen wehrte sich noch auf der Iris, aber bald löste es sich auf. Ahjo holte noch einmal schnell Luft und stieß sie dann aus, für immer, das war sein letzter Atemzug.

»Für Tuomas«, flüsterte Kivi.

»Für Marko und die Kinder«, schluchzte Liisa und spuckte auf die Leiche. Für Kivi war das eine unnötige Schmähung.

Ahjo starrte in die Ferne. Der Wolfszahn ruhte am Hals des toten Mannes. Lauri zog ihn vorsichtig ab und steckte ihn in seine Tasche.

Lauri warf einen Blick auf das Blutrinnsal, das aus Ahjo herausgeflossen war. Auf dem Fußboden hatte es sich mit dem Blutfleck vermischt, der aus Kivis Hals stammte.

Aus dem CD-Player erklang ein Rocksong, Ismo Alankos In Ekstase.

Die Tür am Sitz der Zentralen Kriminalpolizei im Vantaaer Stadtteil Jokiniemi ging mit einem schmatzenden Geräusch auf. Lauri verließ das graue Gebäude. Er mochte Polizeigebäude schon immer. Sie versuchten nicht irgendetwas darzustellen, sie waren einfach da und erfüllten ihre Aufgabe.

Moilanen hatte getobt und mit sich überschlagender Stimme gebrüllt, er hatte mit Anklagen und dem totalen Abbruch der Zusammenarbeit gedroht. Lauri würde in diesem Leben von der Polizei nicht einmal mehr ein Guten-Morgen-Gruß hören. Doch Lauri machte sich keine Sorgen. Die Story in

Suomen Sanomat brachte alles an den Tag. Auch, dass Polizeireporter Lauri Aleksis Kivi den bedeutendsten Fall der finnischen Kriminalgeschichte gelöst und damit der KRP den Erfolg vor der Nase weggeschnappt hatte. Durch die Geschichte war Kivi zum Helden der ganzen Nation geworden. Auch Moilanen würde nicht wagen, ihn anzurühren.

Im ersten Artikel verschwieg Lauri seinen Anteil nicht, hob aber Liisa Perhos Handeln hervor und schilderte, wie sie den Mörder ihrer eigenen Familie erschossen und den Redakteur gerettet hatte.

Liisa war vorzeitig nach Hause zurückgekehrt, weil sie sich gewundert hatte, wie Lauri von Saulis Abwesenheit wissen konnte. Noch mehr staunte sie, als Sauli kurz nach Lauri anrief und nichts von Kivi wusste und angeblich seit dem Unfall auch nicht mit ihm gesprochen hatte. Da war Liisa klar, dass etwas nicht stimmte. Als in der Bar des Hotels Malmikumpu nichts von Lauri zu sehen und zu hören war, fuhr sie kurz entschlossen nach Hause zurück, obwohl Sauli sie überreden wollte, bei Carlson in Joensuu eine im Preis herabgesetzte Schlagbohrmaschine von Bosch zu kaufen. Das hatte Liisas Misstrauen nur noch verstärkt. Bohrmaschinen bekam man auch in ihrer Nähe, und woher wollte Sauli, der mehrere Tage auf Reisen gewesen war, wissen, welche günstigen Angebote es derzeit in der Provinz gab.

Auf dem Hof hatte Liisa die Waffe gefunden und war hineingeschlichen. Das hatte Lauri gerettet.

Als Ahjo gestorben war, brach Liisa zusammen. Sie saß zusammengesunken da und klagte laut. Lauris Versuche, sie zu umarmen, wehrte sie ab und beschimpfte ihn als Unglücksbringer.

Erst als Lauri die Polizei angerufen hatte, überwand Liisa den Schock.

»Lauri«, sagte sie. »Ich bin ein schlechter Mensch.«

Lauri schüttelte den Kopf. »Du hättest das, was geschehen ist, keinesfalls verhindern können.«

»Nein«, sagte Liisa und schaute ihn mit ihren Rehaugen an. Der Blick war so flehend und so zutiefst erschüttert, dass Lauri wegschauen musste. Ihre Bedrängnis schnürte auch ihm die Kehle zu. »Ich habe mich heimlich danach gesehnt, keine Familie mehr zu haben, als Marko und die Mädchen noch am Leben waren. Ich habe mir gewünscht, sie wären tot. Ich habe viele Male daran gedacht, wegzugehen. Ich hatte im Schrank auch eine fertig gepackte Tasche, damit ich lieber die nehme, als etwas Unüberlegtes zu tun. Als Emma am Tag vorher absichtlich in die Hosen gepinkelt hat, um dagegen zu protestieren, dass sie als Zwischenmahlzeit keine Pizza und kein Eis bekommen hatte, war ich völlig hilflos. Daran bin ich fast erstickt. Es hat nicht viel gefehlt, und ich wäre in die Luft gegangen und hätte das Balg an die Wand geschmissen. Du kennst das Gefühl, wenn man sich einbildet, dass man alles unter Kontrolle haben muss, aber nichts so funktioniert, wie du es möchtest. Ich habe gedacht, dass ich es einfach nicht schaffe, mit denen zu leben. Ich habe nur gedacht, wenn die doch sterben würde, dann wäre es leichter. Einmal auf der Treppe hätte ich Emma am liebsten umgestoßen, als sie Theater gemacht hat. Ich habe es nicht getan, war aber erschreckend nahe dran. Ich bin ein schlechter Mensch.«

»Nein«, widersprach Lauri. »Du bist ein Mensch.«

Er wusste genau, wovon Liisa sprach.

»Und ich habe dieses Stück Scheiße in unser Leben gebracht. Oder eigentlich habe ich den Tod gebracht«, schluchzte Liisa und legte den Kopf an Lauris Schulter.

»Aber nicht absichtlich.«

»Nein, aber Marko, Elli und Emma sind tot. Ihnen ist das egal.«

»Ahjo war es, der sie umgebracht hat. Und er handelte allein.«

Liisa schwieg und bebte. Sie war still und zitterte. »Ja. Ich konnte das doch nicht ahnen. Der war so aufmerksam und immer bereit, zuzuhören.«

Lauri erwiderte nicht, dass alle das so sagen würden, unabhängig davon, ob sie etwas geahnt hatten oder nicht. Er streichelte Liisas Schläfe.

Er wusste nicht, wie lange sie dagesessen hatten. Schließlich bewegte sich Liisa. »Ich habe sie geliebt.«

»Ja.«

»Selbst wenn ich sie nicht ertragen habe, hätte ich doch auch nicht ohne sie sein können. Ich bekam schon Sehnsucht, wenn ich nur eine halbe Stunde woanders war. Die Mädchen sind das Beste in meinem Leben. Immer noch.«

»Kinder sind wie Schwämme. Sie saugen allen Saft aus dir heraus, aber wenn man sie umarmt und drückt, bekommt man alles und mehr zurück.«

»Schön gesagt.«

Lauri dachte an sich. Und erkannte die Sehnsucht. Das verdrängte Gefühl, das ihn im Laufe der Zeit ausgehöhlt hatte.

Nach jenem Tag sah Lauri Liisa nicht mehr. Einen Monat später bekam er eine SMS, in der sie schrieb, sie werde nach Neuseeland auswandern und dort als Krankenschwester arbeiten. Finnland sei ihr zu kalt. Eisig, glaubte Lauri. Die Schlimmsten im Dorf hatten Liisa bestimmt für Ahjos Helfer oder sogar für den Oberteufel selbst gehalten. Lauri wünschte Liisa alles Gute und dass sie vergessen konnte. Das wollte sie angeblich jedoch nicht. Der Schmerz würde auch die Liebe enthalten. Die war quälend, aber real.

Am nächsten Tag hatten die Abendzeitungen Lauris Gesicht auf die ersten Seiten gezerrt, lang und breit, so dass es schon widerlich war. In den Schlagzeilen hieß es, dass der heldenhafte Redakteur den Familienmörder gestoppt und Ahjo ausgelöscht hatte.

Als Journalist verstand Lauri die Bedeutungslosigkeit der Schlagzeilen. Die Funken sprühten für einen Augenblick, aber im nächsten waren sie schon vergessen. Trotzdem grauste ihm bei der Betrachtung seiner eigenen Visage. Und es war auch nicht gut, dass ihm das Lob schmeichelte. Lauri begriff, dass er sich auch das versagen müsse, wenn er bei klarem Verstand bleiben wollte.

Auf dem Hof des Polizeigebäudes wehte ein leichter Wind. Die frische Luft gab Lauri ein wenig Kraft. Es war eine Erleichterung, dass er die Verhöre durch Moilanen und das ganze Gestreite der letzten Tage hinter sich hatte.

Er war müde.

Todmüde.

Das war alles zu viel gewesen.

Ahjos leere Augen verdrängte er aus seinem Kopf. Er hatte jetzt Angst vor seinen eigenen Gefühlen. Er wusste, dass sie falsch waren, menschlich und trügerisch. Wenn er an Ahjos Augen dachte, wollte er am liebsten die Flasche nehmen und saufen, bis er nicht mehr gerade stehen konnte.

Das könnte er jedoch nie mehr tun. Das wäre der letzte Schluck.

Lauri dachte über seine Tochter nach. Als Aava nichts von seiner Existenz gewusst hatte, war es ihm leichtgefallen, Abstand zu halten. Jetzt war die Sehnsucht da und wuchs die ganze Zeit.

Es lag in Aavas Hand. Was würde Lauri tun, wenn die Tochter nach ihrer Mutter kam, wenn sie ihren Vater beschimpfte und ihm den Tod wünschte? Das könnte Kivi aus der Bahn werfen.

Das Telefon klingelte. Lauri meldete sich. Der Anrufer stellte sich als Vater von Kyösti Virtanen vor.

Er bedauerte, dass er Kivi an dem Tag, an dem sein Sohn und dessen Familie ermordet worden war, so vollgejammert hatte. »Du machst deine Arbeit, und du machst sie gut. Eigentlich wollte ich mich bedanken. Ohne dich wäre dieser Ahjo nicht gefasst worden. Das macht zwar Köpi und die Kinder nicht wieder lebendig, aber Köpis Ehre wurde wiederhergestellt, und das ist ja auch etwas – Gerechtigkeit.«

Lauri vermochte keinen Dank entgegenzunehmen. Das war ihm schon immer schwergefallen. Er meinte ausweichend, ein blindes Huhn finde eben auch mal ein Korn.

»Auch das Glück muss man sich verdienen«, sagte Virtanen. »Mein Vater hat seinerzeit gesagt, dass es Glück gar nicht gibt. Es ist nur die Möglichkeit für einen frohen Zufall, die das Können mit sich bringt. Du, Kivi, bist ein geschickter Junge. Handle nach deinem eigenen Kopf. Du besitzt Talente. Lass dich nicht unterkriegen.«

Lauri murmelte: »Ja, ja. Ich habe meinen eigenen Kopf und behalte ihn auch, trotz der Guillotine des Lebens.«

»Genau. Aber ich wollte also versuchen, mich dafür zu entschuldigen, dass ich so herumgeschrien und geheult habe«, sagte der Mann mit zittriger Stimme.

Ohne Vorankündigung beendete er das Gespräch. Lauri glaubte nicht, dass es aus Versehen abgebrochen war. Virtanen war ein typischer finnischer Mann, der vor anderen nur heulte, wenn hinter ihm eine Sirene stand. Tanzen würde er auch erst, wenn man mit der Schrotflinte aufspielte. Diese Männer schätzte Lauri. Sie hatten dieses Land aufgebaut.

Lauri schlurfte zum Parkplatz. Der KRP-Ermittler Petonen, den er flüchtig kannte, winkte ihm zu und gratulierte ihm. Wenn Moilanen das gesehen hätte, wäre der neue Arbeitsplatz des Mannes der Heizungskeller.

Lauri stieg rasch in ein Taxi. Mit seiner verletzten Hand konnte er nicht selbst fahren. Sie war an zwei Stellen gebrochen und würde wochenlang eingegipst bleiben.

Als er auf dem Hof seines Hauses die Tür des Taxis öffnete, sah er eine kleine Frauengestalt, die sich ihm näherte.

Es war Paula. »Da musste also jemand unbedingt den Helden spielen«, sagte seine Exfrau zur Begrüßung.

»Ich bin kein Held.«

»Das weiß ich ja wohl. Ein Antiheld, wenn überhaupt.«

»Vielen Dank.«

»Das war alles andere als Dank und Halleluja, als die Tochter mit flammenden Augen durch die Tür gestürmt kam und sagte, der Redakteur Lauri Kivi sei ihr Vater und am Leben.«

Dazu konnte Lauri nichts sagen.

»Da verschlägt es uns die Sprache, was? Ich hatte keine Zeit, groß zu überlegen. Aava war außer sich und schrie wütend, sie habe jetzt einen Vater, den sie nicht kannte, und eine Mutter, die kein Mitgefühl kannte und die sie total beschissen hatte.«

»Es tut mir leid.«

»Du bringst anderen nur Leid. Das ist genau so gelaufen, wie ich es befürchtet habe. Jetzt vertraut das Mädchen niemandem mehr. Überleg dir mal, was absolute Einsamkeit in der Welt bedeutet, in der sie lebt. Sie wird eines Tages noch mit einer Spritze im Arm in der Badewanne von irgendeinem verdammten Hilton gefunden werden.«

»Ich konnte nichts dagegen machen.«

»Hättest du mal die Polizei den Mistkerl schnappen lassen. Aber nein, der Herr Superreporter musste selbst seine Tochter retten, ohne sich um die Folgen zu scheren. Er musste seinen Bart in die Zeitung bekommen.«

»Entschuldigung. Ich hatte anderes im Sinn als meinen kläglichen Bart.«

»Das scheint bei dir immer so zu sein«, sagte Paula leise.

Sie begriff, dass sie übertrieb, aber sie hatte niemand anders, an dem sie ihre Wut auslassen konnte. Sie war hilflos. Sie fürchtete, ihre Tochter zu verlieren, für die sie ihre Jugend und ihrer Ansicht nach auch ihr Frausein geopfert hatte. Lauri verstand Paulas inneren Aufruhr.

»Es tut mir leid«, wiederholte er.

»Du hast mir auch den Mörder auf den Hals gehetzt.«

Lauri nickte. Er war erschöpft und wollte sich nicht streiten. Er hätte davon anfangen können, dass Paula ihre Tochter misshandelt hatte, aber er ließ es sein.

»Aava will dich sehen«, sagte Paula.

Lauri drehte schnell den Kopf. Er war überrascht und hatte Angst.

»Wirklich?«

»Ja. Sie sitzt da im Auto. Sie wartet darauf, dass sie an der Reihe ist.«

Lauri hätte eigentlich nicht die Kraft gehabt. Sein Atem ging schwer. In seinem Kopf jedoch rasten die Gedanken dahin. Er wusste, dass diese Gelegenheit die letzte sein würde. Aava würde sich kein zweites Mal ergeben, und auch Lauri wäre nicht imstande, einen neuen Versuch zu unternehmen.

»Was hast du dem Mädchen erzählt?«, fragte er.

»The whole truth and nothing but the truth. Das hat sie verlangt. Ich habe ihr auch erzählt, dass du in meinen Unterhosen echt sexy ausgesehen hast, als wir jünger waren«, antwortet Paula giftig, fügte dann aber etwas liebevoller hinzu: »Aber damals hattest du diesen Bart noch nicht.«

»Wie hat sie reagiert?«

»Sie hat sich die ganze Geschichte angehört, ohne eine Miene zu verziehen, und ist weggegangen. Jetzt ist sie nicht bereit, über die Sache zu reden. Sie will noch deine ganze

Wahrheit hören, bevor sie ihre Schlussfolgerungen zieht. Angeblich vertraut sie mir nicht.«

Lauri nickte. »Bitte Aava herzukommen.«

»Sieh zu, dass du mir meine Tochter zurückgibst. Sonst bringe ich dich um.«

»Ich erzähle ihr meine Wahrheit. Nicht mehr und nicht weniger. Etwas anderes kann ich nicht. Soweit ich das Mädchen jetzt kenne, bin ich der Letzte, von dem sie sich etwas sagen lässt.«

Paula ging weg, ohne sich zu verabschieden. Fünfzig Meter entfernt am Rande des kleinen Waldes stieg sie in ein Auto. Es war ein schwarzer Benz der E-Klasse. Nicht zu auffällig. Einen Augenblick später verließ der Chauffeur, der zum neuen Bodyguard aufgestiegen war, das Auto und öffnete die andere Hintertür. Er schaute finster zu Lauri hinüber.

Aus dem Wagen stieg kein Weltstar. Heraus kletterte die Tochter. Scheu und vorsichtig. Etwas trotzig, aber auf ängstliche Weise. Das Mädchen schaute sich um und kam dann auf ihn zu.

Aava trug grüne Trainingshosen, einen grauen Kapuzenpullover und eine riesige Sonnenbrille. Die Kapuze hatte sie über ihren Kopf gezogen, um ihr Stoppelhaar zu verdecken. Je näher sie ihm kam, umso langsamer wurde sie. Als hätte man sie hierhergezwungen. Lauri musste daran denken, wie er sich dem Auto des Mannes mit der Wollmütze an der Unfallstelle genähert hatte. In ihren Bewegungen lag derselbe Widerwille.

»Vater«, sagte Aava.

»Auch das«, antwortete Lauri. »Wenn du es nur erlaubst.«

Aava lächelte. Das war für Lauri alles. »Ich wollte immer einen Vater haben.«

»Ich war nicht imstande, einer zu sein. Nicht damals. Es tut mir leid. Ich wusste, was ich bin, wozu ich fähig bin und wozu nicht.«

»Du hast Mutti versprochen, dass du ehrlich bist.«

»Ich halte, was ich verspreche.«

»Außer dem Eheversprechen.«

»Ja«, gab Lauri zu.

Er fragte, ob Aava hineingehen wolle. Das Mädchen weigerte sich. Lauri öffnete die Tür seines Wagens, und sie setzten sich hinein.

Danach erzählte Lauri alles. Er sprach von seiner Wut und allem anderen, was hinter dem Spalt tief in ihm verborgen war. Er berichtete von seiner Kindheit, vom Alten, von Tuomas, davon, wie er betrunken war und Aava gewürgt hatte.

Lauri weinte.

Er verriet, dass er Aava als Neugeborenes im Wald lassen wollte. Er sprach offen von der Nacht, in der er weggegangen war, und von all denen, in denen er sich verflucht hatte.

»Ich wollte nicht, dass du auch nur ein Stückchen von dem erlebst, was ich in meiner Kindheit erlebt habe.«

»Aber als du weggegangen bist, hast du etwas anderes weggenommen.«

»Was?«

»Dem Kind den Vater, der Mutter den Mann und uns allen die Möglichkeit zusammenzuleben.«

»Diese Möglichkeit war verschwindend gering, die Alternative eine monumentale Katastrophe.«

»Ich muss das alles erst verdauen.«

»Ja, gewiss.«

Aava stieg aus und wollte die Tür so wie ihre Mutter schließen, ohne sich zu verabschieden.

»Aava«, sagte Lauri leise.

Die Tür wurde nicht geschlossen. Die Tochter beugte jedoch ihren Kopf nicht mehr herunter.

»Paula hat es dir nicht gesagt, weil sie dich liebt. Sei nicht wütend auf sie«, sagte Lauri in flehendem Ton.

»Das bin ich aber.«

»Dann verzeih ihr.«

»Vielleicht«, murmelte Aava. Sie schob ihre Sonnenbrille auf die Nase und schaute ihm darüber in die Augen. »Du magst Mutti anscheinend immer noch.«

Lauri überlegte. Nicht nur was er sagen sollte, sondern was er fühlte. »Wenn ich irgendwann irgendeine Frau geliebt habe …«

»Immer noch?«

Lauri sagte nichts.

»Weiß Mutti das?«

»Zumindest weiß sie, dass aus uns nichts mehr werden kann.«

»Klar. Ich will es mit Mutti versuchen«, versprach Aava. »Aber das liegt nicht an dir. Du bist nicht in der Position, in der du mich um irgendetwas bitten kannst.«

»Und um Verzeihung? Kann ich darum bitten?«

Aava antwortete nicht. Sie schloss die Tür. Lauri ließ seine Tochter weggehen und den Mercedes wegfahren, stieg erst dann aus seinem Auto und schlurfte über den Hof. Die Treppen kamen ihm endlos vor. Er hoffte, dass Ihanainen nicht auftauchte. Der Mann war nicht zu sehen, aber eine Frau. Milla saß mit dem Rücken an der Wohnungstür. Sie kam zu ihm und umarmte ihn. Sie sagte nichts, aber drückte ihn fest.

Sie betraten die Wohnung. Lauri ging mit der Frau zusammen ins Schlafzimmer. Er zog sich aus und kroch wie immer nackt ins Bett. Milla legte sich hinter ihn und umarmte ihn. Es wurde kein Wort gesprochen. Lauri bemerkte, dass Milla keinen Ring mehr trug. Nur eine helle Druckstelle, die sich von der sonnengebräunten Hand abhob.

»Anssi hat mich rausgeschmissen.«

Lauri hätte jetzt keine Lust gehabt, zu reden. »Aha. Hat er deinen Hals gesehen?«

»Ja, wahrscheinlich. Und außerdem hat er mein Telefon gecheckt. Und das Foto gefunden, das ich im Hotel gemacht habe.«

Lauri sagte nichts.

Es herrschte Schweigen. »Ich weiß nicht, was ich tun soll.« In Millas Stimme lag eine Bitte. »Die Jungs haben das Theater gehört, das er gemacht hat.«

»Er hat euch doch nichts angetan?«

»Er ist wie ein Schaf.«

»Die Schlimmsten können sich in dessen Pelz verstecken. Das kannst du mir glauben. Ich weiß das besser, als ich es möchte. Bei denen kocht es irgendwann über, und dann wird alles in einen einzigen kleinen Topf gepresst: Jetzt reicht's. Das kann Folgen haben, die nicht schön anzusehen sind. Solche Leute müssten es herauslassen: zum Chef ›Scheiße‹ sagen, zum Vater ›schwuler Sack‹ und zum Vorsitzenden ein paar offene Worte. Auch die Ehefrau kann man mal anschnauzen und die Kinder ausschimpfen. Dann würde es nicht so schlimm hochkochen und überschwappen und im schlimmsten Falle Blut fließen.«

»Die Jungs sind bei meiner Mutter und meinem Vater. Ihnen kann er zumindest nichts antun, wenn du das meinst.«

Lauri nickte. Er hatte sich immer noch nicht umgedreht. Er konnte einfach nicht. Auch die Hand tat weh.

»Nimmst du mich?«, fragte Milla vorsichtig.

»Ich bin völlig fertig.«

»Ich meinte nicht Sex.«

»Nein, aber ich bin völlig fertig.«

»Okay«, sagte Milla und streichelte Lauri.

Davon schlief Lauri ein.

Am nächsten Morgen wachte Lauri vor Milla auf. Er ging nackt zur Toilette, verrichtete seine Notdurft und wusch sich die Hände. Dabei warf er einen Blick in den Spiegel. Dort schaute ihn ein Bartgesicht an. Bösen wächst kein Bart. Lauri dachte an die alte Volksweisheit und rieb sich das Kinn. *Dein Opa ist nicht mehr da. Aber in dir ist er noch unter uns. Du bist Aulis wie aus dem Gesicht geschnitten,* hörte Lauri seine Großmutter sagen. Das ließ ihn schaudern.

Er öffnete die zweite Tür des Toilettenschranks, schob die Hand, ohne hinzuschauen, ins dritte Fach und nahm den elektrischen Rasierer und den Rasierer mit den Klingen heraus. Damit rasierte er sein Kinn.

Als er fertig war, klingelte es. Lauri ging zur Wohnungstür, schaute durch den Spion hinaus und erkannte seine Tochter. Rasch zerrte er seinen alten Mantel von der Garderobe, hängte ihn sich um und öffnete die Tür.

Aava zögerte nicht, sondern schlug Lauri direkt in den Magen. Der Schlag war schulmäßig, ihr Gewicht hatte sie dabei auf das hintere Bein verlagert. Der Schlag kam an, die Botschaft auch. »Da hast du's. Das warst du mir schuldig«, sagte Aava. »Ich betreibe Kickboxen.«

»Zum Glück nicht Fechten«, erwiderte Lauri und ächzte.

»Ein schöner Mantel und ein nackter Arsch. Wolltest du auf die Straße gehen und etwas entblößen?«, erwiderte Aava belustigt. »Draußen ist es kalt. Da wird die Vorstellung ein bisschen kurz.«

Milla war an die Schlafzimmertür gestürzt gekommen, um nachzuschauen, wer hier so einen Lärm und so ein Geschrei machte.

Aava warf einen Blick auf die Frau im Nachthemd. »Okay. Anscheinend bin ich zur falschen Zeit gekommen, aber wenn ich das richtig verstanden habe, dann habe ich das schon bei meiner Geburt so gemacht. Also insofern ist alles fine und im grünen Bereich.«

Milla schaute die berühmte Künstlerin an. »Ich bin Ärztin,

aber im Urlaub, und das möcht ich auch bleiben. Der Mann hat außerdem eine gebrochene Hand. Verprügle ihn nicht noch mehr.«

»Das hat er verdient, oder was, Vater?«, fragte Aava.

Lauri nickte mühsam.

»Du, der Mann ist im Prinzip ehrlich«, erklärte Aava. »Aber oft vergisst er es. Deshalb ist es besser, wenn du weißt, dass er meine Mutti immer noch liebt und dass in ihm irgendetwas Grausames lebt. Es ist also besser, sich zurückzuziehen, solange du noch kannst. Mit dem zusammen wird es dir weh tun, so oder so.«

Milla zog sich zumindest ins Schlafzimmer zurück.

»Wer ist dieses Weib?«, fragte Aava in forderndem Ton.

»Milla. Fast meine Freundin.«

»Fast?«

»Du dürftest gerade sichergestellt haben, dass auch dieser Versuch unvollendet bleibt.«

»Ehrlich währt am längsten.«

»Zumindest länger als hoffnungslose Beziehungen.«

»Ich habe mir gedacht, dass wir, ehe das mit uns überhaupt irgendwas wird, meinen Großvater besuchen.«

Lauri weigerte sich strikt.

»Ich will meinen Opa sehen, bevor sein Verstand ganz den Dienst aufgibt.«

Lauri empfahl, genau diese Phase abzuwarten. Das wäre das Beste. Das würde der Sache Gerechtigkeit widerfahren lassen. Vielleicht nicht dem Alten, aber der sonstigen Welt.

»Und es wäre auch für dich das Beste, wenn du euer Verhältnis klärst, solange du es noch kannst.«

»Küchenpsychologie. Es gibt kein Verhältnis, wo etwas zu klären oder zu versöhnen wäre.«

»Es lohnt sich nicht, jemandem etwas nachzutragen.«

»Das musst du gerade sagen«, keuchte Lauri.

»Eine kleine Lektion ist etwas anderes«, verkündete Aava. »Ich weiß nicht, was ich von dir denken soll, aber mir ist klar, dass wir das klären müssen. Das Gleiche betrifft dich und deinen Vater, und ich muss ihn treffen, bevor es zu spät ist.«

Lauri wollte nicht zugeben, dass es vernünftig war, was sie sagte. Irgendwo tief in seinem Inneren wusste er, dass er nie von dem Ahornbaum seines Zuhauses in der Kindheit weit wegkommen würde, wenn er zuließ, dass der Alte einfach so verschwand.

»Wenn du eine Chance haben willst, mich zu treffen und kennenzulernen, dann musst du zwei Dinge versprechen.«

»Und die wären?«

»Wenn ich frage, antwortest du, bevor du überlegt hast, ob es sich lohnt. Du lügst nicht. Ich verrate niemandem, was du mir gesagt hast, aber du erzählst alles, wirklich alles und lässt nichts weg. Es ist zu viel passiert, als dass sich die Dinge durch Verschweigen und Lügen klären ließen.«

»Und was ist die andere Bedingung?«, fragte Lauri.

»Du akzeptierst es, wenn ich dich danach nie wieder treffen will. Du hast etwas Cooles, aber zugleich etwas, das Angst macht, und etwas von einem überheblichen Arschloch. Und eigentlich mag ich Leute nicht, die versucht haben, mich umzubringen, und das gleich zweimal. – Na?«, fragte Aava im Befehlston. »Erik wartet am Steuer des Mercedes.«

»Jetzt?«

»Entscheide, ob du auf meine Bedingungen eingehst. Dieser Zug fährt jetzt ab und kommt nicht noch mal vorbei. Ich besuche deinen Vater, und das ist dann finito, wenn du jetzt nicht mitkommst.«

Lauri begriff, dass Aava die Entscheidungen traf, wenn er bei dem Zirkus mitmachte. Das war jedoch mehr, als er zu hoffen gewagt hatte. »Warte einen Augenblick.«

»Ich bin draußen. Ich fahre in einer Viertelstunde, wenn

du nicht auftauchst«, sagte Aava, schaute ihn an und schloss die Tür.

Lauri ging ins Schlafzimmer. Milla hatte sich bereits angezogen.

»Also dann Lebwohl«, sagte sie.

»Nein.«

»Die Poptussi hat womöglich recht.«

»Zum Teil.«

»Das heißt, auch deiner Meinung nach sollte ich gehen.«

»Das habe ich nicht gemeint.«

»Ist das wirklich deine Tochter?«

Lauri nickte.

»Und du bist immer noch in ihre Mutter …«

»Nein«, sagte Lauri hastig und hoffte, dass er nicht log.

»Aber jedenfalls in mich nicht …«

»Noch nicht.«

Milla schaute Lauri einen Augenblick an, nickte und nahm ihre Handtasche.

»Danke«, sagte sie.

»Wofür?«

»Für verdammt viel.«

»Prima.«

»Nein, wirklich. Gut, dass deine unangenehme und ärgerlich hübsche Tochter wie aus dem Nichts hier aufgetaucht ist und uns die Wahrheit gesagt hat.«

»Einen Teil davon. Die andere Hälfte war Quatsch. Ich traure Paula nicht nach.«

»Paula?«

»Ja.«

»Du hast gesagt, ihr habt nichts miteinander. Da hast du nicht an die Tochter gedacht.«

»Das ist kompliziert.«

»Du hast behauptet, es sei ungewöhnlich einfach.«

»Damals war es das noch.«

»Ich weiß nicht«, sagte Milla. Sie wog ihre Situation ab. »Es ist sicher auf jeden Fall besser, wenn ich die Dinge erst mit Anssi kläre. Er will die Jungs. Ich müsste allein weggehen und nicht ihnen allen einfach alles wegnehmen. Dem Vernehmen nach will er nicht, dass seine Kinder allein von einem unmoralischen Weib erzogen werden. Er fühlt sich so überlegen.«

Lauri sagte nicht, dass Anssi seiner Ansicht nach recht hatte. Milla war schuldig. Nicht allein, aber überwiegend. Lauri könnte seinen Anteil nicht wiedergutmachen. Milla würde dafür bezahlen müssen, und zwar für ihn mit. Die Kinder und ihr Mann waren schuldlos.

Er begnügte sich damit, zu sagen: »Das ist bestimmt eine gute Idee.«

»Gut«, sagte Milla. »Aber wie dem auch sei, du schickst mir die CDs dieser halbwüchsigen Exhibitionistin mit Autogramm. Sowohl die jetzigen als auch die künftigen. Meine Nichte liebt sie.«

Lauri versprach, sein Bestes zu tun. Er wusste nicht, ob er die CDs und die Autogramme, und erst recht nicht, ob er sein Kind zurückbekommen würde. Alles hing von Aava ab und davon, ob die Tochter ihm eine Chance gab. »Wir kommen darauf zurück, wenn jeder von uns beiden die Dinge in seinem Leben in Ordnung gebracht hat«, schlug Lauri vor.

»Jep«, sagte Milla, küsste ihn und ging.

Auf der Fahrt nach Outokumpu erzählte Lauri Aava noch mehr über seine Kindheit und seine Großmutter, über das Schulmobbing, über den Alten und Tuomas. Kleine detaillierte Geschichten oder große Bilder, je nach dem, was für Fragen Aava einfielen. Lauri war vollkommen offen. Das war erzwungen und für ihn fremd, aber das Mädchen hatte die Ehrlichkeit verdient.

Aava hörte zu. Sie verriet ihre Gefühle nicht, war aber aufmerksam. Sie versteckte sich hinter sarkastischen und einfach nur frech-provozierenden Bemerkungen. Ständig machte sie auch Anspielungen auf die Schwierigkeiten und die Sehnsüchte in ihrer Jugend. Sie war auf der Suche nach ihren Wurzeln gewesen, die sie nie gehabt hatte.

Aava war in einen kargen Boden gesetzt worden, in dem sie wachsen sollte. Kein Wunder, dass sie sich als Außenstehende fühlen musste. Paula hatte getan, was sie konnte, aber dem Mädchen hatte die ganze Zeit etwas gefehlt.

Als Erik den Mercedes auf den Hof des Pflegeheims »Erleichterung« lenkte, empfand Lauri einen starken Widerwillen. Erst vor ein paar Tagen hatte er seinen Vater verprügelt. Zwar war er danach zum Nationalhelden geworden, aber das machte die Misshandlung nicht ungeschehen. Würde man ihn überhaupt hineinlassen?

Eine Anzeige wegen Körperverletzung hatte der Alte wahrscheinlich abgelehnt. Ganz jovial hatte er die Schläge hingenommen, damit das Jungchen sich wenigstens für einen Augenblick als Mann fühlen durfte.

Als Lauri und Aava das Foyer des Heims betraten, seufzte die Schwester an der Rezeption und kam auf sie zugeeilt.

Lauri hatte diese Schwester bei seinen früheren Visiten nicht gesehen. Sie wäre auch auf allen vieren gekrochen oder hätte eine Arie versucht, wenn Ocean sie darum gebeten hätte.

»Terho Kivi«, sagte Aava nüchtern.

»Zimmer sieben. Sie sind zu einer guten Zeit gekommen. Terho ist heute mal er selbst«, antwortete die Schwester.

Aava ging an der Schwester vorbei und marschierte in den Flur. Lauri folgte ihr. Aava öffnete die Tür. Lauri sollte als Erster hineingehen.

Jeder Schritt war angsterregend lang.

»Ich habe schon auf dich gewartet. Willst du deine Arbeit vollenden?«, fragte der Alte von seinem Bett aus. Zumindest hatte er keine Angst.

»Ich habe mir versprochen, dass ich mich beherrsche. Dir verspreche ich nichts, also reiß die Klappe nicht zu weit auf.«

»Bohnenstangen haben einen Terho Kivi auch früher nicht herumkommandiert. Vor allem nicht mit einer Hand.«

»Das geht nötigenfalls auch mit einer. Dann hält der Genuss ja länger an.«

»Wollen wir es probieren?«, fragte der Alte und richtete sich im Bett auf.

»Bevor dich dein Gedächtnis ganz verlässt, will ich, dass deine Enkelin dich trifft.«

Der Alte war sofort hellwach. Was war das nun wieder für eine Gemeinheit?

Aava kam ins Zimmer. Sie hatte die Sonnenbrille und auch die Kapuze abgesetzt.

»Aava?«, fragte der Alte vorsichtig. Ansa hatte ihm den Namen gesagt, obwohl sie das Mädchen nicht einmal als Baby gesehen hatte.

»Ich bin es, genau«, antwortete sie.

»Ich habe dich irgendwo gesehen, aber wir sind uns nie begegnet«, sagte der Alte.

»Ja. Ich wusste nicht, dass es dich gibt. Mutti hat gelogen, mein Vater sei Waise.«

»Das war ich auch«, sagte Lauri. »Geistig gesehen.«

»Geistig bist du immer minderbemittelt gewesen«, entgegnete der Alte. »Entschuldigung«, sagte er zu Aava. »Wir haben ein schwieriges Verhältnis.«

»Das habe ich gehört. Du bist dem Vernehmen nach das hitzigste Arschloch der ganzen Nation«, warf Aava ihrem Großvater an den Kopf.

»Das sagt der«, antwortete der Alte, ohne aus der Fassung

zu geraten. »Und vermutlich hat er auch ein wenig recht. Ich war ein strenger Erzieher. Vielleicht mit zu viel Strenge.«

»Und mit der Faust«, fügte Lauri zu. »Und wir dürfen die Tritte, die Demütigungen, den Schmerz und die Qualen nicht vergessen.«

»Ich bin darauf nicht stolz.«

»Auf das, was du gemacht hast, oder?«, fragte Lauri.

»Auf dich auch nicht«, fauchte Terho, wandte sich dann aber Aava zu.

»Ich hatte eine Bürde zu tragen. Ich hätte mich nur beherrschen müssen.«

Hatte der Alte eben etwas zugegeben? Zwar Aava gegenüber, wie Lauri begriff, aber das war eine Nebensache.

»Du hast mir also die Polizei nicht auf den Hals geschickt, obwohl du aufs Maul bekommen hast, dass die Glocken geläutet haben«, sagte Lauri.

Der Alte sah nicht einmal zu Lauri hin, er schaute nur auf sein Enkelkind. »Ich habe das abgelehnt, weil auch der Junge bei den Gesetzeshütern nichts von meinen kleinen Vergehen ausgeplaudert hat«, antwortete der Alte zu Aava.

»Ach, kleine Vergehen. Sogar das Gehör hast du mir genommen. Tuomas hast du weggejagt, und jetzt ist er tot!« Kivi schrie fast.

Es wirkte befreiend, dass alles herauszulassen. Es tat nicht so gut wie beim letzten Mal, aber da war zu viel freigelassen worden. Ein bisschen hatte er auch jetzt Lust dazu. Er beherrschte sich jedoch.

»Ich habe deinem Vater gegenüber zugegeben, dass es zu dem Gehörschaden nicht hätte kommen dürfen«, sagte der Alte wieder zu Aava. »Den Weggang deines Onkels habe ich schon seinerzeit betrauert, und ich muss sagen, dass sein Tod mich nicht überrascht. Der Junge neigte zur Gewalttätigkeit, auch bei mir hat er es mit dem Baseballschläger versucht.«

»Das Alter und der Alte lehren einen alles«, sagte Lauri.

Aava nickte Lauri zu. »Mein Vater hat recht, auch der Alte von Terho war nicht gerade einfach.«

Es verging ein langer Augenblick. Keiner verzog eine Miene.

»Ja. Wenn man es genau bedenkt, war ich ein sanfter Erzieher«, sagte der Alte und lächelte seine Enkelin an. Er hatte sich zusammengerissen und geriet nicht in Wut. Er verstand, dass er Aava verlieren würde, wenn er anfinge zu toben. Der Alte hatte im Angesicht seines eigenen Blutes seinen Stolz runtergeschluckt.

Lauri schüttelte den Kopf. Er schaute seine Tochter grimmig an. Aava rieb sich den Hinterkopf, so dass die Haarstoppeln raschelten. Es tat Lauri weh, dass sie zu schlichten versuchte, statt auf seiner Seite zu stehen, verdammt.

»Ihr passt zueinander«, sagte Lauri und machte auf den Hacken kehrt. »Es ist besser, wenn ich gehe.«

»Junge«, sagte der Alte, als ihm klarwurde, dass Lauri wirklich gehen wollte.

Lauri hielt inne. Er begriff, dass er sich nach etwas sehnte. Nach der Bitte um Verzeihung, nach irgendwas. Versöhnung nicht, aber irgendetwas. Nachdem Lauri von den Taten seines Großvaters erfahren hatte, war es für ihn schwierig gewesen. Er konnte nicht mehr nur hassen. Verständnis wäre jedoch übertrieben. Der Alte hatte die Faust, die Flasche und die Angst selbst gewählt. Lauri wusste, dass man imstande war, Entscheidungen zu treffen, auch wenn sie noch so schmerzlich und schwierig wären. Die Verantwortung musste man tragen.

»Danke«, sagte der Alte.

Lauri drehte sich nicht um. »Etwas anderes bekommst du von mir nicht.«

»Ich bitte auch nicht darum. Ziemlich klein ist die ja und

sie hat auch wenig Haare, aber von so einer Bohnenstange kann man ja nichts Besseres erwarten«, erwiderte der Alte.

»He«, fuhr Aava ihn an. »Ich habe ja auch nur einen dementen bettlägerigen Patienten bekommen. Etwas besser aussehen könnte er auch, damit man sich im Ort nicht schämen muss, mit dem verwandt zu sein.«

Der Alte lachte schallend. Lauri hörte darin echte Freude. Nicht Sadismus, Sarkasmus oder Schadenfreude. Es fiel ihm schwer, zuzugeben, dass er ihm die Freude gönnte.

Lauri ging aus dem Zimmer hinaus. Aava war die Versöhnung und eine neue Möglichkeit für ihn und den Alten. Vergebung bekäme keiner von beiden, und es bat auch keiner darum. Lauri hatte seine Tochter hergegeben, und der Alte hatte die Geste akzeptiert. Auch er hatte so viel zugegeben, wie er konnte. Das musste genügen.

Lauri war sicher, dass er seinen Vater nie wiedersehen würde. Zum Begräbnis würde er gehen. Tränen würde er kaum zurückhalten müssen und in die Hoden brauchte er sich nicht zu kneifen. Lächeln würde er bestimmt.

Aava war er jedoch dankbar, sie hatte ihn gezwungen, noch einmal hierher zu gehen. Nun würde es ihm nicht für den Rest des Lebens durch den Kopf spuken, dass er als Letztes versucht hatte, den Alten umzubringen.

Eine Schwester kam ihm auf dem Flur entgegengerannt. »Bist du nicht Terhos Sohn? Der Journalist? Lauri Kivi?«

Lauri sagte, er sei es, leibhaftig.

»Ich kann dich nicht zu deinem Vater lassen. Man hat mir gesagt, es hat zwischen euch einen Vorfall gegeben.«

»Aber leider nicht mit tödlichem Ausgang. Der Alte lebt immer noch. Sei ohne Sorge.«

»Darf ich Sie bitten, sich zu entfernen? Eine Anordnung des Arztes.«

»Das darfst du nicht, aber ich gehe natürlich.«

Die Schwester rannte in das Zimmer des Alten. Als die Tür aufging, hörte Lauri ein zweistimmiges Lachen.

Lauri ging hinaus. Die Sonne schien ihm direkt ins Gesicht. Das Licht war nicht das am Ende des Tunnels, etwas daran wirkte unnatürlich. Wie künstlich, wie Solarium. Etwas, das nicht passte. Lauri wollte am liebsten den Kopf in den Sand stecken. Er ging zum Mercedes, sagte Erik, er solle locker bleiben, und hielt die getönten Scheiben hinten für einen Segen.

Er hätte dem Alten doch eine verpassen können. Wenigstens einmal. Aus tiefstem Herzen richtig zuschlagen.

Kivi drückte den Wolfszahn in seiner Tasche. Er seufzte, schloss die Lider, sah die Augen des sterbenden Ahjo und roch dessen vergehenden Atem. Das beruhigte.

Er wollte jedoch lieber seine Tochter sehen. Es lernen, sie zu kennen.

Das war Lauris Entscheidung.

Schwieriger und besser als das, wozu der Alte jemals imstande gewesen war.